I0823797

Roma soy yo

ROMA SOY YO

La verdadera historia de Julio César

Santiago Posteguillo

Papel certificado por el Forest Stewardship Council®

Primera edición: abril de 2022
Octava reimpresión: agosto de 2025

Printed in Spain – Impreso en España

ISBN: 978-84-666-7178-1
Depósito legal: B-3.008-2022

Compuesto en Llibresimes

Impreso en Liberdúplex
Sant Llorenç d'Hortons (Barcelona)

BS 7 1 7 8 D

A mi hija Elsa,
que es mi día y mi noche

Cowards die many times before their deaths;
The valiant never taste of death but once.

Los cobardes mueren muchas veces antes de su muerte;
los valientes sólo saborean la muerte una vez.

SHAKESPEARE, *Julio César*, acto I, escena II

Dramatis personae

Julio César (Cayo Julio César): abogado y tribuno militar

Familia de Julio César
Aurelia: madre de Julio César
Cornelia: esposa de Julio César
Cota (Aurelio Cota): tío de Julio César por línea materna
Julia la Mayor: hermana de Julio César
Julia la Menor: hermana de Julio César
Julio César padre
Marco Antonio Gnipho: tutor de Julio César

Líderes y senadores *optimates*
Cicerón (Marco Tulio Cicerón): abogado y senador
Craso (Marco Licinio Craso): joven senador
Dolabela (Cneo Cornelio Dolabela): senador y gobernador
Lúculo (Lucio Licinio Lúculo): *proquaestor* en Oriente
Metelo (Quinto Cecilio Metelo Pío): líder de los *optimates*
Pompeyo (Cneo Pompeyo): juez y senador
Sila (Lucio Cornelio Sila): dictador de Roma
Termo (Minucio Termo): propretor en Lesbos

Líderes y senadores populares

Cinna (Lucio Cornelio Cinna): líder de los populares, senador y cónsul, padre de Cornelia

Fimbria (Cayo Flavio Fimbria): *legatus*

Flaco (Valerio Flaco): cónsul

Glaucia (Cayo Servilio Glaucia): tribuno de la plebe y pretor

Labieno (Tito Labieno): amigo personal de César, tribuno militar

Mario (Cayo Mario): líder de los populares, siete veces cónsul, tío de Julio César por línea paterna

Saturnino (Lucio Apuleyo Saturnino): tribuno de la plebe

Sertorio (Quinto Sertorio): líder de los populares, hombre de confianza de Cayo Mario

Rufo (Sulpicio Rufo): tribuno de la plebe

Ciudadanos macedonios

Aéropo: padre de Myrtale, noble

Arquelao: joven noble

Myrtale: joven noble, hija de Aéropo

Orestes: anciano noble

Pérdicas: joven noble, prometido de Myrtale

Líderes militares en la isla de Lesbos

Anaxágoras: sátrapa de Mitilene

Pítaco: segundo en el mando de Mitilene

Teófanes: líder de la aristocracia local de Mitilene

Otros personajes

Acilio Glabrión, yerno de Sila

Annia: madre de Cornelia

Cayo Volcacio Tulo: centurión

Claudio Marcelo: alto oficial romano

Cornelio Fagites: centurión romano

Emilia, hijastra de Sila

Hortensio: abogado

Marco: ingeniero romano
Metrobio: actor
Mitrídates IV: rey del Ponto, enemigo acérrimo de Roma en Oriente
Mucia: comerciante de especias y otras sustancias en Roma
Sexto: capitán de barco
Sórex: actor
Un médico griego
Valeria: esposa de Sila
Vetus: ingeniero romano
Teutobod: rey de los teutones

Y *praecones*, esto es, funcionarios de justicia, esclavas, esclavos, *atrienses*, legionarios, oficiales romanos, oficiales pónticos, ajustadores de clepsidras, ciudadanos romanos anónimos, etcétera.

Principium

La mujer hablaba a su bebé mientras lo acunaba:

—Recuerda siempre esta historia de tu origen, de tu principio, del comienzo de la *gens* Julia, de la familia de tu padre. Yo, tu madre, vengo de una estirpe antigua, la *gens* Aurelia, cuyo nombre conecta con el del sol, pero a mi sangre se une la de tu padre, que, a diferencia del dinero amasado por corruptelas y violencias de las otras familias, es la *gens* más noble y la más especial de toda Roma: la diosa Venus yació con el pastor Anquises y de ahí surgió Eneas. Luego, Eneas tuvo que huir de una Troya en llamas, incendiada por los griegos. Escapó de la ciudad con su padre, su esposa Creúsa y su hijo Ascanio, a quien nosotros en Roma llamamos Julo. El padre, Anquises, y la esposa de Eneas, Creúsa, fallecieron durante el largo periplo que los condujo desde la lejana Asia hasta Italia. Aquí, Julo, el hijo de Eneas, fundó Alba Longa. Años más tarde, la hermosa princesa Rea Silvia de Alba Longa, descendiente directa de Julo, sería poseída por el mismísimo dios Marte y de esa unión nacieron Rómulo y Remo. Rómulo fundó Roma y de ahí hasta ahora. Tu familia entronca directamente con Julo, de donde toma el nombre de *gens* Julia. En este mundo que aguarda tus primeros pasos, están los patricios, la mayoría senadores, y, de entre ellos, algunos muy ricos que han alimentado sus inmensas fortunas en los últimos años de crecimiento de Roma, y, por esa razón, se creen elegidos y especiales, como si estuvieran señalados por los dioses.

Se sienten con derecho a todo y por encima de los ciudadanos, del pueblo de Roma, y también por encima de los *socii*, nuestros aliados en Italia. Estos senadores viles se llaman a sí mismos *optimates*, los mejores, pero, hijo mío, sólo tu familia desciende directamente de Julo, del hijo de Eneas, sólo tú eres sangre de la sangre de Venus y Marte. Sólo tú eres especial. Sólo tú, mi pequeño. Sólo tú. Y ruego a Venus y a Marte que te protejan y que te guíen tanto en la paz como en la guerra. Porque vas a vivir guerras, hijo mío. Ése es tu destino. Ojalá seas, entonces, tan fuerte como Marte, tan victorioso como Venus. Recuérdalo siempre, hijo mío: Roma eres tú.

Y Aurelia repitió al oído de su hijo de apenas unos meses aquella historia una y otra vez como si fuera una oración, y así, sin darse cuenta, aquellas palabras entraron en la mente del pequeño y lo acompañaron durante años. Y las palabras de Aurelia permearon en su interior y quedaron en su recuerdo, grabadas, como talladas en piedra, forjando, para siempre, el destino de Julio César.

Prooemium

Mediterráneo occidental
Siglos II y I a. C.

Roma crecía sin límite.

Desde la caída del Imperio cartaginés, Roma se había constituido en la potencia dominante que controlaba todo el Mediterráneo occidental. Y no sólo eso, sino que además de dirigir los destinos de Hispania, Sicilia, Cerdeña, varias regiones del norte de África y toda Italia, empezaba a mirar con ansia hacia el norte, hacia la Galia Cisalpina, por un lado, y hacia oriente, hacia Grecia y Macedonia, por otro.

Aquel gigantesco crecimiento enriquecía las arcas del Estado romano, pero el reparto de tanta opulencia y de tantas nuevas tierras no era igualitario: un pequeño grupo de familias aristocráticas, reunidas en torno al Senado, acumulaban terrenos y dinero año tras año, mientras que a la inmensa mayoría de los habitantes de Roma y a los campesinos de las poblaciones vecinas apenas se les invitaba a aquel descomunal festín de riqueza y poder: las tierras quedaban en manos de unos pocos senadores latifundistas, a la par que el oro y la plata y los esclavos terminaban también en manos de aquellas mismas familias patricias senatoriales.

Tanta desigualdad encendió el conflicto interno: la Asamblea del pueblo romano, liderada por sus máximos representantes, los tribunos de la plebe, se enfrentó contra el Senado reclamando un reparto más equitativo de poder y dinero. Aparecieron hombres audaces que exigieron justicia y redistribución de tierras. Tiberio Sempronio Graco fue uno de ellos. Hijo de Cornelia y, por tanto, nieto de Escipión el Africano, fue elegido tribuno de la plebe y promovió una ley de reparto de la tierra en el año 133 a. C., pero el Senado envió decenas de sicarios a emboscarlo en la explanada del Capitolio y fue asesinado a plena luz del día a mazazos. Su cuerpo fue arrojado al Tíber, sin recibir sepultura alguna. Su hermano, Cayo Sempronio Graco, elegido también tribuno de la plebe, volvió a intentar poner en marcha las reformas que Tiberio promoviera doce años antes. Fue en ese momento cuando el Senado promulgó por primera vez un *senatus consultum ultimum*, mediante el cual los senadores daban a sus dos líderes, los cónsules de Roma, autoridad para detener y ejecutar a Cayo Graco y a cualquier otro tribuno de la plebe que promoviera semejantes reformas de reparto de tierras. En el 121 a. C., rodeado por sicarios dirigidos por los cónsules y el Senado, Cayo Graco pidió a un esclavo que lo matara para no caer muerto en manos de sus enemigos.

Los partidarios de las reformas se agruparon en torno al partido de los denominados «populares», que defendían las propuestas de los malogrados Graco, mientras que los senadores más conservadores se asociaron en lo que se dio en denominar como el partido de los *optimates*, es decir, «los mejores», pues se consideraban superiores al resto. Roma estaba dividida, oficialmente, en dos bandos irreconciliables. A estos dos grupos se añadía un tercero en discordia, los *socii*: los habitantes de las ciudades aliadas de Roma en Italia, que veían cómo las decisiones que afectaban a su futuro las tomaban senadores o ciudadanos romanos sin tenerlos a ellos en cuenta. Este tercer grupo empezó a reclamar la ciudadanía romana y con ella el derecho a voto para poder así tomar parte en aquellas decisiones que tanto los afectaban.

La Asamblea de Roma terminaría eligiendo nuevos tribunos de la plebe que, una y otra vez, intentarían poner en marcha las reformas promovidas por los Gracos años atrás. Pero todos serían aniquilados por sicarios armados y a sueldo de los senadores. Roma estaba partida en tres: populares, *optimates* y *socii*. Apareció entonces un joven romano, patricio de origen, pero sensible a las reclamaciones de los populares y de los *socii*, que se percató de que había un cuarto grupo en liza, al que nadie prestaba atención aún: los provinciales, los habitantes de las nuevas provincias que Roma iba anexionándose desde Hispania hasta Grecia y Macedonia, desde los Alpes hasta África.

Este joven pensaba que las cosas tendrían que cambiar de una vez por todas, pero él apenas tenía veintitrés años y estaba solo. De hecho, muy pocos repararon en él hasta un juicio que tuvo lugar en el año 77 a. C., donde este hombre aceptó intervenir como fiscal acusador, pese a su juventud.

El acusado, por *corruptio* mientras ejercía de gobernador en la provincia de Macedonia, era el todopoderoso *optimas senator* Cneo Cornelio Dolabela, brazo derecho del líder supremo de los senadores *optimates*, Lucio Cornelio Sila.

El tribunal —compuesto por otros senadores, según las leyes de Sila que habían abolido la separación entre justicia y Senado— estaba predispuesto a exonerar a Dolabela, quien, además, había contratado a los dos mejores abogados defensores de la época: Hortensio y Aurelio Cota. Por eso nadie había aceptado ser fiscal en una causa perdida desde su inicio. Sólo un loco o un iluso podía aceptar ejercer la acusación en semejantes circunstancias.

Dolabela se echó a reír cuando por fin le dijeron quién iba a ser el acusador, y continuó celebrando fiestas y banquetes, relajado y seguro de sí mismo, a la espera de un juicio que sabía ya ganado.

El nombre del joven e inexperto fiscal era Cayo Julio César.

El juicio I

PETITIO

En la *petitio*, una persona libre solicita a un abogado que acepte o bien ser su defensor o bien su fiscal en una causa en Roma. En el caso de un no romano, éste debía encontrar a un ciudadano romano que aceptara ser su abogado, en particular si deseaba enjuiciar a alguien poseedor de la ciudadanía romana.

I

La decisión de César

***Domus* de la familia Julia, barrio de la Subura**
Roma, 77 a. C.

—Todos los que lo han intentado están muertos. Caminas directo al desastre. No debes, no puedes aceptar lo que te proponen. Es suicida. —Tito Labieno hablaba con vehemencia, con la pasión del amigo que intenta persuadir a alguien de que no cometa el error más grande de su vida—. No se puede cambiar el mundo, Cayo, y este juicio va de eso precisamente. ¿He de recordarte el nombre de todos los que han muerto intentando ese cambio y enfrentándose a los senadores? Ellos siempre han mandado y van a seguir haciéndolo. No hay opción para cambiar nada. Se trata más bien de unirnos a los que mandan o alejarnos de ellos, pero nunca, ¿me oyes, Cayo?, nunca enfrentarse a los senadores *optimates*. Eso es la muerte. Y lo sabes.

César escuchaba atento a su amigo de infancia. Sabía que le hablaba con honestidad. Él, de momento, no decía nada.

Cornelia, la joven esposa de César, de diecinueve años, asistía a la escena en pie, en el centro del atrio de la *domus*. De hecho, él daba vueltas en torno a ella mientras ponderaba el consejo de Labieno y rumiaba ensimismado qué respuesta dar a los macedonios que habían venido a solicitar su ayuda.

A Labieno el silencio de César lo inquietaba. Empezaba a temer que sus palabras no bastasen para persuadirlo. Por eso, al verlo girar alrededor de Cornelia —todo un símbolo de lo central que para César era su esposa—, se aferró a ese amor que él le profesaba y que era de todos conocido, y recurrió a ella:

—Cornelia, por Hércules, tú amas a tu esposo. Dile que por ti, que por su madre, que por su familia, rechace esta locura. Dolabela es intocable. Cayo casi muere al oponerse a Sila, pero si se enfrenta de modo directo en un juicio contra su brazo derecho, tu marido es hombre muerto. ¡Por todos los dioses, dile algo!

Cornelia parpadeaba mientras escuchaba a Labieno.

En ese momento, se oyó un llanto. La pequeña Julia, hija de César y Cornelia, de apenas cinco años, apareció en el atrio seguida de cerca por una esclava.

—Lo siento, mi ama, lo siento —se disculpaba la esclava—. Es muy rápida.

—Mamá, mamá... —gritaba la niña, y se aferró a las rodillas de su madre.

La irrupción de la pequeña Julia rescató a su madre de tener que pronunciarse sobre lo que Labieno le demandaba.

—Ahora regreso —dijo Cornelia mientras cogía de la mano a su hija y se la llevaba del lugar.

César, con el semblante serio, asintió mirando a su esposa.

—Papá —dijo la niña al pasar cerca de él.

Cayo Julio César sonrió a su hija.

Cornelia tiró de ella y desapareció junto con la esclava por un extremo del atrio.

Labieno se encontró solo en su tarea de intentar persuadir a su amigo de que desistiera de aceptar aquel encargo envenenado, pero no por ello pensaba rendirse. Así que continuó hablando, pese a que los representantes de la provincia de Macedonia que querían contratar al joven Julio César como abogado seguían allí mismo. Pérdicas, Arquelao y Aéropo eran sus nombres. Éstos se sentían incómodos ante aquellas palabras de Tito Labieno, pero no se atrevían a interrumpir el debate entre dos ciudadanos romanos.

—Escúchame bien, Cayo —proseguía Labieno pese a las hostiles miradas de los macedonios—, si aceptas, te masacrarán en el juicio, primero, y luego te asesinarán en cualquier calle oscura o a plena luz del día en el foro. No sería la primera vez. Desde la muerte de tu tío Mario y la victoria absoluta de Sila, los senadores *optimates* cada vez actúan con más osadía. Se sienten más fuertes que nunca. *Son* más fuertes que nunca. Pero, escucha bien lo que te digo, incluso si ocurriera el improbable desenlace de que el tribunal fallara a tu favor, te estarías enfrentando a Cota, a tu propio tío, al hermano de tu madre, a quien Dolabela ya ha contratado como defensor. ¿Es eso lo que quieres? ¿Obligar a tu madre a que se vea forzada a decidir, a elegir entre su propio hermano o su hijo?

Ante esas palabras, Julio César alzó levemente las manos, como si rogara a su amigo que callara, bajó la mirada y se quedó observando el mosaico resquebrajado del suelo de la *domus* de su familia. Eran del orden patricio, pero últimamente el dinero no abundaba como debiera, no desde la caída de su otro tío, del gran Cayo Mario. Sila les había confiscado numerosos bienes a la familia Julia por haber sido seguidores y promotores de la facción popular en Roma. No tenían dinero ni para reparar aquel maldito mosaico agrietado. Pero aquello no era lo que preocupaba al joven César.

—Ésa es la clave —dijo al fin.

En ese instante reapareció Cornelia y, en silencio, con sigilo, recuperó su posición junto a su esposo en el centro del atrio. La niña ya estaba de nuevo atendida por las esclavas. Julia estaba llorosa: había estado mala, pero ya parecía ir recuperándose. Cornelia sabía que la pequeña detectaba la tensión en la casa y eso la afectaba. Dicen que los niños perciben el desastre cuando éste acecha. ¿Sería cierto? La mujer de César vio sus pensamientos interrumpidos por la voz serena y firme de su esposo.

—¿Está bien Julia?

—Está bien. No tiene ya fiebre. No te preocupes por ella —respondió Cornelia con rapidez y precisión, siempre atenta a apoyarle. No era momento de intranquilizarlo sin necesidad. Había asuntos en juego más relevantes que los berrinches de una niña.

—¿Cuál es la clave? —retomó Labieno la conversación donde se había interrumpido: había dicho tantas cosas para intentar convencer a su amigo de que no se involucrara en aquel juicio contra Dolabela, que ahora no sabía a qué podía estar refiriéndose César.

—Mi madre —contestó Julio, y pronunció su nombre en alto, despacio, como si ponderara con cada letra la gran autoridad que para él seguía teniendo su madre en sus decisiones—: Aurelia. ¿Qué es lo que ella consideraría mejor: que acepte ser el acusador en un juicio en el que mi tío Cota es abogado de la defensa y, en consecuencia, como bien dices, se genere así un enfrentamiento en la familia o, que, por el contrario, no acepte, no me inmiscuya en el asunto pese a que por dentro me hierva la sangre? Dolabela fue uno de los miserables aliados de Sila. Y si sólo la mitad de lo que cuentan es cierto —añadió señalando a los macedonios—, ha perpetrado crímenes horribles, delitos aún más execrables en un senador que debería dar ejemplo con su comportamiento; crímenes, a fin de cuentas, por los que debería pagar un alto precio. Dolabela es, en definitiva, uno de nuestros enemigos. ¿He de dejarlo escapar ahora que lo puedo someter a juicio público, después de tanto daño como nos ha hecho él apoyando y aprovechándose de las confiscaciones de bienes a las que nos sometió Sila?

—No eres lo bastante fuerte para enfrentarte a tu tío Cota y a Hortensio, que tienen mucha experiencia como abogados defensores; y a los jueces, que estarán comprados, sobornados, con toda seguridad —opuso Labieno con sentido común.

La compra de jueces era habitual en Roma cuando el acusado era un senador poderoso y rico. Y más desde que, con la reforma judicial de Sila, los tribunales que encausaban a senadores también los formaban senadores. Dolabela había sido cónsul, había sido merecedor de un triunfo por derrotar a los tracios y había amasado una gran fortuna a la sombra de las proscripciones del dictador Sila y, a lo que se veía, según decían los representantes macedonios allí presentes, había incrementado aún más su inmensa fortuna malversando fondos públicos y cobrando a los habitantes de toda aquella rica provincia romana tributos que él mismo inventaba. Y el dinero era el que ganaba siempre en los juicios en Roma. Dolabela era un senador demasiado rico como para que otros *patres conscripti** se atrevieran a condenarlo. La magnitud de los crímenes no importaba. Que hubiera perpetrado más delitos, más allá de robar dinero, daba igual.

—Cornelia, por todos los dioses, por lo que más quieras, ayúdame a impedir que tu esposo cometa esta locura —apeló Labieno de nuevo, mirando a Cornelia.

Se hizo el silencio.

Ahora no entró ninguna niña ni hubo interrupción alguna que pudiera rescatarla de manifestarse con claridad sobre el asunto que se debatía. Labieno sabía que la opinión de Cornelia, pese a su juventud, era importante para César.

Ella bajó la mirada y se quedó observando la cicatriz del gemelo izquierdo de Labieno, una herida que lo unía a su esposo para siempre y por la que le debía lealtad infinita. A ella no le gustaba contravenir a Labieno en nada, pero el criterio de su esposo, lo que pensara César, al fin, estaba siempre por encima de cualquier otra cosa.

—Lo que decida mi esposo... —empezó—, lo que decida mi esposo será lo correcto. Y yo estaré con él. Como siempre —lo miró a los ojos—, y como él siempre ha estado conmigo.

Los dos hombres sabían que Cornelia aludía a un pasado cercano donde el amor de César por ella se puso a prueba de forma cruel e inclemente, y en donde él demostró de qué madera estaban hechas sus entrañas.

—Lo que tú decidas —repitió ella, y fijó la vista en el suelo. No pensaba intervenir más.

César agradeció que Cornelia no le pusiera las cosas más difíciles. La amaba tanto que ella podría influir en un sentido o en otro.

* Senadores.

Su neutralidad le daba libertad de acción. Estaba claro que, después de lo pasado con Sila, ella ya no necesitaba más pruebas de amor por su parte.

Por otro lado, lo que decía su amigo tenía toda la lógica del mundo: aceptar la propuesta de los macedonios era suicida y además conducía a un enfrentamiento en el seno de la familia. Suspiró.

—Llamemos a tu madre —dijo entonces Labieno, que veía cómo, por fin, empezaba a dudar.

—¡No! —replicó César con vehemencia.

El otro se detuvo.

—Si hay algo que tengo claro, es que mi madre querría que tomara mi decisión a solas —se explicó César—. Tal y como ha sugerido Cornelia ahora mismo. Mi madre... siempre me enseñó a ser independiente, da igual cuánto la estime y cuánto valore sus consejos. Desde hace tiempo quiere que las decisiones importantes las tome solo, y así será en esta ocasión.

Labieno negó con la cabeza, aunque, en su fuero interno, buen conocedor de las costumbres y caracteres de todos los miembros de la familia de su amigo, intuía también que eso era exactamente lo que la muy respetada Aurelia habría dicho en caso de que la convocaran allí en aquel preciso instante; justo como había afirmado Cornelia: César debía decidir por sí mismo. Era como si aquella matrona hubiera querido forjar en su joven hijo un líder nato, alguien que no se detuviera ante nada y ante nadie. Y era como si la joven esposa hubiese aceptado ese rasgo como algo inherente e inseparable de la figura de su marido. Pero aquello, para Labieno, sólo podía conducir al desastre...

Julio César miró a los macedonios.

—¿Por qué yo?

Los representantes de la provincia oriental se miraron entre sí, hasta que Aéropo, el más veterano, se decidió a responder:

—Sabemos que el joven Julio César se enfrentó al terrible dictador Sila cuando muchos se sometieron a sus desmanes, y también a Dolabela, a quien acusamos de robar el dinero de nuestros compatriotas y de otros ultrajes aún más abyectos... —Aquí tuvo que tragar saliva para no entrar de nuevo en asuntos que tocaban muy de cerca a su propia hija Myrtale—. Ultrajes... que ya hemos referido. Como decía, Dolabela fue amigo del peligroso Sila. Nos han dicho que en ocasiones fue su brazo derecho, en la guerra o en la represión de sus opositores en Roma. Sólo alguien que no temió a Sila en el pasado será capaz de enfrentarse a Dolabela y su dinero, sus artimañas y su crueldad presentes. Por eso hemos venido a rogar al joven Julio César que acepte ser él, y no otro, nuestro abogado, nuestro acusador. Según las leyes de Roma, sólo un ciudadano romano puede llevar a juicio a otro ciudadano romano. Y no creo que encontremos muchos otros ciudadanos romanos que osen asumir el riesgo de encararse con alguien como el exgobernador y excónsul Cneo Cornelio Dolabela y...

En ese momento, Labieno interrumpió al emisario macedonio:

—Lo admito, Cayo, este hombre tiene razón en algunas cosas, pero en cuestiones terribles: Dolabela es, en efecto, cruel, es peligroso, tiene mucho dinero y no dudará en usarlo comprando al tribunal o pagando sicarios que acaben contigo si las cosas se ponen mal para él durante el juicio. Y sí, te enfrentaste a Sila y casi te costó la vida. La diosa Fortuna estuvo contigo entonces, aunque no creo que sea inteligente vivir de nuevo al límite y que tengas que averiguar si los dioses, una vez más, van a salvarte o a abandonarte. Sé que crees que Venus y Marte te protegen, pero, te lo ruego, no los pongas de nuevo a prueba.

Cayo Julio César inspiró hondo mientras asentía varias veces y miraba, alternativamente, a su amigo Labieno y a los enviados macedonios.

Contuvo la respiración.

Bajó la mirada.

Puso los brazos en jarras.

Asintió una vez más mirando al suelo.

Alzó los ojos y los fijó en los macedonios:

—Acepto ser vuestro abogado. Seré el fiscal en ese juicio.

Labieno negó con la cabeza.

Cornelia cerró los ojos y rogó en silencio que los dioses protegiesen de veras a su esposo.

Los macedonios se inclinaron en señal de reconocimiento, se despidieron educadamente, no sin antes depositar sobre una mesa que había en el atrio de la *domus* un pesado saco de monedas, como primer pago por los servicios de su fiscal, y salieron dejando atrás a los dos amigos y la joven esposa. No es que los macedonios tuvieran prisa, más bien temían que Julio César se pensara mejor lo que acababa de decir y se echara atrás. Preferían salir de allí a toda velocidad con el compromiso de aquel ciudadano de Roma de ser su acusador contra el todopoderoso Dolabela. Seguían muy persuadidos, como todos en la gran ciudad del Tíber, de que el juicio se perdería, pero al menos estaba en marcha un intento de venganza. Si no funcionaba, ya tenían otro plan pensado: Dolabela, lo tenían claro, iba a morir por todo lo que les había hecho. Lo que no sabían era a cuántos se llevaría el excónsul por delante: quizá a todos ellos, incluido el joven fiscal que había aceptado iniciar el juicio. Les daba igual. Los macedonios iban a muerte. En su ingenuidad no calibraban bien la fortaleza descomunal de su enemigo.

En el atrio de la *domus* de la familia Julia en el centro de la Subura, Labieno suspiraba sumido en el más absoluto desaliento.

Julio César volvía a mirar al suelo. La decisión estaba tomada, pero, aun así, no dejaba de preguntarse cómo iba a reaccionar su madre. Eso era lo único que le preocupaba en aquel instante. Pensaba en todo aquello que le relató su madre de lo que ocurrió cuando él apenas tenía unos meses. ¿Se repetiría la historia con él ahora como víctima del eterno pulso entre *optimates* y populares? ¿Terminaría él igual que los demás?

Sintió entonces los brazos suaves de su mujer abrazándolo por la espalda.

César cerró los ojos y se dejó abrazar.

Lo necesitaba.

*Memoria prima**

AURELIA

Madre de César

* Primer recuerdo.

II

Senatus consultum ultimum

**Domus de la familia Julia, Roma,
99 a. C., veintidós años antes del juicio contra Dolabela**

Era periodo de elecciones; era, en consecuencia, periodo de violencia.

La brutalidad, la muerte y la locura parecían campar a sus anchas cuando se acercaba el momento de reelegir a los hombres que debían ocupar los cargos más importantes de la República: cónsules, tribunos de la plebe y pretores.

Aurelia tenía en sus brazos a Cayo Julio César, su hijo de apenas unos meses. El niño había estado tranquilo toda la tarde, pero con los gritos que llegaban desde el atrio, se despertó y empezó a llorar. Aquello enfureció a Aurelia. Al pequeño le costaba dormir. Era un niño muy inquieto y la joven matrona estaba convencida de que hacían falta calma y sosiego para conciliar el sueño. Por eso, cuando conseguía dormirlo, la encolerizaba que lo despertaran a gritos. Ella sabía de las elecciones y de las tensiones políticas incontroladas en las que estaba sumida Roma, pero para Aurelia la única prioridad en aquel momento era el descanso de su joven vástago.

—Cógelo —ordenó Aurelia al tiempo que, con cuidado, entregaba el pequeño a la esclava nodriza—. Intenta tranquilizarlo mientras yo hago que esos salvajes guarden silencio o que, al menos, dejen de vociferar como locos.

Aurelia caminó decidida por los pasillos de la *domus* de la familia Julia, su familia ahora, desde que se desposó con Cayo Julio César padre, hacía unos años. Estaba airada y había pensado irrumpir en el atrio clamando a los dioses y encarándose con su esposo y sus amigos por gritar, cuando distinguió con nitidez la voz de su cuñado Cayo Mario.

Se detuvo un instante.

Mario había sido elegido seis veces cónsul, cinco de forma consecutiva pese a que las leyes no favorecían semejante opción, y a Aurelia le llamó la atención que, por primera vez desde que lo conocía, Mario hablara con... miedo. Para que alguien seis veces cónsul, victorioso en decenas de confrontaciones y batallas contra los bárbaros que acechaban Roma, hablara con miedo..., algo grave debía estar pasando.

Inmóvil al final del pasillo, junto a la entrada al atrio, aguzó el oído.

—Saturnino y Glaucia se han vuelto locos —decía el veterano cónsul.

Aurelia apretó los labios. Saturnino y Glaucia eran los tribunos de la plebe del momento. Asintió para sí. Tribunos fuera de control... Eso siempre terminaba en un enfrentamiento mortal con el Senado, en revueltas, disturbios y sangre por todas las calles de Roma.

Inspiró hondo y entró en el atrio.

No saludó, aunque era su deber. Fue su forma de mostrar su enfado, pero no clamó a los dioses ni elevó el tono. De hecho, la idea era que todos hablaran con voz más calmada.

—¿Por qué dices que Saturnino y Glaucia han perdido la razón? —preguntó directamente a Mario al tiempo que se ponía al lado de su esposo y lo cogía del brazo un instante a modo de saludo—. Habéis despertado al niño con vuestros gritos. Espero que sea por algo serio que se interrumpe el sueño de mi hijo y no por una más de las tantas discusiones políticas que sostenéis habitualmente.

—No es una discusión más, Aurelia —replicó él mirándola con cierto aire de desaprobación, al ver que su esposa no saludaba con el debido respeto.

—Cayo Mario sabe que aquí es siempre apreciado —dijo ella de inmediato como respuesta a la mirada de su marido—, y como buen militar que es, estoy segura de que valora que vaya al grano, ¿no es así, *clarissime vir* y cónsul de Roma? —apostilló con una leve sonrisa dirigida a su cuñado.

A Mario, en efecto, siempre le parecía bien evitar rodeos en la conversación. Victorioso en las guerras contra Yugurta en África y contra los cimbrios y teutones en el norte, le gustaba aquella mujer con la que se había desposado su cuñado. Aurelia era atractiva, era inteligente y estaba seguro de que podría haber sido un gran *legatus* de las legiones si no hubiera sido mujer.

—No hace falta que te incomodes por la forma de ser de tu esposa, Cayo. Aquí, sin duda, ya nos conocemos todos —dijo afable el cónsul, para, acto seguido, mirar fijamente a Aurelia—. Pero no, no se trata de una discusión como las otras: Saturnino y Glaucia han pagado a sicarios para que asesinen a Memio, el segundo candidato a cónsul de los *optimates*.

—Han usado violencia contra violencia —replicó Aurelia mientras se reclinaba en un *triclinium* y hacía señas a Mario y a su esposo para que la imitaran.

Tras ver que los dos hombres obedecían, miró hacia el esclavo *atriense* de la *domus* para indicarle que deseaba agasajar al invitado con comida y vino. Más allá del interés por aquella conversación, Aurelia confiaba en que recostarse, comer y beber sosegara el ánimo de los hombres y, al hablar más tranquilos, su hijo César pudiera por fin dormir.

—Violencia contra violencia, eso es cierto, pero el Senado es siempre más fuerte si se trata de violencia —se explicó Cayo Mario.

—Bueno, pues tendrán que ser Saturnino y Glaucia los que

se preocupen por haber promovido el asesinato de Memio, ¿no? —dijo Aurelia antes de invitar a Mario a beber de las copas que los esclavos traían a toda prisa.

Aurelia era una *domina* generosa si se la atendía bien, pero podía desatar su furia en forma de latigazos que el *atriense* repartía con brutalidad si algún esclavo no cumplía su cometido con diligencia.

Mario bebió un largo trago de vino e inspiró profundamente, pues tenía mucho que contar y poco tiempo para hacerlo: debía tomar una decisión de vida o muerte ya mismo. Le gustaba departir con Cayo Julio César padre. Su cuñado era un hombre discreto, no ambicioso, algo poco frecuente en Roma, que escuchaba y daba consejos siempre interesantes. Y Aurelia, su esposa, también lo hacía sentir cómodo. En tiempos de traiciones políticas constantes, encontrar una casa donde poder hablar con sosiego, donde ser escuchado y sentirse apoyado, era un bálsamo que Mario apreciaba sobremanera. Dejó la copa. Vio la cara interrogante de Aurelia. Decidió resumir la situación para que ella se incorporara también a ese diálogo con pleno conocimiento de lo que estaba ocurriendo en Roma:

—A mi regreso del norte, tras derrotar a los cimbrios y teutones me encontré acorralado en el Senado. Mis victorias en el norte y mi triunfo anterior en África les han hecho temerme, y los *optimates* del Senado, que lo dominan, buscaban aislarme. Me alié entonces, como sabéis, con los populares Saturnino y Glaucia, también acosados por el propio Senado. En el pacto que establecimos nos ayudamos a controlar puestos claves de la República, y así Glaucia fue elegido pretor; Saturnino, tribuno de la plebe; y yo, cónsul por sexta vez. Saturnino y Glaucia me apoyaron además aprobando una ley agraria que permitía que fueran los veteranos de mis legiones en África y la guerra del norte quienes recibieran tierras de cultivo, unos al norte del Po y otros en la propia África. Eso generó resquemor en el Senado, pero también entre los *socii* de nuestras ciudades aliadas en Italia, pues consideraban que los terrenos al norte del Po les pertenecían en tanto que ellos los ocupaban antes de las invasiones de cimbrios y teutones. Saturnino, Glaucia y yo mismo, coordinados, conseguimos apaciguar a los itálicos concediéndoles ingresar en las nuevas colonias de Sicilia y Macedonia, pero eso, a su vez, puso muy nerviosos a los ciudadanos romanos, que percibían que entrar en esas colonias era parte del derecho de ciudadanía. Para aplacar entonces los ánimos de la plebe romana, acordamos, de nuevo los tres, Glaucia, Saturnino y yo, iniciar repartos de trigo a precio subvencionado entre toda la ciudadanía romana, algo que, como los repartos de tierras y colonias, inquieta y mucho a los senadores. Tengo a mis veteranos de guerra, que con tanto valor y esfuerzo defendieron Roma de los ataques bárbaros, premiados y satisfechos; tengo a la plebe tranquila y a los itálicos, a los *socii*, calmados. Hemos conseguido un complejo equilibrio donde todos salimos ganando.

—Todos menos los senadores *optimates* —apuntó Aurelia con buen criterio.

Mario asintió y sonrió al ver lo rápido que su cuñada podía leer la política romana.

—Todos menos los *optimates*, así es —confirmó el cónsul—. Los *optimates* sólo ven en todo esto un reparto mayor de la riqueza, sean tierras o trigo o derechos, pero como teníamos al pueblo y a los itálicos con nosotros, aún dudaban en volver a atacar como han hecho en el pasado, como cuando desde el Senado se promovieron las muertes de los Gracos, justo tras los tiempos de Escipión el Africano. Sin embargo, Saturnino y Glaucia han confundido esta contención del Senado con debilidad y ahora que tenemos las elecciones al consulado han instigado el asesinato de Memio...

—El candidato *optimas* —recordó Aurelia.

—El candidato *optimas* —asintió Cayo Mario, y retomó su relato—: Ante esta violencia, el Senado se ha decidido a actuar y no sólo veo sus bandas de sicarios tomando posiciones por toda la ciudad, sino que han emitido un *senatus consultum ultimum*.

Se hizo un silencio. Cayo Julio César padre permanecía muy

serio, sin probar bocado. Cayo Mario, por su parte, aprovechó aquella pausa para coger un poco de queso. No estaba seguro de cuándo iba a tener tiempo para comer algo en las próximas horas y sabía, por experiencia, que era mejor entrar en combate con el hambre saciada.

—Cuando se ordenó desde el Senado la ejecución de Cayo Graco, uno de los primeros tribunos de la plebe que se les enfrentó, ¿no aprobaron los senadores también un *senatus consultum ultimum*? —preguntó Aurelia.

—Así es —dijo Cayo Julio César padre.

Mario seguía comiendo y César padre, que tenía aún más información que su esposa, había interpretado bien por qué lo hacía.

—Y en este caso —continuó Aurelia—, el nuevo decreto es para... ¿acabar con Glaucia y Saturnino?

—Así es —repitió César padre.

Mario comía.

—Pero cuando el Senado emite un *senatus consultum ultimum* suele encomendar a alguien la ejecución de lo que se ordena en ese decreto, ¿no es así? —volvió a preguntar ella.

—En efecto —confirmó su esposo.

—¿Y a quién ha señalado el Senado como ejecutor de sus instrucciones? —inquirió entonces Aurelia.

Esta vez él no respondió y se limitó a mirar a su cuñado.

Cayo Mario dejó de masticar. Engulló de golpe el queso y el pan que tenía en la boca.

—Sí, a mí, en tanto que cónsul de Roma —certificó.

—Buscan dividiros —comentó Aurelia en voz baja pero audible en un atrio ahora muy silencioso—. Ellos han sido tus aliados.

—Lo han sido —admitió Mario—, pero lo de asesinar a Memio lo han decidido sin consultarme.

—Ya —aceptó ella. Cierto era que había sido una decisión muy importante que debería haber sido consensuada entre todos—. No te consultaron la acción contra Memio porque muy probablemente tú te habrías opuesto.

—Con toda seguridad —respondió Mario—. Más allá de la cuestión moral de promover un asesinato, porque, además, es un error en este pulso brutal: Saturnino y Glaucia interpretan que el Senado está vencido, cuando yo creo que simplemente está midiendo sus tiempos, calculando cómo y cuándo contraatacar para volver a hacerse con el poder completo, situando en el tribunado de la plebe y en la pretura a hombres de su confianza que no promuevan estos repartos de tierras, riqueza o derechos y así, por fin, aislarme del todo antes de asestarme el golpe definitivo. Golpe metafórico o real. Ahora, Roma entera está tomada por los sicarios del Senado. Yo aún me puedo mover porque voy escoltado por mis veteranos de guerra y porque el Senado habrá dado instrucciones de que no me toquen a la espera de ver por qué bando me decanto: si sigo al lado de Saturnino y Glaucia y los protejo, o si me paso al bando de los *optimates* y doy cumplimiento al *senatus consultum ultimum*. Y por eso estoy aquí, porque lo que decida va a afectar a toda mi familia y vosotros, desde que me casé con Julia, sois también mi familia. Si no hago caso al Senado, sus sicarios irán a por mí y, quizá, a por mis familiares y a por mis amigos... y no tengo suficientes hombres para protegeros a todos.

Se hizo un nuevo y muy tenso silencio.

—Es Sila —Mario reinició la conversación, pero miraba al suelo, como si hablara para sí mismo—. Está maniobrando y lo hace con habilidad. No pensé que se atrevería a tanto, pero ahora lo veo claro: quiere erigirse en líder de los *optimates* y está haciendo mérito ante Metelo y los suyos, que siempre andan buscando nuevos senadores con suficiente energía para enfrentarse a mí.

—Pero Sila combatió contigo —interpuso Aurelia—, en África, como *quaestor*, creo recordar, y luego también bajo tus órdenes contra los bárbaros del norte, ¿no es así?

Mario la miró.

—Sí, cierto. Recuerdas bien. Y era buen militar y muy astuto ante los enemigos, pero luego se empeñaba en arrogarse todo el mérito. Se volvió desagradable para muchos de mis hombres de confianza y para mí mismo. Por eso le negué mi apoyo cuando quiso presentarse a pretor y, en su lugar, animé a Glaucia para que se presentara a ese cargo, mientras yo lo hacía al consulado y Saturnino se presentaba al tribunado de la plebe. Desde entonces, Sila agita cuanto puede las aguas más turbulentas del Senado contra mí. Aun así, no pensé que fuera capaz de promover un *senatus consultum ultimum*. Es muy calculador.

—La violencia de Saturnino y Glaucia habrá despertado su lado más brutal —comentó Aurelia—, y responde con ese decreto mortal al asesinato del *optimas* Memio por parte de Saturnino y Glaucia.

—Sin duda. —Mario bajó de nuevo la mirada y continuó otra vez como ensimismado—: Pero hay algo más... —Guardó un silencio que no quebraron sus anfitriones mientras él ordenaba sus ideas—. ¡Por Júpiter! —exclamó al fin el cónsul—: Es ese joven Dolabela. Ahora lo veo claro.

—¿Dolabela? —preguntaron a la vez Aurelia y su esposo. Aquel nombre les resultaba nuevo.

—Es normal que no lo conozcáis —les aclaró Mario—: Cneo Cornelio Dolabela no ha hecho nada meritorio. Su padre sí, pero él nada aún. Tiene un *cursus honorum* gris: no ha destacado por nada ni ocupado cargo alguno de relevancia, pero se mueve bien en el Senado y lo he visto con frecuencia sentado al lado de Sila, hablándole al oído y animándolo en sus diatribas ante la Curia. Es eso: Dolabela está alimentando el ego de Sila, empujándolo a dar el paso que no se atrevía a tomar por sí mismo y empezar su camino hacia el liderato de los *optimates*. Los Metelos han dominado el partido conservador los últimos años, pero están cansados y muchos los ven incapaces de enfrentarse a mí. Sila ha promovido el *senatus ultimum consultum* contra Saturnino y Glaucia para ponerme en la complicada tesitura en la que me encuentro. Así se venga de mí. Sabía que tarde o temprano tendría que enfrentarme a él, pero no pensé que fuera a suceder tan pronto.

Mario calló otra vez.

Cayo Julio César padre tampoco decía nada. No sabía bien qué aconsejar.

—Entonces... ¿has tomado tu decisión? —inquirió Aurelia, pero rápidamente se corrigió y convirtió su pregunta en una afirmación—: La has tomado, por eso estás aquí. Has venido a advertirnos.

—Así es —confirmó Mario asintiendo repetidas veces—. Voy a arrestar a Saturnino y a Glaucia: el *senatus consultum ultimum* y la gravedad de su crimen, el asesinato de un candidato a cónsul, no me dejan otra alternativa. Pero no los voy a ejecutar. Los arrestaré, los pondré bajo la vigilancia de mis veteranos y negociaré que se celebre un juicio. No sé aún cómo saldrá todo. Vienen tiempos tumultuosos: debéis velar por vosotros. Mientras pueda, dejaré hombres apostados en vuestra calle.

Se levantó.

—Gracias, Mario —dijo Cayo Julio César padre—. Por pensar en nosotros.

—Tened cuidado —respondió el cónsul mientras se encaminaba hacia la puerta acompañado por sus anfitriones—. Yo me enfrentaré a Sila. En parte me corresponde porque fue bajo mi mando que su popularidad se acrecentó. Me toca ahora frenar su ambición desbocada, pero ese Dolabela que lo incita, que lo anima..., es más joven, de otra generación. Me pregunto quién será el que se enfrente a él cuando ni Sila ni yo estemos ya entre los vivos.

En ese instante se oyó un llanto.

—Es tu sobrino —dijo Aurelia—, Cayo Julio César. Voy a ocuparme de él.

Mario se limitó a sonreír. En aquel momento nadie trazó ninguna conexión.

III

El tribuno del pueblo

Colina Capitolina, Roma
99 a. C., esa misma noche

—¡Eres un traidor! —aulló Lucio Apuleyo Saturnino mientras lo rodeaban los veteranos de África que el cónsul había traído consigo para ejecutar el *senatus consultum ultimum*.

Mario podría haber recurrido a los *triumviri nocturni*, la policía nocturna de la ciudad, que le debían fidelidad en calidad de cónsul mientras daba cumplimiento a un decreto senatorial, pero en aquellos tiempos de lealtades cambiantes sólo confiaba en sus veteranos. Además, sus hombres eran más capaces de enfrentarse a la brutalidad de la noche romana que la milicia nocturna.

Así, los experimentados soldados de Mario, curtidos en decenas de batallas contra númidas, cimbrios, teutones y otros pueblos rudos y guerreros, doblegaron con rapidez la resistencia de los fieles a Saturnino, apostados por las calles que daban acceso al templo de Júpiter, donde se había refugiado el tribuno de la plebe. Los sicarios de Saturnino eran buenos para golpear hasta la muerte a un hombre desarmado en una calle oscura, como habían hecho con el senador Memio, pero de poco valían ante exlegionarios de combate acostumbrados a la ferocidad de la guerra.

—No soy un traidor, soy un superviviente, Lucio, eso es lo que soy y, por Cástor y Pólux, no estoy loco como tú y Glaucia —replicó Cayo Mario mientras lo cogía del brazo para conducirlo bajo arresto fuera del templo de Júpiter.

—Te ayudé a conseguir esas tierras que querías para tus veteranos, para esos mismos que te acompañan como perros de presa... ¿De este modo me lo pagas?

—Y yo os ayudé a ti y a Glaucia a ser elegidos en vuestros cargos de tribuno y de pretor, respectivamente —objetó Mario echando a andar—. Los tres nos hemos beneficiado en nuestra alianza, pero matar a un senador, candidato de los *optimates* al cargo de cónsul, es algo inaceptable. Una cosa es arrebatarles algunas tierras a los senadores, ampliar los derechos de los itálicos o forzar al Tesoro público a subvencionar trigo para todos los ciudadanos de Roma, pero entrar en combate mortal contra los senadores ni es inteligente ni era parte del plan.

—Eres uno más de ellos —le espetó Saturnino con desprecio.

Cayo Mario estaba acostumbrado a los insultos de unos y otros. Al moverse entre dos aguas, entre los intereses de los populares, por un lado, y de los *optimates*, por otro, un grupo o el contrario terminaba siempre acusándolo de ser el origen de todos los males de Roma. Él prefería un millón de veces cualquier campo de batalla, ya fuera en los desiertos de África o en los bosques del norte, a las cruentas batallas urbanas de la ciudad de Roma, contiendas brutales, de violencia ilimitada en medio de una confrontación en la que él, más soldado que político, nunca se terminaba de sentir cómodo.

Abandonaron la colina Capitolina e iniciaron el descenso hacia el foro, dejando atrás los cadáveres de los hombres del tribuno de la plebe masacrados por los veteranos de Mario. Nada más llegar al foro, ambos —Saturnino, bajo arresto, y Mario, su captor— pudieron sentir las miradas de decenas de sicarios más, pero éstos a sueldo de los senadores: asesinos que los vigilaban desde las esquinas más oscuras de una Roma nocturna, sin apenas antorchas, que se antojaba más peligrosa que el bosque germano más hostil a las legiones.

—No lo entiendes —empezó entonces Mario hablando en voz baja al tribuno, siempre sin detener la marcha—. O te arrestaba yo o habrían enviado a otro mucho menos propicio a tu causa. Conmigo tendrás un juicio justo. Sin mí, ya estarías muerto a manos de estos miserables que nos observan por todas partes.

—¿Un juicio justo? ¿En Roma? —replicó Saturnino entre cínico y perplejo.

—De acuerdo, por Hércules —aceptó Mario—. Eso no existe, pero mientras se organiza el juicio, ganamos un tiempo precioso y podremos negociar una salida.

Saturnino negó con la cabeza.

—Incluso admitiendo que quisieras ayudarme, el Senado no negocia nunca. Sólo tú, que jamás te has desenvuelto bien en política, no lo entiendes. El Senado encaja derrotas, como las que les hemos infligido con las leyes agrarias, la de las colonias para los itálicos y la del reparto de trigo subvencionado; o bien, el Senado ataca. No hay término medio. Y ahora está atacando. Yo me equivoqué al pensar que se sentían más débiles de lo que quizá son, pero, *clarissime vir*, los *optimates* del Senado no negocian ni negociarán nunca. O son aniquilados o aniquilarán a sus opositores, como llevan haciendo desde el tiempo de los Gracos. ¿Acaso te crees a salvo por cumplir el decreto de arrestarme? Acabarán primero conmigo, luego con Glaucia y, no lo dudes, al final, irán a por ti. Quieren un Senado sólo de *optimates*. No quieren senadores que negocien con el pueblo o con los itálicos. No quieren senadores populares en la Curia. Lo quieren todo para ellos: esclavos, tierras, poder.

La diatriba de Saturnino, más sólida de lo que Mario esperaba escuchar de alguien tan acorralado como el tribuno, lo hizo callar. Anduvieron así durante unos tensos minutos más, que a ambos se les hicieron eternos, atemorizados como estaban ante la posibilidad de cualquier emboscada antes de llegar al foro.

Mario sabía de la combatividad de sus hombres, pero también era conocedor de que los hombres contratados por los *optimates* eran asesinos mucho más brutales que los que había contratado Saturnino: entre los sicarios del Senado habría antiguos gladiadores y también veteranos de guerra más leales o mejor pagados por senadores como los Metelos, o quién sabe si el propio Sila, Dolabela y otros.

—¿Dónde me llevas? —preguntó Saturnino—. ¿Directamente a la roca Tarpeya? ¿O preferirás arrojarme al Tullianum para que me pudra y muera de hambre en esa miserable cárcel? ¿Soy tu nuevo Yugurta?

La alusión al rey africano derrotado por Mario, que fue arrastrado por las calles de Roma durante la celebración del triunfo y luego encerrado en la prisión junto al foro, mostraba a las claras lo poco que Saturnino se fiaba de que el cónsul intentase darle una oportunidad de sobrevivir al *senatus consultum ultimum*.

—Te llevo a la Curia Hostilia —respondió—, no al Tullianum.

—La casa del Senado... Muy hábil, lo acepto —admitió Saturnino al fin, con una sonrisa que dejaba entrever drama y tristeza; quizá Mario sí quisiera ayudarlo—, pero dudo que eso los detenga. Son capaces de quemar el edificio conmigo dentro si así se deshacen del tribuno de la plebe más hostil a su poder desde Cayo Graco.

—No, no creo que den permiso a sus sicarios para que incendien el edificio del Senado —objetó Mario con convencimiento—. En todo esto hay símbolos importantes para ellos. El edificio de la Curia es uno: quemar su propia sede sería un mal augurio y, a los ojos de todos, un acto demasiado desesperado que los haría parecer débiles, temerosos, dispuestos a cualquier cosa por defenderse. Creo que te quemarían en cualquier otro sitio, incluidos los templos, da igual el dios. Sólo se detendrán si te llevo al templo de Vesta o al Senado. Entrar en el templo de Vesta sería sacrilegio; por eso, la Curia Hostilia es la única opción segura para ti esta noche.

Se detuvieron frente a las recias puertas de bronce. Pese a la oscuridad nocturna, las antorchas de los veteranos del cónsul iluminaban lo suficiente como para poder ver la gran pintura que decoraba una de las paredes del *Comitium* frente al edificio de la Curia Hostilia. Mario la contempló unos instantes: el inmenso mural mostraba escenas de la victoria del legendario Valerio Máximo Mesala contra los cartagineses y Hierón II en Sicilia durante la primera guerra púnica. Una gigantesca muestra del poder de Roma hacia fuera, hacia otros pueblos y territorios, mientras que su interior se agrietaba; como una enorme pieza de fruta de apariencia lustrosa pero podrida por dentro.

El cónsul suspiró y negó con la cabeza.

—¡Abridlas! —ordenó Mario, y los suyos obedecieron—. ¡Quédate aquí, por Hércules! —le dijo a Saturnino al despedirse—. Mis hombres te protegerán. Conseguiré un juicio para ti y para Glaucia, e incluso que os perdonen la vida y anulen el *senatus consultum ultimum*.

—No hay nada con lo que negociar —opuso el tribuno de la plebe, totalmente desesperanzado—. Es luchar o morir, y si tú...

—Tenemos a Metelo —lo interrumpió Mario.

—¡Eso jamás, maldito! —gritó Saturnino con rabia, con odio—. ¡Jamás, por Júpiter!

—¡Cerrad las puertas! —aulló Mario por toda respuesta, y sus veteranos empujaron las pesadas hojas de bronce.

Aún clamando a los dioses y maldiciendo a Mario, Saturnino quedó preso en el edificio del Senado, transformada así la Curia Hostilia en una improvisada cárcel en el centro de Roma. A solas en el interior apenas iluminado por un par de antorchas que los hombres del cónsul habían encendido para no dejarlo a oscuras, al tribuno de la plebe le pareció irónico que el mismo lugar donde se había votado su pena de muerte fuese ahora el único refugio seguro para él en toda Roma.

IV

Una negociación imposible

Domus de la familia Julia, Roma
99 a. C., esa misma noche

Cayo Mario retornó con el rostro muy serio.

En el atrio de la casa lo recibieron de nuevo Julio César padre y su esposa Aurelia, así como Aurelio Cota, el hermano de Aurelia, que se les había sumado en aquella jornada de violencia donde lo mejor era que las familias estuviesen lo más unidas posible.

—¿Qué ha ocurrido? —preguntó César padre mientras invitaba al recién llegado a acomodarse otra vez en un *triclinium*.

Mario negó con la cabeza.

—No hay ya tiempo ni de copas ni de descanso; esta noche no. Sólo he venido a deciros cómo está todo y que aseguréis las puertas y ventanas. Que nadie salga esta noche. Va a correr la sangre. Intentaré que no termine todo en una matanza, pero no sé si podré conseguirlo.

—No podrás pararlo —le espetó Cota con cierto aire de superioridad, con ese tono que usan los que piensan que ya habían advertido en repetidas ocasiones sobre las perversas consecuencias de las acciones emprendidas, y que, en el momento del desastre, se recrean en ese placer humillante del «ya te lo dije».

Cayo Mario ignoró el tono con el que Cota acababa de hacer aquel comentario y a su displicencia opuso un plan de acción bien meditado.

—Tengo a Saturnino detenido en la Curia Hostilia, rodeado por mis veteranos. He dejado a Sertorio al mando, un hombre leal y valiente. A Glaucia no he logrado encontrarlo aún, pero tengo hombres buscándolo; el muy estúpido debe de creerse más seguro oculto que bajo mi custodia. Exigiré un juicio para ambos, acusados de ordenar supuestamente el asesinato de Memio. Y no sólo eso: voy a negociar hasta que les conmuten la pena de muerte por el exilio. Lo del juicio es sólo para ganar tiempo.

Aurelia vio que, una vez más, su hermano pretendía intervenir con cierto descaro, y a ella no le parecía correcto aquel tono con quien había sido seis veces cónsul, había defendido las fronteras de Roma contra Yugurta, contra cimbrios y teutones y había conseguido que se pagara a los soldados con regularidad y que se distribuyera trigo para todo el pueblo. Un hombre así merecía, por lo menos, respeto, incluso si para lograr muchas de aquellas cosas se había asociado con personajes cuestionables como Saturnino o Glaucia. Los *optimates* tampoco eran mucho mejores. De hecho, los senadores conservadores parecían carecer de todo escrúpulo.

Por eso se decidió Aurelia a intervenir y plantear la pregunta que seguramente iba a hacer su propio hermano; esperaba que, viniendo de ella y en un tono más modulado, no resultara ofensiva para Cayo Mario, a fin de cuentas su cuñado, que además estaba teniendo la deferencia de compartir con ellos los complejos movimientos de la política romana de aquella turbia noche.

—¿Y qué puedes ofrecerles para que se avengan a negociar? A los *optimates*, quiero decir —indicó con suavidad a la vez que le tendía un vaso con vino que ella misma había escanciado mientras él hablaba.

Pese a que había dicho que no había tiempo ni para bebida, Mario aceptó la copa y bebió un sorbo.

—Gracias. —Se la devolvió.

Ella dejó la copa en una bandeja sobre una mesa. Un esclavo la retiró raudo y se desvaneció entre las sombras que proyectaban las antorchas.

—Voy a ofrecerles a los *optimates* el regreso de su líder, Quinto Cecilio Metelo Numídico. Ahora mismo parto de aquí para parlamentar con su hijo. El retorno del exilio al que fue obligado su padre es algo que su hijo tendrá en estima.

César padre asintió. Cota no dijo nada.

Cayo Mario se despidió, dio media vuelta y al instante se alejaba por las negras calles de una Roma a punto de estallar, escoltado por un regimiento de sus veteranos de guerra.

—No conseguirá nada —sentenció Cota en el atrio de la *domus*.

—Es posible —aceptó su hermana—, pero agradecería que en casa de mi esposo, en una casa de la *gens* Julia, te muestres como lo que eres, un invitado y, en consecuencia, te abstengas de incomodar a otros invitados. Te aprecio y te quiero, hermano mío. Y sé que hablas con sabiduría muchas veces, y también que Mario, que es el mejor en el campo de batalla, puede no serlo en política, pero lo está intentando. Lo está intentando. E intentar las cosas es, en sí mismo, un mérito.

Aurelio Cota guardó primero silencio, luego miró a su cuñado.

—Espero no haberte molestado, Cayo Julio César. Como mi hermana dice, a veces puedo hablar de una forma demasiado vehemente.

—No hay nada que perdonar, pero, por Hércules, comparto con Aurelia que debemos ser atentos con Mario. Siempre se ha mostrado próximo a nosotros.

—Eso es precisamente lo que temo —apuntó entonces Cota—. Su amistad ahora puede sernos muy inconveniente. Preveo que el Senado va a recuperar todo el terreno perdido estos últimos años de dominio del propio Mario, Saturnino, Glaucia y otros populares. Los *optimates* más conservadores están contraatacando e irán a por todas. Llevaban tiempo esperando una excusa, y el asesinato de Memio se la ha proporcionado. Ahora no se detendrán ante nada.

Ni ante nadie. Ni siquiera ante Mario; da igual cuántas veces haya sido cónsul.

Se hizo otro silencio.

Incómodo.

Tenso.

—Debería irme a mi casa —dijo al fin Cota, que no se sentía bienvenido por el hecho de decir algo tan real pero tan duro como la verdad.

—De eso nada, hermano —lo sorprendió Aurelia, rauda—. Ésta es también tu casa. Sólo te he rogado que te muestres amable con otros invitados, y aunque discrepes de Mario en casi todo, aceptarás al menos que acierta al afirmar que la ciudad es muy peligrosa esta noche.

Cota asintió.

—Entonces soy yo ahora la que te ruega que te quedes aquí hasta el alba —añadió Aurelia, y lo hizo mirando a su esposo.

Julio César padre confirmó la invitación.

—Es lo más seguro en estos momentos.

—Mandaré que nos sirvan cena y comeremos los tres juntos —dijo Aurelia—. Si hay algo que necesitamos para salir adelante, ahora que Roma se revuelve contra sí misma, es permanecer unidos. No admito enfrentamientos en el seno de la familia.

En el atrio de otra *domus* de la Subura, Roma

—¡Noooo, malditos, nooo!

Glaucia, pretor de Roma, aliado de Saturnino y Mario en su pugna por la redistribución de la tierra frente a los senadores *optimates*, aullaba mientras los sicarios pagados por el Senado lo arrastraban fuera de su casa. Se había refugiado en la *domus* de un amigo en cuanto le llegaron noticias de la aprobación del *senatus consultum ultimum* contra él y Saturnino. Su primer impulso fue intentar salir de la ciudad, pero ya había cientos de sicarios a sueldo de los *optimates* más conservadores —como los Metelos, el joven y temible Sila o alguno de sus advenedizos más sangrientos, como Dolabela— vigilando las calles. Para cuando se enteró de la decisión del Senado, la fuga era ya del todo imposible.

Por eso se atrincheró en casa de un amigo que pensó que no tendrían vigilado.

Se equivocaba.

Su amigo le abrió las puertas, antes de abandonar él mismo la casa con el resto de la familia. Acto seguido, lo traicionó y reveló a los sicarios que lo buscaban dónde podían encontrarlo, en un intento por alejar de sí y de los suyos la venganza de los senadores.

Un fuerte travesaño de pino trababa la puerta de gruesas hojas de madera, pero de poco sirvió ante los troncos que los sicarios del Senado usaron como arietes. La puerta crujió al esquebrajarse y cedió al empuje violento de los asesinos.

—¡Nooo, malditos...! —aullaba Glaucia mientras lo rodeaban.

Los sicarios, armados con dagas que esgrimían ante su víctima con amenazadoras puntas astifinas, miraron al que los dirigía.

Lucio Cornelio Sila entró en el atrio.

Identificó a su presa con rapidez. Los Metelos habían repartido la cacería de la noche: a él le había tocado Glaucia, el pretor; a Dolabela, Saturnino, el tribuno de la plebe.

A Sila le gustaba cumplir con presteza los encargos de los *optimates*. Si quería que lo respetasen cada vez más, tenía que impresionarlos con su eficacia mortal. No sólo en el campo de batalla contra los bárbaros, donde ya había dado muestras de pericia, sino también aquí, en Roma.

—Matadlo —dijo Sila en voz baja, como un susurro.

Las órdenes más mortales, pronunciadas en el más discreto de los tonos, suenan aún más letales, más implacables, como surgidas desde más allá de la rabia y el odio, como meditadas, ponderadas y sólo pendientes de ejecución.

—¡Nooo, por favor! ¡Nooo..., por todos los dioses...! —gritaba Glaucia incluso mientras lo apuñalaban una y otra vez.

Decenas de veces.
Con esmero.
Con paciencia.
Con la reiteración del asesinato bien pagado.

Domus de Metelo hijo

Quinto Cecilio Metelo hijo* recibió en su casa al cónsul de Roma en medio de aquella noche negra y roja.

—¿Qué d-d-deseas? ¿Por q-q-qué vienes a importunarnos, enemigo de la familia Metela? —le espetó con despecho.

No tartamudeaba por nervios, sino porque ése era un defecto de infancia que nunca había podido eliminar. Una debilidad que lo había alejado de dar discursos en público y que lo limitaba notablemente para la vida pública. Pero ser hijo de Metelo Numídico, el gran líder de los *optimates*, en ese momento en forzoso exilio, lo mantenía en posiciones de relevancia entre los conservadores más allá de su torpe habla.

Estaban en medio de otro atrio atestado de hombres armados: era la tónica de aquella jornada nocturna.

Cayo Mario había entrado con seis de los suyos. El hecho de que le hubieran dejado pasar con aquella pequeña escolta personal armada sólo revelaba que Metelo hijo disponía de suficientes hombres en su casa como para que media docena de veteranos de guerra le supusiera una amenaza. Lo tuvo en consideración. En cualquier caso, no había venido a luchar, sino a negociar. Una negociación imposible, según le había dicho una y otra vez Aurelio Cota. ¿Estaría en lo cierto? Iba a salir de dudas muy pronto.

—Dejemos de lado todas nuestras antiguas diferencias, Metelo.

Cayo Mario intentó echar tierra sobre la rivalidad que él mismo había sostenido con el padre de su interlocutor por el mando de la

* Conocido históricamente como Quinto Cecilio Metelo Pío.

guerra de África, contienda que Mario terminó con éxito, muy a pesar de los Metelos, que se habían tomado aquella guerra como algo personal, un patrimonio intransferible de su familia. Mario no sólo consiguió el mando de las tropas romanas de África, sino que además se permitió el logro de una victoria absoluta, trayéndose al propio rey africano Yugurta y paseándolo encadenado por las calles de Roma durante su triunfo: una exhibición que a los Metelos se les atragantó para siempre. Esa victoria, ese rey encadenado, ese triunfo tenía que haber sido de Quinto Cecilio Metelo Numídico.

—Si hubiera t-t-tenido en mente nuestras disputas del p-p-pasado, cónsul, ni siquiera te habría p-p-permitido entrar a ti solo —respondió Metelo hijo con una serenidad fría, extraña, ¿calculada?

Mario miró a su alrededor. Decenas de hombres armados a la luz de las antorchas, y muchos más en las sombras, fuera de la luminosidad de las llamas titilantes.

—Sé que Saturnino y Glaucia han ido demasiado lejos, pero detengámonos antes de que toda Roma se transforme en un mar de sangre...

—A veces la sangre p-p-purifica —lo interrumpió Metelo, y añadió una frase en griego que Mario no pudo entender bien—: Ὅλως εἰ τό τῶν ἡμέτερων ἐχθρῶν αἷμα ἐστίν.*

Varios de los presentes, que sí hablaban griego, le rieron la gracia al dueño de la inmensa *domus*.

Mario estaba acostumbrado a que los Metelos hicieran escarnio de su poco conocimiento de la lengua griega. Lo consideraban un lerdo, un inculto y un torpe, aunque afortunado en el combate. El veterano cónsul sabía que sostener en público que era un militar de suerte y no de ingenio era algo absurdo: había acumulado demasiadas victorias contra los africanos, los cimbrios y los teutones como para que ni la plebe ni los propios senadores enemigos pudieran pensar, de veras, que cabía achacarlo todo al favor de la diosa Fortu-

* «Sobre todo si es la sangre de nuestros enemigos».

na. Pero, en cualquier caso, le incomodaba que se rieran a su costa por no saber bien griego. Aquella debilidad cultural siempre le granjeó insultos y burlas de las que no sabía bien cómo zafarse. Lo suyo era ver cómo disponer las legiones en el campo de batalla. Por eso ignoró aquel comentario despectivo y fue directo al punto clave de la negociación que quería abrir con el líder actual de los *optimates*.

—El regreso de tu padre del exilio a cambio de un pacto que preserve la vida del tribuno Saturnino y del pretor Glaucia —propuso Mario.

Las risas terminaron.

Se hizo el silencio. Todos miraban a Metelo hijo.

Quinto Cecilio Metelo padre, conocido como Numídico, se exilió antes que votar a favor de las leyes que proponía Saturnino en el Senado. Pero el tribuno, el pretor Glaucia y otros líderes populares aprovecharon su partida para despojarle de muchas propiedades, expulsarlo formalmente del Senado y quitarle incluso la ciudadanía romana.

—La vuelta de mi p-p-padre... —repitió meditabundo Metelo hijo—. ¿Con la recuperación de p-p-propiedades, su reinstauración en la C-c-curia y la reposición de su ciudadanía con t-t-todos los d-d-derechos?

—Con todos los derechos —aceptó Mario sin dudarlo un instante.

Se hizo un nuevo silencio muy denso por lo poblado que estaba el atrio a la luz de las antorchas y entre las amplias zonas en penumbra. El silencio en un lugar desierto es pacífico, pero el silencio en medio de un nutrido grupo de hombres armados y tensos se alza espeso, inquietante, pesado.

Metelo estalló en una carcajada que cortó en seco a los pocos segundos.

—No estás en p-p-posición de negociar nada, c-c-cónsul. Hay un *senatus c-c-consultum ultimum* aprobado y tú te has de limitar a obedecer. Además...

Pero Metelo hijo no terminaba la frase...

—¿Además? —preguntó Mario, sorprendido del poco interés por negociar que mostraba Metelo hijo. Confiaba en que la idea de pactar un regreso de su padre, con la restauración de propiedades, derechos y ciudadanía, le interesase y, sin embargo...

—Además, llegas tarde para... t-t-todo. Glaucia y Saturnino serán ejecutados, p-p-por tu p-p-propia mano, si quieres salvar tu p-p-posición, o por la de nuestros hombres, si no. Luego tomaremos el control de Roma, nosotros, los *optimates*, y el Senado aprobará d-d-devolver a mi p-p-padre la ciudadanía, sus p-p-propiedades y su puesto en la Curia. No te necesito p-p-para nada. De hecho... —estiró el cuello para mirar por encima del hombro de Mario—, si no me equivoco, Glaucia ya debe de estar muerto. ¿No es así, Lucio?

Cayo Mario se giró y descubrió a un recién llegado Lucio Cornelio Sila con una túnica manchada de sangre. Sila había ayudado a Mario en su momento, en la guerra de África, para atrapar al mismísimo rey Yugurta, pero ahora su empeño estaba sólo en hacer méritos ante los Metelos en particular, y ante los *optimates* en general. Aquello le confirmaba que Sila se decantaba por completo —ya desde aquella noche, si no lo había hecho antes— por el bando senatorial más conservador.

—En efecto —confirmó Sila, desafiando a Mario con la mirada—. Glaucia ya es historia. —Hizo el gesto de sacudirse las manchas de sangre de su toga.

—Sabía que estarías metido en todo esto —dijo Mario con desprecio—, pero no pensé que fueras a ser ejecutor directo.

—Oh, no, por Júpiter —protestó divertido Sila—. Yo no mancho mi daga con la sangre de alguien tan rastrero como Glaucia. Pero el pretor no paraba de moverse mientras mis hombres lo apuñalaban y la sangre salpicaba en todas direcciones. Una lástima de manchas, pero el espectáculo ha merecido la pena.

Mario quiso replicar, pero Metelo volvió a intervenir:

—¿Y Saturnino? Por Hércules, ése es el p-p-peor de los dos. ¿Qué sabemos de él?

Sila se dirigió a Metelo:

—Dolabela se encarga.

Mario no conocía de Dolabela más que su ambición. No lo consideraba capaz de nada relevante ni en la guerra ni en la paz, ni para lo bueno ni para lo malo, esto es, más allá de animar a la defección de Sila de las filas del propio Mario. Por eso el veterano cónsul se permitió una pequeña burla. Lo necesitaba. Se habían mofado de él, de su poco conocimiento del griego, de su supuesta incapacidad para negociar, de no ser alguien no ya a quien admirar, sino, al menos, respetar o temer. Por eso decidió devolver la carcajada recibida con otra sonora risotada por su parte.

—¡Ja, ja, ja, ja! ¡Por Júpiter Óptimo Máximo, ahora soy yo quien ríe y quien ríe a gusto! —Y se explicó, pues en la explicación estaba el divertimento—: Sí, Saturnino es el líder que buscáis, a quien queréis que ejecute, pero habrá un juicio y en ese juicio se hablará de todo: de los excesos y quizá crímenes del propio Saturnino, mas también de los excesos y crímenes del Senado. Veremos entonces qué decide el pueblo. Veremos si tenéis hombres suficientes para controlar Roma, con mis veteranos y toda la plebe en vuestra contra. A Saturnino lo tengo arrestado en el edificio de la Curia, y no seréis vosotros los que prendáis fuego a la casa del Senado. Tengo a mi mejor oficial, Sertorio, al frente de mis mejores veteranos en sus puertas. ¿Seguro que no queréis negociar?

Metelo miró a Sila. Y en la mirada había rabia. Un juicio público, por mucho que pudieran amañarlo, no les interesaba. En efecto, como anticipaba Mario, en el proceso tal vez se airearían demasiadas cuestiones sobre el Senado que podían sublevar a la plebe. La situación podía hacerse incontrolable. No, el plan era ejecutar a Glaucia y Saturnino aquella noche y que Mario tuviera que intervenir en las ejecuciones de una forma u otra. Destruida la triple alianza del tribunado de la plebe, la pretura y el consulado, descabezado el bando de los populares, no habría revueltas importantes y, poco a poco, ellos, los *optimates*, recuperarían el control de todo el poder. Pero con Saturnino custodiado por los hombres de Mario en el interior de un Senado blindado por sus veteranos...

Sila digirió la mirada recelosa de Metelo para, acto seguido, lentamente, volverse hacia Mario. Cayo Mario: Mario, cincuenta y ocho años, seis consulados y un triunfo; él, Sila, treinta y nueve años y sin apenas méritos reconocidos y derrotado en las últimas elecciones a pretor por la alianza de Mario con Saturnino y Glaucia, viendo cómo pasaban las estaciones y su *cursus honorum* seguía estancado, no, frenado por un Mario que lo detestaba. ¿Iba una vez más a salirse con la suya? Para nada. Esta vez no. El viejo cónsul estaba cometiendo una grave equivocación: infravaloraba la natural brillantez de Dolabela para el terror. Hasta la fecha sólo se había manifestado en asuntos menores, de esos que no llaman la atención de cónsules, tribunos o pretores, pero que lo informaban a uno de la auténtica naturaleza perversa de un ser. Sila sabía que se hallaba en uno de esos momentos de inflexión de la vida, donde alguien inicia su declive mientras otro inicia su ascenso: esa noche Mario era el que bajaba y él quien ascendía. Dejó de mirar a Mario y volvió a encarar los ojos de Metelo. Le habló con seguridad, sin margen para la duda:

—Dolabela resolverá lo de Saturnino. Está... —Buscó con meticulosidad el adjetivo adecuado—: Sí, Dolabela está... motivado.

Metelo captó de inmediato la sutileza de Sila: el padre de Dolabela había caído muerto hacía apenas unos meses en una reyerta nocturna contra partidarios de Saturnino. Sí, sin duda, Dolabela hijo estaría muy motivado para ejecutar al instigador del asesinato de su padre.

—Pero no q-q-quemará el edificio del Senado, ¿verdad? —inquirió Metelo.

—No —respondió Sila con aplomo—. Dolabela dará con una solución.

Cayo Mario miraba al suelo, en silencio. También acababa de caer en las recientes motivaciones personales de Dolabela. Sí, eso podía azuzar la rabia de su hijo. Tenía que retornar al foro y asistir a Sertorio en la defensa de la Curia Hostilia.

Metelo clavó la mirada en el veterano cónsul. Llegó incluso a pensar en ordenar su muerte allí mismo, en ese instante, pero los senadores no lo habían aprobado y muchos de ellos aún respetaban a Mario. Su legendaria victoria en Aquae Sextiae contra los teutones, algo que salvó a Roma de sufrir una invasión quizá tan terrible como la de Aníbal, continuaba en el recuerdo de muchos *patres conscripti*. Era mejor seguir las leyes y aniquilar a los enemigos uno a uno. A Mario ya le llegaría su última noche. Corroerían su prestigio día a día. Pronto. Caería del árbol de la ambición como tantos otros, como fruta madura. Glaucia ya estaba ejecutado. A Saturnino le faltaba poco, era cuestión de Dolabela. Mario... en su momento.

—Creo q-q-que es hora de que el c-c-cónsul salga de mi c-c-casa —dijo Metelo, y añadió una frase lapidaria—: *Arx Tarpeia Capitolii proxima*.*

Cayo Mario no dijo nada, pero entendió con claridad la amenaza. Sí, «la roca Tarpeya está cerca del Capitolio». La alusión a que aún estando en la cúspide del poder, representada por el templo de Júpiter en lo alto de la colina Capitolina, era posible acabar despeñado por la roca Tarpeya, que ciertamente estaba muy cerca del Capitolio y el foro y desde donde se ejecutaba a muchos criminales en Roma. El cónsul no respondió, pero tomó nota de aquella advertencia. Tampoco se despidió. Dio media vuelta y, rodeado por sus hombres, abandonó la casa del senador Metelo. En su mente, sólo pensaba en llegar cuanto antes al Senado. Seguía teniendo plena confianza en la destreza de Sertorio para custodiar a Saturnino, pero la mirada felina y rabiosa de Sila proclamando que ese miserable de Dolabela resolvería el asunto le hizo emprender el camino de regreso al foro, por segunda vez aquella noche, mientras las dudas le arañaban la frente. Tenía la sensación de que algo terrible estaba a punto de suceder.

* Posible origen del dicho español: «Cuanto más alto, más dura será la caída».

V

Justicia pétrea

Foro de Roma, aledaños del edificio del Senado
99 a. C., esa misma noche

Cneo Cornelio Dolabela, rodeado por más de un centenar de asesinos contratados por los *optimates*, caminaba decidido hacia la Curia Hostilia. Iba muy serio, muy callado, muy silencioso. Todos sus hombres lo miraban. Todos sabían que tras las puertas de bronce aguardaba Saturnino, que el Senado había ordenado su arresto y ejecución inmediata mediante un *senatus consultum ultimum*, y que para Dolabela aquello no era una cuestión legal, sino, además, algo personal. Y a los asesinos les gustaba la venganza.

—Mario ha agrupado a sus veteranos en la entrada —dijo uno de los sicarios mientras se distribuían frente a los hombres del cónsul, y miró de reojo a su líder, que se había detenido a pocos pasos del oficial al mando de aquella unidad militar: Sertorio.

Dolabela lo conocía. Sila le había hablado de él. Era valiente y eficaz; Cayo Mario no había dejado a cualquiera en el foro.

No dijo nada.

Por ahora.

Miraba con detenimiento todo.

La venganza no es cuestión de prisa. Es cuestión de determinación, de espera y de asestar un único y certero golpe en el momento adecuado. Ni un segundo antes, ni un segundo después.

Frente a las puertas de bronce de la Curia

Quinto Sertorio los vio llegar por decenas. Un numeroso grupo de sicarios armados por el Senado descendía como un torrente de agua por la vieja Vía Sacra hasta detenerse justo delante de la Curia Hostilia. Su líder, el joven senador Cneo Cornelio Dolabela, se acababa de detener justo frente a él.

Apenas a unos pasos.

Se acercó.

Estaba a cinco pasos, cuatro, tres, dos.

—Suficiente. —Sertorio llevó la mano derecha a la empuñadura de su gladio e hizo ademán de desenfundarlo.

Dolabela se detuvo. Sonrió.

Durante unos segundos, nadie dijo nada.

El líder de los sicarios del Senado se limitó a mantener la dura mirada de aquel veterano oficial de las legiones de Mario.

—Marchaos, tú y tus hombres —dijo al fin Dolabela—. Ahorrémonos sangre.

—Mis instrucciones son permanecer aquí hasta el regreso del cónsul Mario —replicó Sertorio—. Y yo siempre cumplo mis órdenes.

—Entiendo —dijo Dolabela tras una tensa pausa, y sonrió de nuevo antes de añadir dos palabras—: De acuerdo.

Dio media vuelta y se reintegró en las filas de sus sicarios.

Sertorio había servido en varias campañas militares bajo el mando de Cayo Mario. Las amenazas, verbalizadas o silenciosas, no lo atemorizaban. Calculó rápido: los sicarios eran unos cien hombres armados. Él tenía ahora mismo a su lado, frente a las puertas, a treinta exlegionarios bien preparados y veteranos de guerra. Suficientes para plantar cara y, en función de la pujanza de aquellos sicarios, o mejor dicho, de lo mucho o poco que se les hubiera pagado, ganar el combate.

Sacó de debajo de su uniforme su viejo silbato de campaña. Había llegado a ser tribuno militar y hasta *legatus* con toda una legión bajo su mando: tocaba rememorar su época de centurión. Le gustaba aquello. Le recordaba su juventud.

Se lo acercó a la boca mientras era él ahora quien se permitía una sonrisa.

Con el silbato en posición, sopló con todas sus fuerzas...

Domus de la familia Julia

—No puedo creer que realmente pienses que todo lo que intenta Cayo Mario está mal, que haber atenuado algunas de las injusticias de Roma sea un error. —Aurelia hablaba sentada, mientras acunaba a César hijo en sus brazos.

Cota suspiró.

—No, hermana, claro que no pienso eso. Pero creo que es imposible cambiar esas injusticias que mencionas. Por supuesto que pienso que deberían cambiarse leyes, distribuir más la tierra entre los ciudadanos de Roma, atender las demandas de los *socii*, de nuestras ciudades aliadas y tantas otras cosas... pero no es el momento. Los *optimates* siguen siendo fuertes, demasiado fuertes. De hecho, son... invencibles. Nadie que se les haya enfrentado ha sobrevivido nunca. Ni siquiera alguien como Mario, seis veces cónsul, podrá con ellos.

César padre, también presente en la conversación, no intervino. A su pesar, compartía la negativa visión de su cuñado con respecto a lo que estaba pasando aquella noche. Cota negó con la cabeza.

—No creo que haya nacido nadie aún que pueda, algún día, enfrentarse a todos esos senadores... y ganar.

Aurelia no respondió y se limitó a seguir acunando suavemente a César hijo.

Calles de Roma

Cayo Mario salió de la residencia de los Metelos convencido de que todo estaba mucho más complicado de lo que había imaginado. Tal y como había advertido Cota, los Metelos no se avenían ni a negociar el retorno de su viejo líder, Numídico, lo cual mostraba a todas luces que se sentían mucho más fuertes que los populares. Los *optimates* estaban contraatacando y lo iban a hacer hasta el final. Glaucia ya estaba muerto. Al menos tenía a Saturnino bien protegido en el edificio de la Curia, aunque una sensación de urgencia lo invadía. Había dejado a Sertorio, su mejor hombre, al mando de la defensa de la Curia Hostilia, pero podía verse superado por un número excesivo de sicarios imposible de contener.

Mario aceleró el paso.

Domus de la familia Julia

La nodriza acudió a llevarse al niño a su cuna, y los esclavos trajeron la cena. Carne guisada con esencias de oriente compradas en las *tabernae* del foro, quesos de cabra de diferentes maduraciones, vino en abundancia y pasas y frutos secos de postre. Una comida sabrosa y rica, pero sin lujos desmedidos, que, por otro lado, tampoco podían permitirse.

—Y si crees, hermano, que los senadores *optimates* son demasiado fuertes —dijo Aurelia retornando al principio de la conversación con la que se inició la cena—, ¿cuándo crees que dejarán de serlo? ¿Alguna vez?

Julio César padre sacudió la cabeza al tiempo que suspiraba. La insistencia de su esposa de hablar tanto de política lo cansaba, pero, para su sorpresa, su cuñado respondió con gravedad y auténtico interés a la pregunta planteada.

—Quizá con el paso del tiempo, en unos años. En unos años

podremos hacer cambios. —Cota no sonaba rotundo, sólo esperanzado, pero aquel anuncio hizo que Julio César padre dejara de masticar y que la propia Aurelia dejase de beber.

Foro de Roma

El silbato de Sertorio aún resonaba en el foro.

A su llamada, de cada lado del edificio de la Curia emergieron veinte veteranos de guerra más que se situaron junto a los treinta de los que ya disponía Sertorio frente a las puertas del Senado. Ahora eran setenta legionarios veteranos armados y dispuestos al combate contra los cien sicarios enviados por los *optimates*.

Cneo Cornelio Dolabela borró de su faz la sonrisa que había exhibido apenas hacía un momento. Las cuentas ya no le salían tan claras. Sabía que los hombres de Sertorio eran soldados de las campañas de Cayo Mario contra númidas en África y teutones en el norte. Esto es, hombres curtidos en la lucha y que no se iban a arredrar ni a ceder incluso aunque consiguieran reunir más sicarios. El propio Dolabela había participado en alguna campaña militar y era un hombre rudo, pero sabía que la mayoría de los que lo seguían aquella noche eran malhechores acostumbrados a someter, asesinar y robar aprovechando la sorpresa, la superioridad de número y la oscuridad. En una lucha cuerpo a cuerpo contra veteranos, terminarían cediendo. Se retiró unos pasos.

Sertorio se sintió más seguro. Mario le había encomendado la misión de proteger la Curia aquella noche y, de ese modo, salvaguardar la vida del tribuno Saturnino mientras su superior negociaba una salida al conflicto entre el Senado y el tribunado de la plebe y evitaba así un nuevo derramamiento de sangre. Se dijo que estaba cumpliendo bien su cometido.

Por su parte, Cneo Cornelio Dolabela seguía escrutando en profundo silencio la organizada defensa de sus enemigos: el ataque frontal era una pérdida de tiempo..., ¿o no?

—¿Qué hacemos? —preguntó uno de los sicarios.

—Ha desprotegido sus flancos. —Dolabela no hablaba para nadie, sólo para sí mismo—. El oficial al mando ha concentrado todos sus hombres frente a la puerta, el único punto de acceso a la Curia Hostilia. Un edificio impenetrable y sin ventanas bajas. La luz llega al interior a través de las puertas, cuando éstas se abren de par en par, y de unas pequeñas ventanas más altas.

—Podríamos intentar entrar por esas ventanas —apuntó el sicario.

—No, no podemos —le replicó Dolabela—, porque el Senado puso gruesas rejas de hierro tras los últimos disturbios para que el edificio fuera inexpugnable.

—Podríamos incendiarlo con flechas lanzadas hacia el tejado. Las vigas son de madera —propuso otro de los asesinos de los *optimates*, siempre buscando alternativas al combate frontal que preferían evitar.

Dolabela inclinó la cabeza mientras valoraba la opción.

—Mejor no —comentó—. Por un lado, el edificio tiene demasiado valor simbólico y, por otro, esas vigas de madera están recubiertas de una techumbre de tejas de arcilla que protegen la Curia de la lluvia. Las flechas se apagarían sin generar grandes daños... —Y aquí se detuvo.

—Entonces, ¿qué hacemos? —insistían en preguntarle. A los sicarios, lo de vérselas cuerpo a cuerpo con los legionarios seguía sin gustarles. Querían otro plan.

—Tejas... —masculló Dolabela entre dientes.

Lo vio claro y volvió a sonreír. A continuación, hizo un gesto a varios de sus hombres de confianza y éstos se aproximaron para escuchar sus instrucciones. Dolabela habló en voz baja. En cuanto terminó de transmitir sus órdenes, sólo uno de los que se habían acercado partió de la explanada del foro y se alejó por la Vía Sacra. El resto permaneció allí y tomó posiciones al frente de los diversos grupos de sicarios encarando las tropas que el cónsul Mario había dejado custodiando la Curia Hostilia.

Sertorio tuvo claro que el enfrentamiento era inevitable. Inminente.

Se encogió de hombros.

Una batalla más o menos en su vida poco importaba.

—¡Escudos en alto, por Hércules! ¡Desenfundad gladios! —aulló el recio oficial a sus veteranos.

En cuanto los sicarios vieron cómo los legionarios maniobraban perfectamente coordinados, retrocedieron unos pasos de manera instintiva.

—¡Deteneos! —ordenó Dolabela.

Ya veía que sus hombres no estaban demasiado dispuestos a luchar contra aquellas tropas experimentadas, pero sabía que el oficial al mando no podía alejar mucho a sus hombres de la puerta del Senado, de modo que bastaba con permanecer allí, a una distancia prudencial para tener distraídos a Sertorio y sus setenta veteranos.

Interior de la Curia

Lucio Apuleyo Saturnino caminaba de un lado a otro de la sala, apenas iluminada por un par de antorchas. Las sombras alargadas y trémulas que proyectaban se arrastraban como *lemures* del pasado, recuerdo vivo de los condenados a muerte, tantas eran las veces que los senadores se habían reunido en ese mismo escenario para promover ejecuciones de sus opositores, de aquellos que, como él mismo, trataban de cambiar el *statu quo* reduciendo el poder de los *patres conscripti* y ampliando el del pueblo.

—Malditos... —masculló Saturnino mientras deambulaba entre las sombras.

De pronto, se oyó el silbato militar y el tumulto de voces: las del oficial que Mario había dejado defendiendo la puerta del Senado y las de los sicarios enviados para matarlo.

—No os tengo miedo —musitó en voz baja encarando las puertas de bronce.

Luego miró al suelo.

Intentaba encontrar alguna solución. Mario era un iluso: incluso si los *optimates* aceptaran negociar, ya nunca permitirían que él y Glaucia salieran con vida de aquel enfrentamiento. Tendría que escapar. Sí, eso era lo indicado. Si Mario conseguía al menos pactar una negociación, él debía aprovechar cualquier descuido, quizá al amanecer, cuando vinieran a por él para iniciar el juicio contra su persona, y echar a correr. Contaba con muchos partidarios en la ciudad. Quizá también acudirían al juicio. Si se montaba una algarada, sería posible escabullirse. En todo caso, tendría que intentarlo. Quedarse a ver el resultado final del juicio era de locos: la sentencia de muerte contra él y Glaucia ya estaba dictada, y aunque los *optimates* aceptaran un juicio público, todo sería una pantomima, como tantas otras veces.

De súbito, se oyó otro ruido. Un ruido extraño, que venía de lo alto.

Saturnino miró al techo oscuro de la Curia.

Más ruidos. Como pisadas.

Era como si anduviesen por el tejado.

Foro de Roma, frente al edificio de la Curia

Sertorio estaba relajado. Atento a los movimientos de los sicarios, pero tranquilo al saber la situación controlada. Temió que hubieran sido capaces de reunir más hombres, pero, por el momento, no había ni rastro de ellos y los que estaban ni se atrevían a acercárseles...

—¡Tribuno!

Sertorio se dio la vuelta hacia el legionario que reclamaba su atención recordándole su antiguo rango militar, y vio que tanto aquel veterano como otros miraban hacia lo alto del edificio. En medio de la noche no se podía ver bien qué pasaba allí arriba, pero como tanto los sicarios como ellos mismos habían traído antorchas y, en manos de unos y otros, quedaban repartidas por toda la explanada del foro, Sertorio al fin consiguió vislumbrar unas sombras en movimiento por el tejado de la Curia.

—¡Por Hércules! —exclamó perplejo.

En lo alto del tejado de la Curia

Dolabela tenía treinta años y le sobraban unos cuantos kilos. No era ágil, aunque había conseguido trepar a lo alto del edificio por una de las escalas que habían puesto sus hombres. Se movía con tiento por la superficie inclinada, pero quería supervisarlo todo desde arriba. No se fiaba de nadie, ni nadie más tenía su firme determinación. Para empezar, tal y como había supuesto, Sertorio, escaso de hombres, había dejado sin vigilancia el resto de los muros de la Curia para concentrar a todos sus legionarios en la puerta. Algo razonable, pero que dejaba a alguien con arrestos una oportunidad que él no estaba dispuesto a desaprovechar: ordenó a sus sicarios que trajeran mazas, escalas y sierras. Ellos lo miraron extrañados, aunque nadie discutió sus órdenes y al poco tiempo lo reunieron todo. Escalas para trepar a edificios ya llevaban, pues en las confrontaciones nocturnas en Roma eran una buena arma que convenía tener a mano, y más en noches como aquélla, en la que los altercados y enfrentamientos iban a extenderse por toda la ciudad. También llevaban mazas, que valían para todo: para derribar muros, puertas o reventar cabezas. Lo de las sierras no lo tenían pensado, pero saquearon algunas de las *tabernae* del foro, y alguno de aquellos comercios que vendían todo tipo de utensilios, y se hicieron con las más grandes.

Ahora, en lo alto del edificio de la Curia, Dolabela seguía impartiendo sus instrucciones.

—¡Quitad las tejas! —aulló.

Y algunos de los sicarios empezaron a arrojarlas al suelo, a las calles aledañas al edificio.

—¡No, imbéciles! —les espetó Dolabela, desairado—. ¡Quitadlas y acumuladlas en un lado! ¡Luego serrad varias vigas de la estructura de madera del tejado! ¡Necesitamos un buen agujero!

Nadie terminaba de entender bien a qué venía todo aquello, pero sabían que dentro de la Curia estaba su presa, el tribuno de la plebe, y que un agujero en el tejado los acercaba a su objetivo. Hasta ahí llegaban. Más no.

Interior de la Curia

Saturnino oyó los golpes de una maza al estrellarse contra el techo al que miraba. Algunos sicarios habían trepado por el muro y estaban reventando las tejas de la cubierta. De pronto, varios trozos de yeso y ladrillos partidos cayeron desde lo alto y se estrellaron contra el gran mosaico del centro de la Curia haciendo añicos las teselas.

Todo fue muy rápido.

Lo que empezó como una grieta en la cubierta se transformó en un amplio agujero en cuestión de segundos. Saturnino pensó que los sicarios se descolgarían en ese momento con una cuerda atada a alguno de los grandes travesaños que hacían de vigas de la estructura del tejado, pero claro, eso les impediría huir con rapidez si los legionarios abrían las puertas y entraban para asistirlo... No entendió cuál era el propósito exacto de todo aquello hasta que, inesperadamente, una teja se estrelló a sus pies. Y luego otra. Pero no le habían alcanzado.

No había lugar alguno donde ponerse a cubierto. Sólo aquel inmenso espacio de gradas vacías. Pensó en ponerse en las gradas más pegadas a la pared, pero éstas eran también las más altas y, en consecuencia, las más próximas al techo, lo que lo convertiría en un objetivo más cercano para sus enemigos.

Deambulaba por la sala sin saber qué hacer.

Más tejas se estrellaron contra el suelo, a su alrededor.

En lo alto del tejado de la Curia

—¡Por Júpiter! ¡Es difícil apuntar por entre las vigas! —gritó uno de los sicarios.

—Las sierras —dijo Dolabela sin inmutarse.

Todos entendieron y, al instante, estaban atacando dos vigas enteras.

Los sicarios eran buenos asesinos, pero no buenos operarios de la construcción, y uno de ellos cometió la estupidez de situarse en el centro de una de las vigas que estaban serrando sus compañeros mientras se esforzaba en lanzar tejas contra el tribuno de la plebe.

—¡Aaaahh! —aulló al sentir cómo la viga cedía y él se iba abajo junto con el enorme travesaño. La viga reventó el mosaico del suelo del edificio, y la sangre del sicario, muerto en el impacto, salpicó de rojo varios pasos a su alrededor.

—¡No seáis imbéciles! —repitió Dolabela a sus hombres—. ¡No os pongáis sobre las vigas que cortamos!

Se hicieron a un lado.

Al poco, un segundo travesaño se desplomaba hacia el interior de la Curia. Ahora disponían de un enorme agujero desde el que era mucho más fácil apuntar.

—Ahora —ordenó Dolabela.

Tenían muchas tejas en las manos. El bombardeo iba a reiniciarse.

Interior de la Curia

Saturnino aún no se había repuesto de su sorpresa y horror al ver cómo uno de los asesinos caía desde lo alto con una de las vigas del tejado, cuando, al poco, se desgajaba un segundo travesaño y, al instante, una teja estallaba de nuevo a sus pies.

—¡Aaaggh! —gritó al sentir cómo otra le rasgaba la piel del hombro derecho—. ¡Malditos! ¡Miserables!

Antes de que pudiera reaccionar, se vio envuelto en una lluvia de tejas que caían por todas partes. Se alejó veloz del centro de la sala, hacia las puertas de bronce, y empezó a golpearlas al tiempo que vociferaba:

—¡Abrid, abrid o estos locos me matarán aquí mismo!

Las tejas chocaban contra el mismísimo bronce de las hojas de la entrada de la Curia y reventaban en mil pedazos en medio de sonoros clangs en la inmensa sala vacía.

En lo alto del tejado de la Curia

Dolabela oyó gritar al tribuno de la plebe para que abrieran las puertas y lo sacaran de allí. Aquello ya lo tenía previsto.

—Que ataquen ahora —ordenó a uno de sus hombres, y éste, rápido, transmitió la instrucción acercándose al borde del edificio para aullarla desde lo alto a los sicarios que seguían a pie de calle.

Uno de éstos partió hacia el frontal del Senado con la orden.

Frente a las puertas de bronce de la Curia

Sertorio arrugó la frente cuando oyó los gritos de Saturnino desde el interior.

—¡Van a masacrarlo a pedradas! —exclamó uno de los legionarios—. ¡Parece que le arrojan las tejas del techo!

La orden que Sertorio había recibido del cónsul era no abrir las puertas en toda la noche, pero tenía claro que lo que Cayo Mario deseaba, por encima de cualquier otra instrucción, era salvaguardar la vida del tribuno de la plebe, de modo que si tenía que quebrantar esa orden inicial, lo haría. A punto estaba cuando oyó el grito de los sicarios que se lanzaban contra ellos:

—¡Al ataque, ahora!

Sertorio se volvió hacia la explanada. Los sicarios atacaban. El veterano oficial no tuvo tiempo de ordenar que abrieran las puertas y, aun cuando lo hubiera hecho, en aquel momento necesitaba a todos sus veteranos para repeler el ataque lanzado desde el foro y habría tenido que dar la contraorden. Sabía que era una maniobra de distracción, pero o se centraban en repeler el ataque o los suyos morirían.

Interior de la Curia

Crac.

Fue un golpe seco, sin la sonoridad de los estallidos de las tejas contra el metal de las puertas. Sin eco, sin fuerza aparente, pero certero. Justo en la cabeza.

A Saturnino se le nubló la vista. Una teja le había partido el cráneo por la nuca.

Aun así no perdió la consciencia y fue cayendo lentamente, sus manos abiertas arañando con las uñas el bronce de las puertas del Senado convertido en su prisión, en su particular roca Tarpeya, el lugar de su ejecución. Aquel mismo Senado contra el que se había rebelado, como hicieron los hermanos Graco en el pasado o tantos otros tribunos de la plebe antes que él, lo engullía ahora de manera inevitable. Saturnino, ya cadáver, era simplemente otro tribuno aniquilado por el Senado, muerto en su edificio, en su vientre de dragón eterno.

Clang, clang, clang.

Más tejas que se estrellaban a su alrededor y chocaban contra el metal.

Y, de pronto, golpes ahogados. Eran las tejas que impactaban contra su cuerpo ya tendido en el suelo: en la espalda, en la cabeza de nuevo, en los hombros, en las piernas, en las manos...

Una lluvia incesante de proyectiles mortíferos.

Una lapidación en toda regla.

Implacable.
Inclemente.
Pétrea.

En lo alto del tejado de la Curia

—Ya está —dijo uno de los sicarios—. Es suficiente. Vámonos ahora, por Júpiter. Rápido.

Dolabela lo miró con desprecio y todos permanecieron en sus posiciones. Era el senador quien mandaba, el que pagaba, el que decidía. A todos les parecía que el tribuno de la plebe estaba muerto y bien muerto, pero nadie se movió a la espera de la reacción de su líder.

—Soy yo quien dice cuándo es o no suficiente —dijo Dolabela mirando al asesino a sueldo que se había atrevido a dar la misión por cumplida.

El sicario agachó la cabeza en señal de sumisión.

—¿Qué hacemos, *clarissime vir*? —preguntó uno de los asesinos.

—Arrojadle el resto de tejas que hemos desgajado.

Sus hombres se apresuraron a dar cumplimiento a aquella orden.

Decenas de grandes tejas fueron lanzadas aún contra el cuerpo inerte del tribuno de la plebe, hasta que su cadáver desapareció de la vista, completamente enterrado bajo aquella masa de arcilla dura hecha añicos, en una enorme pila de tejas rotas.

—Basta —dijo Dolabela—. Ahora sí está claro nuestro mensaje a Roma.

Foro de Roma

—¡Pinchad, pinchad, pinchad! —vociferaba Sertorio una y otra vez.

Sus hombres, enardecidos por su contagiosa furia y por mor de defenderse de sus atacantes, arremetían los gladios entre los escudos con potencia bestial en busca de carne humana que destrozar.

Varios sicarios cayeron heridos, algunos muertos, por el empuje de los veteranos de guerra. A los asesinos del Senado les duró poco la garra y se replegaron con rapidez abandonando a los heridos a su suerte.

—¡Quietos! ¡Por Hércules, no os alejéis! —Sertorio seguía dando instrucciones, controlando los movimientos de los legionarios.

Sabía que el cuerpo les pedía perseguir a sus atacantes y aumentar la carnicería, pero la prioridad era vigilar el edificio de la Curia, preservar la vida de...

De golpe, se dio cuenta del tiempo pasado en aquella refriega.

—¡Rápido! ¡Abrid las puertas!

Sus hombres se replegaron junto a la entrada del edificio del Senado y una docena dejó escudos, enfundó gladios y se aprestó a abrir las puertas de bronce.

Sertorio observaba todo mudo, en tensión. Con los sicarios en retirada, el silencio había retornado al espacio central del foro. No se oían ya gritos dentro de la Curia. Eso no era bueno.

Las pesadas hojas se separaron por la fuerza de sus hombres y, al tiempo que dejaban entrever el interior de la Curia, se vislumbró un brazo ensangrentado de Lucio Apuleyo Saturnino, quien, por lo demás, estaba cubierto de una auténtica montaña de tejas hechas añicos letales. Un reguero de sangre asomaba por debajo de aquella improvisada tumba.

Justo entonces llegó Cayo Mario desde la Vía Sacra para situarse junto a Sertorio. No necesitó explicaciones, no las pidió tampoco. Era tarde para eso. El maldito Metelo tenía razón: aquella noche llegaba tarde a todo.

En ese momento, por el lateral del edificio de la Curia Hostilia, Mario distinguió la figura del senador Cneo Cornelio Dolabela, que avanzaba rodeado por sus hombres, su faz dura iluminada por la luz de las antorchas de sus sicarios.

Las miradas de Mario y Dolabela se cruzaron.

Fue como un desafío.

Sin embargo, Mario se sentía ya viejo, Dolabela le pillaba mayor. Tendría que ser otro quien se enfrentase a él. Pero ¿quién? ¿Cuándo?

VI

La sangre de Eneas

Domus de la familia Julia, Roma
99 a. C., esa misma noche

—¿Por qué estás tan seguro de que las cosas tendrán que cambiar en Roma? —inquirió Aurelia mirando fijamente a su hermano—. Esta noche Cayo Mario va a intentar negociar una fórmula para salvar al tribuno de la plebe, a Saturnino, y al pretor Glaucia, y tú le has dicho que esa negociación está condenada al fracaso. Pero, ahora, a la vez, defiendes que en unos años algo debilitará a los senadores *optimates*.

—Algo de fuera —precisó Cota.

—¿Qué o quiénes? —insistió Aurelia, que no se resignaba a recibir una respuesta ambigua.

—Los *socii* —respondió Cota, y bebió un trago antes de explayarse—: Todos, desde siempre, desde los Gracos, han intentado cambiar las cosas promoviendo una redistribución de la riqueza concentrados en el enfrentamiento entre la plebe y el Senado, pero las ciudades aliadas y su reivindicación del derecho de ciudadanía romana será lo que lo desestabilice todo, lo que puede inclinar el fiel de la balanza en el favor de unos o de otros. Si unimos el pueblo a los *socii*, eso puede aunar tanta fuerza que los senadores tengan que ceder. Pero ahora aún no. Hemos de esperar a que las ciudades aliadas se muevan. Hemos de esperar a una guerra. A *esa* guerra. Mario de algún modo lo intuye, por eso en su triple alianza con el tribuno de la plebe, la pretura y él mismo desde el consulado, incluyeron algunas cesiones a las ciudades aliadas. Pero los pactos con estas ciudades han de ir más allá. La extensión de la ciudadanía romana fuera de los muros de Roma es la clave.

Julio César padre enarcó las cejas en señal de asombro y cierta incredulidad.

Aurelia frunció el ceño mientras un esclavo le rellenaba la copa de vino.

Golpes en la puerta.

La voz de Cayo Mario, llamándolos.

Habían pasado un par de horas desde su partida.

A instancias de Julio César padre, los esclavos abrieron las puertas y el veterano cónsul entró, pero no pasó al atrio. Apenas cruzó el umbral dijo lo que tenía que decir:

—Se han reído de mí, los Metelos. Cota llevaba razón: primero han asesinado a Glaucia y luego han lapidado a Saturnino en la Curia, con las tejas del techo, y me han atacado en las calles. Sólo Sertorio, unos pocos más de mis veteranos y yo hemos sobrevivido. Los *optimates* van a por la venganza completa por el asesinato de su candidato a cónsul. Atrincheraos, no salgáis. Dolabela lidera la caza. ¡No salgáis! —insistió, y dicho esto dio media vuelta y retornó a la oscuridad sangrienta de las calles de una Roma asesina.

En medio de aquella locura, Aurelia no dijo nada y también se giró y se refugió en la pequeña habitación donde estaba su hijo, dejando que Cayo Julio César padre y su hermano Cota se encargaran de supervisar que los esclavos cerraran bien puertas y ventanas y que reforzaran cualquier posible acceso a la casa, para que nadie pudiera entrar en ella aquella noche.

—Dame al niño —dijo a la esclava, nada más entrar en la estancia.

La nodriza se lo entregó con cuidado a su madre y, muy prudente, se retiró con rapidez.

Aurelia se sentó en un *solium* con almohadones que estaba junto a la cuna del bebé y empezó a mecer a Cayo Julio César hijo, al tiempo que iniciaba un relato que ya había repetido en otras ocasiones, allí, a solas, cuando se quedaba en la única compañía de su pequeño.

—Recuerda siempre esta historia de tu origen, de tu principio, del comienzo de la *gens* Julia, de tu familia, la *gens* más noble y más especial de toda Roma: la diosa Venus yació con el pastor Anquises y de allí surgió Eneas. El hijo de Eneas se llamó Julo y de ahí desciendes tú. Eres heredero de los héroes de Troya...

El juicio II

DIVINATIO

En la *divinatio*, el tribunal decide quién de todos los acusadores que se presentan es aceptado para personarse en la causa como acusación principal, esto es, como fiscal del juicio.

VII

Un oponente inesperado

Vía Sacra, foro de Roma
77 a. C.

César y Labieno caminaban con paso firme sobre las losas de piedra de aquella avenida central de la ciudad.

César andaba meditabundo, los ojos clavados en el suelo que pisaban: su madre había aceptado que él se postulara como acusador del senador corrupto Dolabela por petición de los macedonios, pero intuía que Aurelia había aprobado aquella decisión suya con una mezcla de orgullo y preocupación. Orgullo porque, aún joven, ya estuviera dispuesto a enfrentarse a uno de los más terribles líderes *optimates* de todos los tiempos. Preocupación porque las posibilidades de victoria eran... escasas, ¿nulas?

Un muchacho con cara de miedo se les acercó y habló al oído de Labieno. Este último había pagado los servicios de un nutrido grupo de villanos y gente de baja estofa con el fin de reunir información sobre lo que se comentaba en las tabernas y en cualquier otro mentidero donde fluían las noticias antes de que éstas se hicieran públicas entre los edificios del foro.

—Quiero saber cualquier cosa relacionada con la causa contra Dolabela —había dicho a sus informantes.

—¿Cualquier cosa? —había preguntado uno de aquellos jovenzuelos acostumbrados a moverse entre la escoria de la ciudad.

—Cualquier cosa —le confirmó Labieno categórico, al tiempo que le entregaba varios denarios de plata.

Tito Labieno quería ayudar como fuera a su amigo César, a quien tanto sentía que debía, y todo dispendio le parecía poco.

Ahora, de camino a la basílica Sempronia, cuando oyó lo que el joven mensajero de los bajos fondos tenía que decirle, Labieno lo miró con incredulidad. Para su desazón, la faz seria del joven denotaba que lo que afirmaba, muy probablemente, era cierto: los problemas para su amigo en aquel juicio empezaban incluso antes de que se iniciara la causa.

—¿Qué ocurre? —le preguntó César ante su silencio y su semblante agrio.

Labieno respondió sin rodeos, como si decirlo todo de golpe mitigara el daño.

—En las tabernas del puerto dicen que Cicerón se va a presentar a la *divinatio* para competir contigo en la elección como acusador principal del caso contra Dolabela.

—¿Cicerón? —repitió César sin detenerse—. ¿Marco Tulio Cicerón?

—El mismo.

César no pudo evitarlo y lanzó una carcajada nerviosa.

—Por todos los dioses —continuó una vez controló aquella risa del todo inapropiada para su amigo—: Y nos preocupaban los abogados de Dolabela: mi tío Aurelio Cota y Hortensio. ¿No te das cuenta de la parte cómica o, mejor dicho, tragicómica de todo el asunto? Ahora lo más probable es que ni siquiera sea fiscal de la causa que yo mismo he promovido a petición de los macedonios. Cicerón lleva varios juicios ganados en el foro, con brillantez. Es joven, pero mayor que yo. ¿Qué tendrá?, ¿treinta años? Yo apenas veintitrés. Él ya ha acumulado experiencia en causas públicas y su oratoria es conocida por todos. Estoy acabado aun antes de empezar. —Volvió a reír.

Sin embargo, Labieno le conocía demasiado bien como para aceptar que César daba la *divinatio* por perdida. Lo observó, en cuanto dejó de reír para exorcizar sus nervios, y detectó aquella mirada felina que había visto en combate en las murallas de Mitilene. La leve cojera que padecía le trajo el recuerdo de aquellos momentos donde todo estuvo a punto de perderse... Pero, ahora, lo que incomodaba al propio Labieno era no entender por qué Cicerón se inmiscuía en aquel juicio.

—No, no creo que sea para nada una maniobra de Dolabela para sacarme de la acusación —comentó César sin dejar de andar, como si leyera los pensamientos de su amigo—: Cicerón busca fama, prestigio, como todos. Ha ganado varias causas y éste es un juicio por corrupción contra el todopoderoso Dolabela. Cicerón no se ha alineado aún ni con los *optimates* que protegen a Dolabela, ni con los populares que se enfrentaron a su terrible jefe Sila, como hizo mi tío o como sigue haciendo Sertorio en Hispania.

—O como hiciste tú —lo interrumpió Labieno.

—No —opuso César con rapidez—. Lo mío con Sila no fue enfrentamiento. Fue pura locura.

Ahora rieron los dos.

César retomó la cuestión:

—Cicerón va por libre, aún. Tendrá que definirse algún día, por un bando o por otro. Ninguno de los abogados consagrados de Roma quiere ser fiscal contra Dolabela, los macedonios recurrieron a mí y yo formulé la acusación. Cicerón quiere subirse al carro de esta causa, si lograse una condena por corrupción contra Dolabela se ganaría el respeto de unos y otros, *optimates* y populares.

—Pero es un juicio casi perdido, eso nos dicen todos —objetó Labieno, aún insatisfecho con aquellas explicaciones sobre la súbita aparición de Cicerón en la *divinatio*.

—Juicio perdido a los ojos de todos para alguien tan inexperto como yo, pero en manos de un hábil orador como Cicerón... ¿quién sabe? Busca prestigio, nombre, respeto... —insistió César—. Siempre puede retirarse al final del juicio o ser más blando que yo en la acusación final contra Dolabela y granjearse así un pacto con los *optimates*. Algo que ellos saben que yo nunca aceptaré.

—Entonces..., pase lo que pase, el tribunal lo elegirá a él como fiscal, para poder pactar una acusación más suave.

César calló unos instantes.

—Sí, así es —confirmó al fin el joven abogado, rompiendo aquel breve pero denso silencio—. A no ser que...

César no terminó la frase. Estaban entrando ya en la basílica Sempronia.

—Tú formulaste la acusación inicial —recordó Labieno en una última reflexión mientras accedían al interior del edificio—. Hablarás primero.

—Hablaré primero —ratificó César.

Basílica Sempronia, Roma

Y en efecto, Cayo Julio César habló primero.

Todo fue rápido y, a la vez, extraño para Labieno y para muchos de los asistentes. Para el tribunal no. Para el tribunal, la intervención de César fue la esperada. Y tomaron nota.

Tras su intervención sólo hubo murmullos y ningún aplauso.

Labieno puso la mano sobre el brazo de su amigo en cuanto éste se sentó.

—Has estado bien.

—No, por Hércules, no he estado bien —replicó César, categórico—. Mientes mal. Tito, eres un gran amigo, pero mientes mal.

—Has dicho las cosas que habíamos hablado, sin dejarte ninguna —insistió Labieno intentando reconfortarle.

Era cierto que había estado poco hábil en la forma de expresarse y que se había trabado más de una vez en su discurso, pero no había dejado de aportar todos los datos que habían preparado la noche anterior.

—No, no insistas —añadió César en su línea negativa mientras buscaba con la mirada a su madre entre el público que atestaba la basílica Sempronia.

El juicio contra Dolabela, el brazo derecho del todopoderoso Sila, había concitado la atención de toda Roma. En la ciudad no se hablaba de otra cosa. Hasta la rebelión popular de Sertorio en Hispania había pasado a un segundo plano en las conversaciones de taberna. Entre vino y vino a orillas del Tíber, se seguía hablando del líder popular en Hispania y del senador Quinto Cecilio Metelo hijo, llamado Pío, líder *optimas* enviado a las provincias hispanas para poner fin a la rebelión sertoriana. Sólo que si ahora se seguía hablando del veterano Metelo, de ya cincuenta y tres años, era porque los *patres conscripti*, aprovechando que había regresado de Hispania por unas semanas para asistir al funeral de su anciana madre, lo habían nombrado presidente del tribunal en la causa contra Dolabela.

Había sido el propio Dolabela el que le había rogado que retrasara su regreso a Hispania para que presidiera el tribunal de aquella causa. Dolabela no quería correr riesgo alguno, le gustaba tenerlo todo controlado. Metelo aún recordaba el episodio de la lapidación de aquel maldito tribuno de la plebe. ¿Cómo se llamaba?, no podía acordarse. Los nombres de los tribunos de la plebe en rebelión contra el Senado no merecían hueco en la memoria, según la mente fría y dura de Metelo.

En todo caso, nombrar como máxima autoridad en el juicio a un senador tan próximo al fallecido Sila, de quien Dolabela había sido mano derecha, mostraba a las claras que el Senado no pensaba dejar margen alguno para que la acusación, la condujera quien la condujese, llegara a buen puerto.

César encontró la mirada penetrante de su madre en una esquina de la basílica, a su derecha. Pudo leer la decepción en su rostro: el primer discurso público de su hijo, en quien tanta confianza tenía depositada, había sido un total fracaso.

Aquello le dolió a Cayo Julio César. Si había algo que nunca habría deseado era defraudar a su madre, pero, por otro lado, si ni siquiera ella se había dado cuenta de su estrategia, entonces quizá el tribunal, liderado por el autoritario Metelo y plagado de senadores *optimates* a favor del acusado Dolabela, tampoco se habría dado cuenta de lo que él estaba haciendo.

César siguió escudriñando a su alrededor: su esposa, Cornelia, justo detrás de su madre Aurelia, miraba al suelo. Estaba claramente preocupada. Más cerca, a su izquierda, se hallaba su contrincante inesperado en aquella *divinatio*: Marco Tulio Cicerón y, junto a él, el viejo griego Arquias, su maestro en oratoria. Lo iban a destrozar. Sin duda alguna, necesitaría de la ayuda de Marte y Venus y del ingenio de Minerva para salir con vida política del juicio contra Dolabela. Incluso para salir simplemente con vida.

Dolabela. César lo buscó con la mirada y lo encontró cómodamente sentado en una amplia butaca justo por detrás de donde estaba Cicerón. Dolabela necesitaba de una *cathedra* bien grande para poder descargar sobre ella su más que voluminosa envergadura. Poco o nada quedaba de aquel joven senador que trepó al tejado de la Curia Hostilia para lapidar al tribuno Saturnino una brutal noche que tanto su tío Cayo Mario como su propia madre, Aurelia, le habían relatado en más de una ocasión. Allí estaba ahora Dolabela, orondo, satisfecho de sí mismo, sonriente, comentando con los amigos que lo rodeaban la torpe intervención que él, aspirante a fiscal de la causa, acababa de hacer.

César bajó la mirada. Sabía que hasta Cayo Mario, desde el inframundo, se sentiría decepcionado por su burda intervención de abogado primerizo e inexperto. Volvió a levantar los ojos y encarar a Dolabela. El viejo senador seguía ignorándolo. La indiferencia era el mayor desprecio y eso era lo que el acusado mostraba hacia él.

El joven sonrió para sí. Él se había preparado para un combate largo, no para un juicio sencillo y rápido. Aún no era momento de descubrirse. Aún no.

El presidente del tribunal, Quinto Cecilio Metelo hijo, miró hacia el otro acusador: era el turno de Cicerón. No hizo falta que hablara, y eso Metelo, que seguía con sus problemas de tartamudez, lo agradeció. No le gustaba exhibir en público su defecto de dicción.

Marco Tulio Cicerón se levantó despacio y, también con lentitud calculada, buscando que se hiciera el pleno silencio mientras andaba, se situó en el centro de la basílica, frente al presidente y los cincuenta y dos jueces que habían de dirimir cuál de entre ellos dos, Julio César o él mismo, debía ser designado como fiscal principal de la causa contra Dolabela.

Al fin, la bien modulada voz de Cicerón, treinta años, en la plenitud de su vigor, inundó la gran sala como si hechizara a todos los que lo escuchaban. Y, para orgullo de su maestro Arquias, sin un solo titubeo, sin una palabra mal pronunciada, sin una sola nota de duda en cada una de sus bien elaboradas frases. Es decir, todo lo opuesto a lo que acababa de hacer su contrincante, Julio César.

—Respetados *patres conscripti*, *iudices*, gracias por darme esta oportunidad de explicarme ante vuestra sabiduría y experiencia —palabra esta última que Cicerón pronunció con particular parsimonia, como si quiera subrayar el valor intrínseco de su significado—. Gracias, por permitirme que ilustre por qué una causa como la que nos ocupa debe estar en manos experimentadas —de nuevo recalcó el término— y no en las de un joven, vehemente, sin duda —aquí se giró hacia César—, impulsivo y, no lo cuestiono, bienintencionado, pero muy joven y del todo inexperto fiscal.

Julio César mantuvo la mirada de su oponente sin parpadear, sin moverse un ápice. Labieno tenía ganas de levantarse y partirle la cara de un puñetazo a Cicerón, pero era evidente que tal acción no ayudaría en nada a su amigo.

A todos les había sorprendido su intromisión en aquel juicio, que se postulase también como acusador contra Dolabela, pero Cicerón llevaba un tiempo buscando popularidad en las basílicas de justicia y un juicio por corrupción contra la mano derecha del que fue el todopoderoso Sila era un grandioso escaparate hacia la popularidad. Si se ganaba, claro. Fuera como fuera, allí estaba en el uso de la palabra. Y en muy buen y hábil uso.

—Inexperto, sí, pues, y éstos son datos contrastados e irrefutables, no sujetos ni a valoración ni a interpretación ni a tergiversación alguna, tan común en ocasiones entre estas paredes cuando un abogado y un fiscal retuercen la realidad con medias verdades, cuando no con mentiras completas. Y es que, ¿en cuántos juicios públicos, con *iudices*, en una basílica romana, ha intervenido el joven Cayo Julio César?

Hizo una pausa retórica.

—Lo de joven lo ha dicho como insulto —susurró Labieno.

—Lo sé —le confirmó César también en un susurro, pero sin dejar de mirar a Cicerón. Era bueno, muy bueno. No podía interrumpirlo. No en aquel momento de la *divinatio*. Lo único que podía hacer era escuchar... y aprender.

—Yo os lo diré —continuó Cicerón—: en ninguno. Nuestro joven e impetuoso colega Julio César no ha participado en un solo juicio con anterioridad al día de hoy, y se postula hoy sin pensarlo, sin tener en consideración la complejidad de esta causa, porque no le atribuyo a Julio César aquí ni maldad ni perversión, sino pura inconsciencia, propia, no me cabe duda, de su juventud. —En este punto se volvió de nuevo hacia su oponente, que permanecía en silencio, en su *sella*, sentado, mirándolo sin parpadear—. Pero quizá, eso sí, haya un ansia poderosa de conseguir notoriedad que empuja a este inexperto abogado a adentrarse en un mar de aguas demasiado profundas en donde, con toda seguridad, haría naufragar sus argumentos y los derechos que pretende defender de los macedonios. —Se volvió un instante hacia ellos, hacia Pérdicas, Aéropo, Arquelao y otros provinciales allí presentes, pero de inmediato se giró para encarar los serios rostros de los cincuenta y dos jueces—. En definitiva y, por dar término a esta cuestión: Cayo Julio César no ha intervenido nunca antes en ningún juicio público, mientras que yo, Marco Tulio Cicerón, he participado ya en tres, tres causas que, además, una tras otra, he ganado: cuando defendí a Publio Quinctio, a Roscio Amerino y a Quinto Roscio. Todos casos de extrema complejidad, de diversa índole y cuyas victorias dan fe de mi capacidad para desenvolverme con solvencia entre los entresijos de la justicia, con clarividencia y, a la luz de los resultados, con eficacia e imparcialidad, pues, en cada caso, los *iudices* me dieron la razón y cada una de estas causas se sentenció según mis argumentos y no los del abogado oponente.

Cicerón calló un momento. Puso los brazos en jarras y miró al suelo.

César lo observaba con atención: su contrincante dominaba la escena, no sólo eran sus palabras, era la forma de moverse por la sala, los silencios medidos, las pausas, la mirada. Y eso no era nada en comparación con lo que le esperaba. En el supuesto caso de que él fuera seleccionado como acusador y no Cicerón, luego se tendría que enfrentar con los abogados de Dolabela, su tío Aurelio Cota y el muy hábil Hortensio. César los vio: ambos estaban sentados justo detrás de Dolabela, muy concentrados, escuchando a Cicerón con gravedad. Unos rostros serios que en nada se parecían a las caras relajadas y casi divertidas que habían mostrado durante su torpe discurso inicial. Su tío se había ahorrado humillarle abiertamente —era evidente que no quería hacer sangre con él en el juicio, al menos, si no era necesario—, pero Hortensio había llegado a reírse cuando César confundió alguna palabra o tuvo que repetir una frase mal formulada al citar los nombres de los testigos que tenía ya reunidos y asegurados para el futuro juicio.

Pero su contrincante seguía...

Cicerón levantó la mirada y la fijó en los macedonios, a quienes se permitía asistir al juicio, aunque sin derecho a participar más que a través del acusador seleccionado por el tribunal en aquella sesión preliminar. Los miró serio: el asunto de la inexperiencia del otro aspirante a fiscal había quedado claro, pero César había sostenido un argumento que podía pesar en la mente de los jueces y a esa cuestión iba a referirse. En un primer momento, pensó en dejarla para el final, pero había concebido un desenlace mucho más demoledor para su discurso contra el joven César. Ahora iría a por el asunto de los macedonios, de los provinciales agraviados...

Cicerón se giró, brazos aún en jarras, hacia el tribunal.

—Los macedonios, es verdad, se dirigieron al joven César y no a mí para que él y no otro ciudadano de Roma actuara como fiscal, como acusador, en este caso. Y parece razonable que se deba tener en cuenta la opinión de quienes han promovido la causa, de quienes se sienten perjudicados por las posibles acciones de Cneo Cornelio Dolabela en su provincia durante sus años como gobernador. Y ellos seleccionaron al joven César, prefieren a este joven abogado como su acusador principal.

—Ojalá dejara de repetir lo de «joven» —murmuró Labieno al oído de su amigo.

—Sí, pero escuchemos ahora bien —respondió también en voz baja César—. Quiero ver si encuentra forma alguna de desarmar el hecho objetivo de que los macedonios me quieren como acusador. Él mismo acaba de reconocer que es algo que el propio tribunal ha de tener en cuenta.

—Sí, ése ha sido uno de los puntos más fuertes de tu discurso —confirmó Labieno—. Lo evitará. Pasará a otra cosa...

Cicerón seguía mirando al tribunal. Inclinó un poco la cabeza. Retomó su parlamento:

—Los macedonios, sí, desean al joven César como fiscal, pero ¿qué saben los macedonios de nuestro sistema jurídico, de sus complejidades y entresijos? Lo único que los macedonios saben con certeza, como la mayoría de los habitantes de una de nuestras provincias, es que, al no ser ellos ciudadanos romanos, han de recurrir a uno de pleno derecho para que formule por ellos la acusación cuando a quien quieren llevar a juicio es, precisamente, otro ciudadano romano. Sólo saben eso: que ellos, sin tener la ciudadanía romana no pueden promover de forma directa una causa contra el senador y reciente gobernador Dolabela. Por eso han recurrido al joven César, el primero que han encontrado dispuesto a atenderlos y promover esta causa. Pero los macedonios, además de desconocer lo intrincado de nuestro derecho (algo que, en consecuencia, obliga a que quien articule su causa en esta basílica tenga mucha experiencia previa), no han reparado en que podía haber otros ciudadanos romanos mucho más preparados para servirles mejor en su reclamación. Y aquí se me plantea una cuestión prácticamente moral: ¿qué debe hacer en estas circunstancias un tribunal: aceptar el deseo de quienes se sienten agraviados y favorecer como acusador a aquel que ellos han seleccionado, o acaso los jueces de esta *quaestio perpetua*, de este tribunal especializado, deben, por el contrario, corregir el evidente error de cálculo de estos provinciales que, llevados por el ansia, reconocieron como acusador al primero que aceptó llevar su causa? ¿No sería más correcto que el tribunal, con frialdad, con su experiencia y sabiduría, elija no a quien los macedonios han solicitado como acusador, sino a aquel que el propio tribunal crea que va a defender mejor los derechos de los propios macedonios? Sí, ésta es una cuestión moral que dejo a la consideración de la sabiduría de los cincuenta y dos *iudices* y el pretor presidente que, no tengo dudas, sabrán ver con clarividencia qué es lo que debe hacerse sin que ni yo ni nadie formulemos más valoraciones a este respecto.

Cicerón inspiró aire.

Relajó los brazos y volvió a caminar por el centro de la basílica mientras retomaba la palabra.

—Pero sí hay un asunto que me preocupa sobremanera y sobre el cual sí me siento en la obligación de llamar la atención de todos los miembros de este tribunal: ya he aludido a la complejidad de nuestro sistema judicial, pero hay una complejidad mayor que aún me inquieta más. Ésta es una causa cuyas ramificaciones sociales y políticas pueden llevarnos a reacciones aquí en la sala, en el foro y en toda la ciudad, reacciones radicales de unos y de otros: se juzga al *clarissimus vir* Cneo Cornelio Dolabela, senador, claramente proclive en su momento a Sila y sus seguidores que, por otro lado, se enfrentaron con el tribunado de la plebe y con el pueblo en general. Si unos, los senadores más conservadores, percibieran que se conduce la acusación con artimañas y no con argumentos, pruebas y testimonios legítimos, podría provocar una reacción incluso violenta por parte de algunos de estos *optimates*; por el contrario, si la plebe percibiera que la acusación se lleva a cabo con mano torpe, sin diligencia y esmero adecuados, puede ser el pueblo el que termine promoviendo tumultos y desórdenes por las calles de Roma.

»Veo rostros de cierta sorpresa ante mis palabras, entre el público, en la faz de mi oponente y hasta entre algunos miembros del propio tribunal. Pero no creo que deba recordar a todos los presentes los últimos años de la política en Roma, donde la violencia, los asesinatos y hasta la guerra han asolado con frecuencia y brutalidad inusitadas nuestras calles. Todavía no está tan lejos la guerra contra los marsos y contra otros aliados que querían la ciudadanía romana, ni tan remotos quedan los asesinatos de senadores *optimates* por un lado, ni de tribunos de la plebe por otro, como para que no los tengamos todos en mente. Las ramificaciones de esta compleja causa podrían encender la llama de una violencia dormida pero latente en nuestra sociedad que, a buen seguro, nadie quiere reavivar. La defensa del acusado recae, por su propia decisión y derecho, pues el acusado tiene la potestad de elegir libremente sus abogados, en Aurelio Cota y en Hortensio, dos de los mejores juristas activos de nuestra ciudad, y eso, más allá de que supongan posibles contrincantes difíciles de derrotar dialécticamente o mediante pruebas y testimonios, me tranquiliza porque sé que, desde el lado de la defensa, todas estas consideraciones que acabo de verbalizar se tendrán en cuenta. Pero —y de nuevo se volvió hacia César— ¿sería prudente dejar en manos tan inexpertas como las de Cayo Julio César un juicio que puede despertar la locura, la sinrazón y la violencia de unos u otros, cuando no de ambos bandos políticos, que ahora parecen coexistir con cierto sosiego?

Esbozó una sonrisa sarcástica y se giró ciento ochenta grados para encarar otra vez al tribunal.

—Y, si no, como ejemplo ahí tenemos cómo el candidato a fiscal ha presentado sus testimonios principales: un sacerdote del templo de Afrodita en Tesalónica y nada más y nada menos que todo un ingeniero ciudadano romano de prestigio. Todo perfecto, salvo por el pequeño detalle de que el joven César ha equivocado el momento procesal en el que estamos y, cabalgando como si esto fuera una carrera de cuadrigas del Circo Máximo y no un proceso bien estructurado, se ha adelantado a la *prima actio*, a la primera sesión del juicio, hablando de testigos cuando aún no viene al caso. —Caminó entonces hacia el público levantando los brazos—. Quizá nuestro joven proyecto de fiscal debería dirigirse, pues, a los *carceres* del hipódromo y desahogar su gran energía en una venturosa carrera de carros.

Y dejó caer los brazos iniciando una leve carcajada a la que gran parte de los asistentes, plebeyos, senadores y hasta jueces se unieron con facilidad.

César engulló aquella afrenta de Cicerón. Recordó los consejos de su tío Mario. Recordó la batalla de Aquae Sextiae y cómo Mario esperó y esperó para devolver el golpe a los teutones mientras todos lo incitaban a la acción cuando él aún pensaba que no era el momento. Se aferró a aquel ejemplo y calló. Había empleado un ardid para conseguir su objetivo en aquella sesión, en aquella *divinatio* donde debía decidirse quién sería el acusador contra Dolabela y, pese a todo el destrozo hecho por Cicerón contra su candidatura a fiscal del juicio, su ardid seguía en marcha... en silencio, sigiloso, constante.

—Sí, el asunto no deja de tener su parte cómica —continuó Cicerón como si tuviera que hacer esfuerzos para controlar la risa—, si no fuera porque este arranque de premura, esta ansia de anticipar ya testimonios contra el acusado no es sino un anuncio de las propias ansias descontroladas de nuestro joven César por llevar este juicio a un desenlace ya predeterminado por él y no por la acumulación de datos y testimonios, sino por cuestiones personales, algo que ahora explicaré con detalle. Pero insisto, más allá de las risas, esta torpeza muestra que este juicio de derivadas tan sensibles en lo político y social no puede quedar, en modo alguno, en manos tan inexpertas e impulsivas, no ya sólo por el bien de los supuestamente agraviados, de los macedonios, sino, por encima de todo, por el bienestar del Estado romano.

»Y, por último, vuelvo a las ansias de Cayo Julio César por llegar corriendo al final de un juicio que ni siquiera ha empezado, ansias que surgen por su marcada falta de imparcialidad, y la imparcialidad es absolutamente necesaria en cualquier causa judicial. Tal es así que tenemos habilitado en nuestro derecho una *reiectio*, donde ya sea el joven César o yo mismo el fiscal elegido, así como los defensores de Dolabela, esto es, Aurelio Cota y Hortensio, podremos recusar a aquellos miembros del tribunal que consideremos que por motivos diversos puedan no ser jueces imparciales en este procedimiento. *Reiectio* que el joven aspirante a acusador también se ha saltado al empezar a hablar ya de testigos. Pero yo no, yo sigo el orden de un juicio romano de forma escrupulosa.

»Veamos, hablaba de recusaciones: muchas veces éstas vienen fundamentadas en la implicación de alguno de los jueces con el acusado por razones de parentesco familiar o por compartir intereses económicos o negocios con él. Del mismo modo, es tarea inequívoca del tribunal en este punto del procedimiento establecer que no existan esas incompatibilidades entre el fiscal designado para la causa y el propio acusado. En mi caso, nada me une a Cneo Cornelio Dolabela que no sea mi ciudadanía romana. Ni tengo negocios con él ni relación familiar alguna. Pero... ¿ocurre lo mismo con el joven César?

Marco Tulio Cicerón hizo la pausa final antes de lanzar su último ataque: el definitivo.

—Me temo que Cayo Julio César jamás podrá ser parte objetiva ni imparcial en este juicio. Nuestro joven abogado es el sobrino de Cayo Mario, líder de la causa popular durante años, mientras que Dolabela, el acusado, fue, todos lo sabemos, el brazo derecho de Sila, líder de la causa *optimas*. Y si este claro enfrentamiento político latente no bastase para inhabilitar a Julio César como fiscal en esta causa —aquí dejó de usar el apelativo «joven», como si sintiera que ya no necesitaba remarcar su inexperiencia ante el peso de los argumentos que estaba empleando—, por si eso fuera poco, a esto se añade el hecho de que Julio César está casado con Cornelia, hija de Cinna, brazo armado y brutal de Cayo Mario. Sila, jefe de Dolabela, instó en reiteradas ocasiones una persecución contra Julio César por este matrimonio y lo conminó a... —Barrió el aire con la mano—. Pero no quiero aburrir al tribunal refiriendo lo que todos sabemos. La cuestión es que Julio César no se presenta aquí, pues, como fiscal de los macedonios en un juicio por malversación y extorsión contra un gobernador romano, sino que Julio César se presenta aquí en busca de una inquietante y desmedida venganza personal.

Silencio.

Cicerón suspiró largamente.

—Y un juicio en una basílica de Roma ante el digno tribunal de una *quaestio perpetua* de malversación y extorsión no es lugar para venganzas personales. Cayo Julio César no puede ser, no debe ser designado fiscal de este juicio. Su inexperiencia, sus errores ya cometidos en el procedimiento, sus relaciones de parentesco y su tendencia política hacen de él no un fiscal, sino un sicario enviado por los más radicales para cobrarse aún más sangre por diferencias políticas. Y no es este lugar para venganzas ni para sangre, repito, sino para leyes, legitimidad y justicia.

Cicerón calló y bajó los brazos en el último momento. Exhausto, agotado por el esfuerzo, por la vehemencia de sus últimas palabras. Un aplauso atronador emergió de todos los rincones de la basílica. Estaba claro quién había ganado la *divinatio*. Y estaba claro quién la había perdido.

VIII

Una elección sorprendente

Basílica Sempronia, Roma
77 a. C., esa misma tarde

Estaba claro a los ojos de todos los asistentes, pero era el tribunal quien decidía. Y la decisión del tribunal fue, digamos, especial.

Los cincuenta y dos jueces habían abandonado la gran sala central de la basílica, tras revelar su decisión unánime, y la plebe estaba saliendo por las diferentes puertas. Los jueces senatoriales se habían marchado satisfechos, con la seguridad de haber adelantado mucho trabajo al seleccionar al joven e inexperto Julio César como acusador principal de la causa promovida contra Dolabela. De hecho, partían de la basílica relajados y sonrientes en muchos casos. El pueblo, sin embargo, se sentía una vez más confuso: Cicerón habría construido un relato mucho más sólido de la acusación contra el corrupto *clarissimus vir* Dolabela, uno más de aquellos veteranos senadores de Sila que tanto se habían enriquecido, conocido era por todos, de formas perversas. Pero las percepciones de la plebe, por muy potentes que fueran, de nada servían en un juicio. Pruebas y buenos discursos, eso era lo único a lo que se atendrían los jueces para dictar sentencia en un sentido o en otro. ¿O no? Pues el dictamen de selección de fiscal había sido sorprendente para todos. A la plebe le quedaba aferrarse al hecho de que quizá César fuera ese digno sucesor de Mario y, de un modo u otro, acertara a cobrarse la venganza de la que había sido acusado. La plebe odiaba a Dolabela, pero también pesaba en el ánimo del pueblo el hecho evidente de que el fiscal designado era, sin duda, el más inexperto de los dos posibles. Los más astutos de la plebe intuían la manipulación política senatorial para asegurarse un juicio con un fiscal torpe, pero otros simplemente salían del edificio en medio de un aturdimiento general por todo lo escuchado y la decisión inesperada y no sabían a qué atenerse. Al menos, Julio César había mencionado que tenía testigos dispuestos a declarar contra Dolabela. Eso era algo. Eso les daba esperanza.

Cicerón, que había recibido la sorprendente decisión del tribunal con entereza y sin mostrar rabia pese a su lógica decepción, recogió todas sus notas con rapidez.

César, siempre asistido por Labieno, era más lento.

—No, Tito —decía el recién nombrado fiscal del caso—. Pongamos los papiros con notas contra Dolabela en este cesto, y los papiros con los argumentos que creemos que esgrimirán sus defensores en este otro.

Intentaba suplir su torpeza retórica con, al menos, orden y un archivo sistemático de todas las anotaciones que había hecho con relación al juicio. La decisión de los jueces lo había animado enormemente. Su estrategia secreta había tenido éxito.

—No lo hemos hecho tan mal —celebró con una media sonrisa.

—¿Hemos? —Tito Labieno se sorprendió ante aquel plural inclusivo.

—Sin tu ayuda, no habría conseguido que me seleccionasen como acusador principal —afirmó César rotundo.

Labieno sonrió.

—Mucho te debo; apenas he empezado a pagar la deuda que tengo contigo.

César sabía que Labieno hacía referencia a lo ocurrido en el asedio de Mitilene.

—Entre amigos no hay deudas —replicó mientras seguía ordenando los numerosos papiros desplegados aún sobre la mesa.

Labieno se limitó a sonreír de nuevo. Sabía que su amigo era así, pero él sí sentía que le debía mucho, todo, a Julio César.

—Un día lograré que estés orgulloso de mí, de veras, no sólo porque te ayude a ordenar unos pocos papeles o porque intente darte ideas para acusar a ese miserable de Dolabela —añadió Labieno.

César iba a responder cuando Cicerón, que pasaba al lado de ambos, se detuvo un instante y se dirigió a ellos:

—Espero que mejores en la *reiectio* y en el resto de fases del juicio, pero, sinceramente, no creo que dures ni medio día frente a Hortensio y Cota. Supongo que comprendes por qué te ha seleccionado el tribunal como acusador principal y no a mí.

Julio César dejó pasar unos segundos. Él, más que nadie, era consciente de que su discurso no había sido el mejor desde un punto de vista formal, pero se vio obligado a responder ante el ataque de Cicerón.

—Quizá tú te hayas expresado con más brillantez, pero yo he argumentado mejor, y he anunciado a testigos —replicó categórico, justificando su selección como justa, como ganada en buena lid—. Te has esforzado en hacer broma con ese hecho, pero yo creo que el tribunal puede haber pensado que ya estoy muy avanzado en la acusación y que anticipar estos testimonios no ha sido un error, sino una inteligente estrategia.

Fue ahora Cicerón quien sonrió, aunque de una forma cínica, al tiempo que negaba con la cabeza.

—O sea, que no lo sabes, que no tienes ni la menor idea de por qué te ha seleccionado el tribunal. Por Hércules, Hortensio y Cota lo van a tener aún más fácil de lo que pensaba y, desde luego, tu *cursus honorum*, tu carrera política, si aspirabas a una, va a terminar en esta basílica el día en el que se celebre este juicio, un juicio que será el más breve de cuantos han existido, por tu torpeza supina.

Labieno se interpuso entre uno y otro con ademán violento y

Cicerón dio un paso atrás. Un par de sus asistentes se pusieron también delante de él para encararse con Labieno. Julio César cogió por el brazo a su amigo y lo hizo retroceder, pero una cosa era no emplear la violencia y otra permitir que Cicerón lo insultara en público, en medio de la basílica Sempronia.

—Me han seleccionado porque han visto que he reunido más testimonios y pruebas contra Dolabela que tú, eso es todo —opuso desafiante—. Tú has hablado de política y de parentescos familiares.

A un gesto de Cicerón, sus asistentes se hicieron a un lado.

—No, hombre, no: lo que has hecho es decirle al jurado todo lo que tienes reunido contra Dolabela. No te has guardado nada, como había hecho yo, y ahora saben que nada de lo que has presentado es lo bastante contundente, que Hortensio y Cota podrán rebatirlo con cierta facilidad. Les has enseñado todo lo que tienes y nada te has quedado para sorprenderlos. No tienes ni idea de a quién te enfrentas. Dolabela es implacable. Ojalá esos testigos tuyos lleguen vivos al día del juicio.

—¿Qué quieres decir con eso? —preguntó sorprendido César.

—Tu nivel de ingenuidad me abruma —sentenció Cicerón—. He querido decir exactamente lo que he dicho: ojalá consigas presentar vivos a ese ingeniero y a ese sacerdote ante este tribunal. ¿He de explicarte, a ti que has sufrido la brutalidad de Sila y los suyos, como Dolabela, en tus propias carnes, cómo juegan estos senadores cuando se trata de defender sus intereses?

Julio César guardó silencio. Quizá, después de todo, no había hecho bien en desvelar los nombres de sus testigos principales con tanta antelación, pero la noche anterior sintió que tenía tan poco con lo que argumentar que, en aquel momento, mencionar ambos testimonios pareció la mejor de las ideas. Para dar sensación ante la plebe de que estaba preparando bien el caso.

—Y sí, hasta tú mismo lo admites: tu expresión ha sido torpe, la propia de un advenedizo, de un principiante que nunca se ha fajado en estas luchas retóricas. —Cicerón se acercó aún más a Julio César—: Te han elegido porque eres, de largo, el peor de los dos: el peor orador y, además, alguien que no sabe medir qué debe decir en cada momento. Eres previsible e inexperto. Y el jurado, los cincuenta y dos *iudices*, han elegido al rival más débil para su amigo el senador Dolabela. Te han seleccionado, Cayo Julio César, porque eres el peor acusador posible.

El silencio se podía sentir como una nube densa que los envolvía.

La basílica había quedado desierta a excepción de César, Labieno, Cicerón y sus dos asistentes.

—Callas, luego piensas —apostilló Cicerón—. Bueno, por todos los dioses, igual aún hay esperanza. —Inspiró hondo antes de retomar su discurso—: Mira, joven César, voy a darte un único consejo. Te lo voy a dar porque no me gustan los Dolabelas de este mundo, porque creo que hay que acabar con la corrupción que socava las entrañas del Estado romano y que amenaza con llevárselo todo por delante. Y tú, si eres inteligente, sabrás interpretar mis palabras y, quizá, con la ayuda de la diosa Fortuna, Minerva y otras deidades, de forma totalmente inesperada, consigas al menos poner algo nerviosos a los defensores de Dolabela.

—No necesitamos consejos del perdedor de la *divinatio* —apuntó Labieno con desdén. No aguantaba más ese trato de desprecio constante que Cicerón se permitía con su amigo.

Pero fue el propio César el que levantó la mano y le hizo callar.

—¿Cuál es ese consejo? —preguntó el recién elegido fiscal.

Cicerón miró primero a Labieno.

—Éste es el consejo no de un perdedor, sino del ganador de tres juicios ya. —Y entonces dirigió sus ojos a César—. No seas acusador, a nadie le gustan los fiscales. Has de ser defensor.

Y con aquellas palabras en apariencia contradictorias, Marco Tulio Cicerón dio media vuelta y se alejó del lugar escoltado por sus asistentes.

—Eso es absurdo —dijo Labieno—: Hortensio y Cota son los defensores de la causa y tú el fiscal. No tiene sentido lo que ha dicho. ¿Tú entiendes qué ha querido decirnos? Se burla de nosotros. Eso es todo.

—No, no sé qué ha querido decirnos —admitió César—, pero es cierto que Cicerón odia la corrupción, como tú y como yo, y es posible que haya enjundia en sus palabras —añadió pensativo mirando al suelo—. No se está burlando.

—Pero un fiscal no puede ser defensor —insistió Labieno—. Es imposible. Es...

—Es como un acertijo —lo interrumpió César, aún con la mirada fija en el suelo de mármol de la basílica, y añadió en voz baja—: Hay que ser, pues, un fiscal defensor...

—¿Las dos cosas a la vez?

—Las dos cosas a la vez —confirmó César, alzando por fin la mirada.

—¿Y eso cómo se hace?

—No tengo ni la más remota idea.

Domus de la familia Julia
Esa noche

Estaban en su habitación.

Estaban abrazados.

Julio César boca arriba, con la espalda apoyada sobre varias almohadas de modo que quedaba casi sentado. Cornelia, acurrucada a su lado, pasaba sus delgados brazos por el cuello de su esposo. Él sentía sobre la piel la caricia de las palmas suaves de sus manos.

—Los jueces me han elegido como fiscal porque soy el peor —dijo Julio César.

—Te han elegido porque *creen* que eres el peor —matizó Cornelia hablando al pecho desnudo de su marido, y subrayó lo dicho con un beso dulce sobre el esternón.

Él sonrió, por el gesto de amor y por su apoyo.

—Siempre eres tierna conmigo, y siempre encuentras palabras que me animan. Estuvo bien jugarse la vida por ti.

—Me alegro de que pienses eso —comentó ella, su mejilla sobre el pecho de él—. Sufrí mucho aquellos meses. Lo habrías tenido todo tan fácil si te hubieras... —Cicerón no había entrado en detalles en el juicio y ella tampoco quiso hacerlo ahora—. Te habría sido todo más fácil, si hubieras hecho... lo que te exigía Sila. Y sin embargo, nunca me... abandonaste. Lo mínimo que puedo hacer es ser la mejor esposa posible para ti, aquí —movió sus piernas desnudas por la cama de sábanas abiertas— y en todo lo que haces. Los jueces creen que eres peor que Cicerón, pero eso es sólo lo que ellos piensan. De ti depende, y sólo de ti, esposo mío, que tengan razón o no. Y yo creo que se equivocan. De hecho, tienes algo a tu favor con lo que ellos no cuentan.

César la miró intrigado.

—¿Qué?

Ella levantó el rostro y lo miró a los ojos.

—Tú no eres tan malo, no eres tan torpe con las palabras —le dijo ella con seguridad—. Has fingido serlo.

César callaba.

De pronto, ella también. Sabía que había tocado un punto sensible, un ardid secreto de su esposo. Temió que él se enfadara con ella, por decirlo, por haberse percatado de su estrategia.

—Sí, he fingido ser peor orador de lo que soy —admitió él, al fin—. ¿Crees que alguien más se ha dado cuenta?

—Tu madre sospecha, pero no dirá nada a nadie, claro. Tus hermanas no se han dado cuenta. Están realmente abatidas por tu poca destreza hoy, aunque contentas de que te seleccionaran pese a todo. Creo que tu tío tampoco se ha percatado: Cota te infravalora. Y a los jueces, ciertamente, los has engañado.

César escuchaba muy atento. Cornelia había hecho un análisis pormenorizado de todas las reacciones relevantes. Siempre había pensado que su esposa era inteligente, pero aún hoy había veces en que su perspicacia lo asombraba.

Ella volvía a hablar:

—Los puedes sorprender, los vas a sorprender: esperan la peor de las acusaciones y no será así. Sé que lo preparas todo bien, sé que se asustarán. Pero eso me da miedo porque...

Cornelia bajó la mirada de nuevo y se acurrucó aún más apretando su pequeño cuerpo delgado al musculado torso de su esposo.

—¿Por qué temes que los sorprenda? Eso sería bueno.

Ella negó con la cabeza levemente, pero, al estar tan pegada a él, César percibió el gesto con nitidez y supo interpretarlo.

—Porque su miedo hará que penda de nuevo sobre ti una sentencia de muerte —se explicó ella—. Pero esta vez será una sentencia sin anuncio, sin legalidad, sólo buscarán que alguno de sus sicarios te dé muerte en alguna calle oscura.

Él calló.

Compartieron el silencio durante un tiempo largo que, no obstante, a ambos les pareció breve, abrazados como estaban, sintiendo el pálpito del corazón de cada uno.

César parpadeó varias veces. Era cierto que todos los que habían intentado cambiar las cosas, como ya le vaticinó Labieno, estaban muertos. Era real que acusar a un senador *optimas* solía terminar en sangre para el fiscal que hacía bien su trabajo. Dolabela representaba ese viejo mundo donde unos pocos senadores inmensamente ricos lo controlaban todo frente a una plebe empobrecida, unos itálicos sin ciudadanía romana que perdían el control de sus tierras y unos provinciales que veían, una y otra vez, que los juicios en Roma nunca sentenciaban en contra de gobernadores corruptos que los hubieran expoliado. Pero todo eso debía cambiar. Si Roma quería supervivir a su propio éxito, debía reorganizarse y, en ese proceso, esa corrupción sin límites tenía que ser cercenada de raíz.

—¿De veras crees que puedo hacerlo bien y sorprenderlos?

—Sí —musitó ella, como si ahora lamentara haberle animado tanto.

Callaron otro rato.

—¿Puedo servir a mi esposo de otra forma? —preguntó Cornelia al fin, tratando de desviar el curso de sus pensamientos, hacia ella, por ejemplo, para que dejara de cavilar sobre cómo sorprender a sus contrarios en el juicio, algo que preveía como peligroso. De hecho, que su marido perdiera ese juicio sería lo mejor que podía pasar. Era la llave de su supervivencia.

—¿Te parece bien hacerlo otra vez?

—Me parece bien —confirmó ella, borrando sus pensamientos sobre si César debía ganar o perder el juicio.

Él comenzó a acariciar la piel de Cornelia. Y empezó por los pies. No tenía prisa. Sólo sentir aquel contacto suave en sus manos le resultaba intensamente placentero. Ascendió por las piernas. Ella cerró los ojos. César la acariciaba mientras sonreía: ni Cornelia se había dado cuenta. Siguió palpando con ternura: los muslos. Él no era un torpe orador. En efecto, tal y como había detectado Cornelia, sólo lo había fingido. Y había conseguido su objetivo: había sido designado por un tribunal corrupto que buscaba el peor fiscal posible. César volvió a rememorar las palabras que le dijo su tío Mario, años atrás, en aquella taberna, tras una pelea con otros muchachos en el Campo de Marte: «Puedes fingirte cobarde y no serlo, puedes fingirte torpe y no serlo. Lo único importante es la victoria final. Da igual que te llamen cobarde. No entres en combate hasta que creas que puedes ganar. Luego, pasado el tiempo, sólo se recuerda eso: al ganador. Todo lo que pasó antes queda borrado. Recuérdalo, muchacho, y no vuelvas a pelear si no puedes ganar».

Sí, había seguido aquel consejo y le había salido bien. Había jugado a no atacar.

Sus manos llegaron al sexo de su esposa. Cornelia se estremeció, pero no se movió ni un ápice. Se dejaba hacer. Entregada, segura, enamorada.

César recordaba las palabras de su tío y le encajaban, pero no entendía el consejo de Cicerón al final de la *divinatio*: ¿cómo se podía ser abogado defensor en una causa en la que estabas designado como fiscal?

Pero su miembro está erecto. Su esposa, jadeante.

Hay otros asuntos de los que ocuparse.

César se sitúa, con cuidado, sobre el cuerpo hermoso de Cornelia.

***Domus* de Cneo Cornelio Dolabela**
En ese mismo instante

Las dos esclavas estaban a sus pies. Muy quietas. Temían que su amo se despertara y volviera a azotarlas. Desde hacía un tiempo, ésa parecía ser la única forma en que su señor obtenía placer. A una de ellas le sangraba la espalda, pero contenía hasta los gemidos.

Dolabela yacía con su gigantesca panza hacia arriba. No estaba dormido, simplemente recuperaba el aliento. Cada vez le costaba más moverse. Hasta dar latigazos lo cansaba. Pero se sentía feliz. La *divinatio* había ido muy bien. En apariencia. Sus abogados devorarían a ese imbécil de Julio César. La cuestión era qué hacer con el impertinente sobrino de Cayo Mario después del juicio. Quizá los deseos de Sila, darle muerte, debieran de ser por fin cumplidos.

Sonrió. Aquella idea le gustaba.

De pronto, una duda se filtró en su cabeza: ¿y si las advertencias que hizo Sila, en numerosas ocasiones, sobre el hecho de que ese joven Julio César fuera realmente peligroso resultasen acertadas? Ese muchacho era inexperto en la basílica, pero se había mostrado audaz en el pasado, en más de una situación. No, pensándolo bien, no se sentía tan tranquilo con la resolución de la *divinatio*. Se sentía incómodo. Necesitaba desahogarse. Otra vez.

Se incorporó.

Las esclavas temblaban.

***Domus* de la familia Julia**
Media hora más tarde

Julio César se arquea sobre su esposa y exhala un bufido de placer puro. Cornelia lo abraza con fuerza mientras siente cómo estalla dentro de ella y quiere decirle algo al oído, pero el éxtasis la inunda también y queda muda unos instantes. Se lo dice poco después, en cuanto recupera el aliento, aún abrazados y con él unido a ella.

—Estoy segura de que eres el mejor aquí, en mí, y fuera, en la basílica. El mejor.

Despacio, con cuidado extremo de no hacerle daño, él sale de ella y se tumba de nuevo boca arriba. Cierra los ojos.

Los dos respiran con más sosiego tras la agitación. La *prima vigilia* va a empezar. La noche los envuelve. La oscuridad cae sobre una Roma gigante y los esclavos encienden las antorchas del pasillo: las sombras ahora tiemblan a la luz del fuego. Por supuesto, ninguno de ellos osa entrar en la estancia de sus amos.

César abre los ojos súbitamente.

—¡Claro! ¡Por Júpiter! —exclama, pero en voz baja, como si no quisiera airear su descubrimiento, sólo compartirlo con su esposa—. Ya sé lo que quería decir Cicerón esta tarde en la basílica, y tiene todo el sentido. —Se da la vuelta hacia ella, pero Cornelia no responde. Está dormida, plácida, agotada por la pasión, feliz por el amor compartido.

César sonríe. La besa tiernamente en una mejilla, se incorpora, tira de las sábanas, cubre los cuerpos de ambos y luego la abraza, tumbándose de nuevo a su lado.

—Seré defensor, Cornelia, y no fiscal —continúa él en un susurro, a sabiendas de que ella ya no lo escucha, pero como si sintiera la necesidad de decírselo de todas maneras—. Y tiene todo el sentido. Ese Cicerón es inteligente. He de combinar su idea con los consejos de Cayo Mario.

César cierra los ojos.

Cayo Mario. Su tío. Su recuerdo.

César duerme.

Memoria secunda

CAYO MARIO

Tío de César
Siete veces cónsul

IX

El regreso de Mario

Campo de Marte, Roma
90 a. C., trece años antes del juicio contra Dolabela

—¡Venga, levanta, cobarde! —gritaban varios muchachos a uno que, encogido en el suelo, sangraba por la cara y un brazo.

—¡Cobarde, traidor! —lo insultaban otros mientras iba formándose un corro cada vez mayor de niños y jóvenes en la ladera del Campo de Marte, el lugar adonde acudían los jóvenes nobles romanos a adiestrarse militarmente y familiarizarse con la lucha, la monta a caballo y el uso de las armas.

Una pelea allí no llamaba la atención de las patrullas de la milicia urbana. Podía ser un combate de entrenamiento.

Pero no.

El joven del suelo era aún un niño de apenas nueve años.

Recibió un puntapié en el hígado.

—¡Venga, Julio César, levanta y pelea! ¿No desciendes de los dioses?

Reían y seguían gritando a su alrededor y acusándolo de traidor. No ya por él, sino por ser... Nuevos golpes en el costado y en la cara quebraron hasta sus pensamientos.

Sin pensar demasiado, Tito se metió en la pelea, que no lo era, pues aquello era más bien un linchamiento. Lo hizo porque le parecía mal, porque le parecía cruel, porque detestaba la injusticia. Tampoco llegaba a los diez años. Noble, aunque pobre aliado para las urgencias de César en aquel momento.

—¡Dejadlo, miserables! —les espetó Tito Labieno.

A los que atacaban les sorprendió que alguien fuera tan tonto de ponerse de su parte. Ellos eran muchos más. El corro lo formaba ya una cincuentena de muchachos, aunque los que habían iniciado el tumulto eran sólo tres.

Tito Labieno lo había observado todo desde el principio y, sin calcular estrategia ni posibilidades, estampó un puñetazo en el rostro de uno de los tres líderes y, veloz, otro en el estómago de un segundo. Eso generó duda en el resto. Pero el tercero de los que habían atacado a César se sabía fuerte rodeado por muchos que pensaban como él: César pertenecía a la estirpe de los traidores al Senado, a Roma. Una nueva guerra había estallado, la ciudad estaba en peligro y la lealtad de César y los suyos era muy dudosa para todos aquellos niños, hijos de senadores *optimates*, que habían oído todo tipo de comentarios contra la familia Julia. Era sólo cuestión de tiempo que se revolvieran contra el joven que los acompañaba a todos en los adiestramientos militares.

—También te daremos tu merecido a ti, por Júpiter —dijo con rabia el tercero de los que llevaban la voz cantante en aquel linchamiento.

—Ni siquiera es de los nuestros —espetó otro del corro de muchachos, aludiendo al hecho de que Tito Labieno no era hijo de patricios, sino perteneciente a la clase ecuestre que, por jerarquía, desde la conservadora perspectiva de los *optimates* que controlaban Roma en aquel momento, estaba por debajo de los patricios.

Labieno tragó saliva.

Apretó los puños y se dispuso a defenderse y encajar los golpes.

En ésas, Julio César, con un corte en la ceja y otro en un brazo, se levantó y se puso a su lado.

—Gracias —dijo en voz baja.

No hubo tiempo para más conversación entre los dos muchachos. Al instante todos se abalanzaron sobre ellos como salvajes.

Se formó un caos de brazos y piernas y golpes, bofetones y hasta mordiscos.

—¿Qué pasa aquí?

Era la voz grave de un adulto. De alguien veterano.

Quien nace con autoridad nunca tiene por qué repetir una pregunta.

La muchachada embebida de violencia se detuvo y todos se separaron. Unos se lamían las heridas, otros se palpaban la cabeza para asegurarse de que aún la tenían en su sitio. César mantenía una mano en el costado. Era lo que más le dolía, aunque notaba sangre por el rostro. Labieno se masajeaba un hombro; estaba convencido de que lo habían mordido, pero la ropa había evitado mayores daños.

Cayo Mario esperaba aún respuesta.

La figura corpulenta del hasta ese momento seis veces cónsul de Roma, rodeado por su guardia personal de las guerras de África y del norte contra los teutones y cimbrios, se recortaba como un gigante contra el horizonte del sol del mediodía.

Todos los muchachos habían reconocido a Mario sin margen de duda: pese a las diferencias que mantenía con los *optimates*, Roma continuaba llena de estatuas del líder de la facción popular. A sus enemigos les habría gustado destruirlas, pero no se habían atrevido. Ni siquiera aprovechando su larga ausencia de la ciudad. Esto es, no se habían atrevido... por ahora.

César, por su parte, veía a diario un busto de mármol de su tío en el atrio de su propia casa. Y, le parecía curioso, en carne y hueso Cayo Mario aún imponía más. Sería por su porte, por sus ademanes decididos o su voz. O por esa escolta de aguerridos veteranos militares armados que lo escoltaban. O por todo junto.

Era la primera vez que veía a su tío en persona. Mario llevaba toda la infancia de su sobrino fuera de Roma, en un exilio medio forzado por los *optimates* tras los violentos acontecimientos de casi diez años atrás: el asesinato del candidato a cónsul Memio, cometido por los populares, la ejecución de Glaucia y la lapidación de Saturnino a manos de los *optimates*. Aquella brutal noche, Cayo Mario había abandonado Roma y ésta había quedado en manos de los senadores más conservadores.

Pero ahora Mario había regresado.

De hecho, la reyerta estaba relacionada con aquel suceso. En Roma sólo se hablaba de eso y de la traición de las ciudades aliadas.

—Una pelea, *clarissime vir* —explicó Julio César, para dar cumplida respuesta a la pregunta planteada, pero sin aportar más datos ni sobre el motivo ni sobre su desarrollo.

Cayo Mario paseó la mirada lentamente por el corro de muchachos. Todos agachaban la cabeza al sentir los ojos del aguerrido excónsul observándolos.

El hombre intuía una mezcla de desprecio y miedo en todos ellos. Más de lo segundo que de lo primero. En todos, esto es, menos en el chico que había respondido y en el otro que lo había ayudado. Ausente de la ciudad los últimos años, él no sabía quién era su sobrino, aunque en las facciones del primero de ellos —en su rostro, por cierto, ensangrentado—, a Mario le parecía reconocer rasgos de su cuñada Aurelia. No dio nada por sentado.

—¿Quién es Cayo Julio César? —preguntó.

Un breve silencio.

El propio César estaba asimilando que, lógicamente, su tío no lo había visto crecer y no podía reconocerlo.

—Soy... yo, *clarissime vir* —dijo al fin el muchacho.

Mario volvió a pasear la mirada por todos los muchachos mientras pensaba: «De modo que el resto estaba linchando a mi sobrino». Suspiró. No necesitaba que nadie le explicara el motivo de la pelea. Había hecho bien en acudir con celeridad al Campo de Marte.

—Ven, sígueme —le dijo a César.

Éste se volvió un segundo hacia Tito Labieno. Sabía su nombre, lo había visto entrenarse en el Campo de Marte pero apenas habían intercambiado palabra antes.

—Gracias —le repitió a modo de despedida.

Labieno iba a responder cuando la voz grave de Cayo Mario retumbó una vez más en la ladera de aquella colina:

—Tú, como te llames, ven también. O estos salvajes la emprenderán de nuevo a golpes contigo.

Los hijos de los *optimates* tuvieron que tragarse el insulto sin decir nada.

Tito miró a César, miró al excónsul, asintió a este último y obedeció sin rechistar.

Al instante, los dos muchachos caminaban tras la estela de Cayo Mario rodeados por todos sus veteranos de guerra.

X

La única victoria que importa

Por las calles de Roma
90 a. C., ese mismo día

Caminaban a paso rápido y pronto llegaron al Foro Boario y de ahí giraron hacia el río.

Ni el joven César ni Labieno entendían adónde iban.

Los hombres de la escolta del excónsul, sí.

Llegaron a las tabernas del puerto fluvial de Roma y Cayo Mario irrumpió en la más grande y más atestada de todas ellas, mientras sus hombres le abrían paso por si algún borracho despistado no sabía apartarse a tiempo.

Mario se detuvo junto a la mejor mesa, la que estaba bajo un ventanal desde el que se veía partir los barcos hacia Ostia degustando un buen vino. La ocupaban varios marineros en espera de zarpar, pero al reconocer al recién llegado y su escolta de exlegionarios veteranos en decenas de batallas optaron por levantarse raudos, agachar la cabeza y desaparecer tras pagar unas monedas al posadero.

—Sentaos —les dijo Mario a su sobrino y a Labieno.

El tabernero se acercó a la mesa.

—¡Los dioses sean alabados! ¡Y qué honor, qué honor para mi casa! —exclamaba genuinamente feliz.

Como muchos del pueblo de Roma, adoraban a Cayo Mario. Siempre que la ciudad había estado en peligro, él la había salvado. Y ahora que Roma volvía a estar amenazada, Mario, el gran Mario, el vencedor de la guerra de África y de las guerras del norte contra los cimbrios y teutones, había regresado. Ahora todo se resolvería.

—Menos palabras, posadero —le dijo Mario con seriedad pero sin enfado—, y más comida y bebida. Ya sabes lo que quiero.

—Sí, por supuesto, por supuesto... —dudó al ver a los dos niños que lo acompañaban—. ¿Vino y queso para todos?

Mario comprendió las dudas del tabernero. Miró a los muchachos y les preguntó con voz potente:

—El posadero quiere saber si sois hombres o niños.

Los dos chicos se miraron: ninguno de los dos vestía aún la *toga viril*, propia de los ciudadanos romanos varones, pero se volvieron entonces hacia el excónsul y respondieron, en voz baja, dubitativa, pero al unísono:

—Hombres, *clarissime vir*.

Tragaron saliva.

El veterano excónsul podía ver aún la *bulla*, el amuleto que probaba que un romano era aún niño, colgando del cuello de ambos, pero dio un puñetazo en la mesa, echó la cabeza hacia atrás y se echó a reír en una sonora carcajada a la que se unieron los hombres de su guardia militar y muchos de los presentes y hasta el propio tabernero.

El excónsul frenó entonces en seco su carcajada y miró a los que seguían riéndose, sentados en las mesas próximas.

—¿Os burláis de mi sobrino? —los interpeló.

Todos callaron de golpe.

Mario clavó los ojos de nuevo en César y Labieno.

—Esta mañana habéis luchado como hombres. Como hombres estúpidos, pero como hombres. La sangre de vuestras heridas así lo atestigua. —Se dirigió al tabernero—: Ya lo has oído: son hombres. Vino y queso para los tres. Y para mis veteranos también.

El tabernero asintió y partió a por su mejor licor y su mejor comida.

Mario levantó el brazo izquierdo sin dejar de mirar a los muchachos.

Uno de los veteranos de la escolta se aproximó a él.

—Que venga un médico, rápido —ordenó.

El militar se llevó el puño al pecho.

—Sí, *clarissime vir* —dijo antes de partir veloz a dar cumplimiento a la orden recibida.

—Esas heridas hay que tratarlas —explicó Mario a los dos jóvenes mientras se concentraba en examinar el rostro de su sobrino—. En particular, he de cuidarme de que tu madre no te vea en esas condiciones o no me salvarán de su ira ni todas las legiones de Roma. Tu madre, enfadada, es peor que una horda de teutones salvajes armados hasta los dientes, muchacho. Tu madre, airada, es capaz de cualquier cosa.

Parecía una broma, pero esta vez Cayo Mario no se rio.

César tampoco. Su madre era muy dulce cuando quería serlo, pero también tenía un carácter de hierro.

—No somos estúpidos —replicó César retomando el insulto que les había dedicado su tío hacía unos segundos, al atribuir a su valor una falta de inteligencia.

—Ah, por Hércules —exclamó Mario—. Mi sobrino ha heredado la determinación, incluso la osadía de su madre. ¿Me estás diciendo que he mentido o que he dicho una tontería?

—No, pero... —Al joven César no le salían las palabras, sentía la garganta seca.

El tabernero regresó con una jarra de vino y un plato repleto de cuñas de queso bien curado y tres vasos de *terra sigillata*, los mejores que tenía. Sólo para las grandes ocasiones. Iba a servir, pero el excónsul hizo un gesto con la mano para que se fuera al instante, así que el posadero dio media vuelta y se marchó.

Cayo Mario tomó la jarra, escanció abundante vino en los tres vasos.

—Bebe —le dijo a su sobrino—. Está claro que lo necesitas. A ver si así te fluye el habla.

El joven César se llevó el vaso a los labios y bebió un par de tragos. No mucho, lo bastante para notar el escozor del alcohol en la garganta, pero insuficiente para sentir humedad de nuevo en la boca.

Labieno hizo lo propio.

—A ver —continuó Cayo Mario inclinando su cuerpo sobre la mesa—: Dos contra cuántos, ¿veinte? Había más, pero creo que, linchándoos, unos veinte. Eso es de idiotas. ¿Cuántas batallas crees que habría ganado yo con esa estrategia vuestra? —Se enderezó, se llevó el vaso a la boca y, de un trago largo, lo vació y lo dejó caer sobre la madera con un golpe seco. Seguía mirándolos—: Nunca entres en batalla si el enemigo te aventaja diez veces en número. Esto lo saben hasta los cretinos contra los que os habéis peleado esta mañana.

—Te insultaban —se justificó César.

—Lo imagino. La mayoría de esos chicos son hijos de senadores *optimates*, enemigos míos.

—¿Qué se suponía que debía hacer? —insistió su sobrino, que se consideraba plenamente justificado para meterse en una pelea incluso si estaba en una inferioridad numérica total.

Cayo Mario volvió a inclinar su poderoso torso sobre la mesa, acercándose así a sus jóvenes interlocutores.

—Tendrías que haberte retirado y esperar hasta una mejor ocasión para lanzar tu ataque. —Se reincorporó y volvió a servirse vino en el vaso.

Los de los chicos aún tenían bastante licor.

—Al menos... —dudó César, pero al final siguió defendiéndose—: Al menos... saben que soy valiente.

Mario lo miró de reojo mientras sostenía el vaso de vino en el aire.

—Sí, sobrino: tus enemigos saben que eres valiente... y estúpido. Y tu amigo también. ¿Por qué te metiste tú en la pelea? ¿Y cuál es tu nombre?

—Mi nombre es Tito, Tito Labieno, *clarissime vir*. Y yo me metí en la pelea porque... porque me parecía injusto que lo lincharan entre todos.

—Ah, muy bien: otro valiente estúpido. Normal que os juntéis.

César estaba rojo de ira por el desprecio con el que su tío los trataba. No era el único. Iban a hablar, heridos los dos muchachos en su amor propio, pero la palma abierta y en alto del excónsul los detuvo. Mario echó otro largo trago, aunque esta vez no vació el vaso.

—De mí también han pensado alguna vez que era un cobarde. Lo pensaron centenares, no, más, miles de legionarios bajo mi mando, pero no por ello entré en combate en una situación donde sólo habríamos sido derrotados. Yo, César, Labieno —los miró a los dos alternativamente inclinándose de nuevo sobre la mesa—, me tragué mi orgullo, esperé la ocasión adecuada y conseguí la victoria final, que, aprendedlo bien, en una guerra es la única victoria que cuenta: la última.

Los muchachos lo miraban con cierta incredulidad. No por el hecho de que hubiera ganado una guerra. Eso ya lo sabían ellos y todos en Roma. Aquel hombre había ganado no una, sino dos guerras, y muchas batallas campales. Y no sólo eso: había reformado la estructura completa del ejército romano y modernizado las legiones. Los jóvenes dudaban que un solo legionario pudiera haber pensado que el hasta entonces seis veces cónsul de Roma Cayo Mario era cobarde.

El excónsul parecía leerles la mente.

—¡Sertorio! —exclamó Mario.

Uno de los militares que le acompañaban se acercó a la mesa.

—Diles a estos dos cuándo pensaron todos, cuándo pensasteis todos que yo era un cobarde.

Sertorio carraspeó. Aquello que ocurrió en el pasado cuando, en efecto, todos pensaron que Mario se había vuelto cobarde, nunca se había verbalizado entre ellos.

—Venga, Sertorio —insistió Mario—. Estoy intentando educar

a mi sobrino y no tengo mucho tiempo. Se está fraguando una tercera guerra y me reclaman en el frente, así que ¡habla, por Júpiter!

Sertorio inspiró aire y rogó a los dioses dar con la respuesta acertada y no equivocarse:

—Fue antes de la batalla de Aquae Sextiae, *clarissime vir*.

Se hizo un silencio en toda la taberna.

Todos escuchaban atentos.

—Eso es —confirmó Cayo Mario—, antes de Aquae Sextiae. Durante días, muchacho, todos mis hombres pensaron que yo, tu tío Cayo Mario, era un cobarde. Y ¿sabes una cosa?

César negó con la cabeza. Tanto él como su compañero Labieno tenían los ojos fijos en el veterano líder militar y político de Roma. Nadie había sido nunca seis veces cónsul. Les hablaba una leyenda viva de Roma.

Cayo Mario volvió a inclinarse sobre la mesa y les susurró:

—No importa lo que piensen de ti, ¿me entiendes? —Miró hacia Labieno y lo incluyó—: ¿Me entendéis? Uno no es un cobarde por lo que piensen de él. La cobardía se lleva dentro. Yo nunca he sido cobarde. En el campo de batalla siempre he sido... inteligente. —Suspiró y se echó hacia atrás en su silla—. En política no tanto. Pero ésa es otra historia diferente. Ahora os voy a contar cuándo y por qué mis hombres me llamaron cobarde, a mis espaldas, sin atreverse a decírmelo a la cara, pero lo pensaban, y cuándo y cómo conseguí una gran victoria para Roma, porque soy un líder, y un cónsul de Roma ha de saber cuándo tragarse su orgullo y pensar sólo en el beneficio del Estado y en lo único que importa: la victoria final. Os voy a contar la batalla de Aquae Sextiae.

XI

Memoria in memoria

La cólera de los dioses

Roma, 105 a. C.
Veintiocho años antes del juicio contra Dolabela
Cinco años antes del nacimiento de César

Iban a enterrarlos.

Vivos.

—¡No! ¡Noooo! —aullaban los hombres.

—¡Compasión, compasión! —suplicaban las mujeres.

Eran dos parejas de esclavos. Una de origen galo y otra procedente de Grecia.

Los arrastraban por todo el Foro Boario, pasando por entre los puestos de ganado en venta. Tenían que conducir a aquellos cuatro infelices hasta el agujero excavado en el suelo, en el centro mismo del mercado. Sí, iban a enterrarlos vivos, como se hacía con una virgen vestal cuando incumplía sus sagrados votos de castidad: las enterraban vivas para aplacar la cólera de los dioses. Y siempre tenían la sensación de que aquello funcionaba, pero las vestales se habían mostrado muy escrupulosas en su comportamiento todo aquel tiempo. Los desastres bélicos de Noreya, Burdigala y Arausio no eran achacables a sacrilegio alguno por parte de las sacerdotisas del fuego sagrado de Vesta. Aun así, Roma estaba al borde del abismo. Los ambrones, cimbrios y, sobre todo, los temibles teutones campaban a sus anchas por el sur de la Galia saqueando territorios aliados de Roma. Los ejércitos consulares se habían visto derrotados, uno tras otro, en tres batallas terribles. La República no encajaba una serie tan prolongada de reveses desde que Aníbal se decidió a atacar Roma, cuando destrozó las legiones en Tesino, Trebia, Trasimeno y, por fin, en la atroz Cannae. Y tras esa última derrota, donde varias legiones fueron aniquiladas, los romanos recurrieron, *in extremis*, desesperados, presa del pánico, a los sacrificios humanos. Desde entonces no lo habían hecho. Pero tras morder el polvo en Noreya y Burdigala, la derrota en Arausio de un ejército equivalente a casi diez legiones, sumando legionarios, aliados y auxiliares, los había aterrorizado. Nada se interponía entre las hordas bárbaras del norte y la ciudad de Roma. Además, parte de lo que quedaba de fuerza militar estaba desplazada a África para dar término a la larga guerra contra Yugurta.

Las dos parejas de esclavos seguían luchando, suplicando por su vida.

Pero el miedo romano fue implacable.

Los arrojaron de golpe, sin el miramiento que se tenía con una vestal, a la que se le permitía descender por una escalera al fondo de la que debía ser su tumba. En el caso de los esclavos galos y griegos, los arrojaron desde lo alto del agujero excavado en el Foro Boario.

En la caída se alzaron los gritos de hombres y mujeres. Ellos se quebraron huesos; la mujer gala se abrió una brecha en la cabeza y corrió a acurrucarse en una esquina de la tumba abierta en el corazón trastornado de Roma, mientras la sangre se deslizaba por su rostro; la otra, indemne pero con magulladuras, recorría aquel rectángulo excavado en las entrañas de Roma palpando nerviosa las paredes en busca de algo donde agarrarse para intentar salir.

—¡Nooo! ¡Por todos los dioses! —suplicó el esclavo galo mientras se palpaba la pierna derecha, donde sentía los huesos rotos.

Los habían seleccionado arbitrariamente, mediante un sorteo fatídico en el que no se había tenido en cuenta ni su comportamiento ni su religión ni su origen.

Oyeron el ruido pesado y denso del arrastrar de una gigantesca losa por el suelo, por encima de ellos. El cielo se oscurecía.

Al poco, los cuatro esclavos, heridos y aterrados, se encontraron entre las sombras. Y, de pronto, ni eso. Sólo un espacio negro que los engullía y que, como un eco, les devolvía el ruido de sus sollozos. Acababan de ser enterrados en vida para, supuestamente, aplacar la cólera de los dioses.

XII

Memoria in memoria

¿Un nuevo Escipión?

Territorios en disputa con los cimbrios y teutones, sur de la Galia
105-103 a. C.

Quizá los dioses romanos se apiadaron de la ciudad del Tíber.

¿Les satisfizo aquel brutal sacrificio?

Difícil saberlo. En cualquier caso, los cimbrios, los teutones y el resto de los pueblos bárbaros del norte no marcharon directamente sobre Roma tras Arausio. Se entretuvieron por el sur de la Galia, e incluso algunos hicieron incursiones por Hispania. Eso les dio un tiempo precioso a los romanos para reorganizarse. Y, como cada vez que las circunstancias ponían a Roma al límite de su resistencia, el Senado eligió al que consideraba mejor de entre todos ellos para comandar un nuevo ejército: frente a Aníbal, Roma presentó a Escipión el Africano. Ahora necesitaba a un nuevo Escipión.

Cayo Mario era el mejor militar del momento: había puesto fin a la larga guerra africana contra Yugurta y se le reclamó en Roma, donde fue designado como cónsul con el mandato de reclutar un nuevo ejército y acudir al norte para restablecer la seguridad de aquella frontera. Había aprendido a combatir bajo las órdenes de Escipión Emiliano en Numancia, nieto por adopción de Escipión el Africano. Mario no era un Escipión, pero sí lo más parecido que tenían al legendario líder que derrotó a Aníbal.

Reunió un ejército consular con dos legiones de seis mil legionarios regulares más dos *alae*, a las que añadió miles de auxiliares reclutados entre los más pobres de la ciudad de Roma. Para ello tuvo que torcer todas las normas y regulaciones de reclutamiento: un soldado romano debía ser propietario, en mayor o menor medida, y reunir él, con sus propios fondos, el material necesario para el combate; desde armas y escudo hasta corazas y menaje para la vida diaria en campamento. Pero Mario sabía que no había suficientes hombres en Roma que, después de siete años de guerra en África, estuvieran en condiciones de aportar todo ese material, mientras que desarrapados y gente de la plebe de Roma sin dinero había mucha. Miles de personas que no tenían nada y, en consecuencia, nada tenían que perder y sí, en cambio, mucho que ganar combatiendo si se les ofrecían los medios para ello y algo revolucionario: un sueldo que se denominó *salarium*, en la medida en que muchas veces se pagaría a los legionarios con sal, esencial para conservar alimentos. También habría dinero contante y sonante: se trataba de dar una paga regular a los legionarios y los auxiliares, dinero más allá del reparto de un posible botín en caso de victoria. Aquello representaba una oportunidad inédita para muchos y muchos fueron los que acudieron a la llamada del cónsul Cayo Mario. Hasta treinta y cinco mil hombres armados consiguió reunir, y con ellos se desplazó al norte.

El Senado veía con inquietud las revolucionarias maniobras de Mario para el reclutamiento con esa forma de saltarse las leyes para incorporar a parte de la plebe de Roma al combate. Las circunstancias eran límite. Tenían que interponer una fuerza armada entre los cimbrios y teutones que campaban a sus anchas por el sur de la Galia, y una Roma que estaba totalmente desprotegida. Los *optimates*, que dominaban el Senado, dejaron hacer a Mario, pero le asignaron a Sila, uno de los más conservadores de entre ellos, como *legatus* de una legión. Debían tener vigilado al jefe supremo de aquel ejército inédito, diferente. Aquél era el primer ejército profesional de Roma. ¿Hacia dónde conduciría todo aquello?

La desconfianza entre Mario y Sila ya era patente para todos.

El cónsul se hizo acompañar por oficiales veteranos de sus años en África, gente en la que pudiera confiar a ciegas, como Sertorio y otros.

Y empezó la campaña del norte.

Y todo fue extraño.

Mario no sólo había pensado en cambiar la forma en la que se pagaba al ejército, sino también su adiestramiento. Los legionarios cobraban dinero regularmente, pero vieron endurecidas sus condiciones en los campamentos establecidos en la Galia. Mario recordó la disciplina impuesta por Escipión Emiliano en el asedio de Numancia en el que participó. Y, además, había vivido la larga guerra de África. Había aprendido que el adiestramiento era clave, de modo que lo intensificó, así como las labores de fortificación de cualquier campamento, y también se redujo el número de *calones*, esclavos o sirvientes, de los que los legionarios pudieran disponer. La idea de Mario era hacer de sus legionarios auténticas máquinas de guerra. En los largos desplazamientos los obligaba a trasladar un peso descomunal en material bélico y utensilios de carpintería, herrería, menaje, etcétera. Cada soldado se veía forzado a cargar con decenas de kilos a su espalda. Pronto, en Roma hablaban de que Mario no quería legionarios, sino mulas de carga. De manera despectiva, los *optimates* comenzaron a denominar a sus legionarios «las mulas de Mario». Y reían. Otros, como Metelo Numídico y su hijo Metelo, el tartamudo, lo observaban todo con desconfianza creciente, pero confundidos.

Aun así, el cónsul hizo caso omiso a aquellos comentarios. Sólo tenía claro que sus hombres cobrarían un salario regularmente y que se lo iban a ganar.

Él mismo se estableció con sus tropas en la desembocadura del Ródano.

Los cimbrios y los teutones no atacaban.

Pasó el año entero sin un combate de entidad.

El Senado aceptó prorrogar el consulado de Mario durante el año 104 a. C.

Todos esperaban que el cónsul, por fin, ordenara el avance de sus tropas, pero Mario no lo hizo. Se atrincheró en el sur del Ródano y ordenó a sus soldados que excavaran un canal que hiciera navegable el delta del río para los barcos de aprovisionamiento que llegaban de Roma. El canal, una obra descomunal y agotadora para los legionarios que trabajaron en ella durante meses, se denominó Fossa Mariana. Con aquel canal, Mario consiguió mantener a sus hombres en forma —por los duros trabajos necesarios para acometer semejante obra— y disponer de una fuente de abastecimiento segura, rápida y directa con Roma que ni los cimbrios ni los teutones, carentes de flota, podían cortar.

Sin embargo, pasó el año completo y ni los bárbaros atacaban el campamento de Mario ni el cónsul ordenaba una incursión de envergadura contra los territorios dominados por los cimbrios y los teutones. Los bárbaros observaban, como lo hacían los senadores de Roma. Y nadie entendía aquella eterna dilación a la que Mario estaba sometiendo a todos.

Los soldados empezaban a impacientarse y a pensar si realmente su cónsul, su líder, deseaba dirigir aquella guerra. Los oficiales veteranos de África que conocían bien a Mario y sabían de su mente calculadora confiaban en su jefe supremo. Aceptaban que tendría sus razones para aquella larga espera.

Llegó el año 103.

La situación seguía siendo la misma y el Senado, apretando los dientes y con rabia, prorrogó el mando de Mario para lo que era ya un tercer consulado consecutivo. Sila continuaba en su ejército, vigilando e informando a los *optimates*, ahora en calidad de tribuno y no de *legatus*. Mario le había reducido sus atribuciones. No se fiaba de él y Sila lo sabía, pero no sólo eso: Sila comenzaba a intuir un gran fracaso en toda aquella operación, por eso, cuando pasó aquel tercer año nuevamente sin combates de entidad, el propio Sila decidió abandonar el ejército del norte y retornar a Roma. No quería formar parte de lo que, estaba seguro, iba a ser un fiasco militar descomunal. Prefería marcar distancias con aquella campaña y marcarlas a tiempo también con un Cayo Mario con el que no es que no coincidiera políticamente, sino de quien dudaba ya como líder militar.

Como dudaban ya muchos legionarios.

Llegó el año 102.

Ante las crecientes dudas de los legionarios, un día Sertorio se atrevió a plantear a Mario la desconfianza, cada vez mayor, de muchos a la hora de conducir aquella campaña.

—Escipión Emiliano se tomó más de un año para rendir la ciudad de Numancia. Una sola ciudad. Y nadie le discutió su estrategia. Nosotros nos hallamos ante los inmensos ejércitos de varios pueblos bárbaros que amenazan la propia existencia de Roma. Me parece razonable tomarme el tiempo, los años, incluso, que sean oportunos para acabar con esta amenaza.

No dijo más.

Sertorio dio por buena aquella explicación.

Pero... ¿cómo se veían las cosas en el Senado de Roma?

Senado de Roma
102 a. C.

Sila se levantó ante la Curia. Dolabela estaba a su lado y lo miraba con admiración. Los Metelos, padre e hijo, lo escuchaban atentos. La cuestión de si renovar o no el mando de Mario para un cuarto consulado estaba sobre la mesa.

—*Patres conscripti*, amigos todos, senadores: delicada sigue siendo la situación del norte e inaudito sería renovar a alguien por cuarta vez como cónsul de Roma, pero yo me pregunto: ¿ganaremos algo cambiando a estas alturas de líder? Mario es quien ha diseñado la defensa de nuestra frontera norte. Todos estamos hartos de su inacción real, pero los bárbaros resolverán esto por sí mismos: sin duda alguna, este próximo año, cimbrios y teutones avanzarán hacia Roma y eso forzará la acción de Mario que, quiera o no, no tendrá más remedio que responder a los avances del enemigo con un ataque por su parte. Sus maniobras de dilación llegarán a su fin este año. Sugiero que no sea otro el que se vea obligado a asumir un mando en una fortificación que no conoce, con unas tropas que no ha adiestrado él y en una región inhóspita. Promuevo la moción de que Cayo Mario sea renovado en el cargo de cónsul un año más.

Se votó a favor.

—¿Realmente piensas que es lo mejor? —le preguntó el viejo Metelo al final de la reunión del Senado. Junto a él estaba su hijo y, al lado del interpelado Sila, su brazo derecho en Roma: Dolabela.

—Sí, estoy seguro de que es lo mejor para nosotros. Para los *optimates* —precisó Sila.

—¿Qué quieres decir exactamente, muchacho? No me hables con acertijos —se permitió exigir el veterano Metelo padre, líder de los conservadores.

Sila los miró y, muy serio, dio una respuesta elaborada:

—Los legionarios desconfían de Mario. Cuando los bárbaros se muevan, cuando ataquen, las legiones no confiarán en su líder y Mario será masacrado. Esto es malo para Roma, pero ideal para nosotros: los bárbaros nos van a hacer el trabajo sucio de eliminar a Mario y a su ejército de desarrapados de la plebe. Nos veremos obligados a reclutar nuevas tropas, pero podemos traer parte de las que tenemos en África o en Hispania y defendernos. Será duro, pero será sin Mario. La facción popular quedará descabezada y las leyes de Roma las dictaremos nosotros, sin oposición de un pueblo que estará aterrado ante el avance de cimbrios y teutones hacia la ciudad; y serán leyes que defiendan nuestros intereses, que pasarán a ser los únicos en liza.

Todos aceptaron la evaluación de Sila.

Fue el único y el último error de cálculo que Sila haría en su vida con respecto a Mario.

Campamento general de Cayo Mario junto a la Fossa Mariana
Desembocadura del Ródano
102 a. C.

Mario acababa de recibir la noticia de que se le renovaba un año más en el cargo. Sabía que sería la última prórroga si no había un avance notorio y no se expulsaba a los cimbrios y teutones de la región del Ródano. Pero seguía sin tener prisa.

Llegaron más mensajeros.

Sertorio entró en el *praetorium* del cónsul.

—Los bárbaros se mueven, *clarissime vir*.

—¿Cimbrios o teutones? —preguntó Mario, sentado tras su mesa repleta de mapas y de copas de vino vacías.

Sertorio tragó saliva antes de dar detalles:

—Los cimbrios parecen quietos aún, pero, mi cónsul, los ambrones y los teutones avanzan hacia aquí. Las patrullas acaban de llegar. Son miles de bárbaros. Decenas de miles.

Cayo Mario asintió sin dejar de examinar los mapas. Al fin, levantó la mirada.

—Cuando sean visibles desde lo alto de las empalizadas del campamento, avisadme. Hasta entonces no me molestéis.

Y se limitó a servirse él mismo una nueva copa de vino de una jarra que tenía a su derecha en otra mesa más pequeña.

Sertorio lo vio escanciando el licor despacio. Fue ése el momento en el que pensó que quizá lo que decían los legionarios fuera cierto: el cónsul ya no era el de África, el que había derrotado las huestes de Yugurta. El cónsul era ahora un hombre viejo, de cincuenta y cinco años, débil... y cobarde. No era, para nada, un nuevo Escipión.

XIII

Memoria in memoria

Los bárbaros gigantes

Καὶ Κίμβροις μὲν ἐγίνετο πλείων ἡ διατριβὴ καὶ μέλλησις, Τεύτονες δὲ καὶ Ἄμβρωνες ἄραντες εὐθὺς καὶ διελθόντες τὴν ἐν μέσῳ χώραν, ἐφαίνοντο πλήθει τ'ἄπειροι καὶ δυσπρόσοπτοι τὰ εἴδη φθόγγον τε καὶ θόρυβον οὐχ ἑτέροις ὅμοιοι. Περιβαλόμενοι δὲ τοῦ πεδίου μέγα καὶ στρατοπεδεύσαντες, προὐκαλοῦντο τὸν Μάριον εἰς μάχην.

Fue preciso para los cimbrios prepararse y detenerse más; pero los teutones y ambrones, partiendo aceleradamente y atravesando el país que mediaba, se presentaron en un gran número, feroces en los semblantes, en el griterío y alboroto, no parecidos a ningunos otros. Ocuparon gran parte de la llanura, y, acampando, provocaron a Mario a la batalla.

PLUTARCO,
Vidas paralelas, Mario, XV

Campamento general de Cayo Mario junto a la Fossa Mariana
Desembocadura del Ródano
Primavera del 102 a. C.

La inmensa llanura que se extendía por delante del campamento general romano estaba atestada de ambrones y teutones armados. Se mirara hacia donde se mirara, no importara donde uno quisiera fijar la vista, sólo se divisaban enemigos de Roma.

Mario lo observaba todo desde lo alto del *vallum*. Esos que veía moverse desafiantes por el territorio que consideraban suyo, sin miedo alguno a la presencia de aquella gran fortificación romana, eran los que habían derrotado hasta en tres ocasiones, a veces con la colaboración de otros pueblos bárbaros, a los ejércitos consulares. La reiterada serie de fracasos militares —las derrotas de Noreya, Burdigala y, sobre todo, Arausio— había logrado que entre los legionarios creciera un rumor sobre el hecho de que aquellos bárbaros no eran como otros, sino que se trataba de enemigos formidables, prácticamente colosos, bestias casi indestructibles, seres de otro mundo de dimensiones enormes e invencibles, gigantes que podían con cualquier ejército que osara enfrentarse a ellos.

El cónsul meditaba en silencio. Un rumor puede ser más poderoso que un ejército. Tenía que destruir primero aquella mentira, antes de poder lanzar a sus legiones contra aquellos guerreros que campaban a sus anchas por la desembocadura del Ródano.

Empezó a descender hacia el campamento mientras daba instrucciones a Sertorio y otros oficiales.

—Quiero que todos pasen por el *vallum* y los vean —dijo Mario.

Los tribunos se miraron entre sí.

—¿Quiénes son «todos», *clarissime vir*? —inquirió Sertorio en nombre del resto de los oficiales—. Y que vean... ¿qué exactamente, mi cónsul?

Habían llegado ya al suelo, pero seguían junto a la inmensa empalizada levantada por las legiones de Roma para fortificar el campamento.

Cayo Mario los miró en silencio.

No comprendían.

Señaló hacia el mar de tiendas de las tropas legionarias y auxiliares del ejército consular.

—Todos es todos —insistió, antes de añadir para dejarlo claro—: Quiero que todos y cada uno de los legionarios y soldados auxiliares suba al *vallum* y vea con sus propios ojos que entre esos malditos bárbaros no hay ni un solo gigante, ni un solo ser ciclópeo o mítico. Quiero que todos y cada uno de los hombres bajo mi mando tengan claro que sólo nos enfrentamos a otros hombres: armados, como nosotros, pero más desorganizados y peor dirigidos. Eso es lo que quiero decir con «todos» y eso es lo que quiero que vean.

Los tribunos asintieron. Habían entendido, por fin, y más aún de lo que el cónsul había puesto en palabras: habían entendido que Mario quería acabar con el rumor sobre la legendaria fuerza de los ambrones y los teutones. Y a todos les pareció una idea brillante.

Sertorio vio alejarse al cónsul rodeado por su escolta. Quizá Cayo Mario se hacía mayor, se hacía débil y, quizá, no fuera un nuevo Escipión, pero seguía siendo astuto. Había esperanza aún en la victoria.

XIV

Un médico para el joven César

Una taberna junto al Tíber, Roma
90 a. C.

—Así, muchacho, conseguí revertir ese miedo que mis hombres tenían a esos supuestos gigantes bárbaros —se explicaba Cayo Mario con una amplia sonrisa en el rostro mientras escanciaba más vino para él, para su sobrino y para su amigo Labieno—. Cuando mis hombres vieron por sí mismos que sólo tenían otros hombres ante ellos, la actitud de los legionarios cambió... —Se quedó pensativo—. Quizá cambió en exceso...

—Ha llegado el médico, *clarissime vir* —anunció Sertorio aprovechando el silencio en el que había quedado el veterano senador.

—¿Quién? —preguntó Mario aún con aire distraído. Sertorio iba a repetir su anuncio, pero Mario, al fin, sacudió la cabeza como si se quitara de encima recuerdos de un pasado intenso—. Ah, sí: el médico. ¿Es bueno? A mi sobrino no lo puede tratar cualquier desconocido que se haga pasar por uno de esos médicos griegos que sí parecen saber de verdad cómo curar heridas.

—Es el médico del *valetudinarium* de las legiones que estuvieron desplazadas en África y luego en el norte, en la campaña que estaba el *clarissimus vir* relatando a su sobrino.

—¡Aaah! —exclamó Mario con apreciación y casi contento—: ¿El bueno de Anaxágoras sigue vivo?

—Aquí estoy, *clarissime vir* —dijo un anciano con apariencia docta, limpia y venerable ante quien se apartaban todos los veteranos del excónsul.

Mario no se levantó. Alguien que había sido seis veces cónsul no se levanta ante nadie, pero asintió con la cabeza en señal de aprecio y reconocimiento, lo cual, en él, ya era mucho.

—Es bueno saber que sigues entre nosotros.

—El tribuno ha sabido dónde localizarme, *clarissime vir.*

—Valerio Flaco siempre es eficaz.

El aludido se puso muy firme. El excónsul no era proclive a alabanza alguna.

—A mi sobrino le han sacudido bien... y a su amigo.

—Ya veo, *clarissime vir.* —El anciano se acercó a los muchachos por un lado de la mesa y puso la mano en la barbilla de los chicos, primero de uno, después del otro, haciendo que girasen el cuello para observar bien los moratones y los cortes en ambos lados de sus rostros.

—Supongo que no morirán, pero prefiero llevar a mi sobrino de regreso con su madre con una apariencia más aseada que la que luce ahora. El muy estúpido se metió en una batalla que no podía ganar.

El joven César arrugó la frente e iba a protestar, pero Anaxágoras volvió a girarle el rostro para examinar con más detalle el impacto de los golpes, y justo entonces su tío habló de nuevo:

—Sí, muchacho. Lo mires como lo mires, has hecho una torpeza, una estupidez. Algo que, no obstante, cuando no te juegas más que tu cuello, es sólo eso: una imbecilidad. Pero si entras en una batalla que no puedes ganar al mando de treinta mil hombres, no eres estúpido: eres un asesino... de tu propia gente. Y tú quieres, aspiras a comandar legiones, ¿verdad?

El médico apartó los vasos de vino de los muchachos, sus pacientes, para poner sobre la mesa sus utensilios. Había algún corte que coser. También pidió agua caliente y paños limpios al posadero.

—Verdad —confirmó el joven César, que sin duda anhelaba emular a su tío. Algo fuera de su alcance, pero al menos tenía la determinación de seguir sus pasos hasta donde fuese posible, aunque sólo lograra ser cónsul por un año. Y sí, comandar un ejército y hacerlo de forma victoriosa era, como para cualquier chiquillo en Roma, un objetivo vital, casi un sueño. Muy pocos llegaban a cónsul.

—Pues aprende a tragarte el orgullo cuando te llamen cobarde y no estés en disposición de devolver la humillación. No la olvides, muchacho, guarda el insulto recibido en tu interior y acarícialo durante días, semanas, meses o años si es preciso. Para que no se diluya con el tiempo, para que te duela como el primer día en el que te lo dijeron, pero espera al momento adecuado, al día perfecto para devolver la humillación pero no con otro insulto, sino con sangre, con un golpe certero y mortal que, simplemente, aniquile a tu enemigo.

Se hizo el silencio.

Sólo se oía el paño del médico raspando la piel herida de César y algún gemido de dolor ahogado del joven, que no quería quejarse en público, ante su tío y rodeado como estaba de veteranos de guerra.

XV

Memoria in memoria

Teutobod

Desembocadura del Ródano
Primavera del 102 a. C.

Los bárbaros se establecieron por toda la llanura. Por delante, más próximos al campamento romano, estaban todos los hombres armados. Por detrás, miles de mujeres y niños y carros con víveres y todo tipo de pertrechos que portaban en su largo viaje hacia el sur. Un trayecto en el que pensaban llevarse por delante a cualquiera que se interpusiese en su camino.

Podrían seguir ruta hacia Italia. Nada los obligaba a acercarse tanto a aquel campamento romano. De hecho, muchos oficiales del monarca Teutobod, rey de los teutones, no entendían por qué su líder había querido detenerse justo allí, frente a la fortificación romana.

—Están junto al mar —decían algunos en el consejo real, en la tienda central de su inmenso campamento—. No han salido a importunarnos. Podemos seguir avanzando y dejarlos atrás.

Muchos asentían, pero miraban al rey con respeto, esperando algún tipo de comentario por su parte. Teutobod se había ganado la admiración de todos por las derrotas infligidas a los romanos y porque los había conducido ya durante varios años por toda la Galia sin que nada ni nadie pudiera pararlos. Por eso sus acciones y decisiones, incluso si no las entendían, les infundían respeto.

—No podemos avanzar dejando un enemigo bien equipado y armado a nuestra espalda —dijo el rey sin levantarse de su amplia butaca en el centro de la tienda. Todos callaron—. ¿Y si, por ejemplo, nos encontráramos al avanzar hacia Roma con otro ejército por delante? ¿No estaríamos entonces atrapados entre dos enemigos? No. Es mejor destrozar primero al oponente que tenemos aquí y luego seguir hacia delante. Además, una nueva derrota, que sería la cuarta de Roma en pocos años, sembraría el pánico, y dudo que sean capaces de reunir más soldados con la valentía suficiente como para enfrentársenos de nuevo. Si acabamos con este ejército romano aquí y ahora, nuestro camino hasta Roma será un desfile militar.

Un oficial asintió. Y otro. Y, al poco, todos daban la razón a su rey.

—Pero... —se atrevió a decir uno de los nobles convocados al consejo del rey, aunque no osó terminar su frase.

—Habla, el rey te escucha —dijo Teutobod.

El interpelado se inclinó en señal de sumisión y, sólo después de dejar clara su obediencia, terminó lo que quería decir:

—Pero ¿cómo haremos, mi rey, para que se enfrenten a nosotros? Llevamos aquí ya dos días y no han hecho maniobra alguna que indique que deseen salir de su campamento para combatir.

Teutobod asintió con la cabeza.

—Los provocaremos —respondió tajante.

Otros cónsules de Roma ya habían mordido el anzuelo de un desafío. ¿Por qué el nuevo líder romano iba a ser diferente?

Campamento general romano junto a la Fossa Mariana
En lo alto del *vallum*

Los legionarios comprobaron con sus propios ojos que los teutones y el resto de los bárbaros que los acompañaban no eran gigantes, tal y como había deseado Cayo Mario. Hasta ahí todo bien. Pero entonces las tropas romanas pasaron del miedo a enfrentárseles a un ansia desmedida por entablar batalla con el enemigo. Hasta cierto punto, sus ganas de combatir tenían fundamento para ellos: si no, ¿para qué se habían estado adiestrando militarmente sin descanso los últimos años? Y, ¿acaso su campamento no constituía el único ejército interpuesto entre aquellos teutones y la ciudad de Roma? ¿No era su misión detener el avance de aquellos bárbaros? No eran gigantes. Eso les había quedado claro. Entonces, ¿por qué no iniciar la batalla ya, antes de que decidieran alejarse en dirección a Roma?

Cayo Mario observaba, siempre desde lo alto del *vallum*, las embestidas de diversos contingentes de teutones que se lanzaban contra el campamento romano.

—No parecen ir en serio —se atrevió a conjeturar Sertorio, que estaba junto al cónsul y el grupo de tribunos que lo acompañaban en su inspección de los movimientos enemigos.

—No, no van en serio —confirmó Mario—. Saben que tenemos demasiadas fortificaciones como para poder alcanzar siquiera el *vallum*. Están los *lilia* y los *sudes*. Con esos fosos y trampas, con esas estacas clavadas en la tierra esperándolos y los diferentes terraplenes defensivos que hemos levantado, no llegarán hasta la empalizada suficientes bárbaros como para poder asaltar el campamento. Y lo saben. No pueden buscar las trampas o abrir pasos entre los terraplenes, porque nuestros arqueros los acribillarían mientras intentaran hacer esos trabajos. Su rey busca otra cosa...

Y así era: en su aproximación hacia el *vallum*, los teutones y los ambrones tenían que sortear trampas excavadas en la tierra repletas de estacas donde terminaban empalados muchos de ellos, o evitar en su avance la multitud de *sudes* diseminados por el suelo, que se clavaban ya fuera en guerreros o animales enemigos impidiendo su progresión y causando multitud de heridos. Era como intentar llegar a la empalizada sorteando gigantescos agujeros ocultos y un mar de abrojos mortales.

Adicionalmente, si algunos bárbaros conseguían acercarse demasiado al *vallum*, los recibían las andanadas de flechas o *pila*, según las instrucciones del cónsul, arrojados con furia desde la fortificación romana. Las legiones repelían con saña cada intento teutón de alcanzar la empalizada principal del campamento.

—Entonces... —inició Sertorio dubitativamente.

—¿Entonces? —repitió Cayo Mario, invitando a su hombre de confianza a expresar sus pensamientos en voz alta.

—Entonces... el rey teutón está sacrificando a sus hombres... ¿para nada?

Mario guardó silencio un rato mientras observaba las arremetidas infructuosas de los teutones contra los fosos, trampas y fortificaciones romanas.

—Para nada no —respondió al fin el cónsul—. Busca una reacción por nuestra parte.

De hecho, los numerosos ataques teutones repelidos envalentonaron aún más el ánimo de las tropas de Roma. Los envigorizó enormemente. Demasiado, para el gusto de Mario. Sus oficiales empezaron a sugerir aprovechar el buen ánimo de los legionarios para iniciar una salida y lanzarse contra el enemigo.

—No —fue la lacónica respuesta de Mario cada vez que algún tribuno hacía una sugerencia en ese sentido.

Pasó un día entero.

Cayo Mario contuvo las ansias de sus oficiales y de los legionarios.

Al día siguiente, los teutones, cansados de perder hombres y ver que eso no provocaba la salida de los romanos, comenzaron a exhibir a algunos de sus guerreros: aquellos de apariencia más feroz retaban a los defensores del campamento a que enviaran a hombres similares para batirse en duelos singulares.

La provocación surtió efecto en la tropa romana y entre su oficialidad: varios centuriones se presentaron en el *vallum*, frente al cónsul, y se ofrecieron para salir a luchar cuerpo a cuerpo contra aquellos fornidos guerreros teutones, pero Cayo Mario volvió a mostrarse categórico en su negativa a responder a las provocaciones del enemigo:

—No, no desperdiciaré ni uno solo de mis oficiales en estos desafíos que no resolverán nada.

El silencio se hizo espeso en el cónclave de tribunos militares que rodeaba al cónsul. En la lucha contra el enemigo, no todo era resolver la guerra, sino que estaba también la cuestión del honor de las tropas. ¿O estaban equivocados y Cayo Mario sabía más?

Fuera como fuera, éste no permitió que nadie saliera del campamento para enfrentarse a los desafiantes oficiales teutones.

Fue entonces cuando los bárbaros empezaron a mofarse de los romanos. Se esforzaron incluso en conseguir que alguno de sus esclavos que sabía latín les dijera cómo se decía «cobardes», «miedosos», «pusilánimes» o simplemente «mujeres», para poder gritarlo a pleno pulmón frente a las estupefactas tropas romanas, que desde la empalizada no podían hacer otra cosa que obedecer la orden del cónsul y tragarse todas aquellas burlas.

Los teutones enseñaron el culo a los romanos.

Y los bárbaros se rieron.

Cayo Mario, impasible, asistía a aquella humillación muy serio, pero sin dar su brazo a torcer.

—Quizá una pequeña salida de unas pocas cohortes, sólo para mostrar que no aceptamos estas humillaciones —sugirió Sertorio—, sería suficiente para apaciguar los ánimos de nuestras tropas.

—No. O salimos todos o ninguno —opuso el cónsul—. Si no salimos todos, el contingente que lo haga se verá en una sustancial inferioridad numérica y será aniquilado. En cualquier caso, no combatiré con el río a mi espalda. Eso es una trampa mortal. Eso es lo que pasó en Arausio, y allí los bárbaros masacraron varias legiones.

Silencio.

Más gritos de los teutones y más burlas y risas desde las líneas enemigas.

—*Romani, quid uestris mulieribus mittere uultis? Quoniam illae nostrae mox erunt!** —repitieron varios guerreros teutones a pleno pulmón y tan cerca como pudieron del *vallum*.

Aquellas palabras dolieron muy en especial a los legionarios, pero Mario permaneció inflexible en su determinación de no exponer ni una sola cohorte a una salida del campamento que él juzgaba inútil y suicida en aquel instante. O, lo que es lo mismo, una pérdida absurda de hombres que, seguramente, necesitaría más adelante.

Cayó la noche.

El cónclave de oficiales se disolvió.

Mario se encaminó hacia su tienda.

—Con todo el respeto, *vir eminentissime* —empezó Sertorio.

—Dime, tribuno.

—Si... si ésta no es una buena posición de ataque, ¿por qué hemos establecido aquí el campamento?

La pregunta era pertinente.

—Porque ésta era y es una buena posición para estar bien abastecidos por mar desde Roma, sin que los teutones puedan interrumpir nuestros suministros en modo alguno —se explicó el cónsul—. Pero, en efecto, no es nuestra posición de combate. En Noreya y Burdigala nuestras tropas fueron emboscadas, y en Arausio las forzaron a combatir con el río a la espalda. No repetiré los errores de otros cónsules. Combatiremos donde y cuando yo crea que debemos combatir. Tengo el mando único y no admito disensos en esto. El enfrentamiento entre los dos cónsules de los dos ejércitos consulares en Arausio tampoco ayudó, por eso pedí el mando único de este ejército al Senado, y por eso lucharemos sólo donde y cuando yo crea que debemos hacerlo.

—Sí, *clarissime vir*.

* «Romanos, ¿queréis enviar algo a vuestras mujeres? Porque ellas pronto serán nuestras».

Ἐπορεύοντο δ'ἐγγύς, πυνθανόμενοι τῶν Ῥωμαίων μετὰ γέλωτος, εἴ τι πρὸς τὰς γυναῖκας ἐπιστέλλοιεν· αὐτοὶ γὰρ ἔσεσθαι ταχέως παρ'αὐταῖς.

Iban [los teutones] siempre muy cerca, preguntando por mofa a los Romanos si mandaban algo para sus mujeres, porque pronto estarían a la vista de ellas.

PLUTARCO,
Vidas paralelas, Mario, XVIII, 2

XVI

Memoria in memoria

El desafío del rey

Campamento general romano junto a la Fossa Mariana
102 a. C.

Era el tercer día de provocaciones frente al campamento romano.

Despertaron al cónsul al alba.

Los teutones habían preparado la provocación final.

—¿De qué se trata esta vez? —preguntó Cayo Mario mientras un par de *calones* militares le ajustaban las correas de su coraza.

Pero ni Sertorio ni el resto de los tribunos se atrevieron a dar explicaciones precisas.

—Insisten... en lo de los combates singulares, *clarissime vir* —dijo al fin Sertorio ante la inquisitiva mirada de su superior, aunque la indefinición en la respuesta le hizo ver a Mario que lo de aquella mañana era algo diferente.

No preguntó. Le pareció muy evidente el deseo de su tribuno de máxima confianza de que fuera él mismo, el propio Mario, quien valorase la situación desde lo alto de la empalizada.

Cuando llegaron al pie del *vallum*, Mario vio a centenares de legionarios encaramados a lo alto de la fortificación mirando hacia la llanura. Por un momento, el cónsul se permitió una broma en secreto: ¿habrían dejado los teutones un gran caballo de madera y se habrían ido? Bastaría, entonces, con quemar el caballo con todos los teutones dentro. Pero en cuanto llegó a lo alto de la empalizada, el cónsul se olvidó de aquellas referencias a la *Ilíada*: adelantado al resto del ejército bárbaro había un único guerrero engalanado con una coraza plateada y resplandeciente bajo el sol del alba; empuñaba una larga espada y exhibía un escudo ovalado verde con remaches dorados de oro que brillaban tanto o más que la coraza. Sólo alguien de muy alto rango entre aquellos bárbaros podía hacer alarde de armas de ataque y defensa tan sobresalientes.

—¿Quién es? —preguntó el cónsul sin dejar de mirar hacia aquel hombre de aspecto tan feroz como imponente.

—Dice ser... su rey —precisó Sertorio.

Cayo Mario asintió. Intuía de qué iba todo aquello, y no le gustaba. Pensó en ordenar que todos los hombres, excepto los centinelas, descendieran de la empalizada. Hacía unos días había invitado a sus legionarios a encaramarse a lo alto del *vallum* para que vieran que luchaban sólo contra hombres, pero ahora daría cualquier cosa por que no viesen ya nada más. El que decía ser rey teutón empezó a hablar, a vociferar su desafío. Y entonces el cónsul deseó que sus hombres tampoco oyesen. Pero ya era tarde para eso. Era evidente que Sertorio y los otros oficiales habían ido a buscarlo al *praetorium* porque el rey teutón había proclamado ya su reto varias veces. Y en un latín que, aunque con fuerte acento germano, resultaba muy comprensible para los legionarios:

*—Ego, Teutobod, Teutonorum rex, deposco romanum consulem Caium Marium ad singularem pugnam. Si uirtutem habet et socors non est!**

Dicho estaba.

Todos los legionarios de lo alto de la empalizada lo habían oído

* «Yo, Teutobod, rey de los teutones, desafío al cónsul romano Cayo Mario a un combate singular. ¡Si es que tiene valor y no es un cobarde».

alto y claro, y ya lo estaban comentando con sus compañeros arracimados al pie del *vallum*. Pronto, todo el ejército romano supo del desafío del rey teutón a su cónsul, a su líder militar. ¿Iba a permanecer el *clarissimus vir*, el jefe de las legiones romanas desplazadas al norte, impasible ante semejante reto?

Cayo Mario, inmóvil, en silencio, en lo alto del *vallum*, continuaba callado, como una estatua de mármol.

El rey teutón repitió su desafío una vez más. No quería que el cónsul romano tuviera la excusa cobarde de no haber oído bien o de no haber entendido. En cuanto pronunció de nuevo su reto, Teutobod miró al esclavo romano que había traducido lo que el monarca estaba diciendo. El esclavo asintió, aseverando que el rey germano había hablado de forma comprensible con su latín memorizado durante la noche.

Teutobod paseó entonces la mirada por las huestes de Roma que lo observaban protegidos tras aquella empalizada defensiva. Se percató de que las cabezas de los legionarios se giraban hacia un punto concreto del *vallum*, donde una figura corpulenta, sin casco pero con coraza reluciente, con el pelo gris y rodeado de varios oficiales, permanecía quieto, atento a él, a Teutobod. El rey germano tuvo claro que aquél era el cónsul enemigo.

Cayo Mario, por su parte, pensaba.

Y le hervía la sangre. ¿Por qué no admitirlo? Le ardía el ansia por salir y luchar, la misma que consumía a todos sus hombres desde hacía días. Noreya, Burdigala, Arausio. Tres derrotas brutales. Decenas de miles de legionarios muertos. El poder de Roma sacudido, humillado, casi aniquilado. Todo su ser clamaba venganza.

Identificada la posición de Cayo Mario, el rey teutón dio varios pasos en diagonal para situarse justo enfrente del cónsul, más cerca de la empalizada, pero aún a una distancia prudencial donde tenía bien calculado que no le alcanzaría un dardo enemigo.

Desde allí pronunció su desafío por última vez. En esta ocasión mirando directamente a la figura inmóvil del jefe romano.

—*Ego, Teutobod, Teutonorum rex, deposco romanum consulem*

Caium Marium ad singularem pugnam! Si uirtutem habet et socors non est!

Cayo Mario podía sentir los ojos de sus oficiales, de sus legionarios, de los esclavos de los soldados, de todos, clavados en él. Sabía que tenía que hacer algo y sabía lo que sus entrañas le pedían. Pero era muy consciente también de lo que su mente militar de guerrero invencible le ordenaba. La disciplina, bien entendida, empieza por uno mismo. Si esto hubiera ocurrido quince años antes, aún se habría puesto el casco, ajustado bien la coraza y desenvainado la espada. Mas el tiempo no pasaba en balde. Tenía cincuenta y cinco años, experiencia infinita, pero ni sus reflejos eran los de antes ni su fuerza la misma. Escudriñaba con intensidad al rey teutón: ¿qué edad tenía aquel monarca del norte: treinta a lo sumo? Se le veía joven, fuerte, viril, de movimientos rápidos y ágiles, brazos musculados y torso poderoso, en el cénit de su vida en cuanto a potencia física. Cayo Mario tragó saliva: el combate, si lo disputaba, estaba perdido para él. No había que ser un genio para darse cuenta de ello. Pero tenía que hacer algo. No podía dejar el desafío sin respuesta.

—Sertorio... —dijo al fin.

—Sí, *clarissime vir* —replicó el interpelado con rapidez. Cualquier cosa menos el silencio de su líder era bien recibida.

—Llama a Enobarbo —ordenó Mario.

Sertorio no terminaba de entender.

—¿A Enobarbo? —inquirió confuso—. ¿El adiestrador militar?

Cayo Mario no estaba acostumbrado a dar explicaciones, sino órdenes. Se giró lentamente y dedicó una mirada de clara molestia ante la pregunta. No hizo falta que dijera nada más.

Sertorio se inclinó y partió raudo a por el adiestrador más feroz y capaz de las legiones romanas del norte: Enobarbo era centurión, *primus pilus*, tenía treinta y cuatro años, y varias condecoraciones al valor por diversas hazañas en combate. Era, de largo, el mejor en la lucha cuerpo a cuerpo y por eso era el centurión al mando de todos los adiestradores militares del ejército consular de la Fossa Mariana.

Al poco tiempo, por un pasillo que formaban los legionarios, se vio avanzar a Enobarbo hasta llegar a la empalizada, siempre tras los pasos del tribuno Sertorio, y, por fin, ascender a la misma hasta presentarse ante el cónsul.

—Coraza, casco, espada y escudo. Ármate, Enobarbo —le ordenó el cónsul—. Tú responderás por mí al desafío del rey teutón.

Se hizo un silencio sepulcral en el cónclave de oficiales. Un silencio en el que se podía mascar la decepción y el desacuerdo con aquella orden, pero un silencio que ninguno se atrevió a quebrar.

El adiestrador asintió, dio media vuelta y fue en busca de su coraza, casco y armas. Al poco, la puerta principal de la empalizada se abría y Enobarbo, espada en ristre y escudo en alto, emergió por ella dispuesto a combatir hasta dar muerte al rey enemigo.

Teutobod vio avanzar a aquel oficial romano armado, fuerte como él, maduro pero no viejo, como él, y dispuesto al combate personal, como él, pero que no era el cónsul, que no era el jefe del ejército enemigo.

Enobarbo se plantó en una marcha rápida, casi al trote, frente a su oponente y, a pocos pasos del monarca germano, se detuvo.

Teutobod miró al adiestrador romano primero y, a continuación, volvió los ojos hacia lo alto de la empalizada desde donde el cónsul lo observaba todo.

El rey teutón negó varias veces con la cabeza, escupió en el suelo, arrojó con rabia su propia espada y escudo, que emitieron un sonoro clang al chocar contra la tierra de la Galia, y gritó un insulto en latín que no necesitó aprender del esclavo intérprete, pues era el término con el que los teutones solían hacer referencia a un soldado romano:

—*Socors! Socors! Socors!** —exclamó tres veces mirando al *vallum*.

* «¡Cobarde! ¡Cobarde! ¡Cobarde!».

Dio media vuelta y empezó a caminar de regreso a las filas de sus guerreros alzando los brazos en señal de victoria, sin dejar de repetir aquel insulto una y otra vez:

—*Socors! Socors! Socors!*

El esclavo que lo había acompañado y un par de guerreros teutones que estaban cerca recogieron las armas del rey y se alejaron del lugar a toda prisa.

Enobarbo se quedó solo. Dudaba en qué hacer. Miró hacia la empalizada, hacia el cónsul, que permanecía inmóvil. El adiestrador comprendió que nada había ya que lo mantuviese fuera de la empalizada, así que dio media vuelta y retornó sobre sus pasos hacia la puerta del campamento romano.

Aquella mañana no hubo combate singular entre el rey teutón y el cónsul de Roma.

Es de noche, a la luz de las hogueras en las que los legionarios cocinaban la cena, se oía, en un murmullo casi imperceptible pero constante, una única palabra: *socors*, *socors*, *socors*...

La tristeza y la decepción más grande parecía haberse apoderado de todos.

En su tienda, Cayo Mario bebía a solas una copa de vino con el sabor agrio de la cobardía en el paladar. ¿O con el sabor agridulce de la sabiduría?

Sertorio entró para preguntar cuál sería la contraseña para los centinelas y patrullas nocturnas de vigilancia frente a posibles ataques por sorpresa del enemigo.

—Victoria —dijo Cayo Mario.

Sertorio no pudo evitar una medio sonrisa de gesto torcido que intentó ocultar volviéndose hacia un lado, pero que el cónsul percibió con nitidez.

—Tú también piensas que soy un cobarde, ¿verdad?

Sertorio se quedó callado.

—Tu silencio es muy revelador y suficiente respuesta, tribuno —apostilló Mario—. Déjame solo, pues solo es como me siento.

El tribuno abandonó la tienda y se quedó inmóvil nada más

salir. Sentía que, de algún modo, había traicionado a su superior en el mando. Negó con la cabeza y, por fin, echó a andar para comunicar la contraseña nocturna a los oficiales de guardia.

En el interior de la tienda, Cayo Mario se sirvió una segunda copa de vino que le supo aún peor que la primera: incluso su más fiel oficial pensaba que era un cobarde. Qué pronto se olvidan las victorias del pasado reciente, qué poca memoria la de los legionarios o la de los centuriones y tribunos. Sí, todos pensaban que era un cobarde: sus hombres, pero también los teutones y, en particular ahora, el rey enemigo. A partir de ese día, Teutobod iba a menospreciarlo, de eso estaba bien seguro.

Esto es: Teutobod infravaloraría su capacidad de ataque.

Pero todo a su debido tiempo.

Cayo Mario sonrió mientras se servía una tercera copa.

Un día no muy lejano sorprendería al monarca. Pero aún no. Primero atacarían los teutones.

El veterano cónsul de Roma se tomó de un trago aquella tercera copa de vino. Ésta le supo mejor.

XVII

Memoria in memoria

El ataque del ejército teutón

Desembocadura del Ródano, sur de la Galia
102 a. C.

Llanura frente al campamento romano

Tal y como imaginaba el cónsul de Roma, Teutobod no tardó en desatar su furia: al día siguiente los teutones arremetieron contra las defensas del campamento romano con todas sus fuerzas. No fue un ataque particularmente planificado. La enorme confianza adquirida en las últimas semanas de insultos y humillaciones a un enemigo pusilánime le hizo pensar al rey del norte que, a fin de cuentas, ante él sólo se alzaba otro ejército como los que ya había derrotado en Noreya, Burdigala y Arausio y, adicionalmente, algo que lo favorecía aún más: saltaba a la vista que lo comandaba un cobarde.

Campamento romano

En el interior de las fortificaciones, Cayo Mario acudió de nuevo al *vallum* para supervisar la defensa.

—No es una escaramuza —le comentó Sertorio en voz baja al oído—. Viene con todo. No se trata de otra provocación. Le da igual que salgamos o no: quiere entrar y destrozarnos, *clarissime vir.*

—Sí, eso quiere y, en efecto, viene con todo y a por todo —ratificó Mario, siempre sereno, siempre impasible, pese a que decenas de miles de teutones y miles de sus aliados avanzaban hacia la empalizada.

Sin embargo, los romanos se habían pasado meses reforzando todas las defensas de la fortificación por orden específica del cónsul: habían excavado aún más zanjas y fosos hasta la extenuación, cubierto muchos de ellos con matojos secos tras clavar más estacas afiladas en su base. Habían afianzado la empalizada y reforzado con torres de vigilancia, que ahora tenían atestadas de arqueros auxiliares, cualquier punto que pudiera ser más débil ante un ataque. Al tiempo que, por todo el *vallum*, los legionarios tenían en sus manos miles de *pila* preparados para ser arrojados a una orden del cónsul. Todos seguían enrabietados y decepcionados con su jefe supremo, pero ahora los bárbaros venían con todo y lo que procedía era estar atentos a las órdenes. Ahora el cónsul no podría limitarse a quedarse quieto. Tendría que ordenarles que arrojaran dardos y lanzas y cuanto tuvieran a mano al enemigo. Y, por todos los dioses que cada uno de los legionarios ardía en ansias de matar y matar a esos bárbaros malditos que tanto se habían mofado de ellos, aunque tuviera que ser, de momento, así desde la distancia. Por otro lado, los soldados romanos no perdían la esperanza de que, en medio de aquel brutal ataque, el cónsul ordenara por fin una salida de las tropas para luchar cuerpo a cuerpo contra el enemigo.

Ejército teutón

Los teutones avanzaban desordenadamente pero con gran empuje hacia la empalizada del campamento romano.

Empezaron las bajas entre los bárbaros. Muchos caían en las zanjas y en los fosos ocultos por matojos. Los aullidos de los primeros enemigos que caían muertos llegaban hasta los oídos de los legionarios armados hasta los dientes en lo alto de la empalizada.

Teutobod se acercaba hacia el *vallum* romano, nunca en primera línea, pero sí entre los destacamentos más avanzados de su inmenso ejército de invasión. Pronto se dio cuenta de las numerosas bajas que estaban causando las trampas preparadas por los romanos. Ya tenía previsto que iba a perder hombres. Sabía de todos aquellos fosos y agujeros mortales por los ataques de provocación de los días anteriores y estaba dispuesto a asumir un número importante de muertos, siempre y cuando el ataque progresara. Además, su rabia, su amor propio herido por el desplante del cónsul romano ante su desafío el día anterior, y sus ansias de acabar con aquel campamento lo antes posible, para poder iniciar la marcha hacia Roma sin enemigos a su espalda, le impidieron replantearse el avance. A fin de cuentas, tenía muchos hombres, miles y miles de guerreros, muchos más que los romanos: podía permitirse unas cuantas bajas. Incluso muchas. Pero eso sí: él se detuvo a una distancia prudencial del *vallum*. No pensaba arriesgarse personalmente. Una cosa era luchar en combate singular cuerpo a cuerpo con el líder enemigo y otra encontrar una muerte estúpida por una flecha lanzada desde las fortificaciones.

Los teutones caían a decenas primero, luego a centenares, pero evitando las zanjas y las fosas donde otros compañeros ya habían quedado atrapados, dejando las trampas al descubierto, consiguieron alcanzar la empalizada.

Campamento romano

Mario lo observaba todo en silencio.

—¡Largad! ¡A discreción! ¡Por todos los dioses! —exclamó en ese momento desde lo alto de la empalizada.

Sertorio y el resto de los oficiales recibieron como un bálsamo la orden del cónsul; por un segundo habían llegado a pensar que su líder militar ni siquiera iba a abrir la boca en todo el combate.

Los auxiliares de Roma empezaron a disparar flechas desde las torres de la empalizada y los legionarios arrojaban centenares de *pila* contra las primeras líneas de teutones que se aproximaban a la base.

Las muertes entre los bárbaros comenzaron a ser incontables.

Sertorio miró al cónsul sin decir nada, pero la admiración había reemplazado a la decepción habitual en los últimos días: la contención del cónsul había logrado sacar de sus casillas al rey teutón hasta tal punto que Teutobod había dado inicio a un ataque en franca desventaja para los suyos.

Ejército teutón

Pese a todos los guerreros que caían, Teutobod se resistía a detener su ataque brutal. Ya había derribado las defensas de otros campamentos romanos. En el cuerpo a cuerpo, sus hombres siempre se habían mostrado superiores a los de Roma. Era cuestión de llegar a esa lucha en lo alto de la empalizada y, a partir de ahí, la victoria sería suya.

Campamento romano

Los primeros teutones empezaron a escalar el *vallum* con escalas de cuerda que arrojaban desde la base. Los legionarios se afanaban en cortar las cuerdas de aquellas escalas portátiles, pero los teutones se arracimaban en la base de la empalizada y eran tantos y tantas las escalas, que comenzaban a trepar muchos de ellos pese a la lluvia de flechas y jabalinas romanas.

—Los honderos —dijo Cayo Mario con voz serena, y eso que justo donde él se encontraba estaban trepando algunos teutones y sus oficiales ya desenvainaban sus gladios para detenerlos en cuanto éstos llegaran a lo alto.

En la base del *vallum*, por el lado romano, centenares de honderos hicieron girar sus hondas y el silbido inconfundible de sus *glans plumbea* al salir disparadas y sobrevolar las cabezas de los legionarios inundó el aire. Los proyectiles de plomo se unieron a los dardos y los *pila* sustituyendo los de aquellos legionarios que ya se veían forzados a combatir cuerpo a cuerpo. Con ello el cónsul consiguió que la lluvia mortífera de hierro y plomo sobre el enemigo no decayera en ningún momento.

Ejército teutón

Teutobod lo contemplaba todo desde su posición de privilegio, a cierta distancia de los proyectiles enemigos. Caían muchos de sus hombres, pero muchos también estaban ya combatiendo en lo alto de la empalizada.

Campamento romano

—Quizá el cónsul debería retirarse a un lugar más seguro —dijo Sertorio.

Mario se giró lentamente y le lanzó una mirada despectiva ante aquella sugerencia.

El tribuno se inclinó, se llevó el puño al pecho, desenvainó la espada y se puso junto al cónsul. Los primeros teutones alcanzaban lo alto de la empalizada en aquel punto.

El cuerpo a cuerpo por el control del *vallum* fue descarnado, implacable, sin piedad por ningún bando. Aquí los teutones habían vencido siempre en los últimos años, pero Mario había preparado a sus hombres durante los últimos tiempos: los había entrenado como bestias y como luchadores, los había forzado a combatir entre sí en jornadas sin descanso con los mejores adiestradores militares. No eran los de Mario legionarios al uso romano habitual. Eso era otra de las cosas que Mario había cambiado. Los teutones se vieron sorprendidos por una resistencia desconocida en la lucha cuerpo a cuerpo. La mayoría de los bárbaros fueron repelidos con saña. Los arqueros auxiliares seguían arrojando flechas sin descanso desde las torres y los honderos no cesaban de arrojar más y más proyectiles.

El número de bajas entre los teutones no dejaba de crecer.

Incontables legionarios caían heridos o incluso muertos en lo alto de la empalizada, pero en una cifra incomparablemente inferior a la de las bajas enemigas.

Los pocos teutones que conseguían sobrepasar la empalizada se veían al segundo rodeados por centurias romanas y masacrados de manera indiscriminada. Habían recibido orden de no hacer prisionero alguno. Mario no estaba pensando en aquel momento ni en un botín de guerra ni en acumular futuros posibles esclavos. Sólo pensaba en eliminar el peligro teutón que amenazaba Roma. Muchos que se autoproclaman líderes confunden lo superfluo con lo esencial, no se ocupan de lo que es en verdad importante y conducen a todos al fracaso absoluto. En aquel instante, hacer esclavos era secundario. Centrarse en derrotar de una vez por todas a los teutones era lo único clave.

Ejército teutón

El rey germano bajó la mirada y escupió al suelo. Miró hacia atrás: disponía de más de dos tercios de su ejército intacto y, si ordenaba una retirada ahora, todavía podría salvar una parte importante del tercio que estaba combatiendo en la empalizada. Había perdido muchos guerreros, pero no era una pérdida que le impidiera seguir con sus planes de invadir Italia. Aún no. Continuar en aquel ataque que tanto desgaste les estaba produciendo a las tropas para conseguir tan poco o nada empezaba a parecerle absurdo.

Su inteligencia se sobrepuso a su rabia.

—Ordenad la retirada —dijo a sus oficiales.

Dio media vuelta y echó a andar hacia su propio campamento.

Sertorio atravesó con su *spatha* a un teutón que se acercaba al cónsul. Cayo Mario tenía la respiración agitada, pero mantenía la compostura. Ya había echado la mano a la empuñadura de su propio gladio y estaba dispuesto a desenfundar cuando, en ese preciso instante, los cuernos celtas anunciaron a todos los teutones que el rey había ordenado la retirada. Sertorio se ensañó con un teutón que se distrajo al oír los cuernos de su rey y le dio muerte con varias estocadas rápidas antes de empujarlo desde lo alto de la empalizada hacia el exterior. El resto de los oficiales hacía lo propio con algunos otros teutones que habían alcanzado la parte superior del *vallum* pero que se quedaban aislados, sin apoyo de sus compañeros, ya en retirada.

En un rato todo había pasado.

Mario podía ver desde su posición el mar de cadáveres que los teutones habían abandonado tras de sí en su frustrado intento por asaltar el campamento romano. Habían retirado los heridos, pero a los muertos los dejaron atrás sin más. El cónsul sentía las miradas de los oficiales fijas en él. Sabía lo que pensaban: que era el momento de ordenar una salida y atacar a los teutones aprovechando el enardecimiento de los hombres tras repeler con éxito aquella salvaje acometida del enemigo. Pero Cayo Mario se limitó a dar instrucciones para que se establecieran los turnos de vigilancia preceptivos en todas las torres y se repartiera abundante agua y una ración doble de comida en la cena. Nada de vino aquella noche para nadie. No los quería ebrios en caso de que hubiera una segunda ofensiva de los teutones.

Se retiró a su tienda.

No hubo un nuevo ataque.

Sertorio, en lo alto de una de las torres de vigilancia, miró unos segundos hacia el ejército teutón en retirada, antes de fijar los ojos en la tienda del cónsul. Pese a la decepción de muchos legionarios por no haber salido al contraataque, el tribuno tenía la sensación de estar aprendiendo mucho, no ya sobre cómo ganar una batalla, sino sobre cómo ganar una guerra.

XVIII

Memoria in memoria

A por Roma

Desembocadura del Ródano, sur de la Galia
102 a. C.

Campamento teutón

En la tienda del monarca había tenido lugar un debate entre sus consejeros: unos abogaban por un nuevo avance contra las defensas romanas al alba. Otros habían hablado de intentar incendiar la empalizada. Nadie pensaba en lo que pensaba el rey.

—Nos marchamos —dijo Teutobod, lacónico, mirando al suelo, el ceño fruncido. Alzó la mirada y leyó la duda en algunos oficiales—: Tener a nuestra espalda, en nuestro avance hacia Roma, a un potente ejército romano dirigido por un valeroso cónsul era algo que no podíamos permitirnos. Pero dejar tras nosotros a un líder cobarde con unas tropas asustadizas que no se atreven a salir de su escondrijo no es algo que deba preocuparnos. Luchando tras una empalizada nunca lograrán detenernos. Nos marchamos. Al alba.

Los oficiales asintieron.

Las palabras de su rey tenían sentido: si todo lo que sabía hacer ese cónsul romano era defender un campamento, eso no era preocupante. Eso, de hecho, no era nada que impidiese su marcha sobre Roma.

Campamento romano

Una vez más, con el nuevo amanecer, Mario fue requerido por los tribunos para que observara los movimientos de los teutones desde el *vallum*.

—Se van —comentó Sertorio—. Del todo. Se llevan sus bagajes y todos los carros.

Así era. Los bárbaros abandonaban las proximidades de la Fossa Mariana y se alejaban definitivamente de la desembocadura del río Ródano en dirección este, hacia Italia, en paralelo a la costa del Mare Internum, rumbo a Roma. En una casi infinita hilera de tropas y acémilas, los bárbaros avanzaban a buen paso, con la mayoría de los guerreros por delante, los carros de víveres y suministros militares a continuación y, por último, cerrando aquella serpiente teutona interminable, los carros con las mujeres y los niños, escoltados por algunas unidades más de guerreros.

Era algo previsible: o volvían a atacar o se marchaban. No eran muy de asedios los teutones. O más bien, el único asedio que querían acometer no era otro que el de Roma misma. Ahí sí estaban dispuestos a estar las semanas o meses que hiciera falta.

Mario permanecía en su silencio habitual. Una vez más, los tribunos desearían que ordenara ahora una salida, aprovechando que el enemigo había puesto en movimiento no sólo a los guerreros, sino también a sus mujeres y niños, y eso los hacía más vulnerables.

Pero el cónsul no dijo nada.

Algunos guerreros teutones, los que pasaban más cerca del *vallum* romano, hacían desplantes, gestos obscenos y lanzaban gritos e insultos en su lengua, que los romanos no entendían pero que podían imaginar. Por orden del rey Teutobod, algunos guerreros se aproximaban a las torres de los centinelas romanos y allí repetían todos los mensajes que habían aprendido a decir en latín sobre cómo iban a ultrajar a las mujeres de los legionarios romanos en cuanto se hicieran con Roma. Lo gritaban y se reían y luego se alejaban.

Y los legionarios escupían al suelo, tragaban saliva y rabia y miraban a su cónsul que, como siempre, impasible, no hacía nada.

Por eso, por lo acostumbrados que estaban todos —legionarios y oficiales romanos— a que el cónsul no reaccionara, sorprendieron tanto las instrucciones que dio Cayo Mario:

—Que los legionarios recojan lo estrictamente necesario para una marcha larga de varios días —ordenó mientras descendía del *vallum* por las escaleras de madera—: armamento, escudo, utensilios de uso diario y herramientas para cavar. Partimos en... —Miró al sol: aún era temprano, no quería que los teutones lo vieran salir del campamento, aún no, pero tenía que aprovechar el resto del día para que la columna enemiga no les sacara demasiada ventaja—. Salimos en dos horas —zanjó.

Los tribunos no daban crédito.

Por fin, el cónsul reaccionaba y, después de meses y meses apostados en la desembocadura del Ródano, iban a ponerse en movimiento.

—Tú, a mi tienda —añadió mirando a Sertorio.

El interpelado siguió al cónsul al *praetorium*.

Nada más entrar, Mario desdobló un mapa de la zona sur de la Galia que tenía sobre la mesa y señaló un punto: la ciudad Estado de Masalia,* a unas sesenta millas hacia el este.

—Pasarán por aquí, pero quiero adelantarlos antes —empezó a explicar el cónsul—. Éste es el punto donde quiero interponerme en su camino: Aquae Sextiae. Puede que ataquen o no esa colonia, pero es aquí donde quiero que lleguemos antes que ellos y es en una de sus colinas donde estableceremos el campamento. Estaremos lejos del río, lejos del agua; esto nos traerá problemas de su-

* Véase el mapa de las páginas 722 y 723.

ministros. Para un asedio, para resistir semanas como hemos hecho aquí, sería mal sitio: pero ahí no pienso esperar. Ahí lanzaré a las legiones contra ellos. Los teutones, los ambrones y sus aliados irán hasta allí por la ruta central y son tantos que lo ocuparán todo —continuaba hablando y señalando en el mapa ante un estupefacto Sertorio, que no daba crédito a todo lo que el cónsul tenía ya planeado, seguramente desde hacía meses—. Tendremos que desviarnos y adelantar a la columna enemiga o por el interior o por la costa, pero campo a través. Será más duro. ¿Los legionarios podrán hacerlo?

—Podrán —confirmó Sertorio—. Se han mantenido muy activos excavando las zanjas y fosos de las defensas todos estos meses. Están fuertes y deseosos de luchar. Si se les informa que nos desviamos de la ruta central, la más cómoda, para adelantar al enemigo e interponernos en su camino para luchar contra ellos, estoy seguro de que sus sandalias volarán sobre la tierra de la Galia.

—Pues que los legionarios sepan que ése es nuestro objetivo. Por Júpiter, sin duda, como dices, eso los motivará.

Con eso, Cayo Mario suspiró y se sentó.

Sertorio comprendió que el cónsul no deseaba más su presencia y partió raudo a transmitir las palabras de su líder al resto de los oficiales. El Mario de antaño, el que derrotaba ejércitos enteros en África, había vuelto.

Campamento teutón, al anochecer

Las patrullas teutonas informaban a su rey. No había margen para duda alguna: los romanos, contra todo pronóstico, habían salido de su campamento y los seguían.

—No me preocupan —dijo Teutobod a sus consejeros, y argumentó con bastante lógica—: Siempre que nos hemos encontrado con ellos en campo abierto los hemos derrotado. Si nos atacan, daremos la vuelta y nos encararemos con su ejército. Mantendremos patrullas para estar informados de sus movimientos. El único sitio donde los romanos han resistido nuestro empuje ha sido en aquel maldito campamento en el que se habían atrincherado en la desembocadura del gran río. Que hayan salido es buena noticia. Están desesperados porque nos encaminamos hacia Roma. Parece que recordarles lo que pensamos hacer con sus mujeres por fin ha surtido efecto.

Y se echó a reír con la cabeza hacia atrás.

Todos sus consejeros y oficiales lo acompañaron en aquella carcajada cargada de burla y desprecio y divertimento. Pues en eso se habían convertido para los teutones durante los últimos años los ejércitos consulares romanos: un divertimento.

Ejército consular romano, en ruta a Masalia

Los legionarios de Mario avanzaban *magnis itineribus*, a marchas forzadas, como si de auténticas mulas se tratara, llevando cada soldado su armamento y todos los utensilios de uso diario y hasta herramientas para levantar defensas. El duro adiestramiento al que los había sometido el cónsul durante los últimos años, intensificado durante los últimos meses, se estaba probando útil. Muy pronto alcanzaron la casi infinita columna teutona con sus guerreros, mujeres y niños, bagajes, carros y acémilas de todo tipo. La inmensa polvareda que levantaba el ejército teutón y todos cuantos los acompañaban, fueran familiares u otros guerreros aliados como los ambrones, facilitaba el avistamiento a varias millas de distancia.

Al segundo día el cónsul se dirigió a sus oficiales:

—Hacia el interior. Todos. Nos desviamos. Hay que adelantarlos hoy.

La marcha se hizo entonces extenuante. Al no seguir la ruta transitada por los teutones, la más fácil, el avance para los romanos llegó a convertirse en un auténtico suplicio, pero los legionarios tenían la promesa del cónsul de que con eso se interpondrían entre los teutones y Roma, y les había anticipado que en esta ocasión combatirían y no se atrincherarían *sine die* tras fortificaciones o empalizadas.

Motivados por el ansia de luchar y hacer sentir al enemigo que ellos eran cualquier cosa menos *socors*, los legionarios romanos adelantaron al ejército teutón.

XIX

La reunión del Senado

Una taberna junto al Tíber, Roma
90 a. C.

—Aquí es cuando se pone esto interesante, muchachos —dijo Cayo Mario con una amplia sonrisa de satisfacción en la boca: estaba llegando a su parte favorita del relato.

De hecho, se veía al veterano excónsul tan entusiasmado con la narración que nadie se atrevía a interrumpirlo, pero habían entrado en la taberna varios mensajeros procedentes del edificio de la Curia, en el foro.

Sertorio se decidió al fin, y se aproximó a la mesa donde su superior departía con su sobrino y su joven amigo.

—*Clarissime vir* —dijo el tribuno.

Cayo Mario siguió narrando los prolegómenos de la batalla de Aquae Sextiae sin prestar atención alguna a nada que no fueran los ojos de César y Labieno, cautivados por su relato bélico.

—*Clarissime vir!* —insistió Sertorio alzando la voz.

Mario interrumpió su larga narración y se giró con gesto de fastidio y cierta incredulidad: aquel tribuno era su más fiel oficial.

—Lo siento, *clarissime vir* —repitió Sertorio en un tono más contenido—, pero han llegado ya varios mensajeros desde el foro:

el Senado va a reunirse y esperan a Cayo Mario. Es el propio Metelo quien firma uno de los mensajes, y los otros son de Sila y Dolabela.

—Y en su mensaje, ¿Metelo escribe bien las palabras o también las parte a trozos y las repite como cuando habla? —se mofó Mario del veterano senador conservador. Los *optimates* siempre se reían de su escaso conocimiento del griego, bien estaba que él se riera de la tartamudez de su enemigo político.

De forma instintiva, Sertorio se puso a releer los mensajes en busca del de Metelo, como si en efecto fuera a comprobarlo.

—¡Da igual cómo esté escrito! —gritó Mario de malas maneras y sin siquiera volverse a mirar al tribuno—. ¡Que esperen todos! ¡Que esperen todos y en especial el maldito Metelo y sus secuaces Sila y Dolabela! ¿No ves que aquí estoy haciendo algo importante? ¿No ves que intento enseñarle una lección a mi sobrino? ¿No ves que intento inculcarle algo de sentido común y, ya puestos, algo de estrategia militar, en su cabeza llena de pájaros y en su pecho henchido de ansias de una justicia que cree poder conseguir sin pensar antes las cosas dos veces?

Se hizo un silencio sepulcral en toda la taberna.

Sertorio calló, se puso firme y agachó la cabeza.

Mario inspiró largo y profundo al tiempo que se reclinaba hacia atrás en su silla. César y Labieno permanecían inmóviles.

—Sertorio, eres mi mejor hombre. —Mario posó las palmas de las manos sobre la mesa y espiró el aire de los pulmones lentamente, buscando tranquilizarse. Volvió a hablar, aún dando la espalda a Sertorio—. No he debido levantarte la voz de ese modo. El mensaje es importante y era tu obligación transmitírmelo. Hecho está. Pero he de acabar este relato. Luego dejaremos a mi sobrino en su casa y acudiremos al foro. El Senado puede esperar un poco al único de entre ellos que ha sido seis veces cónsul. Seis, por el momento —se volvió por fin hacia el tribuno—. Me necesitan. Les duele, pero me necesitan como cuando los teutones acechaban Roma desde el norte y los detuvimos en Aquae Sextiae.

—Sí, *clarissime vir* —aceptó Sertorio—. Esperarán, sin duda.

—Bien, veamos... ¿Por dónde iba? —se preguntó Mario a la vez que fruncía el ceño y encaraba de nuevo a los dos muchachos, fijando los ojos ahora en su vaso de vino vacío.

—El ejército consular acababa de adelantar a los teutones —apuntó César con rapidez.

—Eso es, eso es, muchacho —asintió su tío—. Muy bien. Estás atento. En efecto: adelantamos aquella inmensa columna de teutones y ambrones. Sólo los dioses saben cuántos miles serían...

XX

Memoria in memoria

Aquae Sextiae

En las proximidades de la colonia romana de Aquae Sextiae
Verano del 102 a. C.

Campamento romano

Eran decenas de miles de legionarios. Entre soldados regulares y auxiliares llegaban a los treinta mil. Aun así, estaban en notable inferioridad numérica con respecto al inmenso ejército teutón invasor que avanzaba hacia Roma. Pese a las bajas sufridas en el ataque que lanzó Teutobod contra la fortaleza de la Fossa Mariana, los bárbaros triplicaban a los romanos.

Desde lo alto de la colina donde había ordenado levantar el campamento, rodeado por decenas, centenares de legionarios que acarreaban troncos para construir la nueva empalizada defensiva, Cayo Mario escudriñaba en el horizonte del atardecer la gigantesca horda de enemigos que también montaban las tiendas para pasar la noche. Los teutones no parecían predispuestos a alzar defensas para protegerse. Confiaban en su superioridad numérica y en que él, Mario, no se había mostrado proclive a ordenar ataque alguno.

El cónsul suspiró. No les faltaba razón a los teutones para sentirse seguros: un ataque nocturno, aunque fuera por sorpresa, no sería más que una batalla de desgaste para los dos ejércitos, y sabía que él tenía menos capacidad de desgaste. El rey teutón se había permitido el lujo de perder mil o dos mil guerreros en las ofensivas que lanzó contra el campamento romano en la desembocadura del Ródano. Y podía permitirse perder otros mil, dos mil o tres mil guerreros más en un combate nocturno que no decidiría nada. Pero para Mario, perder tres mil legionarios era inaceptable salvo que fuese en el combate clave y decisivo. Sólo en ese caso, sólo en esa circunstancia.

—¡Agua! —exclamó el cónsul.

Pronto, uno de los *calones* del ejército le trajo un vaso de agua que acababa de servir de un odre medio vacío. El hecho de que el recipiente estuviera casi sin líquido no pasó desapercibido para el líder del ejército romano. De hecho, mientras entregaba el vaso al esclavo, se encontró con la mirada de Sertorio, muy seria, fija en él.

—Lo sé —dijo Mario—. Estamos lejos del río, lejos del agua, y nos queda poca. Hay que enviar aguadores al valle y que traigan todos los odres de las legiones repletos de agua. Que salgan de inmediato.

Sertorio se dirigió a varios centuriones y transmitió las órdenes del cónsul, luego se acercó a su superior y le preguntó en voz baja, con humildad pero con ese tinte de preocupación en la voz fácilmente detectable para el veterano Cayo Mario:

—Los oficiales, los legionarios... Todos se preguntan ¿por qué hemos acampado tan lejos del agua, *clarissime vir*?

El cónsul no se volvió hacia su subordinado para responder. Habló sin dejar de mirar hacia el campamento teutón:

—Me gusta ver —dijo—. Desde lo alto de esta colina veo bien.

Campamento teutón

Los teutones habían establecido su campamento en medio de la llanura junto al curso del río que cruzaba el valle. La colonia de Aquae Sextiae quedaba apenas a unas millas de distancia. Teutobod tenía previsto que sus hombres la arrasaran, pero había estado reflexionando sobre lo ocurrido en los ataques de la desembocadura del Ródano: había perdido guerreros sin conseguir eliminar a su enemigo, al cónsul romano. Quizá lo había amedrentado y, al tiempo, había fortalecido la moral de sus propios guerreros, pero el monarca teutón había decidido no perder más hombres en ataques que no fueran relevantes: quería llegar con el grueso de su ejército intacto a Italia y allí sí, una vez ya en la península itálica, ordenaría una gran campaña de pillaje y saqueos de todas las poblaciones que se encontraran en su camino para que el terror que generaran llegase a oídos de los habitantes de la mismísima Roma.

En aquel momento, sin embargo, no era eso lo que tenía en mente. Teutobod miraba al campamento romano en lo alto de aquella colina y arrugaba la frente.

—¿Por qué allí? —preguntó a los consejeros y oficiales de su séquito que lo rodeaban—. ¿Por qué ha situado sus tropas tan lejos del agua?

Pero nadie supo dar una respuesta lógica al rey.

Todos volvieron los ojos hacia el campamento romano. Pronto les resultaron visibles las unidades de aguadores en su camino desde lo alto de aquella colina hacia el valle, hacia el río.

—Van ahora a por agua, mi rey —dijo uno de los oficiales poniendo palabras a lo que era evidente para todos.

Teutobod se sorbió los mocos. Aquel clima cálido lo confundía: calor por el día, siempre sudando, luego ese frescor nocturno. Estaba constipado constantemente. Nada grave. Sólo ese goteo incesante por la nariz.

—Estaría bien impedirles a los romanos que se abastezcan del agua que necesitan —apuntó otro oficial teutón.

Teutobod asintió con la cabeza: podía estar bien aquella idea, pero no quería enviar a ninguno de sus guerreros. Se giró hacia un flanco del campamento, a cierta distancia del emplazamiento principal teutón, donde uno de los pueblos que se les había unido en aquel viaje hacia Italia acampaba con sus mujeres y niños.

—Que vayan los ambrones —ordenó el rey—. En el Ródano no ayudaron mucho. Que trabajen ahora. Que hagan algo más que comer, beber y fornicar.

Teutobod vio a sus oficiales partir hacia el campamento de los ambrones.

—Sí, que los romanos pasen sed —añadió con una amplia sonrisa en el rostro.

*Centro del valle de Aquae Sextiae**

Los aguadores romanos estaban llenando centenares de odres de agua en el río, y ése era sólo el primero de una serie de viajes que debían hacer para rellenar todos los recipientes de los que disponían las legiones. La idea era tener suficiente líquido puro y fresco para varios días, pues si se iniciaba una batalla, durante el transcurso de la misma, estando en lo alto de la colina, iba a resultar del todo imposible recoger agua. Al contrario de lo que les pasaba a los teutones, que estaban acampados junto a aquel gran arroyo de agua clara. Los aguadores, como el resto de los legionarios, no entendían por qué el cónsul había elegido la colina para montar el campamento. ¿Sólo porque fuera un buen emplazamiento para observar el valle? No les parecía justificación suficiente.

En esos pensamientos andaban todos, cuando vieron aproximarse una columna de guerreros enemigos. Venían desde un extremo del valle diferente de donde estaban los teutones. Era un regimiento, muy numeroso, de algún otro pueblo bárbaro que se desplazaba junto con los teutones en busca de nuevas tierras.

* Véase el mapa de la página 728.

—Son los ambrones —dijo uno de los aguadores romanos.

—Hay que pedir refuerzos —comentó otro.

Rápidamente enviaron mensajeros al campamento general en lo alto de aquella maldita colina en la que lo había emplazado el cónsul.

Columna de guerreros ambrones

Caminaban despacio. Acababan de darse un auténtico festín para reponerse de los largos días de marcha, toda vez que parecía que el rey teutón había decidido descansar un par de jornadas en la ruta hacia Roma en aquel valle llano, con clima cálido y abundante agua.

Los ambrones no sólo habían comido a dos carrillos. También habían bebido con displicencia. La proximidad de unos romanos cobardes a su espalda no los inquietaba lo más mínimo. Ya habían comprobado cómo aquel ejército romano de lo único que era capaz era de esconderse tras una empalizada y atrincherarse allí durante días, semanas, meses. Por eso, cuando recibieron la orden del monarca teutón de atacar a los aguadores de aquel ejército pusilánime, no se lo pensaron mucho y, con barrigas repletas y cabezas ebrias, echaron a andar hacia el río bien pertrechados con sus espadas, escudos y lanzas. Puede que los romanos demostraran cierta resistencia defendiendo su maldita empalizada en el Ródano, pero en campo abierto no habían exhibido destreza alguna. Aquello iba a ser un paseo.

Centro del valle

Los pocos legionarios que habían acompañado a los aguadores se interpusieron en el camino de los ambrones. Tenían que defender a sus compañeros, que seguían rellenando los odres de agua.

Los ambrones empezaron a gritar como salvajes al tiempo que iniciaban una corta carrera que, pronto, convirtieron en un trote pausado de panzas henchidas.

—¡Lanzad! ¡Por Júpiter, ahora! —ordenaron al unísono varios centuriones en cuanto calcularon que los enemigos estaban a la distancia adecuada.

Una andanada de *pila* sobrevoló el valle y cayó a plomo sobre unos ambrones lentos, que se vieron sorprendidos por la rápida reacción de las escasas tropas romanas que protegían a sus aguadores. Escasas pero eficaces, atentas, bien entrenadas y disciplinadas.

—¡Aaagggh!

Varias decenas de guerreros ambrones cayeron heridos, algunos muertos, atravesados por las lanzas enemigas.

No obstante, aquel revés no detuvo su avance sino que los enfureció de veras. Hasta entonces se acercaban como si aquello fuera un desfile que iba a terminar asustando a unos cobardes romanos diseminados por el río; ahora, con la sangre de sus hermanos sobre la hierba del valle, aquel encuentro se convertía en una cuestión personal. A los ambrones ya poco les importaban las órdenes recibidas por parte del rey teutón. Ahora atacaban para vengar a sus amigos muertos o heridos.

El choque fue explosivo y, aunque los romanos recibieron a los ambrones en perfecta formación —escudos firmes, gladios asomando por entre las armas defensivas para pinchar a los enemigos—, no fue suficiente.

Eran pocos.

Los ambrones, muchos más, se abrieron paso de pura rabia y por su superioridad numérica, empujando, clavando sus espadas y hachas en cualquier punto donde veían un hueco entre escudo y escudo enemigo.

—¡Retirada! —ordenaron los centuriones, que tenían claro que era imposible mantener las líneas.

El cónsul los había instruido para que se replegaran cuando una posición estaba perdida. Había que salvar legionarios...

Pero en ese momento aparecieron varias cohortes de refuerzo enviadas desde lo alto de la colina. La retirada, así, no fue una desbandada sin orden, sino más bien un reemplazo en la primera línea de combate romana, de unas tropas superadas por la embestida inicial enemiga, por otros legionarios que llegaban fuertes y frescos a aquella lucha casi improvisada.

Los centuriones se ocupaban de reorganizar la primera línea de combate, mientras otros oficiales se dirigían a los aguadores:

—¡Llevad el agua al campamento y regresad con más odres! ¡No detengáis vuestro trabajo en modo alguno!

Sólo transmitían las órdenes recibidas del tribuno Sertorio, quien, a su vez, había comunicado a los oficiales aquello que le había ordenado el cónsul.

Campamento romano

En una torre ya levantada como defensa de la puerta del campamento, Cayo Mario observaba la lucha entre sus tropas y la horda de ambrones enviada por Teutobod para impedirles cargar agua.

—La contienda está igualada —apuntó Sertorio—, pero si enviáramos más refuerzos de los que hemos enviado, podríamos destrozar esa columna de ambrones y hacerlos huir hasta su campamento. Incluso podríamos incendiar sus carros, si todo sale bien.

Mario evaluaba las circunstancias en las que se estaba desarrollando aquel combate. Sabía que ésa no era la batalla decisiva, no mientras los teutones, que suponían el grueso del ejército enemigo, se mantuvieran al margen de la lucha. Por otro lado, el campamento de los ambrones estaba a una cierta distancia del de los teutones, y el rey Teutobod, por el momento, no parecía dar instrucción alguna a sus hombres, ocupados como estaban en labores de montaje de sus propias tiendas, cocinando o incluso descansando, como si lo que sucedía en el río no fuera con ellos.

—Envía cinco cohortes más —aceptó Mario. Aquello era media legión, una fuerza notable que estaba dispuesto a arriesgar en aquella partida, mientras los teutones no se movieran de su campamento—. Si Teutobod da muestras de intervenir, se retirarán todos de regreso al campamento general, aquí, en la colina. —Se giró para mirar directamente a los ojos a su subordinado—. ¿Están claras mis instrucciones?

—Sí, *clarissime vir*, pero... —Sertorio quería precisión.

—¿Pero?

—Si los ambrones huyen, ¿podemos acorralarlos en su propio campamento?

Mario inspiró hondo.

—En su campamento —asintió—, pero nada de acercarse al campamento principal teutón. ¿Entendido?

—Entendido —ratificó Sertorio.

—Bien. Dirige tú estas cohortes personalmente. No me fío de nadie más para ordenar una retirada según mis instrucciones si los teutones se implican en este enfrentamiento. Aquí hay demasiados tribunos a los que les hierve con rapidez la sangre, pero sin cabeza ni inteligencia. Tú, sin embargo, tienes el corazón caliente y la cabeza fría.

Era la primera vez que el cónsul le mostraba un aprecio de semejante nivel.

Sertorio se llevó el puño al pecho y se dispuso a dirigir el ataque de las cohortes que iban a descender al río, teniendo muy presentes en todo momento las instrucciones recibidas. No volvería a poner en duda que el cónsul tomaba cada decisión por un motivo. Que ellos no lo entendieran no quería decir que el motivo no existiera.

*Centro del valle**

Los ambrones se batían con energía. La digestión se les había atragantado y algunos luchaban con manifiesta torpeza tras haber ingerido también demasiado alcohol, pero la rabia por los compañeros muertos los hacía combatir con inusitada violencia y los romanos que habían reemplazado a los primeros legionarios ya

* Véase el mapa de la página 729.

empezaban a dar muestras de agotamiento. Los ambrones percibieron aquella debilidad y se fajaban en la lucha aún con más empeño hasta que, de pronto, casi por sorpresa para ellos —pues los ambrones sólo tenían ojos para aquella primera línea de combate—, comenzaron a llegar más y más romanos.

Las fuerzas se igualaron.

Una vez que todas las cohortes a su mando se incorporaron a la batalla, Sertorio puso orden en las líneas romanas y estableció el metódico sistema de turnos en la primera línea de lucha. De esta forma, ningún legionario pasaba demasiado tiempo en pugna directa con el enemigo, y llegaban sin tregua legionarios de refresco al punto donde el combate era más encarnizado. Los ambrones seguían batiéndose con pundonor, pero sin cabeza ni orden y, al poco tiempo, se replegaban sin casi darse cuenta. Los romanos empujaban con los escudos, ganaban espacio y alejaban a los ambrones del río.

Así las cosas, los centenares de aguadores romanos podían cargar los odres con agua sin ser molestados mientras veían cómo el combate se distanciaba de su posición.

Sertorio se movía próximo a la primera línea, sin dejar de dar instrucciones a unos y a otros. La cercanía del tribuno militar contagiaba valor y temple a los centuriones, al resto de los oficiales y a toda la tropa.

Los ambrones iniciaron un repliegue, muchos de ellos heridos por los gladios de los legionarios.

Al poco, la retirada se convirtió en una huida a la desesperada.

Era momento de decisiones.

Sertorio miró hacia la colina, hacia la torre de vigilancia desde la que el cónsul lo observaba todo. No vio gesto alguno que indicara que debían replegarse y tenía el consentimiento del propio Mario para iniciar una persecución del enemigo mientras éstos no se acercaran a los teutones.

Miró entonces hacia el valle: los ambrones corrían directos a su propio campamento.

—¡Seguidme! —ordenó el tribuno militar.

La instrucción sorprendió a unos legionarios que estaban acostumbrados desde hacía meses a defender posiciones, y hacerlo muy bien, pero no a atacar, y mucho menos a perseguir a un enemigo en desbandada. Pero ansias no les faltaban. Algunos centuriones se volvieron a mirar hacia atrás, por encima del hombro, buscando la figura del cónsul: y allí estaba, en la torre de vigilancia de la puerta del campamento en construcción, sin hacer ademán ni gesto alguno. Las trompas de los *buccinatores* no sonaban para ordenar un repliegue ordenado. Ese silencio de los trompeteros de las legiones era el silencio del propio cónsul y ése era un silencio que otorgaba legitimidad absoluta a la orden del tribuno Sertorio.

Las cohortes avanzaron en persecución de los ambrones. En breve entraron en su campamento, donde los bárbaros ni siquiera plantaron batalla, sino que, dejando a sus mujeres y niños y carros desprotegidos, siguieron en desbandada alejándose del lugar. Algunos en dirección al campamento del rey teutón, otros hacia el bosque cercano.

Sertorio estaba a punto de ordenar perseguir a muchos de los que huían hacia los árboles, pero entonces se encontró con un imprevisto: las mujeres de los ambrones defendían el campamento frente al avance romano, y lo defendían sin apenas armas, haciendo uso de cualquier cosa que les pudiera valer para luchar, ya fueran utensilios de cocina o labranza o la simple fuerza de sus brazos. Los niños las acompañaban. Unos lloraban, otros mordían a los romanos. Los legionarios reaccionaron con saña y empezó un desigual combate donde las mujeres y los niños fueron masacrados sin piedad. No sin trabajo o esfuerzo, pues las mujeres en particular opusieron una resistencia feroz. Aun así, los romanos recordaban los insultos y las mofas de los bárbaros diciéndoles cómo iban a ultrajar a sus propias mujeres romanas en cuanto llegaran a la ciudad del Tíber. Aquellas burlas recientes no ayudaron a despertar piedad alguna en los hombres comandados por Sertorio, y el tribuno no estaba por la labor de detener la masacre. No podía perseguir a los ambrones que se habían refugiado en el campamento teutón y penetrar en el bosque no parecía una buena idea.

—¡Incendiad los carros! —ordenó.

En cuestión de minutos, el campamento de los ambrones era pasto de unas llamas incandescentes que lo consumían todo y acorralaban a unas mujeres valerosas que combatían hasta el último aliento.

Sertorio vio a algunos de sus hombres arrastrando a alguna de las mujeres bárbaras supervivientes hacia una hondonada de la llanura, con intenciones claras. El tribuno miró hacia el bosque: allí habían huido los guerreros que debían haberlas defendido. Algunos niños, hijos de las atrapadas por sus hombres, lloraban cerca de la escena. Sertorio se aproximó al lugar.

—Dejadlas marchar —dijo sin gritar. De la misma forma que había observado que el cónsul daba órdenes. Sin alzar la voz un ápice. Sin siquiera repetir sus palabras.

Los legionarios, ávidos de forzar a las mujeres de los guerreros que se habían reído de ellos hacía unos días, no parecían dispuestos a desprenderse así como así de sus presas, pero, ante la mirada gélida del tribuno, aflojaron su agarre y eso bastó para que las mujeres se zafaran de sus captores y echaran a correr sin parar.

El campamento estaba en llamas.

Todo había sido muy rápido.

—Nos replegamos —dijo entonces Sertorio.

Y los hombres le obedecieron.

Campamento teutón

—¿No hacemos nada? —había preguntado uno de los consejeros del monarca germano segundos antes de que los romanos prendieran fuego a los carros de los ambrones.

Teutobod miró a su alrededor: sus hombres estaban aún montando tiendas o comiendo. No estaban preparados para un combate. Los propios ambrones habían acudido al enfrentamiento contra los romanos sin haberse preparado bien y todo había acabado en desastre. Podía dar orden de atacar a todo su ejército, pero sin duda eso terminaría o en una rápida retirada de los romanos o en la incorporación de todas sus legiones a una batalla campal que él no había planeado. No lo vio claro.

—¿No hacemos nada, mi rey? —repitió otro de los consejeros teutones.

Teutobod había improvisado mandando a los ambrones a importunar a los aguadores romanos y he ahí el resultado. No era momento de improvisar más.

—Unos guerreros que no luchan por defender a sus mujeres y niños no merecen nuestra ayuda —respondió, al fin, el rey germano.

Bebió un trago de agua. De ese mismo río, de esa misma agua por la que los ambrones habían acabado todos muertos. El monarca echó al suelo el agua que le quedaba en el cuenco, luego se aclaró la garganta, escupió y dio la espalda a los carros incendiados, a los cadáveres de hombres, mujeres y niños.

Miró hacia la torre de vigilancia donde estaba el cónsul de Roma observándolo todo y, aunque no podía verlo con la suficiente nitidez por la distancia, tuvo la sensación de que el líder romano tenía los ojos clavados en él.

Campamento romano

Sertorio, uniforme manchado de sangre, sudor en la frente, algo jadeante, se presentó ante el cónsul en lo alto de la torre de vigilancia.

—Incendiamos el campamento —explicó—, pero no me pareció prudente perseguir a los guerreros que huían hacia al bosque ni, por supuesto, los que se refugiaron con los teutones.

—Lo has hecho bien —aceptó Cayo Mario siempre parco en palabras, volviéndose de nuevo a mirar hacia el mar de tiendas que seguían levantando allí abajo. Pudo ver cómo el rey germano se alejaba y dejaba de observar el incendio que consumía lo que hasta entonces había sido el campamento de los ambrones.

—Deberíamos repartir vino entre los legionarios que han participado en esta victoria —propuso otro de los tribunos.

Sertorio no. Él callaba, aún estaba recuperando el aliento.

—Mejor repartirlo entre todos los legionarios —sugirió otro de los oficiales—. Eso los animará.

Cayo Mario seguía escrutando los movimientos del rey teutón. Todos respetaban el silencio del cónsul y esperaban su respuesta a aquellas propuestas.

—No es momento de festejos —dijo al fin sin siquiera mirar a los oficiales—. Hemos tenido suerte de que los ambrones hayan decidido combatir con sus guerreros borrachos en lugar de con sus mujeres. Si les hubieran cedido las armas, según lo que he visto desde aquí, todo nos habría sido más difícil.

Los tribunos parpadearon. Ninguno había pensado en algo tan absurdo: mujeres luchando. Aunque cierto era que ellas habían mostrado más valentía que sus hombres.

Cayo Mario se dio la vuelta y echó a andar para descender de la torre mientras daba las últimas instrucciones a quienes lo seguían de cerca:

—Nada de vino. Cena y a dormir. Arriba al alba, desayuno y a reforzar todas las fortificaciones.

Al pie de la torre, Mario inició la ruta que lo conducía al *praetorium* de campaña, entre las tiendas legionarias.

—Ya habéis oído —dijo Sertorio a los demás tribunos, que partieron a difundir las órdenes recibidas.

Él apretó el paso para alcanzar al cónsul. Una vez a su lado, le planteó una pregunta:

—La batalla clave, la definitiva, es la que falta, ¿verdad, *clarissime vir*?

—Verdad —respondió Cayo Mario sin aflojar la marcha.

Sertorio percibió que su superior no tenía ganas de conversación y se detuvo. Se quedó observando cómo el cónsul se alejaba, caminando solo, erguido, difuminándose su silueta entre los legionarios, que se levantaban al verlo pasar frente a sus tiendas.

XXI

Memoria in memoria

Las legiones del pueblo

Valle junto a Aquae Sextiae, sur de la Galia
102 a. C.

Teutobod volvió a emplear tácticas para desconcertar o provocar a los romanos: si en la Fossa Mariana había hecho que sus hombres insultaran a los legionarios, en esta ocasión lo que hacía era que grupos de guerreros teutones se acercaran a las fortificaciones romanas por la noche y entrechocaran espadas y escudos generando tal ruido que importunara el sueño de sus enemigos.

Cayo Mario respondió con la misma estrategia y envió algunas unidades en patrullas nocturnas para molestar también el sueño de los teutones.

Parecía que todo estaba destinado a transformarse en una nueva, larga y lenta espera, pero un atardecer todo se aceleró.

Campamento romano

El cónsul citó a todos los tribunos en la tienda del *praetorium* de campaña, en lo alto de la colina.

Fue escueto. Fue directo. Fue preciso.

—Esta noche una cena abundante, pero sin excesos ni nada de vino. Mañana, desayuno antes del alba, y que los hombres beban o leche o agua. No quiero legionarios sedientos a la salida del sol. —Desplegó un papiro donde había dibujado a grandes trazos un mapa de la colina, el río, el campamento romano y el teutón, y sobre el plano terminó de dar las instrucciones que había meditado en los últimos días—: Esta noche quiero el doble de patrullas nocturnas haciendo ruido alrededor del campamento teutón. Y, por otro lado, Claudio Marcelo —miró al aludido, uno de los tribunos más veteranos junto con Sertorio—, cogerás tres mil legionarios y os situaréis en este encinar próximo. —Señaló un punto al final de la ladera de la colina donde estaban acampados—. Llévate también animales de carga, mulas y a la mayoría de los *calones*. Lo ideal sería darte más hombres, pero necesito el grueso de las tropas en lo alto de la colina. Tú aparecerás en mitad de la batalla, cuando los teutones inicien algún repliegue, y has de aparentar que no sois tres mil, sino muchos más. Por eso te llevarás los animales y a los esclavos. Mézclalos entre tus hombres. Eso dará apariencia de una fuerza aún más numerosa. ¿Entendido?

Claudio Marcelo asintió mientras intentaba digerir la sorpresa. Como la mayoría de los oficiales, no daba crédito a lo que estaba oyendo: el cónsul estaba dando instrucciones para una batalla campal. Por fin.

A Sertorio, sin embargo, aquello no le sorprendió. Desde lo de los ambrones, tenía claro que el cónsul estaba contando los días para lanzar su ataque.

—Bien, por todos los dioses —continuó Cayo Mario—. Mañana al alba dispondremos todas las tropas, excepto los hombres que se lleva Claudio Marcelo, en *triplex acies*, con las cohortes distribuidas en una inmensa cuadrícula: una cohorte ocupa un cuadrado y el siguiente queda vacío, y esta distribución se alterna en la siguiente fila.

El cónsul sabía que sus hombres conocían perfectamente la formación clásica en *triplex acies*, un inmenso damero de unidades militares dispuestas como en un juego de mesa a intervalos vacíos, que pasaban a ocuparse en la siguiente fila de cohortes. Como en el moderno juego de las damas. Sí, Mario sabía que sus hombres conocían la formación de la que hablaba, pero no quería malentendido alguno y no daría nada por hecho. Era la batalla decisiva y todo tenía que disponerse según lo había pensado durante los últimos... ¿días, semanas, meses? No. Años.

Mario había soñado con aquella batalla desde que estudió las grandes derrotas de los otros ejércitos consulares en Noreya, Burdigala y Arausio.

—Al alba —prosiguió—, con los primeros rayos del sol, formadas las tropas frente al campamento ocupando la ladera, lanzaremos nuestras *turmae* de caballería contra el enemigo. Los jinetes hostigarán a los teutones hasta que su rey ordene perseguirlos. Entonces los teutones tendrán que cruzar el río y ascender por la ladera para enfrentarse a las legiones, que abrirán pasillos para que la caballería se sitúe por detrás. Y ahí, en ese momento, empezará la batalla.

El cónsul calló. Miraba el mapa.

—¿Alguna pregunta? —dijo al cabo.

Todo parecía muy claro. Sertorio guardaba silencio mientras repasaba todo lo que había escuchado.

Fue Claudio Marcelo quien se atrevió a plantear una cuestión que a todos, de un modo u otro, les preocupaba:

—Los teutones nos aventajan en número —apuntó—. Incluso tras la aniquilación de la mayoría de los ambrones, nos superan con creces.

El cónsul asintió, pero fue contundente en la respuesta:

—Por eso combatimos en la posición alta de la ladera, por eso el río queda a sus espaldas y no a las nuestras, por eso la emboscada que tú realizarás a media batalla. Y nadie dijo que esto fuera a ser fácil. ¿No querías combatir desde hace meses? Pues ha llegado el día.

Campamento teutón, al amanecer del día siguiente

Teutobod había dormido mal. Los romanos se habían puesto particularmente molestos aquella noche. Pero no era lo único inesperado que hacían.

—¡Ahí están, mi rey! —exclamó uno de sus consejeros señalando hacia la ladera de la montaña.

Todo el ejército romano estaba fuera de su campamento en perfecta formación de combate y diseminado a lo largo de la pendiente que ascendía hasta lo alto de la colina en la que se habían establecido. Y eso no era todo: la caballería enemiga cabalgaba hacia ellos y no parecía que fuera con otra intención sino la de atacar.

Teutobod miró a su alrededor: muchos de sus guerreros aún estaban desayunando. Nadie esperaba un ataque de envergadura por parte de los romanos, pero la caballería enemiga se aproximaba. No era muy numerosa, aunque había que hacerles frente.

—Que se preparen todos los guerreros —ordenó el rey.

Al poco, a los grupos de vigilancia que Teutobod había dispuesto alrededor del campamento, se les fueron uniendo el resto de los hombres con sus escudos, espadas, hachas y lanzas. Muchos no habían podido aún desayunar. Estaban con hambre y, al igual que su rey, no habían dormido todo lo bien que les habría gustado por culpa de las ruidosas patrullas nocturnas romanas que aquella noche parecían haberse empleado con más saña que otras a la hora de hacer ruido.

*Campamento romano**

Las *turmae* de caballería regresaban al galope hacia las apretadas filas romanas. Habían estado luchando contra los teutones hasta que el grueso de los germanos se organizó y se lanzó en bloque contra ellos. Los jinetes se sabían demasiado pocos como para pro-

* Véase el mapa de la página 730.

longar aquella lucha tan desigual y, además, tenían instrucciones de los tribunos de limitarse a hostigar al enemigo hasta que éste iniciara una persecución. Así, ante el avance del inmenso ejército teutón, los decuriones de la caballería romana ordenaron el repliegue hacia la ladera donde estaban las legiones. Cruzaron el río al galope y al galope ascendieron la colina.

Cayo Mario descendió de lo alto de la torre de vigilancia desde donde lo observaba todo y desde donde sus oficiales pensaban que dirigiría la batalla. Bajó con rapidez las escaleras en cuanto vio que la caballería retornaba hacia el campamento seguida por el avance del inmenso ejército teutón.

El cónsul, con paso acelerado, seguido por Sertorio y el resto de tribunos militares, salió del campamento por la puerta principal, dejó atrás la empalizada defensiva y se dirigió hacia las cohortes de retaguardia del ejército consular desplegado en la ladera de aquella amplia colina.

—¡Abrid pasillos! —ordenó Mario.

Y los tribunos y los centuriones repitieron la orden.

Las cohortes, distribuidas como las damas en un tablero, se alinearon de forma que quedaban amplios pasillos entre cada unidad. Por uno de esos espacios abiertos, el central, se adentró el cónsul en dirección a la vanguardia del ejército. Entre tanto, por los corredores abiertos en los flancos se adentraban las unidades de caballería para situarse en la retaguardia hasta que el líder de los romanos las requiriese en vanguardia de nuevo.

Al poco, Cayo Mario se situaba al frente, en primera línea de combate. Para sorpresa de todos. Era algo inusual, casi inaudito, algo que no ocurría desde el tiempo de los Escipiones.

El cónsul miró hacia el enemigo: se acercaba, pero al paso, lentamente. Tenía tiempo para arengar a los suyos.

Cayo Mario empezó a pasearse por delante de las cohortes de vanguardia.

—¡Cerrad pasillos! —ordenó.

Las cohortes maniobraron para retornar a la disposición de

unidades militares como las fichas en un tablero de *ludus latrunculorum*. De ese modo ya no quedaba espacio alguno por donde pudiera romper el frontal de ataque romano. Esto es, a no ser que opusiera un empuje tan descomunal que quebrara varias legiones de Roma en perfecta formación. Pero todo era posible, eso había pasado. En Arausio. Y podía volver a pasar.

Los teutones avanzaban por la llanura.

—¡Legionarios de Roma! —Mario alzó los brazos para captar toda la atención de sus hombres.

Su voz resonó atronadora en aquella ladera. La pendiente no sólo facilitaba que los legionarios de las cohortes de posición media y de retaguardia pudieran ver a su líder, sino que además hacía de teatro natural, de modo que las palabras del cónsul se oían por toda la colina.

Sertorio miraba a Mario desde detrás, a su espalda, sorprendido. Aún no sabía de qué iba todo aquello. Quizá el cónsul arengara a los legionarios y luego retornara a la retaguardia para dirigir la batalla desde una posición segura...

—¡Legionarios de Roma! —insistió el cónsul para asegurarse de tener a todos atentos a sus palabras—. ¡Me gustaría deciros que sois lo mejor de Roma, los más queridos por el Senado, los más adorados por todas y cada una de las instituciones de nuestra República! ¡Me gustaría poder deciros eso, pero os estaría mintiendo!

Calló un instante.

Los treinta mil legionarios guardaban silencio absoluto y en medio de ese silencio las pisadas de los más de sesenta mil teutones que avanzaban contra ellos retumbaban en el eco de la colina como tambores de una batalla que se anuncia inminente, inexorable, inapelable. Y en la que no las tenían todas consigo: eran menos, y otros ejércitos romanos similares habían sido derrotados en las tres últimas batallas. Tenían inmensas ganas de combatir, pero también, de pronto..., sentían miedo.

—¡No, no sois lo mejor de Roma! —continuó el cónsul—. ¡Ni siquiera sois lo mediocre de Roma o lo intermedio o lo poco valioso! ¡Sois algo mucho peor: sois la escoria de Roma! ¡Sois lo peor de lo peor!

Sertorio frunció el ceño. Y lo mismo hicieron los tribunos que estaban junto al cónsul.

Los legionarios permanecían muy quietos: no entendían bien de qué iba aquello. Imaginaban que el cónsul quería animarlos para la lucha y esperaban cualquier cosa en ese sentido, pero desde luego no esperaban insultos. Sertorio bajó la mirada y negó con la cabeza sin decir nada: no era aquélla la forma de arengar a unos soldados que debían batirse hasta derramar la última gota de su sangre. ¿Había perdido el cónsul la razón?

—¡Sí, sois la escoria de Roma, los más pobres, aquellos con los que Roma nunca cuenta, aquellos cuyos votos nunca valen para el Senado! ¡Sois aquellos a los que nunca quiso armar porque las leyes exigían que sólo los propietarios llevaran armas de combate y participaran en una guerra! ¡Sois aquellos que siempre habéis estado excluidos de la defensa de Roma y, por tanto, también de la gloria de sus victorias y, por supuesto, del reparto de la riqueza! ¡No sois nada más que miseria! ¡Para Roma, no valéis nada! ¡Para Roma, ni siquiera existís! ¡Roma no confía en vosotros, Roma sólo espera vuestra derrota y vuestro fracaso! ¡El Senado de la ciudad ya estará pensando en reclutar otro ejército de los de antes, de propietarios más o menos ricos, con más o menos recursos! ¡Para los poderosos de Roma no contáis ni contaréis nunca! ¡Para los poderosos de Roma estáis acabados aun antes de empezar la batalla!

Ahora eran todos los legionarios los que tragaban saliva para engullir la rabia que crecía en sus pechos ávidos de venganza contra todos aquellos que los despreciaban. Los teutones se habían reído de ellos en la Fossa Mariana, y ahora aquellas palabras del cónsul. Pero lo que les decía aquel veterano senador les calaba muy hondo porque, en el fondo, todos sabían que, pese a lo doloroso de aquellas palabras, todas ellas eran ciertas: ésa era la primera vez en más de un siglo, desde tiempos de Aníbal, en que Roma recurría a los pobres de la ciudad para armar un ejército.

Cayo Mario levantó de nuevo los brazos.

Los pensamientos de los legionarios se detuvieron. Deseaban escuchar. Estaban furiosos contra todo y contra todos, pero no tenían ganas de combatir y dar la vida por aquella Roma que no los quería.

—¡No, el Senado no confía en vosotros! —prosiguió Mario—. Pero ¿sabéis quién sí confía en vosotros? ¡¿Sabéis quién sí tiene fe en vuestra fuerza, en vuestro temple, en vuestros años de adiestramiento sin descanso?! ¡¿Sabéis quién sí está dispuesto a combatir con vosotros, a morir con vosotros, a vencer con vosotros?!

El cónsul volvió a callar, paseándose ahora en silencio por delante de las filas de la vanguardia de su ejército.

Los teutones avanzaban. Habían llegado al río del centro de la llanura y empezaban a cruzarlo.

Sertorio, que estaba pendiente, por un lado, del discurso de su superior y, por otro, de los movimientos del enemigo, se acercó al cónsul y le habló en voz baja al oído:

—El enemigo está cruzando el río.

Mario asintió sin mirarlo. Su atención estaba en los rostros de los legionarios.

—¿Quién confía en nosotros? —preguntó al fin uno de los soldados romanos.

Mario asintió de nuevo, ahora de forma más evidente, mostrando su satisfacción ante aquella pregunta lanzada desde las filas de su ejército.

—¡Yo, Cayo Mario, cónsul de Roma, vencedor de la guerra de África, quien derrotó a Yugurta! ¡Yo confío en vosotros y en vuestra fuerza y en vuestro temple! ¡Yo, Cayo Mario, decidí que el Estado debía armaros a todos vosotros y daros a todos las mismas armas, creando un ejército de cohortes iguales en fuerza! ¡Yo, Cayo Mario, soy quien tiene toda la fe puesta en vosotros! Me diréis: si tanta confianza tienes en nosotros, ¿cómo es que nunca nos dejaste entrar en combate contra los teutones, contra esos mismos enemigos que se nos acercan, tantas veces como nos provocaron en la desembocadura del Ródano? Os diré por qué: porque allí era un buen sitio para aprovisionarnos y adiestraros durante un tiempo y vigilar el paso del enemigo hacia Roma, pero aquél no era el lugar para el combate final. ¡Lo es éste! —Señaló los flancos de la ladera que terminaban en barrancos boscosos infranqueables—. ¡Aquí no nos pueden rodear, así que da igual que nos doblen en número: el frente de batalla es el mismo para los dos ejércitos! ¡En el Ródano, el río habría quedado a nuestra espalda, como pasó a nuestras tropas en Arausio, pero ahora quedará a la espalda de nuestros enemigos! ¿No teníais sed, no queríais agua? ¡Pues empujad hoy a los teutones hacia abajo por esta ladera, forzadlos a volver al río que están atravesando ahora y bebed luego en él su agua mezclada con la sangre roja de nuestros enemigos! ¡Masacrad a los teutones de una vez por todas! ¿Por qué no os dejé combatir en el Ródano? ¡No porque pensara que no podíais conseguir una victoria, sólo por vuestro valor y vuestra fuerza, sino porque la victoria no estaba clara! Y ¿sabéis una cosa? ¡Los pobres, la escoria de Roma, no tienen derecho a segundas oportunidades! ¡Los senadores sí, los cónsules como yo también, pero a vosotros nadie en Roma os va a conceder una segunda oportunidad! ¡Vosotros, la escoria de la ciudad, los desarrapados, los que nadie mira en la calle de camino hacia el foro o hacia el mercado, no tendréis una segunda oportunidad si fracasáis! ¡Vosotros, la miseria de Roma, sólo tenéis una oportunidad! ¡Ésta es vuestra oportunidad: esta ladera, esta colina, ese río, esos barrancos en los flancos, esas armas que portáis, estos años de adiestramiento sin descanso son vuestra única oportunidad!

Cayo Mario paró un instante. Necesitaba respirar y recuperar el aliento, pero estaba encendido, incendiado, hablaba con el corazón, con las entrañas... Continuó:

—Me diréis entonces: «¿Y por qué vamos a luchar por esa ciudad que no nos quiere?». ¡Yo os diré por qué! ¡Porque no es cierto que Roma no os quiera! ¡Es el Senado quien no confía en vosotros, son los *patres conscripti* en su mayoría los que os desprecian! ¡Sobre todo esos que se hacen llamar a sí mismos *optimates*, como si sólo ellos fueran los mejores! ¡Pero vosotros en Roma tenéis mujeres e hijos que, como vosotros, tampoco parecen contar nunca para nadie! ¡Y a esas mujeres e hijos, los teutones también los ultrajarán junto con las mujeres y los hijos de los ricos y poderosos, tal y como los propios teutones nos han dicho una y mil veces mofándose de nosotros por no salir de nuestro campamento en el Ródano! ¡Pero yo no confío... no confío para nada en el próximo ejército que puedan reclutar los senadores! ¡Porque será de nuevo blando y sin adiestramiento, y no tendrá ni la fuerza ni la rabia ni el temple necesarios para enfrentarse, detener y masacrar a esos salvajes que avanzan ahora hacia nosotros y que, mañana, si nosotros fallamos, avanzarán sin oposición hacia Roma, hacia vuestras mujeres e hijos!

Mario sudaba del puro esfuerzo de hablar a gritos para que lo oyeran en aquel gigantesco teatro natural de aquella ladera atestada de legionarios.

Sertorio, que ya había visto el sentido del discurso del cónsul, estaba preocupado por el avance de los enemigos y volvió a hablarle al oído desde detrás:

—Los teutones han cruzado el río y comienzan a ascender la ladera, *clarissime vir*.

Mario volvió a asentir.

—Que me ajusten la coraza —dijo—. Siento las cuerdas muy flojas.

Sertorio hizo una señal y un *calon* se acercó y tiró de las cintas de la parte posterior de la coraza del cónsul para que la protección pectoral estuviera bien pegada a su cuerpo y no se moviera si entraba en combate.

Fue entonces cuando el tribuno empezó a tener claro que el cónsul no se había situado en primera línea sólo para dar un discurso que, por otra parte, ya no le parecía ninguna locura. Podía ver a los legionarios con las miradas brillantes, enardecidos por las palabras de su líder.

—Avísame cuando estén a mil pasos —añadió Cayo Mario sin mirar al tribuno, encarando siempre a los legionarios.

Avanzó un par de pasos y se acercó algo más a las cohortes de vanguardia. Paseó la mirada por todas las unidades militares bajo su mando: las que tenía más próximas, pero también las que estaban más alejadas, en lo alto de la ladera. Y a todos se dirigió por última vez antes de la batalla:

—¿Estáis dispuestos a luchar por vuestras mujeres e hijos, por vuestros hermanos, por los miles de vosotros más que pueblan las calles de Roma, por todos esos desahuciados por el Senado, por todas esas mujeres y niños y amigos que sí creen en vosotros, que sí tienen fe en vosotros? ¿Estáis dispuestos a luchar por mí, que os he armado, que os he adiestrado y que os ofrezco ésta, vuestra única oportunidad? ¿Estáis dispuestos a luchar no sólo por derrotar a los bárbaros, sino por cambiar la historia de Roma? ¿Estáis dispuestos a combatir para demostrar que estas legiones, las auténticas legiones del pueblo de Roma, son más fuertes, más poderosas, más indestructibles que cualquier otra jamás soñada? ¿Estáis dispuestos a luchar por ser partícipes de la gloria de la victoria? ¡Respondedme, porque yo sí estoy dispuesto a luchar con vosotros, a vuestro lado, en la vanguardia de vuestro ejército! ¡Yo sí estoy dispuesto a luchar con vosotros, a morir con vosotros y también a vencer con vosotros! ¿Estáis dispuestos, maldita sea? ¡Por todos los dioses, respondeeeeed!

Fue un grito salvaje el que lanzó el cónsul con su última palabra. Un aullido que no podía quedar sin respuesta.

—¡Sí, lo estamos! ¡Sí, lo estamos! ¡Lo estamos! —empezaron a aullar unos legionarios en vanguardia, y pronto todos los soldados de todas las cohortes se les unieron en un griterío ensordecedor de treinta mil voces que descendía por la llanura y que llegó a oídos de los propios teutones.

Un clamor que iba a cambiar para siempre la historia de Roma.

XXII

Memoria in memoria

La batalla final

Valle junto a Aquae Sextiae, sur de la Galia
102 a. C.

Vanguardia del ejército teutón

El rey Teutobod no iba en primera línea. Avanzaba con el resto de su inmenso ejército hacia aquella colina, pero situado en el centro de sus tropas. Hasta él llegaron los aullidos de las legiones.

Algunos oficiales que rodeaban al rey se sorprendieron ante la furia de aquel grito del enemigo romano. Teutobod detectó un atisbo de duda en sus oficiales.

—Los doblamos en número —dijo—, y ya los hemos derrotado en varias ocasiones. Se les va a ir la poca fuerza que tienen por la boca de tanto grito...

Se echó a reír, y con él se inició una gigantesca carcajada a la que se adhirieron primero sus consejeros y después todos y cada uno de sus guerreros. La risa les vino bien porque, por un momento, el aullido de las legiones los había preocupado.

La carcajada preñada de desprecio y burla sin fin llegó a los oídos de los legionarios de Roma. Y éstos enmudecieron. Fue como un jarro de agua fría que los devolviera a la realidad después del trance en el que habían entrado al oír al cónsul.

Pero Cayo Mario ya había dicho lo que tenía decir y sabía que sus hombres ya estaban lo suficientemente enardecidos como para que su ardor se apagara sólo por una endiablada risa del enemigo que se aproximaba. Y, sin embargo, quizá unas últimas palabras...

—A mil pasos —dijo Sertorio.

—Bien —aceptó el cónsul en voz baja, y elevando su voz atronadora hasta que retumbó por toda la ladera, se dirigió de nuevo a sus hombres—: ¡Sí, se ríen de vosotros como llevan años riéndose de todos vosotros los senadores de Roma, pero hoy, legionarios, hoy es el día en el que vais a hacer callar todas las risas, todas las burlas y todas las carcajadas dirigidas contra vosotros! ¡Hoy es el día de vuestro principio, del nacimiento de las nuevas legiones de Roma! ¡Hoy es vuestro día! ¡Por vuestras mujeres e hijos! ¡Por vuestros amigos y por el pueblo de Roma! ¡Por los dioses! —Desenfundó su espada y la alzó apuntando al cielo—. ¡Por vosotros! ¡Muerte o victoria! ¡Muerte o victoria!

Y las legiones de Roma aullaron al tiempo:

—¡Muerte o victoria! ¡Muerte o victoria!

Ahora sí, por fin, el cónsul se dio media vuelta y encaró a los teutones que ascendían pesadamente por la ladera. Algo lentos pero enfervorizados, dispuestos a terminar con aquella batalla antes incluso de que el sol llegara a lo alto de su viaje celeste. Mario habló a su tribuno de mayor confianza:

—Si nos rodean los teutones, a mí, a nosotros, y no hay posibilidad de escape, mátame. ¿Me has entendido? Me clavas tu propia espada y me das muerte. Un cónsul de Roma cae en combate, pero nunca es apresado. Un cónsul de verdad, no. ¿Me has entendido, tribuno?

Sertorio asintió perplejo ante la insistencia de Cayo Mario.

—Sí, he entendido, *clarissime vir* —ratificó—: Si nos rodean, asistiré al cónsul en su *devotio*.

El tribuno había usado la palabra que técnicamente definía el suicidio de un alto mando militar romano en caso de derrota; había entendido las instrucciones recibidas.

—Muy bien, sea: vamos ya a por esos malditos teutones —apostilló Mario.

Hacía tiempo que no entraba en combate directo. Lo hizo en África, pero, en aquel instante, su mente fue mucho más atrás, a los años de su juventud: recordó la época bajo el mando de Escipión Emiliano en el asedio de Numancia y masculló para sí:

—Esto va a ser como en Iberia. Muy duro, muy difícil, muy grande.

Cayo Mario se paseaba marcialmente, a buen paso, por delante de las cohortes de vanguardia.

—¡No avancéis, aún no! —gritaba, y todos los centuriones repetían sus órdenes.

—Están a seiscientos pasos, *clarissime vir* —informó Sertorio, siempre caminando junto al cónsul, mirando ora hacia la hueste teutona, ora hacia las cohortes de Roma.

—Que se acerquen más. Cuánto más se acerquen, más pronunciada será la pendiente y más nos favorecerá en el choque luchar de arriba hacia abajo.

Sertorio asintió, pero no podía evitar sentir el pálpito de su corazón en los oídos. Nunca antes había visto una horda de bárbaros tan descomunal acercándose inexorablemente.

—Sí, *clarissime vir* —aceptó el tribuno y, acto seguido, añadió—: Están a quinientos cincuenta pasos.

—¡Preparad *pila*! —aulló entonces el cónsul.

Los legionarios asieron sus jabalinas.

—Quinientos pasos, *clarissime vir*.

—Ya sé que soy cónsul y senador, mal que les pese a esos miserables de los *optimates* de Roma, no hace falta que me lo recuerdes a cada instante. Dime sólo los pasos. Tú calculas mejor. Tienes mejor la vista que yo.

Sertorio iba a responder, pero calló y se limitó a asentir.

Los teutones lanzaban gritos guturales como si fueran bestias del inframundo. Querían asustar. Y lo conseguían.

—Cuatrocientos pasos —dijo el tribuno.

Cayo Mario se volvió hacia las cohortes de vanguardia.

—¡Esperad a mi señal antes de lanzar! ¡El que arroje antes un *pilum* se las verá personalmente conmigo después de la batalla! —apostilló antes de añadir para sí entre dientes—: Si seguimos vivos.

—Trescientos pasos.

Mario se giró de nuevo encarando ahora a los teutones, que continuaban su imparable ascenso por la ladera en busca de las legiones romanas.

—¡Doscientos pasos! —tuvo que gritar Sertorio para ser oído por encima de los aullidos del enemigo, ya muy próximo, a punto de embestir las legiones—. ¡Ciento cincuenta pasos! —Se pasó la mano por la barbilla sudorosa.

Cayo Mario levantó los brazos.

Todo iba a ocurrir muy seguido, casi de golpe, pero cuanto más cerca, más bárbaros caerían. A la vez, había que calibrar que los legionarios tuvieran tiempo suficiente para plantarse firmemente en sus posiciones con los escudos de modo que pudieran resistir el empuje de los enemigos que se les acercaban...

—¡Cien pasos, *clarissime vir*! —pronunció a pleno pulmón Sertorio, a quien le salió el tratamiento de respeto a su superior de forma natural. Era como un ruego, como si implorara que el cónsul diera la orden.

Cayo Mario bajó ambos brazos a la vez.*

Miles de legionarios arrojaron sus *pila*. El cielo se tornó en una sombría nube de hierro y madera.

Crac, crac, crac, crac...

Como el granizo de la tormenta más violenta, las jabalinas ro-

* Véase el mapa de la página 731.

manas descendieron sobre las primeras líneas de los teutones. Decenas murieron de inmediato, centenares cayeron heridos. Eso detuvo su ascenso un instante. Estaban apenas a treinta pasos. La breve confusión ante la andanada fue el tiempo del que dispusieron los legionarios para prepararse con sus escudos antes de recibir el empuje de los teutones.

—¡Desenfundad, desenfundad, por todos los dioses! —ordenó Cayo Mario, que retrocedió unos pocos pasos, siempre acompañado por Sertorio, para integrarse en la primera línea de combate de las cohortes de vanguardia.

Los teutones pasaban por encima de los cadáveres y de los heridos de su propio ejército, pisándolos si era preciso, para no detener su avance. La lluvia de *pila* les había causado bajas, muchas, pero ahora eran como una fiera herida y venían a morder, a destrozar, a aniquilar.

El choque con los escudos de las cohortes romanas fue bestial.

—¡Pinchad, pinchad, pinchad! —aullaron el cónsul y los tribunos y los centuriones. Y los legionarios introducían los gladios por entre las rendijas que quedaban entre escudo y escudo y pinchaban, empujaban con la empuñadura con saña, buscando que las puntas de sus gladios quebraran pechos, brazos, piernas y, a ser posible, corazones o vientres, donde los pinchazos eran mortales.

Los teutones venían con ira, sí, pero habían recorrido varias millas desde su campamento, habían cruzado el río y habían emprendido un largo ascenso por aquella ladera, todo sin descanso alguno y, muchos de ellos, sin comida siquiera en el estómago. Les faltó fuelle, y la primera línea romana, aunque sufrió bajas, se encontró de pronto con que podía ganar algo de terreno. Además, la pendiente siempre jugaba a favor de los romanos, porque los legionarios empujaban hacia abajo, mientras que los cansados teutones tenían que empujar hacia arriba. La fuerza de cada legionario se incrementaba gracias a la inclinación de la ladera, mientras que la de cada teutón se debilitaba.

No obstante, Mario quería aún más dominio en la primera línea de combate.

—¡Primer reemplazo! —ordenó.

Los legionarios de primera fila se detuvieron, retrocedieron un par de pasos y los reemplazaron sus compañeros, que estaba detrás y entraban frescos en el combate.

Mario se vio junto a Sertorio, con espacio libre a su alrededor, sin tener que seguir pinchando o empujando con el escudo contra el enemigo, que era desplazado por la fuerza y disciplina militar de los legionarios. Su *spatha*, algo más larga que un gladio legionario, goteaba sangre por la punta. Cayo Mario había hecho su trabajo en primera línea como cualquier otro, y eso lo habían visto los legionarios y los había enardecido aún más. Su cónsul no sólo dirigía la batalla, sino que combatía junto a ellos, codo con codo. Literalmente. De pronto, Cayo Mario sintió algo húmedo por la sien.

—El cónsul tiene un corte en la frente —dijo Sertorio—. ¡Llamad al *medicus*!

—Quiero reemplazos rápidos e ir avanzando hacia abajo a lo largo de toda la ladera —comentó sin prestar atención a su herida.

—Así se hará, *clarissime vir*.

—Y que traigan agua para todos los legionarios que vengan de la primera línea, para que beban todo lo que necesiten. Da igual si la gastamos toda hoy. Hoy es el día, el único día que importa. ¿Me entiendes? Hoy nos jugamos todo.

Los oficiales asentían y salían en distintas direcciones para organizar la estrategia.

Los romanos, con reemplazos rápidos y bien coordinados por las muchas horas de adiestramiento, mantenían una primera línea con hombres descansados y bien adiestrados. Y pese a tener numerosas bajas por la virulencia con la que los teutones continuaban atacando, iban empujando a los bárbaros hacia el río. Poco a poco, con mucha dificultad pero de un modo constante, aquel progreso ladera abajo les dio una enorme esperanza en la victoria. Puede que fueran la supuesta escoria de Roma, pero iban a ganar, iban a cambiar la historia y ya nadie se reiría de ellos nunca más.

Las palabras del cónsul aún vibraban en sus oídos mientras seguían matando teutones, empujándolos más y más abajo de la pendiente y avanzando hacia el río.

Encinar, a medio camino entre el campamento romano y el teutón en un flanco de la llanura

Oculto entre los árboles con sus hombres armados, Marcelo, siguiendo las instrucciones del cónsul, había visto pasar a todo el ejército teutón sin hacer nada para impedirlo. Su misión era otra.

Podía ver ahora cómo los bárbaros retrocedían poco a poco, replegándose frente al empuje de las cohortes comandadas personalmente por el cónsul.

—Aún están lejos —dijo Marcelo a sus oficiales—, pero que los hombres y las bestias vayan preparándose. Pronto nos tocará a nosotros.

Centro del ejército teutón

Teutobod contemplaba cómo sus guerreros trataban de doblegar a las cohortes romanas. No le gustaba aquello, aunque se negaba a creer que, al final, la fuerza de sus soldados y su superioridad numérica no se impusieran. Eran muchos más. Podía permitirse perder unos cuantos miles. Pero quizá, después de todo, no fuera mala idea ir replegándose hacia la llanura. Aquella ladera favorecía a los romanos, por la pendiente y porque era como un callejón sin salida y con barrancos laterales que les impedían usar su superioridad numérica para envolver al enemigo. Había tardado en darse cuenta de todo ello, mas estaba a tiempo de corregir errores. Sí, ceder terreno poco a poco podía ser una buena estrategia. Tenía claro que el ataque de la caballería romana al alba había sido un cebo que había mordido, un señuelo que los había conducido a la boca del lobo romano, pero ahora sacaría de allí a sus hombres ordenadamente y, una vez en la llanura, los reorganizaría, rodearía a los romanos por los flancos en cuanto cruzasen el río al ir tras él, y cuando el agua quedara a las espaldas de los legionarios los masacraría por tres frentes a la vez y los empujaría hasta el río como pasó en Arausio. Aquel arroyo no era el Ródano, aunque ciertamente resultaba una incomodidad cruzarlo o luchar con él a la espalda. La victoria sería suya. Otra vez. Sólo que costaría un poco más. Podía hacerse e iba a hacerlo.

—¡Por Odín! ¡Que se sigan replegando, más rápido pero de forma ordenada!

Vanguardia del ejército romano

—Se ha dado cuenta —dijo Cayo Mario observando el repliegue de los teutones—. El rey teutón ha entendido que se le ha tendido una trampa.

—¿Y qué hacemos, *clarissime vir*? —preguntó Sertorio.

—Seguimos adelante con el plan.

—¿Y cruzamos el río?

—Todo según lo planeado —insistió el cónsul—. Quiere salirse de la trampa. Falta que lo consiga. Hoy somos nosotros los cazadores y él la presa. Y cuando Cayo Mario sale de caza, Cayo Mario regresa con buenas piezas capturadas.

En la llanura

Calor.

El sol estaba ascendiendo al sur de la Galia y cada vez calentaba más la llanura. Los teutones, poco acostumbrados a combatir junto a un Mediterráneo húmedo y cálido, sudaban a mares y perdían fuelle en el combate, y el repliegue, que debía ser lento y ordenado, se volvía por momentos una desbandada de carreras rápidas donde muchos bárbaros intentaban llegar cuanto antes al río. Buscaban refrescarse en las aguas, beber y alejarse también de las legiones romanas que avanzaban sin parar hacia ellos.

Teutobod se desgañitaba dando órdenes para controlar la retirada de sus hombres. Las cosas no marchaban bien, pero tenía la confianza puesta en dos factores y aumentaba a medida que descendían de la ladera: en la llanura, los flancos del enemigo quedarían descubiertos al salirse de los barrancos y su superioridad numérica se haría valer, por fin, al poder rodear a los romanos por los flancos. Ése era su plan, y sabía que era una buena estrategia. Una fórmula ganadora.

Muchos ya habían cruzado el río y Teutobod estaba reposicionando sus fuerzas con un frente de batalla mucho más extenso que el que iban a proponer como frente de combate las legiones, para así, de ese modo, desbordar a las cohortes romanas por ambos extremos, cuando de pronto...

—¿Qué es eso? —preguntaron a gritos algunos oficiales germanos.

Teutobod miró a su retaguardia y observó cómo de entre el bosque de encinas emergía una segunda fuerza militar enemiga de caballería e infantería: se lanzaba sobre su ejército, que aún estaba reorganizándose.

—¡Es un segundo ejército! —gritaban ahora soldados y consejeros teutones por igual—. ¡Los romanos han traído un segundo ejército!

Y así, sin pararse a analizar con más detalle qué fuerza exactamente se les acercaba por la retaguardia, al ver que las legiones del cónsul cruzaban ya el río y se lanzaban contra ellos, cundió el pánico total: los teutones se sentían rodeados por dos ejércitos romanos, repelidos en su ataque frontal en la ladera, cansados, sedientos y desorganizados. Empezaron a huir.

Teutobod miraba con atención a aquel supuesto segundo ejército y se percató de que no eran ni tantos romanos ni tan bien pertrechados: parecía una hueste extraña de caballería y hombres a pie, no legionarios regulares, sino auxiliares, o como si hubieran armado a esclavos. Y entre los animales se veían algunos con jinete, pero también otros sin jinete alguno.

—Es una estratagema, sólo eso —dijo. Y lo gritó—: ¡Deteneos, por Odín, no es un segundo ejército!

Sin embargo, el miedo había prendido en los corazones de los bárbaros. Primero los romanos habían masacrado a los ambrones, luego los habían forzado a retirarse de la ladera y ahora los atacaban con nuevas unidades de las que nada sabían. Eran demasiadas dificultades e imprevistos. La huida les parecía la mejor opción.

Ejército romano

—Que las legiones ataquen a los que aún están saliendo del río —ordenó Cayo Mario con decisión—. Y que la caballería descienda de la ladera, nos supere por los flancos y salga a la caza y captura de los que huyen. Que apoyen a Marcelo y sus hombres.

—Sí, *clarissime vir* —aceptó Sertorio, y transmitió aquellas instrucciones con rapidez.

En la llanura

Teutobod, desesperado, intentaba reconducir la situación, pero medio ejército huía en desbandada, perseguidos por la caballería romana que descendía de la ladera y por la unidad militar que había aparecido desde el bosque. No eran tantos los perseguidores, pero sus guerreros, al huir sin mirar atrás, eran presa fácil y caían masacrados a centenares.

El rey teutón miró hacia el río. Allí la situación no era mejor: sus hombres, descorazonados, apenas oponían resistencia a unas legiones bien disciplinadas que seguían avanzando al tiempo que mataban y mataban. Algunos de sus hombres empezaron a arrojar las armas y a pedir clemencia. Eso enervó al rey hasta tal punto que se plantó, por primera vez desde el inicio de la batalla, en el frente mismo de lucha, pero aquella muestra de pundonor ya llegaba demasiado tarde. A su alrededor, el valor de Teutobod consiguió que algunos de sus hombres, por vergüenza, retomaran las armas, se unieran a su monarca y plantaran cara a las cohortes romanas, pero las legiones siguieron con sus relevos en primera línea, siempre con hombres frescos en el combate cuerpo a cuerpo. El rey teutón fue quedándose cada vez con menos hombres, luego se vio rodeado de heridos y muertos y, por fin, se halló combatiendo solo contra la primera línea de las legiones romanas.

No pudo resistir aquel empuje de las nuevas legiones. Aquellas tropas no luchaban como las de Arausio u otras batallas recientes. Teutobod no podía entender qué había cambiado en el espíritu de las legiones romanas. Estaba superado por todo y abandonado por todos.

—¡Aggghh! —aulló cuando lo hirieron con un gladio, con dos.

En ese instante un centurión reconoció la coraza y el casco del rey enemigo y ordenó a los legionarios que detuvieran su ataque, que lo rodearan y que vigilaran al monarca herido, caído y derrotado hasta que el cónsul de Roma llegara a aquel lugar y decidiera qué debía hacerse con él.

Entre tanto, la masacre de teutones era generalizada: en el río, donde las legiones seguían matando y haciendo prisioneros, y en la llanura, donde la caballería y las tropas de Marcelo continuaban aniquilando enemigos como si fueran conejos asustados. Los teutones se habían acostumbrado a guerrear en batallas donde desde el principio hasta el final habían llevado las de ganar, y para nada estaban preparados, ni mental ni físicamente, para un combate que se les torció desde el principio.

Los cadáveres se acumulaban.

La masacre fue descomunal.

Varias cohortes llegaron al campamento enemigo y se encontraron, como en el caso de los ambrones, a las mujeres luchando por su vida, con valentía pero sin recursos, intentando salvar a los niños. Muchas fueron asesinadas, y otras tantas capturadas como futuras esclavas. Y lo mismo pasó con los niños.

La derrota teutona era absoluta.

—Es una victoria total, *clarissime vir* —dijo Sertorio al recibir al cónsul junto al rey teutón herido en el suelo, rodeado por centenares de legionarios que observaban la escena henchidos de orgullo.

—Una gran victoria, así es —admitió Cayo Mario, y bajo la mirada atenta del propio tribuno y del resto de los oficiales y de todos los legionarios, avanzó hasta situarse junto al rey abatido y se acuclilló frente a él—. Ahora, dime, rey de los teutones: ¿quién es el cobarde?

Teutobod se limitó a lanzar un bufido de dolor impregnado de sangre que le salía por la boca y de desprecio que brotaba de su corazón.

Cayo Mario sonrió un momento.

Luego se puso en pie y se separó unos pasos del agonizante rey.

—¿Lo matamos? —preguntó Sertorio.

Cayo Mario se volvió hacia el monarca enemigo: estaba desangrándose lentamente, aún tardaría horas en morir si no lo ejecutaban.

—No, no lo matamos —respondió—. Se ha estado riendo de todos nosotros durante dos años, bien está que nos riamos todos de él unas horas.

Sertorio asintió, complacido.

—¡Y que repartan vino para todos los legionarios en cuanto se termine de rendir a los que intentan escapar! —añadió el cónsul alzando la voz para que todos sus hombres lo oyeran—. ¡Hoy sí es día de celebración y de beber! ¡Y los que lo deseen, pueden beber junto al rey enemigo abatido!

Vítores y aclamaciones emergieron por todas partes. Cayo Mario se alejó entonces del lugar y se encaminó al pequeño promontorio desde donde se podía divisar mejor lo que estaba pasando. Sertorio lo acompañó por si había órdenes que transmitir al resto de los oficiales. Desde aquel punto observaron cómo muchos teutones seguían rindiéndose y cómo la caza a los que huían aún continuaba en los confines de la llanura.

—Que Marcelo no se adentre en el bosque en persecución de los que puedan huir —ordenó el cónsul—. No quiero perder a ningún hombre en alguna emboscada improvisada por los que huyen.

Sertorio miró a los oficiales que los acompañaban y no tuvo

necesidad de repetirlo: varios partieron a transmitir las órdenes a Claudio Marcelo.

Cayo Mario miraba hacia el río: estaba rojo por la sangre de los miles de teutones atravesados por los gladios y los *pila* romanos.

—¿Sabes lo que significa el nombre «teutones», según los galos? —preguntó a Sertorio.

—No, no lo sé, *clarissime vir.*

—*Teuto* quiere decir «tribu» y *ona*, «agua». Para los galos, los teutones son la tribu de las aguas, porque supuestamente vienen de mares lejanos, allá en el desconocido norte. ¿No te parece curioso?

Sertorio no comprendía bien a qué se refería el cónsul.

—Los teutones, la tribu de las aguas —aclaró Cayo Mario, señalando el río teñido de rojo sangre—, han perecido en las aguas. Vinieron de las aguas y en ellas han sucumbido.

En ese momento, un oficial llegó a lo alto del promontorio: traía novedades.

—Marcelo ha sido informado —dijo el oficial—. Y el rey teutón... ya no respira.

Cayo Mario cabeceó ligeramente. Acababa de aniquilar a Teutobod, que a punto había estado de convertirse en un segundo Aníbal, pero para el veterano cónsul aquella muerte sólo merecía un pequeño gesto.

La sencillez con la que el cónsul acogió la noticia de la muerte de aquel mortífero enemigo engrandeció su figura ante Sertorio y sus hombres.

—*Imperator, imperator, imperator!* —exclamaban las legiones de Roma.

Habían llegado a pensar que el cónsul que los dirigía era un cobarde, pero ahora lo vitoreaban como *imperator*.

Las noticias de la gran victoria llegaron pronto al Senado.

También aquellos vítores, que ensalzaban a Cayo Mario por encima de cualquier otro.

XXIII

Una nueva guerra

Una taberna junto al Tíber, Roma
90 a. C.

—A veces, muchacho —continuaba Cayo Mario mirando muy fijamente a los ojos a su sobrino—, una guerra no se gana el día de la batalla decisiva. Ese día se gana esa batalla, que, ciertamente, es muy importante, pero la guerra la ganaste todos esos otros días en los que tus enemigos te provocaron para que entraras en combate donde ellos querían, cuando ellos querían, pero que era cuando y donde a ti no te convenía. ¿Me comprendes bien?

César asintió mientras tomaba buena nota de cada palabra.

—Y no importa que te insulten. Puedes fingirte cobarde y no serlo, puedes fingirte torpe y no serlo. Lo único importante es la victoria final. Da igual que te llamen cobarde. No entres en combate hasta que creas que puedes ganar. Luego, pasado el tiempo, sólo se recuerda eso: al ganador. Todo lo que pasó antes queda borrado. Recuérdalo, muchacho, y no vuelvas a pelear si no puedes ganar.

—Sí... —respondió César, e iba a añadir «señor», pero cambió de palabra, como con miedo—, ¿tío?

Nada más decirlo, César vio cómo Sertorio y el resto de los oficiales abrían los ojos y se quedaban inmóviles, conteniendo la respiración. Las palabras de Mario parecieron retumbar en el silencio de aquella taberna junto al Tíber:

—¿Me has llamado *tío*? —El veterano senador se volvió hacia sus hombres y lo repitió en voz bien alta, por si alguno no lo había oído—: Me ha llamado tío.

César tragó saliva.

Mario se giró de nuevo para encarar a su sobrino, sentado frente a él, tan pálido que parecía que fuera a desmayarse. César sentía que todo el vino que había bebido se le había subido a la cabeza de golpe.

Entonces, de pronto, Cayo Mario se echó a reír. Una carcajada tan potente como limpia. Una risa de felicidad.

César se relajó, Labieno también y lo mismo Sertorio y el resto de los oficiales que acompañaban a su líder.

Mario se inclinó por encima de la mesa y le habló a su sobrino:

—Tú puedes llamarme tío —le dijo a César. Miró entonces a Labieno—. Tú no, pero si estás con mi sobrino, me caes bien.

Tito Labieno asintió con la cabeza.

—Gracias..., *clarissime vir* —musitó.

Cayo Mario se relajó de nuevo en la silla que ocupaba y suspiró.

Volvió a hablar, pero esta vez miraba su vaso de vino vacío, y no estaba claro si hablaba para su sobrino, para todos los presentes o para nadie, como si sólo pronunciara en alto sus propios pensamientos.

—Te he contado lo de los teutones, faltaría lo de los cimbrios y la batalla de Vercelae, pero el Senado me espera. Y un día he de contarte lo de Numancia; mucho aprendí allí: veinte años de guerra y cuatrocientos de asedio. Duros de pelar aquellos numantinos. El Senado —repitió, calló un instante y, por fin, prosiguió, si cabe aún más ensimismado y meditabundo—: Me han llamado por una nueva guerra. Los *optimates* sólo me llaman cuando tienen miedo: antes por la guerra de África, luego por los teutones y cimbrios, ahora por la rebelión de las ciudades aliadas. Si nos hubieran hecho caso a mí y a Glaucia y a Saturnino hace diez años, si les hubiéramos concedido algunos derechos a los *socii*, a nuestras ciudades aliadas en Italia, como la ciudadanía y el derecho de voto, al menos en los asuntos que les competen a ellos, este levantamiento de los marsos no habría tenido lugar. O si hubieran hecho caso a Druso, que volvía a intentar resolver sus reclamaciones por la vía de la negociación. Pero los *optimates* mataron a Glaucia y a Saturnino, me obligaron a exiliarme y ahora han matado a Druso. Los marsos y los *socii* no han tenido muchas alternativas diferentes a la guerra.

—¿Vas a luchar por los *optimates* frente a los *socii*? —preguntó César entre sorprendido y decepcionado.

—No, muchacho, voy a defender Roma. Luego queda lo de cambiar Roma y que sea, por fin, la Roma de todos, de senadores *optimates* y populares, caballeros, plebeyos y *socii*. Pero antes hay que defenderla. Cuando hay una crisis grave, no es momento de disputas políticas. Primero hay que resolver la crisis, luego ya habrá tiempo de política. Sólo los malvados o los imbéciles ponen la política por delante en tiempos de grave crisis. Es como ocurrió en Atenas con aquella peste tan grave... —Aquí se detuvo y pareció despertar como de un trance. Miró una vez más a su sobrino—. Se ríen de mí, los *optimates*, porque no pronuncio bien el griego, y es cierto, pero leerlo lo leo, muchacho. ¿Sabes lo que cuenta Tucídides sobre la guerra entre Esparta y Atenas y la terrible peste que asoló a esta segunda?

César había leído bastantes textos griegos, pero sobre todo teatro, que le parecía más entretenido que los densos papiros sobre historia antigua.

—No, no lo sé —respondió.

Mario se inclinó otra vez hacia delante y Sertorio no pudo evitar un gesto de impaciencia. A él no le parecía que hacer esperar tanto al Senado fuera buena idea, teniendo en cuenta cómo estaban de tensos los ánimos en Roma. Una Roma que él ya había vivido en olas anteriores de violencia desatada, como cuando no pudo evitar la lapidación de Saturnino dentro del edificio del propio Senado.

El veterano senador notó su urgencia y levantó la mano izquierda para que Sertorio no dijera nada. Quería terminar de contar lo de Grecia.

—Atenas estaba en guerra con Esparta, una guerra terrible y, en medio de aquel enfrentamiento, se desató además una espantosa enfermedad, una auténtica epidemia que asoló la ciudad atestada de gente que se había refugiado tras los muros de Atenas huyendo de los espartanos —se explicó Mario con mucha intensidad—. El líder de los atenienses al comienzo de esa guerra era Pericles. ¿Lo conoces, muchacho?

—Lo conozco —confirmó César—, pero no sé mucho de él.

—Gran militar y gran político. Mejor político que tu tío, seguro. —Se rio—. La cuestión es que él sabía que se tenía que resolver el asunto de la epidemia, pero él mismo falleció por causa de aquella enfermedad que, dicen, les llegó a los atenienses desde el mar. En algún barco. Mas lo importante, lo que viene al caso con lo que ocurre ahora en Roma, es que Pericles fue reemplazado en el gobierno de Atenas por políticos infinitamente inferiores, torpes, poco inteligentes, mal preparados y que en lugar de gobernar buscando el bien público, el bien del conjunto de la ciudad y sus habitantes, esto es, luchar contra la epidemia y conducir bien la guerra, buscaron sólo la popularidad rápida. ¿A qué condujo la falta de visión y la estupidez de todos esos políticos? A que Atenas perdiera un tercio de su población en la epidemia, a que perdiera la guerra contra Esparta y a que, en definitiva, ya nunca fuera la ciudad que fue. Es un patrón que se repite en la historia, muchacho. De manera cíclica. Sin aparente remedio.

—¿Cuál exactamente? —inquirió César, que estaba intentando asimilar todo aquello aunque se le hacía algo trabajoso.

—Políticos egoístas, corruptos y con frecuencia imbéciles, que se aprovechan de una grave crisis bélica o generada por una gran enfermedad, que buscan aprovecharse de esas terribles circunstancias para, o bien llegar al poder, o bien mantenerse en él sin importarles lo más mínimo las consecuencias que su ambición personal pueda tener en la población que gobiernan —sentenció Cayo Mario con solemnidad—. Algunos incluso juegan a alargar las crisis, ya sean guerras o enfermedades, si creen que esto les puede favorecer. Aquí, en Roma, ahora, es como si se repitiera la historia: los senadores *optimates* piensan más en cómo controlar el poder que en el bien público. Pero Roma tiene la suerte de que yo, Cayo Mario, pienso más en el bien de todos, en resolver la crisis, antes que en mí mismo. Si fuera como ellos, como los *optimates*, me sentaría de brazos cruzados y no haría nada mientras los marsos y otros pueblos se alzan en armas contra nosotros y destrozan nuestras defensas. Y esperaría a que llegara la desesperación absoluta para hacerme con todo el poder en Roma. Sin embargo, yo no soy como los *optimates*. Yo pienso en evitar el mayor número de víctimas en esta guerra y en hacer frente a la crisis lo antes posible. Por eso iré al Senado, dominado por esos egoístas y malos políticos, para ponerme, no a su disposición, sino a disposición de Roma y sus habitantes. Yo, sobrino, lucharé por Roma. Siempre por el pueblo de Roma y sus intereses, antes que por los de los senadores o los míos propios. Ésa es la diferencia entre tu tío y los *optimates* y ésa, muchacho, debe ser también siempre la diferencia entre tú y ellos. El Senado me ha llamado porque saben que en la guerra, aunque les duela reconocerlo, soy el mejor. Y aceptaré luchar a su lado en este conflicto, pero no por ellos, sino por el bien de Roma. ¿Me entiendes?

—Entiendo, tío —ratificó César—. Pero ¿por qué te odian tanto? ¿Por las victorias?

—No, no sólo es eso, muchacho, es porque yo demostré que la plebe de Roma, armada y adiestrada, es invencible. Por eso me odian, por eso me temen. Lo demostré en Aquae Sextiae. Y por eso fueron a por mí tras mis victorias contra los teutones y los ambrones y los cimbrios. Me alié con Saturnino y Glaucia, pero ya te habrá contado tu madre lo que pasó, en los tiempos en los que tú acababas de nacer. Todos muertos. Sólo yo sobrevivo. Y odian que siga existiendo. En cuanto la guerra contra los marsos y *socii* termine, los *optimates*, como siempre, se revolverán contra mí.

Dicho esto y para alivio de Sertorio, Mario se levantó por fin para despedirse del muchacho. El senador se dirigió a su tribuno de mayor confianza:

—Que una docena de hombres escolten a mi sobrino y a su amigo hasta sus casas.

Sertorio asintió.

Ya en pie, Cayo Mario se volvió de nuevo hacia los muchachos que, por respeto, también se habían levantado.

—Y lo siento mucho, muchísimo —le dijo a su sobrino con la faz casi triste.

—¿El qué? —preguntó el joven, que no lo entendía.

—Ser tu tío —respondió Mario muy serio.

—¿Por qué dices eso? —inquirió César, aún sin comprender el sentido de aquellas palabras—. Yo estoy muy orgulloso de ser tu sobrino.

Mario suspiró antes de explicarse largo y tendido. Seguramente aquéllas iban a ser las últimas palabras que dirigiera al joven César en mucho tiempo. Apoyó las manos en la mesa y le habló en voz baja, de modo que sólo su sobrino y Labieno pudieron escuchar lo que decía:

—No entiendes la auténtica dimensión del problema al que te enfrentas, muchacho. Tus enemigos, que son los míos, te perdonarán cualquier cosa menos una: Sila no te perdonará nunca que seas mi sobrino, y Dolabela, su mano derecha, su perro de presa, aún menos. Lo siento, muchacho, tendrás que vivir con ello. Tendrás que intentar sobrevivir a ello. —Calló un instante y miró a Labieno y, otra vez, a su sobrino—. Aunque hoy has conseguido una pequeña gran victoria.

—¿Una victoria? ¿Yo?

—Hoy has hecho un amigo. Tú has conocido hoy a quien quizá sea lo que Cayo Lelio fue para Escipión. Me precio de conocer bien el carácter de las personas. —Miró a Labieno, que tenía los ojos abiertos y no parpadeaba—. No, este amigo tuyo no te traicionará nunca. Ahora he de irme. Recuerda: cuídate de Sila y, si puedes, nunca te enfrentes a Dolabela. Crece rápido. Hazte fuerte rápido, muchacho. No tienes un segundo que perder.

Cayo Mario se separó de la mesa, dio media vuelta y echó a andar seguido por Sertorio y rodeado por sus oficiales y veteranos de guerra. Como si de una cohorte se tratara, a paso marcial, abandonaron todos la taberna y en ella sólo quedaron el posadero, el joven César, su amigo Labieno y doce antiguos legionarios que debían escoltarlos hasta sus casas.

—Nunca seré tan grande como él —mascullo César entre dientes—. Nunca.

Οἱ δὲ ταῦτά τε πάντα ἐς τοὐναντίον ἔπραξαν καὶ ἄλλα ἔξω τοῦ πολέμου δοκοῦντα εἶναι κατὰ τὰς ἰδίας φιλοτιμίας καὶ ἴδια κέρδη κακῶς ἔς τε σφᾶς αὐτοὺς καὶ τοὺς ξυμμάχους ἐπολίτευσαν, ἃ κατορθούμενα μὲν τοῖς ἰδιώταις τιμὴ καὶ ὠφελία μᾶλλον ἦν, σφαλέντα δὲ τῇ πόλει ἐς τὸν πόλεμον βλάβη καθίστατο.

En cuanto a las otras cosas no tocantes a la guerra, los que tenían el gobierno obraban cada cual según su ambición con gran perjuicio de la ciudad y de ellos mismos, porque sus empresas eran tales que, cuando salían bien, redundaban en honra y provecho de los particulares antes que del común; y, si salían mal, el daño y pérdida eran para la ciudad.

TUCÍDIDES,
Historia de la guerra del Peloponeso, II, 65, 7
(Sobre los gobernantes de Atenas tras la muerte
de Pericles en medio de una pandemia por fiebre tifoidea
durante la guerra contra Esparta)

El juicio III

INQUISITIO

Periodo que se concede al *accusator* y a la defensa para la preparación del juicio mediante la reunión de pruebas y testigos.

XXIV

Los testigos

***Domus* de la familia Julia, Roma**
77 a. C.

—Ya sé lo que quería decir Cicerón con lo que nos comentó al final de la *divinatio.* —César hablaba encendido, entusiasmado. Su amigo Labieno lo escuchaba con interés pero con una sombra en la faz que él, en medio de su ilusión por el descubrimiento, aún no había detectado—. Hay que ser defensor, sin duda, eso es lo popular. Ser *accusator*, o *delator*, como también se denomina, es impopular; es como ese niño pequeño que se chiva de otros ante los adultos. Acusar es como de chivato, como de envidia. Al acusar a un senador, como vamos a hacer con Dolabela, lo que perseguimos es acabar con su carrera política, arrinconarlo, apartarlo de la vida pública, humillarlo, desprestigiarlo.

Labieno, contagiado por la pasión de César, olvidó por un momento las malas noticias que traía y se involucró en la conversación que su amigo le planteaba:

—Pero, en verdad, Dolabela es un senador corrupto que hay que desprestigiar, que dejar en evidencia y cuya carrera política debemos frenar. O será un nuevo Sila. Incluso peor que él.

—Sí, por supuesto, amigo mío —reconoció César—. Ése es

nuestro objetivo. Y Cicerón debe de pensar lo mismo, pero estoy seguro de que él se refiere a cómo conseguir ese objetivo sin parecer perversos nosotros mismos: acusar nos hace impopulares; defender, sin embargo, es lo que se ve como heroico, como ponerse de parte del débil en un juicio. Con Dolabela sabemos que nada de eso es cierto, que él es el fuerte, el poderoso, y hasta sabemos que en el entramado del juicio controla al tribunal, a los senadores, muchos de ellos corruptos como él, todos *optimates* conservadores, y que si nos han dado cuatro meses para la *inquisitio* no es porque quieran facilitarnos la tarea de reunir pruebas contra Dolabela, sino porque simplemente quieren dar tiempo a Metelo, a su líder, a que retorne de Hispania y que él sea el presidente de este tribunal. Seguro que es una petición de Dolabela a los *optimates*. No quiere dejar ningún cabo suelto. Metelo anda en la guerra contra Sertorio, ¿recuerdas?, el brazo derecho de mi tío Mario, que se ha atrincherado en Hispania y sigue en rebelión militar contra esta República controlada por los *optimates*.

Labieno asintió. Recordaba perfectamente a Sertorio: un valiente de las legiones de Mario. Su oficial más valeroso.

—Y a mí me han seleccionado como *accusator*, en lugar de a Cicerón, porque están seguros de que soy infinitamente peor que él y, desde luego, más inexperto. Y Dolabela, además, ha contratado a mi tío Cota y a Hortensio, los mejores abogados de Roma. Es el fuerte, pero ante el pueblo, en la basílica, es el *reus*, el acusado: es como si fuera el débil, y yo, su acusador, el que lo delata, quien lo difama quizá. No, no es ésa la imagen que me puede hacer popular, que nos puede hacer populares ante la plebe. No, esto no puede ser, por Júpiter: hemos de encontrar la forma de aparecer ante el pueblo de Roma como si yo fuera un defensor de una causa justa y noble.

—Es justo y noble dejar en evidencia a un corrupto e intentar apartarlo del poder.

—Sí, pero seguimos siendo acusadores en ese enfoque. Hay que ser defensores, defensores de algo o alguien. Yo, Cayo Julio César, me presentaré en la basílica como el defensor de los macedonios, de personas rectas que acatan la autoridad de Roma, que, pese a tener un gobernador injusto, no se han rebelado contra Roma, aun teniendo motivaciones razonables para haber promovido un levantamiento. Personas que, antes bien, han decidido aceptar las leyes romanas, nuestras leyes, que asumen como propias y merecen, pues, una defensa justa. Yo seré su abogado defensor, acusaré a Dolabela, lo despedazaré en el juicio, pero no serán actos de ataque, sino la defensa de quienes han sido ultrajados. ¿Lo entiendes?

Labieno asintió despacio, mientras paseaba por el atrio de la casa de la familia Julia en Roma.

—Sí, lo veo claro. Y tiene mucho sentido —admitió, pero su rostro volvió a ensombrecerse—. Lástima que cada vez tengas menos herramientas para esa defensa que quieres hacer —apostilló con gravedad.

—¿Qué quieres decir? ¿Y a qué viene ese rostro sombrío?

Labieno detuvo su caminar por el atrio y lo miró a los ojos.

—Soy portador de muy malas noticias.

—Dime —lo invitó César tomando asiento en un *solium*.

—Vetus, el ingeniero que tenía que testificar en nuestro favor, ese al que contrató Dolabela para, supuestamente, reparar la Vía Egnatia y que iba a explicar cómo nunca recibió dinero alguno de los impuestos que Dolabela creó para sufragar las obras en la calzada...

—Dinero que se quedó Dolabela, sí —lo interrumpió César con impaciencia—. Su testimonio es vital para nosotros. ¿Qué pasa con él?

Labieno respondió rápido. No tenía sentido retrasar las malas noticias.

—Ha aparecido muerto hoy mismo en su casa.

—¿Cómo?

—Apuñalado.

Labieno extrajo de debajo de su toga una daga astifina con la empuñadura pintada de rojo y negro y la dejó sobre una mesa. El puñal aún tenía manchas de sangre.

—Lo asesinaron con esto.

César torció el gesto y mostró una sonrisa sarcástica.

—¡Por Júpiter! Ni siquiera se han molestado en que pareciera un accidente.

—Ni siquiera —confirmó Labieno—, pero eso no es todo. He recibido un mensaje de los macedonios, del que responde al nombre de Pérdicas. Tú estabas ausente estos días, en tu villa del campo, y han recurrido a mí: el sacerdote del templo de Afrodita en Tesalónica, que había aceptado venir hasta Roma para declarar en el juicio, también ha aparecido muerto hace unos días en el interior del mismísimo templo.

—¿En Macedonia?

—En Macedonia.

—Hasta allí llegan los agentes de Dolabela... —comentó César entre dientes en medio de su asombro, pero quería más datos—. ¿Apuñalado también?

—También. Todo demasiada coincidencia: tus dos testigos más importantes, los de mayor crédito, muertos apenas unas semanas después de que anunciaras en la *divinatio* sus nombres para fortalecer ante el tribunal que tú eras el posible *accusator* con mejores testigos.

César calló unos instantes. Menos mal que no desveló en la *divinatio* todos sus testigos.

—Anunciar sus nombres fue un grave error por mi parte —murmuró al fin—. Lo hice a conciencia, igual que a conciencia fingí ser bastante más torpe de lo que quizá pueda ser como orador, para que me seleccionaran como acusador al pensar que soy un auténtico desastre. Ya supuse que usarían en nuestra contra el anuncio de esos testigos, pero he de admitir que pensé que se limitarían a aprovechar la información que les anticipaba para que los defensores de Dolabela prepararan mejor los interrogatorios al ingeniero y al sacerdote, o para que prepararan testigos alternativos que desprestigiasen sus declaraciones. Nunca pensé que fueran a matarlos.

Hubo otro silencio.

—Esto va en serio —dijo entonces Labieno.

—Esto va *muy* en serio —remarcó César mientras recordaba las numerosas veces en las que su tío Mario lo advirtió de la brutalidad de Dolabela y del peligro que podría suponer enfrentarse a él. Ahora, de pronto, todas aquellas advertencias parecían resonar en su cabeza.

Los dos amigos permanecieron callados un rato. César, sumido en sus pensamientos; Labieno, buscando una solución a la muerte de aquellos testigos. Solución que no encontraba de ningún modo. Ambos estaban desolados.

—¿Qué piensas hacer? —le preguntó al fin Labieno.

—Bueno, nos queda un testimonio que no mencioné en la *divinatio*.

—No bastará —replicó su amigo con tristeza y franqueza a la vez—. Es el testimonio de una mujer. Sabes que Hortensio y Cota la destrozarán. Es muy joven. No soportará la presión. Y, aunque la soporte, el interrogatorio frivolizará con lo que le hizo Dolabela.

—Lo sé —aceptó César—. Pero el testimonio de esa muchacha, Myrtale, es impactante: es hija de un aristócrata de Tesalónica, no es una esclava. Removerá conciencias. En todo caso, no será suficiente. Hay que protegerla, y también conseguir testigos que reemplacen a los asesinados por las gentes de Dolabela. ¿Los macedonios aún custodian a Myrtale?

—La muchacha no sale nunca de la casa en la que están —respondió Labieno—, y esos macedonios están armados hasta los dientes. Tendrían que matarlos a todos antes de tocar a la chica.

—Bien. Entonces, nosotros nos ocuparemos de la otra cuestión. Nos han dado cuatro meses para nuestra *inquisitio* —continuó César con aplomo, recuperando energía después del impacto de las noticias iniciales—. Como te decía, lo han hecho para dar margen al regreso de Metelo y que presida el tribunal, pero pienso aprovechar cada minuto de estos cuatro meses. Ahí han cometido un error.

—¿Darte este tiempo?

—Darme este tiempo y haber asesinado al ingeniero y al sacerdote tan pronto. Si los hubieran asesinado al final de este periodo de investigación, nos habríamos quedado sin testigos ni margen de maniobra.

—Pero los han matado ya —comentó Labieno, que empezaba a entender por dónde iba su amigo.

—Exacto, por Hércules, y eso nos da tiempo para buscar nuevos testigos.

—¿Nuevos testigos?

—Eso es. —César lo miró con los ojos encendidos—. ¿Quieres acompañarme en un viaje?

—¿Un viaje a dónde?

Él lo tenía muy claro:

—A Macedonia.

XXV

La Vía Egnatia*

Península itálica, en ruta hacia Macedonia
77 a. C.

Cuatro meses eran un margen suficiente pero limitado si se deseaba llegar hasta Tesalónica y volver a tiempo para la siguiente sesión del juicio: la *reiectio*. Por eso, César y Labieno partieron a la mañana siguiente de esa charla y tomaron la Vía Apia en dirección sur para llegar al puerto de Bríndisi. Cabalgaron. Lo importante era llegar a toda velocidad. Con ellos se llevaron unos cuantos esclavos y un grupo de exgladiadores a sueldo como escolta. Viajar siempre era peligroso. También los acompañaba un veterano ingeniero de Roma, Marco de nombre.

—¿Para qué lo traes con nosotros? —preguntó Labieno nada más iniciar viaje por la Vía Apia en dirección sur.

—Te dije que necesitamos nuevos testigos —le respondió César—. Ese ingeniero, su testimonio, sustituirá al del hombre que supuestamente contrató Dolabela para reparar la Vía Egnatia. Necesitamos que un ingeniero certifique con sus palabras que el estado de la vía demuestra que no se ha invertido en ella ni un sestercio en años.

* Véase el mapa de la página 727.

Labieno asintió, pero había algo que no encajaba.

—¿Y cómo lo has persuadido para que testifique, para que se meta en esta locura? A estas alturas ya sabrá lo que ha pasado con su compañero de profesión.

—Las proscripciones de Sila, cuando confiscó propiedades a sus enemigos políticos apoyado por Dolabela, dejaron sin dinero a sus principales contratistas. Desde entonces todo han sido penurias para él. Digamos que Marco tiene ganas de devolverle el golpe a Dolabela. Y lo que es perder, ya ha perdido mucho.

Labieno seguía viendo el brillo en los ojos de su joven amigo. César, por algún motivo que a él se le escapaba, aún pensaba que se podía condenar a Dolabela en un juicio en Roma, pese a que el tribunal estuviera comprado, el presidente puesto a dedo por los *optimates* y aunque los abogados defensores fueran los mejores del momento. Y lo cierto es que el entusiasmo de César era, simplemente, contagioso.

Llegaron a Bríndisi.

Embarcaron en la primera trirreme que encontraron disponible y pusieron rumbo al puerto de Dyrrachium,* ya en las costas macedonias, al otro lado del Mare Superum.**

—¿Vas a recusar a algún juez del tribunal? —preguntó Labieno mientras navegaban hacia el norte, con el viento del mar en el rostro. Eso tocaba en la siguiente fase del juicio: la *reiectio*, el momento en que *accusator* y abogado podían retirar del tribunal a alguno de sus miembros—. ¿Has pensado en ello?

—Sólo hay un juez a quien quiera recusar —respondió César—. Todos son senadores favorables a la causa de Dolabela, pero el más fuerte, el más poderoso, a quien esperan, es a ese a quien debemos quitar de en medio.

—¿A Metelo? —inquirió Labieno realmente sorprendido—. ¿A quien van a designar presidente del tribunal?

* Actual Durres en Albania.

** Mar Adriático.

—A Metelo, sí —repitió César categórico.

—¿Y cómo piensas hacerlo?

—No lo sé. He de hablar antes con alguien.

—¿Con quién?

—Con mi madre. Es la persona más inteligente que conozco en Roma. En lo de la *reiectio* quiero su consejo.

A Labieno no le sorprendió aquella respuesta. Sabía de la admiración de César por su madre, como era conocedor del buen criterio e inteligencia de la propia Aurelia. Aun así, le pareció que su amigo ponía demasiadas esperanzas en el consejo de una mujer, pero prefirió no verbalizar sus dudas al respecto. Los dos se quedaron en silencio mirando hacia el horizonte del mar en busca de divisar las costas macedonias.

Cuando se puso el sol, descendieron al camarote en la bodega del barco a descansar un rato, y al alba acudieron sus esclavos a despertarlos.

—Se ve la costa, mi señor —dijo uno de ellos a César.

Desembarcaron en Dyrrachium e iniciaron, una vez más a caballo, la revisión de la Vía Egnatia. La bulliciosa ciudad portuaria suponía la entrada a la calzada romana que conducía a oriente, y desde allí cabalgaron hasta Claudiana, en aquel momento apenas un pequeño campamento militar,* pero un lugar donde se podía pernoctar bajo la seguridad que proporcionaban las tropas romanas acantonadas allí.

Al día siguiente prosiguieron avanzando hasta Masio Scampa y luego hasta Lychnidos,** donde comieron en una taberna próxima a la orilla del lago de aguas transparentes que daba nombre a la ciudad. De hecho, *lychnitis**** significaba «transparente» en griego. Como transparente era el hecho de que la vía se hallaba en un estado pésimo: las losas, en muchos casos, estaban o bien rotas o con

* Actual Peqin, Albania.

** La primera es la actual Elbasan (Albania); la segunda, Ohrid (Macedonia del Norte).

*** En griego: Λυχνίτις.

frecuencia desaparecidas, quizá robadas para su uso en villas próximas o para alguna otra construcción rural o urbana. Y peor que eso era la falta de grava en muchas secciones del camino. Así, los agujeros en la calzada eran abundantes y era habitual encontrarse con carros atascados, lo que ralentizaba el transporte de mercancías. A caballo o a pie eran las mejores formas de avanzar por aquella vía olvidada por los ingenieros.

Marco iba tomando buena nota de todos los desperfectos que hallaba a su paso por indicación de un César que quería acumular el máximo número de datos acusatorios contra Dolabela. En particular, se fijaban en los puentes en mal estado y los desprendimientos en las zonas montañosas, donde las rocas en medio del camino hacían casi intransitable la ruta.

Continuaron, siempre hacia oriente.

Heraclea Lincestis, Florina, Edessa y Pella fueron las siguientes paradas en el camino.* Por todas partes el abandono de la calzada resultaba evidente, y la marcha hacia la capital de la provincia se hacía ardua y lenta por los continuos desperfectos de la ruta, bien trazada por sus primeros constructores, pero penosamente mantenida en los últimos años y, sin duda, muy en particular, en el tiempo de Dolabela como gobernador de la provincia. Por todas aquellas poblaciones pasaban sin apenas detenerse más que lo imprescindible para reaprovisionarse de agua y víveres, excepto en el caso de Pella. Aquí César quiso pernoctar dos noches, para poder disponer de un día entero en el que visitar la inmensa ciudad fantasma. Y es que Pella había sido la capital de la antigua Macedonia, la del gran rey Filipo II, padre de Alejandro Magno.

César cogió del brazo a Labieno y lo condujo hacia la inmensidad de edificios en ruinas, pues los romanos habían arrasado la urbe en sus guerras contra los macedonios y griegos un siglo antes y no había sido reconstruida, como si Roma aún tuviera miedo de un posible

* La primera de ellas es la actual Bitola (Macedonia del Norte). Las tres restantes se corresponden con las ciudades homónimas en la actual Grecia.

renacer de aquella antigua y poderosa capital. De modo que, como hiciera con la legendaria Cartago, una vez arrasada Pella, quedó en el olvido durante decenios. No obstante, una ciudad de tan alto rango no deja de ser imponente incluso en el abandono y la desmemoria.

—Aquí, al final de su vida, estrenaba sus obras Eurípides —le explicó César a su amigo mientras avanzaban entre fastuosas mansiones cubiertas de plantas, con paredes agrietadas y muros medio demolidos, y le recitó unos versos de *Helena*—: «¡Necios quienes buscáis alcanzar fama en el combate y con lanzas belicistas, creyendo tontamente encontrar remedio a los trabajos humanos! Pues, si hubiera que resolverlos con la lucha sangrienta, no concluiría jamás en las ciudades la discordia».* Eso decía Eurípides sobre los conflictos humanos y la guerra, amigo mío. No todo podemos ni debemos resolverlo por la fuerza de las armas; por eso la justicia, por eso los juicios, como el que nos llevamos entre manos.

Las obras de Eurípides no parecían cautivar demasiado a Labieno, observó César, de modo que añadió algo más sobre la ciudad de Pella:

—Aquí también impartía clases Aristóteles. Aquí, en esta ciudad por la que paseamos, nació Alejandro Magno.

A su amigo, la mención del antiguo autor dramático o la alusión al viejo filósofo no le dijeron demasiado, pero el nombre de Alejandro Magno le hizo mirar aquella ciudad abandonada y destruida con otros ojos.

—Aquí nació Alejandro... —repitió con admiración.

A ambos lados, si entraban en las casas semiderruidas, se veían magníficos mosaicos de teselas y guijarros de infinitos colores con escenas mitológicas de todo tipo. La ciudad no parecía entonces tan muerta, sino sólo dormida, como un gigante que descansa a la espera de despertar en algún momento, en un futuro quizá lejano, siempre incierto.

* Ἄφρονες ὅσοι τὰς ἀρετὰς πολέμῳ κτᾶσθε δορὸς ἀλκαίου λόγχαισιν καταπαυόμενοι πόνους θνατῶν ἀμαθῶς. Εἰ γὰρ ἅμιλλα κρινεῖ νιν αἵματος, οὔποτ᾽ἔρις λείψει κατ᾽ἀνθρώπων πόλεις. En: Eurípides, *Helena*, 1.151-1.157.

—Antes o después, esta ciudad deberá ser reconstruida* —apuntó César mientras regresaban al lugar de la Vía Egnatia donde los aguardaban sus esclavos.

Siguieron en ruta hacia el este.

Por fin, llegaron a Tesalónica.

Cierto era que el viaje se estaba mostrando provechoso y que acumulaban datos que dejarían en evidencia clara la mala gestión de Dolabela durante su gobierno en aquella provincia, pero César empezaba a inquietarse: si luego hiciera mal tiempo, el retorno sería aún más lento que el trayecto hasta la capital de Macedonia y sabía que tenía que hacer aún dos cosas importantes. Por un lado, debía conseguir algún testigo de prestigio, al menos en el ámbito de la aristocracia local, que estuviese dispuesto a declarar contra Dolabela en la mismísima Roma, y, por otro, quería continuar recorriendo la Vía Egnatia más allá de Tesalónica en dirección a Bizancio para seguir confirmando lo que habían visto hasta ese instante sobre el pésimo estado de mantenimiento de una calzada para cuya restauración, supuestamente, Dolabela había aplicado un impuesto específico.

—Ocuparnos de un asunto y luego de otro nos va a llevar demasiado tiempo, por Hércules —comentó César, algo enfurecido.

Comenzaba a lamentar incluso haberse permitido ese día extra en Pella. Se había dejado llevar por su curiosidad y había perdido de vista, por una jornada, el objetivo de aquel viaje.

—¿Confías en Marco? —preguntó Labieno.

—Hasta cierto punto, sí.

—Pues que sea él quien recorra el resto de la Vía Egnatia y que reúna él los datos sobre el estado de la calzada, mientras tú y yo nos quedamos aquí y buscamos algún testigo que declare sobre los crímenes de Dolabela en Tesalónica. En particular, el expolio del templo de Afrodita en el que insistieron los macedonios que te encar-

* El emperador Augusto, sucesor y sobrino nieto de César, ordenaría por fin refundar esta ciudad.

garon la acusación. Y, por supuesto, está el terrible asunto de aquella noble, hija de uno de ellos.

César se sentó en un *solium*, apoyó un codo en la mesa y se llevó la mano a los labios. Estaban en una *domus* a la que habían sido invitados gracias a las cartas que portaban de Aéropo y Pérdicas, donde informaban a la aristocracia de la ciudad que él era el acusador romano en la causa contra Dolabela. Los macedonios los habían acogido con cierta frialdad, casi desconfianza o escepticismo, pero César también había detectado el brillo de la esperanza en algunos de los tesalonicenses con los que habían podido departir. Los macedonios desconfiaban de todo lo romano, aunque, al mismo tiempo, anhelaban obtener cumplida venganza contra Dolabela. Si ésta llegaba de la mano de otro romano, tampoco les importaría.

—Tendría más confianza en que el ingeniero hace la ruta y toma datos para el juicio si lo acompañas tú —dijo César—. Aquí nos han recibido razonablemente bien y no creo que tenga problemas. Es cuestión de unos días que consiga persuadir a alguien de prestigio de que nos acompañe de regreso a Roma para unirse a sus compañeros macedonios y declarar contra Dolabela. Pero ha de ser algún antiguo sacerdote que continúe vivo. El testimonio de un sacerdote siempre se respeta en un juicio.

—Sin duda por eso apuñalaron a aquel que iba a venir a Roma a testificar contra Dolabela —apuntó Labieno.

—Exacto.

—Por cierto. Esta mañana me han traído la daga que se encontró clavada en el cuerpo del sacerdote. La he dejado en el vestíbulo. Es astifina y con la misma empuñadura que la que se usó contra el ingeniero en Roma.

César se limitó a suspirar y asentir con la cabeza. Aquellas dagas, su existencia, era como sentir en la nuca el amenazador aliento de Dolabela.

—Bueno. —Labieno se sentó junto a él y retomó el tema anterior de la conversación—: Si prefieres que vaya con el ingeniero, eso haré.

César sonrió y le puso la mano en el antebrazo.

—Sí, amigo mío. Creo que es lo mejor —dijo—. Quiero que vayáis hasta Kypsela,* que ya está en la provincia de Tracia. No es necesario ni hay tiempo para que lleguéis hasta Bizancio. Eso nos retrasaría. Lo esencial es comprobar que la Vía Egnatia sigue en mal estado más allá de Tesalónica y, esto me interesa, observar si al cruzar el límite oriental de la provincia, es decir, al salir del territorio que ha estado bajo la jurisdicción de Dolabela los últimos años, el estado de la calzada mejora. Eso sería muy revelador. ¿Podrás hacer esto por mí, amigo mío?

—Saldré mañana mismo, al alba —confirmó Labieno.

—Perfecto. —César se levantó y miró a los esclavos, que interpretaron sus intenciones y, prestos, trajeron vino y comida—. Pero tenemos tiempo para degustar una razonable cena, después de tantos días como llevamos de viaje por una de las peores calzadas que he visto jamás.

* Se corresponde con la moderna Ipsala, en la actual parte europea de Turquía.

XXVI

La mirada triste de Orestes

Casa del anciano Orestes en la acrópolis de Tesalónica, Macedonia
77 a. C.

Todos los ciudadanos respetables de Tesalónica señalaban al mismo hombre: el anciano Orestes. Aquélla era la persona que parecía infundir más admiración, ya preguntase a ricos aristócratas o a gentes humildes de los mercados o tabernas. Hasta la casa de aquel hombre encaminó César sus pasos.

No vivía en la residencia más lujosa, ni la mejor situada, ni la más imponente en modo alguno, pero la casa de aquel anciano respiraba el ambiente sereno de la tranquilidad de espíritu.

Orestes tampoco jugó la baza de hacerse rogar y no dejó que su visitante romano tuviera que esperar durante un largo espacio de tiempo.

—Yo soy Orestes —dijo el anciano a modo de toda presentación.

—Y yo, Cayo Julio César —respondió sin añadir tampoco más títulos, en un intento de ser tan discreto como su anfitrión. Además, con apenas veintitrés años, mencionar que era ciudadano de Roma y abogado de los macedonios en la causa contra Dolabela parecía tan pretencioso como innecesario. Todos en Tesalónica sabían qué era y qué hacía allí.

—¿Puedo ofrecerte agua?, ¿vino, quizá? —preguntó el tesalonicense mientras hacía un gesto para que su invitado se acomodara en una silla en medio de aquel patio poco ornamentado pero limpio y tranquilo.

—Agua está bien —aceptó César, de nuevo tratando de parecer persona de costumbres moderadas.

Orestes se dirigió a uno de los sirvientes:

—Agua y vino, vasos para los dos. —Se sentó él también en otra silla próxima—. Yo beberé una copa de vino y te invito a acompañarme si te gusta un buen licor de Dionisos. Vivo con austeridad, pero admito que me consiento algunos caprichos. A mi edad, los de la carne quedan lejos, y a estas alturas de la vida soy indulgente conmigo mismo en lo referente a la bebida ocasional.

—Te acompañaré con agrado.

Sirvieron los vasos.

Bebieron.

—Es un vino excelente, en efecto —reconoció César degustando su copa despacio.

—Lo es —confirmó Orestes y, de pronto, su faz se tornó sombría. Dejó el vaso sobre una mesa que los sirvientes habían dispuesto a su lado—. Lo que te trae a mi casa, sin embargo, no es la excelencia.

—No —admitió César, sin saber muy bien cómo interpretar exactamente las palabras de su anfitrión.

—No, no vienes impulsado por la excelencia por partida doble. Por un lado, los crímenes que investigas son claramente despreciables: desde una violación hasta el expolio del templo de Afrodita, pasando por la apropiación indebida del dinero de muchos impuestos inventados. Y, por otro, tu juventud delata que mis compatriotas en Roma no han conseguido un *accusator* que haya brillado por su excelencia. Hasta mí ha llegado la noticia de que este es tu primer juicio en Roma.

César dejó de beber.

Despacio, depositó su vaso en otra pequeña mesa.

—Es mi primer juicio, estás bien informado —admitió—. Intento compensar mi falta de experiencia con mucho trabajo y dedicación al caso y con nobleza de espíritu. Busco los mejores testimonios para que Dolabela pague por sus viles crímenes perpetrados en esta provincia.

—Que hayas viajado hasta aquí da fe de tu dedicación al juicio, sin duda —comentó Orestes—, pero háblame más sobre esa «nobleza de espíritu» a la que haces referencia.

César parpadeó varias veces. No esperaba que la conversación fuera por esos derroteros, sino más bien sobre el hecho de que aquel anciano había sido, en tiempos pasados, sacerdote del templo de Afrodita expoliado ilegalmente por Dolabela. Y sobre si el anciano aceptaría trasladarse hasta la mismísima Roma para dar cumplido testimonio de todo lo tocante a aquel crimen. Era un viaje largo por una calzada terrible, como habían comprobado Labieno y él mismo en las últimas semanas, y, en consecuencia, supondría un desplazamiento agotador y complicado para alguien de la edad de Orestes. Sin embargo, era su anfitrión el que parecía estar examinándolo a él, sobre su capacidad o incapacidad como abogado, en lugar de ser él quien valorase la oportunidad de convocar o no a Orestes como testigo.

Aun así decidió ofrecer a aquel anciano la explicación que demandaba. Estaba convencido de que sólo desde una relación fundamentada en la mutua confianza funcionaría aquel hombre como un testigo dispuesto a relatar ante el tribunal de Roma los delitos de Dolabela. Él, César, sabía de la valía de Orestes porque todos en aquella ciudad certificaban su buena conducta y ejemplar comportamiento en lo privado y en lo público. Pero Orestes, sin embargo, apenas sabía nada de él.

—Por nobleza de espíritu me refiero a luchar por la justicia —se explicó César—. Pero justicia para todos por igual: poderosos y no poderosos, romanos y no romanos sujetos a las leyes de Roma.

Para mí, Dolabela representa todo lo que va en contra de esa nobleza: se trata de un senador que, siendo gobernador de esta provincia, utilizó su poder para extorsionar, robar y hasta violar a una mujer, sin importarle lo más mínimo el alcance de sus crímenes, movido sólo por su ansia de poder, riqueza y placer personal. Yo creo en una Roma justa. Justa con todos. Y si para ello he de enfrentarme a senadores corruptos como Dolabela, ni me tiembla el pulso ni me amilano por la dificultad de la empresa.

—Tu nobleza de espíritu me estimula; tu ingenuidad, sin embargo, me entristece. Si logras mantener esa nobleza de espíritu y llegar a una edad madura, conseguirás grandes cosas, sin duda. Pero los espíritus nobles, o dejan de serlo pronto, o son... —Buscó una palabra que no sonara muy brutal—. O son eliminados. De hecho, entre que te eliminen a temprana edad y que goces de salud en la madurez, veo más probable la primera.

—¿Por qué piensas de ese modo? —preguntó César. Lo hizo en un tono normal, pero Orestes se inclinó en la silla hacia delante y se llevó la mano a la oreja—. ¿Que por qué piensas eso con respecto a mí? —repitió elevando la voz. En aquel momento, aquella pequeña dificultad en la audición de su interlocutor no le pareció importante.

—¿No te das cuenta de que tú ya estás condenado desde que aceptaste ser el acusador en este juicio? Ganes o pierdas.

César frunció el ceño.

—¿Gane o pierda?

Orestes se sintió como Aristóteles iluminando la mente de un joven aspirante a ser otro Alejandro, pero un aspirante que no ha medido bien sus fuerzas y ha entrado en liza contra un enemigo claramente superior a él en fuerza, potencia y, sobre todo, recursos.

—Si pierdes, joven Cayo Julio César, tu carrera política en Roma habrá terminado, como seguramente ya te habrán advertido muchos de tus familiares y amigos.

—Ya, pero si gano...

—Pero si ganas —lo interrumpió Orestes con el clásico tono

del sacerdote que tiene una premonición—, si ganas, entonces, tus enemigos comprenderán que eres un peligro real y te matarán. Lo antes que puedan.

Se hizo un largo silencio.

El sol de la tarde había creado un hermoso efecto de luces y sombras en aquella esquina del patio. Mientras meditaba las palabras de Orestes, César paseó la vista por las paredes blancas iluminadas por el último aliento del día.

—Hermosa luz de atardecer —dijo.

El anciano miró a su alrededor y suspiró.

—Mucho me temo que, en el atardecer de mi vida, mis cansados ojos hacen que me pierda mucha de la belleza que aún queda en el mundo.

César volvió a centrarse en su objetivo: necesitaba testigos de prestigio, de modo que tampoco reparó demasiado en aquella alusión a la pérdida de visión de Orestes. Al final se decidió a plantear la pregunta clave. Necesitaba una conclusión clara:

—Entonces, ¿he de entender que no vendrás a Roma para testificar contra Dolabela?

Otro silencio.

Orestes parecía distraído, como si su mente no estuviera allí.

—¿No he respondido ya a esa pregunta? —inquirió por fin el anciano, para sorpresa de César.

—No, no lo has hecho.

—Ah, creía que eso ya lo habíamos hablado —continuó Orestes como si volviera de un trance—. Yo ya soy viejo y no tengo mucha vida que perder. Es tu muerte temprana la que da lástima. Pero si insistes en enfrentarte a ese miserable de Dolabela, sí, iré a Roma.

—Bien —dijo César, aliviado—. Partiremos en una semana, a ser posible.

—Una semana —aceptó Orestes, y se levantó.

César hizo lo propio y, acompañado por el viejo macedonio, se encaminó a la puerta de la casa. Orestes lo despidió en silencio, dedicándole una mirada triste que impregnó el espíritu del joven con un poso de melancolía e incertidumbre.

Al salir, César cruzó la ciudad con su escolta de hombres armados y regresó a su residencia, donde se sentó en la estancia que hacía de dormitorio principal, inquieto y pensativo.

Una semana era el plazo que había dado a Labieno y Marco para que fueran hasta la frontera con Tracia y retornaran con los datos sobre el estado de la Vía Egnatia más allá de Tesalónica.

Los siete días pasaron y Labieno se presentó, según lo previsto, con la información requerida por César.

—Confirmado —indicó a su regreso de su pequeño viaje hacia el este—: la calzada se halla en pésimas condiciones en todo su trazado hasta Tracia. Una vez allí, mejora.

—Otro gobernante, otro cuidado sobre los bienes públicos —interpretó César.

—Eso parece.

—Y eso confirma la dejación de funciones por parte de Dolabela con relación al mantenimiento de esta calzada tan importante para el comercio en toda la región y, además, certifica que retuvo para su enriquecimiento personal el dinero que recaudó con el fin de mejorar la Vía Egnatia.

—Sí —ratificó Labieno.

—Bien, por Júpiter, son excelentes noticias. —César estaba exultante.

Labieno no compartía por completo el entusiasmo de su amigo. Él no veía que fuera a ser tan sencillo ante el tribunal de senadores *optimates* en Roma.

—¿Y has conseguido algún testigo? —preguntó.

César le contó todo lo relacionado a su entrevista con el viejo Orestes.

Labieno miraba al suelo con aire preocupado.

—Es muy anciano —dijo—. Podría morir durante el viaje o en Roma, antes de declarar.

César suspiró.

—Es un riesgo, pero, al mismo tiempo, su edad será motivo de respeto ante el tribunal —opuso con decisión.

—Es posible.

—Es seguro —sentenció César y, a continuación, en un intento por animar a su amigo, lo invitó a beber vino y relajarse ambos con una buena cena.

La noche llegó y Labieno fue a dormir. Estaba cansado de su rápido viaje por la Vía Egnatia hacia el este y su aún más veloz regreso a Tesalónica.

En la soledad de su habitación, César consideró una vez más que ahora tenía buenos testigos: el ingeniero Marco, el venerable anciano Orestes, y no había que olvidarse de la joven Myrtale, protegida por los macedonios que estaban en Roma. Aun así, nadie creía en él ni en su capacidad para vencer en aquel juicio. Ni el viejo Orestes, ni su amigo Labieno, ni nadie.

Un pensamiento le vino entonces a la mente.

Y se permitió una sonrisa.

Su joven esposa, Cornelia, sí creía en él.

Se reclinó en el respaldo de la butaca.

—Cornelia —pronunció en voz alta en medio de las sombras proyectadas por la luz de las antorchas.

La echaba de menos.

Echaba en falta su fe ciega en él y también, por qué no decirlo, echaba de menos su precioso cuerpo.

Memoria tertia

CORNELIA

Esposa de César

XXVII

Un pacto por el poder

Domus de la familia Julia, Roma
88 a. C., once años antes del juicio contra Dolabela

La guerra contra los marsos y otros pueblos itálicos que se habían rebelado contra Roma llegaba a su fin. Los *socii* —todo ese conjunto de poblaciones de Italia normalmente aliadas, pero que se habían levantado en armas para conseguir la ciudadanía romana por la fuerza, ya que por la negociación no podían— habían sido derrotados. Y el fin de la guerra conllevaba que la tregua no firmada pero aceptada de manera tácita entre populares y *optimates* llegaba también a término.

Mario lo sabía. El líder popular intentó hacerse con el control de Roma años antes de esa última guerra, pero sus aliados Glaucia y Saturnino fueron asesinados y él tuvo que huir. Los *optimates* habían aceptado su regreso a la ciudad del Tíber para que ayudara con su genio militar a poner orden en Italia, mas una vez controlada la rebelión, las diferencias entre *optimates* y populares volvían a emerger. Quedaba algún foco de resistencia contra Roma en la península itálica, sobre todo por parte de los samnitas, aunque se trataba de una cuestión menor a los ojos del Senado y resurgió el eterno conflicto entre los senadores oligarcas más ricos y conservadores y aquellos otros senadores y representantes de la Asamblea de la plebe que querían cambios en la sociedad y en las instituciones romanas.

Mario veía cómo Sila estaba maniobrando con habilidad en el Senado y temía que la curia senatorial le cediera a su antiguo lugarteniente de la guerra africana el mando del nuevo ejército que Roma estaba preparando para afrontar una nueva amenaza militar, tanto o más peligrosa si cabe que la que en su momento supuso Yugurta en África o los cimbrios y teutones en el norte: Mitrídates VI,* Eupátor, rey del Ponto en Oriente, había atacado los protectorados romanos en Asia y amenazaba con adentrarse incluso en la mismísima Grecia. Alguien tenía que detenerlo. Pero Mitrídates no era, como los teutones o incluso Yugurta, un líder de tribus simplemente acostumbradas a guerrear y combatir. Mitrídates era el poderoso rey de un estado belicista con un experimentado ejército y una flota numerosa que, en poco tiempo, podría hacerse con todo el Mediterráneo oriental y constituir un desafío tan grande para Roma como el que supuso Cartago en tiempos del legendario Aníbal. Por eso el Senado había acordado crear un ejército profesional siguiendo las reformas que el propio Mario impuso en su campaña contra los teutones, armando en Roma a gente sin recursos que, como se demostró en Aquae Sextiae, una vez adiestrada podía combatir con tremenda efectividad. Este nuevo ejército partiría hacia Oriente para enfrentarse al curtido ejército de Mitrídates. Se hablaba de reclutar seis legiones, nada más y nada menos.

Mario tenía claro que quien obtuviera el mando de esas legiones, después de derrotar a Mitrídates, sería el amo de Roma. No habría ninguna otra fuerza militar que pudiera oponerse a un ejército de esas dimensiones ni en Italia ni en ninguna provincia. La clave era obtener el nombramiento como cónsul o procónsul con *imperium* sobre ese ejército que viajaría a Oriente para luego, y esto era esencial, regresar a Roma.

* Véase el mapa de las páginas 724 y 725.

Así que, ante las argucias de Sila para hacerse con el mando de ese ejército desde el Senado, Mario decidió maniobrar también y hacerlo con rapidez. El Senado estaba constituido en su mayoría por *optimates*. Nada que conseguir allí. Mario sabía que necesitaba el apoyo de la institución más combativa contra el poder de la Curia: la Asamblea del pueblo. Pero su exilio tras el fallido intento por controlar Roma con los malogrados Saturnino y Glaucia lo había desconectado del control efectivo de los resortes de poder de los populares. Lucio Cornelio Cinna era ahora el hombre fuerte en ese sentido, y con él decidió citarse antes de que la situación política quedara bajo el poder absoluto de los *optimates*.

Cinna accedió a aquella reunión. Se sentía seguro de sí mismo como el más poderoso de entre los populares en Roma, pero Cayo Mario era leyenda entre todos los que se enfrentaban contra los *optimates*. Quizá Mario, a los ojos de Cinna, fuera más pasado que presente, pero un pasado tan glorioso, tan mítico, que su solo nombre podía concitar una poderosa unión de todos los populares para volver, una vez más, a intentar cambiar las estructuras de Roma y obtener un mayor reparto de la riqueza, de las tierras y de derechos. Por eso Cinna accedió a entrevistarse con Mario, hablar de todo lo que tuviera que hablarse y pactar todo lo que fuera preciso. Sólo pidió que la reunión fuera en un lugar neutral: ni en casa de Cayo Mario ni en su propia *domus*.

Mario propuso la residencia de Cayo Julio César padre, en el centro del barrio de la Subura. Cinna aceptó y hasta allí acudió acompañado por Sulpicio Rufo, tribuno de la plebe, y por una joven muchacha de apenas ocho años: su hija Cornelia, que también desempeñaría un papel en el plan que tenía en mente. Le pareció curioso, por un momento, que en ciertos casos una mujer pudiera ser más útil que un hombre, pero aquel pensamiento se esfumó rápido.

Julio César padre acogió aquella reunión y actuaba de anfitrión. Su carrera política había sido poco vistosa; siendo popular, era difícil prosperar en una Roma dominada por los *optimates* en los últimos años. Que los dos mayores líderes populares, Mario y Cinna, eligieran su *domus* le daba una importancia que, por el momento, a él o a cualquiera de su familia les era imposible conseguir por los cauces habituales del *cursus honorum*. A su esposa Aurelia también le pareció bien actuar como anfitriones.

—Si no vamos a pasarnos nunca al bando de los *optimates*, tendremos que estar entre los más fuertes de los populares —la oyó responder durante una cena su joven hijo César, cuando su padre la consultó sobre la conveniencia de acoger aquella reunión.

Sulpicio Rufo y Lucio Cornelio Cinna entraron en el atrio central de la *domus* de la familia Julia, donde ya aguardaban Julio César padre y, por supuesto, Cayo Mario. Aurelia —más a un lado, pues aquélla iba a ser una reunión de hombres— advirtió que Cinna acudía acompañado por su muy joven hija. No necesitó de palabras para intuir de qué iba aquello. No le pareció mala la idea y se dirigió a su hijo de doce años, que también estaba presente.

—Cayo, ¿por qué no acompañas a la hija de nuestro invitado al jardín del atrio trasero y se lo enseñas mientras aquí debaten con tranquilidad sobre el futuro de Roma?

César parpadeó varias veces. Rara vez su madre le daba una instrucción tan precisa.

El muchacho miró a la niña. Ésta miró a su padre. Cinna asintió.

El joven César y la pequeña Cornelia abandonaron el atrio central.

—Ven —le dijo él.

Ella lo siguió.

Otro muchacho de su edad quizá se habría sentido algo incómodo en presencia de una niña, pero César, acostumbrado a crecer con su madre y dos hermanas, estaba más que habituado a la presencia femenina.

—¿Tienes hermanos? —le preguntó para romper el hielo.

—Un hermano —respondió ella sin dejar de seguirlo y mirando al suelo. Ella sí se sentía incómoda.

—Yo tengo dos hermanas. Me llevo muy bien con ellas, pero me habría gustado tener también un hermano. Es algo que echo de menos, aunque tengo a mi amigo Labieno. Es de mi edad y hacemos muchas cosas juntos. ¿Tú tienes amigas?

—No —negó ella, subrayando su respuesta con un gesto de la cabeza—. No me dejan salir de casa. Lo de hoy es raro —se aventuró a añadir ante el desparpajo con el que él se dirigía a ella.

César reflexionó: era natural que a una niña apenas se la permitiera salir de la casa familiar. Si acaso a comprar al mercado, poco más. Y sí, era peculiar que Cinna se hubiera hecho acompañar por su hija y no por su hijo, a no ser que éste fuera aún un niño pequeño.

—¿Tú eres mayor que tu hermano?

—No —respondió ella—. Mi hermano tiene tu edad.

—Ya. Pues sí, es raro que te hayan traído.

Habían llegado al atrio trasero de la residencia.

—Mi madre lo ha llamado jardín —cambió César de tema—, pero, como ves, en realidad son unas pocas macetas que a ella le gusta cuidar.

Cornelia paseó por entre las flores.

—Es bonito —dijo con la amabilidad que le habían enseñado a mostrar ante los amigos de la familia. Entendía que estaba en casa de amigos de su padre.

En tanto que adolescente y hombre, César era lento para algunas cosas, aunque de pronto empezó a intuir. Pero a él una intuición no le bastaba, a él le gustaba saber, tener toda la información. Su madre le había encomendado distraer a aquella niña, así que...

—¿Has visto a los lupercos? —le preguntó entonces, para sorpresa de ella.

Aquélla era una pregunta muy directa. Los lupercos eran jóvenes que durante la festividad de las *Lupercalia* sacrificaban unas cabras y con sus pieles hacían tiras a modo de látigos —unas correas que llamaban *februa*—, con los que luego iban por toda la ciudad de Roma fustigando a las doncellas que ya pudieran tener hijos, para promover, según creían, su fertilidad. Esta festividad tenía lugar el segundo mes del año y, por eso, por el nombre de estos látigos, se denominaba «febrero».

Haber estado frente a los lupercos, haber recibido uno de esos latigazos, significaba que la muchacha ya era mujer; es decir, que ya menstruaba. Ella se mostró confundida.

—No, no he estado aún ante los lupercos —respondió bajando la cabeza, como si se sintiera culpable por ser tan niña—. Soy muy pequeña —añadió con vergüenza—. Pronto cumpliré años, pero sólo... nueve.

—Bueno, ya lo imaginaba. Que no habías estado ante ellos. Preguntaba si los habías visto actuando por las calles, con las *februa* y dando esos gritos que dan. No quería molestarte.

—Ya —asintió Cornelia, pero no se atrevía a levantar la cabeza mientras hablaba—. Los he visto, cuando azotaron a alguna de mis primas. Eso es todo.

A él le supo mal que ella se sintiera incómoda. Y, al mismo tiempo, seguía intrigado por el hecho de que la hubieran traído, pero no quería asustarla y, a lo mejor, no era lo que estaba pensando. Por otro lado, no pudo evitar mirarla de arriba abajo. Era una niña aún, pero bonita y amable y educada. Poco más sabía de ella, salvo que parecía muy retraída, aunque eso era lo normal en aquella situación, con un chico al que no conocía en una casa que no era la suya.

—¿Te gustaría saber de qué están hablando tu padre y el mío y Cayo Mario y Sulpicio Rufo, el tribuno de la plebe? —le preguntó él.

Cornelia alzó entonces la mirada y fijó sus ojos en su rostro, que le resultaba muy agradable. Lo veía alto y fuerte y estaba siendo amable. Y, aunque ella hablaba poco, ya no se sentía incómoda en su presencia.

—Pero ¿eso se puede hacer? ¿Escuchar sin su permiso?

Él sonrió y se llevó un dedo a los labios al tiempo que se le acercaba y le hablaba en voz baja:

—Tú sígueme.

La cogió de la mano.

Cornelia se estremeció: nunca antes la había cogido de la mano un muchacho desconocido. Y su hermano era muy distante con ella. Pasada la sorpresa inicial, le gustó: él la sujetaba con firmeza, pero sin hacerle daño. La combinación de ambas sensaciones le transmitió seguridad.

César la condujo por varios pasillos hasta llegar a una especie de pequeña biblioteca repleta de papiros.

—Es el *tablinum* de mi padre —explicó él, siempre en voz baja—. Tiene dos entradas. Nosotros hemos accedido desde el atrio trasero, pero da al principal. Si nos acercamos a la otra entrada, que sólo está tapada con una tela, podremos escuchar lo que dicen. Mi tío Mario siempre habla en voz muy alta.

—Mi padre también —apuntó Cornelia, estimulada por la aventura a la que aquel muchacho la empujaba.

—Pues eso es genial. Sígueme, estate a mi lado, pero no digas nada, oigamos lo que oigamos, ¿de acuerdo?

—De acuerdo —susurró ella.

Él seguía cogiéndola de la mano y la condujo hasta llegar al acceso principal del *tablinum*, cubierto por una gruesa cortina, por la que se filtraban y pasaban las voces de quienes hablaban en el atrio central de la *domus*. De hecho, éstas se hacían cada vez más nítidas a medida que cruzaban la biblioteca, hasta volverse perfectamente audibles al llegar junto a la cortina.

César le soltó entonces la mano.

Ella deseó que no lo hubiera hecho, pero, por supuesto, no dijo nada e imitó sus pasos, acercándose lo máximo posible a la cortina, pero con cuidado de no tocarla. Ambos se concentraron en escuchar.

Atrio principal de la domus *de la familia Julia*

—Si Sila se hace con el mando del ejército que está en Nola, esto será el fin para nuestras aspiraciones de cambios legislativos y de cualquier otro tipo. —La potente voz de Cayo Mario rezumaba autoridad en cada sílaba—. Además, con las nuevas levas, ese ejército llegará a seis legiones. Seis. Eso, contando a los auxiliares, son sesenta mil hombres. En manos de Sila será nuestro fin, y los *optimates* gobernarán a su antojo y nos barrerán. Y no de una forma sutil, sino de modo literal. Nos aniquilarán.

—Pero no hay nada que hacer en ese sentido —opuso Sulpicio Rufo—. Ellos dominan el Senado desde que acabaron con tus reformas y las de Saturnino hace unos años. Nos han buscado para aunar fuerzas contra los marsos y demás *socii* en rebelión, pero ahora, derrotadas las ciudades rebeldes, como dices, Sila y el resto de los *optimates*, con su dominio del Senado, se harán con los cargos de cónsules. Harán lo que tengan que hacer para ganar las elecciones en las dos magistraturas máximas. Luego le darán a Sila el mando de ese ejército.

—La Asamblea de la plebe puede oponerse —contraargumentó Mario.

—¿Cómo? —preguntó Cinna, que era hombre de pocas palabras, pero siempre relevantes.

—Que la Asamblea legisle contra el Senado y que se atribuya el poder de nombrar el mando del ejército de Nola o, lo que es lo mismo, de las legiones que han de ir a luchar contra Mitrídates. Y que la Asamblea decida que ese mando me sea otorgado a mí. De ese modo.

Se hizo el silencio.

—Sulpicio, ¿podrías conseguir que la Asamblea se rebelara contra el Senado de esa forma? —preguntó Cinna. El ejército del que hablaban sería enviado al extranjero, a Oriente, contra Mitrídates, y ésa era una cuestión de política exterior, y las decisiones de política exterior eran una atribución específica del Senado.

El tribuno de la plebe se lo pensó bien antes de responder:

—Con cualquier otro candidato a liderar esas legiones no lo vería claro, pero si proponemos a Mario, que nos salvó de Yugurta y, sobre todo, de los cimbrios y teutones del norte, algo que el pueblo recuerda y agradece mucho aún, sí. Sobre todo si pongo el acento en que Mitrídates puede ser un nuevo Aníbal. El miedo a una nueva invasión de Italia, y más después de todo lo que se ha vivido con la rebelión de los marsos y el resto de los *socii*, hará que la Asamblea en bloque vote a favor de Mario. Sin duda el pueblo confía más en él que en Sila.

—Lo de la invasión no sería una mentira —añadió Mario—. Mitrídates amenaza con cruzar el Helesponto y atacar Grecia. Si no le hacemos frente allí, no dudará en seguir hasta llegar a la mismísima Roma. Es extremadamente ambicioso. Pero, volviendo al asunto del mando de las nuevas legiones, hemos de actuar muy rápido: el Senado se reúne esta misma semana y de ese cónclave saldrá el nombramiento de Sila.

—La Asamblea puede reunirse también esta semana —propuso Sulpicio Rufo.

—Eso sería perfecto —apostilló Mario.

Parecía que todo estaba resuelto, pero Cinna tenía su propia agenda privada.

—Yo veo bien que tengas el mando de ese ejército, pero tú te irás a Oriente y nos dejarás a nosotros aquí en Roma para lidiar con los *optimates*, que estarán enfurecidos si Sila pierde el mando de esas legiones.

A Mario no le sorprendieron esas palabras. Nadie daba un apoyo en Roma sin pedir algo a cambio.

—Te escucho, Cinna. —Se reclinó en el *triclinium* y extendió el brazo para que un esclavo le rellenara la copa con vino.

—Tú obtienes el mando de ese ejército como *privatus*. No tenemos nada que hacer en las elecciones consulares, pero... —Cinna se lo pensó unos instantes: iba a pedir mucho, aunque calculaba, examinado el rostro de Mario, que aquél anhelaba también mucho el mando de aquel ejército. Se decidió al fin—: Pero una vez tengas tú el mando efectivo de ese ejército, con los *optimates* a la defensiva, y contando con tu apoyo, yo me presentaré a cónsul y aquí, nuestro amigo Sulpicio, a pretor. Y tus hombres y clientes de toda Roma nos apoyarán en estos empeños.

Mario no tuvo que pensarlo demasiado: un consulado y una pretura le parecían un precio razonable por el mando de seis legiones, de un ejército que era la clave para controlar Roma.

—Sea. Estamos de acuerdo —certificó.

—Quizá debiéramos brindar por este pacto —apuntó entonces Julio César padre, que durante el debate había optado por la prudente actitud de guardar silencio entre hombres como Mario, Cinna o Sulpicio, que dominaban toda la facción popular en Roma.

Aurelia, que permanecía allí aunque en un segundo plano, se dirigió a los esclavos:

—Vino para todos y comida. En abundancia —ordenó. Luego, con tono amable, mirando a Mario, Cinna y Sulpicio, añadió—: Porque nos honraréis compartiendo la cena con nosotros en nuestra casa, ¿no? Ruego a los dioses que vuestras ocupaciones os permitan este pequeño tiempo de solaz.

Los tres aceptaron la invitación.

Todo parecía decidido, pero Cinna aún quería algo más.

—Yo soy de los que creen que los pactos, más que celebrarlos, que también, hay que sellarlos con algún tipo de unión.

Aurelia inspiró hondo. Lo veía venir desde que Cinna entró por aquella puerta de la *domus* acompañado por su hija.

—¿Qué tipo de unión? —preguntó Mario. Enfrascado en sus cálculos sobre cómo pertrechar a seis legiones para enfrentarse a Mitrídates, no tenía cabeza para más pensamientos.

—Yo tengo un hijo y Cayo Mario también —inició Cinna—. Pero el hijo de Mario ya está casado, con Licinia, y nuestro admirado líder, seis veces cónsul, no tiene hijas. Por ahí poco podemos avanzar. —Soltó una pequeña carcajada que el resto acogió con una sonrisa, antes de retomar su propuesta—: Pero también tengo a mi joven hija Cornelia. Y Julio César y... —miró con educación a Aurelia— y nuestra anfitriona tienen un hijo joven, Julio César hijo, sobrino de Cayo Mario. Si mi hija y el sobrino de Cayo Mario se unieran en matrimonio, esto supondría para mí que el pacto está sellado y bien sellado y que es un acuerdo de futuro y larga duración. Van a venir tiempos complicados. Me gusta tener la sensación de que todos somos... familia. Esa unidad nos hará más fuertes.

Cinna calló. Hacía tiempo que no decía tantas frases seguidas.

Allí el orador era Sulpicio. Sus dotes a la hora de hablar en público les vendrían bien a todos para que aquel tribuno persuadiera a la Asamblea de que debían rebelarse contra el Senado y otorgar ellos directamente el mando del nuevo ejército a Cayo Mario.

Bebió de su copa mientras dejaba que sus interlocutores sopesasen su petición adicional al apoyo a su candidatura futura a cónsul y a la de Sulpicio a pretor.

Mario miró a Julio César padre y éste, a su vez, miró a Aurelia. Ella asintió levemente, pero Julio César padre advirtió que no lo decía convencida y trató de buscar una salida airosa. La reunión se estaba complicando. No esperaba que su familia se viera involucrada en los acuerdos entre Mario y Cinna.

—Es una propuesta que a nosotros nos complace y nos honra, Cinna —comenzó César padre—, pero tu hija es aún una niña, ¿no es cierto?

—Así es. No es mujer, si es eso lo que insinúas, pero pronto lo será. Yo no digo que la boda sea mañana, sólo digo que se pacte hoy.

Mario callaba. No quería que nada se interpusiera en modo alguno en su camino para obtener el mando del nuevo ejército. El Senado lo tenía casi proscrito. La Asamblea era la única vía y esto implicaba satisfacer las peticiones de Sulpicio y Cinna. En particular de este último, que controlaba todos los resortes de la facción popular en Roma.

César padre detectó el ansia en la mirada de Mario. Se pasó el dorso de la mano izquierda por la boca.

—Esta boda se celebrará, en su momento, cuando proceda —aceptó al fin—. Según crezca la hija de Lucio Cornelio Cinna, cuando sea mujer.

Tablinum *de la* domus *de la familia Julia*

Julio César y Cornelia se miraron en la penumbra de la biblioteca.

No se dijeron nada.

Él la cogió de la mano, como había hecho antes, y la condujo fuera de la biblioteca y por los pasillos de la casa hasta retornar al atrio trasero.

Una vez allí volvió a soltarla.

Ella se quedó mirando las flores del jardín.

Él se quedó mirándola a ella.

—Lo siento —dijo al fin Cornelia, aún casi en un susurro, como si siguieran en la biblioteca.

—¿Qué es lo que sientes? —preguntó él, confuso.

—Que te obliguen a casarte conmigo.

—Bueno, nos obligan a los dos. A ti también.

—Sí, pero yo estoy acostumbrada a que me digan lo que debo hacer. Quizá tú no tanto.

—Ya —reconoció él.

Y volvieron a callar.

—Tenía miedo, ¿sabes? —dijo ella al cabo de unos segundos.

—¿Miedo de qué?

—De con quién me obligarían a casarme.

—¿Y ahora no tienes miedo?

—No... Eres amable. Y... atractivo. Y no eres mucho mayor que yo.

—No, yo no parezco infundir mucho miedo —dijo él con una sonrisa sarcástica, algo triste—. Pues yo sí tengo miedo.

—¿De mí? —se sorprendió ella.

—No. —César sonrió de nuevo, pero ahora de forma honesta, limpia—. De ti no. Tú también eres amable y joven, mucho. —Se echó a reír—. Y guapa —añadió cuando cesaron las risas.

—¿Entonces? ¿Temes a los dioses? Yo sí los temo un poco —apuntó Cornelia.

—No temo a los dioses. Desciendo de Venus. Mi familia, a través de Julo y éste de Eneas —afirmó él categóricamente, como un hecho incontestable—. Temo no estar a la altura de lo que se espera de mí. Mi tío ha sido seis veces cónsul y todos en esta casa esperan que yo sea como él. No lo dicen, pero lo leo en los ojos de mi padre y de mi madre. Y no tengo hermanos. He de hacerlo yo. ¿Cómo se puede estar a la altura del vencedor de África, de quien nos liberó de los ataques de los teutones, de alguien que ha transformado nuestro ejército en el más poderoso del mundo?

—Sí. Lo tienes difícil —admitió ella.

Él la miró de nuevo. Le gustó que no le dijera tonterías del tipo «no te preocupes», o «ya verás como lo consigues». Lo tenía difícil y eso era lo cierto.

—De hecho —añadió la muchacha—, lo tienes imposible. —Y se echó a reír y César hijo no pudo evitar unirse a aquella carcajada.

Los dos necesitaban aquella risa y más después de haberse enterado de lo que se acababan de enterar. Cuando remitieron las risas, ambos guardaron unos momentos de silencio. Lo rompió él:

—¿Lees?

—Claro —replicó ella algo herida en su orgullo—. ¿Piensas que soy una idiota? —De pronto bajó el tono de voz y añadió—: Bueno, latín. Griego no. Me gustaría, pero mi padre dice que el griego y la oratoria no son cosas de mujeres. Que lo mío es dar hijos a mi esposo.

César la miró y, de súbito, comprendió que esa niña iba a ser la madre de sus hijos.

—A mí me gusta leer —comentó él. Pensó en algún autor que le gustara mucho. Estaba Eurípides, pero era griego—. ¿Conoces a Plauto?

—He oído mencionarlo muchas veces, pero no he leído nada suyo ni he ido al teatro a ver ninguna de sus obras.

—Espera —dijo César, y salió del atrio.

Ella se quedó sola, entre las flores.

Aurelia apareció entonces.

—Cornelia, tu padre desea que te unas a la cena... —La mujer recorrió el patio con la mirada, sin ver a su hijo—. ¿Cayo te ha dejado sola todo el rato? —Se percibía indignación en su voz.

—No, no. Ha estado conmigo todo el tiempo. Ha ido a por algo que quería darme —se apresuró a explicar Cornelia, y Aurelia se quedó más tranquila.

César reapareció, saludó a su madre y se dirigió a Cornelia con un rollo de papiro en la mano.

—Es la *Asinaria* de Plauto. Su primera obra. Es divertida.

—Es tu favorita —comentó Aurelia, extrañada al ver que su hijo se la entregaba a aquella muchacha a quien acababa de conocer.

—No puedo aceptarla —dijo Cornelia mirando al suelo.

—Por favor —insistió él—. Así luego podemos hablar de ella.

Aurelia asistía perpleja a aquella conversación. Allí había pasado algo. Entre ellos. Ambos compartían algo, no tenía claro qué, pero una cosa era evidente: se caían bien. Y eso la relajó porque que se cayeran bien facilitaba todo.

Cornelia tomó el papiro que le ofrecía César y ambos siguieron a la mujer en dirección al atrio principal, donde se unieron a la cena que estaba teniendo lugar.

Cuando todo terminó y los invitados se marcharon, Aurelia se dirigió a su hijo:

—¿Te parece agradable la hija de Cinna?

—Sí —dijo él. No añadió más. Se limitó a besar a su madre en la mejilla y retirarse a dormir.

—Lo saben —afirmó Aurelia cuando se quedó a solas con su esposo.

—¿El qué? —preguntó él, algo aturdido por el vino.

Lo vio cansado. Julio César padre se había preocupado cuando Cinna empezó con las peticiones. Como ella. Por unos momentos, ambos tuvieron miedo de que la reunión terminara en desastre. Su marido necesitaba dormir.

—Nada, esposo, nada de importancia. Creo que es mejor que nos retiremos también.

Se levantaron y se encaminaron a su dormitorio. Los esclavos empezaron a recogerlo todo intentando no hacer demasiado ruido con los platos y vasos y cubiertos y sobras de la cena esparcidas por las mesas.

En la calle, fuertemente escoltados, Cinna y su hija andaban rumbo a su residencia. Las antorchas de los esclavos iluminaban la oscuridad de la noche romana.

—Crece rápido, muchacha —se oyó de pronto. Era la voz de Cinna.

Cornelia asintió sin decir nada. Su padre tampoco esperaba más respuesta que su obediencia y ella lo sabía.

XXVIII

El aprendizaje de César

Domus de la familia Julia, Roma
88 a. C.

Cuando Aurelia entró en el *tablinum* encontró, como esperaba, a su hijo sentado frente a una mesa escribiendo bajo la atenta mirada de Marco Antonio Gnipho, su tutor. Gnipho era un hombre enormemente culto, una curiosa mezcla de erudición oriental, pues había estudiado en los lugares más importantes del mundo griego, y origen bárbaro, pues procedía por nacimiento de la Galia. Más de una vez había escuchado ella cómo el viejo tutor le contaba a César historias sobre la Galia y sus pueblos, en lugar de centrarse en Aristóteles o Eurípides o Menandro. Con frecuencia pensaba que aquello era una pérdida de tiempo en la educación de su hijo, pero César parecía muy interesado por todos aquellos relatos de celtas bárbaros; lo conectaban más con su tutor. Aurelia concluyó que seguramente aquello ayudaría, como era en efecto el caso, a que César también prestara atención cuando Gnipho le enseñara a perfeccionar su griego o su latín.

—Ha venido tu tío Mario, hijo —anunció Aurelia.

El muchacho se apresuró a dejar lo que estaba escribiendo y se levantó para ir a recibir al recién llegado. Sólo una mirada seria de su madre lo detuvo, y se giró hacia su veterano tutor.

—Seguiré por la noche con el texto. ¿De acuerdo, Gnipho? —preguntó.

El interpelado asintió.

César pasó junto a su madre y salió raudo a ver a su tío.

Aurelia quería que César mostrara siempre respeto a su tutor. El hecho de que fuera un liberto no importaba. Para ella, lo esencial era que su hijo aprendiese a respetar el conocimiento, y de eso Gnipho tenía mucho, aunque a veces se empeñara en perder el tiempo con aquellas historias de guerreros galos.

Gnipho estaba leyendo el texto que escribía César hacía un instante.

—¿De qué se trata? —se interesó Aurelia.

—*Laudes Herculis* —respondió Gnipho, y continuó explicándose sin dejar de mirar el texto de su alumno—: Se trata de un poema de alabanza a las heroicidades de Hércules, que está por cierto... muy bien escrito. —Dejó de leer y alzó la mirada—. Le falta terminarlo.

—Hércules... —repitió ella—. Interesante selección de tema para escribir. Todo un héroe.

—Quizá el muchacho tiene elevadas aspiraciones en la vida.

A esto Aurelia replicó de forma categórica:

—Es su destino.

—¿Ser como Hércules? —se atrevió a preguntar Gnipho, como si dudara de la afirmación de la madre del muchacho por grandilocuente o excesiva.

—Ser como Hércules, sí —confirmó ella en el mismo tono, y se dio media vuelta para ir al atrio y reunirse con su cuñado y su hijo.

—Pero Hércules muere al final, víctima de una traición —comentó Gnipho.

Aurelia se detuvo y se volvió un instante hacia el viejo tutor de griego.

—Cierto —aceptó la matrona romana—, como cierto es que todos los mortales morimos algún día. Como cierto es que Hércules resucitó transformado en un dios.

Gnipho asintió y se inclinó ante la madre de su alumno.

Atrio de la residencia de la familia Julia

Aurelia encontró a Cayo Mario y César en animada conversación. Aquello la agradó, como la satisfizo la propuesta del veterano cónsul y senador de Roma:

—He venido para llevarme al muchacho al Campo de Marte —dijo Mario—. Quiero comprobar si ha progresado en el combate.

—Por supuesto. Su padre no está ahora, pero estoy segura de que a Cayo le encantaría que fuese contigo.

El joven César, emocionado, siguió a su tío hacia la puerta de la residencia. Tenía ansias por mostrarle lo mucho que había progresado en el uso del gladio, en su capacidad de lucha, en su resistencia en el combate y en su agilidad.

Campo de Marte

La ladera de aquel campo de entrenamiento militar a las afueras de Roma estaba atestada de jóvenes, algunos casi niños, ejercitándose en el arte del combate cuerpo a cuerpo, el lanzamiento de flechas o aprendiendo a cabalgar con destreza sin estribos en los caballos, a la usanza romana. Sin embargo, no importaba el número de personas allí acumuladas, ante la figura erguida de Cayo Mario, escoltado por Sertorio y varios veteranos de guerra, se abría un pasillo por el que el excónsul caminaba con paso firme.

—Éste parece un buen sitio —dijo en un punto que consideró óptimo para revisar cómo marchaba el adiestramiento militar de su sobrino predilecto.

Mario tenía otros sobrinos y un hijo propio, al que amaba en grado sumo y de cuya formación ya se había ocupado en su momento, pero en ese pequeño de doce años intuía una fuerza, una determinación que lo hacían de su particular agrado. Sólo quien poseía una tenacidad fuera de lo habitual era capaz de superar en

Roma todas las cortapisas y dificultades que, con frecuencia, le imponían a uno sus enemigos políticos. En aquel joven muchacho, Mario percibía algo que no acertaba a definir: un carácter decidido envuelto en lo que apuntaba como brillante inteligencia. Pero todo eso, sin saber luchar en una batalla, no valdría para nada. Sin desenvolverse bien en un cuerpo a cuerpo, el muchacho caería abatido en la primera escaramuza real en la que se viera envuelto, ya fuera en las agrestes tierras del norte o frente a los organizados ejércitos orientales de Mitrídates y otros reyes de aquella remota región del mundo.

—Entregadle el gladio de adiestramiento —ordenó Mario a sus hombres.

Éstos de inmediato dieron una espada de madera al muchacho, mientras su tío cogía otra similar.

César aún sopesaba el arma, como queriendo asegurarse de que era similar a otras con las que se había entrenado, cuando su tío, sin mediar palabra, lo golpeó en el hombro con la parte plana de su propio gladio con tal potencia que el joven perdió el equilibrio y cayó al suelo. Desde allí miró a Mario con cara de sorpresa y de rabia.

—¿Crees acaso que el enemigo te va a avisar, muchacho? —le espetó él con la faz muy seria—. ¿Crees que los galos o los soldados de Mitrídates piden permiso antes de atacar? ¡Por Hércules, levanta y ponte en guardia!

César se alzó y esgrimió su arma a media altura encarando a su tío. Iba a arremeter contra él, cuando éste volvió a hablar.

—Espera, muchacho. Si esto ha de ser un adiestramiento de verdad, tendrás que batirte con alguien en forma física suficiente para enfrentarse a tus ágiles doce años.

Cayo Mario tenía ya sesenta y nueve. Se sabía viejo y lento para el combate cuerpo a cuerpo. Se consideraba el más apto para comandar un ejército contra Mitrídates, pero no para adiestrar a un jovenzuelo enrabietado y dispuesto a atacar con saña.

El veterano excónsul miró a Sertorio. Éste no necesitó orden alguna y se limitó a asentir y tomar el arma de madera que le entregó su superior antes de hacerse a un lado.

César tragó saliva. Quinto Sertorio, segundo en el mando de los ejércitos de su tío durante años, mediaba la treintena y se le veía en una forma física impresionante.

Alrededor de ambos y del propio Mario y su escolta, se hizo un corro de curiosos que querían ver en qué terminaba todo aquello.

—¿Por qué no atacas, muchacho? —preguntó Mario desde una cómoda distancia de varios pasos.

César sudaba, no se atrevía a embestir a aquel fornido oficial curtido en mil batallas. Se pasó el dorso de la mano libre por el rostro húmedo. El sol del mediodía caía a plomo. Hacía calor. Pensó en intentar abordar a su oponente por un lado o por el otro, pero en cuanto hacía cualquier amago, Sertorio se resituaba impidiéndole cualquier ataque de costado, e ir de frente contra aquel hombre era una locura.

—No hace tanto, me dijiste que no debía entrar en combate si no podía ganar, tío —se explicó entonces César en voz alta—. No tengo ni una posibilidad ante Sertorio. Y tú lo sabes.

Mario asintió. Parecía satisfecho, pero sus palabras mezclaron el reconocimiento de un comentario inteligente con la exigencia de más vigor en su sobrino:

—Me alegra ver que recuerdas mis lecciones, muchacho. No, no puedes ni debes atacar a Sertorio, pero ¿y si él te ataca? ¿No piensas defenderte? —El excónsul hizo un gesto con la mano indicando a su segundo en el mando que se lanzara contra su sobrino.

Quinto Sertorio avanzó. No de forma fulgurante, pero sí decidida contra César. El joven pensó en ir hacia un lado u otro, pero el círculo de gente no le dejaba mucho margen de movimientos. Para cuando quiso reaccionar, Sertorio ya lo había golpeado, en un hombro.

—¡Aggh! —aulló el muchacho.

En el otro.

—¡Por Júpiter! —exclamó César.

Empezó a retroceder. Intentaba evitar nuevos golpes blandiendo su gladio, pero Sertorio, con pericia, iba golpeándolo una y otra vez: en el costado izquierdo, en el otro lado, de nuevo en un hombro, en un brazo que usó de escudo improvisado.

Mario observaba la escena muy pendiente de todo y muy callado. Sabía que estaba llevando a su sobrino a una situación límite. Quería verlo precisamente ahí: en un momento crítico. ¿Qué haría? ¿Implorar? ¿Arrodillarse? ¿Pedir que Sertorio parara? ¿Rogarle a él, su tío, que le ordenara detenerse?

Sin embargo, César no hacía ninguna de esas cosas. Sólo recibía los golpes. Estaba sudando por todo el cuerpo y se veían ya magulladuras en brazos y muslos y algún hilo de sangre. Eran armas de madera y sin filo, pero ásperas y rudas, de modo que no era de extrañar algún corte en una jornada de entrenamiento. Aunque aquello no parecía una sesión de adiestramiento, sino una especie de correctivo.

Sertorio detuvo su embestida y miró al excónsul.

César aprovechó para apoyar su espada en tierra, como si fuera un bastón, y recuperar algo el aliento. Le dolía todo el cuerpo. Estaba quedando en ridículo y no entendía qué podía hacer. Tendría que atacar, pero Sertorio aprovecharía para ser aún más duro al verlo aproximarse y el castigo recibido sería todavía peor. Así, en la distancia, por ahora sólo sufría magulladuras y una gran herida en su orgullo.

Sertorio seguía mirando a Cayo Mario. Cayo Mario miraba a su sobrino. César miraba al suelo.

—¡Sigue! —ordenó Mario—. No he dado orden de que te detengas.

Sertorio suspiró. Ni él mismo comprendía bien de qué iba aquello. Supuso que el excónsul quería dar algún tipo de lección a su sobrino, pero no tenía claro cuál. Parecía más bien un castigo puro y duro. Muy duro.

Blandió de nuevo en el aire su gladio.

César, que había escuchado las órdenes de su tío, inspiró hondo y se puso otra vez en guardia, en un intento de reducir los daños recibidos, incapaz por completo de detener aquella lluvia inclemente de golpes.

Recibió un espadazo particularmente fuerte en un muslo que, aunque fuera siempre con la parte plana del gladio, le hizo doblar la pierna e hincar una rodilla en tierra. Sertorio lo vio entonces claro y lanzó el golpe definitivo contra el rostro del muchacho. No lo hizo por crueldad. Lo hizo por inercia de guerrero mezclada con el deseo de dar término a aquella tortura del chico. Pensó que mejor abatirlo del todo de una vez que alargarlo.

Pero quizá Sertorio no calculó bien su fuerza. Y quizá no calculó tampoco que César no acertara a protegerse en modo alguno de aquel trancazo.

Fuera por el motivo que fuese, el impacto del gladio de Sertorio en la faz de César sonó mal. ¡Crac! Pero un crac seco, como definitivo, como excesivo. El joven Cayo Julio César, de doce años, cayó al suelo como si de un bloque inerte se tratara y quedó tendido en la ladera del Campo de Marte, sin moverse.

Se hizo un silencio espeso.

Mario se quedó petrificado.

De inmediato, Sertorio arrojó su propia espada de madera y se acercó al chico. Se había excedido. Temía lo peor. Se inclinó junto a él e iba a tocarlo para ver si respondía, cuando el propio César pareció revivir de pronto y, asiendo su gladio con toda la fuerza que pudo, lo usó para golpear los testículos de Sertorio como si blandiera un martillo con la furia de Vulcano.

—¡Aaagggh! —aulló Sertorio, y cayó al suelo, doblado, con las manos en sus partes, resoplando mientras Julio César se levantaba y esgrimía su espada de madera para continuar el combate.

El muchacho estaba en pie, con un pómulo abierto y ensangrentado, cubiertos los brazos de moratones y arañazos por el castigo recibido, pero plantando cara. Quinto Sertorio, aún entre bufidos, se esforzaba por levantarse para continuar el combate.

—¡Suficiente! —exclamó entonces Cayo Mario.

Sertorio asintió con la cabeza y, aún con una mano en sus doloridos testículos, se hizo a un lado.

Mario se situó junto a su sobrino.

—Has engañado a Sertorio, muchacho, pero toma nota de una cosa: a un oponente inteligente sólo se le puede engañar una vez. La treta que has utilizado ya no te valdría nunca más con él. ¿Lo entiendes?

—Lo entiendo —aceptó César—, pero me ha valido ahora.

Mario asintió.

—Vamos para casa. Han de curarte esa herida de la cara. Tu madre me va a matar por afearte el rostro. —Y se echó a reír.

Mientras hablaba con su sobrino, llegó un mensajero que se dirigió a Sertorio.

Tío y sobrino, entre tanto, echaron a andar. El corro de curiosos se fue desperdigando. Todos comentaban cómo aquel joven de sólo doce años se las había ingeniado para derribar, nada más y nada menos, que al hombre de confianza del gran excónsul de Roma.

Mario puso su mano en el hombro de su sobrino mientras le hablaba. A César le dolía el contacto, pero no dijo nada porque le gustaba lo que ese gesto implicaba: confianza, quizá incluso orgullo.

—Has aprendido que no hay que entrar en combate si no es para ganar, has demostrado que eres ingenioso para defenderte y ya has tomado nota de que a un enemigo inteligente sólo se le puede engañar una vez, pero ¿sabes, muchacho, cuál es la clave de todo en este maldito enfrentamiento entre populares y *optimates* que no deja de crecer en violencia y en el que tú mismo te verás envuelto algún día?

César arrugó la frente mientras pensaba.

En ese momento, Sertorio se les acercó y habló a su superior.

—El Senado va a dar a Sila el mando de las legiones del ejército reclutado para luchar contra Mitrídates en la próxima sesión —anunció.

—Hemos de hablar con Cinna y que se reúna ya la Asamblea —replicó Mario con decisión.

Todos siguieron andando de regreso al centro de Roma.

—La inteligencia —dijo de pronto César—. La inteligencia es la clave en este enfrentamiento, tío.

—Cierto, muchacho, pero esa inteligencia tendrás que usarla, como yo ahora, para conseguir el mando de un ejército. Tener el mando de un ejército: ésa es y será la clave siempre.

Mientras sentía correr la sangre por su mejilla, con el cuerpo dolorido por los golpes y la mano de su tío en el hombro, Julio César guardó aquellas palabras de Cayo Mario en lo más profundo de su mente para no olvidarlas nunca.

XXIX

Roma es mía

Nola, península itálica
88 a. C., seis semanas después

El Senado nombró a Sila cónsul de Roma y le concedió el mando del ejército de Nola destinado a marchar a Oriente para detener la expansión de Mitrídates del Ponto por todo el Mediterráneo.

Al mismo tiempo, la Asamblea actuó también por su cuenta y riesgo y se otorgó la capacidad de dar el mando del ejército a quien ella decidiera. De este modo, el tribuno Sulpicio, tras una enfervorizada intervención, consiguió que el pueblo de Roma confiara el mando del ejército de Nola a Cayo Mario.

El conflicto estaba servido.

Sila fue el más rápido de los dos contendientes por controlar aquellas legiones: se anticipó y salió de Roma, en dirección a Nola, antes que nadie. Viajó con sólo unos pocos hombres de su confianza, sin apenas fuerza militar propia, para asumir el control del ejército lo antes posible. Dolabela estaba entre los pocos que cabalgaron con Sila, día y noche, casi sin descanso, para adelantarse a cualquier movimiento del líder de la facción popular.

Mario, más cauteloso, quería reunir un grupo importante de sus veteranos de África y de la guerra contra los teutones para presentarse ante el ejército de Nola convenientemente protegido. La cautela, que tantas otras veces le había dado excelentes resultados —por ejemplo, en Aquae Sextiae—, le hacía ahora perder la iniciativa en aquel conflicto contra la audacia de Sila. Sólo el tiempo y los acontecimientos dirían quién de los dos estaba siendo más hábil.

El líder designado por los *optimates* llegó a Nola al amanecer y, de inmediato, tuvo una rápida reunión con los tribunos de las legiones, a quienes presentó el mandato del Senado que le concedía el control efectivo de aquella inmensa unidad militar. Todo parecía que iba a resultarle fácil, pero Mario, el tribuno Sulpicio y el propio Cinna no eran inexpertos en las cuestiones políticas y habían mandado mensajeros anunciando el nombramiento de Mario como líder del ejército por parte de la Asamblea. Y aunque el propio Mario aún seguía organizándose en Roma, los mensajeros llegaron a Nola al tiempo que lo hacía Sila y éste se encontró con que los tribunos de las legiones allí establecidas dudaban en aceptar el nombramiento del Senado. Si la Asamblea hubiera propuesto a cualquier otro, los oficiales de las legiones no habrían dudado, pero el nombre de Mario era leyenda en el ejército. Sila también tenía un buen prestigio acreditado, pero la victoria de Cayo Mario contra los teutones, en particular la batalla de Aquae Sextiae, era para los veteranos un hito militar como ningún otro en la historia de Roma desde tiempos de los enfrentamientos de Escipión contra Aníbal.

Sila se dio cuenta de que luchaba no ya contra otro hombre, contra otro líder de una facción opuesta, sino contra un mito.

La reunión con los tribunos no iba bien.

Dolabela podía ver la expresión seria de Sila y comprendía que estaba muy preocupado, pero no derrotado.

—Os propongo una cosa —dijo Sila a los tribunos—: convocad a todos los oficiales, centuriones, *optiones* y demás a un gran cónclave en el centro del campamento y allí, ante todos vosotros, que los mensajeros de la Asamblea expongan las razones que según ellos justifican el nombramiento de Mario como jefe del ejército. Luego expondré yo las razones del Senado para nombrarme a mí.

Oídas ambas partes, decidid a quién consideráis jefe supremo del ejército.

Los tribunos se miraron entre sí: a todos les parecía una buena propuesta.

Aceptaron.

Sila y Dolabela se quedaron a solas en la tienda del *praetorium*, una tienda para el mando supremo que aún no sabían si sería suya pasado aquel cónclave.

—He visto la cara de los oficiales cuando los mensajeros de la Asamblea les han dicho que el elegido por el pueblo para comandar el ejército es Mario —dijo Dolabela, nervioso—. No veo de qué forma puedes persuadirlos a aceptar el nombramiento del Senado y no el de la Asamblea. Y los formalismos legales, el hecho de que estas legiones vayan a combatir fuera de Italia y que la política exterior sea ámbito del Senado, no van a convencerlos. Los militares no se manejan con esas sutilezas.

Había una jarra de vino y vasos en la mesa en el centro de la tienda.

Sila, aún serio, muy pensativo, escanció licor para ambos y le entregó una de las copas a Dolabela.

Los dos bebieron. Sila apuró la copa.

—No, sin duda las legiones de Roma no atienden a sutilezas políticas —admitió—, eso lo sé. Atienden a otras razones. —Mostró una sonrisa enigmática—. En particular, estas nuevas legiones reclutadas entre desarrapados y muertos de hambre, desde las modificaciones que el propio Mario introdujo antes de la campaña contra los teutones y a partir de las cuales cualquiera puede ser un legionario. No lo olvides, Dolabela, con eso tratamos: con unos cualesquiera, muertos de hambre.

Uno de los tribunos entró de nuevo en la tienda.

—Todos los oficiales estarán preparados en poco tiempo y los mensajeros de la Asamblea también están convocados.

Sila asintió y el tribuno, tras saludar militarmente, salió de la tienda.

—Ni estos soldados ni los populares se dan cuenta de cuántas cosas hay en juego esta mañana —anunció Sila con solemnidad ante un muy atento Dolabela—: Primero, Mitrídates. El rey del Ponto no es un enemigo más ni un líder en decadencia. Representa a un reino en expansión y que juega a lo grande: ha secuestrado apenas hace unos meses a Tolomeo, llamado a ser el undécimo Tolomeo que gobierne Egipto, y lo retiene en el Ponto. Mitrídates está jugando a decidir quién gobierna Egipto, nada más y nada menos, mientras su poder se expande por toda Asia afectando a nuestros intereses al tiempo que está a punto de cruzar el mar y adentrarse en Grecia. Eso por un lado. Y todo esto no lo ven los populares. Quizá, Mario. El resto sólo mueven ficha en esta partida pensando en el tablero de Roma. Y, en segundo lugar, es cierto: del nombramiento del líder de este ejército depende ganar o perder la partida en Roma. Pero hay que enfrentarse a un doble desafío: ganar en Roma primero y luego, de ningún modo, perder la gran partida contra Mitrídates. Todo eso, amigo, está en juego esta mañana.

Dolabela terminó de apurar su copa de vino mientras escuchaba las explicaciones de Sila. Dejó el vaso en la mesa y lo miró fijamente a los ojos.

—Pero todo eso pasa por persuadir a los tribunos y al resto de los oficiales de que acepten tu nombramiento antes que el de Mario como jefe único del ejército —dijo sin ver cómo iba Sila a conseguir semejante objetivo.

—Exacto —convino él, y emprendió el camino hacia la puerta de la tienda—. Sígueme... y aprende. Te voy a dar una lección de cómo es la naturaleza humana.

Centro del campamento romano frente a Nola

Los samnitas, últimos *socii* en rebelión contra Roma, agrupados en Nola, seguían resistiendo a los romanos, pero el terrible asedio al que estaban siendo sometidos los estaba dejando exhaustos. Su única esperanza era que entre los propios romanos estallara la división y que el enfrentamiento entre *optimates* y populares pudiera de algún modo aliviar su situación. O resolverla por completo si se iniciaba una guerra civil entre ambas facciones.

Sila, al igual que los samnitas asediados, pensaba también en esto mientras escuchaba a los mensajeros de la Asamblea explicar a la oficialidad de las legiones por qué Mario debía ser su nuevo mando único y máximo. No dijeron nada nuevo ni sorprendente: recordaron las victorias de Mario en África y en el norte y se recrearon, en particular, en rememorar una vez más el gran éxito de Aquae Sextiae, contra los teutones que amenazaban la seguridad misma de Roma. Para ellos, sólo Mario podía librar a Italia ahora del peligro creciente de un rey del Ponto que no dejaba de extender sus dominios por todo el Mediterráneo.

Cuando los enviados de la Asamblea terminaron, los tribunos miraron a Sila. Éste asintió y se situó en un entarimado de madera que había frente a los oficiales y que hacía las veces de escenario.

Estiró el cuello una vez estuvo arriba; le dolía. Apenas había descansado desde que salió de Roma al galope y casi sin pausa para estar allí, precisamente ahora. Carraspeó un par de veces. Aclarada la garganta, inició su discurso:

—Mario es un gran legado, un excelente líder militar —empezó Sila para sorpresa de Dolabela, en primera fila junto a los tribunos, y para confusión de los oficiales que esperaban un feroz ataque de éste contra la propuesta de la Asamblea—. Se os han recordado sus gestas pasadas, sus victorias, sus campañas. ¿Qué he de deciros yo? ¿Que acaso fueron victorias fáciles, sencillas? ¿Que Mario no doblegó a enemigos importantes? ¿Soy yo acaso un mentiroso? No, no es esto lo que he de deciros. No pienso faltar a la verdad y menos ante vosotros, de quienes depende la seguridad de Roma, y menos todavía en un momento como éste, cuando aún no hemos terminado del todo con la rebelión de los marsos y sus aliados, pues aquí seguimos con este asedio a los samnitas, y cuando en Oriente surge otro enemigo formidable, Mitrídates del Ponto, que amenaza no ya a Egipto o a Asia o a Grecia, sino a nosotros mismos aquí en Italia, como los propios mensajeros de la Asamblea han explicado. No, no es momento ni de mentiras ni de falsedades. Éste es un instante crucial en nuestra historia. Hemos de ver cuál es la mejor forma de terminar con el nuevo enemigo antes de que crezca de tal modo que nos resulte ya del todo imposible detenerlo.

Se tomó unos segundos para respirar.

Sabía que lo escuchaban con atención. Al no atacar a Mario, los había desconcertado y sentía su curiosidad por ver adónde quería llegar con sus palabras.

Puso los brazos en jarras.

—Pero si bien Mario es un buen *legatus* —continuó—, yo también he demostrado mis capacidades de mando y mi inteligencia y eficacia dirigiendo cohortes y legiones en la propia África o en el norte, donde acompañé al propio Mario en todas aquellas campañas. No he de recordaros que, por ejemplo, la captura del rey rebelde Yugurta fue en gran medida posible gracias a mi intervención personal, pero, más allá de eso, en la reciente guerra contra los *socii* en rebelión, también he vuelto a mostrar mis capacidades militares.

Suspiró.

Tenía ahora que hacerse crítica a sí mismo. Era lo que correspondía, si se comparaba con Mario. Y ése era el camino.

—Sé lo que estáis pensando: que puede que todo lo que yo he dicho sea cierto, que yo puedo ser un buen líder militar. No obstante, todos estáis persuadidos de que Cayo Mario es mejor.

Calló. Miró a su público. Los tribunos de primera línea asentían.

—Yo podría rebatiros esa idea, podría argumentar contra esa opinión —prosiguió Sila—, pero, sinceramente, no le veo sentido a entrar en ese debate, porque, y ahora llegamos a la clave de todo, hoy no se trata sólo de quién va a ir al mando de las tropas que combatirán contra Mitrídates: hoy también hablamos de qué tropas van a ir, en verdad, a combatir contra Mitrídates.

Sila vio cómo los tribunos y los centuriones se miraban entre sí, confundidos.

—Por supuesto, por Júpiter: los mensajeros de la Asamblea os han dicho que debéis aceptar el mando de Mario como jefe supremo del ejército que irá a luchar contra Mitrídates, pero no han certificado que ese ejército vayáis a ser vosotros. Sólo quieren que aceptéis que Mario decida todo sobre esta próxima campaña militar. Una guerra que, por cierto, va a generar grandes botines e inmensa riqueza para aquellos legionarios que combatan en ella, muy por encima de cualquier otra campaña militar reciente, pues en Oriente hay tesoros, oro y plata en una cantidad infinitamente superior a la que se podría obtener saqueando ciudades derrotadas en África o en la Galia Cisalpina. En Asia, donde muchas ciudades se han pasado ya al bando de Mitrídates, o en Grecia, si al final hemos de combatir allí contra el rey del Ponto, el botín que aguarda es inmensamente más grande, más atractivo, más codiciado. Y Mario lo sabe. Y Mario quiere ese botín, pero, amigos míos, y permitid que me dirija a vosotros de ese modo, pues con algunos ya he combatido hombro con hombro en esta guerra contra los *socii* rebeldes, amigos míos, insisto, Cayo Mario no quiere usar vuestra fuerza y experiencia para ir a Oriente y derrotar a Mitrídates.

Les dio unos instantes para que digiriesen lo que acababan de escuchar y, tras una breve pausa, Sila retomó su parlamento:

—Yo, amigos míos, estoy aquí, ante vosotros, con el nombramiento del Senado, pero ¿no os preguntáis por qué Mario no está aquí también, si dice tener el nombramiento del mando militar por parte de la Asamblea? ¿No habéis pensado en ello?

Otra breve pausa.

Ceños fruncidos en todos los oficiales. Silencio intenso, pensamientos turbios entre los tribunos. Inquietud en todos los que escuchaban el discurso.

—¡Yo os daré la respuesta, por Júpiter! Si yo estoy aquí y él no, es sólo porque yo no tengo nada que ocultaros y él sí: Cayo Mario no está aquí porque lo que está haciendo es reunir a sus veteranos de las campañas de África y del norte para ir con ellos bajo su mando a Oriente a luchar contra Mitrídates y repartirse luego él y sus veteranos el fastuoso botín de guerra de esta próxima campaña. ¡Por eso Cayo Mario no está aquí hoy entre vosotros!

Sila vio las caras de sorpresa primero, y de rabia encendida después, de muchos de los centuriones y tribunos. Los mensajeros de la Asamblea, por su parte, parpadeaban confundidos. De aquello de lo que hablaba el senador ellos no sabían nada, pero era cierto que habían oído que Mario quería reunir a un pequeño grupo de veteranos para presentarse ante el ejército de Nola con ellos como escolta militar. ¿Y si realmente no quería reagrupar unos pocos de sus veteranos sino a todo su antiguo ejército como acababa de explicar Lucio Cornelio Sila?

Dolabela miraba a su mentor admirado. Sila mentía con inmensa habilidad, y no sólo eso: se le ocurrían unas falsedades tan ingeniosas, tan astutas...

Sila vio la simiente de la duda germinar en las miradas de los mensajeros de la Asamblea y, sobre todo, sintió cómo florecía la semilla de la cizaña y la rabia en las frentes arrugadas de los tribunos y centuriones de las legiones de Nola. Querían aquel botín de Oriente para ellos.

El elegido por los *optimates* los miraba muy serio. A esas «sutilezas» sí atendían los legionarios de Roma: al dinero. Mario había profesionalizado las tropas que luchaban por Roma, pero en esa profesionalización, el dinero era cada vez más importante y Sila se había dado cuenta de eso. Antes que ningún otro líder romano. Antes, incluso, que el propio Mario.

—Así que, amigos míos, tenéis dos opciones —les informó Sila—: O bien me aceptáis a mí como mando supremo de vuestro ejército, o bien aceptáis que sea Mario quien reúna a sus veteranos, apenas os dedique unas palabras conminándoos a seguir aquí en este asedio eterno, y parta con ese otro ejército, su propio ejército, no vosotros, a amasar una ingente fortuna que, por derecho y orden del Senado de Roma, os pertenece. Vosotros veréis qué pensáis que es mejor. Pero he de advertiros una cosa antes de que toméis vuestra decisión.

Podía ver ahora a los tribunos y centuriones ya muy persuadidos a aceptarlo a él como líder supremo, pero quería aún algo más que hiciera que aquella decisión fuera inquebrantable, irreversible:

—He de advertiros, por Hércules, que si partimos desde aquí hacia Oriente de forma directa, es muy posible que Mario y Cinna y el tribuno Sulpicio y el resto de los populares de Roma maniobren y cambien las leyes para que ese botín que es vuestro por derecho de guerra no sea para vosotros sino para las arcas de una Roma administrada por ellos y sus secuaces. Es decir, os confiscarán vuestras riquezas ganadas con vuestro empeño en esta guerra. Si de veras queréis marchar hacia Oriente, bajo mi mando, derrotar a Mitrídates y volver todos ricos y con un futuro cómodo para el resto de vuestra vida, debéis, debemos todos juntos, marchar primero...

Calló. Inspiró hondo. Y lo dijo:

—¡... contra Roma!

Dolabela, que hasta ese momento había escuchado a Sila con una media sonrisa, borró aquel gesto de su rostro y se quedó petrificado y con la boca abierta. Nadie nunca había marchado contra la propia Roma con legiones bajo su mando. La propuesta era inaudita, absurda, imposible. ¿O no?

Sila sabía que acababa de proponer lo impensable, pero sabía también que el poder del dinero —mejor dicho, del ansia por conseguirlo en aquellos que no lo tenían, como los legionarios del ejército que asediaba Nola— era aún una fuerza tan poderosa que podía llevar a cabo lo impensable.

—Sólo si vamos primero a Roma y nos aseguramos de que queda clara la supremacía del Senado sobre la Asamblea —se explicó—, sólo si nos garantizamos que el Senado sea quien decide en todo esto y no la Asamblea, sólo si anulamos el poder que los tribunos de la plebe, como Sulpicio, se han arrogado de dictaminar quién es el jefe militar de los ejércitos de Roma, sólo si hacemos eso, podremos marchar hacia Oriente con la seguridad de que todo aquel botín que consigamos sea, en efecto, para vosotros. Así que las opciones que tenéis son, en verdad, las siguientes: aceptar el poder de una Asamblea corrupta, dominada por los populares, y ver cómo Mario y sus veteranos se quedan con todo, o aceptar mi mando, el poder del Senado y marchar primero a Roma a dejar claro que la campaña de Oriente es por derecho y por ley, con todo su botín de guerra, vuestra y sólo vuestra. ¿Qué me decís, oficiales de las legiones? ¿Os quedaréis aquí quietos, en este maldito asedio sin fin, que poco o nada os reportará, o marcháis conmigo sobre Roma para reinstaurar el orden y el poder del Senado y aseguraros la campaña de Oriente? ¿Qué preferís: permanecer quietos, inmóviles y ver cómo desaparecen vuestros sueños, o marchar sobre Roma?

Terminó así Sila, con los brazos en alto, a la espera de la respuesta de los tribunos y centuriones de las legiones.

—¡Marchar sobre Roma! —respondió al fin un tribuno y, al instante, decenas, centenares de oficiales, todos a voz en grito, repitieron el mismo mensaje una y otra vez—: ¡Marchar sobre Roma! ¡Marchar sobre Roma! ¡Marchar sobre Roma!

Sila descendió de la tarima.

Dolabela se le acercó de inmediato.

—No puedes ir contra Roma —le dijo, aún presa de la estupefacción más absoluta.

—No voy contra Roma —le opuso Sila y, ante la cara de incredulidad de Dolabela, le aclaró de qué iba, realmente, todo aquello—: Roma es mía.

XXX

El aprendizaje de Cornelia

***Domus* de la familia Julia, Roma**
88 a. C.

La madre de César había invitado a Cornelia a pasar la mañana con ella. Su padre, que no la dejaba salir nunca de casa, ni siquiera para acudir de compras con los esclavos al Foro Boario, hizo sin embargo una excepción en este caso y le permitió acudir.

—No me avergüences —le dijo—. Habla poco y sé humilde.

A Cinna no le parecía extraño que la madre del joven César quisiera conocer algo más a la niña que había de casarse con su único hijo varón. Lo veía superfluo, el enlace ya estaba acordado, pero las mujeres se entretenían con esas cosas. Mientras nada alterara aquel pacto de matrimonio, todo lo demás sobre las relaciones interpersonales entre miembros de su familia y de la familia Julia le daba igual.

Cornelia tomó el papiro con la obra de Plauto que le dejó César y, protegida por un grupo de esclavos, se presentó en la residencia del barrio de la Subura.

—¿Lo has leído? —le preguntó Aurelia directamente cuando ella le entregó el rollo con la obra la *Asinaria*.

—Sí —respondió la niña, parca en palabras siguiendo el consejo de su padre.

—¿Y bien? —indagó su anfitriona mientras le hacía un gesto a la muchacha para que se sentara en un *solium* frente a ella, en el atrio central de la *domus.* Los *triclinia* vacíos indicaban que no era hora aún de comer.

Cornelia no sabía bien qué decir.

—¿Te ha gustado la obra? —insistió Aurelia.

—Me ha parecido divertida.

—*Es* divertida. El protagonista, hombre, queda como un idiota. ¿Crees que los hombres son idiotas?

Cornelia permaneció en silencio, con la boca entreabierta.

No respondió.

Aurelia bajó el nivel de su interrogatorio. La niña aún no tenía los nueve años cumplidos y además apenas había salido de casa de su padre.

—¿Por qué crees que te he hecho venir?

—No lo sé —mintió ella.

—Sí lo sabes. Si empiezas mintiéndome, ése es un mal principio para nuestra relación, ¿no crees?

Cornelia estaba convencida de que Aurelia quería departir con ella porque, como iba a ser la esposa de su hijo, deseaba saber qué pensaba de él, del joven César, pero decir eso significaba desvelar que sabía que iban a desposarlos, y lo sabía porque días atrás habían escuchado a hurtadillas desde el *tablinum*. Estaba desconsolada. No sabía qué decir. Había mentido por no desvelar que habían hecho algo malo. Desvelar que habían escuchado a escondidas era revelarle a su futura suegra que ella la había espiado, aunque fuera con la aquiescencia de su hijo César. Peor aún: si hablaba, estaría mostrando a la madre de César que, a las primeras de cambio, ella, Cornelia, ya estaba traicionando la confianza del joven César.

Cornelia estaba bloqueada. ¿Podía inventarse que su padre le había dicho lo del matrimonio pactado? Pero todos sabían que su padre apenas hablaba con ella de nada...

—Sé que sabes que hemos acordado que te cases con mi hijo —le dijo Aurelia—. César lleva escuchando conversaciones desde el *tablinum* desde que era niño. Yo creo que desde que aprendió a andar. Él piensa que yo no lo sé, pero lo sé. Ése no es el tema de esta conversación, muchacha. Te he preguntado si sabes por qué te he llamado.

Cornelia tragó saliva. Lo de hablar poco que le había ordenado su padre no parecía de fácil cumplimiento ante aquel interrogatorio.

—Para que hablemos de César, del hijo de la *domina*, supongo.

—Tonterías, por todos los dioses —replicó la mujer algo decepcionada—. ¿Qué interés puedo tener en departir contigo de un tema del que lo sé todo? No, no te he hecho llamar para hablar sobre mi hijo. Te he hecho venir para hablar sobre ti.

—¿Sobre mí? —Cornelia no daba crédito—. Yo no soy importante.

—Sin duda, para tu padre no lo eres más que en la medida en que tu enlace con mi hijo, esto es, con el sobrino de Cayo Mario, lo une al líder máximo de la causa popular. Ya he visto cómo te ignora. Pero yo no suelo ignorar a las personas. Háblame de ti, cuéntame qué te gusta hacer.

Cornelia miró al suelo confundida. No sabía ni por dónde empezar.

—Me gusta coser y aprender a organizar todo lo relacionado con la casa y tejer...

—No quiero que me respondas lo que crees que se espera de ti —la interrumpió Aurelia—. Quiero que me digas qué es lo que te gusta hacer de verdad.

Cornelia levantó la mirada y apretó los labios.

—Tejer me gusta de verdad, me entretiene. Lo de hablar con los esclavos, necesario para llevar una casa, no me gusta nada. Muchas veces no sé cómo hacerlo. Supongo que aprenderé. Pero lo que realmente me gusta es leer.

—¿Leer qué?

—Lo que sea. En mi casa hay muy pocos papiros. No como aquí. —Miró hacia el *tablinum*, luego se acordó de que allí se había escondido para escuchar a hurtadillas. Se sonrojó y, avergonzada, volvió a bajar la mirada.

—Te puedo dejar más obras de Plauto. ¿Lees griego también?

Cornelia suspiró. Otra vez aquella pregunta.

—No. Mi padre no ve la necesidad de educarme más allá de mis tareas propias.

—Ya.

Un breve silencio.

—¿Te gustaría aprender a leer griego y así conocer historias como la de Thalestris, reina de las Amazonas, o la de Helena y la guerra de Troya? ¿Conoces alguna de esas historias?

—No, no las conozco. Y sí me encantaría poder leerlas, pero mi padre...

—Haz el favor de no mencionar más a tu padre. Estás hablando conmigo, con Aurelia.

Cornelia calló y asintió varias veces.

—¿Quieres que te enseñe yo a leer griego?

La muchacha sintió que unas lágrimas acudían a sus ojos.

—Sí, me gustaría mucho, *domina*.

De pronto, César y Labieno irrumpieron en la casa y fueron directos al atrio, donde interrumpieron la conversación de Cornelia y Aurelia.

—¡Sila marcha contra Roma! —anunció César—. Con las seis legiones de Nola.

Aurelia los miró perpleja.

—¿Estás seguro de lo que dices, hijo? Eso es imposible. Ningún senador romano volvería las legiones contra Roma.

En ese momento llegó también el padre de César, que retornaba del foro.

—Pues lo imposible acababa de ocurrir —confirmó él, que había escuchado la última frase de Aurelia—. En el foro no se habla de otra cosa.

Venía sudando. Sin duda, había hecho casi corriendo todo el camino desde el centro de la ciudad para traer la noticia.

—¡Agua! —exclamó ella con autoridad, mirando al *atriense*. El esclavo partió a por lo que se le demandaba y Aurelia miró un instante a Cornelia—: Así se les habla.

La niña asintió de nuevo. Rápidamente, sin abrir la boca.

—No viene con las seis legiones completas —continuó César padre—. Parece que ha dejado un contingente importante de tropas para que mantengan el asedio de Nola contra los samnitas, pero desde luego viene con varias legiones. Nada ni nadie podrá oponérsele. He hablado con Mario y Cinna. Mario tendrá que volver a exiliarse. No tiene veteranos suficientes en la ciudad para enfrentarse al ejército que trae Sila. Ni hay forma de persuadir a esos hombres de que depongan su obediencia a Sila. Parece que les ha prometido todo el botín de la guerra contra Mitrídates y no hay manera de prometerles nada mejor a esos legionarios. Sila, mal que nos pese, es muy astuto y ha sabido ganarse la confianza plena de esas legiones. Mario se marchará, como hizo cuando la crisis de Saturnino y Glaucia y aquel maldito *senatus consultum ultimum*. Se refugiará en África. Cinna... —y aquí miró a la pequeña Cornelia, ¿qué hacía la niña en su casa?—, Cinna se quedará en Roma. La animadversión de Sila contra él no es tan grande como la que tiene contra Mario. Cinna me ha asegurado que llegará a algún tipo de acuerdo con él para evitar un derramamiento de sangre generalizado en la ciudad. Pero va a ser todo muy difícil.

Le trajeron el agua.

Bebió.

Se sentó en un *solium*.

—Muy difícil —repitió.

Domus de Lucio Cornelio Cinna
Esa misma noche

Cornelia regresó a casa de su padre. Como suponía, después de todo lo que había oído en la *domus* de César, su progenitor estaba inquieto.

—¿Qué vas a hacer, padre? —preguntó el hijo de Cinna a su *pater familias*.

Cinna se hallaba sumido en el silencio más absoluto.

Cornelia miraba la escena también muy callada. Cuando su padre estaba en ese estado, lo mejor era no decir nada, no hacer nada, para evitar ser presa de su cólera.

—Esperaremos —dijo al fin Cinna—. Aceptaremos todas las condiciones que quiera imponernos Sila, pero, más tarde o más temprano, él tendrá que abandonar Roma con su ejército para enfrentarse a Mitrídates. Entonces actuaremos. Entonces será nuestro momento. Y aprovecharemos el ínterin para prepararnos bien.

El hijo dio por buenas las explicaciones de su padre, pero a Cornelia le faltaba algo. Si su madre hubiera sido una mujer más resuelta, al modo de la madre de César, ella misma lo habría preguntado, pero Annia era de naturaleza muy sumisa, en parte por educación, en parte porque Cinna no era un hombre tan tolerante como Julio César padre, y no preguntó nada sobre lo que decía su marido.

Para sorpresa de todos, fue Cornelia la que se aventuró a indagar sobre aquella enigmática afirmación de su padre.

—¿Para qué nos prepararemos, padre?

Cinna la miró molesto. Para él era evidente.

—Nos prepararemos para su regreso, porque Sila se hará con el poder ahora, se marchará, pero regresará —le respondió con desprecio—. Tú no entiendes de estas cosas, porque eres una mujer.

Cornelia ya no preguntó más y bajó la mirada. A decir verdad se sentía más cómoda y más apreciada en casa de la familia Julia que en la suya propia. Ella no odiaba a su padre, pero no tenía claro que lo quisiera. Y su madre era sólo silencio.

XXXI

La religión de Sila

Roma, 87 a. C.

Tal y como anticipó César padre, no hubo forma de oponer una resistencia lo bastante fuerte para detener a Sila con sus legiones. Entre la sorpresa y la estupefacción, Sila se hizo con el control de la ciudad y de todas sus instituciones. El Senado ya estaba en poder de los *optimates*, así que fue contra la Asamblea contra quien se empleó a fondo.

El tribuno Sulpicio no sólo había promovido el nombramiento de Mario como jefe del ejército, sino que también había puesto en marcha una nueva legislación por la cual se concedían derechos de ciudadanía romana a más *socii*, pese a que la guerra contra muchas de las tribus aliadas de Roma estaba aún muy reciente y, en el caso de los samnitas de Nola, ni siquiera había terminado. La extensión de la ciudadanía romana a los aliados había sido necesaria para modificar el censo en la Asamblea: con los aliados como nuevos votantes era como se consiguió sacar adelante la votación de Mario como jefe supremo del ejército.

Sila fue concienzudo a la hora de revocar toda esta nueva legislación: abolió todas las reformas, el nuevo censo, la extensión de la ciudadanía romana a esas nuevas tribus de *socii* y ordenó que se arrestara a Cayo Mario y a Sulpicio Rufo. Mario se las ingenió, con ayuda de sus veteranos, para embarcar en una nave y poner rumbo a África. Pero Sulpicio no tenía esos recursos. Antes de la llegada de Sila, el Senado ya había emitido un *justitium* por el cual cesaban en el cargo de tribuno de la plebe a Sulpicio, pero con la presencia de Mario y sus veteranos en Roma tuvieron que anularlo. Con la salida, por fin, de Mario y la entrada de las legiones de Sila, Sulpicio no tuvo más remedio que emprender una huida improvisada.

Fue detenido en Laurentium, apenas a unas millas de distancia de Roma.

Y ejecutado.

Sila se paseó por el foro ante la mirada de senadores y de la plebe de la ciudad del Tíber, seguro y tranquilo, muy sereno, frente a la cabeza cortada de Sulpicio, aún sangrante y clavada en una estaca. Era un aviso para el resto de los líderes populares. Mario, no obstante, se le había escapado.

—¿Arremetemos contra los demás? —preguntó Dolabela. En mente tenía a Cinna y otros líderes de la facción popular que seguían en la ciudad.

Sila se lo pensó bien antes de responder.

—No —dijo con voz firme—. Pactaremos. Nuestras leyes a cambio de respetarles la vida.

—¿Y por qué no nuestras leyes y acabar con ellos también? —inquirió Dolabela.

Hablar en aquel foro con la cabeza de Sulpicio clavada en aquella lanza parecía infundirle mucha seguridad, tanta como para acometer una represión total contra los populares. Y además disfrutaba del sufrimiento ajeno. Simplemente, le gustaba.

—Una purga a gran escala requeriría de la presencia de las tropas en Roma durante meses y tenemos dos problemas para mantener las legiones en la ciudad.

—¿Dos problemas? ¡Por Hércules! ¿Qué problemas? —Dolabela no veía por qué no aprovechar aquel momento de fuerza y control absoluto de todas las instituciones para barrer de una vez por todas a la oposición de la facción popular. Barrer en el sentido de aniquilar. De masacrar.

Sila suspiró. Se pasó la mano por la boca y aportó sus motivos para refrenar la matanza que reclamaba Dolabela:

—A estas legiones les he prometido un buen botín de guerra, dinero, y tanto oro y plata no tenemos en Roma para satisfacer las ansias de seis legiones. No sin expoliar nuestros sagrados templos o sin vaciar las arcas del Estado. Y, en segundo lugar, el peligro de Mitrídates sigue acechando. Por ambos motivos he de partir y llevarme las legiones. Sin un destacamento militar bajo nuestro mando en Roma, no podemos gobernar la ciudad por la fuerza. No, por ahora. Por eso pactaremos con Cinna. En ausencia de Mario, él es la voz de los populares en Roma.

—Por eso no lo has matado —dijo Dolabela en un rapto de iluminación.

—Por eso —confirmó Sila—. Necesito a los populares con un líder que los sujete. Pactaré con él que acepte la anulación de las leyes promovidas por Sulpicio aquí presente —y se volvió hacia la tétrica estaca y se permitió una mueca con una sonrisa malévola—. Creo que la cabeza del tribuno de la plebe aquí clavada será un buen recordatorio de lo que le espera a quien intente manipular el censo electoral que ahora nos es favorable, anulada la ciudadanía que concedió la Asamblea a tantos de nuestros enemigos. Le ofreceré a Cinna ser cónsul. Es ambicioso, aceptará. Y tras ese pacto, tú y yo, amigo mío, marcharemos contra Mitrídates.

Sila paseaba con los brazos en jarras por el foro de Roma, caminando alrededor de aquella estaca por cuya asta aún corrían gotas de sangre.

Lucio Cornelio Sila empezaba a gustarse. Sabía que muchos en Roma, en ese mismo momento, estaban rezando a los dioses, ofreciendo sacrificios e implorando la clemencia de todas las deidades, pues temían una nueva guerra civil. Pero él tenía su propia religión. Su dios era él mismo; su panteón, sus deseos; sus sacerdotes, las legiones. Una nueva religión para un nuevo mundo: su mundo.

XXXII

*Cinnamum Tempus**

Roma, 87 a. C.

Todo en Roma, en ausencia de Sila, empezó a acontecer según los planes del propio Sila. Pero sólo en su comienzo.

Cinna fue nombrado cónsul como representante de la facción popular, y Cneo Octavio** fue elegido cónsul como representante de la facción de los *optimates*. Hasta ahí todo seguía el plan de Sila. Sin embargo, Cinna recuperó el proyecto del decapitado Sulpicio Rufo para ampliar el censo electoral romano incluyendo como ciudadanos a muchas tribus aliadas. Octavio intentó negociar con Cinna, pero éste no aceptaba otra cosa que la incorporación, nada más y nada menos, que de treinta y cinco nuevas tribus al censo. Aquello era inaceptable para los conservadores. El Senado, siempre controlado por los *optimates*, depuso del cargo de cónsul a Cinna, decretó su expulsión de Roma y nombró en su lugar a Mérula.

Cinna salió de la ciudad y se llevó a su familia, incluida Corne-

* «El tiempo de Cinna», como se denominó al periodo en el que Roma estuvo controlada por este líder popular. También se refieren otros autores a esta época como *Cinnae dominatio*, «el dominio de Cinna».

** No tiene que ver con Octavio Augusto, el que fuera primer emperador de Roma. Este último ni siquiera había nacido en esta fecha.

lia, consigo. Pero el Senado calculó mal. Ya lo había advertido Sila: «Sin mis legiones no os enfrentéis a Cinna. Incluso si incumple el pacto, no os lancéis contra él. Esperadme». No le hicieron caso. Cinna vivía bien en el enfrentamiento frontal: liberó esclavos y alistó *socii* a un ejército improvisado en las ciudades aliadas, que estaban sedientas de venganza por su derrota en la guerra de los *socii* de los años anteriores, y que marchó sobre Roma como Sila lo había hecho hacía unos meses. Las escasas tropas que el propio Sila había dejado en Roma bajo el control de Cneo Octavio no contaban como fuerza de confrontación real por su escasa experiencia y los tribunos exigieron que fuera Metelo Pío, más experimentado, el que se hiciera cargo de la defensa de la ciudad. El tartamudo Metelo vio claro que el ejército de Cinna era más numeroso y, como había hecho Mario ante el avance de Sila, huyó de Roma ante la amenaza de Cinna y su improvisado y pequeño pero feroz ejército.

La mayor parte de las tropas de Cneo Octavio desertaron. Octavio se refugió en la colina del Janículo, dedicada a adorar al dios Jano, al oeste del Tíber, fuera de las murallas de la ciudad.

Cinna se hizo de nuevo con Roma. Los populares volvían a controlar la capital de la República, mientras Sila iniciaba la guerra contra Mitrídates en las tierras de Grecia.

Cneo Octavio fue apresado, al fin, y ejecutado, y su cabeza clavada allí donde antes Sila había exhibido la de Sulpicio: un cónsul romano de los *optimates* decapitado a cambio de un tribuno de la plebe popular decapitado. A Cinna le parecía justo. A muchos populares también, pero no a todos: entre ellos había quien pensaba que se tenía que llegar a algún tipo de acuerdo con los *optimates* o los derramamientos de sangre no se terminarían nunca. Cinna decidió entonces llamar a Cayo Mario y al hijo de éste para que con su presencia se fortaleciera aún más su liderazgo en la causa popular. Mario aceptó retornar a Roma: dejó África y, acompañado de su hijo y un pequeño ejército de sus veteranos, que se le unieron en su avance por el sur de Italia, se presentó en la ciudad del Tíber. Una vez allí, acudió a una nueva reunión con Cinna en casa de la familia Julia para reorganizar el gobierno de la República. Esto es, de una República contra un Sila, de momento, ausente.

Domus de la familia Julia
Esa noche

Cornelia y César hijo volvían a estar juntos en el patio trasero de la residencia de la familia Julia en el barrio romano de la Subura.

—¿Estás bien? —le preguntó él—. Cuando me enteré de que tu padre te llevaba consigo, cuando el Senado lo expulsó de la ciudad, me quedé preocupado.

—Sí, estoy bien —le respondió Cornelia, conmovida ante la idea de que él se hubiera inquietado por ella—. Mi padre no quería darles la posibilidad de usarnos como rehenes, a mi hermano o a mí.

—Tu padre se preocupa por ti, por tu seguridad.

Ella miró al suelo y negó con la cabeza.

—No, mi padre sólo se preocupa por él. —Cornelia miró a César a los ojos—. Sólo le resulto importante porque le valgo para unir su familia a la tuya, que está emparentada a su vez con Mario. Eso es lo único que le interesa de mí.

El joven calló.

—No me molesta ya su falta de cariño —prosiguió Cornelia—. Me he acostumbrado. Y sabía que me usaría para unirme a alguien que conviniera a sus intereses políticos. Me alegro mucho de que mi destino sea unirme a ti. Tú me tratas bien. Y tus padres. En particular, tu madre.

—Te está enseñando griego —dijo él—. Me lo comentó.

—Sí. Le estoy muy agradecida. Sé que lo hace por ti, para ti. Quiere que esté a la altura de lo que tú mereces. Aunque ella no me lo plantea así. Sé que es por eso.

—Es posible que algo de eso haya —admitió César—, pero te garantizo que, si no le resultaras agradable, no lo haría.

—¿El qué? —preguntó ella.

—Enseñarte griego —precisó él—. Si hay algo que le oigo decir siempre a mi madre estos últimos años es que ya está demasiado mayor para aguantar a estúpidos a su lado. Si no te considerara inteligente, no se pasaría las tardes enseñándote griego. Además, dice que aprendes rápido.

—Tu madre sí que es inteligente —continuó ella, sorprendida de lo fácil que era hablar con César; seguramente, al tener dos hermanas estaba acostumbrado a hablar con muchachas desde siempre, como él mismo le explicó meses atrás—. Tu madre hace como que no, pero está al tanto de todo lo que pasa. Y... —Dejó la frase en el aire.

—¿Y...?

Cornelia no se atrevía a decirlo en voz alta, así que lo susurró:

—Y tu madre tiene sus propias opiniones de todo. De política también.

César estalló en una carcajada y Cornelia se unió a él. Le gustaba verlo relajado con ella.

—Es cierto —confirmó él cuando remitieron las risas—. Mi madre tiene sus propias ideas.

Callaron.

César quería preguntarle qué estaba leyendo, pero había otra cosa que le interesaba más en ese instante.

—¿Vamos a escuchar? —sugirió mirando el *tablinum*.

Ella volvió a responderle en un susurro:

—Tu madre sabe que escuchas... que escuchamos.

—Lo suponía —replicó él sin mostrar sorpresa alguna—. Pero ¿te dijo que no lo hiciéramos más?

Ella arrugó la frente.

—No, eso no me lo dijo.

Él le ofreció la mano.

Ella la cogió.

—Entonces, vamos.

Y de nuevo, como habían hecho hacía unos meses, él la condujo por un largo pasillo hasta entrar en el *tablinum* que daba acceso a su vez al gran atrio central de la casa, justo el lugar donde Cinna, Cinna hijo, Cayo Mario padre, Cayo Mario hijo, Sertorio, César padre y Aurelia estaban reunidos.

Atrio central de la residencia de la familia Julia

Cinna y Mario hablaban a gritos, se interrumpían a voces.

Sus hijos callaban, ambos muy serios. Nunca habían visto a sus padres tan enfrentados el uno con el otro.

César padre, por su parte, intentaba que se calmaran.

—A ver, los dos tenéis parte de razón —decía el anfitrión—. Por todos los dioses, los dos habéis hecho lo que habéis estimado más oportuno para que los cambios en la República se inicien y perduren de una vez por todas, pero tenéis que salir de aquí con algún tipo de acuerdo. Como bien sabéis los dos, Sila retornará y o estamos bien unidos o en nuestra desunión encontrará su mejor aliado para volver a hacerse con el poder absoluto.

Mario y Cinna se serenaron.

Aurelia, muy seria, se mantenía en silencio. De cuando en cuando miraba hacia la puerta del *tablinum*.

—La decapitación de Cneo Octavio ha sido un error —insistió Mario—. La sangre volverá a llamar a la sangre.

—La fuerza y el miedo es lo único que amedrenta a los *optimates* —contraargumentó Cinna—. Es su lenguaje. Lo utilizaron contra los Gracos, contra Saturnino y Druso, y hace poco contra Sulpicio.

—Es su lenguaje, pero a Sila no le atemorizará una decapitación más y, además, es fuerte, mucho —opuso Mario.

—Todo depende de la guerra contra Mitrídates —apuntó Cinna—. Igual el rey del Ponto nos hace el trabajo sucio y acaba con Sila. Por de pronto, con mis acciones en Roma, Metelo ha huido, y tú has podido regresar.

Mario suspiró.

—Eso es verdad, como es cierto que la forma en que se desarrolle la campaña contra Mitrídates es clave —admitió con tono conciliador.

—¡Dioses! —celebró César padre—. Un primer punto de acuerdo. ¡Vino! —exclamó mirando al *atriense* de la casa.

El esclavo fue a por todo lo necesario.

Se sirvieron copas.

Se bebió.

El licor de Baco relajó un poco el ambiente.

—Lo hecho hecho está —dijo entonces Mario—, pero sugiero dos cosas.

—Te escucho —respondió Cinna.

—Hemos de controlar a esos esclavos que has liberado y armado como parte de tu improvisado ejército para hacerte con el control de Roma y que están sembrando el terror por las calles de la ciudad. No voy a entrar en si su utilización y su terror han sido o no necesarios para amilanar a los *optimates* y sus grupos de sicarios armados, pero Roma, bajo nuestro gobierno, debe ser sinónimo de orden. Mis veteranos son gente más serena. Ellos pueden asegurar el dominio de la ciudad sin una violencia descontrolada.

—Puedo ordenar que muchos de esos esclavos armados se retiren de las calles —aceptó Cinna—. ¿Qué otra cosa deseas sugerir?

—Si queremos el apoyo incondicional del pueblo —continuó Mario—, hemos de poner en marcha las reformas legales que nuestra facción siempre ha defendido, y no me refiero sólo a la cuestión de ampliar el censo concediendo la ciudadanía a las tribus aliadas, sino al reparto de tierra y de trigo.

Se hizo un silencio espeso.

—Me parece bien —dijo Cinna. No en voz muy alta, pero lo dijo.

—Entonces, ¿estamos de acuerdo? —insistió Mario, que quería una confirmación clara por parte de Cinna.

—Estamos de acuerdo —ratificó el interpelado en un tono más firme.

—Sea.

—¡Bien! —Nuevamente César padre se mostró feliz y se volvió a dirigir a los esclavos para que trajeran, además de vino, comida.

Aurelia se levantó y, por primera vez, habló en voz alta:

—Iré a por Cayo y Cornelia para que se unan a la cena.

César padre y Cinna asintieron. Ella partió, despacio, del atrio. Sabía que tenía que dar tiempo a que los muchachos salieran del *tablinum* y llegaran al atrio trasero donde se suponía que estaban.

Mario padre se dirigió a Sertorio, que estaba a su lado, y le habló en voz baja aprovechando el ruido de los esclavos al traer platos y servir comida y las conversaciones cruzadas de unos y otros con relación a los manjares que César padre les iba a ofrecer.

—Quiero que los veteranos se hagan con el control de las calles —le dijo a su hombre de confianza—. Si han de matar a algunos de esos malditos esclavos liberados por Cinna, que los maten.

Sertorio se limitó a asentir una única vez.

—Bien. —Mario estiró el brazo con una copa vacía para que uno de los esclavos se la llenara bien de vino.

Todo parecía decidido y hablado, aunque había algo que preocupaba a Mario desde siempre: la seguridad de su sobrino. Su hijo era mayor y ya dirigía legiones si era necesario. Pero César era muy joven para luchar, así que había hablado con César padre sobre una estrategia para protegerlo en caso de que todo saliera mal y Sila se hiciera, una vez más, con el poder.

—Hay algo que me gustaría también acordar contigo —dijo Mario padre mirando a Cinna.

En ese momento entraron César hijo y Cornelia y se situaron en los *triclinia* que les indicaba Aurelia.

—¿Y qué es?

—El cargo de *flamen Dialis*, de sacerdote principal de Júpiter, sigue vacante —comentó Mario.

Aquello no era de extrañar: era el sacerdocio de más prestigio en Roma, pero sujeto a una serie de limitaciones para quien lo ostentaba que resultaban francamente incómodas, por no decir casi imposibles de cumplir: el *flamen Dialis* no podía pernoctar fuera de

Roma más de una noche seguida; de hecho, debía dormir en su propia cama con frecuencia, sin ausentarse de su lecho más de tres días consecutivos; no podía desnudarse en público, lo que le impedía el uso de termas públicas, tan deseadas por los romanos de toda condición; no podía llevar anillos que rodearan un dedo por completo ni tocar diferentes elementos comunes en el mundo romano, como las vides o las hiedras que crecían en la húmeda Roma; le estaba vedado montar a caballo, ver armas o presenciar maniobras militares, y así un sinfín más de restricciones. De ese modo, resultaba natural que pocos quisieran acceder a semejante cargo, aunque también conllevaba privilegios notables, entre otros, el derecho de asistir a las sesiones del Senado, la posibilidad de sentarse en una *sella curulis*, antaño exclusiva de los reyes romanos y ahora restringida a los cónsules, y su presencia iba siempre precedida por un *lictor*.

—¿Y bien? —preguntó Cinna—. Sí, ese sacerdocio está vacante.

—En esta idea de afianzar nuestra alianza —apuntó Mario—, me gustaría que se nombrase a mi sobrino, Cayo Julio César hijo, *flamen Dialis*.

A su propio hijo Mario no lo proponía porque lo necesitaba al mando de tropas veteranas de África, pero César era demasiado joven para ser útil aún en el terreno militar.

Cinna callaba y meditaba mientras bebía vino.

César padre estaba muy atento a su respuesta, como Aurelia.

César hijo estaba muy sorprendido. Se atragantó y se puso a toser, pero rápidamente contuvo aquel espasmo bebiendo un vaso de agua. Nadie le había anticipado nada sobre aquello. Tampoco se le consultó cuando se acordó su futuro matrimonio con Cornelia. Las conocidas limitaciones y privaciones del *flamen Dialis* lo abrumaban, pero guardó el silencio que se esperaba de él.

Cornelia, en un gesto poco habitual en una romana durante un convite, puso su mano sobre el brazo de César hijo un instante.

Cinna terminó de beber. En cualquier caso, César hijo iba a ser su yerno.

—Para ser elegido *flamen Dialis* ha de estar casado —observó como si fuera un problema para semejante nombramiento—. Podemos torcer muchas leyes, pero creo que quebrantar las relacionadas con los dioses nos haría impopulares.

—No digo que lo nombres ahora —comentó Mario entonces—. Que mi sobrino se case con tu hija cuando ella sea mujer y luego que se nombre a César *flamen Dialis* de Roma.

Cinna veía así garantizada la alianza con la boda previa con su hija.

—Así sea. —Levantó su copa ofreciendo un brindis por el nuevo punto de acuerdo entre Mario y él.

Los esclavos dispusieron numerosas bandejas con apetitosa comida delante de todos los comensales.

César hijo no comía nada.

—¿Estás bien? —le preguntó Cornelia en voz baja.

—Digamos que se me ha ido el hambre de golpe —respondió el muchacho.

XXXIII

Los templos de Grecia

Delfos, Grecia
87 a. C.

Sila se adentró en Grecia desde el Épiro, y cuando llegaron a la altura del famoso oráculo de Delfos, ordenó que las legiones se desviaran de la ruta que los conducía a las posiciones del ejército de Mitrídates.

—Quiero consultar a la pitonisa —dijo por toda explicación para justificar semejante retraso a la hora de entrar en combate directo con el enemigo.

A Dolabela aquel arranque religioso de su líder le pareció extraño, porque una ralentización del avance de las legiones podía dar más tiempo a Mitrídates para organizar sus tropas y consolidar sus posiciones en Grecia, pero optó por no discutir y transmitió las instrucciones a los tribunos.

Delfos estaba en decadencia desde hacía tiempo, pero aun así muchos eran los peregrinos llegados no ya desde toda Grecia, sino desde lugares tan distantes como Asia o la Galia, que se arracimaban en los aledaños del templo del sagrado oráculo, donde las tres pitonisas vivían y realizaban sus famosas predicciones sobre el futuro.

Ascendieron por las laderas de las montañas que conducían hasta el lugar sagrado. Los peregrinos se hacían a un lado ante el avance de Sila, acompañado por Dolabela, y varias centurias de legionarios bien armados. Sila ya había saqueado Olimpia, y muchos peregrinos temían que el líder militar romano fuera capaz de otra tropelía semejante, pero, en general, nadie pensaba que pudiera llegar a tanto. Delfos era el lugar más sagrado de la región y, aunque había sufrido vaivenes en sus muchos siglos de existencia, en sus épocas de esplendor y de decadencia, como la presente, nunca había sufrido un expolio generalizado. Nadie jamás se había atrevido. Seguramente por temor a una venganza del dios Apolo, a quien estaba consagrado el templo desde hacía centenares de años. Lo habitual, desde tiempos inmemoriales, era lo contrario: que reyes y gobernantes de todo el mundo griego hicieran lujosos presentes al oráculo en agradecimiento por predicciones que o bien se habían cumplido o bien les habían ayudado a la hora de regir el destino de sus pueblos en la paz y, sobre todo, en la guerra. Hubo algún terremoto que demolió parte del templo, pero fue reconstruido, y también estuvo el expolio brutal a manos de los focios para pagar su derrota ante Filipo II de Macedonia, el padre de Alejandro Magno. Pero el propio Filipo forzó a los focios para que restituyeran todo lo expoliado, y el oráculo, su templo y todo su entorno retornara a su esplendor de antaño. Desde entonces pocos se habían atrevido a robar en Delfos, siquiera una pequeña estatua.

—¿Veremos a las pitonisas? —preguntó Dolabela mientras ascendían hacia el santuario.

—Es posible —comentó Sila con aire distraído, como si su mente estuviera en otra cosa, no en aquella visita que iban a realizar, continuamente mirando a un lado y otro de aquel camino que serpeaba en su constante ascenso hacia el santuario.

—Tenía entendido que a las pitonisas sólo se las podía consultar en ciertas fechas.

—Nueve veces al año. Entre los meses de febrero a octubre, una vez al mes.

La respuesta de Sila sorprendió a Dolabela, que no lo imaginaba tan versado en el culto délfico. Asintió antes de expresar otra duda:

—Siempre me he preguntado por qué a las sacerdotisas que predicen el futuro en Delfos se las llama pitonisas. Me parece un nombre curioso. Recuerda a la serpiente.

Sila suspiró. La incultura de Dolabela lo incomodaba a veces. Una cosa era detestar a los enemigos, como los propios griegos, o no tener realmente mucha fe ni en dioses ni en oráculos, pero otra, inaceptable para él, era no conocer la historia.

—Este santuario estaba dedicado en un principio a Gaia —explicó Sila—. Lo custodiaba una serpiente gigante llamada Pitón, hija de la diosa. Cuentan que Apolo mató a esa serpiente, ganando para sí el oráculo y el nombre de Apolo Pitio, y encomendó a las mujeres que fueran sus sacerdotisas llamándolas «pitonisas» o «pitias» en memoria del reptil destruido para controlar el templo.

Dolabela volvió a quedarse perplejo.

—No pensaba que sintieras esa devoción por este oráculo.

—No la siento —aclaró Sila—, pero conozco su historia y, conociendo su pasado, sé que aquí vamos a encontrar más tesoros que en ningún otro lugar de Grecia. Estatuas de oro y plata, cofres con monedas, y todo tipo de presentes acumulados en el templo y relativamente poco custodiados porque nadie se atreve a hacerse con ellos por miedo a la ira de Apolo. Regalos que estarán amontonados en el santuario principal y en todos estos pequeños templos o almacenes que vemos a un lado y a otro. Cada ciudad griega, cada reino que venera al oráculo, ha levantado en este camino templetes con presentes para el oráculo.

—¿Vas a expoliar el oráculo de Delfos? —inquirió Dolabela con los ojos muy abiertos.

—¿Ves algún ejército que nos lo vaya a impedir?

—No.

—Pues nosotros sí tenemos un ejército que, además, ha de ver y tocar oro y plata pronto. Les hice una promesa de que obtendrían grandes riquezas en esta campaña. Lucharán con más energía contra las tropas de Mitrídates si van viendo que estar a mi servicio realmente les reporta grandes beneficios, ¿no crees?

Desde un punto de vista meramente práctico, la idea de Sila era perfecta, pero Dolabela aún dudaba, fuera por religiosidad o por mera superstición.

—Pero Delfos... Hasta Tucídides o Platón han respetado al oráculo... Delfos es el centro del mundo.

—El centro del mundo, sí, veo que esa leyenda sí la conoces —comentó Sila algo divertido ante los escrúpulos y temores de su segundo en el mando.

—Zeus soltó dos águilas, ¿no es así? —preguntó Dolabela—. Una desde el extremo más oriental del mundo y otra desde el más occidental, y se cruzaron aquí marcando así Delfos como el *ónfalos*, el ombligo del mundo.

—Eso cuentan —admitió Sila, siempre sin dejar de andar y mirando a un lado y a otro, para asegurarse de que lo único que había allí eran peregrinos.

Sólo encontraron unos pocos hombres armados al pie de la gran rampa que ascendía directamente al templo.

Sila miró a uno de los tribunos y éstos no necesitaron ni recibir órdenes. Rápidamente rodearon a los centinelas armados que custodiaban el templo y los obligaron a rendir sus espadas y lanzas. La superioridad numérica de las cohortes que Sila había traído consigo hasta lo alto del santuario era demoledora. Aun así, veía demasiados peregrinos. Se dirigió a otro tribuno militar:

—Traed una legión entera, aquí, a lo alto del santuario. Y despejad todo esto. Por la fuerza si es necesario. No quiero ningún peregrino en Delfos en menos de una hora.

El tribuno saludó con el puño cerrado en el pecho y partió con varios centuriones para organizar la tarea que se le acababa de asignar.

Sila, junto con Dolabela y un nutrido grupo de legionarios armados, emprendió el ascenso por la rampa.

Las pitonisas no aparecieron en ningún momento.

—Quizá, después de todo, sí sepan leer el futuro y han puesto tierra de por medio —comentó Sila no sin cierto respeto en su tono de voz—. Son inteligentes esas sacerdotisas.

Dolabela no dijo nada. Él no era muy religioso, pero sí supersticioso, mucho, y no le gustaba banalizar ninguna cuestión relacionada con deidades, sacerdotes o sacerdotisas.

—Por cierto, he contado veintisiete —añadió Sila.

—¿Veintisiete qué? —preguntó Dolabela.

—Veintisiete templetes a ambos lados del camino que nos ha conducido hasta el santuario principal. Eso son veintisiete almacenes con presentes para el oráculo. Es más de lo que imaginé. Y algunos de esos edificios parecían auténticos templos en sí mismos.

Dolabela calló de nuevo. Cada vez tenía más claro que para Sila aquella visita al santuario de Delfos era sólo una cuestión de dinero.

Entraron en el templo.

Se oía el caer del agua de un caño que traía el líquido, supuestamente mágico, de la fuente Castalia, muy próxima, y lo escanciaba sobre una pequeña piscina atravesando la estatua de un león. En lo alto, en un lugar destacado, podían ver otra estatua de la esfinge y, a un lado, un viejo aforismo de los Siete Sabios del mundo antiguo en griego: Γνῶθι σεαυτὸν. «Conócete a ti mismo».

—Es un buen consejo —admitió Sila—. Distribuíos y buscad por todas las salas del templo. Quiero oro y plata y monedas y cualquier objeto de valor aquí, en el centro, rápido. Y que también amontonen en la puerta de cada templete del camino todo lo de valor que encuentren en el interior de cada edificio. Y que traigan carros para transportarlo todo. El oro y la plata los fundiremos luego, para el reparto entre las tropas.

Así inició el expolio más descarnado y sacrílego que habría de sufrir Delfos desde hacía siglos.

Mientras los legionarios acumulaban estatuas de oro y plata, cofres con monedas, cajas con piedras preciosas y todo tipo de objetos de valor, desde copas hasta armas lujosamente decoradas, Dolabela se acercó al exultante Sila. Todo el interior del templo olía a laurel, la planta que las pitonisas utilizaban en sus trances para conectar con las deidades del Olimpo y hacer saber su voluntad a quienes preguntaban por el futuro.

—¿De veras no temes a los dioses, no temes una reacción de Apolo? —preguntó Dolabela.

Sila se giró lentamente y lo miró a los ojos mientras le respondía:

—No. Mi único temor era no tener con qué pagar al ejército, pero eso acaba de resolverse hoy, con la colaboración del santuario de Delfos. Mañana nos dirigiremos a Atenas.

Todo marchaba a la perfección: tenía un ejército bien pertrechado que, ahora, con el oro y la plata de Delfos, le sería completamente fiel. Tenía una campaña militar por delante contra un enemigo complicado, pero se sentía fuerte, animado.

Sila se retiró a su tienda en el campamento militar de sus legiones.

Estaba a punto de echarse a dormir cuando Dolabela entró en el *praetorium*.

—Apolo ha hablado: Cinna se ha hecho con el control de Roma. Cneo Octavio ha sido ejecutado y Mario ha regresado a Roma —dijo en un resumen tan rápido como demoledor.

Sila, sentado ya en su lecho, asintió varias veces mirando al suelo.

—Apolo no ha hecho nada —replicó sin levantar la mirada—. Cinna iba a incumplir todo lo pactado conmigo en cuanto pudiera. Eso sí, hay que reconocer que ha sido expeditivo y metódico.

Dicho esto, calló, y aquel silencio se le atragantó a Dolabela, que necesitó quebrarlo con una pregunta precisa:

—¿Qué hacemos?

Sila exhaló muy lentamente todo el aire de los pulmones. Alzó la cabeza y habló mirando ahora hacia el techo de la tienda, estirando el cuello para relajarse:

—Marcharemos sobre Atenas, luego contra Mitrídates y, finalmente, retornaremos a Roma. Regresaremos más fuertes y seremos implacables con nuestros enemigos.

Dolabela asintió. Su mentor parecía haber cubierto todos los frentes con su plan de acción. Nada que añadir.

—Ahora voy a dormir —apostilló Sila como si el asalto al poder de Cinna, la muerte de cónsul Octavio o el retorno de Mario a Roma fueran pequeños obstáculos que en modo alguno iban a privarle del placer de un sueño tranquilo.

XXXIV

El reposo del águila

Residencia de la familia de Cayo Mario, Roma
Enero del 86 a. C.

Hasta el águila más fuerte, hasta aquella que vuela más alto, un día se queda sin fuerza en las alas.

Los cónsules del nuevo año fueron Cinna, por segunda vez, y Cayo Mario por séptima. El caso del tío de César era lo nunca visto antes y algo que jamás ocurriría después en la República. Pero quien salvó la guerra de África y quien, sobre todo, detuvo el avance cimbrio y teutón sobre Roma misma, quien cambió los emblemas de las legiones por las águilas en sus estandartes y quien transformó la naturaleza misma del ejército romano cayó enfermo apenas unos días después de obtenido su séptimo consulado.

Mario permaneció en cama una semana.

Tenía más de setenta años.

Estaba débil.

Deliraba.

Soñaba que él, y no Sila, era quien comandaba las legiones contra Mitrídates. Sus ansias por aquel mando se mezclaban con la fiebre de la enfermedad y enturbiaban sus pensamientos hasta confundirlo durante horas.

Pero tenía algunos momentos de lucidez. Hablaba entonces con su hijo, con Cinna y con otros líderes populares relevantes. Sertorio, que lo reemplazaba en el mando de centenares de veteranos de guerra fieles a Mario, custodiaba la casa del hombre que había llegado a ser siete veces cónsul y, al mismo tiempo, velaba por el orden en toda Roma.

—¿Estamos solos? —preguntó Mario a Sertorio.

—Sí, mi cónsul —confirmó él, y como viera dudas en el rostro de su superior, añadió para tranquilizarlo—: Cinna hace horas que regresó a su casa. Sólo están tu hijo y el joven César en el atrio. Dijiste que querías hablar con ambos. Y conmigo.

—Sí, bien... —Le costaba hablar—. Cinna es insensato... Nos traerá problemas... A la causa popular... Es demasiado radical... No creo que esto salga bien...

Sertorio intentó suavizar el esfuerzo del veterano cónsul anticipándose a sus palabras, para que éste no tuviera que formularlas:

—Todo dependerá de la campaña contra Mitrídates, ¿no es cierto?

—Has aprendido mucho —respondió Mario, agradecido.

—Si Sila derrota a Mitrídates y consigue un buen botín de guerra y lo reparte con sus legiones, tendrá un ejército al que no podremos enfrentarnos —continuó Sertorio—. Creo que todo esto no lo comprende bien Cinna.

—Cinna infravalora a Sila.

—Si Sila vence en Asia y se impone en Roma, he pensado que deberíamos retirarnos, pero no a África esta vez.

—No hables en plural, amigo mío... Yo no estaré ya aquí.

Sertorio tragó saliva y tuvo que esforzarse por contener las lágrimas. Que el cónsul se hubiera dirigido a él como «amigo» le había llegado al alma.

—¿Dónde has pensado ir si Sila se hace con el poder absoluto? —preguntó Mario.

—A Hispania —respondió Sertorio—. Es mucho más rica en recursos... y en montañas. Con nuestros veteranos y otros apoyos que pudiera conseguir allí, podría hacerme muy fuerte y mantener la causa popular abierta, en lucha y, desde una posición de fuerza, renegociar la situación. Ése es mi plan.

Cayo Mario suspiró. Necesitaba más tiempo del habitual para procesar la información. Tardó en responder, pero al final lo hizo:

—Es un magnífico plan —certificó el viejo cónsul.

Los dos compartieron un largo silencio.

Había muchas cosas que podrían haberse dicho. Sertorio había acompañado a Mario en innumerables campañas y siempre, absolutamente siempre, se había mostrado leal. Y la fidelidad en la paz y en la guerra, en medio del eterno conflicto entre *optimates* y populares, era un bien muy escaso, tan valioso o más que la más lujosa de las joyas que uno pudiera imaginar.

Pero ninguno de los dos hombres, aguerridos en el combate, inteligentes en la estrategia y leales hasta la muerte, verbalizó nada. Se limitaron a compartir aquel largo silencio entre los dos. Un silencio de despedida.

—Quiero hablar un momento con mi sobrino —apuntó al fin Mario.

Sertorio se levantó, se despidió con un saludo militar y, manteniendo ese silencio que quería llevarse consigo, dio media vuelta y salió de la habitación.

Una vez en el atrio se dirigió al joven César que, junto a su padre y al hijo de Mario, esperaba el peor de los desenlaces.

—El cónsul quiere verte.

Cayo Julio César hijo miró a su padre, y éste asintió. Miró a continuación a Mario hijo y éste también cabeceó afirmativamente, al tiempo que le comentaba:

—Ahora está bien. Cuando la fiebre baja algo, se puede hablar con él. Pero sé breve, muchacho.

El joven César pasó por entre el pasillo de veteranos armados que velaban por la seguridad de la casa del cónsul y entró en la habitación de aquel a quien por sus campañas, que salvaron a Roma de una invasión segura de los bárbaros, habían llegado a denominar el tercer fundador de la ciudad.

—Acércate..., Cayo —musitó el viejo Mario postrado en la cama con una voz cada vez más débil.

César obedeció y se sentó en una *sella* que estaba dispuesta al lado del lecho y que, poco antes, había ocupado Sertorio.

—No tengo muchas fuerzas... —inició Mario—. Así que iré... al grano... Te he advertido muchas veces sobre Sila... Vuelvo a hacerlo ahora. Cinna controla la ciudad y cree que la controlará siempre..., pero Sila volverá... Mitrídates no es enemigo para él y Cinna... No lo sé... Te desposarás con su hija..., pero que él cumpla el acuerdo de que te nombren *flamen Dialis*... Sé que es un engorro, muchacho, pero, créeme..., lo pedí para tu protección: nadie ha ordenado nunca la ejecución de un *flamen Dialis*. Ese nombramiento... te protegerá... Al menos te dará tiempo... para pensar... si todo sale mal...

Mario tuvo que parar. No tenía fuerzas para más.

—Nombramiento de *flamen Dialis* y guardarme mucho de Sila —resumió César para que su tío viera que había entendido la esencia de sus palabras entrecortadas.

—Eso es, muchacho... Muy bien... Y ahora... llama a mi hijo... Esta águila ya no volará más que hacia el Hades.

César se levantó y se disponía a encaminarse hacia la puerta cuando Mario, en un susurro casi imperceptible, volvió a hablar:

—Y de Dolabela... Cuídate de él... Es tan peligroso como el propio Sila...

El joven César asintió.

Mario cerró los ojos.

César salió de la estancia y retornó al pasillo de los veteranos, donde se cruzó con Mario hijo, que se dirigía al encuentro de su padre.

Una vez en el atrio, César padre interpeló a su hijo en voz baja, mientras esperaban el regreso de Mario hijo. No era decoroso partir de aquella casa sin despedirse como correspondía de quien estaba llamado a ser el nuevo *pater familias* de la *gens Maria*.

—¿Qué te ha dicho?

—Ha insistido en que me case con Cornelia, que me nombren sacerdote de Júpiter y que me cuide mucho de Sila y Dolabela —respondió César hijo, cubriendo todo lo hablado con su tío.

—Ese matrimonio, en las actuales circunstancias, nos beneficia a todos y yo insistiré en lo de tu nombramiento como sacerdote, puedes estar seguro de ello —le comentó su padre—. Y de Sila y Dolabela, que nos protejan los dioses. No sé si Cinna y Mario hijo serán suficientes enemigos para detenerlos, pero hemos de confiar.

Sertorio, que pudo escuchar la conversación aunque hablaban en voz baja, se guardó para sí sus negros pensamientos sobre el futuro del régimen de Cinna. Lo que tenía que hablar ya lo había hablado con el cónsul. Él tenía su plan alternativo: Hispania.

Habitación de Cayo Mario

Su hijo se sentó a su lado y esperó a que su padre le hablara, pero sólo lo vio agitarse en la cama. Le puso la mano en la frente. Estaba hirviendo.

—¡Yugurta! —aulló Mario—. ¿Dónde está ese maldito?

—Está muerto, padre. Cayó prisionero de tus tropas y fue ejecutado en la prisión, ¿recuerdas?

Cayo Mario asintió, pero seguía moviéndose agitado.

—¿Y Teutobod? ¿Qué es de él? —preguntó a continuación—. Tiene un ejército inmenso..., pero no hemos de atacarle de cualquier forma... hemos de esperar...

—Teutobod cayó en combate, padre, en Aquae Sextiae. Derrotaste su ejército, como derrotaste todos los ejércitos teutones y cimbrios y ambrones y todos a los que te has enfrentado. Padre, siempre has vencido.

Cayo Mario pareció tranquilizarse unos segundos. Dejó de moverse de un lado a otro, pero volvió a hablar:

—Hay que detener entonces... a Mitrídates... Tú te harás cargo del ala izquierda... Sertorio del flanco derecho... Yo gobernaré el centro... Hemos de rodearlo... con la caballería... como en Aquae Sextiae..., ¿comprendes?

—Comprendo, padre... Así se hará. —Mario hijo no quiso contradecirle. No le vio sentido a explicarle que era Sila el que luchaba contra el rey del Ponto en Asia.

Cayo Mario se volvió hacia su hijo y lo miró un instante.

—He ganado todas las guerras, ¿verdad?

—Todas, padre.

Cayo Mario, siete veces cónsul, pareció relajarse con aquellas palabras de su hijo y, como había hecho en su conversación con César, cerró los ojos.

Fue cuestión de un momento.

Las sábanas dejaron de moverse hacia arriba y hacia abajo. Todo en el lecho estaba inmóvil.

Cayo Mario hijo sacó una moneda de oro de debajo de su toga, abrió la boca de su padre despacio, con cuidado, y la introdujo. Luego realizarían el resto de los ritos funerarios, pero que Caronte tuviera su moneda bien dispuesta para transportar al otro lado de la laguna Estigia a quien para él era el más grande, el más inteligente, el más hábil militar romano de todos los tiempos. Claro que Cayo Mario hijo no podía ver el futuro.

Atrio de la residencia de la familia de Cayo Mario

Mario hijo regresó junto a César padre y César hijo y Sertorio y los veteranos de guerra. Lo anunció sin aspavientos, como un militar que dice lo que hay y punto. Lo anunció como a su padre le habría gustado:

—Mi padre... ha muerto.

Foro de Roma
Enero del 86 a. C., un día después del fallecimiento de Cayo Mario

La familia de César retornaba del foro tras asistir a la incineración de Mario.

—¿Traerá esto, aunque sea lamentable, algo de paz? —preguntó Aurelia a su esposo mientras caminaban en dirección a la Subura, escoltados por sus esclavos y algunos veteranos de la facción popular, antiguos combatientes bajo el mando del propio Mario que seguían protegiendo a la familia de César por amistad y lealtad.

—No lo sé —dijo César padre.

De pronto se cruzaron con un grupo armado y muy numeroso, encabezado por un hombre relativamente joven, de unos veintiocho años.

—Es Fimbria. —César padre aceleró el paso invitando a su esposa, a su hijo y a sus hijas a seguirle el nuevo ritmo de marcha—. Vámonos a casa.

—¿Quién es Fimbria? —preguntó César hijo.

—Ahora es el brazo derecho de Cinna, y Cinna, hijo mío, es quien *de facto* gobierna Roma, con el Senado sometido y la Asamblea bajo su control —respondió su padre antes de mirar a Aurelia—. Y si Fimbria se va a hacer cargo de las calles de Roma, ya te digo yo que no, que no habrá paz. Fimbria representa lo más violento de entre sus hombres. Compartimos la causa popular, pero ni Mario padre ni yo compartimos..., esto es, compartíamos... los métodos en los que Fimbria y el propio Cinna puedan estar pensando para mantener el control de Roma.

Atenas
Marzo del 86 a. C.

Sila ascendió hasta lo alto de la acrópolis. Desde allí podía contemplar mejor el espectáculo: para los griegos un desastre, para él una lección. La ciudad entera era pasto de las llamas y, entre el fuego que lo devoraba todo, sus legionarios violaban y saqueaban sin control.

Dolabela era hombre de pocos escrúpulos, pero ver incendiada aquella legendaria ciudad, embellecida antaño por Fidias y gobernada en el pasado con deslumbrante astucia por Pericles, no dejaba de inquietarlo: su mentor, Sila, estaba fuera de control. Primero había marchado sobre Roma con las legiones, algo inaudito, sin precedentes. Luego había expoliado el sagrado santuario de Delfos, y ahora incendiaba Atenas con la excusa de que la ciudad se había mostrado amistosa al avance de Mitrídates por Grecia en la esperanza de que el rey del Ponto liberara a los helenos del yugo romano.

—¿Era esto realmente necesario? —preguntó Dolabela en medio del humo y las llamas que los rodeaban.

—Desde un punto de vista estrictamente militar, no —admitió Sila—, pero desde un punto de vista estratégico, dentro del marco de una guerra que luchamos entre ciudades que han de decidir si van a permanecer como nuestros aliados o si van a pasarse al bando de Mitrídates, sí era necesario. Creo que ahora se entenderá mi mensaje a todo el mundo griego: o estáis con nosotros o las llamas consumirán vuestras ciudades. No hay punto medio. Ven, descendamos de aquí antes de que el fuego nos rodee por completo y no podamos salir.

Dolabela siguió a Sila en silencio, digiriendo la cruel y despiadada inteligencia de su líder.

Domus de la familia Julia, Roma
Otoño del 86 a. C.

Cinna se presentó en la *domus* de César padre sin avisar, pero, por supuesto, fue recibido y agasajado como en el pasado reciente. Y como las últimas veces, acudió acompañado por su hija.

Pese a sus diez años, la muchacha se desenvolvía con comodidad por una *domus* donde la *domina* la trataba como si fuera una hija más. Aurelia le había seguido impartiendo clases de griego y seguía mostrándose muy amable con ella.

No hizo falta que ninguno de los progenitores invitara a César y a Cornelia a marcharse juntos al atrio trasero, mientras sus mayores departían sobre política y otros asuntos graves. Y tampoco hizo falta ninguna palabra para que ambos muchachos, César cogiéndola de la mano, fueran directos al *tablinum* a escuchar.

—La desaparición de Mario fue una auténtica lástima, pero veo que estás controlando la ciudad bien —inició César padre de forma amable—. El nombramiento de Lucio Valerio Flaco, un hombre prudente, como sustituto de Mario en el consulado me pareció una buena idea para calmar los ánimos de los conservadores más hostiles del Senado. —Omitió mencionar al violento Fimbria, a quien Cinna había concedido amplios poderes.

—Sí, por eso lo nombré —respondió Cinna mientras se le servía vino—. Flaco es un hombre prudente, sin duda. A veces pienso que demasiado prudente.

Nadie dijo nada con relación a aquel apunte. César padre sabía que Cinna era más partidario de acciones más radicales para controlar el poder, y que por eso, desde hacía meses, favorecía el ascenso de Fimbria.

—Voy a mandar un ejército nuevo a Grecia —anunció de pronto Cinna—. No quiero que la guerra contra Mitrídates quede en manos sólo de Sila.

—Ha conseguido varias victorias —comentó César padre con

cautela—: En Queronea y Orcómeno, si no estoy mal informado. Quizá... ¿demasiadas victorias?

Cinna sonrió a su interlocutor.

—El veterano César siempre se ha mantenido al margen de los grandes cargos políticos. —Cinna lo miraba atentamente, valorando sus reacciones, sus gestos—. Muchos creen que es porque no eres un gran político. Pero yo pienso de otra forma: creo que has visto a muchos acercarse al poder y morir. Creo que eres más inteligente de lo que das a entender. Cayo Mario siempre estaba en tu casa. Eso me dio la pista. Por eso valoro tu consejo, César: ¿crees buena idea que envíe ese segundo ejército?

César padre bebió de su copa mientras meditaba con rapidez. No tenía sentido hacerse el tonto. Cinna había descubierto el secreto de su aparente discreción y distanciamiento de la primera línea política y sabía que estaba en juego la seguridad de su familia.

—Sí, mandar un segundo ejército que evite que la campaña contra Mitrídates sea sólo cosa de Sila parece una buena idea —afirmó César padre al fin, con rotundidad.

—¡Lo sabía! ¡Por Hércules! —exclamó Cinna, exultante—. Sabía que tenía que hacerlo, pero que tú me lo confirmes me hace ver cuán necesario es. Enviaré a Flaco al mando de ese ejército. Eso no generará rechazo en el Senado, en el sector de los *optimates*, me refiero.

—La opción de Flaco es también una buena idea —certificó César padre.

—Bien —continuó Cinna—. Si tu hijo fuera más mayor, te sugeriría que fuera en este nuevo ejército. Va a ser una buena oportunidad para destacar militarmente, pero tu muchacho es aún joven, ¿no?

—Tiene sólo catorce años. Demasiado joven aún para esa campaña.

—Sí, aún demasiado joven para la guerra, pero no tanto para casarse.

César padre y la propia Aurelia llevaban tiempo esperando un comentario en ese sentido.

—Recuerda que tenemos un pacto, amigo mío —apostilló Cinna, con otra sonrisa.

—No lo olvido, amigo y cónsul de Roma. Lo recuerdo bien —respondió César padre—. Mi hijo y tu hija han de casarse, pero tu pequeña aún no es mujer. Tiene...

—Diez años —apostilló Cinna, completando la frase con cierto aire de fastidio, como si la niña tuviera la culpa de crecer despacio—. Pero pronto será mujer. Pronto será *viri potens* y podrá soportar a un varón en ella.

Sus palabras parecían más una amenaza que el anuncio de algo evidente.

Aurelia bajó la mirada en aquel momento. Nadie se percató de ello. Por primera vez empezó a tener dudas de que la boda entre su hijo César y la joven Cornelia fuera una buena idea. Cinna le gustaba menos cada día que pasaba. Mario, que hacía de contrapeso de Cinna, había muerto. Ahora, entre el líder máximo de los populares y el matrimonio de César y Cornelia sólo se interponía la inteligencia de su esposo y el hecho de que la muchacha aún no menstruaba.

—¿Cenamos? —propuso Aurelia con una amplia sonrisa en el rostro.

—Por favor —aceptó Cinna.

Al poco, sin necesidad de que nadie los convocara, César hijo y Cornelia aparecieron en el atrio central para unirse a la cena.

Aurelia vio felices a los muchachos y decidió no tomar aún ninguna decisión sobre aquel asunto. El devenir de los acontecimientos marcaría el destino de aquel proyecto de boda.

Llegaron entonces las hermanas de César para unirse al cónclave informal, y el cruce de conversaciones diluyó un poco las preocupaciones de Aurelia y hasta la tensión soterrada que se adivinaba entre César padre y Cinna por la presión de este último para acelerar el matrimonio entre los hijos.

La cena terminó por fin, y Cinna y su hija retornaron a su residencia amablemente despedidos por César padre, Aurelia, César y sus hermanas.

Aquella noche, en la cámara privada y sentado en el borde de la cama, César padre sorprendió a su esposa con un comentario inesperado:

—Voy a aceptar las propuestas de matrimonio para nuestras hijas.

—¿Las de Pinario y Balbo? —preguntó ella mencionando a los dos hombres que pretendían a sus hijas desde hacía unos meses.

El primero, que anhelaba casarse con Julia la Mayor, era de origen patricio, y el segundo, que deseaba desposarse con Julia la Menor, era de origen plebeyo. Ninguno de familias relevantes, pero, en aquellos tiempos de incertidumbre, los matrimonios con ciudadanos que no destacaban en la política pública resultaban un tanto más deseables: eran menos peligrosos.

—Sí —ratificó César padre.

Aurelia asintió:

—Así sólo nos quedará preocuparnos de un matrimonio.

—En efecto —replicó su esposo.

—El más delicado, el más importante.

—El más delicado, sí, el más importante —repitió él, y añadió un comentario que perturbó a Aurelia—: Me siento cansado.

Su esposo nunca se quejaba. Aquello le pareció extraño.

Domus del cónsul Lucio Cornelio Cinna
Aquella misma noche

Fimbria acudió pasada la medianoche. Iba armado y acompañado por un grupo muy nutrido de hombres tan despiadados como él, todos pendientes de sus órdenes.

—¿Me ha llamado el cónsul de Roma? —preguntó a Cinna en cuanto entró en su casa.

—Te he llamado —corroboró el interpelado, y lo cogió del brazo y lo condujo al *tablinum* de su residencia en Roma—. Voy a poner en marcha mi idea de enviar un segundo ejército a Oriente contra Mitrídates.

—De acuerdo —dijo Fimbria para mostrar que escuchaba con atención, aunque no veía claro de qué modo eso podía afectarle.

—Valerio Flaco estará al mando de ese ejército.

—¿Flaco? Pero si Flaco es un pusilánime. Como político quizá valga de cónsul aquí, en Roma. Pero es tan... débil.

—Lo sé, pero, precisamente por eso, el Senado aceptará su nombramiento. Los conservadores en particular verán que no es amenaza para Sila, que alguien como Flaco no podrá destacar por encima de él en la guerra contra Mitrídates. Así conseguiremos su designación sin dificultad alguna.

Fimbria podía comprender eso, pero no entendía de qué serviría enviar a alguien como Flaco a luchar mano a mano junto a un lobo como Sila. Nada más entrar en contacto, Sila se las ingeniaría para hacerse con el control de Flaco.

—Lo sé, lo sé —continuó Cinna, como si leyera los pensamientos de su hombre de confianza—. Flaco será presa fácil de las maquinaciones de Sila, pero por eso tú acompañarás a Flaco en esta campaña militar en Oriente contra Mitrídates. Lo harás en calidad de *legatus* al mando de una legión. Por eso te he hecho llamar esta noche.

Fimbria asintió en silencio. Lentamente.

—Esto el cónsul podría habérmelo dicho mañana en el foro o en la Curia Hostilia o...

Cinna lo interrumpió.

—Por supuesto. Si te llamo en medio de la noche no es para decirte esto, sino para informarte de que tendrás dos misiones en esa campaña militar. Misiones que no puedo explicar con tranquilidad en medio del foro de Roma rodeado de senadores de una y otra facción.

Fimbria se quedó muy quieto. Sólo movió los labios.

—¿Dos misiones?

A Cinna le pareció muy oportuna la concentración con la que Fimbria lo estaba escuchando.

—Me habría gustado nombrarte a ti cónsul directamente, o

procónsul con *imperium* sobre este segundo ejército de Oriente, pero eres demasiado joven, aún no tienes los treinta. Y, como hemos dicho, Flaco tendrá la aceptación de todos. Tu primera misión será asesinar a Flaco en la campaña y hacerte con el control del ejército. Me da igual cómo lo hagas, pero hazlo. Ese ejército ha de estar bajo tu mando antes de llegar a Asia.

—De acuerdo. Puede hacerse —aceptó Fimbria. Lo de tener un ejército entero bajo su mando le gustaba. Estaba prosperando mucho y rápido, y matar para conseguirlo no le importaba. Incluso si a quien tenía que asesinar era a un cónsul de Roma. En todo caso, se trataba de un cónsul débil—. Has dicho que tendré dos misiones.

—Sí, dos —ratificó Cinna, pero calló, como si le costara pronunciar en alto la segunda. Se sentó en un *solium*.

Fimbria permaneció en pie pese a que había otra butaca en la estancia. Creía saber cuál sería su segundo objetivo.

—La segunda misión será que yo derrote a Mitrídates, ¿verdad?

Cinna se pasó los dedos por los labios y la barbilla lentamente. Tragó saliva. Miró al suelo, levantó luego la cabeza, fijó los ojos en Fimbria y habló despacio, sin elevar la voz, pero con una frialdad gélida y con una claridad meridiana:

—No. Mitrídates no importa. Es un mero secundario en esta partida. Ya nos ocuparemos de él en su momento. Tu segunda misión será asesinar a Sila.

XXXV

La muerte de Julio César

***Domus* de la familia Julia, Roma**
85 a. C.

Acababan de incinerar a su padre.

Aquel cansancio que su padre comentó a su madre se transformó en dolencia, la dolencia en enfermedad, la enfermedad en muerte.

César, sentado en el lateral de un *triclinium*, estaba encogido y con las manos en las orejas, como si no quisiera oír nada ni a nadie.

Con quince años se había convertido en el *pater familias*. A Escipión aquella responsabilidad le sobrevino también pronto, pero no tan pronto. Y él no se sentía un Escipión. Se sentía nada.

El joven César estaba abrumado. Desbordado. Y eso que su padre había atado algunas cuestiones importantes, como los matrimonios de sus hermanas. Lo que le proporcionó a su vez su último momento de felicidad: el nacimiento de Acia,* la hija de Julia la Menor y de Balbo: su padre pudo morir tras, al menos, conocer a su nieta.

César seguía sentado, solo, en el centro del atrio, en un *solium*.

* Futura madre del emperador Augusto.

Pese a tener los ojos cerrados, intuyó una presencia y se irguió en el *triclinium* poniendo la espalda recta, al tiempo que bajaba las manos y abría los ojos.

Allí estaba Cornelia.

—Lo siento —decía.

César la miró en silencio. Aunque con sólo once años, la muchacha empezaba a tener formas de mujer. Serena y atractiva. Puede que su padre pensara lo contrario, pero Cornelia crecía muy rápido.

—Gracias —dijo él, e hizo un gesto para que se sentara en una *cathedra* cómoda que había junto a él.

El Senado, controlado por los populares desde la partida de Sila, había nombrado cónsul a Cinna por tercera vez. Cneo Papirio Carbón, más moderado, lo acompañaba en las magistraturas máximas de ese año, pero todos sabían que Papirio era un hombre de paja, que el que mandaba en Roma era Cinna. Esto es, el padre de Cornelia.

Ella se sentó a su lado. No sabía qué hacer, ni qué sería correcto o incorrecto, pero ver a César tan hundido la conmovía: su padre había cogido unas fiebres y en cuestión de pocas semanas había muerto.

—Me siento solo —le dijo César—. Sin mi tío ni mi padre, no soy nada.

—Sí eres —replicó ella con rapidez—. Eres valiente.

Él sonrió pero como con lástima.

—Claro: soy capaz de escuchar en secreto tras la cortina del *tablinum*. Soy muy valiente —dijo con tono cínico—. Ya veo a Sila temblando ante mí.

Cornelia no se arredró y repuso con voz serena:

—Ya no has de esconderte detrás de ninguna cortina. Eres el *pater familias*. Ahora, quien entre en esta casa ha de dirigirse a ti, ha de hablarte a ti y tú decides.

César la miró como si, de súbito, viera a otra persona: no a la niña con la que había conversado desde hacía tiempo, sino a alguien con quien contar. De pronto, ya no se sintió ni tan solo ni tan abrumado. Y... había algo más. La volvió a mirar y ella lo estaba mirando también. Y ninguno de los dos evitó la mirada del otro. Y se miraban con mucha intensidad. Y él, sin previo aviso, sintió el ansia que sienten los hombres, muy fuerte, muy poderosa. Y quiso tocarla y acercó su mano a la mano de ella y ella mantuvo su propia mano quieta, aunque sentía que él estaba aproximando la suya.

Ya se habían cogido de la mano en más de una ocasión, cuando él la conducía al *tablinum* para escuchar a escondidas lo que sus padres hablaban, pero aquellas veces habían sido las manos de un niño y de una niña las que se habían tocado. Ahora, cuando César posó su mano en la mano inmóvil de Cornelia, apoyada en el respaldo de su butaca, ella tembló y él lo percibió. No eran esta vez las manos de dos niños que se cogían en medio de una aventura para espiar a sus mayores. El ansia que él sentía en su interior no tenía nada que ver con nada de la infancia, y la forma en la que ella se sobrecogía no tenía nada relacionado con una niña. Y él pensó en llevar su otra mano al rostro de Cornelia y acariciarla. Pensó incluso en besarla. Pensó en tantas cosas allí mismo en aquel momento, pero sabía que no debía, que no podía. Percibía que ella estaría allí quieta para él. Sin embargo, no debían. César pensó entonces que sólo quería el bien para ella y no hizo más.

Aurelia entró en el atrio, con su serenidad habitual pese a la reciente muerte de su esposo. Para ella no era momento de dejarse llevar por el dolor, aunque la atenazara por dentro, sino días de estar muy pendiente de todo y de todos.

—¿Quieres quedarte a comer hoy con nosotros? —le preguntó a la muchacha.

Cornelia parpadeó varias veces como si retornara de un trance, agachó la cabeza, la volvió a levantar y miró de nuevo a César.

—¿Te gustaría que me quedara? —le preguntó ella a su vez sin responder aún a Aurelia.

A la madre de César no le pareció mal la forma de reaccionar de Cornelia. La muchacha estaba reconociendo que la autoridad, la potestad de decisión sobre quién comía o no en la casa de la familia Julia en Roma era de él.

César asintió.

Aurelia se volvió hacia el *atriense* y ordenó que trajeran otro *triclinium*.

—¿Va a venir tu padre también? —inquirió César.

Cornelia se encogió de hombros.

—Mi padre habla poco conmigo, ya lo sabes. —Aún se sentía algo aturdida por el momento que acababan de vivir hacía apenas unos instantes.

—Vendrá —intervino Aurelia—. Cinna vendrá pronto a hablar contigo, Cayo. De eso puedes estar bien seguro.

Aurelia calló lo que había detrás de esas palabras, pero había mucho: la madre de César, como todos en Roma, sabía que Cinna había enviado un segundo ejército a Oriente al mando de Valerio Flaco y Fimbria para reducir el poder de Sila en la campaña contra Mitrídates, en lo que era, sin duda, una ingeniosa maniobra política y militar para exorcizar lo que más temían todos los populares: a Sila y, sobre todo, la forma en que éste podía regresar a Roma desde Oriente. Si los planes de Cinna se desarrollaban bien, la unión de César con Cornelia sería muy buena idea. Si Sila se las ingeniaba para desbaratar la estrategia de Cinna, la unión de César con Cornelia podía ser todo lo contrario: un peligro, un enlace que lo señalaría ante Sila como un enemigo que se debía aniquilar. Aurelia tenía la certeza de que Sila no sería muy condescendiente con el yerno de Cinna.

Aurelia invitó a Cornelia a reclinarse junto a César para la cena. De momento, el padre de la muchacha gobernaba Roma, así que, mientras ésa fuera la situación, eso era lo correcto. Aurelia también se dio cuenta de que César y Cornelia se miraban el uno al otro de forma... diferente.

XXXVI

Fimbria contra Sila

Nicomedia, reino de Bitinia, Asia
85 a. C.

Más no pudo huir.

Los hombres de Fimbria apresaron al cónsul Valerio Flaco en Nicomedia.

Todo había empezado en Bizancio, antes incluso de cruzar a Asia: Valerio Flaco se había mostrado muy estricto y duro con las tropas. Quería preparar bien a los legionarios, adiestrarlos de forma exigente, para acometer con garantías la guerra contra Mitrídates. Pero Fimbria aprovechó la situación para provocar un motín general en el que él se hizo con el control del segundo ejército de Roma enviado para derrotar al rey del Ponto. Aun así, Valerio Flaco se las ingenió para escapar. Fimbria tenía claro que no podía permitir que un romano con rango de cónsul vagara por Asia con posibilidad de reclutar tropas o hacer alianzas con reyes locales. Lo persiguió sin descanso hasta atraparlo en el reino de Bitinia.

Flaco estaba bien sujeto por dos legionarios.

Cayo Flavio Fimbria clavó su espada con fuerza en el bajo vientre de Valerio Flaco.

—¡Por Júpiter! —exclamó el cónsul mientras Fimbria retorcía el arma en sus entrañas—. Estáis locos: tú y Cinna...

Y cayó de rodillas, agonizando, escupiendo sangre por la boca, la faz descompuesta por el dolor extremo.

Fimbria, por pura curiosidad, se arrodilló junto al cónsul moribundo.

—¿Locos por qué? —le preguntó—. ¿Acaso crees que Mitrídates es demasiado enemigo para mí o para Cinna?

Valerio Flaco se desplomó, entonces, de lado. Se desangraba pero, incluso en medio de su dolor y su rabia, empezó a reír de una forma extraña, como a espasmos, mientras seguía escupiendo sangre: le hacía gracia la estupidez supina de su asesino. Eso era lo único que podía llevarse en aquellos últimos instantes de agonía: saber que quien lo había traicionado era, como él mismo, hombre muerto.

—Mitrídates no... —A Flaco le costaba hablar. Tensionaba los músculos de su rostro en un intento por inhalar más aire por la nariz o por la boca, pero era como si sólo tragara sangre. Se asfixiaba.

Fimbria, arrodillado, arrugó la frente y se agachó para oír las últimas palabras de Flaco:

—Quien es demasiado enemigo... para vosotros... es Sila —dijo el cónsul traicionado.

Y murió.

Flaco se quedó tumbado de lado, las manos en el vientre, en medio de un charco de sangre, los ojos muy abiertos, un rictus de sufrimiento y sorpresa e ira en el rostro. Todos sentimientos sin resolver que se llevó consigo al Hades.

Fimbria se puso en pie, con el ceño fruncido y la expresión seria. Tras él, los oficiales de su ejército esperaban instrucciones.

Se volvió hacia ellos.

—Marchamos contra Mitrídates.

Una birreme romana en medio del mar Egeo
85 a. C.

Tres hombres hablaban en torno a una mesa con mapas en el camarote del capitán de la nave. Eran Sila, Dolabela y Lúculo. Sila sabía que ninguna guerra contra Mitrídates tendría éxito sin un adecuado apoyo marítimo. La flota del rey del Ponto dominaba el Mediterráneo oriental, por eso Sila encomendó a Lucio Licinio Lúculo, hombre de confianza de los *optimates*, que se hiciera con una flota importante recurriendo a apoyos de las costas de África, Egipto y otros reinos de Oriente. Lúculo fue eficiente y consiguió esa flota; de hecho, ya había secundado a Sila con la misma en su ataque a Atenas. Pero se trataba de decidir cómo actuar ahora, con un nuevo actor en aquella guerra: Fimbria.

—Ejecutó a Valerio Flaco sin contemplaciones en Nicomedia —resumía Lúculo los últimos mensajes recibidos desde Asia—. Y luego ha derrotado a las tropas del rey del Ponto en Pítane. Mitrídates se ha refugiado en Mitilene, en la isla de Lesbos. Se ve que Fimbria ha sabido transmitir su furia salvaje a las tropas de su ejército.

Lúculo no se atrevió a sugerir ningún tipo de acción ni con relación a Mitrídates ni, mucho menos, con respecto a Fimbria. Ante Sila, prefirió guardar un prudente silencio y recibir órdenes.

Dolabela, sin embargo, veía tan evidente lo que debía hacerse que lo propuso de inmediato:

—Podemos marchar con la flota y rodear la isla de Lesbos, y con las tropas combinadas de Fimbria y las nuestras atrapar a Mitrídates entre dos frentes y poner fin a su amenaza contra Roma.

—Podríamos... —admitió Sila, luego se mantuvo en silencio mientras miraba el mapa abierto sobre la mesa y al rato añadió un comentario como quien dice algo de pasada, sin importancia—: Pero no lo haremos.

Y se quedó quieto, sus ojos fijos en el plano que recreaba los contornos del Mediterráneo oriental y las fronteras de los principales reinos: Fimbria estaba en Asia, Mitrídates en Lesbos, aunque disponía de tropas en Asia, y él tenía su flota y sus tropas también en Asia. Era una situación compleja o, quizá, muy simple.

—¿Qué haremos, entonces? —preguntó Dolabela.

Sila dejó de mirar el mapa. Inspiró aire larga y profundamente y habló por fin con serenidad:

—Le ofreceremos la paz a Mitrídates, una paz ventajosa, y le facilitaremos la huida de regreso a su reino en las costas del Ponto Euxino.* —Al ver la cara de asombro no sólo de Dolabela, sino también de Lúculo, se sintió obligado a explicar lo que para él era obvio—: Mitrídates no es importante ahora, sino Fimbria.

—Pero tenemos la victoria total al alcance de la mano —replicó Dolabela algo exasperado.

—Ésa no es la victoria que busco —opuso Sila con firmeza—. Derrotar a Mitrídates con la ayuda de ese segundo ejército al mando de un *legatus* popular no es lo que necesitamos.

—¿Y qué es, en ese caso?

—Borrar del mapa a Fimbria: los populares se han hecho de nuevo con el poder en Roma a través de Cinna. Mario ha muerto, pero Cinna lo controla todo y ha vuelto a cambiar el censo pese a lo que pactamos, incorporando de nuevo a muchas tribus de los *socii*. Eso puede ser sólo el principio de sus reformas. Fimbria es su enviado a esta campaña para evitar que consigamos una victoria absoluta y que yo pueda exigir un triunfo que me permita acercarme a Roma con las legiones victoriosas para el gran desfile. Se cree muy inteligente, pero esto va a terminar en una nueva guerra. Y empezaremos aquí y ahora eliminando a Fimbria.

Dolabela negaba con la cabeza. Lúculo tampoco lo veía claro, aunque no se atrevía a disentir.

—Pero si le ofrecemos una paz ventajosa a Mitrídates, eso implicará que no pague por los gastos de la guerra, y sin dinero no podremos satisfacer a nuestras tropas, y menos aún si, como pretendes, nos hacemos con el segundo ejército, porque veo que ése es

* Mar Negro.

tu plan. —Dolabela insistía—: Sin dinero, será imposible hacer nada de lo que dices.

—En eso llevas razón. —Sila sonrió—: Sin duda, alguien tendrá que pagar por esta guerra y por la que vamos a librar contra Fimbria y, ya puestos a recaudar fondos, por la que vamos a luchar en Italia a nuestro regreso contra el mismísimo Cinna.

Mitilene, Lesbos
85 a. C.

El rey del Ponto leía y releía aquella carta remitida por Lucio Cornelio Sila, que como procónsul de Roma le ofrecía una paz en la que no tenía que pagar ningún gasto de guerra ni ninguna indemnización ni tributo. Sólo retornar a su reino y respetar las fronteras previas al conflicto. Rodeado por dos ejércitos romanos, con su flota muy debilitada por los ataques constantes de los barcos controlados por Sila y su comandante Lúculo, a Mitrídates aquella propuesta le pareció un regalo. No entendía bien a qué se debía, pero no le dio muchas vueltas.

—Di al procónsul que acepto —respondió Mitrídates VI al oficial romano que esperaba respuesta.

***Domus* de la familia Julia, Roma**
85 a. C.

Cinna fue directo al grano en cuanto tuvo al jovencísimo César de quince años ante él: le transmitió sus condolencias por la muerte de su padre pero, de inmediato, le recordó que, más allá de aquel luctuoso acontecimiento, había una boda pactada y quería fijar la fecha.

Pese a su juventud, César sabía que no podía ni debía oponerse: su futuro suegro dominaba Roma entera. Por otro lado, desde un punto de vista personal, a él le gustaba mucho Cornelia y se consideraba afortunado de que ella fuese a ser su esposa. En un mundo donde los matrimonios se negociaban como contratos, había tenido suerte.

—En cuanto sea mujer —respondió al fin.

—De acuerdo —comentó Cinna—. Eso era lo pactado. Me gusta ver que honras la palabra de tu padre...

De pronto, entró un mensajero sudoroso en el atrio de la familia Julia, preguntando a voces por Cinna. En cuanto éste se identificó, el legionario anunció las nuevas:

—Traigo noticias de Asia, cónsul.

Cinna, en pie en el centro del atrio pese a no encontrarse en su propia casa sino en la del joven Julio César, se desenvolvía como si aquella residencia fuera de su propiedad: giró las manos mostrando las palmas hacia arriba.

—¿Y bien? —preguntó, pero el mensajero callaba—. ¡Por todos los dioses, legionario, habla! ¡Aquí el cónsul está entre amigos! ¿No es así? —apostilló volviéndose un instante hacia César.

El muchacho asintió.

Alrededor estaban Aurelia, Cota, Cornelia y las hermanas de César. Una audiencia mayoritariamente femenina, que sin duda incomodaba a un legionario que debía hablar de cuestiones militares. Acuciado por Cinna, se explicó con brevedad y precisión:

—Fimbria ha muerto, mi cónsul: Sila ofreció la paz a Mitrídates, éste la aceptó y se retiró al Ponto. Luego Sila se lanzó contra Fimbria como si fuera un enemigo más y lo acorraló en Tiatira, entre Sardes y Pérgamo. Fimbria ordenó a sus tropas enfrentarse a las de Sila por pactar una paz con el rey del Ponto sin consultarle ni a él ni al Senado, pero Sila había sobornado ya a las tropas con grandes cantidades de dinero y éstas se negaron a luchar, de modo que Fimbria huyó a Pérgamo. Sila lo siguió hasta allí y lo cercó en el templo de Esculapio, donde Fimbria acabó suicidándose. Sila tiene el control de los dos ejércitos de Asia y, tras pactar la paz con Mitrídates, amenaza con regresar a Roma en cuestión de semanas.

Cinna se quedó en silencio, como todo el mundo en el atrio.

El cónsul de Roma, líder de los populares en aquel momento, controlaba la ciudad, pero ahora no tenía ejército que oponer a Sila.

—Pero ¿de dónde saca tanto dinero? —se preguntaba Cinna en voz alta—. Si ha pactado la paz con Mitrídates, no puede ser que el rey del Ponto le financie sus sobornos a las tropas. ¿De dónde saca tanto dinero? ¿Nuevos expolios?

Nadie se atrevía a dar réplica a aquellos interrogantes y tampoco Cinna lo esperaba, de modo que calló y siguió meditando en silencio: su plan de aniquilar a Sila en Asia se había desvanecido; peor aún: Sila había salido fortalecido. Estaba claro que las cosas importantes las tiene que hacer uno por sí mismo. Había delegado en Fimbria y éste había fracasado por completo.

Cinna miró de nuevo a César.

—Esa boda se celebrará. Ahora he de ocuparme de algunos asuntos —y, sin mirarla, reclamó a su hija—: Cornelia, sígueme.

—Sí, padre —dijo la muchacha con obediencia, aunque al salir dedicó una mirada a César que él correspondió con una leve sonrisa de quien estaba destinado a ser su esposo.

Ambos, padre e hija, abandonaron el atrio y la *domus* de la familia Julia.

Por su parte, Aurelia comprendió que la boda que hasta hacía unos momentos parecía una buena alianza podía terminar convirtiéndose sólo en un lastre. Pero ¿cómo decirle que no a Cinna? Y, sin embargo, ¿cómo permitir ese enlace cuando Sila no dejaba de hacerse más y más fuerte y su regreso era algo inminente? Si Sila vencía en aquel pulso mortal, quien estuviera casado con la hija de Cinna no sería bien visto a los ojos del máximo líder de los *optimates*.

Aurelia frunció el ceño y tragó saliva.

XXXVII

La boda de César

Roma, 84 a. C.

Cornelia se hizo mujer.

Tenía sólo trece años, era aún medio niña, pero ya podía tener hijos y las prisas apremiaban a su padre. Los preparativos para la boda entre el joven César y Cornelia se pusieron en marcha. Se buscó un día en el calendario para la boda. Tarea nada fácil, pues los romanos dividían los días en *dies fasti*, aptos para celebrar una boda o emprender un gran proyecto, y *dies nefasti*, en los que ni se debían celebrar matrimonios ni emprender empresas importantes. Los romanos eran muy supersticiosos, y los tiempos, convulsos, de modo que encontrar un día adecuado, pese al interés de ambas partes, fue costoso. Pero se terminó fijando.

Las dos familias se reunieron para los *sponsalia* o fiesta de compromiso, en donde el pacto de casamiento era ya del todo efectivo. Se acordaron los términos de la dote y que el matrimonio sería *cum manu* y no *sine manu*. Esto es, que Cornelia pasaría al control completo de su esposo y no quedaría ligada ya al padre. Esto lo pidió César, y aunque a Cinna no le gustaba perder el control completo sobre su hija, era más importante sellar la unión con un familiar de Cayo Mario que abrir un largo debate sobre los términos del matrimonio.

Se firmó el contrato.

César entregó un anillo de hierro a Cornelia y lo puso en el dedo anular de su mano izquierda, el dedo que los romanos creían que se comunicaba directamente con el corazón a través de un nervio, a la espera de reemplazarlo, en un futuro próximo y según sus costumbres, por uno de oro. A partir de aquí, la boda debía celebrarse en cuestión de meses. Como máximo en dos años.

Los *sponsalia* concluyeron con un lujoso banquete y deseándose una familia a la otra felicidad y prosperidad. Fue como una isla de buenos sentimientos en medio de la tormenta política que asolaba Roma.

Asia, 84 a. C.

Sila se había gastado todas sus reservas de oro y plata, procedentes de los expolios en Grecia, en sobornar al ejército de Fimbria. Militar y políticamente, la operación había sido un completo éxito, pero ahora necesitaba dinero, ingentes cantidades de sestercios, denarios o talentos. La moneda daba igual. Dinero. Ahora tenía no uno, sino dos ejércitos a los que pagar, y las arcas del Estado romano no se hallaban bajo su control, sino bajo el dominio de Cinna. Para evitar desgastar a sus tropas en una larga guerra contra Mitrídates, había permitido al rey del Ponto dar término al conflicto con un tratado en el que no se le exigía pagar los costes de una guerra iniciada por él mismo y que estaba perdiendo. Algo del todo inusual cuando Roma combatía y vencía. Pero esa paz le había facilitado el control absoluto de los dos ejércitos romanos de Oriente y un retorno a las fronteras anteriores al conflicto sin perder más legionarios. Sila necesitaba a todos los hombres armados que pudiera conseguir. Volvería a marchar sobre Roma. Por segunda vez.

Dolabela no se cansaba de reiterarle el asunto de la falta de dinero. Aún tenían oro y plata de los saqueos de Delfos y Atenas, pero no sería suficiente para costear una guerra contra la Roma de Cinna. No con unas tropas a las que había habituado a cobrar generosamente y con regularidad.

Sila, no obstante, no se arredró. Desde antes de proponer la paz a Mitrídates ya tenía pensado quién iba a financiar su próxima campaña militar contra el mismísimo Cinna: obligó a todas las ciudades y reinos aliados de Roma que se habían pasado al bando de Mitrídates durante el inicio de la contienda entre el rey del Ponto y Roma a pagar unos tributos extraordinarios como castigo por su rebelión. Y lo mismo hizo con las provincias romanas de la región que habían visto con buenos ojos pasar del control de Roma a pertenecer al conjunto de territorios vasallos del rey del Ponto. Fueron estas ciudades, reinos y provincias de Oriente los que financiaron a Sila. Fue a la fuerza, un auténtico expolio generalizado de Asia, sin pillaje ni saqueo, pero bajo la amenaza de sufrirlo si no se abonaban las cantidades requeridas. El ejemplo del incendio de Atenas estaba aún muy reciente en el tiempo y resultaba muy motivador para que todos pagaran.

Sila tenía legiones, consiguió dinero y le sobraban ansias.

Roma, 84 a. C.

Cinna sabía que tenía que ser él, en persona, quien saliera al encuentro de Sila cuando éste desembarcara en Italia. El enlace de su hija con el sobrino de Mario lo fortalecía como líder absoluto de los populares, y eso evitaría cualquier movimiento traidor a sus espaldas cuando saliera de la ciudad del Tíber.

La traición era lo que más le preocupaba.

Pero no supo mirar en la dirección correcta.

Mediterráneo oriental, 84 a. C.

Sila navegaba ya hacia Roma. Se detendría en Grecia para recoger las tropas que dejó allí a su paso en su marcha sobre Atenas, pero, de inmediato, continuaría hacia Bríndisi, desde donde esperaba lanzar su segunda marcha militar contra el corazón del imperio. La definitiva.

Desde la proa del barco miraba al horizonte. Dolabela se le acercó por la espalda. Sila intuyó su presencia y le habló sin siquiera volverse, siempre mirando hacia el mar, hacia Roma.

—¿Salieron todos los mensajeros antes de que partiéramos?

—Sí.

—¿Mensajeros para Craso en Hispania, Metelo Pío en África y Pompeyo en Italia? —inquirió Sila, que deseaba precisión.

Había escrito a los grandes senadores *optimates* en el exilio: quería un reagrupamiento general de las fuerzas conservadoras. Él tenía bastantes legiones y, sobre todo, experimentadas en combate por las batallas navales libradas por Lúculo y por sus victorias en tierra en Grecia y Asia sobre Mitrídates. Pero Cinna, de eso estaba bien seguro, iba a reclutar un inmenso ejército para hacerle frente. Cualquier ayuda adicional que Metelo, Craso o Pompeyo pudieran proporcionarle le beneficiaría. Su incorporación a la nueva guerra podía inclinar la balanza a su favor.

—Partieron mensajeros para los tres, procónsul —aseveró Dolabela.

—Bien —dijo Sila, siempre mirando hacia el mar, hacia Roma.

Domus de Lucio Cornelio Cinna, Roma
84 a. C.

—*Ubi tu Gaius, ego Gaia* —pronunció Cornelia, certificando el matrimonio en una ceremonia más íntima de lo que Cinna hubiera deseado.

Sus energías estaban en reclutar un gran ejército en Italia para detener a Sila en cuanto desembarcara. Estaba alistando centenares, miles de romanos, pero también de *socii* que se habían beneficiado de la extensión de la ciudadanía romana a las tribus aliadas itálicas. De hecho, encontró más apoyos y entusiasmo entre estos *socii* que entre la plebe romana, lo cual no debería haberlo sorprendido. Cinna había extendido la ciudadanía romana a habitantes de fuera de la ciudad, mas nada había hecho con respecto a las reclamaciones históricas de los populares de Roma misma, del pueblo romano de la urbe: nada de reparto de trigo ni de tierras. De eso Cinna nunca se había ocupado. Mario era quien defendía la idea de que tenían la misión de llevar a cabo esas reformas que propusieron hacía decenios los Gracos, luego Druso o Saturnino y otros tribunos de la plebe. Todos asesinados a instancias de los senadores *optimates*. Pero a Cinna le gustaba demasiado el poder como para empezar a repartir. Además, detener o retrasar esas reformas había rebajado la hostilidad de los conservadores que aún quedaban en la ciudad, y eso lo afianzaba en el poder. Ahora, apremiado por la urgencia a la que lo empujaba la proximidad del regreso de Sila, llegaba tarde para el reparto de trigo o tierras. Para eso necesitaba más tiempo. De hecho, pensó que nunca tendría que atender esas demandas de sus bases populares, aunque ahora veía que sí, que tendría que hacer algo en ese sentido en algún momento, o sus apoyos, en particular en la Asamblea, se debilitarían. Por otro lado, partir de Roma dejando vivos a tantos conservadores como aún quedaban en la ciudad no le daba garantías.

Mientras Cinna pensaba, la boda proseguía con su ceremonial habitual: terminado el evento, Cornelia se lanzó en brazos de su madre Annia, implorando que no la arrancaran de la casa familiar. La muchacha se empleó a conciencia y gritó y lloró como si le fuera la vida en ello, como si realmente la idea de ser conducida a la casa de su esposo fuera el más abominable de los destinos para ella. Era sólo una representación que rememoraba los legendarios raptos de vírgenes y que se esperaba que la novia, ahora ya esposa, interpretara con vehemencia.

Annia, la madre de Cornelia, también representó su papel de afligida mujer a la que le arrebatan una hija, pero de forma más contenida de acuerdo a su tendencia a pasar siempre desapercibida, en la medida de lo posible.

A continuación, se inició la larga *deductio* rumbo a la casa del esposo, que se apropiaba así de la mujer: flautistas, hombres con antorchas, familiares y amigos y tres niños completaban el desfile nupcial. Cinna, su esposa Annia y Aurelia, la madre de César, que debía representar en aquel caso tanto a ella misma como al fallecido padre del esposo, portaban una antorcha de espino, un huso y una rueca, símbolos de la vida que Cornelia debería llevar desde aquel momento en adelante en la *domus* de la familia Julia.

—*Thalassio! Thalassio!* —gritaban centenares de personas que se arracimaban a ambos lados de las calles de la Subura por donde ya transitaba el cortejo nupcial.

Ésa era la palabra que el romano más audaz usaba para alejar a aquellos que querían arrebatarle a la sabina más bella, la que él mismo había conseguido raptar. De este modo, desde entonces, el término se empleaba para desearle al novio la fortuna de conducir a la novia a su casa sin que nadie se la arrebatara.

El joven César, sobrino de Mario, encarnaba las esperanzas de muchos de los desfavorecidos de Roma que veían o, mejor dicho, querían ver en aquel muchacho a alguien que quizá, alguna vez, hiciera realidad sus sueños de enfrentarse a los senadores más poderosos y llevar a cabo los repartos de tierras y trigo y otras riquezas, reformas que, si bien Cinna les había prometido, aún no habían visto realizadas en modo alguno. César se casaba, maduraba y en algunos crecía una extraña esperanza: ¿de veras el sobrino de Mario sería un futuro líder que hiciera llegar sus reclamaciones ancestrales a un Senado que cuando era conservador los oprimía y que ahora, controlado por la facción popular dirigida por Cinna, los ignoraba?

Algunos pensaban en esos asuntos. Sólo unos pocos. La mayoría se dejaba llevar por la tradición del ceremonial y prefería invocar al dios de las bodas, hijo de Venus y Baco:

—*Hymenaeus, Hymenaeus!*

Cinna, por su parte, llegó a varias conclusiones durante aquel largo desfile nupcial: nada más terminar la boda, ordenó una nueva y mortal purga entre senadores y familias de los *optimates*. La sangre volvió a correr por las calles de Roma. A su regreso, tras derrotar a Sila, podría repartir las tierras de los purgados, de los proscritos, de los asesinados. Así resolvía su problema actual y se facilitaba su permanencia en el poder por un tiempo... ¿indefinido?

Habían llegado a la residencia de la familia Julia. Los vecinos que recibían a los novios lanzaron nueces a los tres niños que encabezaban la comitiva para favorecer la fertilidad en la nueva pareja. César tomó entonces un mechón de lana y algo de aceite que le pasaba uno de los esclavos de la familia y se los ofreció a su nueva esposa, que los aceptó y los entregó a una esclava que la acompañaba en todo momento. Cornelia, a su vez, entregó a César varios ases, una moneda para él mismo y el resto como ofrenda a los *lares* de su nueva familia.

César y Cornelia se acercaron a la puerta de la *domus* Julia, en el centro de la Subura.

César tomó en brazos a su joven esposa. Ella, casi una niña, pesaba poco, y él estaba fuerte. A Cornelia le gustó sentir la potencia de su esposo.

Con cuidado, César cruzó con Cornelia en sus brazos el umbral de entrada a la *domus*. Un tropezón habría supuesto un mal augurio, pero nada de eso ocurrió. La unión estaba bendecida por los dioses y habría de ser feliz y fértil.

Cinna salió de la residencia de la familia Julia, salió de la Subura, salió de Roma. Tomó a su inmenso ejército y marchó hacia Bríndisi, donde el desembarco de Sila era inminente.

Los dos jóvenes se quedaron solos, por fin, en el atrio de la residencia de la *gens* Julia.

El mundo a su alrededor se precipitaba hacia una nueva guerra.

Ellos se acababan de casar.

XXXVIII

Cinna frente a Sila

Costa oriental de Grecia, 84 a. C.

Las tropas de Sila aún estaban embarcando en las costas griegas cuando Dolabela le preguntó por el plan de acción:

—¿Qué estrategia seguiremos?

—La misma que con Fimbria —respondió Sila categórico.

Aquella misma noche salieron legionarios embarcados en una trirreme rumbo a Ancona para infiltrarse entre las legiones que Cinna había reunido allí y hablar con los soldados reclutados por el líder de los populares.

Roma, 84 a. C.

César la miraba.

La condujo de la mano por la casa como hizo la tarde en que se conocieron, cuando la llevó desde el atrio trasero hasta el *tablinum* para escuchar qué decían sus padres sobre Roma y sobre ellos mismos. Aquella boda que sus familias pactaron, de la que ellos supieron por escuchar a hurtadillas, había tenido lugar.

Eran esposo y esposa.

Tenían velas encendidas.

La noche era suya y nadie los molestaría. Estaban legalmente casados.

Él la condujo esta vez hasta el dormitorio que habría de ser de ellos para siempre. Aurelia les había cedido el que ella ocupaba con César padre. Él era ahora el *pater familias*.

El lecho era lo único que había cambiado en la habitación, pues una cama nupcial no podía ser usada por otra mujer que no fuera aquella para la que había sido montada. De este modo, Aurelia hizo armar otro lecho y aderezarlo para la ocasión como *lectus genialis*, pues estaba consagrado al genio que debía favorecer la fertilidad de aquel nuevo matrimonio. Había sobre la cama una pequeña estatua con un enorme falo de un tamaño desproporcionado en relación con el resto de la figura. Pero la presencia de esta estatua no intimidó a Cornelia, que se subió al lecho y se sentó encima de ella, sin introducirse el falo en su interior, pero sí sintiéndolo erecto próximo a su vulva. A partir de ahí, ella ya no sabía mucho más.

Lo hicieron esa noche así, con aquella figura en la cama, y lo hicieron otras muchas noches ya con la estatua en una esquina de la habitación, pero siempre próxima al lecho.

A él le parecía tan bonita.

A ella él le daba tanta seguridad.

Sintió algo de dolor la primera vez. Poco. Él se mostró cuidadoso desde el principio. Le sorprendió que era muy distinto a hacerlo pagando, como había tenido ocasión de probar con alguna de las prostitutas de la propia Subura. Le sorprendió y le gustó esa sensación de entrega voluntaria de una mujer. No podía calibrar en aquel momento hasta qué punto la búsqueda de esa sensación a lo largo de su vida iba a influir en su existencia, en la de Roma y en la historia del mundo.

En aquellas noches, el joven César simplemente dormía con Cornelia, yacía con ella, la amaba.

Vivían ajenos al enfrentamiento mortal entre Cinna y Sila, como si estuvieran en una isla desgajada del mundo conocido. Y los dos, en secreto, sin confesárselo el uno al otro, anhelaban en silencio, mientras oían la respiración de cada uno, que ojalá fuera así, que ojalá pudieran realmente vivir en una isla lejana ajena a la guerra que se cernía sobre todos.

Campamento general de Cinna, Ancona, norte de Italia
84 a. C.

Los legionarios de Sila se infiltraron entre las filas de las legiones de Cinna en su gran campamento general. Los había enviado Sila en barco desde Grecia, con la única misión de que difundieran la información que él necesitaba que supieran.

Todo se estaba preparando para una gran batalla campal que, según los planes de Cinna, debería tener lugar fuera de Italia, en Tesalia, en territorio griego, alejando así la guerra de Roma. Ése era su plan, pero los legionarios de Sila empezaron a hacer correr el rumor de que Sila perdonaría a todos los hombres del nuevo ejército de Ancona y que, además, les pagaría mucho dinero si, simplemente, desertaban del bando de Cinna. Acompañaban el rumor con monedas de oro y plata que enseñaban y hasta entregaban a quienes querían escucharlos.

—Y Sila tiene muchas más, muchísimas más monedas: sestercios, denarios, talentos... —repetían una y otra vez estos legionarios.

Cinna aún no había pagado a sus legiones. Tampoco había repartido trigo ni tierras, y eso que aquél era el cuarto consulado que ejercía: cuatro magistraturas máximas ininterrumpidas. Muchas promesas y pocos hechos.

Los legionarios procedentes de la plebe romana dudaban. Los *socii*, no obstante, aún se mostraban más leales a Cinna: al menos a ellos les había concedido la ciudadanía romana. Pero entonces Sila les hizo saber que Pompeyo, Metelo y Craso habían llegado a Italia. Eran tres de los *legati* más eficaces en la guerra contra los *socii*, y los aliados recordaban sus nombres y su crueldad para con ellos. Y los temían. Y Cinna no tenía ninguna experiencia militar acreditada. Se generó así una mezcla mortífera que corroía la lealtad de las legiones de Ancona: el miedo a Pompeyo, Metelo y Craso y las tropas que estos mismos traían desde África o Hispania o que estaban reclutando en la misma Italia; el dinero, fácil de obtener si cambiaban de bando; y la nula experiencia militar de Cinna y, en contraposición, la mucha de Sila.

La combinación fue letal.

Para Cinna.

Roma, 84 a. C.

César fue nombrado *flamen Dialis*. Por un lado, estaba contento, pues era un muy prestigioso cargo religioso: el sacerdote más importante de entre los quince *flamines*. Estaban los sacerdotes *maiores*, consagrados a Júpiter, Marte y Quirino; y los *minores*, que se encargaban de promover el culto a dioses de menor importancia como Vulcano, Volturno, Flora, Ceres y otras divinidades. De entre todos ellos, el sacerdote de Júpiter era el de más relevancia, sólo que las múltiples restricciones que el puesto conllevaba en cuanto a libertad de movimientos dentro y fuera de la ciudad habían deprimido un poco a César.

Aparte estaba el desembarco de Sila en Italia, que a él, como al resto de los miembros de la facción popular, también lo inquietaba.

Cornelia quería animarlo.

Una noche ella no se limitó a tumbarse desnuda boca arriba y separar las piernas, o a besarle todo el cuerpo lentamente para excitarlo. Se ofreció a hacer algo más. Algo que ella había visto grabado en unas monedas llamadas *spintriae* que una esclava egipcia le había enseñado hacía unas semanas. La esclava le había dicho que esas monedas eran fichas de un juego sexual: en cada moneda se mostraba a una pareja de amantes en diferentes posiciones y realizando prácticas sexuales que Cornelia ni siquiera había imaginado. En una de ellas, la que más se le quedó grabada en la memoria, la mujer estaba arrodillada frente al hombre y se introducía el miembro viril erecto en la boca.

—¿Y eso les gusta a los hombres? —había preguntado Cornelia a la esclava.

—Mucho —respondió ella, antes de añadir una precisión importante—: Pero las matronas romanas no deben hacer eso.

—¿Por qué?

—No lo sé, *domina*. De donde yo vengo, en Egipto, es normal hacer eso con un hombre, pero aquí otras esclavas nacidas en Roma me aseguran que una matrona romana no debe hacer esas cosas.

Con aquella conversación en mente, Cornelia besaba el pecho desnudo de César con cariño y dulzura como había hecho tantas otras noches, pero ahora siguió bajando hasta llegar a su vientre y seguir bajando. Sus labios descendieron por la piel de su esposo hasta llegar a la base del miembro erecto. Ella se separó entonces un poco y fue a besar el glande henchido de energía, enhiesto y desafiante, preparado para el acto sexual, pero, justo antes de que pudiera llegar a consumar aquel beso, las manos de César cogieron suavemente la cabeza de Cornelia y la separaron de su pene.

—No —dijo él.

—¿No te gusta? —preguntó ella.

—Ésa no es la cuestión. —César tiró de ella con firmeza pero con cuidado de no hacerle daño, para que se recostara a su lado—. Tú no debes hacerlo.

—¿Por qué?

—Porque la boca es sagrada. Es por donde hablamos, y con las palabras participamos en debates, nos comunicamos, la usamos en juicios y discursos. La boca es sagrada. La de un ciudadano romano o la de una mujer romana. La boca no ha de ser profanada por el pene de un hombre. Ni la boca de una matrona ni la de un ciudadano.

Cornelia calló y se quedó acariciando el pecho de su esposo con la mano.

—Pero ¿a ti te han besado o... algo más... ahí? —Hizo un gesto hacia el excitado miembro de su marido.

—Preguntas demasiado —respondió él, y selló los labios de ella con los suyos para que ya no hubiera más preguntas esa noche, sino sólo caricias y gemidos.

Y así fue durante un rato largo.

Cuando el juego del amor terminó, con ambos amantes extasiados, permanecieron mirando al techo de la habitación, viendo los dos cómo las sombras temblorosas se proyectaban en las esquinas. La luz de las velas era tenue, el silencio en la casa completo. Todos dormían menos ellos.

Cornelia volvió a preguntar:

—¿Y por qué en Egipto las mujeres harán esas cosas?

—¿Lo de chupar el pene del hombre? —inquirió él.

—Sí. Me lo ha contado una esclava egipcia.

César se tumbó de costado y, mientras le acariciaba el cuerpo desnudo, le hablaba en voz baja.

—Cuentan que el dios egipcio Osiris gobernaba con su hermana Isis, con la que estaba casado, pero que el dios Set, envidioso de su poder, lo asesinó. Para asegurarse de que nunca se pudiera resucitar a su víctima, cortó en pedazos el cuerpo de Osiris y los escondió en muchos lugares diferentes, pero Isis, con ayuda de otras deidades, recuperó todos los pedazos del cuerpo y lo reconstruyó. Sólo le faltó encontrar el pene de su hermano y esposo. Dicen que Isis hizo uno de barro y que, una vez que el cuerpo estuvo completo, de un modo mágico devolvió a Osiris a la vida. Unos dicen que lo resucitó batiendo sus mágicas alas, otros que soplando o chupando su pene de barro. Quizá por eso en Egipto hacer eso entre un hombre y una mujer no esté mal visto.

—¿Cómo conoces esa historia? —preguntó ella.

—¡Ja, ja, ja! No como piensas. Heródoto la cuenta en su libro segundo de *Historias*. En la biblioteca de mi padre hay muchos papiros. Los he leído todos.

Ella se dejaba acariciar mientras pensaba.

—¿Has estado alguna vez con una esclava egipcia... o una... egipcia? —Cornelia evitó la palabra «prostituta». Si él había yacido o no con otras mujeres antes que ella, era un tema del que no habían hablado nunca.

—Nunca he estado con una egipcia de ningún tipo. —Se inclinó para besarla en la mejilla mientras le acariciaba el vientre con una mano—. Ni creo que lo esté nunca.

Los dos rieron.

Él se tumbó de nuevo boca arriba.

—Pero Egipto es importante —comentó César.

—¿Por qué?

—Es clave para controlar Oriente. De hecho, ése es uno de los motivos por los que se entró en guerra contra Mitrídates. No sólo porque el rey del Ponto amenazara nuestras provincias orientales y Grecia, sino porque ambicionaba tomar posesión de Egipto. El reino de los faraones es un territorio muy rico.

—¿Hay oro, como en Hispania? —preguntó Cornelia.

—No. Hay trigo.

Ella lo miró confusa. A Cornelia el oro le parecía mucho más importante que el trigo.

—Roma crece mucho y rápido —le aclaró él— y la gente necesita comer. Nos hace falta cada vez más trigo. Egipto es muy importante —insistió—. Es clave para alimentarnos y estratégico para controlar Oriente, si es que Roma alguna vez quiere realmente controlar esa parte del mundo.

Cornelia empezaba a tener sueño.

César seguía hablando.

Su voz la acunaba.

—Igual que la Galia es clave en el norte. Siempre nos han atacado desde el norte: Aníbal, en tiempos de Escipión, llegó desde el norte, igual que los cimbrios y los teutones en tiempos de mi tío Mario. Si controláramos de verdad toda la Galia, Roma estaría siempre más segura. Son tantas las tribus galas que dominar ese territorio es poco menos que imposible, pero algún día alguien debería planteárselo en serio. Sé mucho de la Galia porque Marco Antonio Gnipho, que fue mi tutor de niño, era galo. Él llegó a estudiar en Alejandría, pero venía de la Galia y yo creo que por eso se interesó luego en investigar mucho sobre su lugar de origen. Me contó mil historias. Podría decirte el nombre de todas las tribus que pueblan la Galia, sus costumbres, dónde habitan, de dónde vienen. Gnipho fue un buen tutor. Ahora enseña en un colegio que él mismo ha abierto...

César se tumbó de nuevo de costado para continuar hablando y mirarla a la vez, pero vio que Cornelia estaba dormida.

Calló entonces y volvió a tenderse boca arriba.

Miró el techo y siguió pensando.

En la Galia.

Y en Egipto.

Campamento general de Cinna, Ancona, norte de Italia
84 a. C.

Cinna había convocado a los oficiales del ejército en el centro del campamento militar. Le habían llegado noticias de las dudas de muchos legionarios a enfrentarse con un Sila al que tenían por invencible, algo que lo encolerizaba: Sila ni siquiera había derrotado de forma clara a Mitrídates; de hecho, había pactado con él una paz nada ventajosa para Roma, un acuerdo vergonzoso. Sila había conseguido algunas victorias en Grecia y, en el pasado, alguna intervención relevante en la guerra contra Yugurta en África, pero nada más. Contra los teutones no hizo nada. Ahí todo el mérito, indiscutiblemente, fue de Mario. Pero, más allá de que él viera las limitaciones militares de Sila, Cinna tenía claro que no podía embarcar a aquel inmenso ejército en dirección a Grecia sin antes garantizarse su lealtad. Lo tenía todo pensado: iba a prometerles una paga suplementaria tras derrotar a Sila en Grecia y, ya mismo, iba a hacer efectivo un primer pago del salario, de modo que los legionarios se sintieran más confiados bajo su mando.

En su inconsciencia, centrado como había estado en los asuntos políticos de Roma ciudad, no estaba al tanto de cómo Sila había tentado ya al ejército de Ancona, ni de la magnitud de sus sobornos. Cinna llegaba tarde a todo.

Sin apenas escolta, se presentó ante los oficiales cuando un soldado se le interpuso en el camino reclamándole el pago del salario. Uno de los *lictores* del cónsul lo apartó a golpes, pero aquello sólo caldeó más los ánimos de una multitud de legionarios que se había unido espontáneamente, y sin haber sido convocados, a la reunión de los oficiales en el centro del campamento militar.

Cinna quería llegar rápido a la tarima desde la que podría dirigirse a todos los allí congregados y, en su urgencia por hablar desde aquel lugar elevado, ordenó que los *lictores* le despejaran el camino de forma expeditiva.

—¡Abrid paso al cónsul de Roma! —exclamó mirando a sus guardias.

Éstos se enfrentaron con los legionarios que seguían interponiéndose en el camino, increpando al magistrado popular y reclamando el pago del salario.

Cinna estaba enfurecido.

—Imbéciles —dijo entre dientes—. Si supieran que precisamente de sus salarios es de lo que voy a hablar...

No comprendía que en el asunto del control del ejército de Ancona de nada servían ya las palabras o las promesas. Sila había hecho llegar dinero, monedas de verdad, de oro y plata, a los legionarios. Y ese dinero era el único al que ahora escuchaban aquellos hombres.

Ni siquiera tuvo oportunidad de alcanzar la tarima: una lluvia de piedras comenzó a caer sobre los *lictores* y sobre el propio Cinna. Alguno de sus escoltas lo protegió con un escudo, pero la situación estaba ya fuera de su control. Los legionarios, airados por el retraso en sus salarios, temerosos de entrar en una guerra contra un Sila al que temían, y con la promesa de este último de perdonarlos, admitirlos en su propio ejército si abandonaban la causa popular y al cónsul, y, sobre todo, con monedas reales en sus bolsillos como anticipo de todo aquello, desenvainaron los gladios.

La sangre empezó a correr.

Poca oposición pudieron presentar los *lictores* ante la multitud de legionarios descontrolados. Los oficiales, centuriones y tribunos callaban. Nadie daba orden alguna.

Cinna se vio completamente rodeado por soldados armados.

La primera espada entró en su cuerpo por la espalda.

La segunda, desde un costado.

El resto, media docena más, desde todos lados y al mismo tiempo.

Cinna cayó muerto al instante.

Se derrumbó como se derrumban las dictaduras: de golpe y con cara de sorpresa en la faz del dictador, como si no terminara de creer lo que estaba ocurriendo.

Los sobornos de Sila volvían a tener éxito.

XXXIX

La decisión de Aurelia

Roma, 84 a. C.

El regreso de Sila a Roma era ya inexorable. Sólo una cuestión de tiempo.

Las noticias de la muerte del padre de Cornelia llegaron a la residencia de la familia Julia.

César abrazó a su esposa, que empezó a llorar de inmediato, no tanto por la muerte de un padre que nunca la amó, como porque la caída del cónsul implicaba el inicio del derrumbe del régimen popular. También habían llegado a Roma los movimientos de hombres como Craso, Pompeyo o Metelo, que reclutaban hombres desde Hispania hasta Italia para unirse a Sila en su regreso a Roma.

Todos en casa de César comprendían que la situación era límite. ¿Sería capaz Papirio Carbón, el segundo cónsul popular, único ahora tras la muerte de Cinna, de reunir un ejército lo bastante poderoso y, muy importante, leal, para enfrentarse a Sila y sus aliados *optimates*?

—Voy a salir —dijo Aurelia.

A César le pareció peculiar que su madre se planteara abandonar la *domus* en aquellas circunstancias.

—Quiero comprar víveres suficientes para resistir semanas en casa si las cosas se complican —aclaró ella—. Si Sila se lanza de nuevo sobre Roma, puede haber problemas de abastecimiento.

César asintió. Su madre siempre tan precavida.

—Llévate los esclavos que necesites, madre —le dijo él—. No escatimes en seguridad.

Aurelia se puso en marcha.

Cornelia seguía sollozando en los brazos de César, y sus dos cuñadas se acercaron para consolarla.

Aurelia iba a salir cuando oyó hablar a su nuera, aún entre sollozos:

—Debería ayudar —decía—. Voy a acompañar a tu madre.

La mujer se detuvo y respondió de modo tajante:

—¡No! —Y como la negativa sonó demasiado radical y esquiva, la reformuló con palabras más amables—: Tú has sufrido un golpe muy duro y has de descansar y... —Miró a sus hijas, que parecían pensar que, tal y como había sugerido Cornelia, estaría bien que alguien la acompañara—. Y prefiero que vosotras os quedéis en casa y reorganicéis la despensa. Si cuando vuelva hay algo que no he comprado, ya saldréis vosotras a terminar de reunir lo que necesitemos.

De ese modo, y sin dar posibilidad a que nadie de la casa la acompañara, más allá del preceptivo grupo de esclavos como escoltas, Aurelia salió a la calle.

La madre de César caminaba ya por los callejones de la Subura. Los esclavos pensaron que irían al Foro Boario, uno de los grandes mercados de la ciudad, para adquirir los víveres de los que había hablado su ama, pero la *domina* les dio indicaciones para que fueran primero a las *tabernae veteres* del foro, en el centro de la ciudad.

Aurelia caminaba con el rostro tenso: Cornelia ya no era la esposa que unía a su hijo con el poder. Ese poder acababa de desmoronarse, de iniciar su caída definitiva. Nada ni nadie podría detener a Sila. La resistencia que opusieran los populares sólo iba a suponer una larga y lenta agonía. Cornelia era ahora un lastre. Un muy pesado y peligroso lastre.

—Aquí entraré sola —dijo al *atriense* cuando se detuvieron en una de las tiendas del foro conocida por sus especias.

El esclavo asintió y organizó todo para que nadie más entrara en aquella tienda mientras su ama estuviera allí comprando.

Aurelia se acercó al dueño y le habló en voz baja:

—¿No está hoy tu mujer? Le encargué hace días una especia muy particular y pensé que quizá ya la tuviera.

El hombre no dijo nada, se limitó a asentir muy despacio antes de dirigirse hacia el interior del establecimiento. Cuando alguien preguntaba específicamente por su esposa, él casi prefería no saber demasiado de aquel asunto.

Una mujer no muy mayor, con facciones agradables y mirada serena, apareció y se aproximó a la *domina* que había requerido su presencia.

Aurelia se dirigió a ella por su nombre, un gesto que buscaba generar confianza.

—¿Lo tienes, Mucia?

—Lo tengo, *domina*, pero he de advertir a la señora de nuevo sobre su peligro.

—Los venenos son todos peligrosos, la cuestión es si es rápido. He de resolver un problema grave, pero no deseo causar sufrimiento innecesario. La muerte ya es bastante penuria.

—Es muy rápido —certificó Mucia—. Pero me ha costado mucho conseguirlo...

Aurelia sonrió sutilmente. Ya esperaba algo parecido. Sacó una bolsa de monedas y la puso sobre la mesa repleta de especias.

La mujer calló, fue a la parte de atrás de su establecimiento y volvió al cabo de unos instantes con un frasquito en la mano.

—¿Es letal? —preguntó Aurelia mientras lo cogía con extremo cuidado.

—Unas pocas gotas matarían al más fornido de los legionarios —explicó la mujer—. Se llama sardonia, como la isla de la que procede,* y es una planta mortífera. Deja una sonrisa extraña en la cara de los que mueren tras tomarla,** pero es letal y muy veloz.

Aurelia asintió una vez, dio media vuelta y salió de la tienda. Ahora debía ir a por la comida al Foro Boario. Tenía prisa, una compra por hacer, una cena por preparar y un lastre que eliminar. Y se sentía muy mal. Aunque cualquiera pudiera pensar lo contrario, sentía afecto por Cornelia, pero, con Cinna muerto, de pronto todo había cambiado. Por encima de cualquier otra cosa, debía proteger a su hijo y liberarlo de cadenas que lo ataran al régimen que se estaba derrumbando. Cuando entrara en la ciudad, Sila sería implacable con todos los que tuvieran lazos que los unieran al depuesto Cinna. Aurelia caminaba decidida, entristecida, con un nudo en el estómago y un pálpito extraño en el corazón, pero resuelta.

Roma no estaba para sentimentalismos, sino para ser prácticos.

Y rápidos.

* Cerdeña.
** Risa sardónica.

XL

El avance de Sila

Italia, 83-82 a. C.

Sila avanzaba por la península itálica, y sus aliados también. Campania cayó bajo su control. El cónsul Norbano, nombrado por los populares como sustituto de Cinna, fue derrotado. Las tropas del otro cónsul —un tal Escipión, demasiado nombre para un magistrado ineficaz—, acantonadas en Teanum, desertaron y se pasaron al bando del victorioso Sila.

Por el norte, en Piceno, Metelo y Pompeyo doblegaban las legiones del nuevo cónsul popular Papirio Carbón, reemplazo del malogrado Norbano.

En un intento desesperado de los populares por poner al líder más carismático posible frente a Sila, eligieron como nuevo cónsul a Cayo Mario hijo. Éste aceptó el reto y marchó con un ejército improvisado *in extremis* hasta Sacriporto para presentar batalla campal a las tropas de Sila y Dolabela.

—¿Qué hacemos? —preguntaron los tribunos silanos a su líder.

—Atacamos —propuso Sila sin dudarlo.

Había soñado que Mario padre le decía a su hijo que no combatiera en ese día concreto, y pensó que aquello era un buen augurio, pero Dolabela se mostró de otro parecer:

—Las tropas han marchado durante días. Han de descansar. Es mejor esperar...

Pero las palabras de Dolabela se vieron interrumpidas por varios legionarios que llegaban desde el extremo del campamento.

—¡Nos atacan, nos atacan!

Cayo Mario hijo, más allá de los sueños de Sila, quiso embestir a sus enemigos *oppugnatio repentina*, sin espera alguna, sin dar tiempo a que nadie descansara: ni los silanos ni sus propias tropas.

Sila miró a Dolabela.

—Ahora no hay opción —admitió el segundo—. Nos defenderemos y contraatacaremos.

Las palabras de Dolabela sellaron la reunión y todos los tribunos fueron a sus puestos de combate.

El enfrentamiento duró horas.

Roma, 82 a. C.

Aurelia no pudo ejecutar su plan. Simplemente no tuvo agallas.

Se le revolvían las entrañas. Retrasó su decisión durante meses, de día en día, durante más de un año, con la esperanza, muy pequeña pero aún palpitando en su interior, de que las fuerzas que los populares habían podido reunir bajo el mando de diferentes cónsules populares lograsen detener a Sila.

Sin embargo, todo fue un progresivo desastre. Derrota tras derrota, el cerco sobre Roma se estrechaba, y la esperanza que Aurelia tenía depositada en la capacidad de Mario hijo para detener a Sila era... nula. Aquel hijo era valiente, pero no tenía ni la fuerza ni la inteligencia de su padre. De algún modo, Aurelia estaba convencida de que el espíritu del gran Mario había pasado a su sobrino, al joven César, pero este último era, precisamente, eso: demasiado joven. Con sólo dieciocho años, nada podía hacer.

—¿Qué crees que pasará? —preguntó Cornelia a su suegra una tarde.

—César ha ido al foro. Pronto traerá noticias —respondió ella con un tono tranquilo, aunque podía oler la derrota absoluta desde hacía tiempo: la llegada de Metelo desde África y de Pompeyo desde Italia, la experiencia de Sila y la excesiva juventud de Mario hijo sólo podían terminar de un modo.

Por eso Aurelia tomó, al fin, la decisión que tomó.

Ella misma le ofreció a su joven nuera un caldo caliente.

—Ten, esto te vendrá bien —le dijo—. Aún hace frío y humedad. Ya tenemos bastantes problemas. No añadamos un resfriado o debilidad, ¿no crees, pequeña?

Cornelia cogió la taza con ambas manos.

—Cuidado —le advirtió Aurelia—. Está muy caliente.

El veneno se diluía mejor en el calor y su sabor se ocultaba aún más que en un líquido frío.

Cornelia sopló varias veces a la superficie de la taza. Luego, despacio, con cuidado de no verter nada del caldo, acercó el borde de la taza a sus labios y los mojó.

—¡Uf! —exclamó la muchacha—. ¡Por Júpiter, sí quema! Esperaré un poco. —Y dejó el cuenco con mucho cuidado en la mesa que tenía delante.

Aurelia se quedó mirando el caldo. Callada. En silencio.

—Quería decir una cosa —añadió Cornelia entonces.

—Dime, pequeña —la invitó su suegra con tono sereno, sin dejar de mirar el caldo humeante.

—Quería agradecer todo cuanto has hecho por mí los últimos años, y el modo en el que me has acogido en esta casa —empezó la muchacha—. Mi padre murió y mi madre siempre ha sido muy distante. Mi hermano no es fuerte e inteligente como César. Si no estuviera ahora casada con él y si no te tuviera a ti y a tus hijas estaría... perdida y me sentiría muy sola. Y con un inmenso miedo. Bueno, miedo tengo. Todos, creo, tememos que Sila consiga la victoria, pero no me siento sola. Me has tratado tan bien..., como si fuera una hija más. Desde el principio. Me enseñaste griego, y siempre has tenido palabras amables para mí. Ser la esposa de César es lo mejor que me ha pasado en la vida. Pero tenerte como madre de mi esposo es lo segundo mejor que me podía ocurrir.

Aurelia asentía sin decir nada, siempre con los ojos fijos en el cuenco con el caldo. No tenía arrestos para mirar a la muchacha a la cara. No en aquel instante.

Cornelia volvió a coger el cuenco con cuidado, aunque sin dejar de hablar.

—Sólo quería que supieras que en mí siempre habrá lealtad para la familia Julia y que yo estaré con mi esposo en las circunstancias que sean y haré lo que sea necesario, lo que se me pida, lo que César desee, lo que la familia Julia considere siempre como lo mejor. Mi lealtad es absoluta.

Aurelia bajó la mirada al suelo.

Cornelia se acercó el cuenco a los labios, con lentitud, para no verter nada del caldo. Se detuvo. Aún estaba humeante.

La espera para que el caldo se enfriara, estar a solas, en intimidad completa, con la madre de su esposo... No lo tenía previsto, pero de pronto la muchacha decidió que ése parecía el momento indicado para anunciar lo que tenía que compartir más pronto que tarde con Aurelia y, sobre todo, con César.

—Hay otra cosa que quería decir... —comenzó mientras sostenía el cuenco en alto en sus manos.

—¿Qué, pequeña? —preguntó Aurelia con un suspiro. No le estaba resultando nada fácil aquello. Las dudas la consumían ante las palabras de la muchacha, pero el bien superior de proteger a su hijo de lo que ahora era una alianza perniciosa para él la mantenía firme en su decisión, por muy cruel que ésta fuera.

—Creo que estoy embarazada —dijo Cornelia, y tras ese anuncio breve, conciso pero inmenso, se acercó de nuevo el cuenco a los labios.

—¡Espera! —la increpó Aurelia, y se levantó con brusquedad.

La muchacha se sobresaltó y se le cayó la taza, que se hizo añicos en el suelo de mosaico. El caldo se deslizó por las teselas hasta perderse entre las grietas.

—¡Por Hércules! ¡Lo siento! —exclamó la muchacha, avergonzada—. ¡Qué torpe soy!

—No, no pasa nada —la tranquilizó Aurelia—. Me había parecido ver... una mancha... en la taza... y la esposa de mi hijo nunca ha de beber en un cuenco sucio. Ahora pediremos otro.

—Pero éste me lo habías preparado tú misma... Lo siento, lo lamento...

—Es un caldo, Cornelia. No tiene importancia. Además, una embarazada tiene derecho a romper todos los cuencos del mundo. —Aurelia se dirigió al esclavo *atriense* de la casa—: Traed más caldo. Dos tazas, una para cada una. Yo también quiero beber algo caliente. Y, por todos los dioses, limpiad esto.

El esclavo se acercó.

—¿Lo quiere servir también el ama? —inquirió el esclavo, que no tenía claro de qué forma proceder, pues antes el ama había insistido en que se trajera el caldo en una jarra pero que ella misma lo serviría.

—No, hazlo tú todo —respondió Aurelia y, cambiando de tema, habló de nuevo a Cornelia—: Olvídate ya del caldo vertido. César vendrá pronto del foro y traerá noticias. Eso sí es importante. Y más importante aún lo que me acabas de decir. ¿Desde cuándo lo sabes?

—Llevo tres meses sin sangrar —respondió la muchacha.

Aurelia se levantó despacio, se aproximó a su nuera y la abrazó con afecto.

—La próxima vez, avísame a la primera falta, ¿de acuerdo?

—Sí, Aurelia... ¿Puedo llamarte Aurelia?

—Puedes, pequeña, puedes —respondió la madre de César, y cerró los ojos.

Cornelia asintió. Seguía avergonzada y se había sonrojado por su torpeza, pero se reafirmaba en su interior de la infinita bondad de su suegra y en lo afortunada que era, pese a que toda la Roma popular se tambaleaba, por formar parte de aquella familia que tanto la estimaba.

XLI

Las cenizas de Mario

Domus de la familia Julia, Roma
82 a. C.

César recibió la noticia del embarazo de Cornelia con la sorpresa del padre primerizo y con la emoción del joven esposo ilusionado al ver que pronto tendría un hijo. Se pasaba los días yendo al foro y regresando a casa con noticias sobre el avance de Sila por Italia, pero, en su fuero interno, sólo pensaba en que el mundo se estaba oscureciendo para la nueva vida que Cornelia llevaba en su interior. Y no sabía qué hacer para poder revertir el curso de unos acontecimientos que iban en contra de sus esperanzas, sus anhelos y la seguridad de todos los miembros de su familia.

Una noche llegó a casa con las últimas noticias, que no eran buenas: Mario hijo había llevado la iniciativa en su ataque a las tropas de Sila, pero, al final, el líder de los *optimates*, apoyado por otros senadores conservadores y por la experiencia, sobre todo, de sus experimentadas legiones de la guerra contra Mitrídates, había conseguido revertir el desarrollo de la guerra y hacerse con la victoria final. Mario hijo se había refugiado en Praeneste. Y eso no era todo: el cónsul popular Norbano ya había sido derrotado tiempo atrás, y su sustituto como cónsul popular, Carbón, había huido en dirección a África. Los *optimates* Metelo, Pompeyo y Craso recorrían Italia masacrando los núcleos de resistencia de los populares.

—Es sólo cuestión de tiempo que se unan a Sila y que éste entre en Roma y se haga con el control de todo —concluyó César.

Se hizo un largo silencio. Ni las hermanas de César ni su madre dijeron nada. Fue Cornelia la que habló por fin.

—Estoy cansada..., voy a retirarme. —Se levantó despacio y con tiento, pues el embarazo avanzaba y le costaba moverse con la agilidad habitual.

—Te acompañaré —dijo él, siempre muy atento al estado de Cornelia.

Anochecía en el atrio de la familia Julia.

Anochecía sobre Roma.

Anochecía sobre todos los romanos que habían creído en la causa de los populares, del pueblo de la ciudad del Tíber.

Foro de Roma

Craso fue el primero de los *optimates* llegados a Italia como refuerzo de la causa conservadora en unirse a Sila. Metelo y Pompeyo avanzaban más lentamente, terminando con pequeños focos de resistencia de algunos *socii* que se negaban a admitir que todos sus sueños de ciudadanía romana habían terminado con la llegada de Sila y su nueva política restrictiva y conservadora.

Sila, por fin, entró en la ciudad de Roma.

No hubo entonces resistencia. Nada había ya que pudiera presentarle batalla más allá de ideas políticas diferentes, pero con ideas no se podía detener un ejército. Sus legiones se hicieron con el control absoluto.

Pero ni siquiera eso le bastaba. Sila ansiaba algo más que dominarlo todo, que gobernarlo todo. Él disfrutaba también con la venganza.

—¿Dónde está? —preguntó a los senadores que salieron a recibirlo al foro, frente al edificio de la Curia.

Los *patres conscripti* no parecían comprender. Ni tan siquiera Craso. Sólo Dolabela supo interpretar qué era lo que buscaba su mentor.

—Mario —aclaró Dolabela—. ¿Dónde está enterrado?

Los senadores asintieron entonces y condujeron a Sila y al nutrido grupo de legionarios que lo escoltaba hasta el lugar donde se habían depositado las cenizas del antiguo líder popular, en un mausoleo levantado de forma rápida, casi improvisada, en uno de los laterales de la Vía Apia. Los esfuerzos por detener a Sila habían dejado en un segundo plano la intención inicial de los populares de dar una sepultura más grandiosa a su gran líder, un monumento acorde a los éxitos sin par que Mario había cosechado en la política y en la guerra.

Sila se detuvo frente al templete donde descansaban las cenizas de su enemigo.

No, no era un gran monumento funerario, y menos para alguien que había sido siete veces cónsul, pero, aun así, aquel descanso en paz del viejo líder de los populares lo incomodaba.

—¿Lo incineraron? —preguntó el líder de los *optimates*.

—Sí —certificaron varios senadores.

—Que saquen sus cenizas —ordenó entonces Sila.

Los legionarios golpearon las puertas del templete hasta reventarlas, accedieron al interior y, al poco tiempo, mostraban a Sila un cofrecito de metal que contenía, sin duda, las cenizas del mítico Cayo Mario.

—Seguidme —dijo Sila y echó a andar.

Dolabela se puso a su lado y preguntó a su mentor lo que todos querían saber pero nadie se atrevía a preguntar:

—¿Dónde vamos?

—Fuera de la ciudad, bastante lejos —respondió él de forma imprecisa.

La marcha fue, ciertamente, de varias millas: dejaron la ciudad atrás y siguieron el curso del Tíber hasta llegar al punto donde éste se juntaba con su afluente, el río Anio. Fue ahí, en ese lugar, donde por fin Sila se detuvo.

—Esto parece lo bastante lejos. —Miró a los legionarios que portaban el cofre con las cenizas de Mario—. Arrojadlas aquí.

Hubo alguna duda en los rostros de los soldados.

Aquellas cenizas pertenecían a alguien que había salvado la ciudad en numerosas ocasiones, en especial del avance mortífero de los teutones, que podrían haber destrozado y masacrado Roma entera. Desperdigar las cenizas de Mario por el río implicaría impedir el descanso eterno en el Hades de aquel héroe, por muy enemigo de Sila y los *optimates* que hubiera sido.

Sin embargo, la faz del líder de los senadores conservadores no dejaba margen a réplica alguna.

Los legionarios engulleron sus dudas en silencio y se acercaron al borde del río, se adentraron varios pasos en la orilla hasta que el agua los cubrió por la cintura y, en ese lugar, abrieron el cofre y vertieron las cenizas de Mario en la corriente.

—¡Bien! —exclamó Sila.

Se quedó allí un rato, mirando hacia el río para disfrutar de su particular victoria *post mortem* sobre Mario, su odiado enemigo, ahora derrotado, muerto y sin descanso eterno. Lo que viene a ser una victoria absoluta.

Domus de la familia Julia
Esa misma tarde

Cuando César se enteró de lo que Sila había hecho con las cenizas de su tío Cayo Mario, guardó silencio muy largo rato. Labieno respetó aquella actitud de su amigo y lo dejó a solas con Cornelia. Él había traído las penosas noticias y pidió una y mil veces perdón por ser mensajero de las mismas.

Cornelia fue al vestíbulo donde el amigo de César esperaba.

—Creo que es mejor que te marches —dijo la joven—. No lo he visto así nunca. Necesita tiempo para... para aceptar lo que ha pasado.

Labieno se despidió y se marchó.

Cornelia regresó al atrio donde su esposo seguía sentado en una *sella*, junto al *impluvium*, aún en silencio absoluto, mirando el mosaico del suelo.

Aurelia no estaba en ese momento. Había salido al mercado, al Foro Boario, para aprovisionarse de comida para toda la casa.

Cornelia se acercó despacio a César. Lo rodeó y lo abrazó por la espalda.

—No sé cómo ni cuándo —dijo por fin César, en un tono sereno, frío, sin alzar la voz—, pero un día me enfrentaré a Sila. De hecho, no sé cómo ni cuándo, pero un día me enfrentaré a todos y cada uno de ellos.

—¿Ellos? —inquirió ella con tono suave, en busca de precisión.

—Los *optimates*.

—Pero sólo ha sido Sila el que ha profanado la tumba —apuntó Cornelia, que temía que César decidiera enfrentarse con todos los senadores corruptos a la vez.

—Sila ha sido el ejecutor del ultraje —aceptó César—, pero ni Pompeyo ni Craso ni ningún otro de ellos ha intentado entorpecer semejante vileza. Todos son cómplices. Todos merecen por igual desde ahora mi odio eterno. —Levantó la mirada para clavar sus ojos en las pupilas dulces de su esposa—: Cornelia, entiendo su corrupción para enriquecerse, entiendo su ira hacia los que queremos cambiar la situación y entiendo que luchen para proteger sus privilegios. Comprendo incluso que maten por ello. Pero profanar la tumba de uno de los mayores militares de Roma, sólo como pura y vil venganza, es más de lo que nadie tiene derecho a hacer. Hoy han cruzado una línea sin retorno. Y, un día, yo también cruzaré una línea sin retorno para devolverles con sangre a todos ellos la atrocidad que han perpetrado hoy. Lo juro... por Júpiter.

No era un juramento cualquiera. Era el juramento del *flamen Dialis*, del sacerdote supremo del mismísimo dios Júpiter en Roma.

Un trueno partió en dos el cielo.

Empezó a llover torrencialmente.

—Vamos —dijo Cornelia y, con dulzura, tomó de la mano a su esposo y lo condujo a cubierto.

XLII

La noche más larga

Roma
31 de octubre del 82 a. C. Por la mañana, *hora tertia*

Todo parecía estar ya perdido para los populares.

Sila pensaba dar comienzo a una larga serie de sesiones del Senado donde pensaba abolir, una por una, todas las leyes dictadas, por Mario primero, y luego por Cinna y otros líderes populares. Del régimen anterior no quedaría nada. Ni el recuerdo.

Sí, todo parecía perdido para los populares cuando, de pronto, ocurrió algo inesperado. Un golpe del destino que iba a sacudir la historia: los samnitas y los lucanos, pueblos itálicos ambos, que nunca habían aceptado rendirse ni dar por finalizada la larga guerra social, se habían armado con todo lo que tenían y marchaban hacia Roma para masacrar a Sila. Sabían que aquél era el líder de la facción romana menos propensa a igualar en derechos a los *socii* con los romanos y, en particular, los samnitas habían decidido lanzarse a por la ciudad del Tíber antes de que las tropas de otros senadores conservadores, como las reclutadas por Pompeyo y Metelo, se unieran a las fuerzas del propio Sila y de Craso e hicieran del todo imposible la hazaña que intentaban conseguir.

Sila recibió las noticias del avance de los samnitas en las puertas mismas del Senado. Justo cuando iba a dar inicio la primera sesión para abolir las leyes populares de los últimos años.

Se detuvo.

Miró al suelo en silencio.

Puso los brazos en jarras.

Dolabela y Craso lo miraban muy atentos.

Lucio Cornelio Sila dio, muy despacio, media vuelta. Las sesiones del Senado tendrían que esperar.

Domus de la familia Julia
Ese mismo día, a esa misma hora

Labieno entró en la casa de su amigo César con el pecho henchido de esperanza.

—¡Los samnitas se lanzan sobre Roma! ¡Y vienen a miles! ¡Sila lo va a tener difícil para hacerles frente incluso con todo su ejército de veteranos! Es un levantamiento general de los *socii*. Los lucanos ya se les han unido.

César asintió.

—Quizá Sila y los suyos dieron por terminada la guerra social antes de tiempo.

—Es muy posible —continuó Labieno—. Con Cinna en el poder, sus derechos y reclamaciones de ciudadanía estaban siendo atendidas, pero saben que Sila lo abolirá todo.

—Sin duda, eso es lo que los ha encendido. —César no pudo contener su rabia—: Ojalá los samnitas despedacen a ese miserable de Sila.

El dolor por la profanación de la tumba de su tío Mario estaba aún demasiado fresco en su memoria como para no desearle otra cosa a Sila que no fuera la peor de las muertes posibles y el mayor de los ultrajes imaginables a sus propias cenizas.

De pronto, se oyó un grito de mujer, desgarrador, brutal, de un dolor inmenso, incontenible.

Los dos se volvieron hacia las habitaciones de la casa.

Aurelia salió de la estancia donde estaba con su nuera y se situó en el centro del atrio.

—¡Cornelia se ha puesto de parto! —exclamó con serenidad, pero transmitiendo clara urgencia—. Es muy joven, puede que la asistencia de la partera no sea suficiente. Por Júpiter, hijo mío, ve en busca del viejo médico griego.

Algo en el tono de Aurelia hizo ver a su hijo que el parto no marchaba bien: su madre había dado a luz tres veces. Sabía de lo que hablaba.

Frente a las murallas de Roma
Hora sexta

Sila llevaba varias horas revisando las fortificaciones de Roma y su faz no mostraba ni sosiego ni confianza: las defensas de Roma no eran consistentes como para resistir un asedio, y él lo sabía. Tras muchos años de dominio sobre la península itálica, la ciudad no se había molestado en mantener demasiado al día las fortificaciones de la vieja muralla serviana, levantada en tiempos remotos donde los ataques sí podían tener lugar en cualquier instante.

Ni siquiera en los peores momentos de la reciente guerra social o cuando los teutones avanzaban sobre Roma se reconstruyeron todos los sectores de muralla para ofrecer una sólida defensa ante cualquier posible ataque a gran escala. Siempre se pensó que los enemigos de Roma serían detenidos antes de llegar a sus puertas. Por eso le resultó tan fácil a Sila acceder con tropas al control de la ciudad las dos veces que había marchado militarmente sobre ella. Pero ahora, eso que lo favoreció en el pasado jugaba en su contra.

—Combatiremos en el exterior, frente a las murallas —explicó Sila al cónclave de sus más fieles oficiales en un improvisado *praetorium* de campaña frente a la *Porta Collina*, uno de los accesos a Roma.

Allí estaban Dolabela y el joven Craso.

—Las murallas no valen para resistir un asedio, pero nos dan un punto de altura donde situar arqueros que apoyen a nuestras tropas o que... —Aquí Sila calló y, tras un breve silencio, continuó hablando, pero de otra cuestión—: Hay que prepararse para combatir en cualquier momento. Los informes de las patrullas que he enviado alrededor de Roma indican que los samnitas avanzan a marchas forzadas contra nosotros y que llegarán aquí al anochecer.

—Eso quiere decir que no atacarán al menos hasta el alba —apuntó Craso.

Sila negó con la cabeza.

—No aseguraría eso —contrapuso el líder de los *optimates*—. Prefiero estar preparado para una batalla nocturna. No quiero dejar nada a la improvisación. Son muchos y vienen a por todo.

***Domus* de la familia Julia**
Hora septima

Cornelia gritaba sin parar.

El médico salió por fin de la estancia donde estaba la muchacha, asistida también por Aurelia, la partera y algunas esclavas.

—¿Cómo está? —preguntó César. Él no era un experto en partos, pero los aullidos de dolor de Cornelia parecían ir más allá del sufrimiento habitual de una mujer en esas circunstancias.

—Por Asclepio, las cosas no van bien —dijo el médico—. El niño viene de nalgas, con los pies por delante, y a eso se suma que la madre es muy joven y es su primer hijo. Sinceramente... no lo veo fácil.

Aurelia pudo oír los comentarios del médico, pues lo había acompañado al atrio.

—Si ella muere..., ¿podríamos aún salvar al niño? —preguntó con tanta crudeza como sentido práctico.

El médico suspiró y torció el gesto, pero respondió con precisión:

—Se podría practicar entonces una cesárea *post mortem* y quizá pudiéramos salvar al niño, pero ahora todo depende de cómo vayan las próximas horas.

—¿Horas? —preguntó César en tono agónico—. ¡Cornelia no puede estar así durante horas!

—Es mucho el sufrimiento, sí —se compadeció el doctor—, pero en mi experiencia, en casos así, se alarga el parto. Es muy duro. Por eso hay que estar preparados para lo peor. Ahora necesito más agua caliente y más paños limpios. Yo rezaría a los dioses —añadió mientras se daba media vuelta y volvía a ingresar en la habitación donde yacía Cornelia.

César caminaba de un lado a otro del atrio con las manos sobre la cabeza.

Labieno miraba a su amigo sin saber qué hacer ni qué decir para consolarlo.

Aurelia pensaba. Mucho. Quizá aquel horrible parto se llevara por delante a la pobre Cornelia liberando a César de aquella atadura con el pasado reciente del régimen de Cinna y haciendo a su hijo menos especial entre los populares a los que Sila, sin duda, deseaba eliminar en cuanto afianzara su poder. Por otro lado... ¿realmente iba Sila a consolidarse? ¿Cómo se resolvería la rebelión de los samnitas? ¿Serían capaces estos *socii* de derrotar a un hombre contra el que no habían podido ni Cinna ni Mario padre ni Mario hijo? Claro que todos ellos habían combatido con legiones romanas sensibles a los sobornos. Los samnitas, sin embargo, luchaban por sus derechos. Su rebelión no estaba en venta. Sila tendría que luchar, como hizo en Grecia... Y en una batalla todo podía pasar...

—¿Se sabe algo del avance de los samnitas? —preguntó Aurelia.

—Hemos oído que se acercan a Roma a toda velocidad —respondió César—. Eso es lo que sabemos.

—Pues averiguad más —apostilló Aurelia—. Aquí no hacéis nada.

La mujer abandonó el atrio y fue tras el médico, junto a Cornelia, que continuaba gritando.

—Vámonos —dijo Labieno—. Averigüemos qué pasa fuera.

César no estaba por la labor, pero se dejó llevar y ambos salieron de la *domus* y se adentraron por las calles de Roma en dirección a las viejas murallas.

Frente a las murallas de Roma
Hora octava

Sila sacó de la ciudad a dos tercios de sus legiones: dos tercios de las veteranas de su campaña contra Mitrídates y en las que más confianza tenía, y también otros dos tercios de las nuevas legiones de Cinna cuya lealtad compró con dinero en Nola. Las distribuyó en dos grandes flancos extramuros, cubriendo un amplio sector de las murallas en la dirección hacia donde se esperaba la llegada inminente del ejército samnita, lucano y de otras tribus que se les habían unido en aquel intento final por conseguir equipararse en derechos a Roma.

Sila dio el mando de las tropas veteranas a Craso, y el de las legiones de Nola a Dolabela. Él se situó en lo alto de la *Porta Collina* para observarlo todo. El tercio de tropas que había dejado dentro de la ciudad lo necesitaba allí para asegurarse de que los populares no se alzaran en armas creando un segundo frente de batalla, algo que haría del todo incontrolable su dominio sobre Roma.

El sol empezaba su descenso en el horizonte.

—¡Ahí vienen! —anunció uno de los centinelas.

En lontananza se podía ver, primero, una inmensa polvareda; luego, poco a poco, se vislumbraron las primeras unidades de guerreros samnitas armados avanzando velozmente, casi al trote, hacia el punto donde se encontraban los romanos.

Sila tragó saliva.

Anochecería en unas horas.

—¡Traed antorchas, por Júpiter! —ordenó—. ¡Quiero aquí todas las antorchas de Roma!

Si combatían en medio de la noche, quería ver bien qué ocurría en el campo de batalla.

***Domus* de la familia Julia**
Hora nona

César y Labieno no pudieron salir de la Subura. Había tropas de Sila por todos los accesos al foro o en cualquier avenida principal. El líder de los *optimates* había dado la orden expresa de que la Subura quedara aislada. No quería un levantamiento interno en aquel distrito especialmente favorable a los populares y cuyo alzamiento podía encender la rebelión general en Roma.

—Regresemos a casa —dijo César.

Labieno asintió. Cualquier acción militar contra Sila era imposible. Ni siquiera podían franquear el paso de las tropas interpuestas por todas partes.

Retornaron con rapidez.

Aurelia estaba en el atrio y se pasaba un paño por la frente y el cuello.

Los gritos de Cornelia no habían cesado.

—¿Habéis averiguado algo? —preguntó nada más verlos.

—Sila ha rodeado la Subura —respondió su hijo—. No hay manera de acceder a las murallas.

Cornelia volvió a gritar.

—¡Por todos los dioses! —exclamó César—. ¿No puede hacerse nada?

Aurelia no respondió. No había nada que añadir a lo que ya había explicado el médico, y el desarrollo del parto, simplemente, no había mejorado.

En lo alto de las murallas de Roma
Hora decima

Sila podía ver a las legiones repartidas en dos grandes flancos posicionándose para el combate. Esa parte la tenía organizada, pero había cuestiones que quería tener previstas.

Varios tribunos estaban pendientes de sus órdenes, pues Dolabela y Craso ya se encontraban en el exterior al mando de las legiones que cada uno tenía asignadas.

Sila se volvió hacia los oficiales.

—Quiero dos tercios de las antorchas que se reúnan, repartidas a partes iguales entre las tropas de Dolabela y Craso, y el otro tercio lo quiero aquí, a lo largo de la muralla. Y quiero todos los arqueros disponibles también aquí, en lo alto.

***Domus* de la familia Julia**
Hora undecima

Cornelia había dejado de gritar.

Por un lado, era como un alivio, pero, por otro, si ella perdía el sentido y no empujaba, el niño nunca nacería. Podían terminar muriendo los dos: el niño y la joven madre. César estaba convencido de que sería un niño.

Se sentó. No. Para ser exactos, se derrumbó sobre un *triclinium*: su mundo se desmoronaba a pedazos. Primero se perdió el gobierno popular de la ciudad, luego entró Sila y, ahora, quizá perdiera a su esposa y, si eso pasaba, muy posiblemente también perdería a su hijo.

—Quizá los samnitas consigan lo que no conseguimos nosotros —apuntó Labieno, que intentaba desviar la atención de César de lo que ocurría en la habitación de Cornelia.

—¿Que consigan qué? —preguntó él, con aire distraído.

—Derrotar a Sila —sentenció su amigo.

En lo alto de las murallas de Roma
Hora duodecima

El ejército samnita avanzó hasta detenerse a tan sólo mil pasos de las legiones.

Los últimos rayos del sol languidecieron hasta extinguirse por completo.

De pronto, todo se oscureció y, en aquel mar de sombras nocturnas, el ejército samnita desapareció de las miradas de los romanos.

Sila estaba muy atento. Un tribuno fue a decir algo, pero él alzó la mano indicando silencio. Escudriñaba los sonidos de la noche.

Los samnitas empezaron a encender antorchas.

Centenares, miles de llamas brillantes que se extendieron con rapidez como un mosaico de fuego que se vislumbraba hasta donde alcanzaba la vista.

Dolabela y Craso dieron orden de que sus legionarios hicieran lo mismo y las legiones se iluminaron bajo la luz de sus propias antorchas.

Sila, de momento, no necesitaba más iluminación. Sabía que podían caer en el error de agotar las teas demasiado pronto. Desconocían de cuántas disponía el enemigo, pero él sí sabía de cuántas disponían ellos.

—Que Craso y Dolabela usen sólo un cuarto de las antorchas y que no usen el siguiente cuarto hasta la *secunda vigilia* y así sucesivamente —ordenó a los tribunos, y varios salieron a transmitir sus órdenes.

La luz era clave en una batalla nocturna.

Sila caminaba entre las sombras por lo alto de las viejas murallas de Roma. Él veía, pero los enemigos no podían verlo.

Los samnitas iniciaron el ataque.

Domus de la familia Julia
1 de noviembre, *prima vigilia*

Hasta el patio abierto de la casa de César llegaba el fragor de la batalla. Por el ruido podía intuirse que la lucha era descomunal y encarnizada. Más allá de eso, nada podía saberse con seguridad. Llegaban rumores que saltaban de casa en casa, atravesando todo el barrio de la Subura, sobre cómo los samnitas estaban abriéndose paso por entre las apretadas filas de las cohortes romanas. Pero... ¿realmente estaba sucediendo eso?

César caminaba desesperanzado. Labieno lo observaba, de nuevo impotente. Cornelia había dado una pausa a sus gritos desgarradores, pero ni el médico ni Aurelia salían a dar noticia alguna de que el parto fuera avanzando.

Frente a las murallas de Roma
Secunda vigilia

Dolabela veía cómo las legiones bajo su mando, inexpertas y poco combativas, perdían terreno con rapidez, pese a que ordenaba rápidos reemplazos en la primera línea de lucha. Él mismo se esforzaba en ir de un lado a otro dando órdenes para mantener las posiciones; eso sí, siempre con cuidado de mantenerse alejado de la vanguardia. La ferocidad de los samnitas que combatían por su libertad y por sus derechos era más poderosa que la fuerza de unos brazos comprados y sujetos a sobornos como los de los legionarios del ejército de Nola. Pronto, el desorden se extendió por aquel flanco.

Dolabela, muy despacio pero con claridad, empezó a retroceder junto con sus escoltas. Sacrificarse en la lucha no era uno de sus objetivos.

Craso, al mando de las tropas más veteranas, legiones que sí habían luchado en guerra en Grecia o en Asia, conservaba las posiciones con disciplina. Por ahí los samnitas no parecían conseguir avance notable alguno.

Sila se percató de la debilidad del flanco de las legiones de Nola.

—¡Prended las antorchas! —ordenó, y rápidamente las murallas de Roma se iluminaron con centenares de arqueros dispuestos a disparar.

Los samnitas se acercaban y empujaban a los legionarios de Dolabela contra los muros. Algunos directamente daban media vuelta y echaban a correr hacia la *Porta Collina* y otros accesos que permanecían abiertos para mantener la comunicación entre el interior y el exterior de la ciudad, de modo que Sila pudiera enviar refuerzos o permitir reemplazos.

Los arqueros esperaban la orden para disparar contra los samnitas, pero éstos aún estaban demasiado lejos. Sin embargo, Sila tenía otras ideas en mente.

—¡Apuntad a los legionarios que busquen refugio tras las puertas de Roma! —ordenó.

Los tribunos miraron al senador.

Pero nadie dijo nada.

Los arqueros miraron a los tribunos y otros oficiales, pero lo único que se oyó fue al propio Sila aullando de nuevo sus órdenes mortales:

—¡Disparad a los legionarios que huyen! ¡Por todos los dioses! ¡Ahora!

Los arqueros, que habían estado apuntando por encima de las legiones en lucha, calculando si podían o no alcanzar a los samnitas, cambiaron de objetivos según se les ordenaba y apuntaron ahora hacia el pie de las murallas.

—¡Ahora, por Júpiter! —insistió Sila.

Una lluvia de acero cayó sobre los legionarios que se daban a la fuga. Más de un centenar fueron abatidos en aquella primera andanada. Muertos por flechas romanas. Fue brutal el castigo por la deserción del combate, pero, como en estado de shock, el resto de los legionarios que pensaba huir se detuvo.

Dolabela vio lo que acababa de ocurrir, detuvo su propio retroceso y ordenó a los que estaban replegándose que regresaran al combate.

Sila se dirigió a sus oficiales, aún en lo alto de la muralla:

—¡Que se dispare a los legionarios que huyan y osen acercarse a las murallas de Roma! ¡Que se dispare a los oficiales que huyan! ¡Por Júpiter, que se dispare contra mí si soy yo el que huye!

Y dicho aquello, dejando a todos los que lo rodeaban estupefactos, echó a andar veloz para descender desde lo alto de los muros de Roma y bajar a la avenida que conducía a la *Porta Collina*. Cada vez que pasaba junto a cualquier otra puerta abierta en la muralla, daba una orden bien precisa:

—¡Cerradla!

Tras él se oían los hierros de las rejas cayendo a plomo para sellar cada uno de aquellos accesos al interior de Roma.

Sila llegó a la *Porta Collina*.

—¡En cuanto salga, cerradla también! —ordenó.

Rodeado por un grupo de veteranos fieles, se dirigió directo al flanco de las legiones comandadas por Dolabela.

Sila lo tenía muy claro: no había torcido leyes y presionado a senadores para conseguir el mando de la guerra contra Mitrídates, combatido en Grecia y Asia y, de vuelta en Italia, guerreado por toda la península, para ahora, con Roma bajo su poder, perderlo todo por una condenada rebelión samnita.

—¡Muerte o victoria! —aulló con todas sus fuerzas, y decenas, centenares de hombres a su alrededor empezaron a repetir aquel grito una y otra vez:

—¡Muerte o victoria! ¡Muerte o victoria! ¡Muerte o victoria!

Lucio Cornelio Sila podía ser un egoísta, un arribista político, un taimado estratega, un expoliador de templos sagrados, un hombre dispuesto a comprar voluntades, a quebrar lealtades y promover traiciones, todo para conseguir sus objetivos políticos, todo para satisfacer sus ambiciones personales. Quizá fuera un miserable, un senador corrupto y hasta un posible futuro dictador mezquino y cruel, pero había algo que Sila no era: no era un cobarde.

Domus de la familia Julia
Tertia vigilia

El parto era una lenta agonía.

Literalmente, pues parecía que Cornelia estuviera muriéndose poco a poco y, con ella, la vida que llevaba en su seno.

César hizo entonces algo impropio para su condición de hombre. Cometió una transgresión, cruzó una frontera, pero ni sería la frontera más sorprendente ni la última que rebasaría en su vida: el joven esposo entró en la habitación donde Cornelia, tumbada en la cama, seguía esforzándose por dar a luz.

Nada más verlo entrar, las esclavas se separaron del lecho. El médico se giró y, aunque algo perplejo, no dijo nada. Su mente estaba en lo que estaba.

Aurelia parecía menos extrañada que el resto. Había educado a su hijo para que no diese nada por vetado ni por imposible, si se lo proponía. No iba a empezar ella a decirle a su hijo lo que debía y no debía hacer; él, que además era el *pater familias*.

César vio un asiento libre junto a Cornelia, al haberse retirado la esclava que le había estado refrescando la frente con paños húmedos hasta hacía sólo un instante.

—Si no sigue empujando, no hay nada que hacer —dijo el médico.

César se aproximó a Cornelia. La cama estaba llena de sangre de la mitad para abajo. Su esposa sudaba profusamente y tenía los ojos cerrados. Aurelia le acercó un cuenco con agua.

—Está aquí Cayo —dijo la madre de César.

Cornelia abrió los ojos mientras bebía.

Había lágrimas en las mejillas de la joven. De dolor, de pena, de impotencia. No podía articular palabra alguna. Estaba demasiado débil.

—Tienes que volver a empujar —le pidió César—. Tienes que hacerlo por ti, por mí, por el pequeño. Y puedes hacerlo. Sé que puedes hacerlo.

Cornelia asintió y lo intentó de nuevo, con todas sus fuerzas, pero, una vez más, todo su sufrimiento pareció ser en vano.

—Es mejor que el padre salga de la habitación —dijo el médico.

César miró a su madre y Aurelia asintió. Entonces, él aceptó las instrucciones del viejo griego y salió.

En el exterior, junto a Labieno, continuó oyendo los gritos de Cornelia durante lo que a él le parecieron horas.

Al fin, cuando César ya había perdido hasta la esperanza de que algo saliera bien aquella maldita noche, su madre apareció en el atrio y les habló alto y claro:

—Es una niña.

Frente a las murallas de Roma
Quarta vigilia

Sila se encaraba con cualquier legionario que osara retroceder.

—¡He dado órdenes de masacrar a cualquiera que se acerque a las murallas! —les recordaba a todos, al tiempo que los empujaba personalmente para que retornaran al frente de combate.

Fuera por lo que fuera, por las órdenes que Sila no dejaba de dar, por la repetición de las mismas en labios de Dolabela y los demás oficiales o porque la amenaza de ser acribillados si se acercaban a las murallas no era falsa, sino una realidad patente, la mayoría de los legionarios regresaron a la lucha cuerpo a cuerpo contra los samnitas.

Las bajas de uno y otro bando eran incontables, pero, aun así, los *socii* no cejaban en su ataque, y si no hubiera sido porque algo inesperado iba a pasar, habrían terminado arrasando aquellas legiones débiles del ejército de Nola. Pero la batalla se desarrollaba en dos extremos:

—Craso ha destrozado a los samnitas en su flanco y va a rodear y a atacar por la retaguardia a los que están frente a nosotros —anunció un tribuno enviado por el propio Craso, para que Sila supiera de sus intenciones.

El líder de los *optimates* asintió.

—Que Craso termine su maniobra envolvente —confirmó antes de mirar a Dolabela y añadir una frase categórica—: La victoria es nuestra, amigo mío.

La larga noche llegaba a su fin.

La lucha también.

La luz de la mañana comenzaba a iluminar el mar de cadáveres de samnitas y romanos caídos durante el cruento combate nocturno, aunque, por encima de los muertos samnitas, se podía ver a las legiones de Craso avanzando, lenta pero inexorablemente, matando de forma sistemática e inmisericorde, como una máquina perfecta de triturar carne, a unos guerreros *socii* que, exhaustos, empezaban a comprender la dimensión de su fracaso.

Lucio Cornelio Sila vio salir el sol sobre Roma.

—Éste no es un nuevo amanecer, Dolabela —le dijo a su amigo—. Esto es el principio de una nueva época.

En ese instante llegó a su altura Craso, rodeado por un grupo de legionarios que lo acompañaban a modo de guardia personal.

—Los he destrozado en mi flanco. Ha sido fácil —dijo—. Ahora es cuestión de horas que no quede uno solo de ellos vivo. Creo que me ha ido mejor que a Dolabela. —Y se permitió una sonrisa.

Sila detectó la rabia en la faz de Dolabela. Era cierto que Craso había conseguido lo que Dolabela no había logrado, pero cierto era también que Craso había tenido a su mando las legiones de veteranos, mientras que Dolabela sólo había dispuesto de los legionarios más inexpertos, para quienes aquella batalla había supuesto un bautismo de guerra. Sila vio muchas cosas claras en aquel amanecer: Craso era tan ambicioso como petulante y no sabía distinguir una victoria por mérito propio de una victoria por mérito compartido, y eso, a la larga, sería su tumba, en algún momento, en algún lugar;

supo que Dolabela nunca se llevaría bien con Craso; y, por fin, su última premonición en aquel amanecer: ahora él, Sila, iba a conseguir todo lo que deseara.

Y deseaba mucho.

Domus de la familia Julia
Hora prima

—Es una niña —repitió el médico.

Para muchos hombres, aquello se habría recibido con decepción, pero a César, en aquel momento, la cuestión de tener un heredero de la familia Julia no le parecía ni importante ni urgente. Ya habría tiempo para pensar en todo eso. Ahora sólo le inquietaba el bienestar de los suyos, que la recién nacida estuviera bien y que, sobre todo, Cornelia se recuperara.

—Parece que ha perdido el conocimiento —dijo Aurelia mirando a la joven madre.

El médico entregó la recién nacida a una esclava para que la limpiara y aseara y se acercó a Cornelia. Le puso la mano en la frente. La muchacha no reaccionaba. Parecía no ya débil o desmayada, sino muerta.

El médico negó con la cabeza, en silencio, apretando los labios y con el semblante entristecido.

César se arrodilló junto a su esposa y le cogió la mano.

Le habló en voz baja, al oído:

—No me dejes, Cornelia... No me dejes...

El juicio IV

REIECTIO

En la *reiectio*, el acusador o la defensa pueden recusar a aquel juez que consideren particularmente relacionado con el acusado y cuya imparcialidad a la hora de emitir sentencia resulte, en consecuencia, dudosa.

XLIII

El consejo de Aurelia

***Domus* de la familia Julia, Roma**
77 a. C.

Cinco años después de que Cornelia diera a luz, todos en la familia se encontraban inmersos en medio del juicio contra Dolabela.

La residencia de César en la Subura parecía un auténtico cónclave de mujeres: su esposa Cornelia, sus hermanas, su sobrina Acia y su madre se reunían con él en la cena, en el atrio central de la casa. Su padre había fallecido, su tío Mario también y su otro tío, Aurelio Cota, no iba a prodigarse en visitas mientras durara aquel juicio contra Dolabela, ya que como defensor del acusado era, en aquellas circunstancias, oponente legal de César. Así pues, el joven *pater familias* de la *gens* Julia no tenía ningún hombre veterano y con experiencia a quien pedir consejo. Los esposos de sus hermanas, Pinario y Balbo, tampoco acudían con frecuencia a la residencia de César, como si guardaran un prudente distanciamiento de un cuñado que osaba enfrentarse al todopoderoso Dolabela. Y, por fin, su amigo Labieno era tan inexperto en aquellas lides como él mismo, de modo que lo esperado, lo lógico, habría sido buscar a algún senador amigo o a cualquier otro político de renombre de la causa popular de la Asamblea que pudiera asesorarlo. Pero César, en su línea de no hacer lo esperado, buscó consejo en otra persona. Ya se lo había anticipado a Labieno durante el viaje a Macedonia: estaba Aurelia, su madre. Y en ella confiaba.

—En unos días tengo la *reiectio*, madre —introdujo César el tema que lo había ocupado mentalmente durante todo el trayecto de regreso desde Tesalónica—. El viaje a Oriente me ha proporcionado nuevos testigos y datos como para poder sostener bien mi acusación contra Dolabela, pero ya sabemos todos que el tribunal de senadores *optimates* está decidido a exonerar a Dolabela de todos los delitos; da igual lo que yo sea capaz de argumentar y demostrar en la basílica. He de aprovechar bien la oportunidad que me brinda la *reiectio*.

—Pero no puedes recusar a todos los jueces —comentó Aurelia con seriedad, aunque muy interesada: intuía que su hijo tenía una pregunta específica para ella.

—No, no puedo y, en todo caso, los reemplazarían por otros senadores *optimates* siempre favorables a Dolabela. No, no pienso perder ni tiempo ni energía en un tedioso debate de desgaste donde apenas conseguiría resultados que mejoren mi situación en el juicio. He pensado en otra forma de acometer esta fase.

—¿Que consiste en...? —indagó su madre.

—Quiero recusar a una sola persona: a Quinto Cecilio Metelo —anunció con tono solemne.

—¿Al presidente del tribunal, ni más ni menos? —cuestionó Aurelia expresando algo obvio, mientras valoraba y digería ella misma la idea de su hijo.

—Sí, al presidente del tribunal. Metelo es el líder de los *optimates*, es a quien más respetan todos. Muerto Sila y con Dolabela centrado en sí mismo y en sus placeres y crímenes, Metelo es la cabeza pensante de la facción conservadora. Un gesto suyo, una mueca, un monosílabo y todos lo siguen como perros amaestrados. No puedo cambiar todo el tribunal, pero puedo descabezarlo. He de apartar a Metelo de ahí como sea, pero...

—¿Pero...? —inquirió Aurelia.

César se tomó unos instantes para responder.

—No sé cómo hacerlo —admitió al fin, categórico, sin miedo ni vergüenza de verbalizar que tras cuatro meses de pensar en ello no había dado con la solución. Sabía lo que tenía que hacer, pero no sabía cómo hacerlo. Miró directamente a los ojos a su progenitora—. Por eso recurro a ti, madre. Eres la persona más inteligente que conozco en la que puedo confiar. Si pudiera, preguntaría a Cicerón o a su maestro de oratoria, el viejo Arquias, o a algún otro abogado veterano del foro, a algún senador o a alguien de la Asamblea, pero sé que nadie me dará su parecer real, no en esta causa. Todos temen demasiado a Dolabela y al propio Metelo como para colaborar en darme ideas para recusar al presidente del tribunal. Y ya sé que no tienes experiencia en juicios, madre, pero también sé hasta qué punto eres capaz de evaluar a las personas. ¿Cuál puede ser el punto débil de Metelo? ¿Por dónde puedo atacarlo?

Se hizo el silencio. Cornelia, las hermanas de César y el propio César callaban por respeto hacia Aurelia, quien mantenía una expresión tan seria como serena mientras meditaba.

—Bueno, eso que preguntas es relativamente sencillo —comentó su madre—: Metelo ansía emular a su padre, equipararse a él en todo. Su padre, Quinto Cecilio Metelo Numídico, llegó a ser cónsul. Metelo Pío, presidente del tribunal del juicio contra Dolabela, también.

—Sí, nombrado por Sila —confirmó el joven César, que escuchaba con suma atención—. Igual que Sila nombró cónsul también al propio Dolabela el año anterior.

—Exacto —aceptó Aurelia, y prosiguió con su razonamiento—: Sin embargo, Metelo Numídico, su padre, obtuvo también un triunfo concedido por el Senado por sus victorias, discutibles, aunque ése es otro tema, en África. En una guerra que terminaría tu tío Mario haciéndose con el mismísimo Yugurta. Pero la clave es ésa: el padre de Metelo fue cónsul y consiguió un triunfo. Metelo hijo, presidente del tribunal, el senador a quien quieres recusar, el líder actual de los *optimates*, como bien dices, junto con Dolabela, fue cónsul, pero no ha conseguido nunca un triunfo.

—Un triunfo que piensa obtener si derrota a Sertorio, el segundo en el mando de mi tío Mario, que sigue en rebeldía en Hispania —continuó César, que estaba comprendiendo por dónde iba su madre—. Metelo hijo regresó de Hispania por unas semanas por una cuestión familiar, pero como Dolabela lo requirió como presidente del tribunal de su juicio, esto lo retiene en Roma y lo aleja de esa guerra, que seguramente sea su última oportunidad de dirigir un ejército contra un rebelde popular de alto rango y su última oportunidad, en consecuencia, de conseguir una gran victoria que justifique que el Senado le conceda, por fin, su anhelado triunfo.

—Exacto, hijo —ratificó su madre.

César asintió varias veces en silencio.

Cornelia y las hermanas de César empezaron a hablar sobre otros asuntos. No por falta de interés ni por falta de respeto. Sabían que el diálogo entre madre e hijo había concluido y que César no hablaría en un buen rato, pensativo como se había quedado tras lo departido con su madre. Sabían también que, en esas circunstancias, lo que más agradecía el propio César era la sensación de sosiego que le proporcionaba su casa, oír las voces de sus hermanas y de su mujer hablando con tranquilidad.

—Te he dicho que eres la mujer más inteligente que conozco, ¿verdad, madre? —apuntó César mirando de nuevo a Aurelia al cabo de un rato.

—Eso me has dicho, muchas veces —admitió ella.

—Pues me corrijo —comentó entonces su hijo—. Eres la persona, hombre o mujer, más inteligente que conozco. De hecho, no me gustaría tenerte nunca como enemiga.

—No, no te gustaría —confirmó ella de forma enigmática, pero acompañó la frase con una sonrisa que disipó cualquier mala sensación posible en la cabeza de un joven César en la que sólo bullía cómo conseguir su objetivo en la *reiectio*.

—Hispania... —pronunció entre dientes, pensativo.

—Aun así, aunque tengas el camino trazado para la *reiectio* —apuntó su madre adoptando de nuevo una expresión seria—, tendrás que mejorar tu oratoria si quieres persuadir a Metelo de que abandone el tribunal.

—Lo sé, madre. Lo sé.

No se tomó a mal aquella llamada de atención: el hecho de que su propia madre no fuera consciente de que él había fingido torpeza en su oratoria durante la *divinatio* significaba que tampoco en el tribunal esperarían un gran discurso suyo en la *reiectio*, lo que, a su vez, implicaba que no lo veían capaz de recusar a nadie.

Miró a su joven esposa Cornelia. Ella era la única que sabía la verdad, la única a quien le había confesado que había fingido torpeza en la *divinatio*. Cornelia, que aunque hablaba con las dos Julias había estado muy atenta a lo que Aurelia le decía a su esposo, lo miró con ojos cómplices.

César sintió unas ansias inmensas de hacer el amor con ella.

XLIV

La presidencia del tribunal

Basílica Sempronia, Roma
77 a. C.

Lo primero de lo que se percató Julio César al entrar en la basílica Sempronia fue la poca gente que había dentro: más allá de los jueces del tribunal, del *reus*, de los abogados de la defensa, de él mismo y de su amigo Labieno, apenas se habían congregado unas pocas decenas de personas como público, entre las que había que contar a su madre, a su joven esposa y a sus hermanas.

—No parece que el juicio esté despertando excesivo interés —murmuró César mientras se sentaba en el *solium* que estaba dispuesto junto a una mesa, para la parte acusadora en aquella causa.

Labieno se acomodó a su lado en otra butaca similar.

—No hay expectativa alguna —dijo a modo de explicación—. Todos dan el caso por perdido para nosotros. Y no han visto... no prevén... —Labieno no sabía cómo terminar aquellas frases sin herir el amor propio de su amigo.

—Y nadie prevé, después de mi penosa intervención en la *divinatio* y tras el asesinato de mis testigos iniciales, que vaya a ser capaz de oponer resistencia alguna que merezca la pena ser presenciada —puso César palabras precisas a las oraciones inacabadas de su amigo—. ¿No es así?

Labieno se sentía mal.

—Por Júpiter, no es mi culpa que la gente piense eso.

—Pero es lo que piensan —añadió César mirando hacia el tribunal—. Y no te culpo por ello. ¿Cómo voy a hacer semejante cosa? Hablé con gran torpeza. Es lo que hay. Mira, llega Metelo.

Quinto Cecilio Metelo Pío tomaba asiento en el centro del tribunal en calidad de presidente, como ya hiciera durante la sesión de la *divinatio*. El resto de los senadores jueces lo miraban con auténtica admiración.

—Comen de su mano —dijo Labieno.

—Por eso lo vamos a recusar —apuntó César en voz baja, y se dirigió también en un susurro a Labieno—: Nuestros amigos, los simpatizantes de la causa popular, ¿están fuera, como te pedí?

—No todos, pero bastantes han venido —asintió Labieno—. Y los que han venido tengo la sensación de que lo han hecho porque eres el sobrino de quien eres.

—Sí, lo imaginaba —aceptó César sin dejar de mirar hacia el tribunal—. Nadie tiene mucha fe en mí. Sé que los que hayan venido de entre los populares lo habrán hecho porque soy sobrino de Cayo Mario, para lo bueno y para lo malo. Bien, no importa por qué causa hayan venido. Escúchame: en cuanto mencione el nombre de Metelo en mi intervención, sal y comunica a todos ellos a quién estoy recusando. Eso atraerá la atención de todos, de los que han venido y de muchos más. —Miró hacia la inmensa basílica prácticamente vacía—: Quiero esta sala llena antes de que termine mi discurso.

Los *praecones*, los funcionarios judiciales que asistían al tribunal y a su presidente durante el transcurso de un juicio, estaban en pie y situándose frente al tribunal.

—Esto va a empezar —apuntó Labieno.

Los *praecones* miraron hacia el presidente.

Metelo se las había ingeniado para no abrir la boca durante la *divinatio*, pero sabía que, más tarde o más temprano, tendría que dar instrucciones sobre cómo debían transcurrir las sesiones, y eso lo obligaría a hablar. Y mostrar el defecto de su tartamudez en público, algo que lo incomodaba enormemente. Por eso había hablado en privado con los *praecones* antes del inicio de la *reiectio*, de modo que éstos pusieran voz a sus procedimientos.

De hecho, César observó que Metelo no pronunciaba palabra alguna, sino que se limitaba a asentir levemente como señal de que permitía el inicio de la sesión de aquella mañana. En Roma, el presidente de un tribunal podía delegar en los *praecones* para que éstos, siempre atentos a sus indicaciones, dirigieran la organización del juicio llamando a los testigos o dando la palabra ya fuera a los abogados defensores o al *accusator* de la causa.

—*Fauete linguis!** —exclamó a viva voz uno de los funcionarios.

Todos callaron.

—En la causa contra el *reus* Cneo Cornelio Dolabela, tiene la palabra la defensa, por si alguno de los abogados desea interponer una *reiectio* contra alguno de los miembros del tribunal.

Aurelio Cota se levantó y, sin desplazarse de su ubicación, habló con aplomo:

—La defensa está conforme con los miembros del Senado seleccionados para actuar como jueces en esta causa. Ni mi colega Hortensio ni yo mismo deseamos recusar a ninguno de ellos y nos sometemos a su sabiduría para que se obtenga un veredicto justo.

Y se sentó.

El funcionario que dirigía a los *praecones* y que se había transformado en la voz pública de Quinto Cecilio Metelo miró al presidente del tribunal y éste volvió a cabecear afirmativamente.

El funcionario habló de nuevo, mirando al centro de la sala:

—La acusación tiene la palabra en la causa contra el *reus* Cneo

* «¡Silencio!».

Cornelio Dolabela, si es que desea interponer alguna *reiectio* contra alguno de los miembros del tribunal.

Cayo Julio César se levantó despacio. Hoy iba a hacerlo todo despacio. Al menos, hasta que la sala se llenara de público. Algún curioso más había entrado, algún paseante matutino que se había adentrado por el foro, por el Vicus Tuscus que rodeaba la basílica, quizá camino de las *tabernae veteres* a comprar algo y, al ver la basílica Sempronia abierta, había decidido entrar a husmear qué se cocía en ella. Pero, igual que entraban, estos ciudadanos movidos por la curiosidad volvían a salir decepcionados: se trataba sólo del juicio contra Dolabela con ese muy torpe acusador... Julio César. Nada interesante. Todo ahí estaba ya decidido. Así, los curiosos se marchaban tal cual habían entrado.

En el interior era el turno de ese torpe *accusator*.

César no se quedó junto a su butaca y su mesa, sino que se decidió a dar unos pasos y situarse en el centro de la sala, entre el acusado, el tribunal, los defensores y su esquina reservada para la acusación.

—Gracias al presidente del tribunal por concederme la palabra —empezó mirando directamente a Quinto Cecilio Metelo, reconociéndole su estatus de máxima autoridad en aquel juicio pese a su silencio y a que se manifestara sólo a través de los *praecones.* Inspiró hondo antes de proseguir su parlamento—: Tomo la palabra, en efecto, con el fin de recusar a un juez, a un senador en este caso, pues en este juicio, como en todos los juicios ahora, todos los jueces son senadores... —Aquí César percibió algunas miradas incómodas desde la grada del tribunal, pues se adentraba en el espinoso terreno de una de las reformas de Sila: que todos los jueces fueran senadores, una forma como otra cualquiera de controlar desde el Senado los tribunales de justicia—. Esto es siempre algo... delicado. La *reiectio*, quiero decir.

Labieno suspiró. Por un momento temió que su amigo fuera a perderse en la crítica de la ley de Sila, en lugar de centrarse en lo que debía dirimirse aquella mañana: recusar a Metelo.

—Sí, es delicado —continuó el joven *accusator*—, pues esto es como dar a entender que hay un conflicto de intereses entre el encausado y el juez que se recusa, es dar por sentado que un senador de Roma puede ser incapaz de mostrarse imparcial si tiene negocios con el *reus*. —Aquí César parecía regodearse en la pronunciación del término, al tiempo que miraba directamente a los ojos a Dolabela, pero fue sólo un instante; ahora estaba en otra cosa—: Sí, es como dar a entender que un senador de Roma puede no ser objetivo. ¿Tengo yo, pues, esa sensación, esa percepción, esa opinión de alguno de los cincuenta y dos jueces que conforman este tribunal de justicia? —Hizo una breve pausa, como si esperara que alguien respondiera, algo que en realidad no esperaba en modo alguno—. La respuesta es no. La acusación no duda ni de la objetividad ni de la nobleza de espíritu ni de la imparcialidad de todos y cada uno de los jueces de este tribunal. Pero...

Se detuvo. Se giró y encaró al tribunal.

—Pero la acusación presenta una recusación formal contra el procónsul de Roma, Quinto Celio Metelo, presidente de este tribunal.

Los cuchicheos se extendieron por toda la basílica Sempronia, desde las gradas hasta los pasillos de acceso a la sala, todos comenzaron a murmurar. César sabía que había encendido la llama de la expectación. Miró a Labieno. Su amigo se levantó y salió de la basílica. Tenía que informar a todos los seguidores del bando popular que se habían congregado frente al edificio de que el acusador, el sobrino de Cayo Mario, se había encarado con Metelo mismo, con el líder actual de los *optimates* del Senado. Y que se había atrevido, nada más y nada menos, que a pedir su recusación.

La noticia, amplificada por todos los que allí se habían reunido en la calle, empezó a correr de boca en boca, primero por el foro, después por toda la ciudad de Roma. El conflicto entre populares y *optimates* no había desaparecido. Sólo estaba dormido, enterrado bajo las implacables leyes que Sila dictó durante su régimen. Pero una pequeña llama podía prender de nuevo el incendio de las reclamaciones del pueblo.

En el interior de la basílica, Metelo permanecía en silencio. Puede que la plebe se emocionara con poco, con el solo hecho de que alguien se enfrentara al líder conservador del momento, pero Quinto Cecilio Metelo no se inmutó en el pasado cuando el cónsul Mario fue a negociar, no, a *imponer* un acuerdo en su casa. No iba ahora a inmutarse porque un inexperto jovenzuelo con ínfulas, por mucha sangre de Mario que llevara en las venas, se atreviese a pedir su recusación.

César sabía que tenía que argumentar.

—Por supuesto —dijo—, sustentaré esta recusación con razones y defenderé esta *reiectio* con la misma nobleza de espíritu, objetividad e imparcialidad que asumo que tienen todos los miembros del tribunal, incluida la persona a quien estoy recusando.

Calló.

La mirada de los *praecones* saltaba estupefacta del joven abogado de la acusación a Quinto Cecilio Metelo. Nunca antes habían visto que un abogado, ya fuera defensor o acusador, se atreviera a recusar nada más y nada menos que al presidente del tribunal. Sabían que desde un punto de vista legal era posible y que había ocurrido alguna vez; lo habían oído, pero nunca lo habían visto en directo.

Metelo se limitó a asentir mirando a los funcionarios.

—El *accusator* puede argumentar —dijo uno de ellos poniendo, una vez más, palabras a los leves asentimientos del presidente del tribunal.

César miró a Labieno, que regresaba del exterior de la basílica Sempronia. Apretó los labios y cabeceó de forma casi imperceptible para hacerle ver a su amigo que, en efecto, veía cómo la gran sala de justicia se iba llenando de gente, tal y como él quería.

El joven acusador retomó su discurso:

—Pero si he afirmado que no dudo de la imparcialidad de ninguno de los miembros de este tribunal, ¿por qué razón recuso al presidente del mismo? Por un motivo muy sencillo: por Roma, porque Roma está por encima de todo; el bienestar de la patria, la seguridad del Estado es más importante para mí que cualquier causa o juicio que aquí se celebre. ¿Y cuál es el gran problema de Roma hoy día? ¿Cuál puede ser el mayor peligro que nos acecha? —Hizo una nueva pausa, dio una vuelta completa sobre sí mismo, vio cómo entraba aún más gente y, por fin, lanzó su gran argumento de recusación—: Sertorio.

Sólo pronunciar el nombre del segundo en el mando de los ejércitos de Mario, del hombre que mantenía en abierta rebelión varias legiones en Hispania, el hombre al que Metelo había intentado derrotar durante dos años ya sin conseguir una victoria clara, logró que, de pronto, se hiciera el silencio en la sala. La plebe callaba por admiración: nadie osaba pronunciar el nombre de Sertorio en Roma, el líder exiliado del bando popular, de la facción que más favorecía los intereses de la plebe, y, sin embargo, aquel joven abogado acababa de decir su nombre en el centro de la basílica Sempronia, durante un juicio, en pleno foro de Roma. Los jueces, senadores *optimates*, callaban atentos, pendientes de adónde quería llegar aquel joven y atolondrado *accusator*. Quizá pudiera decir algo que permitiera emitir un *senatus consultum ultimum* para ordenar su arresto y ejecución inmediata. Sería una forma como otra cualquiera de terminar con aquel maldito juicio.

Aurelia, entre el público, apretó la mano de Cornelia y la muchacha comprendió que, si la madre de su esposo estaba preocupada, era porque César estaba rozando el límite de lo que podía decirse o no en un juicio en una Roma gobernada por los *optimates*.

César calculó bien el alcance de sus palabras.

Percibió la tensión en el tribunal; sabía que tenía que medir la profundidad de su ataque.

—Lamento, jueces del tribunal, haber mencionado el nombre de Sertorio, pero no hablar de aquello que es origen de nuestros problemas es no querer afrontarlos.

Calificar a Sertorio de «problema» no era para nada criminal a los ojos de los *optimates*. Al contrario. ¿Qué buscaba aquel *accusator*? Estaban confusos.

—Sertorio amenaza la seguridad de *este* Estado romano —continuó César y enfatizó el «este» de forma que la plebe se quedara pensando: «¿Quiere decir que hay otros estados romanos posibles?».

César hablaba para unos y para otros, se movía en arenas movedizas.

—Si Sertorio es el mayor problema, requiere que Roma envíe a su mejor hombre para neutralizarlo. Y de todos es sabido que, hoy día, nuestro mejor candidato a procónsul en Hispania, el tiempo que sea necesario para terminar con la amenaza sertoriana, por edad y por experiencia, no es otro que Quinto Cecilio Metelo Pío, hijo de Quinto Cecilio Metelo Numídico, que antaño triunfara en Numidia, en África.

Craso, que estaba presente en la sala, se sintió ninguneado por aquella afirmación. Desde su exitosa participación en la batalla de la *Porta Collina*, se tenía como el mejor de los militares de entre todos los *optimates*. Pero el Senado miraba siempre a Metelo como su líder natural en aquellos tiempos convulsos, en razón a su veteranía, para comandar legiones; o, en su defecto, Craso intuía que el Senado miraba ya con demasiados buenos ojos para su gusto a un Pompeyo en quien, además, el propio Metelo iba depositando su confianza.

Seguía entrando gente.

Demasiada plebe para Metelo, Dolabela y el resto de los *optimates*. El presidente miró entonces a Pompeyo, y éste entendió. Salió raudo fuera de la sala como antes lo había hecho Labieno.

Craso veía cómo todos lo ignoraban, ya fuera el *accusator* popular o los líderes *optimates*. Tomó buena nota de aquellos desaires.

Entre tanto, el joven César continuaba en el uso de la palabra:

—El padre de nuestro insigne presidente del tribunal obtuvo precisamente su sobrenombre de «Numídico» en el campo de batalla, luchando, combatiendo por Roma, pero no aquí, sino más allá de la muralla serviana, fuera de la ciudad. Y es que... ¿dónde se consiguen los sobrenombres, las victorias épicas? Siempre en batalla campal. Escipión el Africano, aquel con quien se dio inicio a esta costumbre de reconocer las grandes victorias concediendo títulos al vencedor romano que recordara *in aeternum* su gran gesta en favor de Roma, obtuvo su sobrenombre por derrotar al temible Aníbal en África. Metelo padre, por sus victorias sobre los númidas. Y yo deseo dos cosas: primero, la seguridad de Roma, y segundo, que Quinto Cecilio Metelo tenga la posibilidad de emular a su padre consiguiendo una gran victoria, celebrando un gran triunfo en Roma. Un *merecido* triunfo.

Al decir «merecido», con cierto tono sarcástico, se volvió hacia la plebe que atestaba ya todos los espacios de la basílica. La gente se rio. Metelo padre no consiguió realmente terminar con la guerra contra Yugurta en Numidia, sino que fue mérito de Mario, el tío del joven *accusator*. Así, al menos, lo pensaba el pueblo. La concesión del sobrenombre de «Numídico» a Metelo por parte del Senado había sido una forma de engrandecer al senador de los *optimates* y de empequeñecer al senador Mario, favorecedor siempre de la plebe.

César se dio cuenta de que Pompeyo regresaba y con él decenas de hombres armados, sicarios a sueldo de los senadores *optimates* en una clara muestra de fuerza para que el joven abogado de la acusación y todos los presentes tuvieran claro que no pensaban dejarse intimidar por una basílica atestada de plebeyos convocados por el propio acusador y sus partidarios.

La tensión crecía.

César bajó un poco el tono de su voz, manteniéndolo aún potente; lo moduló para que resultara más sereno, más contenido.

—Aquí, en la basílica Sempronia, pisamos la misma tierra que vio nacer a Escipión. Este edificio lo levantó Tiberio Sempronio Graco, yerno de Escipión, casado con su hija Cornelia, sobre el mismo espacio en el que estuvo, años antes, la residencia personal del mismísimo Escipión el Africano.

Había dicho «Cornelia». Él también estaba casado con una Cornelia y hacia ella llevó los ojos un instante: su joven esposa lo miraba encendida por la admiración, henchida de orgullo, repleta su alma de pasión. César miró entonces a su madre, que también lo observaba con orgullo y sorpresa y, si César hubiera mantenido la mirada unos segundos, se habría dado cuenta de que en los ojos de su progenitora no sólo había admiración, sino también otro sentimiento que procuraba ocultar: miedo. La admiración de su madre era por su excelente discurso; la sorpresa, por el enorme cambio en la forma de desenvolverse de César en aquel momento en comparación con su pobre oratoria de la *divinatio*; el miedo, porque su hijo se estaba mostrando demasiado hábil, demasiado inteligente, demasiado peligroso para los ojos de los *optimates*.

Pero César ahora no tenía tiempo para evaluar todos esos sentimientos. Debía seguir argumentando su recusación.

Metelo tragaba saliva: lo incomodaba la mención de Tiberio Sempronio Graco, que por muy yerno de Escipión que fuera, también fue el padre de los dos Gracos, tribunos de la plebe que iniciaron la lucha por los derechos de la plebe dando origen a lo que luego terminaría siendo la facción popular en el Senado y en el resto de las instituciones romanas. Lo incomodaba, sí, sobre todo porque aún no veía el fin último de aquel discurso. Metelo no veía adónde quería llegar el abogado de la acusación y eso lo irritaba.

César volvió a hablar:

—Sí, desde las entrañas de la tierra que pisamos, Escipión nos contempla, como los dioses desde el cielo. La cuestión es que yo recuso a Quinto Cecilio Metelo no para modificar un tribunal de justicia, sino para proporcionar a Roma la mejor defensa posible; esto es, que nuestro mejor militar se enfrente a ese militar en rebelión, Sertorio, que sigue acechando en Hispania. ¿O es que Metelo ha decidido esconderse en la seguridad de estos muros? ¿O es que Metelo, simple y llanamente, tiene... miedo?

Lo había dicho.

Su tío Mario resistió que todos pensaran de él que tenía miedo, que era un cobarde, durante meses, en la campaña contra los teutones. Lo resistió porque sabía qué debía hacer, y hacerlo era más importante que lo que pensaran todos de él durante un tiempo. La cuestión era si Metelo sería capaz de resistir que alguien insinuara que era un cobarde delante del resto de los senadores de Roma. ¿Estaba hecho Metelo de la madera de los héroes, como Mario, capaz de soportar el insulto a cambio de no seguir el juego a su enemigo, o era Metelo de la madera de los ambiciosos, a quienes un insulto altera y no deja ya pensar con claridad?

Silencio absoluto en la basílica: el joven acusador estaba llamando cobarde al presidente del tribunal.

Delante de todos.

Y seguía:

—¿Acaso tiene miedo a perder ante Sertorio, miedo a no conseguir la tan ansiada victoria, miedo a no lograr nunca un triunfo, miedo, en definitiva, a no estar nunca a la altura de su padre?

César calló.

Sudaba.

La energía invertida en su parlamento había sido enorme; la tensión, infinita. Pero no podía terminar así: debía proporcionar una salida digna al presidente, un camino noble por el que aceptar ser recusado. Y no sólo eso: había insultado al líder de los *optimates* de forma pública. Tenía que revertir esas afirmaciones o, sin duda, no llegaría con vida al anochecer de aquel día.

—Yo creo que no —continuó entonces César—. Yo estoy convencido de que Quinto Cecilio Metelo no tiene miedo ni a la guerra ni a enfrentarse contra Sertorio, y yo creo que puede estar a la altura de su padre, pero, de igual modo, pienso que Metelo se ha dejado atrapar en la telaraña de un juicio que aunque de forma personal no le concierne y le permitiría, en consecuencia, mostrarse imparcial en su dictamen final, sin embargo lo retiene aquí, en esta causa. Y eso lo obliga a desatender su auténtico y más importante deber para con Roma: la guerra contra Sertorio. Y esto, a su vez, lo aleja de poder emular a su padre. No, no puedo ni por un momento pensar, ni siquiera concebir, por Júpiter Óptimo Máximo, por Hércules y todos los dioses, que Quinto Cecilio Metelo pueda tener miedo.

Lo había enfocado ahora en negativo, pero había repetido, una vez más, la palabra «miedo».

La basílica atestada de plebeyos, el tribunal muy serio, un centenar de sicarios armados distribuidos por toda la sala: todos en silencio.

Metelo miraba fijamente a aquel joven abogado.

César no se arredró y pronunció su frase final:

—El presidente del tribunal puede pensar que su enemigo soy yo, pero no soy yo quien lo retiene en Roma, lejos de su triunfo. Es el *reus*, es Dolabela quien lo retiene, quien se interpone entre él y la gloria.

Y aquí sí. En ese instante, Cayo Julio César dio por finalizada su argumentación, fue junto a Labieno y se sentó en su *solium*. Y de pronto pasó algo extraño: el público, la plebe, empezó a aplaudir.

Un aplauso largo, una ovación cerrada, sin fisuras entre todo el público congregado; sólo los sicarios, los jueces y el *reus* no aplaudían.

Metelo dejó de mirar a César y clavó los ojos en Dolabela. Al acusado no le hacía falta devolver la mirada. Sentía la rabia de Metelo lamiéndole el rostro. Pero Dolabela estaba en otra cosa: en ponderar su propia rabia y en calcular hasta qué punto aquel juicio podía torcerse.

A continuación, Metelo miró a los *praecones* y levantó la mano izquierda plegando los dedos meñique y anular, dejando desplegados y juntos el dedo medio y el índice y el pulgar separado. Los funcionarios comprendieron el mensaje, y el más veterano volvió a levantarse y traducir en palabras el gesto.

—En dos días el abogado de la acusación recibirá respuesta del tribunal sobre la recusación presentada. Con esto se da término a la *reiectio*.

El público, muy animado, conversando unos con otros sobre lo presenciado, empezó a abandonar la basílica Sempronia.

En el ábside de la misma se reunió todo el tribunal, con Metelo.

Dolabela quedó solo sentado en el centro de la sala, bajo la atenta mirada de sus guardaespaldas armados.

Los sicarios convocados por Pompeyo vigilaban desde sus posiciones, repartidos por todo el espacio.

César y Labieno permanecieron un rato departiendo en la esquina reservada para la acusación, sentados junto a la mesa donde tenían varios papiros con notas diversas.

XLV

Las sombras de la basílica

Basílica Sempronia, Roma
77 a. C.

Esquina de la acusación

Varios esclavos iban apagando antorchas y cerrando ventanas y puertas. Aunque aún permanecieran en ella los miembros del tribunal, el propio reo o los abogados de la defensa y la acusación, la basílica iba poblándose de sombras.

—Los has dividido. Eres un genio —comentó Labieno exultante mientras miraba hacia el lugar donde los cincuenta y dos jueces mantenían un encendido debate entre ellos, Metelo incluido.

—Cederá —dijo César.

—¿Quién? —preguntó su amigo.

—Metelo. Él cederá. Anhela volver a Hispania y enfrentarse con Sertorio, derrotarlo y conseguir así su tan deseado triunfo, que lo equipararía con su padre en honor y dignidad. En todo esto mi madre estuvo acertadísima. El juicio se equilibra: asesinaron a mis testigos, pero ahora, en la *reiectio*, yo he acabado con su presidente del tribunal: he devuelto el golpe. La cuestión es... —Paseó la mirada por toda la sala—. Sí, la cuestión es a quién nombrarán como presidente en lugar de Metelo.

Ábside de la basílica

—¿No d-d-decíais q-q-que era mal orador? —preguntó Metelo sin ocultar su indignación.

—En la *divinatio* se mostró realmente torpe —apuntó Pompeyo ante el asentimiento general de los jueces.

—Pues p-p-pensabais mal —sentenció Metelo—. Me ha expuesto ante toda Roma. No me q-q-queda otro remedio que regresar a Hispania y derrotar a ese maldito Sertorio.

Cuanto más iracundo estaba, menos tartamudeaba, como si la rabia le hiciera olvidar su defecto al hablar.

—¿Aceptarás su recusación? —preguntó Pompeyo.

—Claro que la aceptaré —confirmó Metelo.

—Pero entonces, si lo tienes decidido, ¿por qué has pedido dos días para dar respuesta? —Pompeyo dio voz a la confusión general del resto de jueces.

—Porque sé que Dolabela me va a pedir q-q-que me quede y necesitaré ese tiempo p-p-para persuadirlo.

—¿Y cómo piensas convencerlo? —insistió Pompeyo—. Dolabela dijo que no aceptaría otro presidente en este juicio que no fueras tú. Es el único en el que confía plenamente.

—Yo ya t-t-tengo pensado quién me sustituirá como presidente del tribunal.

—¿Craso? —se atrevió a preguntar uno de los jueces del tribunal, pero Metelo negó con la cabeza. Desde su petulancia en la batalla de *Porta Collina*, Craso era insufrible para Dolabela.

—Entonces ¿quién? —preguntó otro de los jueces.

Pero Metelo permaneció en silencio.

Muy pensativo.

Centro de la sala

Dolabela no necesitaba acudir al ábside para saber de qué estaban hablando. Sabía que Metelo estaba informando a los jueces de que pensaba regresar a Hispania. Ese joven César había sido muy hábil. Cneo Cornelio Dolabela estaba convencido de que iba a perder a uno de sus mejores apoyos en el tribunal. Tenía la cabeza agachada, pero la levantó y sus pupilas se quedaron fijas en el joven *accusator*. La intuición que tuvo al final de la *divinatio* se confirmaba por completo en su mente. Dolabela lo veía muy claro: César era tan peligroso como anticipó Sila. Deberían haberlo matado hace ya tiempo. Al final, como en tantas otras ocasiones, tendría que ocuparse él mismo de hacer el trabajo sucio. En su momento.

Esquina de la acusación

—Te está mirando —dijo Labieno.

César alzó los ojos y vio a Dolabela, inmóvil, sentado en silencio, escudriñando con sus ojos fijos en él, como si quisiera penetrar en sus pensamientos.

—Creo que calculas mal —continuó Labieno—. Tu enemigo no va a ser ya tanto el presidente del tribunal. Tu único enemigo real era y sigue siendo el propio Dolabela.

—Es posible, aunque quien sea el nuevo presidente continúa pareciéndome relevante, pero es cierto que nuestro enemigo más feroz es Dolabela —aceptó César sin dejar de mirar al *reus*, como le gustaba llamarlo en público una y otra vez—. Dolabela es el único que entiende lo que estoy haciendo.

—¿Y qué estás haciendo? —indagó Labieno.

—Estoy abriendo un segundo frente de guerra.

—No te entiendo...

—La guerra entre populares y *optimates* no ha terminado, amigo mío —se explicó César, siempre mirando a Dolabela—. Derrotaron a mi tío Mario y a Cinna, mi suegro, y al hijo de Mario, pero yo sigo aquí. Hay un frente de guerra real en Hispania, con Sertorio al mando, pero yo estoy abriendo aquí otro frente, distinto, sin armas, con palabras. ¿Acaso no has visto hoy a la plebe inflamada? Ahora los *optimates* me temen. Y deberían saber que hay otro frente de guerra, aquí, en Roma, pero eso, por ahora, sólo lo ve él: Dolabela. —César calló un instante y miró en derredor, a la gigantesca nave de la basílica en penumbra—. Con las antorchas apagadas y las ventanas cerradas, las sombras se apoderan de la basílica, pero la sombra de Dolabela, allí, sentado, mirándonos, es de largo la peor. Conseguir una condena contra él ahora es más importante que nunca. Antes, que se condenara a Dolabela era una cuestión de ética, de justicia. Ahora, que Dolabela termine exiliado es una cuestión de supervivencia. De *mi* supervivencia. Leo mi muerte en el odio con el que me mira.

Reus

DOLABELA

El acusado

XLVI

Primer crimen: *violatio*

Residencia de Aéropo, líder de la aristocracia local
Acrópolis de Tesalónica
Finales del 78 a. C.

—¡Agggh! —gritó Cneo Cornelio Dolabela al tiempo que extraía la mano de la boca de Myrtale—. *Scortum!**

La muchacha aprovechó el dolor y la sorpresa de su atacante para zafarse de él y correr hacia la puerta de la estancia.

Dolabela, gobernador de Macedonia, se giró hacia ella y echó a andar despacio. Estaba gordo, fofo y se movía con lentitud. Pero ante la delgada y encogida figura de la joven, él parecía un cíclope tan terrible como brutal y asqueroso.

—*Scortum* —repitió Dolabela, ahora entre dientes.

La mano sana presionaba la herida, que no dejaba de sangrar. El mordisco había sido a conciencia, con la saña que da el terror.

—¡Abrid, abrid! —aullaba ella aporreando la puerta, cerrada por los legionarios del gobernador, con sus pequeños puños de piel blanca como la leche.

—Antes sólo iba a forzarte, pero ahora seré cruel —dijo Dolabela mientras se le acercaba.

* Zorra, prostituta.

Myrtale miró a su alrededor. Buscaba un arma, o cualquier objeto que pudiera valerle para defenderse. O para atacar.

Dolabela se dio cuenta. Se detuvo.

—¡Abrid! —ordenó él.

Eso desconcertó a la muchacha.

Las puertas se separaron, pero por ella no emergió la luz de la libertad, sino las sombras frías de varios legionarios armados al servicio del gobernador.

—¡Cogedla! —ordenó Dolabela.

Los legionarios la rodearon y ella se hizo con un atizador de uno de los grandes braseros que tenía la habitación para calentar la estancia en los fríos inviernos de Macedonia.

Los soldados se acercaban. Ella esgrimió el atizador con furia. Los legionarios desenvainaron.

—¡Detenedla sin herirla! —instruyó Dolabela—. ¡La sangre se la voy a hacer yo!

Un legionario lanzó su gladio con fuerza contra el hierro que blandía la joven. Myrtale era inteligente y hermosa y astuta, pero no fuerte. El atizador cayó de sus manos. Para cuando se inclinó para volver a cogerlo, los soldados romanos ya la tenían sujeta.

—Cogedla de brazos y piernas. Hacédmelo fácil —especificó el gobernador.

Los legionarios comprendieron el sentido último de aquella orden y tumbaron en el suelo a la muchacha: dos tiraron de sus brazos y otros dos de sus piernas, separándoselas...

—Dadme un *pugio* —añadió Dolabela.

Otro soldado se lo proporcionó.

El gobernador rasgó la túnica y la ropa íntima de Myrtale para dejarla completamente desnuda de cintura para abajo. Ella se batía con ansia, pero los soldados la asían con tanta fuerza que apenas le llegaba la sangre a manos y pies; cada vez los notaba menos.

—Pérdicas te matará —dijo entonces la chica sin cejar en sus intentos por escapar de sus captores.

—Ah, tu prometido... Lo había olvidado. —Dolabela se dirigió a otro de los soldados que estaban en la habitación—: Traed a ese imbécil. —Se volvió de nuevo hacia la chica—: Si ha de matarme por tu causa, que vea bien qué es lo que voy a hacerte, ¿no crees?

—¡Maldito, maldito...! —fue todo cuanto pudo decir la muchacha antes de recibir una sonora bofetada en el rostro que la dejó aturdida.

—¡Ay! —exclamó el gobernador. Se había hecho daño en la mano herida al abofetearla. Tendría que ir a ver al *medicus* cuando acabara con todo aquello.

El sexo de la joven estaba expuesto. Sus piernas, bien separadas.

Varios legionarios más entraron en la habitación custodiando a un encadenado Pérdicas. El joven macedonio quiso zafarse de los soldados romanos en cuanto vio a su prometida medio desnuda, brutalmente asida por otros legionarios y con el gobernador romano arrodillado frente a su cuerpo, riendo y a punto de ultrajarla.

Nada pudo hacer. Recibió varios puñetazos en el bajo vientre por parte de un *optio* veterano que sabía cómo dejar sin respiración a un prisionero demasiado activo.

Dolabela se lo tomó con calma. Esperó a que Pérdicas recuperara el aliento y pudiera verlo todo bien. Fue entonces cuando introdujo sus dedos de forma bestial, de golpe, en el sexo de la muchacha. Myrtale aulló de dolor. La penetración, pese a que la preveía, era la primera de su vida, y era horrible, indeseada, brutal y muy dolorosa por la violencia con que era ejecutada, retorciendo los dedos en su interior, rasgándola por dentro. Dolabela se recreó e introdujo y sacó sus dedos varias veces. Siempre de forma obscena, con la máxima fuerza, buscando hacer el máximo daño posible. La sangre que tenía en la mano mordida empezó a mezclarse con la sangre que emergía del sexo de la joven desvirgada. Aquello lo excitó.

Se tumbó sobre la joven y le habló al oído:

—Ahora entraré en ti... de otra forma, y dejaré mi esencia en tu interior para que tengas un precioso hijo de origen romano que no mereces, pero que odiarás llevar en tu vientre.

Cneo Cornelio Dolabela se puso en pie y se desnudó. Su pene estaba erecto. Todo marchaba perfectamente.

—¡Te mataré, te mataré...! —aullaba Pérdicas, fuera de sí, loco de rabia y de ira y de pena.

Myrtale cerró los ojos y rezó a Afrodita implorando morir allí mismo, lo antes posible, como fuera.

XLVII

Segundo y tercer crimen: *repetundis** y *peculatus***

Palacio del gobernador de Macedonia, Tesalónica
Finales del 78 a. C., tres horas antes

Dolabela los recibió sentado en una *cathedra* bien provista de almohadones.

—¿Y bien? —dijo por única bienvenida.

Algunas palabras más de reconocimiento a los representantes de la aristocracia local de Tesalónica no habrían estado mal. Los macedonios tardaron años en admitir el yugo romano, pero en los últimos tiempos se habían mostrado buenos aliados en las luchas contra las tribus bárbaras que acechaban desde el Danubio, en particular los tracios. Del mismo modo que ayudaron a Sila en su larga y dura campaña contra el rey Mitrídates del Ponto. Sí, unas palabras más amables no habrían estado mal.

Pero Dolabela intuía problemas y sabía que nada como un buen ataque, nada como demostrar autoridad absoluta, para que quien viene a reclamar o, peor, a quejarse, mida bien sus palabras.

El joven Pérdicas miró al veterano Aéropo. Este último, líder

* Prevaricación o corrupción; por ejemplo, crear impuestos de forma arbitraria e injustificada.

** Apropiación indebida de dinero público, hurto a las arcas del Estado.

de la aristocracia local, era además el padre de Myrtale, su prometida. El joven quería hablar primero, pero pedía el consentimiento de su compatriota más experimentado en aquellas lides de negociar con el poder romano y, en cualquier caso, su superior dentro de la élite de Macedonia.

Aéropo asintió.

Pérdicas dio un paso al frente y se encaró con Dolabela, pero guardando las formas, bastante más de lo que había hecho el gobernador en su saludo al recibirlos.

—Soy Pérdicas y me acompaña Aéropo, que, como bien sabe Roma, es el líder de Tesalónica entre nosotros, los macedonios. Y ambos saludamos a Cneo Cornelio Dolabela, gobernador de Roma.

El interpelado se limitó a inclinarse en su butaca hacia el lado derecho, como si intentara alejarse de su interlocutor y sus reclamaciones.

—¿Y bien? —repitió Dolabela, una vez más, arisco y distante.

Pérdicas tuvo claro que la elegancia o el respeto no le iba a reportar rédito en aquella conversación. Se decidió a presentar sus reclamaciones sin rodeos:

—La situación, gobernador, es insostenible para los macedonios: los impuestos sobre el trigo han encarecido el precio del pan de forma que muchos no pueden acceder a él; y, además, el impuesto adicional para reparar la Vía Egnatia ha supuesto un dispendio para todos, que nos ha esquilmado de recursos para poder ayudar a los que más lo necesitan. Los macedonios nos hemos comportado como fieles aliados de Roma contra Mitrídates y contra los tracios. El Senado nos concedió la categoría de aliados del pueblo romano. ¿Es así como Roma recompensa a aquellos que la asisten en sus guerras? —Al ver dos estatuas procedentes del sagrado templo de Afrodita dispuestas a ambos lados de la *cathedra* de Dolabela, Pérdicas todavía se encendió más—: Y aún peor es que la autoridad romana que se supone que debe velar por la paz y la seguridad del fiel pueblo macedonio haya expoliado nuestro más sagrado templo.

Dolabela inspiró hondo.

Exhaló aire.

Se pasó la mano por la barbilla perfectamente rasurada por su *tonsor* apenas hacía una hora.

—Llamad al ingeniero, a Vetus —dijo como toda respuesta mirando a uno de los numerosos legionarios que vigilaban la sala de audiencias.

El soldado interpelado por Dolabela salió raudo a por quien se había solicitado. El gobernador miró entonces a Pérdicas.

—Veamos. Por partes: el trigo es más caro porque ha habido malas cosechas y he tenido que traerlo desde Egipto. Eso tiene un coste adicional notable. La gente quiere comer y yo garantizo esa comida, pero si he de traer el trigo desde más lejos, hemos de pagar entre todos el transporte, ¿no crees? Ésa es la causa de los impuestos excepcionales al trigo este año.

Pérdicas iba a responder. Lo de las malas cosechas era mentira, y el cereal no provenía de Egipto, sino de la propia Macedonia. El elevadísimo precio fijado por el gobernador no tenía justificación alguna. Pero sintió la mano de Aéropo en el hombro y comprendió que debía callarse, que interrumpir al gobernador mientras estaba en el uso de la palabra, incluso aunque estuviera mintiendo, no era el camino para resolver nada.

—Y en cuanto a la reparación de la Vía Egnatia —continuó Dolabela—: Esta calzada construida por nosotros, por los romanos, desde los puertos occidentales de Dyrrachium y Apollonia hasta llegar a Bizancio en Oriente, está en pésimo estado. Esta ruta es importante para Roma, pero más aún para vosotros porque atraviesa toda Macedonia, vertebra la región, así que la disfrutáis y usáis constantemente para desplazaros de una ciudad macedonia a otra. Yo me veo obligado a traer a un ingeniero para reparar esta vía destrozada por vuestros carros de mercancías, por vuestro ir y venir constante por Macedonia. Vosotros usáis la calzada más que nadie. Yo creo que quien la usa debe pagar más. ¿De verdad no veis justo que contribuyáis con vuestro dinero a financiar las obras necesarias para su rehabilitación?

—Con el debido respeto, *clarissime vir* —se atrevió a decir Aéropo—. Nosotros, los macedonios, ya pagamos muchos impuestos a Roma y parecería razonable pensar que parte de ellos pudiera destinarse al mantenimiento de la calzada...

—¡Por Hércules, quien usa paga! —lo interrumpió Dolabela con severidad, con fastidio, con hartazgo.

En ese momento entró el legionario acompañado por el ingeniero a quien reclamaba el gobernador.

Dolabela se dirigió al recién llegado sin darle tiempo casi ni a pensar:

—A ver, Vetus, ¿en qué estado se encuentra la Vía Egnatia?

El ingeniero miró al gobernador, luego a los líderes macedonios allí presentes y pudo percibir la tensión, sobre todo de estos últimos.

—La calzada está en muy mal estado, gobernador —confirmó al fin Vetus—. Hacen falta reparaciones a lo largo de todo el recorrido y necesito pronto el dinero que se me prometió para...

—¡Silencio! —ordenó Dolabela, que veía cómo el ingeniero iba a pedir los miles de sestercios y ases recaudados con el impuesto especial para la reconstrucción de aquella calzada que el propio gobernador retenía en varios cofres en lo más profundo de su palacio. Bajó la voz. Clavó los ojos en el ingeniero—: Puedes retirarte. Luego hablaremos de ese asunto.

Vetus tragó saliva. Se inclinó, dio media vuelta y salió.

A Pérdicas y Aéropo no se les escapó el hecho de que el ingeniero iba a reclamar el dinero que aún no había recibido. Era todo tan obvio, tan evidente...

—Si el precio del trigo no baja y si el dinero para reconstruir la Vía Egnatia no termina en manos de ese ingeniero para que pueda, en efecto, repararla... —Pérdicas no completó su frase.

—Entonces... ¿qué?, muchacho —lo apremió Dolabela, furioso—. ¿Me estás amenazando con una rebelión? ¿Como aquellas a las que se enfrentaron otros gobernadores aquí en el pasado?

Pérdicas y Aéropo sabían que Dolabela estaba haciendo referencia a las rebeliones de Alejandro, hijo de Perseo, contra Metelo; o las de Euphantus contra el gobernador Cayo Sextio, en este último caso precisamente por un desaforado incremento del precio del trigo. Pero aquellos levantamientos eran cosa del pasado. Hacía muchos años que los macedonios no se alzaban de forma violenta contra Roma.

Fue entonces cuando Aéropo decidió intervenir en la conversación con la autoridad propia de su rango, y lo hizo con palabras serenas pero firmes, y avanzando unos pasos para quedar por delante del joven Pérdicas:

—Una rebelión, nunca. No es ése el espíritu con el que hemos venido aquí. Sólo estamos manifestando nuestras preocupaciones por las exigencias que todos estos nuevos impuestos cargan sobre los macedonios. Hemos venido a mostrar nuestro disenso con estos impuestos, gobernador y *clarissime vir*, que consideramos excesivos, ya sea para el transporte del trigo o para financiar el mantenimiento de las calzadas. Y si el gobernador de Roma no tiene a bien reducirlos, entonces no nos quedará otro remedio que plantear nuestras reclamaciones a instancias más altas: enviaremos una misión con representantes del pueblo de Macedonia al Senado de Roma.

Se hizo el silencio.

Dolabela se quedó un rato mirando al suelo, siempre sentado en su cómoda butaca. Se volvió a pasar la mano por la barbilla. Una reclamación ante el Senado por parte de los macedonios siempre sería algo incómodo, pero no grave. Claro que acababa de solicitar a Roma que se le concediera un triunfo por las calles de la capital del Estado romano, atendiendo a su reciente victoria contra los tracios del norte, y quizá esta queja ensombreciera su petición. Pero él no era hombre de ceder nunca ante ningún tipo de presión.

Pérdicas y Aéropo miraban las dos estatuas sacadas del templo de Afrodita y dispuestas a ambos lados de la *cathedra* del gobernador. Nada había dicho aquel para justificar aquel sacrilegio y ellos no iban a insistir en el tema. De momento, habían decidido concentrarse en el asunto capital del dinero. La religión estaba bien para calentar las emociones, pero ambos consideraban que estaban moviéndose aún en el ámbito de la razón y la negociación.

Se equivocaban.

Por completo.

Dolabela era de los que pensaban, no sin notable fundamento, que a través de una emoción se hacía entrar en razón, en la razón que se deseara, a cualquiera, especialmente a través del terror.

Pero el más vil sabe manipular sentimientos y anhelos con la finura propia del artesano que trabaja el siempre frágil vidrio.

El gobernador levantó la mirada y se dirigió a Aéropo:

—Si bajo el precio del trigo y reduzco los impuestos para reparar la Vía Egnatia, ¿me juras que no habrá ni levantamiento violento alguno ni reclamación al Senado de Roma?

Al veterano líder macedonio se le antojaba demasiado fácil obtener aquellas concesiones, pero él también sabía de la petición del gobernador al Senado para la concesión de un triunfo por la campaña contra los tracios. Pudiera ser que el gobernador no quisiese, de verdad, que llegaran reclamaciones al Senado desde su provincia cuando se debía decidir entre los *patres conscripti* sobre la concesión de su triunfo.

—Sí, *clarissime vir* —respondió Aéropo categórico—. Garantizo que no habrá ni rebelión ni reclamación alguna si se baja el precio del trigo y se reducen los impuestos sobre la calzada.

Dolabela negó con la cabeza.

—No quiero que me lo garantices: quiero que me lo jures, por aquello que sea más sagrado para ti.

Aéropo asintió despacio y no pudo evitar sentirse ingenioso en lo que él entendía que estaba siendo un momento de victoria. Y al ver ahí las estatuas robadas por el gobernador, se aventuró a pronunciar un juramento *ad hoc* que le pareció particularmente pertinente:

—Te lo juro... por Afrodita.

Dolabela captó la indirecta, pero, por el momento, la dejó de lado. Se había inclinado hacia delante en la silla para escuchar aquel juramento, y una vez dicho se reclinó hacia atrás.

Volvió a negar con la cabeza.

—No es suficiente —dijo—. Me lo ha de jurar él. —Y señaló a Pérdicas.

De forma instintiva, el joven macedonio dio un paso atrás. No es que tuviera miedo. Él, en la ingenuidad de su juventud, no sentía miedo de nada ni de nadie. Aún le quedaba mucho por aprender en la vida. Mucho por sufrir. Retrocedía como el soldado que busca el lugar más apropiado para hacerse fuerte y combatir.

Aéropo lo miró también y asintió.

—Jura, muchacho. Hazlo —lo apremió el veterano macedonio.

Pérdicas fruncía el ceño. No le gustaba aquello. Tenía malas sensaciones, pero si por jurar que no habría ni levantamiento ni reclamaciones al Senado romano se conseguía la reducción de impuestos, lo cierto es que tampoco parecía aquél un precio demasiado caro.

—Lo juro —dijo.

Dolabela sonrió pero negaba, una vez más, con la cabeza.

—No, así no —lo interpeló—. Como ha hecho tu superior: por aquello que te resulte más sagrado.

Pérdicas siguió arrugando la frente. Su futuro suegro había sido muy ingenioso al jurar por Afrodita, y él quiso emularlo, pero no pensó en decir algo para criticar al gobernador, sino en algo para congratularse aún más con el padre de la que era su prometida.

—Lo juro por Myrtale, mi prometida, que es lo más sagrado en este mundo para mí.

Dolabela cabeceó afirmativamente varias veces, como quien acepta el juramento con solemnidad. De hecho, estaba disfrutando con delectación, saboreando su retorcido gusto para hacer daño.

—Myrtale es un nombre que no había oído nunca —comentó el gobernador con genuina curiosidad y como si no estuviera pensando lo que estaba pensando.

El joven macedonio sacó pecho y, henchido de orgullo, explicó el origen del nombre de su prometida:

—Myrtale es el segundo de los cuatro nombres que la madre de Alejandro Magno usó a lo largo de su vida; primero se llamó Polixena; luego Myrtale, al desposarse con Filipo II, el padre de Alejandro; luego Olimpia y, por fin, Estratonice.

—Ah, sí —afirmó el gobernador como si realmente le interesara todo aquello desde un punto de vista histórico—. La madre de Alejandro, la gran dinastía macedonia de la que tan orgullosos os sentís y de la que os consideráis descendientes y herederos.

—Es que lo somos —aseveró Pérdicas con contundencia.

—Claro, claro... —admitió el gobernador como si estuviera de acuerdo, aunque de pronto, cambiando el tono de su voz a un imperativo áspero, se dirigió a los legionarios—: ¡Arrestadlos!

La instrucción sorprendió a todos, a soldados y representantes macedonios, a partes iguales. Pero de inmediato los soldados romanos reaccionaron, desenvainaron sus gladios y rodearon a los dos hombres, que no entendían qué estaba pasando.

XLVIII

La maldición de Tesalónica

Residencia de Aéropo, acrópolis de Tesalónica
Finales del 78 a. C., tres horas más tarde

Dolabela arqueó su cuerpo un breve instante y soltó un bufido como si fuera un cerdo que se atragantara con la comida.

—¡Aaah!

Y se alzó apoyando las manos en el suelo.

Le costó.

Su miembro viril aún goteaba semen y gotas de sangre.

Se volvió hacia Pérdicas.

—En efecto, muchacho, tu prometida era virgen. Era... —Y se echó a reír soltando babas y saliva que caían sobre el cuerpo desnudo de Myrtale, tendida en el suelo, aún entre las burdas y gruesas piernas del gobernador de Macedonia y sujeta por los legionarios.

Los soldados, ante un leve asentimiento de su líder, soltaron a la muchacha.

—¡Traed al padre de esta puta! —ordenó entonces Dolabela.

La joven empezó a arrastrarse para separarse de su atacante y, en unos segundos, tras un rápido gateo, terminó acurrucándose en una esquina de la habitación junto a una gran ventana desde la que entraba luz.

Hasta allí fue también Dolabela, sudoroso y exhausto por el esfuerzo sexual. Incluso si la muchacha había estado bajo el yugo de cuatro soldados mientras la violaba, el acto lo había cansado. Necesitaba el aire fresco que entraba por aquella gran ventana abierta. Desde allí se veía el resto de la ciudad. Se hallaban en un edificio de la vieja aristocracia macedonia levantado en lo alto de la acrópolis, en un extremo de la misma ciudad, de modo que desde aquella ventana había una larga caída hacia el vacío. Pero una magnífica vista.

Myrtale vio que el gobernador se asomaba al gran ventanal. Lo pensó rápido. Y se alzó decidida. Se lanzó con furia contra su atacante para arrojarlo al vacío de un empujón mortal, aunque para ello tuviera que caer ella misma al abismo.

En una sala contigua

Los legionarios se dirigieron al veterano Aéropo.

—Levanta y ven, viejo. El gobernador te reclama.

El padre de Myrtale se alzó del taburete que se le había proporcionado como asiento, temeroso de lo que iba a encontrar en el interior. Había oído los gritos de su hija y las imprecaciones de Pérdicas. No necesitaba preguntar nada para saber lo que había ocurrido. Sólo se trataba de confirmar la magnitud del desastre.

Se levantó despacio y siguió a los legionarios que lo habían llamado. El horror lo esperaba en la otra habitación. Su vida, tal y como la había conocido, había terminado para siempre.

En la sala principal de la residencia

Dolabela sintió un furibundo empellón por la espalda que lo precipitaba hacia el vacío, pero frenó el mortal avance de su cuerpo hacia el abismo poniendo las manos en los bordes de la ventana abierta.

Myrtale empujó con todas su fuerzas, pero pese a ser joven y sana y estar cargada de ira, su cuerpo pequeño no pudo despeñar al obeso gobernador por aquel precipicio que se abría tras la ventana.

—¡A mí la guardia! —gritó Dolabela.

Los legionarios rodearon a la muchacha, la abofetearon y tiraron de sus piernas arrastrándola bien lejos del gobernador. La condujeron a la otra esquina, donde la patearon mientras ella se protegía en posición fetal con las manos en la cabeza.

Dolabela se recompuso. Llevaba tiempo sin ver la muerte de cerca. Ni siquiera en la campaña contra los tracios, donde se había cuidado de no estar nunca en primera línea de combate. Pero sonrió. Aquélla había sido una mañana de sensaciones y se sentía vivo. Estaba a gusto consigo mismo. Pronto se reubicó.

—¡Suficiente, por Júpiter! —dijo a los legionarios que pateaban a la joven—. Si la matáis, le hacéis un favor. Quiero que viva, que sufra.

Se echó a reír una vez más. Estaba feliz. Sí, hacía tiempo que no veía la muerte de cerca. Tenía que remontarse a la batalla de la *Porta Collina*, donde, al principio del combate, todo pintaba muy mal para él y para Sila, pero al final todo terminó bien. Recordó a Craso y su petulancia. Aquello lo amargó un poco. Aquel imbécil creía haber derrotado él solo a los samnitas, cuando había sido el hecho de contar con mejores tropas lo que le había proporcionado el éxito en su flanco de la batalla...

—La maldición de Tesalónica recaerá sobre ti... —dijo Myrtale en voz muy baja, aunque suficiente para infiltrarse en los pensamientos del gobernador y desbaratarlos.

—¿Qué has dicho? —inquirió él frunciendo el ceño.

—¡La maldición de Tesalónica recaerá sobre ti... y te destruirá! —gritó ella, escupiendo sangre de uno de sus labios, partido por una sandalia legionaria.

—¿La maldición de Tesalónica? —preguntó el gobernador, pero en ese momento el padre de la joven entraba en la sala—. Por Júpiter, aquí tenemos a Aéropo, dueño de esta casa, líder de la gran aristocracia macedonia. Mira, ahí tienes a tu hija. Está algo magullada y ya no es virgen, pero si ese imbécil que has seleccionado como futuro yerno se casa con ella, aún puede darte nietos y tener todos una vida cómoda que, por débiles, no merecéis. Eso sí, una vida con algo menos de dinero que yo me llevo a Roma y quizá con un nieto mío en las entrañas de tu hija y, sin duda, sin ningún honor. Por lo demás, tampoco ha pasado tanto, ¿no crees? —Se fue acercando al anciano, que no tenía palabras con las que responder—. Pero escucha. Aún hay algo más.

Aéropo no lo miraba. Sólo tenía ojos para contemplar a su hija cubierta de sangre, hecha un ovillo en una esquina de la habitación.

—¡Viejo! —gritó entonces Dolabela—. ¿Acaso he de ordenar que te abofeteen a ti también para que me prestes atención?

Aéropo se giró lentamente hacia el gobernador.

—Eso está mejor —dijo él, sonriente—. ¿Sabes lo que voy a hacer ahora?

Y calló. Quería que su interlocutor hablara, preguntara, que se viera forzado a tener una conversación mientras a un lado tenía a su hija violada y al otro a su futuro yerno asido por varios legionarios que, de cuando en cuando, para que se callara y estuviera quieto, le pegaban puñetazos en el bajo vientre que le cortaban la respiración.

—No, no lo sé —replicó Aéropo a su pesar, porque tuvo claro que la única forma de acelerar el fin de aquella tortura no era otra sino seguir la corriente a aquel miserable que los estaba destrozando—. No sé qué va a hacer ahora el... el gobernador.

Dolabela se sintió plenamente satisfecho ante aquella sumisión. Le encantaba ver a los supuestos descendientes de Alejandro Magno arrastrándose, humillándose. No se alegró cuando Sila lo destinó a aquella esquina del mundo, pero tenía que reconocer que se había enriquecido de manera notable, que había logrado una victoria militar que con toda probabilidad le conseguiría un triunfo, y que, con días como aquél, había obtenido esas victorias personales sobre aquellos que se consideraban superiores y que no eran más que escoria para él. Todo aquello combinado lo hacía sentirse por encima del resto del mundo.

—Ahora, viejo, iré a ese tan sagrado templo de Afrodita y lo expoliaré por completo: me apropiaré de sus estatuas, de todas, y me las llevaré a Roma conmigo para que adornen mi gran *domus* en el centro de la ciudad, o alguna de mis suntuosas villas en el campo. Cogeré también cualquier objeto de oro o plata que encuentre en el recinto y dejaré todo ese espacio que tanto adoráis vacío, con tan sólo esas viejas columnas jónicas que lo sostienen. Eso, *viejo* —repitió, subrayando el apelativo cada vez con más desprecio—, es lo que voy a hacer.

Dolabela echó a caminar.

Al pasar junto al maltrecho Pérdicas, éste aún tuvo arrestos para interpelarlo.

—¿Por qué... por qué...? —acertó a decir el joven macedonio antes de recibir otro puñetazo en el vientre, que le hizo vomitar.

—Soltadlo —ordenó Dolabela.

En cuanto Pérdicas no se vio sujeto por sus captores se derrumbó. Cayó primero de rodillas, luego de lado. Las manos en el vientre. Se asfixiaba entre su propio vómito mientras, desesperado, abría la boca en busca de aire. Para su infortunio, seguía oyendo la voz del gobernador, que se había puesto en cuclillas junto a él.

—¿Que por qué hago esto? —preguntaba Dolabela. Luego asintió varias veces y continuó hablando en voz baja, agachándose, al oído de Pérdicas—: Todo esto, muchacho, lo hago porque puedo. ¿Comprendes? Porque puedo.

Cneo Cornelio Dolabela, gobernador de Roma, se levantó y se dirigió a sus soldados:

—Nos vamos.

Tras él dejaba la más absoluta desolación.

Aéropo vio que Pérdicas aún tenía problemas para respirar y, en vez de asistir primero a su hija, corrió a ayudarlo a incorporarse para que pudiera recuperar el aliento. Tomó una decisión. Una de tantas que se toman en la vida. Una de esas que luego se pueden lamentar para siempre.

—Gra... cias... —dijo Pérdicas al verse asistido por su futuro suegro.

Myrtale aprovechó ese momento, apenas un breve instante, para gatear de nuevo hacia la ventana, trepar a su alféizar, girarse hacia su amado, dirigirle una mirada y despedirse de él:

—¡No soy ya digna de ti! ¡No soy ya digna de nadie!

Se miró a sí misma, a su túnica rasgada en mil sitios, a su piel magullada, a la sangre que emergía de entre sus muslos. El dolor era lo de menos. El ultraje sufrido la había mancillado sin solución posible. El honor de su padre, de su familia... todo perdido. Poco o nada importaba que hubiese sido forzada.

—¡Myrtale, Myrtale, detente! —gritó Pérdicas desesperado, aún sentado, apoyada la espalda contra una pared, todavía recuperándose de los golpes recibidos, sin fuerzas para alzarse y evitar el desastre absoluto—. ¡Detenedla! —exclamó entonces mirando a su amigo Arquelao, que acababa de entrar, y a Aéropo.

Tanto el uno como el otro se limitaron a levantarse y mirar a Myrtale, sin intentar detenerla en sus deseos por arrojarse al vacío.

Myrtale miró a su padre. Éste no hizo gesto alguno.

Ella se volvió hacia el aire y la ciudad de Tesalónica, que se desplegaba a sus pies. Dio un paso adelante. Su cuerpo se venció hacia el vacío. Se iniciaba la caída, el fin de todo...

Nadie sabe cómo ni de dónde.

Nadie se lo explica.

Pero Pérdicas sacó fuerzas de dónde no las tenía y logró alzarse y correr hacia la ventana y, en el último instante posible, asir a Myrtale, primero de la túnica rota, después de un brazo y luego de la cintura, y tirar de ella hacia el interior de la habitación.

Conseguido su objetivo, depositada Myrtale en el suelo junto a él, el joven se derrumbó de nuevo sobre el mármol.

—No vuelvas a acercarte a esa ventana —le dijo a ella.

Myrtale asintió con la cabeza. Ahora ya no sabía cómo comportarse, pero tenía claro que haría lo que dijera Pérdicas. Su padre la había preferido muerta. Él, viva. Seguía confundida, pero, escuchando a su amado, un pequeño rayo de esperanza la iluminó en medio de su dolor y su pena infinita.

—Ella volverá a ser digna de mí, de todos... —dijo Pérdicas, aunque aún le costaba hablar.

Aéropo lo miraba con severidad, igual que Arquelao.

—¿Y cómo piensas hacerlo? —preguntó el padre, que sentía que su hija debería haberse precipitado al vacío tal y como ella misma había deseado.

—Vengaremos este ultraje —continuó Pérdicas, una mano en el vientre magullado—. Acabaremos con ese perro romano.

—¿Con Dolabela, senador y gobernador? —le espetó Aéropo casi con desprecio—. No sabes lo que dices. Eso es imposible.

Pero Pérdicas negó con la cabeza.

—Eso será posible —insistió—. Encontraré la forma. Dolabela será hombre muerto. Y yo me casaré con Myrtale. Ella ha invocado la maldición de Tesalónica, y yo me aseguraré de que la maldición se cumpla.

XLIX

Cuarto crimen: *sacrilegium**

Tesalónica, parte baja de la ciudad
Finales del 78 a. C., ese mismo día

Dolabela, escoltado por el grueso de la guarnición romana establecida en Tesalónica, fue directo de casa de Aéropo en la acrópolis al templo de Afrodita, que se encontraba próximo a la zona administrativa de la ciudad y el palacio del gobernador.

—¡Cortad todos los accesos! —ordenó al jefe de la guarnición. No quería interrupciones mientras expoliaba el templo.

Una vez asegurado el perímetro, se dirigió al interior del espacio sagrado pasando por entre aquellas impresionantes columnas jónicas que llevaban ya siglos en aquel lugar. Lo hizo acompañado por un nutrido grupo de legionarios para evitar sorpresas desagradables.

Se situó en el centro del interior del templo y giró despacio sobre sí mismo para admirar las lujosas decoraciones del santuario.

—Cogedlo todo —dijo.

Los soldados se miraron entre sí.

—¿Todo, *clarissime vir*? —preguntó uno.

* Robar a los dioses ejecutando expolios de templos sagrados.

—Todo lo que se pueda coger, cogedlo —se explicó Dolabela admirando aún las preciosas estatuas y los relieves, así como los pebeteros de bronce, y las decenas de óbolos de todo tipo que habían llevado hasta allí centenares de devotos de Tesalónica—. Dejad sólo estas malditas columnas jónicas. Todo lo demás nos lo llevamos a Roma.

No era Delfos ni Olimpia, que ya expoliara en el pasado reciente su mentor Sila, pero todo aquello, todas las riquezas del templo de Afrodita de Tesalónica, serían sólo para él.

Casa del anciano Orestes en la acrópolis de Tesalónica

Era el más veterano líder de la ciudad. Todos le consultaban en tiempos de crisis.

Orestes apenas salía ya de su casa. A sus más de ochenta años decía que ya lo había visto todo: guerras con sus victorias y derrotas, una Macedonia fuerte y libre y una Macedonia sometida al yugo romano. Había vivido los sueños de una rebelión contra el poder romano y había comprendido que lo que ya no era posible no lo era y punto. Irse al mundo de los muertos, ahora que todos los huesos le dolían, le empezaba a parecer un destino deseable. No era ya de socializar. Y solazarse con una mujer era algo del pasado. Sólo el vino, de cuando en cuando, le permitía una dulce sensación de aturdimiento que, cada vez con más frecuencia, visitaba.

Pero si venían a su casa y, con respeto, le pedían consejo, él escuchaba y lo daba.

Aéropo, Pérdicas y Arquelao relataron a Orestes todo lo ocurrido.

Fue una larga y amarga declaración, donde los crímenes del gobernador se enumeraron uno a uno, en una penosa retahíla de horrores acaecidos sin posibilidad alguna de detenerlos.

—Ahora mismo está expoliando el templo de Afrodita —apostilló Arquelao tras la detallada exposición de Aéropo.

Pérdicas, aún malherido, apenas hablaba, como si hubiera agotado su energía en salvar a Myrtale en el último instante.

—El templo de Afrodita —repitió Orestes ensimismado.

No hacía mucho tiempo, él mismo había sido sacerdote del santuario. Aquello le parecía lo peor de cuanto le habían contado. El ultraje de Myrtale, una violación más de tantas que había, era una lástima, sobre todo para su padre y su prometido, deshonrados... Pero el expolio del templo de Afrodita o los impuestos para el trigo y la reparación de la calzada romana, irreales, sólo establecidos para enriquecer las arcas personales del gobernador, eran asuntos de índole más deleznable a sus ojos y a los de todos los macedonios, a excepción quizá de Aéropo y Pérdicas. Para este último, como para el padre de la muchacha, la violación de Myrtale iba más allá de las consideraciones habituales entre los macedonios. Para él, enamorado de la muchacha, aquello era de otro nivel.

—Podríamos aprovechar las circunstancias y promover un levantamiento general por toda Macedonia —sugirió Arquelao que, en su juventud y su ingenuidad, aún era de los que pensaban que el yugo romano era algo temporal.

Orestes negó con la cabeza.

—Es tarde para esas rebeliones, muchacho —dijo—. Hace veinte años, quizá, pero ya no. Los romanos son cada vez más fuertes y aún lo serán más. No decrecen, sino que incrementan su fuerza. Su poder no disminuye, aumenta. Podemos promover una rebelión, incluso intentar dar muerte al gobernador romano antes de que abandone Macedonia, pero la ira de Roma caería sobre nosotros de forma brutal y arrasarían toda la región. Gobiernan territorios de Oriente a Occidente. No son de permitir rebeliones. Las revueltas son un mal ejemplo para otras provincias suyas. No, ése no es el camino. La rebelión no puede ser mi consejo.

—Entonces ¿tenemos que quedarnos de brazos cruzados? Por Afrodita, ¿es eso lo que nos propones? —preguntó, casi lo escupió, Pérdicas. Aun malherido, parecía que empezaba a recuperar algo de su fortaleza.

Orestes lo miró sin decir nada.

—El joven está fuera de sí —intervino Aéropo para justificar aquel desafortunado comentario.

—Es comprensible —aceptó Orestes. Luego carraspeó y, una vez bien aclarada la garganta con un sorbo de vino, explicó lo que él haría—: Macedonia ya es sólo parte de Roma. Hay que acudir a la propia justicia romana y a ella reclamarle un resarcimiento justo: que se nos devuelva todo lo sustraído en el templo y el dinero que no se ha usado ni para traer trigo de Egipto ni mucho menos para reparar la Vía Egnatia. No podemos pedir más castigo que éste, no según las leyes romanas actuales, pero quizá un buen abogado logre que se obligue a Dolabela a pagar una multa que lo incomode y, sobre todo, que tenga que exiliarse de su amada ciudad.

Aéropo suspiró. A él, como al resto, le parecía poco castigo.

—Entonces, este juicio no nos vale. Necesitamos la muerte de Dolabela si queremos, de algún modo, lavar la afrenta sufrida por mi... —le costó decirlo— por mi... hija. Y restaurar nuestro honor.

Pérdicas intervino de pronto, con sorprendente energía.

—El juicio nos vale —dijo—. Un juicio justifica nuestra presencia en Roma, con un juicio localizaremos a Dolabela y con un juicio ese miserable tendrá que mostrarse en un lugar público: es todo cuanto necesito.

A Aéropo la determinación de Pérdicas empezaba a impresionarlo, pero aquellas palabras eran pura locura.

—Irá siempre rodeado de esbirros suyos armados hasta los dientes —comentó—. Atacar a Dolabela en Roma será imposible, e incluso si lo consiguieras, sería suicida: te matarían allí mismo.

Pero Pérdicas estaba muy persuadido de que aquél era el camino.

—Yo voy a Roma a salvar la vida de Myrtale y a quitársela a Dolabela. Mi vida no importa. Ese juicio me vale. Me dará la oportunidad que busco.

—Bueno —continuó Orestes—. La muchacha, según me habéis contado, invocó la maldición de Tesalónica y quizá eso ayude, pero seguimos necesitando ese juicio y... no sé...

Aquí, Orestes calló.

Se hizo el silencio.

El anciano meditaba.

—¿Qué te preocupa? —indagó Aéropo al fin.

—No será fácil —apuntó Orestes como si despertara de un sueño—. No, no será fácil encontrar a algún patricio romano dispuesto a acusar al todopoderoso Dolabela. Tendría que ser alguien muy valiente... o muy loco. O seguramente ambas cosas a un tiempo.

Puerto de Dyrrachium
Tres semanas después

Dolabela salió a toda prisa de Tesalónica. El descontento por sus impuestos inventados sobre un trigo que realmente no había tenido que traer de Egipto o por las descomunales tasas creadas para reconstruir una Vía Egnatia en la que no había llevado a cabo reparación alguna lo habían hecho muy impopular. La violación de la hija de un aristócrata y el expolio del templo de Afrodita había venido a sumarse a su pésima reputación entre los macedonios, y todo hacía presagiar que podía haber un levantamiento general en cualquier instante. Por eso Dolabela abandonó la ciudad a toda prisa.

Mientras recorría la Vía Egnatia de este a oeste para llegar al puerto de Dyrrachium, pudo comprobar por sí mismo que la calzada estaba, ciertamente, en un muy penoso estado. De hecho, en varias ocasiones sus carros —cargados con estatuas, oro, plata y víveres en abundancia— quedaron atascados en algunos de los enormes agujeros del recorrido. Sólo el hecho de ir escoltado por varias centurias de legionarios, que se apresuraban a desatascar con la fuerza de sus brazos las acémilas atrancadas entre las losas quebradas o los inmensos socavones de la ruta, permitió su avance veloz hacia el occidente del mundo controlado por Roma.

Pero él estaba contento. Cada losa partida no reparada, cada agujero del camino, cada puente semiderruido, significaban dinero que él había acumulado para sí mismo. ¿Qué le importaba el estado de una calzada por la que no pensaba volver a transitar nunca jamás? Lo único importante era que había acumulado riquezas como nunca antes había imaginado: ya se había beneficiado sustancialmente de las proscripciones y requisiciones de Sila a los populares en los años precedentes, pero el mejor regalo que había recibido del dictador de Roma fue su nombramiento como gobernador de Macedonia. Ahora, en el puerto de Dyrrachium, al ver que necesitaban un barco entero, una *cuatrirreme* grande, para poder trasladar todas sus pertenencias de regreso a Roma, era cuando adquiría una noción clara de lo mucho que había acumulado durante su tiempo como gobernador de aquella remota provincia.

Estaba exultante, bebiendo vino sentado en una *sella* junto a una mesa que habían dispuesto para él sus esclavos en el muelle del puerto para así, mientras se relajaba, supervisar *in situ* toda la operación de embarque. En unas horas, con la marea alta, partiría de allí y él y sus riquezas quedarían lejos de las hostiles miradas de los macedonios, que, podía sentirlo, lo observaban desde la distancia.

Sólo había algo a lo que daba vueltas en su cabeza.

—En una hora tendremos todo preparado —dijo Sexto, el capitán del barco que había fletado para su regreso a Roma.

Dolabela decidió compartir con aquel marinero aquello que lo perturbaba:

—¿Cuál es la maldición de Tesalónica? —inquirió al tiempo que miraba a uno de los esclavos para que sirviera vino a aquel hombre.

El capitán, que hasta ese momento se había mostrado feliz y relajado, pues iba a ganar una buena suma de dinero por un viaje relativamente corto y seguro, arrugó la frente y una nube de inquietud le ensombreció el rostro.

—Una leyenda de marineros, pero... ¿por qué se interesa el gobernador de Macedonia por esa leyenda?

—Eso es cosa mía —le espetó Dolabela con cierta sequedad, aunque al instante se mostró amable—. Es sólo por curiosidad. He oído hablar de ella muchas veces —mintió— y quería saber a qué hace referencia. He supuesto que un marino como tú estaría al tanto, pero igual me equivoco.

Algo tan sencillo como herir el amor propio del capitán surtió efecto:

—Tesalónica era hija del gran rey Filipo II, el padre de Alejandro Magno —comenzó el marinero—. Fue concebida con una concubina, de modo que era sólo medio hermana del gran conquistador de Oriente, pero adoraba a su hermano. Apenas pasaron tiempo juntos, pues Alejandro estaba siempre con Aristóteles y luego en campaña en Persia e India. La joven había recibido el nombre en conmemoración de la victoria militar de su padre en la llanura de Tesalia, uniendo la palabra griega *niké*, que significa «victoria», con el nombre de la llanura: *Tesalia Niké*, Tesalónica. Al morir Alejandro, pasaron varias cosas: sus generales, como es de todos sabido, dividieron su imperio entre ellos. Casandro se hizo con Macedonia, arrasó Pidna y fundó una nueva ciudad junto al mar. Dio muerte a Olimpia Myrtale, la madre de Alejandro, y tomó como esposa a su medio hermana Tesalónica y le puso su nombre a la nueva ciudad, a la nueva capital de Macedonia.

—No hay nada de maldito ni de peligroso en todo lo que me relatas —comentó Dolabela, que no veía nada en aquella historia a lo que la joven a la que había forzado hacía unas semanas pudiera apelar para maldecirlo.

—Hay más, gobernador —prosiguió el capitán—: Cuentan que en algún momento Alejandro regresó a ver a su hermana y le trajo agua mágica de la Fuente de la Eterna Juventud o quizá simplemente le hiciera llegar un frasco con agua de ese manantial. En unas versiones es Alejandro el que lava los cabellos de su hermana con esa agua de poderes especiales, en otras es la propia Tesalónica quien lo hace. Sea como fuere, al morir Alejandro, su hermana sufrió tanto que deseó quitarse la vida y se arrojó al mar, pero entonces ocurrió algo inesperado: Tesalónica no se ahogó, sino que se transformó en una sirena que ahora vaga por los mares próximos a las costas griegas, y se aparece a los barcos para preguntarles a los marineros en su lengua: Ζῆ ὁ βασιλεύς Ἀλέξανδρος; es decir...

—«¿Está el rey Alejandro vivo?» —lo interrumpió Dolabela, molesto—. También yo sé griego. Simplemente, sigue con el relato.

El capitán asintió y obedeció:

—La sirena espera recibir una respuesta positiva, desea que el marinero preguntado responda: Ζῆ καί βασιλεύει καί τόν κόσμον κυριεύει.* Si recibe esa respuesta, todo va bien y ella permite que el barco siga su curso, pero si alguien le responde que Alejandro ha muerto, Tesalónica se transforma en una gorgona terrible que agita las aguas con tal furia que genera la peor de las tempestades y hace así naufragar al barco y perecer a todos sus tripulantes. —Aquí se detuvo un instante el capitán y bebió algo de vino—. Yo nunca me he cruzado con una sirena, pero tengo claro que no quiero hacerlo. He oído historias de taberna en las que algún que otro capitán refería su encuentro con la sirena Tesalónica y aseguraba que sólo seguía vivo porque había dado la respuesta correcta, pero es muy probable que esos relatos sean fruto del vino. De hecho, según creo, en realidad Tesalónica murió a manos de uno de sus hijos. Por celos, según parece, pues la madre favorecía más a uno que al otro... —El capitán volvió a callar un momento y dio un sorbo al vino, luego dejó su copa ya vacía sobre la mesa y añadió—: Aunque en el mar hay seres extraños. Nunca se sabe.

Dolabela no dijo nada. Se limitó a permanecer callado mirando al mar.

El capitán tomó aquel silencio del gobernador como una invitación a marcharse, de modo que se levantó para despedirse.

Dolabela pensaba con intensidad y rapidez: de pronto, sintió cierta sensación de urgencia. El agua de la bahía permanecía en cal-

* «Él vive y reina y conquista el mundo».

ma, pero él mantenía la frente arrugada. Tenía la respuesta correcta y, suponiendo que se cruzaran con aquella sirena invocada por la hija de Aéropo, sólo tenía que dar la réplica adecuada, pero aun así...

—Que lo descarguen todo del barco —dijo Dolabela ante la sorpresa del capitán—. Regresaré a Roma por tierra.

El juicio V

PRIMA ACTIO

Primera sesión del juicio

L

Primer testigo de César: Marco

Basílica Sempronia, Roma
77 a. C.

Tierra.

César miraba al suelo de la basílica Sempronia.

Aquel edificio se erguía sobre la tierra que pisara Escipión el Africano, como había recordado a todos en la *reiectio*. Eso necesitaba él: el espíritu de Escipión para salir políticamente vivo de aquel juicio infernal. Incluso puede que para, simplemente, salir vivo. Lo había tenido mal, sobre todo tras el asesinato de su principal testigo, Vetus, el ingeniero de Dolabela, y el del sacerdote del templo de Afrodita en Tesalónica, pero tras la victoriosa *reiectio,* donde consiguió la recusación de Metelo, y después del viaje a Macedonia y de contar con tres nuevos testigos, por primera vez en aquel juicio pensaba que tenía, al menos, una posibilidad de victoria. Y eso le daba fuerzas.

César levantó la mirada.

Los jueces aún no habían entrado. Faltaba ver quién de ellos lo haría en primer lugar: ése sería el nuevo presidente del tribunal.

Miró a su alrededor: Labieno, sentado a su lado, consultaba algunas notas sobre las preguntas que tenían preparadas para sus testigos, convocados para aquella *prima actio*. *Prima* en muchos sentidos: la primera sesión del juicio en sí mismo, más allá de todas las deliberaciones previas sobre la selección de abogados y jueces, pero también, y sobre todo, su primera sesión judicial.

Siguió mirando, ahora al público: su madre, su esposa y sus hermanas estaban allí. Su madre, seria, en silencio, tenía los ojos fijos en la puerta por donde debía entrar el tribunal, pendiente también de quién sería el elegido como nuevo presidente. Cornelia, por su parte, lo miraba a él directamente, con aquellos ojos que casi lloraban. Hacía apenas unos días ella le había rogado que abandonara aquel juicio, porque temía por su vida. Le había dicho que su habilidad en la *reiectio* había puesto en alerta a todos los *optimates* y que el propio Dolabela no lo veía ya como un enemigo menor. Su esposa había insistido en que Aurelia pensaba lo mismo, y por eso le rogaba que abandonara el juicio, pese a haberlo apoyado en aquel empeño desde el principio. Pero abandonar era algo que él, por supuesto, desestimó por completo, para tristeza y desesperación de su joven esposa, que ahora estaba allí, mirándolo en silencio con aquellos ojos rojos de haber llorado apenas hacía un rato, implorando aún, rogando aún...

A la derecha de Cornelia, César podía ver a sus hermanas hablando en voz baja entre ellas. También parecían preocupadas.

—Entran —dijo Labieno.

César miró hacia la puerta de la basílica Sempronia: Pompeyo encabezaba la comitiva de los cincuenta y dos jueces.

—¿Pompeyo? —preguntó Labieno en medio de la más absoluta incredulidad—. ¿No es demasiado joven?

Pero los dos sabían que en Roma las edades mínimas y las leyes sobre restricciones de acceso a cargos políticos o judiciales eran más o menos efectivas según para quién.

—Tiene sentido —comentó César en voz baja—: Pompeyo ya destacó en la guerra contra los *socii* por su eficacia brutal en el campo de batalla. Ahora quieren ver si es igual de eficaz en el ámbito judicial.

—E igual de implacable... —apuntó Labieno.

César asintió y miró hacia donde estaban los ajustadores de las clepsidras, los relojes de agua que medían el tiempo asignado a cada abogado o fiscal para hablar, argumentar o interrogar a un testigo.

—¿Tú crees? —preguntó Labieno.

—Pompeyo es capaz de cualquier cosa —dijo César muy serio—. Al quitar a Metelo, tenemos a un presidente menos experto, pero quizá más despiadado... Es difícil saber en un juicio cuándo vas ganando y cuándo perdiendo... Tú, por el momento, vigila que los ajustadores de clepsidras no manipulen los relojes de agua cuando sea mi turno de intervenir para restarme tiempo.

—De acuerdo.

César miró entonces hacia su lado izquierdo: los abogados Cota y Hortensio lo miraban como quien observa a alguien que va a ser sacrificado. La mirada de su tío denotaba cierta tristeza; la de Hortensio era sólo sarcástica.

Foro de Roma
La noche anterior

En el reino de las sombras, en una ciudad tan grande como falta de antorchas en sus calles, en medio de la noche, aquella mujer caminó con la presteza propia de una muchacha más que de una matrona de Roma hasta detenerse junto a las *tabernae veteres*. La rodeaba un nutrido grupo de esclavos bien armados que llevaba como escolta para sobrevivir a los peligros de las bandas nocturnas. Aun así, el riesgo era grande, no tanto en el foro, donde deambular era algo más seguro —quizá por la presencia del templo de Vesta, que infundía respeto incluso a los maleantes, o por la de algunos vigilantes de los edificios públicos—, sino por el retorno a la Subura, el barrio del que ella había salido aquella noche. Regresar allí, en medio de la oscuridad, era jugarse la vida, pero a aquella romana la movía precisamente eso: una vida. No la suya, sino la de un hombre al que amaba demasiado como para dejarlo suicidarse en aquel juicio que lo destrozaría y del que no podría salir vivo, si conseguía la victoria. Por eso, ella, contra todo lo que nadie podría imaginar nunca, se había decidido a dar aquel paso, a perpetrar aquella... traición.

—Ama —dijo uno de los esclavos, advirtiéndola de un grupo de hombres que se aproximaba.

—Quietos —ordenó ella con autoridad.

De entre la noche, embozados como auténticos sicarios, emergieron las figuras de Hortensio y Aurelio Cota encabezando a aquel grupo siniestro.

—Quietos —repitió ella.

E inmóviles estaban todos sus sirvientes; eso sí, con las manos bajo las túnicas asiendo con fuerza puñales, dagas y cuchillos, cualquier cosa que valiera para matar.

Basílica Sempronia, Roma
Juicio contra Dolabela, *prima actio*

El primer testigo había declarado respondiendo a las preguntas de César con claridad y precisión. El ingeniero Marco no había dejado margen alguno para la duda: la Vía Egnatia se hallaba en un estado pésimo de conservación, tanto desde el puerto de Dyrrachium hasta Tesalónica, la capital de la provincia de Macedonia, como de Tesalónica en adelante, en dirección este hacia Bizancio. La ruta era inhóspita y casi intransitable para según qué carros, si no iba con un numeroso grupo de personas que pudiera desatascar el vehículo que, inexorablemente, encajaría alguna de sus ruedas en alguno de los incontables agujeros de la calzada. Los puentes estaban a punto de derrumbarse; las losas, partidas, cuando no ausentes; las piedras eran habituales en medio del camino, por los desprendimientos de las montañas que salpicaban la ruta. Para él, como ingeniero, nadie había invertido ni un sestercio en reparar aquella calzada en años y el que dijera lo contrario... mentiría.

Categórico e inapelable.

El testimonio era sólido como una roca.

Y Dolabela había cobrado un impuesto específico que supuestamente se había empleado en reparaciones de aquella calzada. Pero el ingeniero negaba haber recibido dinero alguno para rehabilitar la ruta.

César se sentó. Sereno, tranquilo, seguro de sí mismo. El viaje a Macedonia había merecido la pena.

—Es el turno de la defensa —dijo Pompeyo quien, a diferencia de Metelo, no recurría a *praecones* interpuestos para ir dando los turnos de palabra.

Cneo Pompeyo hablaba por sí mismo y hablaba bien. No tartamudeaba y, para extrañeza de César después del testimonio del ingeniero, parecía muy relajado, como si no le concediera importancia al testimonio de Marco.

Aurelio Cota se levantó, se situó en el centro de la sala y miró al ingeniero, sentado a unos pasos de él, más próximo al tribunal.

El público, que una vez más atestaba la gran sala de la basílica Sempronia, escuchaba atento.

—Marco... Ingeniero, ¿verdad? —Cota andaba con aire distraído, mirando al suelo.

—Así es —confirmó el testigo.

—¿El mismo Marco al que hace unos años se contrataba habitualmente para obra pública en Roma?

—Hace unos años, sí, realicé varias intervenciones en acueductos de la ciudad y en reparaciones de algunos edificios del foro —sostuvo con tranquilidad, orgulloso de su currículum.

César también estaba relajado aún, aunque intuía por dónde iba a ir Cota.

—¿El mismo ingeniero Marco que con la entrada en el poder de Sila y con Dolabela gestionando ciertas contrataciones de obra pública se quedó sin obras que realizar en Roma?

—Sí, pero...

—Este tribunal sólo requiere que el testigo responda a lo que se le pregunta, no que argumente o contraargumente, razone o explique, más allá de lo que se le cuestiona —lo interrumpió Cota con rapidez—. Es decir, que el ingeniero que ha declarado en contra de Cneo Cornelio Dolabela —Cota se cuidaba mucho de denominar al acusado como *reus*, tal y como hacía su sobrino César en cuanto tenía ocasión—, el testigo que tenemos ante nosotros, se quedó sin contrataciones cuando Dolabela empezó a gestionarlas. ¿Es eso así?

—Así es, pero se interrumpieron mis contratos sin justificación alguna, sólo por favorecer a amigos... —intentó decir Marco, pese a las advertencias de quien lo interrogaba.

—¡Por Júpiter! ¡No nos interesan las razones que según el testigo tenía Cneo Cornelio Dolabela para interrumpir sus contratos públicos! —exclamó Cota, y continuó hablando para impedir que Marco pudiera argumentar nada que no le interesara—: Dolabela pudo dejar de contratarle por múltiples razones: porque no le gustaran los resultados de sus intervenciones anteriores, porque los presupuestos no se cumplieran, o por el motivo que fuera. Lo único que importa en este juicio es que el testigo tiene un claro motivo para sentir animadversión hacia mi defendido. Es un testigo cuyo testimonio puede venir motivado desde la rabia y las ansias de, simplemente, hacer daño a mi defendido.

Marco negaba con la cabeza e intentaba intervenir, pero Cota no cesaba en el uso de la palabra y lo acribilló con preguntas rápidas hasta aturdirlo:

—¿Por qué acudió, realmente, el ingeniero Marco a Macedonia? ¿Por qué revisó la Vía Egnatia con tanto interés? De hecho, la clave de todo está en ¿cómo financió el testigo su costoso viaje a Macedonia? Porque éste es un desplazamiento largo y cuesta una notable cantidad no de sestercios, sino de denarios de plata. Mi pregunta esencial, la pregunta que el tribunal necesita responder para ponderar la verosimilitud de este testimonio es: ¿quién pagó el viaje del ingeniero Marco a Macedonia?

Marco tragaba saliva. Se pasó el dorso de la mano por los labios resecos. Mentir no era buena opción ante un tribunal de justicia romana. No es que hubiera penas severas contra el falso testimonio, pero, en general, se despreciaba al que mentía en un juicio, y acumular desprecio público no era un buen camino para conseguir nuevas contrataciones del Estado romano.

—Cayo Julio César pagó mi viaje —admitió al fin.

—¿El *accusator*? —insistió Cota señalando con el índice hacia donde estaba sentado su joven sobrino.

—El mismo —certificó el ingeniero.

César se levantó en ese momento.

—El ingeniero que contrató Dolabela —argumentó a viva voz, sin pedir permiso al presidente del tribunal, y a toda velocidad—, el que habría declarado que no se le dejó hacer intervención alguna en la Vía Egnatia porque no se le proporcionó ningún dinero para hacerlo, apareció muerto, asesinado con una daga clavada en su espalda. Por eso he tenido que recurrir a otro ingeniero que certifique el mal estado de la calzada...

—Es el abogado defensor el que está en el uso de la palabra —lo exhortó Pompeyo con autoridad.

César calló, aunque permaneció en pie.

—Podría decirle al joven acusador que no me interrumpiera, pero eso da igual —continuó Cota con aire de suficiencia, de tenerlo todo controlado y previsto—. Todos lamentamos la muerte de su testigo anterior, aunque el acusador podría haber buscado a algún asistente de ese ingeniero. Pero no, mucho más fácil y conveniente e influenciable y manipulable contratar, y lo digo así, *contratar* a otro testigo, a otro ingeniero que ya sintiera animadversión contra mi defendido, pagarle bien y que éste declarara aquí todo lo que la acusación deseara. —Se volvió hacia el ingeniero—. ¡Qué lástima que el perjurio no esté castigado como debiera en nuestras leyes, pero ya se encargarán los dioses de poner en su lugar a quien miente a sus semejantes ante un tribunal de justicia! ¡Por Júpiter, esto no es un testimonio, sino sólo una sarta de mentiras compradas!

Y calló.

César iba a hablar, pero Pompeyo intervino antes:

—¿La acusación tiene algún otro testigo?

César comprendió que el presidente del tribunal había dado por terminada aquella declaración. Nada que dijera podría cambiar aquello.

Miró al suelo.

Suspiró.

Tenía que poner sus pensamientos en orden.

LI

Segundo testigo de César: Orestes

Basílica Sempronia, Roma
77 a. C.

César quería haber contraargumentado contra Cota, pero, la verdad, ni sabía bien cómo hacerlo ni tenía la aquiescencia de Pompeyo para seguir en esa línea. Cota había desarmado la credibilidad del testimonio del ingeniero. Lo había reducido con suma sencillez a un testimonio supuestamente comprado.

Andaba confuso.

—¿La acusación tiene algún otro testigo? —repitió Pompeyo, que parecía disfrutar al ver al joven Julio César, sobrino de Cayo Mario, aturdido.

—Orestes, sacerdote del templo de Afrodita en Tesalónica —le susurró Labieno a su amigo.

César asintió, aún mirando al suelo, inspiró hondo y se controló.

—La acusación... —Tragó saliva, sacudió la cabeza y miró a Pompeyo directamente a los ojos—. La acusación requiere ahora la presencia de Orestes, antiguo y venerable sacerdote del templo de Afrodita de Tesalónica —dijo en voz alta y clara, y se sentó unos instantes para relajarse y pensar un poco más mientras el anciano tomaba su lugar en el asiento dispuesto para los testigos.

—Es como si lo hubieran preparado todo a la perfección —comentó Labieno—, como si tuvieran todos los contraargumentos muy estudiados.

—No —opuso César—: Es como si supieran cosas que no deberían saber. ¿Cómo tenían tan claro que le habíamos pagado el viaje al ingeniero? ¿O el hecho de que Marco se quedara sin contratos cuando entró Dolabela en el poder con Sila? Lo pueden averiguar, es cierto, pero apenas hemos llegado de Macedonia hace unos días, apenas han podido saber a quiénes teníamos como testigos. Es... extraño. Tienen información. *Alguien* les ha pasado información.

Labieno no supo qué decir.

El anciano Orestes ya estaba sentado frente al tribunal.

Foro de Roma
La noche anterior

—Quietos os digo —repitió una vez más la mujer.

Sus esclavos relajaron la fuerza con la que asían las dagas por debajo de sus túnicas. De hecho, no tenían ganas de iniciar ninguna acción violenta: los dos embozados que se les acercaban venían acompañados por otra escolta de esclavos, si cabe tan o más numerosa que la que ellos mismos conformaban. Si empezaban a lanzarse cuchilladas unos a otros, iban a morir muchos de ambos bandos. Ojalá sus amos se entendieran con palabras. Y el ama parecía tenerlo todo bajo control.

—¿Qué es eso que querías contarnos? —dijo uno de los embozados.

—Os contaré lo que queráis para que César sea derrotado en juicio —respondió ella—. ¿Qué necesitáis?

Uno de los hombres miró al otro, siempre sin descubrirse ninguno de ellos. Al fin, se volvió hacia la mujer. Pensó en preguntarle por qué traicionaba de ese modo a César, pero cambió de opinión y fue directo al asunto relevante con relación al juicio:

—Necesitamos saber quiénes son los nuevos testigos de la acusación y conocerlo todo de ellos. Sus puntos débiles.

La mujer dudó, miró a un lado y a otro entre las sombras de la noche y detuvo los ojos en aquellos rostros encapuchados.

—Sea —dijo.

E inició la traición.

Basílica Sempronia, Roma
Juicio contra Dolabela, *prima actio*

César se levantó despacio. Tenía depositada su confianza en el testimonio del ingeniero, pero, tras la intervención de Cota, el valor de sus palabras había quedado prácticamente desintegrado. Hubo un momento, en Macedonia, cuando conoció a Orestes, en el que César se convenció de que ese anciano iba a ser su mejor apoyo en el juicio. Pero luego todo cambió. El viejo sacerdote tenía voluntad de cooperar, era evidente que quería colaborar para que se hiciera justicia y se condenara a Dolabela por sus abusos y atrocidades, pero era un anciano y el viaje desde Macedonia hasta Roma —primero por la maldita Vía Egnatia (en pésimo estado, dijera lo que dijera la defensa) y luego en barco y todo el camino desde el sur de Italia hasta Roma— pareció consumir sus energías. César llegó a dudar si aquel hombre tendría fuerzas para presentarse en la basílica Sempronia el día designado para la *prima actio*, pero las tuvo. Aun así, el joven abogado no estaba seguro de si hacerlo declarar: Orestes había acudido en varias ocasiones a cenar con su familia, con su esposa y su madre y sus hermanas y Labieno y otros invitados. Al principio, llegó a recitarles pasajes de Sófocles o Eurípides con una pasión que los conmovió a todos. Pero poco a poco fue apagándose. No oía bien. Había que repetirle las preguntas y, en los últimos días, parecía olvidar cosas recientes o conversaciones habladas el día anterior, aun cuando retuviera bien en su memoria acontecimientos del pasado más lejano. Fuera como fuera, con varios testigos asesinados y su último testimonio desacreditado, César sabía que no tenía más opción que recurrir a aquel pobre anciano. Tenía que emplear todas sus bazas.

César se situó en el centro de la sala. Se dirigió a Orestes hablando alto y claro, vocalizando bien y mirándolo al rostro para que el anciano pudiera ver también bien los movimientos de sus labios. Cualquier cosa que lo ayudara a comprender con rapidez lo que se le decía.

—Tu nombre es Orestes y has sido sacerdote del templo de Afrodita en Tesalónica, en la costa oriental de Macedonia. ¿Es cierto esto que digo?

—Lo es —confirmó el anciano con voz algo quebrada, pero comprensible para todos.

—Y, en razón de esto y atendiendo a tu edad y a haber llevado una vida honrada y digna durante años, ¿no eres acaso un hombre muy respetado en tu ciudad? —preguntó César, siempre mirándolo, pronunciando despacio.

—La gente me respeta, sí.

—¿Y acuden a consultarte cuestiones importantes, a pedirte consejo?

—Suelen hacerlo, así es.

César asintió. Dio media vuelta, lentamente, miró hacia el acusado, apretó los labios y se giró de nuevo hacia su testigo.

—¿Y es cierto que cuando Pérdicas, Arquelao y Aéropo, todos hombres notables de la ciudad, acudieron a ti para ver cómo actuar contra el gobernador, Cneo Cornelio Dolabela, *reus* en este juicio, tú aconsejaste que se debía recurrir a la justicia de Roma evitando así cualquier enfrentamiento violento en la provincia?

—Así es, eso aconsejé.

César volvió a asentir y miró un instante a los miembros del tribunal: los senadores de Roma, pese a estar predispuestos a exonerar a Dolabela de todo delito, mostraban interés genuino en sus rostros por lo que aquel antiguo sacerdote pudiera decir. Tal y como había pensado César desde un principio, un venerable anciano, sacerdote, culto y bien educado, siempre sería un testimonio al que, al menos, los senadores escucharían con atención. Era difícil, por no decir prácticamente imposible, torcer sus voluntades ya decididas a declarar inocente a Dolabela, pero sembrar cualquier duda, cualquier cargo de conciencia, sería una grieta en aquel muro implacable contra el que se enfrentaba en aquel juicio.

—¿Y es cierto que el gobernador, ahora *reus*, Cneo Cornelio Dolabela, creó impuestos ficticios para unas reparaciones en la Vía Egnatia que nunca realizó, que creó otros tributos para cobrar el transporte de un trigo supuestamente traído de Egipto que en realidad provenía de la propia Macedonia, que el *reus* expolió las estatuas y otros tesoros del templo de Afrodita de Tesalónica y que, no satisfecho con todos esos crímenes, forzó y violó a Myrtale, una joven aristócrata de la ciudad, hasta entonces casta y doncella?

—Sí, el gobernador hizo todas esas cosas —ratificó Orestes con toda la contundencia de su débil voz.

La afirmación no resonó rotunda por falta de fuerzas en el anciano, pero sí real, creíble y terrible. Se sintió incómoda en los oídos de los senadores de Roma, que se ajustaban almohadones y togas como si no encontraran la forma adecuada de sentarse en sus butacas.

—Quien así habla no es alguien a quien yo haya pagado —continuó César—, pues han sido los macedonios quienes se han financiado sus viajes hasta Roma, con el poco dinero, he de decir, que el *reus* les dejó. —César no perdía ocasión de denominar a Dolabela con el término de «acusado» tantas veces como le era posible—. No es alguien que tuviera animadversión contra el *reus* antes de que éste acudiera a Macedonia y se cruzara, tristemente, en su vida y en la vida de todos los macedonios. Es un venerable antiguo sacerdote, un hombre recto toda su vida, alguien respetado por las élites de Macedonia, alguien que, además, respeta a su vez nuestras leyes, nuestra justicia y que, ante la comprensible ira de unos macedonios que clamaban vengarse de un enviado de Roma injusto e innoble, que mancilla el nombre de Roma allí por donde pasa, aconseja a sus conciudadanos que no se rebelen, que no generen levantamiento alguno contra la autoridad romana, sino que acudan a nuestras leyes, a nuestra justicia, y que ante ella, ante este tribunal, expongan los crímenes del *reus* y que aquí esperen dictamen y sentencia. Esa persona, venerable, respetable y que acepta nuestra ley, es la que está aquí ahora señalando al *reus* Cneo Cornelio Dolabela como autor de crímenes execrables, aún más abominables al ser cometidos haciendo uso del poder que Roma le confirió para gobernar, que no humillar, para administrar, que no esquilmar, para gestionar, que no expoliar, una provincia de Roma. Quizá la defensa tenga la tentación de justificar crímenes semejantes aduciendo que a veces hay violaciones, o se esquilma un territorio o se expolia durante un tiempo por necesidades mayores como, por ejemplo, una guerra. Quizá quieran recordarnos cómo el propio Sila, bajo cuyas leyes actuamos en este juicio, expolió los templos de Olimpia o Delfos, pero en aquel caso se hizo para reunir fondos para nuestras tropas que se lanzaban contra el temible Mitrídates del Ponto. En el caso de Macedonia, no hay excusa alguna que pueda suavizar, justificar o lavar los crímenes cometidos por el *reus*, por Cneo Cornelio Dolabela, contra los habitantes de una provincia romana. Cuanto hizo el acusado fue en beneficio propio, nunca en beneficio del Estado romano.

A continuación, César solicitó detalles a Orestes sobre las estatuas que faltaban en el templo de Afrodita, le pidió que describiera cómo las había visto cargar en carros del gobernador y que contara qué otros tesoros expoliaron del templo. Y el anciano refirió detalles de todo ello, despacio pero con credibilidad, en voz no muy alta pero audible, y con cierto aire de pasión contenida ante lo sucedido en aquel lugar tan sagrado para él y los macedonios.

—¡Por Júpiter! ¡No hay más preguntas! —exclamó César satisfecho de cómo había respondido el viejo sacerdote.

—Ha estado bien —le dijo Labieno cuando se sentó a su lado.

—Sí —aceptó César mientras se servía agua de una jarra—, pero son las preguntas de Cota las que me preocupan. Y cómo reaccionará entonces Orestes. Está sudando. ¿Lo ves? Está agotado. Quizá debería haber sido yo más breve con él.

Labieno miró hacia Orestes: el anciano, ciertamente, sudaba y parecía cansado.

—Es posible, pero, por otro lado, el testimonio ha sido excelente. Y nos hacía falta.

Cesar asintió y bebió agua.

Entre tanto, Aurelio Cota ya se había levantado y se paseaba mirando al suelo, frente al testigo. Esta vez, el veterano abogado defensor parecía algo perdido, pero sólo lo parecía. Empezó a hablar mirando al público, dando la espalda al testigo, de modo que éste no podía ver ni sus labios ni su rostro.

—O sea, que ahora hemos de creer que este viejo extranjero —Cota enfatizó las dos palabras con desprecio, pero aún con cuidado— vio cómo el gobernador Dolabela cometía el sacrilegio de expoliar un templo sagrado. ¿No es así, anciano?

Orestes no reaccionó a la pregunta. Cota lo había calificado ya de viejo y de extranjero, pero era consciente de que su apariencia noble y venerable había causado cierta impresión en muchos miembros del tribunal, así que, antes de destrozarlo ante ellos, quería asegurarse de que la información que su colega y él habían recibido la noche anterior fuera precisa. Aún temía alguna traición de la supuesta traidora. Cota era cauteloso en extremo.

—He preguntado, anciano Orestes, si hemos de creer lo que dices —insistió Cota, siempre de espalda al testigo, en una voz audible para quienes se hallaban en la sala, aunque sin alzarla en exceso.

El testigo seguía sin contestar.

—Me pregunto si el anciano extranjero no me responde por desprecio a mis preguntas, por desprecio a este abogado o por desprecio a este tribunal. ¿O sólo entiendes el latín de la acusación y no el mío? —Y aquí Aurelio Cota se volvió hacia el testigo y hacia los jueces.

Orestes guardaba silencio. Era un hombre culto. No tenía ningún problema con el latín, aunque el griego fuera su lengua nativa, pero como Cota no le había mirado a la cara, como no había vocalizado alto y claro, y había hablado dándole la espalda, el anciano había permanecido en silencio, algo confuso: no sabía si habían empezado a interrogarlo de nuevo.

Cota decidió compartir su conclusión con todos los presentes en la basílica Sempronia:

—¿O es que este anciano, simplemente, no oye bien?

Un rumor corrió por toda la sala.

Pompeyo miró a uno de los *praecones*. Éste se levantó y reclamó silencio:

—*Fauete linguis!*

La gente calló.

—Bueno, por todos los dioses, oír no es necesario para identificar a alguien que está expoliando un templo —continuó Cota cada vez más seguro de sí mismo—. Para identificar a alguien a quien supuestamente se ve cometiendo un crimen basta con ver. No pidamos más al noble anciano. —Se permitió una sonrisa.

Hortensio, su colega en la defensa, se echó a reír en su esquina y a éste lo acompañaron bastantes personas del público.

Además, Cota había denominado al anciano «noble»: tenía claro que en la medida en que redujera a Orestes a un saco de huesos inútil, más irónico quedaría adornar su nombre con adjetivos de prestigio social.

—¡Orestes! —continuó, vociferando cada una de las siguientes palabras, como si hablara a un sordo a quien, además, toma uno por tonto—. Cuando observaste supuestamente al gobernador expoliando el templo de Afrodita, ¿lo hiciste desde qué distancia?

A esta pregunta, proferida a voces apenas a unos pasos de él, con el abogado mirándole directamente a la cara, Orestes respondió de inmediato:

—El gobernador había dispuesto tropas por toda la plaza —se explicó—, pero yo personalmente lo vi salir del templo de Afrodita junto con los legionarios que portaban las estatuas del santuario y el resto de sus tesoros.

—¿Desde qué distancia? —repitió Cota, siempre gritando.

—No sé..., unos cincuenta pasos. Quizá algo menos...

—Entiendo. —El abogado se volvió hacia el público. Acto seguido, mirando de nuevo al testigo y alzando mucho la voz, añadió—: Veamos, en esta sala están, por ejemplo, las hermanas del *accusator*, presentes aquí, entre nosotros. ¿Conoce el testigo a estas personas?

—Las conozco —admitió.

César se puso tenso. Labieno también.

—Sí, he cenado en casa del acusador en alguna ocasión durante mi estancia en Roma —concretó el testigo.

—Perfecto —aceptó Cota—. Nada malo veo en ello. La cuestión que me importa —prosiguió el abogado de la defensa— es que el testigo conoce a estas personas y estas dos mujeres están hoy aquí presentes, entre el público, a menos de treinta pasos de distancia de donde estamos. Yo puedo verlas perfectamente. ¿Podría el testigo indicarme dónde están estas dos mujeres?

Orestes entendió la pregunta y miró a su alrededor, hacia el público, pero su vista cansada por los años sólo veía rostros borrosos, sin nitidez suficiente para identificar a nadie.

Cota se atrevió a forzar la situación:

—¿Podría el testigo señalar siquiera desde donde está a alguna mujer del público?

Aunque Orestes arrugaba la frente, todo lo veía nebuloso.

—Ahora no puedo —admitió—. Mi vista se ha deteriorado mucho estas últimas semanas. Antes veía mejor.

—Claro... —Cota continuó sin mirarlo y sin elevar la voz, pero audible para la mayoría—, y también oía más y lo hemos de creer.

—¿Qué...? —preguntó Orestes—. No he oído bien el final de la frase... ¿O era una pregunta?

Hortensio volvió a reír y las carcajadas alargaron la risa de una parte importante del público y, más grave a los ojos de César, de buen número de senadores miembros del tribunal.

Pero Cota aún no había terminado.

Se volvió una vez más hacia el testigo, y le habló en voz alta y con claridad, como siempre que deseaba que lo entendiera bien:

—¿Cenó ayer el testigo en casa del *accusator*?

Orestes se disponía a responder, pero de pronto se quedó allí sentado, ante la atenta mirada de los jueces, sin decir nada, sólo parpadeando con la boca entreabierta.

—El testigo puede decirlo —continuó Cota con serenidad—. Es razonable que un testigo coma o cene y converse con un abogado que lo ha convocado a un juicio para que aporte un testimonio. Nada malo hay en ello.

Orestes seguía en silencio.

Cota decidió poner palabras a ese silencio:

—Claro que tal vez lo que ocurre es que el testigo no recuerda si cenó ayer en casa del abogado de la acusación.

Orestes fue a confirmar precisamente eso, pero era consciente de que reconocerlo lo dejaba en mala posición ante el tribunal.

—¿Cenó ayer el testigo en casa del *accusator*? —la pregunta resonaba implacable en medio de la sala central de la gran basílica Sempronia.

Foro de Roma
La noche anterior

—¿Quién ha estado esta noche en la *domus*? —fue la cuestión que, para sorpresa de la mujer, planteó uno de los hombres embozados.

—¿Qué tiene eso que ver con el juicio? —inquirió ella, que, pese a su traición, tampoco quería dar a aquellos sujetos más información que la precisa para que César perdiera el juicio con claridad.

—Saber eso me ayudará en los interrogatorios de mañana —explicó el embozado.

La noche era tan negra como oscuros los pensamientos de todos en aquella esquina del foro de Roma, junto a las *tabernae veteres*.

Basílica Sempronia, Roma
Juicio contra Dolabela, *prima actio*

Orestes no podía recordar. Optó por mentir.

—Sí, anoche cené en casa del abogado de la causa macedonia.

—Eso no es cierto —dijo Aurelio Cota.

El abogado no podía citar su fuente, pero sabía que hacer ver a Orestes que sabía más de él que lo que él mismo podía recordar lo sumiría en un estado total de confusión. En gran medida, Cota era consciente de que lo que estaba haciendo era cruel con aquel anciano, pero en un interrogatorio durante un juicio no había espacio para la compasión.

—El testigo no cenó ayer con el *accusator* —prosiguió Cota—, pero el testigo no lo recuerda. ¿Recuerda acaso el testigo si ha desayunado esta mañana?

—Siempre lo hago —dijo Orestes, pero realmente no estaba seguro. Sus recuerdos del pasado parecían más definidos, pero los del tiempo cercano eran difusos, borrosos. No entendía nada. ¿Qué le estaba pasando?

—¿Recuerda el testigo lo que ha desayunado, qué ha comido? ¿Leche de cabra, gachas, carne, frutos secos, vino quizá? —Cota seguía acosándolo con preguntas.

Orestes no recordaba qué había desayunado, ni siquiera estaba seguro de haberlo hecho, y la opción de mentir de nuevo no era una buena opción, pues aquel abogado parecía saberlo todo de él.

—No lo recuerdo —admitió.

César negaba con la cabeza. Esa información sobre la pérdida de memoria de Orestes en los últimos meses no podía provenir de un esclavo. Era algo demasiado específico... ¿Quién lo estaba traicionando entonces?

Cota tuvo una idea genial, en aquel instante.

—¿Recuerda el testigo que le he pedido que señalara a alguien del público en este interrogatorio?

Orestes parecía tener cierta noción de aquello.

—Sí.

Cota se pasó la lengua por los labios antes de volver a preguntar:

—¿A quién he pedido que señalara el testigo?

Orestes abrió la boca pero se quedó inmóvil, con el gesto detenido, sin pronunciar palabra alguna.

—¿A quién? —insistió Cota.

Silencio absoluto en la sala.

—No lo recuerdo —concluyó Orestes al cabo de unos segundos.

Cota sabía que no necesitaba más.

Se dio la vuelta hacia el público, luego hacia el tribunal y los jueces, y habló con la contundencia de quien siente que expone razonamientos incontestables:

—No oye, no ve, y ni siquiera recuerda lo que se le ha preguntado apenas hace unos instantes. El *accusator* puede intentar hacernos creer que el deterioro mental de este hombre es reciente, de las últimas semanas, pero yo creo que esto no es así. Jueces de Roma, no estamos ante el testimonio de un venerable anciano, antiguo sacerdote del templo sagrado de Afrodita en Tesalónica, sino ante un viejo decrépito sin audición ni visión ni memoria. ¿Y hemos de creernos lo que este testigo diga sobre lo que supuestamente vio u oyó o cree recordar de lo que aconteció en Macedonia hace varios meses? El *accusator* nos ha traído primero un testimonio comprado con su dinero y, a continuación, nos presenta a un viejo que no ve ni oye ni recuerda, manipulado por él, para que repita lo que éste le ha ordenado que diga. Un testigo comprado, un viejo loco y sin memoria propia, sólo con los recuerdos que el acusador habrá repetido una y mil veces. Sabía que el abogado de la acusación era joven e inexperto, pero, sinceramente, esperaba algo más de él.

Dicho esto, Aurelio Cota se paseó por la basílica, como un cónsul en un triunfo por las calles de Roma, hasta tomar asiento en su esquina junto a un Hortensio, que lo felicitó de manera efusiva.

En los asientos de la acusación, el ánimo era de derrota absoluta.

—No es que sepan mucho de nuestros testigos —dijo Labieno en voz baja a César—, es que lo saben todo.

César no respondió. Miraba al público buscando quién lo había traicionado. Vio a sus hermanas muy serias, a su madre como una efigie egipcia, digna, inmóvil y en silencio, y a su joven esposa Cornelia llorando, evitando su mirada. ¿Por qué Cornelia evitaba mirarlo?

—Sólo nos queda el testimonio de la muchacha —continuó Labieno—. ¿Qué hacemos? ¿La llamamos?

Un murmullo recorría toda la sala. Decenas de conversaciones iniciadas a partir de lo visto en aquel último interrogatorio. Para todos empezaba a quedar claro que el acusador no estaba sosteniendo sus acusaciones en modo alguno.

Por su parte, el viejo Orestes se retiraba confuso, cabizbajo, ensimismado, hacia el lugar donde Pérdicas, Aéropo y Arquelao lo esperaban. No sabía bien qué estaba pasando, pero intuía que no era bueno.

En ese momento, la poderosa voz de Pompeyo, en calidad de presidente del tribunal, se proyectó por encima del tumulto de voces:

—¿Tiene el *accusator* algún otro testigo?

César callaba.

La pregunta del presidente del tribunal estaba allí, como una espada cuya punta amenazara su cuello, rozando su nuez.

—¿La llamamos? —insistió en voz baja Labieno.

—Hemos de hacerlo. No tenemos nada más... —musitó César al fin, al tiempo que se levantaba.

LII

Tercer testigo de César: Myrtale

Basílica Sempronia, Roma
77 a. C.

César dejó que Myrtale se explicara. Apenas le hizo preguntas. El relato de la joven era suficientemente claro, directo, descarnado. La muchacha habló con precisión, sin lágrimas, pero con emoción contenida, que, sin duda, resultaba más efectiva. En un parlamento no muy extenso, pero demoledor para con Dolabela, Myrtale narró cómo el *reus* entró en su casa y, aprovechando que estaba sin su padre ni su prometido, la golpeó, la arrojó al suelo, hizo que la sujetaran varios legionarios y la violó. Luego explicó cómo intentó suicidarse y cómo su prometido lo evitó en el último momento y cómo la única esperanza de encontrar algo de redención y paz era que un tribunal de Roma condenara a su violador. Su honor dependía de aquel juicio.

—Bien —dijo el abogado de la acusación.

No sentía que hubiera nada que añadir. No era aquél un testimonio comprado ni el de un viejo olvidadizo. Era una testigo contundente, joven, que sabía lo que decía y que había sido vejada por la brutalidad de un gobernador que había hecho uso de su poder y su fuerza para cometer un crimen execrable.

César se sentó y, muy serio, miró hacia los abogados defensores a la espera de que, una vez más, su tío Cota se levantara para interrogar a la testigo, pero en esta ocasión su tío permaneció inmóvil. Fue Hortensio el que, apretando los labios y haciendo exagerados gestos de asentimiento, como si en apariencia aprobara el testimonio que acababa de escuchar, se levantó despacio y, paso a paso, con la parsimonia estudiada de quien lo tiene todo muy pensado, incluso ensayado, se acercó al lugar donde estaba Myrtale.

—Una mujer —dijo Hortensio—. Después de un testimonio comprado y un viejo trastornado y sin memoria, ahora la acusación nos presenta el testimonio de una *mujer*.

César arrugó la frente: la ley romana permitía que una mujer diera testimonio en un juicio. No era nuevo en absoluto. No había esperado este enfoque por parte de la defensa. ¿Hasta dónde querían llegar con aquello?

Foro de Roma
La noche anterior

—Bien, con lo que nos has contado tenemos suficiente para desacreditar a los testigos —dijo el embozado que llevaba la voz cantante—, pero también necesitamos saber si la joven que dice haber sido violada va a declarar o no.

Aquí la mujer que estaba pasándoles toda la información se sintió especialmente mal. De algún modo, revelar algo sobre aquella joven le parecía una traición aún más grande y, sin embargo, nada estaba por encima de salvar a César.

—Sí, la joven va a declarar —confirmó ella.

—Entonces —intervino el segundo embozado—, has de darnos algo que la desautorice a los ojos del tribunal.

Basílica Sempronia, Roma
Juicio contra Dolabela, *prima actio*

Hortensio proyectaba su bien modulada voz de forma que sus palabras resonaban potentes en toda la amplia sala donde se celebraba el juicio:

—Una mujer es a quien hemos de creer ahora. —Elevó aún más el volumen al tiempo que hacía aspavientos con los brazos—: ¡Una mujer! —Y como fuera que veía que el *accusator* iba a intervenir para recordar lo obvio: que una mujer podía declarar como testigo igual que un hombre, se adelantó a esa interrupción y habló alto y rápido, siempre moviéndose de forma jactanciosa por toda la sala—. Por supuesto, una mujer puede declarar en un juicio, algo que siempre he considerado absurdo, pero... —abrió los brazos, las palmas hacia arriba mirando al público— pero en Roma se acepta. Lo aceptamos. Sea. Una mujer. De acuerdo, pero recapitulemos sobre la valía del testimonio de una mujer. ¿He de recordar a todos los presentes que la primera mujer, Pandora, no fue sino un regalo envenenado de Zeus, tal y como podemos leer en los poetas más antiguos? La mujer está en la base del enfrentamiento entre nosotros, pobres mortales, y los eternos dioses que nos observan, que nos ayudan y que, en ocasiones, nos castigan. Prometeo robó el fuego sagrado para los hombres, mas advirtió a nuestros ancestros que no aceptaran regalo alguno de Zeus. Pero ¿hicieron caso nuestros antepasados? No. Y el regalo de Zeus vino en forma de mujer: Pandora. Y Epimeteo la aceptó, la tomó como esposa y hasta tuvo descendencia con ella. ¿Y qué hizo Pandora? Abrir su famosa ánfora y liberar todas las maldades que nos atormentan hoy día, incluida la mentira que, curiosamente, es una diosa, es femenina, encarnada en Ápate, a quien nosotros llamamos Fraus, pues es la madre de todo engaño y de todo fraude. Y así, desde Pandora, pasando por Fraus, hasta nuestros días, la mujer sólo trae desventuras y, en el caso que nos ocupa ahora, falsedades y mentiras. Hasta Minerva misma mintió a Ulises cuando éste consiguió al fin llegar a Ítaca: le mintió diciéndole que Penélope ya había tomado otro esposo. Y sólo cuando el sagaz Ulises descubrió que quien le hablaba era la diosa Minerva disfrazada, decidió ella dejar de mentir y decir la verdad. Pero es que ésa es la inclinación de las mujeres, incluso de las diosas: la mentira. Y esto es lo que nos trae ahora el joven *accusator* de este caso, de este fraude. ¡Por todos los dioses: hasta la guerra de Troya fue culpa de una mujer! ¿Es esto todo lo que tiene la acusación?

César callaba. Aquel discurso le resultaba inesperado y no tenía contraargumento para esa pregunta. Lo aturdía la sensación de traición y de traición, además, cada vez de forma más clara en su mente, por parte de una mujer... ¿De su propia esposa, que conocía muchos de los detalles que los abogados de la defensa de Dolabela habían utilizado? Con Cornelia lo había compartido todo. Hablar con ella, contarle todo, lo relajaba. No, no podía ser. Los pensamientos se mezclaban en un denso torbellino en su cabeza y no replicó nada. Simplemente callaba.

Hortensio se sintió mejor al haber hecho enmudecer a su oponente. Se volvió entonces hacia Myrtale, a la que aún no había hecho pregunta alguna.

—Cuando llegó el gobernador a tu casa, mujer, ¿qué ropa llevabas? —inquirió el abogado de la defensa.

—¿Qué ropa llevaba? —repitió Myrtale, sorprendida.

—¿Estamos ante otro testigo que tampoco oye? —Hortensio se volvió hacia el público—. Se ve que lo de la sordera en Macedonia empieza desde muy jóvenes. —Se echó a reír, y con él rieron muchos de los presentes en la sala y casi todos los jueces del tribunal.

—¡Llevaba una túnica! —gritó Myrtale para hacerse oír por encima de las risas.

Hortensio se volvió de nuevo hacia ella.

—Mira, oye y hasta habla —comentó divertido provocando que las risas prosiguieran. Pero de pronto tornó su faz en un rostro serio y severo—. ¿Sólo una túnica? ¿Es ése el atuendo con el que una joven macedonia recibe a los hombres por costumbre?

—No, normalmente llevaría un manto por encima, como la *palla* que veo que llevan las romanas cuando salen de casa.

—Pero tú sólo llevabas una sencilla túnica y abriste la puerta —insistió Hortensio.

—Era el gobernador de Macedonia —se explicó Myrtale y, para sorpresa de todos, añadió desafiante—: ¿Acaso debería haberle negado la entrada a mi casa al gobernador enviado por Roma a Tesalónica para administrar el territorio? ¿Es eso lo que debería haber hecho?

Hortensio se quedó inmóvil ante la muchacha.

Se hizo el silencio en la sala.

César asentía admirado por la entereza de la joven.

—Las preguntas, muchacha, las hago yo —dijo Hortensio retomando el uso de la palabra—. El testigo, en este caso *la* testigo, ha de limitarse a responder, pero ya que lo preguntas te contestaré: una mujer que se considerase decente no habría abierto la puerta en ese momento ella misma; habría ordenado a sus esclavos que lo hicieran mientras ella acudía a sus aposentos privados a vestirse con decoro en lugar de presentarse voluptuosa y provocadora ante el gobernador. Eso es lo que deberías haber hecho, muchacha. Pero tú no querías presentarte ante el gobernador de una forma casta, sino como una prostituta, y como meretriz te entregaste a él porque buscabas desacreditarlo ante todos.

—Si me entregué como meretriz al gobernador, se le olvidó pagarme —replicó Myrtale, una vez más con una osadía inesperada para el abogado de la defensa y para todos los presentes en la sala.

César miraba al suelo. La valentía de la muchacha lo impresionaba, pero su mente estaba en otro asunto:

—Lo saben todo —le dijo a Labieno en voz baja.

—¿Todo?

—Lo de que lo recibió con poca ropa —se explicó César en susurros—. Eso sólo se lo dije a una persona.

Labieno tragó saliva y no respondió.

Hortensio continuó con el interrogatorio. Y con saña, con rabia: quería aniquilar cualquier vestigio de desafío en la faz de aquella joven que se atrevía a encararse con él en un tribunal de justicia, en su territorio.

—¿Y había algún hombre cuando recibiste al gobernador?

—No, pero no podía dejar al gobernador...

Hortensio no le permitió hablar. La apabulló con un torrente de palabras acusadoras:

—Lo recibiste medio desnuda, lo recibiste sola, sin ningún hombre de tu casa ni padre ni hermano ni ningún familiar varón presente. Querías esa situación y la creaste a sabiendas. —Se volvió entonces hacia el público sin dejar de hablar y argumentar—: Ella lo embaucó, lo hechizó, quería desprestigiar al gobernador, como he anticipado ya antes, porque todo esto es sólo un fraude montado por extranjeros para desacreditar nuestro gobierno en Macedonia. Todo esto es sólo el anuncio de una rebelión. Fingen atender a nuestras leyes pero son hábiles: sólo intentan socavar nuestra autoridad desde dentro del sistema. Son mucho más peligrosos que armados en un campo de batalla, donde nuestras legiones ya los han aplastado. Quieren destrozarnos aquí, en Roma, destruir nuestro gobierno desde dentro, y cuentan con la inestimable colaboración de auténticos enemigos del Senado —entonces miró a César—, que, o por perversión o por ingenuidad, no sé qué es peor, les dan apoyo, cobertura y voz a estos mentirosos, a esta mentirosa, aquí en el corazón de Roma, de la basílica Sempronia, en el foro mismo de nuestra ciudad.

Myrtale abrió la boca para insistir en el asunto que a ella le parecía clave: que no podía negarse a abrir la puerta al gobernador de la provincia, pero Hortensio alzó ambas manos para silenciarla y la joven, algo abrumada ya por el esfuerzo de defenderse ante tantos y sintiéndose tan sola, calló.

—Una mujer, muchacha —añadió Hortensio—, una mujer no sólo ha de ser honesta, sino además parecerlo —indicó a modo de sentencia.

—¡Ese hombre me violó! —gritó entonces Myrtale desesperada, y señaló a Dolabela—. Me violó y terminó con mi vida... —Y se echó a llorar.

Hortensio, implacable, se acercó a ella y le habló escupiendo saliva por la boca hasta salpicarle la cara.

—¡Todo mentiras! ¡Patrañas de una *scortum* embaucadora de hombres que ahora intenta, con lágrimas, manipularnos a todos! —Se agachó ante ella para hablarle a la altura de sus oídos, como si le dijera un secreto, pero a viva voz, de modo que todos pudieron escucharlo—: Las lágrimas aquí no te van a valer de nada. —Se irguió de nuevo y se dirigió al tribunal—: Un testigo comprado, otro loco y sin memoria y una meretriz. Ésos han sido los testimonios presentados por la acusación.

Myrtale lloraba.

Los jueces la miraban con severidad.

Pompeyo consideraba la luz del sol. Se hacía tarde. Mejor sería continuar otro día.

César miraba a Cornelia.

LIII

La traición de quien más quieres

Roma, 77 a. C.

César caminaba a paso rápido por toda la ciudad. El trayecto desde el foro, desde la basílica Sempronia hasta su casa en el barrio de la Subura, lo hizo casi sin darse cuenta, sin pestañear apenas, los ojos muy abiertos, la boca cerrada, la mandíbula encajada con toda la furia que acumulaba en las entrañas.

A su amigo Labieno le costaba seguirle el paso.

No hablaron, no cruzaron ni una palabra siquiera en todo el recorrido. Labieno nunca había visto a César con tanta ira en el rostro.

Llegaron a la *domus* de la familia Julia y el joven *pater familias* irrumpió en el atrio como un león salvaje en una *venatio*. Sólo que a esta fiera no iba a cazarla nadie, no, al menos, aquella noche. En ese momento, era él quien iba de caza.

—¿Dónde está? —preguntó nada más entrar a unos esclavos que lo miraban confundidos. Ni siquiera Labieno había comprendido bien a quién buscaba su amigo.

Pero César insistía en aquella pregunta:

—¿Dónde está?

Labieno empezó a interpretar, por fin, las miradas de César hacia el público durante la sesión del juicio: su amigo pensaba que alguien de su propia *domus* lo había traicionado y que ese alguien había pasado la información a los abogados defensores de Dolabela, proporcionándoles los datos necesarios para desacreditar a sus testigos con enorme facilidad. Y, casi con toda seguridad, Labieno intuía que su amigo dudaba de su propia esposa.

—¡Por todos los dioses! —exclamó César gritando—. ¿Dónde está Cornelia?

Los esclavos seguían sin saber qué responder.

—Pero ¿qué vas a hacer? —inquirió Labieno temiendo lo peor. Él no creía que Cornelia hubiera sido capaz de traicionar a César y le costaba, a su vez, creer que él pudiera pensar tal cosa.

César estaba fuera de sí: entraba y salía de cada uno de los dormitorios, del suyo y de Cornelia, del de su madre, siempre sin dar con nadie.

—¡Cornelia! —vociferó—. ¡Lo sabía todo, se lo conté todo, le hablé de cada uno de mis testigos en el juicio y ella... ella...! —explicó a gritos para que Labieno le entendiera, pero no acabó la frase.

Labieno calló. Estaba digiriendo la información.

César se volvió hacia los esclavos.

—La madre, las hermanas y la esposa del amo no están —dijo con rapidez el *atriense*, en un intento por aportar información que pudiera ser útil para su dueño—. Aún no han regresado del foro. Dijeron que a la vuelta del juicio se detendrían en casa de la familia de la esposa del amo, para interesarse por la madre del ama Cornelia, que parece estar enferma...

—¡Pues envía a alguien, traedla a mi presencia! —le espetó César con rabia, pero se controló y no lanzó golpe alguno contra el pobre esclavo, que se arrodilló ante la furia de su amo.

—¿Qué ocurre? —Era la voz de Cornelia. Acababa de entrar en el atrio—. ¿A qué viene tanto grito? —lo preguntó con ese tono dulce e inocente que tenía siempre.

A César esa voz lo sosegó un poco.

Ella siguió avanzando hacia él con confianza, hablando y explicando:

—Tu madre se ha quedado un rato más en mi casa... Quiero decir, en mi antigua casa, con mi madre, que no se encuentra bien. Yo me he adelantado porque sé que lo has pasado muy mal en el juicio y quería estar contigo lo antes posible. Tus hermanas vienen conmigo.

En ese momento, como dando veracidad a todo lo que ella decía, las hermanas de César aparecieron en el atrio. En cuanto vieron la cara de su hermano, se asustaron. En su infinito amor por César, en su juventud y su ingenuidad, en su entrega y en su lealtad, Cornelia era incapaz de leer la rabia que él podía estar sintiendo hacia ella en ese instante. Era incapaz de concebir que César pudiera pensar mal de ella y, mucho menos, que quisiera hacerle el más mínimo daño. Ella lo veía enfadado, enfurecido, sí, eso era evidente, pero estaba convencida de que se debía a lo mal que había ido el juicio aquella jornada. La defensa había desacreditado con enorme sencillez todos y cada uno de los testigos que había presentado su esposo. Había sido, sin duda, un pésimo día para él.

—¿Qué ocurre, Cayo? —preguntó ella aún con ingenuidad, pero intuyendo, por fin, que había algo que se le escapaba.

—¿Que qué ocurre, dices? ¿Preguntas que qué ocurre? —repetía él andando como sin rumbo por el atrio y haciendo aspavientos con los brazos, hasta que se detuvo y la miró fijamente—. ¿No lo has visto?

—¿Qué tenía que ver? —preguntó ella ya muy seria, tensa.

—En el juicio, todos mis testigos, uno tras otro, desacreditados en sus testimonios por unos abogados que lo sabían todo de ellos —se explicó César, e insistió—: Todo.

Cornelia se sentó despacio en el borde de uno de los *triclinia*.

César prosiguió:

—Lo sabían todo, Cornelia. Sabían cosas que sólo te he contado a ti.

Silencio.

Espeso. Duro.

Labieno temía lo que pudiera hacer su amigo.

Cornelia sólo temía lo que pudiera pensar César de ella.

—¿Y tú crees que yo te he traicionado, que yo he contado esas cosas a los abogados de Dolabela? —preguntó la joven con los ojos llorosos, pero aún controlándose.

Él, muy serio, se acercó lentamente.

Labieno se interpuso.

—Estás nervioso, no sabes lo que haces ni lo que dices —le dijo.

—Apártate —le espetó César—. Esto es entre mi esposa y yo.

Labieno sostuvo la mirada de su amigo hasta que no pudo más y, muy despacio y contra su voluntad, se hizo a un lado, aunque dispuesto a intervenir si lo veía necesario.

César se acuclilló ante Cornelia, para hablarle a su altura, pues ella seguía sentada.

—No —dijo, con voz categórica, sorprendentemente sobria, serena, fría, pero continuó y en la continuación aún había mucha rabia contenida—: No, yo no creo que hayas ido de manera deliberada a hablar con los abogados de Dolabela. No, yo no creo que me hayas traicionado a conciencia. ¿Cómo voy a pensar eso de ti?

Ella asentía mientras lloraba en silencio de pura tensión, pero con un cierto alivio interior, y supo interpretar lo que se infería de la rabia contenida de su esposo en combinación con sus palabras.

—No crees que te haya traicionado adrede, pero piensas que en algún momento, en algún sitio, he dicho o comentado cosas sobre los testigos que han podido llegar a los oídos de los abogados de Dolabela y que ése ha sido el origen del desastre de sus declaraciones hoy ante el tribunal. Eso es lo que piensas.

César suspiró.

—Sí, eso es lo que pienso —confirmó.

Ella volvía a asentir mientras las lágrimas se deslizaban silenciosas por sus mejillas.

—No he hablado con nadie de todo lo que me contaste de los testigos —aseguró ella, siempre llorando, sin gimotear, mientras repasaba para sí todas las conversaciones que había tenido en los últimos días, revisando qué había dicho y a quién.

—Piénsalo bien, Cornelia —insistió César con voz de mando, pero con la rabia diluyéndose. Verla tan asustada y llorando ante él, sintiéndose culpable de su desastre, hizo mella en su rabia. Ahora era ira entremezclada con compasión. Rabia con amor. Decepción con cariño.

Cornelia pensaba y pensaba...

—No, no he hablado de los testigos con nadie —repitió la muchacha cuando, de pronto, se acordó de algo—: A no ser que... —No terminó la frase.

—¿A no ser que... qué? —César la agarró de ambos brazos, no para amenazarla, sino para que su esposa se concentrara en dar respuesta a su pregunta.

Pero Cornelia pensaba muy rápido y, aunque de repente todo encajaba, ese todo era demasiado terrible y no podía desvelarlo. Buscó una alternativa a lo que intuía que era la verdad.

—Quizá uno de los esclavos nos oyó mientras hablábamos... —sugirió, pero no porque de veras pensara eso, sino para ganar tiempo, para meditar bien si lo que intuía cierto podía ser realmente así... porque era una certeza demasiado terrible—. Sí, quizá uno de los esclavos escuchara, como cuando nosotros lo hacíamos de niños, ¿recuerdas?

—¿Como cuando nosotros nos enteramos de que nos iban a casar? —inquirió César para asegurarse de entender bien lo que su joven esposa quería sugerir.

—Algo parecido —confirmó Cornelia.

Sin separarse de ella, sin siquiera ponerse en pie, César miró a su alrededor: el *atriense* y otros esclavos estaban presentes en el atrio.

—¿Crees que alguno de los esclavos nos ha espiado? ¿Crees, Cornelia, que debo interrogarlos uno a uno hasta que consiga que el traidor confiese?

César se levantó despacio.

Estaba meditando sobre los esclavos. Le extrañaba una traición entre ellos. Su padre primero, y su madre después, habían sido siempre muy buenos amos. Nunca se castigaba a nadie injustamente en la *domus* Julia y, a la muerte de su padre, manumitieron a varios de los más mayores por explícito deseo de su progenitor. Los esclavos de la *gens* Julia se sabían mucho mejor en aquella casa que en cualquier otra. Además, sus amos eran generosos y los premiaban con dinero, sestercios que podían ahorrar y con los que podían comprar su libertad. Y aquél era un trato que había funcionado siempre bien. A César le extrañaba una traición entre los esclavos de la casa, pero, quizá, si lo decía su esposa, debiera interrogarlos... Sin embargo, Cornelia empezó a negar con la cabeza y César, al verla, volvió a ponerse en cuclillas frente a ella.

La joven no podía permitir una injusticia.

—No, no creo que sean los esclavos —masculló ella, pero él la entendió—. No creo que haya sido ninguno de los esclavos. Te son leales, estoy segura.

El *atriense* y el resto de los sirvientes respiraron. No se habían dado cuenta de que habían contenido el aire durante unos momentos. Ver que la joven ama los defendía los impresionó. Para el ama habría sido sencillo señalarlos y hacer recaer sobre ellos las sospechas de la traición.

César volvió a dirigirse a su esposa:

—Tú sabes algo más —le dijo—. Tú sabes quién me ha traicionado. Tú sí hablaste con alguien. ¿Con quién? ¿Alguien del foro? ¿Alguien en un mercado? ¿Se lo dijiste a tu madre acaso en una de tus visitas? ¿Hablaste con algún senador en la basílica, con alguno de los veteranos de mi tío Mario que os escoltan? ¿Con quién hablaste, Cornelia? Si no son los esclavos, es que hablaste con alguien de todo esto. ¿Por qué lo callas? ¿A quién proteges? —La cogió de nuevo de los brazos, sin zarandearla pero apretando fuerte, sin hacerle daño pero transmitiendo toda su rabia por su silencio.

Y ella comprendió que él no dejaría de preguntar y preguntar y preguntar hasta obtener la respuesta. Pero la respuesta era demasiado terrible, la verdad era demasiado horrorosa para decirla, de modo que ella callaba y callaba y lloraba sin parar, y él preguntaba y preguntaba:

—¿Con quién, Cornelia? ¡Por todos los dioses! ¡No te culpo, pero has de decirme con quién hablaste! ¿Con quién hablaste de los testigos? ¿Con quién?

—Habló conmigo —dijo entonces una voz de mujer adulta.

César se giró y vio la figura erguida y decidida de su madre en el umbral de entrada al atrio. Dejó de asir a su joven esposa por los brazos, se levantó y se encaró con Aurelia, pero sin decir nada aún, sólo mirándola entre perplejo e incrédulo.

Aurelia entregó su *palla* al *atriense*, que la recibía feliz de que el ama hubiera llegado y pusiera orden en todo aquel asunto de quién había traicionado al amo.

—Cornelia me refirió a mí las intimidades sobre Myrtale —explicó Aurelia, siempre fría, serena—. Vi que estabas preocupado, le pregunté a tu joven esposa y ella me narró las dudas que tenías sobre si hacer testificar a Myrtale o no, por temor a que pudieran averiguar que ella recibió a Dolabela sola y sin la ropa adecuada para un tribunal romano. Los olvidos de Orestes, su deterioro, lo he presenciado aquí mismo, en este atrio, en las diversas cenas que hemos compartido con ese anciano, y yo sé cómo se financió el viaje tuyo y de Labieno y del ingeniero Marco a Macedonia. Yo disponía de toda la información y yo se la pasé a los abogados de Dolabela. A mi hermano, a tu tío, sí.

Aurelia miró a una esclava y pidió agua. Mientras esperaba a ser atendida, siguió dando explicaciones a su hijo:

—Me parece increíble que hayas podido pensar que Cornelia había hablado de tus testigos con alguien que no fuera de tu máxima confianza —continuó Aurelia—. Esa muchacha venera la tierra que pisas, Cayo. ¡Por todos los dioses: Cornelia es inteligente y leal a ti hasta más allá de lo imaginable! Sería incapaz de tener un desliz como el que has sospechado. ¿Cómo va a hablar esa niña con nadie que no fuera yo, sobre un asunto tan delicado como los puntos débiles de tus testigos?

César se sentó en otro *triclinium*.

En ese instante, se oyó la voz de una niña en el patio:

—¡Mamá, mamá!

La pequeña Julia, seguida de cerca por una esclava, se acercó hasta su madre y la abrazó.

—Los gritos la han asustado, mi ama, y se me ha escapado —se justificaba la esclava.

Cornelia abrazaba a su hija sin decir nada.

—Levántate, querida, y ve a tu habitación y espera a tu marido; y llévate a vuestra niña —le ordenó Aurelia a su nuera.

Cornelia asintió y, sin decir nada, asombrada como el resto ante lo que estaba pasando, salió del atrio con la niña. Aurelia miró entonces a los esclavos y a Labieno.

—Marchaos todos, a vuestros *cubicula* o a vuestras tareas. Tú, Labieno, también. Ve a tu casa. Mañana será otro día y podrás, como haces siempre, asistir a mi hijo en el juicio. —Suspiró antes de añadir—: Este maldito y eterno juicio.

Todos obedecieron.

Aurelia hablaba siempre con un halo de autoridad que hacía que sus órdenes fueran indiscutibles. No solía mandar en presencia de su hijo, pero cuando lo hacía, mientras el propio César no la contradijera, todos obedecían.

Y su hijo callaba.

Aurelia y César se quedaron solos en el atrio; ella en pie, él sentado, en silencio, sin decirse nada durante un tiempo lento y pesado en el que sólo se oía el crepitar de las antorchas de la tarde que habían encendido los esclavos.

—Si quieres, puedes castigarme —dijo al fin Aurelia.

—¿Cómo voy a hacer semejante cosa, madre?

Ella suspiró y también tomó asiento, junto a su hijo.

Ambos abatidos, sentados el uno al lado del otro. Compartiendo la decepción y la derrota.

—¿Por qué lo has hecho, madre?

Aurelia volvió a levantarse, dio media vuelta y, dejando de mirarlo a los ojos cuando le hablaba, algo poco habitual en ella, empezó a andar por el atrio al tiempo que se explicaba, al tiempo que intentaba entenderse a sí misma.

—Quería salvarte. Si ganas este juicio, irán a por ti, verán en ti un nuevo líder de la facción popular, un nuevo Mario. Al principio del juicio pensé que si perdías sólo arriesgabas tu futura carrera política, y me daba lástima, pero fue tu decisión el hacerte cargo de esa acusación. En la *divinatio* estuviste horrible, pero hace tiempo que me he dado cuenta de que aquel día sólo fingiste para que te seleccionaran como acusador al parecer mucho peor orador que Cicerón. Y tu plan salió bien. El tribunal te nombró *accusator*, pero luego, en la *reiectio*, con aquel discurso ante Metelo, vi que podías llegar a ganar, o que podías al menos perturbar al tribunal pese a que sean todos un puñado de senadores *optimates* comprados por Dolabela. Es muy difícil, muy improbable, pero ya no lo vi imposible. Tenías buenos testigos, e ibas a dejar al descubierto muchos puntos débiles en la defensa de Dolabela. Por eso, para evitar que te acercases a la victoria en este juicio, me cité en secreto con la defensa y le di a mi hermano información suficiente para que desacreditaran a tus testigos, como han hecho. Ahora sé que no ganarás, pero he obrado mal, porque he visto cómo te miraba Dolabela hoy durante el juicio. Es la misma mirada que emergió en sus ojos en la *reiectio*: desde entonces te tiene sentenciado a muerte y sólo está esperando a que termine este maldito y horrible juicio que nos está volviendo locos a todos, que me hace traicionarte, que te lleva hacia la muerte y que te enfrenta con Cornelia, la persona que más lealtad te tiene del mundo, y todo ¿para qué? Para nada. He querido salvarte con mi traición, pero ya he llegado tarde incluso para eso. Dolabela irá a por ti en cuanto le sea posible. Sólo te he causado dolor a ti, a Cornelia, a todos. Simplemente, me he equivocado.

Aurelia se sentó en un *solium*. Quería beber agua, aún sentía la garganta seca, pero no deseaba que viniera ningún esclavo. Había pedido agua al llegar, pero luego había ordenado que todos se fueran y prevalecía su última orden. Calló.

—Tú te has equivocado al traicionarme, madre; yo me he equivocado con Cornelia. Ninguno de los dos ha estado muy acertado estos días.

—No, ninguno —certificó ella.

César se levantó del *triclinium*, se sentó en otra butaca, algo más cerca de su madre, y se pasó ambas manos por la cara.

—¿Qué vas a hacer, hijo?

—Voy a descansar y a pensar en todo esto. Llevas razón en que este juicio nos está volviendo a todos locos y enfrentándonos a unos contra otros: yo contra mi tío Cota, tú contra mí, yo contra Cornelia. He de sosegar mi espíritu y pensar con claridad. —La miró a los ojos—. Entiendo que ya no he de esperar más traiciones, ¿verdad, madre?

—Verdad. Si se te ocurre alguna forma de ganar este juicio, no seré yo quien desvele nada más a nadie.

—Bien. Voy a acostarme... y a pedirle perdón a Cornelia. —Se levantó, se acercó a Aurelia, se detuvo a su lado y se agachó para besarla en la frente—. Buenas noches, madre. Gracias por intentar salvarme. —Le hablaba en voz baja, en un susurro—. Sobreviviré, ya lo verás. Me educaste para ganar. —Se alejó andando, pero cuando estaba a punto de salir del atrio, se giró hacia ella—. Ya estuve condenado a muerte antes, madre, ¿recuerdas?

—Recuerdo —respondió ella—. Con Sila.

Y él lo repitió:

—Con Sila.

César abandonó el atrio y fue al dormitorio. Cornelia lo esperaba acurrucada en el lecho, aún nerviosa por todo lo ocurrido. La hija de ambos estaba de nuevo con la esclava que la cuidaba, de modo que César y Cornelia estaban a solas. El uno con el otro.

Él se sentó en la cama, cerca de ella, sin atreverse aún a tocarla.

—Lo siento —dijo César—. Nada hay que pueda hacer o decir que deshaga cómo te he tratado hoy.

Ella, sentada en la cama, se abrazaba las piernas, la barbilla entre las rodillas.

—Un día arriesgaste la vida por mí —dijo Cornelia.

—Sí. Con Sila.

Todo volvía siempre a Sila.

—¿Me sigues queriendo igual?

Semejante cuestión era impropia de una matrona romana. Ni podía ni debía plantearla, pero su matrimonio —ambos tan jóvenes, en particular ella— no era convencional, al menos en cuanto a sentimientos. Los dos sentían un afecto mutuo, una pasión irrefrenable el uno por el otro. Lo normal en Roma era casar a una adolescente, casi niña, con un hombre de treinta o cuarenta años. A ella la casaron con un joven, casi adolescente aún. Y se enamoraron.

—Sí, te quiero igual —confirmó él—. No sé lo que me ha pasado antes. Mi madre tiene razón: no sé cómo he podido dudar de ti. Eres demasiado inteligente como para hablar de nada de lo que te comento con personas que no sean de la familia. Tú nunca podías imaginar que mi madre fuera capaz de hacer lo que ha hecho. Y de eso no tienes culpa alguna.

—Bueno, lo que ha hecho tu madre, aunque entiendo que lo ha hecho por protegerte, no lo podía esperar nadie —razonó ella con sentido.

—Sí, pero, incluso así, nunca debería haber dudado de ti —insistió César. Calló y se llevó las manos a las sienes.

Ella se acercó y le retiró sus grandes manos, que estaban frías, y puso las suyas, pequeñas pero calientes, en las sienes de su esposo.

—¿Te vuelve a doler la cabeza? —preguntó con voz suave.

—Sí. De vez en cuando duele. Mucho. Pero tus manos siempre me calman.

Permanecieron así un rato, él sentado al borde de la cama, ella de rodillas, sobre las sábanas, semidesnuda detrás de él, con las manos en sus sienes, tranquilizándolo.

César se sosegó. El dolor se fue. Le pasaba ocasionalmente. Aún no lo había referido a ningún médico.

—Este juicio me está volviendo loco —dijo César.

—No —replicó ella, mientras le masajeaba las sienes—, no,

amor mío, tú te volviste loco el día que por mi causa te enfrentaste a Sila. Pero yo te quiero así: loco, un loco que piensa que puede contra todo y contra todos. En especial, un loco que cree que hay que luchar contra un miserable criminal como Dolabela. Yo te quiero así.

César suspiró.

Ella siguió masajeándole las sienes y hablándole al oído:

—Tienes veintitrés años, pero es como si hubieras vivido cien, amor mío. Con todo lo que has sufrido y padecido y luchado, antes y ahora. Como si llevaras vividos cien años.

—No sé... Es posible... —aceptó él.

César cerró los ojos.

El juicio estaba perdido. Estaba loco cuando aceptó ser el abogado de los macedonios. O, quizá, como decía Cornelia, él se volvió loco desde Sila. Y eran tantas las cosas vividas...

César sentía los dedos de Cornelia masajeando sus sienes. La fe de su mujer en él seguía intacta. Cornelia era su refugio.

Mantuvo cerrados los ojos. Sí... Todo volvía siempre a Sila, el mentor de Dolabela... Sila... Lucio Cornelio Sila...

Memoria quarta

SILA

Enemigo mortal de Mario y de César
Dos veces cónsul
Dictador de Roma

LIV

Encomendados a los dioses

Roma
Finales del 82 a. C., cinco años antes del juicio contra Dolabela

Pasaron unos días antes de que Cornelia se recuperara del parto. Dar a luz con quince años había resultado traumático para ella. Había sobrevivido, pero estaba agotada. Exhausta. Los acontecimientos que se vivían en Roma tampoco ayudaban a animarla demasiado.

César, constantemente a su lado, le dosificaba el flujo de malas noticias: la victoria de Sila en la *Porta Collina* no había sido todo lo que había acontecido aquellos terribles días donde la facción popular estaba destrozada y sus aliados, los *socii*, derrotados y a la fuga. Faltaba la guinda del pastel de la victoria absoluta de los *optimates*: Praeneste, donde se había refugiado y hecho fuerte el hijo de Cayo Mario, no resistió el asedio de las fuerzas conservadoras y la ciudad cayó. Las noticias eran confusas y no estaba claro si Mario hijo, al final, se había suicidado o si había sido ejecutado.

—En cualquier caso, está muerto —certificó César, sombrío.

Decidió ahorrarle a su esposa convaleciente la última noticia que circulaba por Roma: Sila había pedido que le enviaran la cabeza de Mario hijo desde Praeneste para exhibirla en el foro clavada en una estaca, como ya hiciera en un pasado no muy lejano con la cabeza del tribuno de la plebe Sulpicio, en su primera entrada militar a Roma. Desde ese momento, por fin Sila decidió adoptar, en un gesto que dejaba claro que nada de reconciliaciones, el título de *Felix*. Feliz por la victoria absoluta, feliz por la debacle total de los populares, feliz porque Roma era ahora suya.

Cornelia se levantó despacio y, acompañada por César, empezó a andar de un lado a otro de la habitación.

—Cayo Mario muerto; su hijo muerto; tu padre muerto; mi padre muerto; Sertorio, nuestra última esperanza, el brazo derecho de Mario, huido en Hispania, luchando por sobrevivir. Sila domina la ciudad y lo controla todo. Tiene el poder absoluto. Estamos atrapados en Roma, Cayo, en la Roma de Sila. Vendrá a por nosotros. Nos matará. Tú eres el sobrino de Cayo Mario, y yo, la hija de Cinna. Y encima estamos casados. Nos matará a todos. A nuestra pequeña Julia también.

César no sabía qué decir. La alusión a la posible muerte de su hija recién nacida le había helado la sangre y paralizado el pensamiento.

Aurelia entró en la habitación y escuchó los lamentos de su nuera, que Cornelia no dejaba de repetir una y otra vez. La madre de César se acercó, entonces, y abrazó a la joven para intentar tranquilizarla al tiempo que hablaba:

—Las cosas se van a poner difíciles. Mucho. Pero hemos de mantenernos serenos y unidos. Cayo está vivo y fuerte, pequeña, y entre todos encontraremos la forma de sobrevivir a esta locura.

Aquellas palabras parecieron sosegar el espíritu de Cornelia y, por fin, guardó silencio y pasó del abrazo de Aurelia a los brazos de su esposo. Y, de pronto, como si tuviera un presentimiento dijo:

—Tú nos protegerás. No sé cómo lo harás, pero lo harás. Eres el descendiente de Eneas. Los dioses te ayudarán.

César la abrazó y cerró los ojos.

Se sintió abrumado por la tarea: proteger a su esposa, a su madre, a su hija, a sus hermanas y, sin embargo, era su incuestionable obligación: era el *pater familias* de la casa. Poco importaba que tuviera sólo dieciocho años y que Sila fuera un todopoderoso senador con poderes extraordinarios e implacables. Enfrentarse a él, solo, era un suicidio. Pero... ¿los dioses? Cornelia había sugerido la ayuda de los dioses... Roma entera estaba ahora en manos de Lucio Cornelio Sila, enemigo mortal de la familia Julia y de todo lo que ésta representaba. ¿Qué podía oponer a él ante la omnipotencia de Sila? ¿Los dioses? Él era un hombre religioso, como todos en Roma, pero tenía dudas de que unos sacrificios fueran a ser suficiente para resolver sus problemas, para, esencialmente, aplacar a Sila y, mucho menos, para darle la fuerza necesaria para enfrentarse a él. Y, sin embargo...

César seguía pensando intensamente.

Se perdió el ejército enviado a luchar contra Mitrídates: Sila se hizo con el mando antes que Mario. Se perdió el segundo ejército enviado a Oriente: Sila sobornó a sus oficiales y a sus legionarios. Se perdió el ejército de Cinna, sobornado también por Sila. Los samnitas fueron masacrados en la *Porta Collina* y las tropas de Mario hijo aniquiladas en Praeneste y, aun así, quedaba el ejército de los dioses. El poder divino de éstos en la tierra...

Quizá ahí tuvieran su último ejército.

Cornelia le había dado la clave.

Y su tío Mario, desde donde estuviera, los protegía.

—Qué listo fue —dijo César entre dientes.

—¿Quién? —preguntaron al unísono madre y esposa.

César las miró con brillo en los ojos.

—Mario.

—¿Mario? —repitió Cornelia sin entender.

César añadió algo más:

—Y no, no estamos tan solos. Tienes razón, Cornelia: los dioses nos ayudarán. Júpiter nos ayudará.

LV

La dictadura de Sila

Edificio del Senado, Roma
82 a. C.

—¿Y cuánto tiempo durará esta dictadura? —se atrevió a preguntar Dolabela, el único senador capaz de ser tan directo con Sila.

Sila, en medio de la gran sala de reuniones de la Curia Hostilia, no se tomó a mal la pregunta. De hecho, estaba pactado de antes con su mano derecha que él le planteara esa interrogante tras su discurso ante los *patres conscripti*. Así Sila tendría la oportunidad de anunciar con claridad que había venido a Roma para quedarse y que se había hecho con el poder definitivamente, para no soltarlo nunca.

—¿Que cuánto tiempo durará esta dictadura? —repitió Sila de forma retórica y artificial desde el centro de la sala. Se permitió una amplia sonrisa antes de dar respuesta—: El tiempo que sea necesario.

Y con eso terminó la reunión del Senado.

Es decir, con esas palabras, Sila decidió que era suficiente por aquella mañana. Ya continuarían al día siguiente. Tenía pensadas muchas sesiones para promulgar cuantas leyes fueran necesarias para controlar todas las instituciones. De manera constante y metódica. Pero aquella mañana había llegado a Roma un bonito regalo para él desde la ciudad de Praeneste y estaba ya expuesto en el foro. Y quería verlo. Le hacía ilusión.

Mientras los senadores salían del edificio para acompañarlo a ver su «regalo», Sila repasaba en su cabeza su ascenso: había sido meteórico. Primero, entre las filas de los *optimates*, pero después, conseguido el liderato entre los senadores más conservadores, su poder lo dominó todo, lo controló todo y la facción de los populares a la que pertenecía el joven Julio César quedó reducida a la nada.

Sila sonreía: había pasado de lugarteniente de Mario en África, técnicamente su *quaestor*, y tribuno militar en la guerra contra los cimbrios y teutones a pretor de Roma; luego, gobernador de Cilicia; a continuación y, en un ascenso imparable, a ser uno de los líderes clave en la guerra social. Así, hasta ser nombrado cónsul. Incontenible en su carrera política y militar, le disputó al mismísimo Mario el mando de las tropas romanas enviadas a Oriente para luchar contra Mitrídates, el temible rey del Ponto, que se estaba haciendo con el control de Grecia en una expansión que el Senado romano veía con prevención. Sila lanzó esas legiones en disputa contra la propia Roma para desbancar a Mario del poder y hacerse de ese modo con el dominio total de la guerra de Oriente. Si bien Mario y su aliado Cinna aprovecharon su ausencia para instaurar un gobierno popular en Roma, primero la muerte del propio Mario y, finalmente, su regreso de Oriente tras haber pactado con el rey del Ponto, arrebató el poder a los populares, que fueron derrotados en una guerra civil cruenta pero exitosa en extremo para él y sus fines.

Sila se había proclamado dictador de Roma.

Y estaba decidido a que el poder popular fuera aniquilado de raíz, de forma que nunca más volviera a hablarse de ampliar el derecho a ciudadanía y voto entre más ciudades aliadas de Roma o entre otras clases o grupos sociales que no fueran afines a los propios senadores más conservadores.

La dictadura no era normal. Desde hacía más de un siglo, desde que Cayo Servilio fuera nombrado dictador por un breve espacio de tiempo durante la segunda guerra púnica, no había habido ningún dictador en la República romana. De ahí la sorpresa de los *patres conscripti.*

Pero Sila sonreía cuando conversaba entre los senadores más próximos y proclives a su nuevo gobierno unipersonal.

—Ahora lo que es normal o no lo decidiremos nosotros —decía, aunque todos, hasta sus más acérrimos defensores, empezaban a intuir que lo que realmente estaba diciendo entre líneas era que lo que fuese normal o no ahora lo decidiría él—. De hecho, estamos en un nuevo orden, en una nueva..., ¿cómo decirlo? En una nueva realidad.

Silencio.

Ninguna oposición. Ni un amago de disenso. El miedo deja mudos a los seres humanos.

Salieron todos al foro.

Allí, en el centro, bien a la vista de todos los romanos, estaba la cabeza de Mario hijo clavada en una estaca.

Sila se acercó lentamente, disfrutando, saboreando el momento. Primero ultrajó las cenizas de Mario. Ahora tenía la cabeza de su hijo cortada y clavada ante él. En esos instantes, Sila lo tenía claro: había que recrearse.

—«Es necesario primero ser remero antes de intentar gobernar el buque».* —Se echó a reír mientras daba media vuelta y se encaminaba hacia su casa, casi llorando de felicidad. Había terminado con su enemigo absoluto, Cayo Mario, y también con su hijo. Era momento de celebrar.

* Apiano de Alejandría, *Historia romana*, *De bellis ciuilibus*, I, X, 94.

Domus de Sila, Roma

En ruta hacia la residencia del recién proclamado dictador de Roma, Dolabela inició una conversación para informarse sobre hasta qué punto Sila pensaba instaurar un nuevo orden en Roma, esto es, un régimen totalmente afín con las ideas de los *optimates* más conservadores.

—¿Y qué pasos vas a seguir ahora? —inquirió.

—Iremos eliminando las leyes populares, una a una, en el Senado —se explicó Sila—, pero es importante no olvidarnos de la justicia.

—¿De la justicia?

—La composición de los tribunales. A veces hay ciudadanos de la clase ecuestre o incluso de otros estamentos y, con frecuencia, hay tribunales muy contrarios a la clase senatorial y eso nos crea problemas, pero esos problemas van a desaparecer de manera que nuestras acciones de gobierno, de administración o de legislación nunca puedan ser juzgadas o, si lo son, siempre quedemos exonerados. —Sila sonrió.

Dolabela no lo veía tan sencillo.

—¿Y cómo piensas resolver ese asunto de forma tan clara, tan segura para todos nosotros?

—Promulgaré una ley por la cual los tribunales de justicia estarán siempre compuestos de y sólo de senadores. —Y, dicho esto, continuó andando tan tranquilo hacia su casa.

Dolabela no pudo por menos que admirarse de la audacia de Sila. El nuevo dictador de Roma simplificaba los problemas hasta un extremo inimaginable. Estaba comprendiendo que su mentor pensaba aniquilar cualquier resorte o institución romana que pudiera presentar algún tipo de oposición al nuevo régimen, a esa nueva realidad de la que les había hablado esa misma mañana.

—Queda Sertorio —apuntó Dolabela en voz baja, siempre andando junto a Sila.

—Cierto. Sertorio es un asunto serio que, no obstante, se resolverá con el tiempo. De momento, está lejos, refugiado en Hispania. Ya enviaremos a alguien. Quizá a Metelo, siempre ávido de conseguir celebrar un triunfo. Derrotar a Sertorio en Hispania le podría dar ese triunfo con el que sueña, con el que emular a su padre. —Sila parecía hablar más para sí mismo que para el propio Dolabela—. Sí, enviaremos a Metelo. Sin embargo, a mí me preocupan más los cabos sueltos que tenemos aquí, en Roma.

Aquello intrigó sobremanera a Dolabela, pero acababan de llegar a la residencia de Sila y decidió esperar a acomodarse en un *triclinium* junto al dictador de Roma para preguntarle sobre aquel punto que lo había llenado de curiosidad.

—¿Qué cabos sueltos?

Los esclavos estaban sirviendo bandejas de comida con carnes sabrosas y aromáticas salsas y escanciando abundante vino.

Sila no respondió a Dolabela.

Esto es, no lo hizo con palabras. En su lugar dirigió la mirada hacia su derecha, hacia el *triclinium* en el que estaban recostados su hija Emilia y su yerno Acilio Glabrión. Emilia, realmente, no era su hija, sino su hijastra, hija de Cecilia Metela, la esposa recientemente fallecida del dictador. Pero Sila se había hecho cargo de ella como si fuera de su propia sangre. No porque sintiera un cariño especial por la joven, sino porque era lo que se esperaba de él como padrastro según las costumbres romanas más tradicionales. Acilio Glabrión, por su parte, era un joven senador con una prometedora carrera política por delante, y más siendo el yerno del dictador de Roma. Pero, precisamente, los ojos de Sila se habían detenido en él.

Dolabela, que observaba con atención a su mentor, asintió despacio en silencio. Acilio podía ser uno de esos cabos sueltos a los que Sila se había referido: el joven senador había osado criticar a su suegro, al mismísimo Sila, por proclamarse dictador sin especificar una fecha límite de su poder unipersonal. Muchos más pensaban que, incluso aceptando que ante el dominio popular de los últimos años hacía necesario una mano fuerte en el timón de Roma, este mando debía ser limitado en el tiempo. Pero nadie se atrevía a hacer pública semejante crítica y menos tras ver la violencia e inmisericordia con la que Sila se había empleado con todos sus enemigos. Los muertos en el bando popular se contaban por cientos y no dejaban de aumentar. Las proscripciones y las confiscaciones entre aquellos que se habían enfrentado a Sila estaban a la orden del día, hasta resultar algo habitual. Dolabela se había atrevido a preguntar a Sila sobre la duración de la dictadura, pero nunca a cuestionarla y mucho menos en público. Y hasta la pregunta fue pactada de antemano con el propio Sila. Acilio, por su parte, aunque conservador también —pues de otro modo Sila nunca habría aceptado que se desposara con su hijastra—, veía con recelo que su suegro se erigiera como dictador sin límite. De hecho, el título que Sila se había arrogado para sí era muy descriptivo en sus capacidades y poderes: *dictator legibus scribundis et rei publicae constituendae*, esto es, un dictador que podía promulgar leyes al tiempo que podía reorganizar el Estado a su conveniencia. Poder absoluto. Sin mención alguna a una limitación temporal para dicho poder.

—Acilio —dijo Sila.

Dolabela conocía bien ese tono. Enarcó las cejas y suspiró mientras miraba el fondo de su copa de vino. No auguraba al joven un próspero futuro: Acilio se había equivocado al creerse en posición segura para emitir una crítica simplemente por ser el yerno del criticado.

—Acilio —repitió Sila, poco acostumbrado a tener que llamar dos veces a alguien para que le prestara su atención.

—Sí..., padre —respondió al fin Acilio.

Sila sonrió.

—¿Crees que tras la palabra «padre» con la que ahora te diriges a mí estás seguro?

Se hizo el silencio en toda la sala.

Los invitados dejaron de comer o beber.

Los esclavos quedaron inmóviles, como estatuas; sólo se oía el agua de una fuente que había en el interior de la residencia. El tono de Sila, áspero y serio, los había paralizado a todos.

—No entiendo... —empezó a replicar Acilio, pero la mano de Emilia sobre su brazo lo contuvo.

Ella sabía que no era cuestión de enfrentarse a su padrastro y mucho menos en presencia de invitados. Cualquier cosa que dijera su esposo sólo lo empeoraría todo.

—¿Tú crees, Acilio, que un hijo critica a un padre en sus decisiones políticas en público? —preguntó Sila.

Acilio separó su brazo de la mano de Emilia; sin saberlo, acababa de romper el último vínculo que lo unía a Sila. Ella se encogió en el *triclinium* como si quisiera separarse de su esposo y evitar que la ira de su padrastro cayera también sobre ella.

El joven ya había comprendido a qué venía todo aquello, pero la reacción de su suegro le parecía exagerada.

—Quizá no expresé mis dudas sobre la duración de esta... dictadura en el lugar correcto, pero creo que especificar una fecha límite...

—¿Tú crees que tu opinión cuenta, muchacho? —lo interrumpió Sila dirigiéndose a él de forma claramente peyorativa, pues Acilio no dejaba de ser, pese a su juventud, un senador de Roma—. Por Júpiter, no, no cuenta nada. Si hubieras mostrado tal impertinencia en privado, podría al menos haberte reprendido en privado también, pero me criticaste en público. Hace apenas unas semanas los populares campaban a sus anchas por Roma. Me ha costado una muy larga guerra civil devolver el control de Roma al Senado, a aquellos que están destinados por los dioses a gobernar esta ciudad, esta República y sus provincias, como para admitir críticas entre miembros de mi propia familia, nada más y nada menos. Si hay algo que necesitamos ahora los *optimates* es unidad. Y tú la has quebrado. —Sila se calló, se tomó el tiempo de apurar su copa de vino en medio de aquel silencio denso y, al terminar, dictó su sentencia—: Levántate y márchate, Acilio, para no volver nunca más a esta casa.

El joven se quedó boquiabierto, aún reclinado en el *triclinium* junto a su esposa. La miró un instante y luego miró a su suegro.

—Considérate divorciado, desde hoy mismo —le dijo Sila.

Acilio, aún con la boca entreabierta, se levantó despacio.

—Está embarazada —anunció—. Íbamos a decírtelo esta noche.

Sila se limitó a extender el brazo con la copa vacía. Un esclavo, raudo, se acercó a rellenarla. Sila volvió a beber un buen trago, dejó la copa en la mesa que tenía dispuesta frente a él y clavó los ojos de nuevo en Acilio.

—Bien, muchacho, ya me lo has dicho —dijo—. Ahora márchate. Y siéntete afortunado de que ser padre del futuro hijo de mi hijastra Emilia es lo único que te salva la vida. ¡Ahora, por Júpiter, márchate de una maldita vez de mi casa!

Acilio Glabrión, sin siquiera despedirse de su esposa, salió sin decir ya nada más de la fiesta de la *domus* del dictador Sila. Ya había captado que, sin esperarlo, había caído en total desgracia.

El ambiente se relajó. Tras la partida de Acilio, los invitados volvieron a beber y comer y los músicos que amenizaban la larga *comissatio*, la sobremesa de aquel banquete, volvieron a tocar. Todos se fueron relajando. Sólo Emilia, muda, miraba al suelo desolada. Ella quería a Acilio y sabía que las críticas de su ya exesposo a los ojos de su padrastro habían sido razonables, aunque sin duda inoportunas. Estaba embarazada, divorciada, sin padre para su hijo. Y aterrada. Callaba.

—¿No crees que, quizá, hayas sido un poco, digamos..., severo con Acilio? —se atrevió a sugerir Dolabela—. Después de todo es..., quiero decir, *era* tu familia —se corrigió a tiempo.

—No, no, amigo mío. No he sido severo. He sido estricto, pero muy práctico desde un punto de vista político —opuso Sila—. Si soy tan duro ante el disenso con alguien de mi propia familia, ¿no crees que todos los que no son siquiera de mi familia se lo pensarán dos veces antes de disentir conmigo, en especial en público?

—Sin duda —admitió Dolabela al tiempo que asentía mientras un esclavo le servía más vino—. ¿Ya están, entonces, todos los cabos sueltos solucionados?

Una vez más, Sila no respondió a la pregunta con palabras: ahora tenía a una hijastra que casar. Había que formalizar el divorcio, por supuesto, pero eso lo solucionaría de forma expeditiva por la mañana sin falta: ser dictador te da ciertos privilegios a la hora de resolver asuntos legales. La cuestión era que Emilia estaba... disponible. Una buena ocasión para afianzar uniones, lazos, alianzas políticas relevantes. Sila sentía algunas lealtades muy seguras, como la del propio Dolabela, pero había otras águilas romanas que empezaban a volar muy alto y que estaría bien tener más atadas, por ejemplo, con algún vínculo matrimonial.

El dictador giró lentamente la cabeza, siempre observado con atención por Dolabela, y se detuvo, esta vez, al encontrar a uno de sus invitados de honor: Pompeyo, reclinado en otro *triclinium* próximo.

Meditó con rapidez, repasando acontecimientos y acciones que ya había revisado y ponderado con detenimiento. Era como el repaso final antes de confirmar una decisión clave: Pompeyo era uno de los jóvenes senadores en ascenso fulgurante. Demoledor en el campo de batalla. Por algo lo bautizaron con el sobrenombre de *adulescentulus carnifex*, el «carnicero adolescente», durante sus intervenciones brutales y despiadadas en la guerra contra los *socii*, llevadas a cabo por un patricio muy joven y con una ambición sin límites. Sila lo tenía claro: ésos eran los hombres que interesaba tener de tu parte. Se hacía viejo y quería disfrutar de unos últimos años de sosiego antes de morir. Organizar Roma en torno a la clase dominante de los senadores *optimates* requería de hombres fuertes, implacables, a quienes no les temblara el pulso en el momento del castigo, la ejecución sumarísima o, si era preciso, la guerra. En la reciente conflagración civil, Pompeyo había tenido, además, el buen criterio de ponerse de su lado y de comandar tres legiones con gran destreza y eficacia en contra de las tropas de Mario y el resto de los populares. Y, finalmente, estaba ese toque de falta de alcurnia de Pompeyo: el joven senador era descendiente de un *homo novus*, es decir, el padre de Pompeyo era el primero de su estirpe en llegar al Senado. No era una familia, pues, de rancio abolengo como la mayoría de los allí presentes y de los *optimates* en general. Para aquel ambicioso legado y político romano, emparentar con Sila sería el aldabonazo definitivo a su carrera, a un muy prometedor *cursus honorum* entre las filas de los más conservadores.

Pompeyo intuyó los ojos de Sila fijos en él y le sostuvo la mirada, sin altivez, sólo mostrando atención. Era como si pudiera leer su mente. Y, tenía que admitirlo, coincidía en muchos de sus planteamientos. Pero, prudente en presencia del dictador todopoderoso de Roma, esperó a oír la propuesta precisa de Sila.

—Tú, Cneo Pompeyo, te desposarás con mi hija Emilia.

No aguardó confirmación Sila, sino que retiró la mirada rápidamente de quien había seleccionado como futuro yerno y se dirigió a los esclavos para pedirles a voces que trajeran más vino y comida para todos sus invitados, pues una nueva boda en la familia estaba cercana en el tiempo. Sobre el detalle de que Pompeyo ya estaba casado no se dijo nada.

Emilia suspiraba. No sentía nada por aquel a quien su padrastro había seleccionado, pero verse como futura esposa de uno de sus aliados más cercanos le dio cierto sosiego. El hijo que llevaba en sus entrañas estaría protegido y eso la tranquilizaba.

Pompeyo meditaba mientras bebía. No había aceptado la propuesta de Sila, pero era obvio que el dictador no iba a admitir una negativa. Estaba desposado con Antistia. Aquel matrimonio tampoco fue por amor, no al principio. Pompeyo recordaba cómo había sido acusado por corrupción y malversación con relación al reparto del botín procedente del saqueo de Asculum. Podía verse en apuros ante un jurado severo, pues, ciertamente, la distribución del botín de guerra no había seguido todas las formalidades oportunas según la ley y la costumbre romanas. Optó entonces por el camino fácil y, antes de que se iniciara el juicio, cortejó y se desposó con Antistia, la hija del presidente del tribunal que había de juzgarlo.

Pompeyo bebió un trago de vino mientras rememoraba cómo la jugada le salió perfecta: fue absuelto de todos cargos. Luego, es cierto, de forma inesperada, le tomó cariño a la joven, que se mostró siempre una buena esposa. No le apetecía dejarla de lado. Y, desde luego, no era justo hacerlo. Por otra parte, oponerse a la decisión de Sila podía ser el principio de su fin.

Cneo Pompeyo alzó su copa y su voz a un tiempo.

—¡Por el feliz enlace entre mi persona y Emilia, hija de Lucio Cornelio Sila, dictador y salvador de Roma!

—¡Brindo por ello! —correspondió Sila levantando también su copa, gesto que imitaron el resto de los invitados.

La gente parecía feliz.

Antistia no estaba presente.

Pompeyo miraba al suelo. Esa noche ya no acudiría a casa; iría a dormir a la *domus* de algún amigo de los presentes y le comunicaría su petición de divorcio a Antistia por escrito. Las mujeres eran muy emocionales en según qué cosas, y Pompeyo no tenía ganas de dar según qué tipo de explicaciones. Antistia tendría que abandonar la casa y él regresaría a la *domus* en unas semanas, quizá ya con la propia Emilia acompañándolo como nueva esposa.

—Ahora sí, ¿verdad? —intervino Dolabela en voz baja dirigiéndose de nuevo a Sila—. Ahora ya están todos los cabos sueltos atados y bien atados, ¿no es cierto?

Pero Sila negó con la cabeza de forma rotunda.

—No —dijo—, queda uno más, pero no está aquí.

—¿Quién? —indagó Dolabela.

—César —respondió Sila categórico.

Dolabela arrugó la frente, genuinamente extrañado.

—¿César? ¿Cayo Julio César? ¿A ese muchacho te refieres? Si no es nadie. No ha intervenido en campaña militar alguna, no ha participado nunca en ningún juicio, la gente no sabe ni si sabe hablar. ¿Realmente te preocupa ese joven de...? ¿Qué tendrá...? ¿Diecinueve años?

—Dieciocho —le corrigió Sila, que tenía muy estudiado al joven de quien hablaban, y añadió un dato más—: Es *flamen Dialis*.

—¿*Flamen Dialis*? —Dolabela no daba crédito. ¿Estaba Sila empezando a envejecer y se estaba volviendo paranoico?—. Es un sacerdocio sin poder político alguno.

—Es un cargo de prestigio ante el pueblo y ante todos —opuso Sila con firmeza.

—Bueno, fue nombrado por Mario y Cinna, por los líderes populares. Si es eso lo que tanto te preocupa, sólo has de revocar el nombramiento. Tienes poder absoluto ahora. Sin limitación. Sólo has de ordenarlo y dejará de ser sacerdote de Júpiter.

—No me basta —continuó Sila muy serio.

La conversación era privada. La gente hablaba de mil cosas alrededor, pero Dolabela sólo tenía oídos para su mentor. Intentaba dilucidar si todavía era ese hombre tan inteligente de quien tanto había aprendido o si de veras estaba perdiendo ya la cabeza. Si así fuera, quizá fuese entonces su momento... pero Sila continuaba hablando:

—No, no es suficiente con despojarlo de ese cargo. De hecho, prefiero atraerlo a nuestra órbita, a nuestra facción. Como acabamos de hacer con Pompeyo. Ordenaré a César que se divorcie de la hija de Cinna, uno de los líderes populares que más se nos opuso, y que se case con alguna joven patricia romana hija de alguno de los senadores *optimates* más próximos a nuestra... forma de ver las cosas.

Dolabela inclinó la cabeza al tiempo que suspiraba y hacía una valoración final a las palabras de Sila:

—Sigo pensando que exageras.

—No, no exagero —insistió el dictador—. Ese joven César es sobrino de Cayo Mario. Nadie sabe de lo que puede ser capaz. Lo quiero de nuestra parte. No en contra.

Dolabela asintió lentamente un par de veces. Mario había sido el gran líder de los populares y aún hoy era leyenda en Roma. Y, era cierto, tras la muerte del joven hijo de Mario, Cayo Julio César era su único familiar vivo de relevancia. Sila no parecía estar perdiendo la razón, sino que seguía siendo ese hombre astuto y precavido capaz de anticiparse a peligros futuros, ese hombre que con su astucia e intuición había conseguido el control absoluto de Roma.

—Quizá tengas razón —admitió al fin, y bebió vino, pero, de

pronto, una duda ensombreció su mente—: ¿Y si el joven sobrino de Mario, si ese Cayo Julio César, se negara a divorciarse?

Sila se limitó a decir una sola palabra mientras volvía las manos con las palmas hacia arriba:

—Entonces... —Ni siquiera terminó la frase.

Dolabela no necesitó aclaraciones.

LVI

El divorcio de César

Domus de la familia Julia, Roma
82 a. C., unos días después del banquete de Sila

—Acéptalo —repitió Cornelia sentada en una esquina, encogida como un animal asustado, pero con voz sorprendentemente serena para sus escasos quince años—. Acéptalo. —En esta última ocasión, ocultó el rostro entre las manos para ahogar un sollozo.

Sus palabras intentaban liberar a César de ella, pero sus gestos, su cuerpo, sus lágrimas imploraban que no la abandonara.

En casa del joven, de dieciocho años tal y como Sila recordaba, no había mucho hombre adulto de quien tomar consejo: Cayo Mario, su gran mentor, el que más le había enseñado de política y de guerra, había muerto hacía cuatro años; el propio padre de César falleció hacía tres, y el padre de Cornelia, Cinna, murió durante la guerra civil hacía dos años. Allí estaban César, Cornelia, Labieno, y sólo dos adultos con criterio propio definido. Dos adultos que, no obstante, no coincidían en qué debía hacer el joven César: su tío Aurelio Cota, y Aurelia, su madre.

El centurión de las legiones de Sila que había llegado con la orden de que César se presentara en la residencia del dictador de Roma esperaba imperturbable a que el muchacho lo siguiera de inmediato.

El militar había sido expeditivo en su forma de presentarse y de trasladar el mensaje de Sila:

—Lucio Cornelio Sila requiere la presencia del joven Cayo Julio César en su casa para departir sobre su divorcio de Cornelia, hija del criminal Cinna, y su nuevo enlace matrimonial con una patricia adecuada para la relevancia de su persona. —Así había hablado, antes de callar y permanecer inmóvil como una estatua en el centro del atrio de la *domus* de la familia Julia, una familia desarbolada, sin *pater familias* con la veteranía suficiente para hacer frente a la presión que el dictador de Roma ejercía sobre ellos. O con la experiencia, al menos, para saber cómo desenvolverse con mayor inteligencia y prudencia.

El joven César se situó junto a Cornelia y posó su mano sobre el hombro de su esposa.

—Acepta el divorcio y vete —dijo ella al sentirla—. No quiero que te hagan daño —repitió algo más entera, con algo más de convicción aparente.

Aurelia miraba a su hijo: incluso el gran Escipión Africano, que tuvo que hacerse cargo de la familia muy joven, tenía ya veinticinco años cuando la responsabilidad de ser *pater familias* recayó en él. César sólo tenía dieciocho y frente a él se hallaba el todopoderoso Lucio Cornelio Sila. Sin su padre, sin su suegro Cinna y, sobre todo, sin su tío Mario, ¿qué podía hacer sino obedecer a ciegas al dictador? Eso mismo estaba aconsejando su hermano Aurelio Cota y así lo proclamó:

—El muchacho ha de acudir raudo a la residencia de Sila y someterse a su voluntad. No puede hacer otra cosa.

A Aurelia le parecía que, sin duda, aquello era lo razonable. Y, sin embargo, leía en la mirada fría de su hijo un ansia, una rebelión interna indomable que lo impulsaría hacia el enfrentamiento brutal con Sila. Una batalla que, simplemente, no podía ganar. Ella había educado a su hijo para no ceder, para no doblegarse nunca, para luchar... Sólo que no pensó que tuviera que hacerlo tan pronto ni contra un enemigo tan formidable.

—¿Tú qué piensas, madre? —preguntó César.

Aurelia asintió, pero no le respondió. Empezó a andar despacio por el atrio pensativa: si hubiera envenenado a Cornelia en su momento, todo ahora sería más fácil, pero la muchacha estaba embarazada y era la madre de una hija de César. Además, Cornelia siempre se había mostrado leal a la familia. El camino de eliminarla ya no era una opción. Para bien o, como era el caso en ese momento, para mal, para muy mal, Cornelia era parte de la familia Julia. Se tenía que hacer todo de otro modo.

Se dirigió al centurión que seguía imponiendo su presencia a todos en medio del atrio:

—Mi hijo acudirá pronto a la llamada de Sila, pero necesita prepararse como es conveniente para semejante audiencia. —Hablaba con aparente sumisión, pero había un punto de autoridad sutil como *domina* de la casa en la que estaban que resultaba evidente para aquel veterano militar—. Necesitamos algo de intimidad. Supongo que no habrá inconveniente en que esperes a mi hijo en la calle unos instantes, ¿verdad?

El centurión meditó unos segundos. Tenía instrucciones precisas de no dejarse manipular por los miembros de la familia del convocado a la presencia de Sila. Dudaba.

—Llevas un arma, centurión, y a la vista —continuó la madre de César—. Esto es, a la vista del *flamen Dialis*. Eso es sacrilegio. ¿No temes a los dioses?

El militar siguió callado, pero con su capa cubrió el gladio que llevaba a la cintura de modo que éste no fuera visible.

—Puedo esperar fuera un poco..., pero vengo con una centuria armada —advirtió—. Y no hay puerta que nos vaya a dejar fuera si el reclamado por Sila no aparece pronto.

—Aparecerá —dijo Cornelia—. Ahora, por favor... —Señaló la puerta.

El militar saludó con el puño en el pecho, dio media vuelta y salió del atrio primero, y de la casa a continuación. Los esclavos cerraron la puerta y la aseguraron con un grueso travesaño que, por otro lado, tal y como había anunciado el centurión, sería del todo insuficiente si ochenta hombres armados se abalanzaban sobre ella.

—Tenemos unos instantes. —Aurelia miró a cada uno de los presentes—. Hemos de aprovecharlos.

Todos la miraban fijamente. Hasta la pequeña Cornelia parecía revivir de su terror y abrir los ojos con un halo de esperanza dibujado en el brillo de sus pupilas.

—Cayo —empezó Aurelia acercándose a su joven hijo—, saldrás y acudirás ante Sila. Yo cuidaré de Cornelia y cuidaré bien de ella, de eso no has de preocuparte. No vayas solo a casa de Sila. —Se volvió hacia Labieno—. Éste es el momento de las grandes amistades, de si son o no son de verdad. ¿Acompañarás a mi hijo ante Sila? Es arriesgado. Puede ser mortal.

Labieno no dudó.

—Lo haré —dijo inapelable. Por amistad, por pasión y por rabia hacia el dictador. Si César iba a tener los arrestos de enfrentarse a Sila, quería verlo, aunque eso le costara la vida. Mejor morir así que arrodillados ante aquella dictadura ilegal que estaba arrasando con todo.

—Bien. —Aurelia se volvió hacia su hermano—. Tú ya has dado tu parecer y es sensato: Cayo debería aceptar divorciarse de Cornelia y desposarse con quien diga Sila, pero César... —y se volvió hacia su hijo— hará lo que él decida, lo que su cabeza y su corazón le digan que ha de hacer, e intuyo que va a decir que no, por dos motivos: porque yo lo eduqué para no doblar la cerviz ante nadie y porque... el muchacho está enamorado de Cornelia. —La miró a ella—. Y eso está bien, porque esta niña se ha mostrado siempre leal a César y es de justicia que mi hijo devuelva lealtad a la lealtad. —Se acercó más a su nuera—. No te preocupes, pequeña: Sila aún no mata a mujeres y niños. No porque no quiera, sino porque eso lo haría impopular. Se contentará con confiscarnos terrenos, propiedades y dinero y hacernos la vida insufrible. Pero tenemos muchos amigos en Roma y saldremos adelante, por eso no temas. —Se dirigió entonces a César de nuevo—: Te llevarás el dinero, todo el que tenemos en casa.

—Madre, no. Esos sestercios, ese oro lo necesitaréis vosotras para...

Su madre lo interrumpió:

—No, hijo mío, ese dinero lo vas a necesitar tú mucho más que nosotras. De eso estoy segura. Además, en cuanto te opongas a Sila, si al final decides hacerlo, vendrán esos mismos legionarios que esperan en la puerta a llevarse todo lo de valor que haya en esta casa. Así que llévatelo tú; seguro que le darás buen uso. —Se detuvo, suspiró, miró al suelo, levantó la cabeza—. Esto es lo que haremos. Que los dioses te protejan, hijo mío. No olvides que descendemos de Eneas. Sé valiente, pero no insensato. Sé justo, pero no estúpido. Recuerda los consejos que te dio tu tío Mario. Él me contaba siempre sus charlas contigo: no importa si te llaman cobarde, sólo importa ganar al final. Bien, ya está todo dicho. Te esperan fuera. Y son impacientes. Sal de esta casa. Ve ligero. Ya te haré llegar el dinero donde sea que estés. Ahora márchate.

Cayo Julio César asintió con la cabeza.

—No todo está dicho, madre. Queda una cosa. —Miró entonces a Cornelia y se puso en cuclillas junto a ella, que seguía sentada y con lágrimas en los ojos—. Falta que me despida de ti, Cornelia. Escúchame, es verdad lo que dice mi madre: te quiero de corazón y te querré siempre. Haga lo que haga, oigas lo que oigas, recuerda sólo eso de mí. —Y se alzó para encaminarse con rapidez al *cubiculum* de su madre y recoger varias sacas con monedas de oro y plata que tenían en casa, pensando que era una pena que el resto lo guardasen en una villa en las afueras que, con toda seguridad, sería confiscada pronto.

—Voy contigo —confirmó Labieno cuando César entró de nuevo en el atrio.

César sonrió. Un amigo en aquellos momentos era más valioso que el oro. Pero el dinero era práctico. Siempre.

—¿Estás seguro?

—Como cuando éramos niños y nos metimos en aquella pelea. —Se echó a reír y la carcajada los serenó a todos.

—Pues vamos.

Se encaminaron hacia la puerta. De pronto, César se detuvo.

—Mi *apex* —dijo.

Cornelia se levantó y fue veloz al dormitorio de ambos, cogió el gorro especial propio del sacerdote de Júpiter, retornó al vestíbulo de la *domus*, donde la esperaban su esposo, Labieno y el resto, se acercó a su marido y le ajustó el *apex* de *flamen Dialis* en la cabeza.

En el vestíbulo junto a la puerta había un hombre vestido con una toga blanca y con unos *fasces* en la mano, un largo haz de varas atadas que sujetaban un hacha y luego el resto. Aquel haz simbolizaba el poder, pues una vara sola puede ser rota con facilidad, pero muchas juntas no. Si estuvieran fuera del *pomerium*, de la parte central y sagrada de la ciudad, aquel *lictor* o escolta especial llevaría un hacha pegada a las *fasces*, pero no dentro de Roma. Pocas personas tenían derecho a caminar por las calles de la ciudad del Tíber precedidas por uno o varios *lictores*: los ediles podían llevar dos, los pretores iban escoltados por seis y los cónsules o un dictador por doce. Esto es, hasta Sila, que había promulgado que él como dictador iría siempre escoltado por veinticuatro *lictores*, un símbolo más de que su dictadura no seguía los usos y costumbres romanos habituales. El *flamen Dialis* sólo podía ir acompañado por un *lictor*, pero era el único romano, más allá de ediles, pretores, cónsules y dictador, que tenía ese privilegio.

César miró a aquel hombre.

—Un *lictor* contra veinticuatro de Sila. —Se permitió una sonrisa mientras añadía—: Un claro símbolo de cómo están repartidas las fuerzas.

Pero ni constatar aquello lo arredró. Ordenó a los esclavos que levantaran el pesado travesaño que anclaba la puerta y emergió al exterior, donde los ochenta legionarios de la centuria los rodearon, a él y a Labieno, para custodiarlo de camino a la residencia de Lucio Cornelio Sila, dictador, dueño y señor absoluto de Roma.

César observó que todos los legionarios tapaban sus gladios con las capas. Y que miraban hacia su *apex* y al *lictor*. Sabía que iba a un enfrentamiento mortal, pero se sintió arropado por su tío Mario desde el Hades. Era *flamen Dialis*. ¿Hasta dónde estaba dispuesto Sila a presionar al sacerdote de Júpiter?

LVII

La propuesta de Sila

***Domus* de Sila, Roma**
82 a. C.

César y Labieno llegaron a la residencia de Sila rodeados por los legionarios enviados por el dictador. La mansión de Sila era gigantesca y tenía no uno ni dos sino hasta cinco atrios. El primero hacía las veces de vestíbulo. Allí se cruzaron con Pompeyo, que salía de una de las audiencias de su nuevo y único jefe. Pompeyo ya había formalizado el divorcio de Antistia y se había desposado con Emilia, la hijastra de Sila.

Al encontrarse, César y Pompeyo clavaron los ojos el uno en el otro.

La mirada de César era desafiante. La de Pompeyo, fría, gélida, como la de una medusa, destinada a petrificar al oponente. La confrontación visual apenas duró unos instantes, pero ambos marcaron territorio.

Pompeyo se marchó sin dirigir la palabra a los recién llegados.

—Nos desprecia —dijo Labieno.

César no dijo nada. Se limitó a asentir mientras meditaba: sabía del divorcio y nuevo matrimonio de Pompeyo, y si alguien tan sanguinario y cruel como él había cedido con rapidez a las presiones de

Sila, ¿no sería sensato que él hiciera lo mismo tal y como había sugerido su tío Cota?

—¡Pasad! —El centurión que los había custodiado por toda la ciudad les indicó que avanzaran hacia el segundo atrio, el que el dictador usaba para sus audiencias públicas.

César, Labieno y el *lictor* entraron en aquel nuevo patio. Para su sorpresa, lo encontraron prácticamente vacío. Sólo había dos hombres reclinados en sendos *triclinia*: el propio Sila y, a su lado, Dolabela, su mano derecha en aquellos tiempos. Todo apuntaba a que Sila nombraría a Dolabela cónsul de Roma para el nuevo año.

No había nadie más, esto es, salvo legionarios apostados en las esquinas del gigantesco patio. A César, a Labieno y al *lictor* ya los habían cacheado en varias ocasiones para evitar cualquier mala sorpresa al dictador. La presencia de todos aquellos legionarios era innecesaria, salvo por el hecho de que intimidaban. Eran símbolo de la dictadura que se había instalado en Roma y que no tenía visos de desaparecer en poco tiempo.

César se percató de que allí ningún legionario hacía esfuerzo alguno por ocultar sus armas.

Dolabela se levantó y abandonó el *triclinium*.

—Bueno, por Júpiter, pero ¿a quién tenemos aquí? Al temible sobrino de Cayo Mario. —Se acercó a César hasta quedar apenas a un par de pasos, momento que aprovechó para empezar a rodearlo despacio mientras seguía hablando—: No veo que nada lo haga tan temible. Sinceramente, Lucio —añadió volviéndose hacia Sila—, insisto en que exageras.

Dedicó una breve mirada a Labieno, lo ignoró y regresó a su *triclinium*.

Sila no había dicho nada en todo aquel tiempo. Comía frutos secos y algo de queso que tenía dispuestos para él frente a su *triclinium*.

El *lictor*, a quien Dolabela también había ignorado, dio unos pasos hacia un lado, dejando a César y a Labieno solos en el centro de aquel atrio. Era *lictor*, pero no se sentía héroe.

—¿Tenéis hambre? —preguntó el dictador a los recién llegados con aire distraído, sin mirarlos, pero usando un plural que al menos incluía a ambos: a César y a Labieno. Él no era hombre de pasar a nadie por alto. También había observado que César se había hecho acompañar por aquel *lictor* y que llevaba el *apex* de sacerdote de Júpiter, de *flamen Dialis*.

A la pregunta de Sila, Labieno respondió negando con la cabeza, pero César decidió responder con altivez:

—Hambre sí tenemos: hambre de libertad..., *clarissime vir*.

Sila dejó de masticar.

Se hizo un silencio denso. Su desafío al reclamar libertad era demasiado grande como para que lo mitigase el haber utilizado la fórmula de respeto protocolaria ante un senador de Roma.

Sila se pasó la lengua por entre los dientes. Una pequeña porción de almendra se le había quedado entre dos muelas y le molestaba. Consiguió desatascarla haciendo presión con la punta de la lengua y la engulló junto con un trago de vino.

—Me refería a hambre... de comida —dijo al fin al dejar la copa sobre la mesa, aún sin mirar a los dos jóvenes.

—No, hambre de comida no tenemos —respondió entonces César.

—Bien —aceptó Sila—, entonces pasemos directamente al asunto que te trae aquí, joven Cayo Julio César. ¿Sabes por qué te he hecho venir?

—Lo sé..., *clarissime vir*.

Sila sonrió.

—Preferiría una respuesta más precisa por tu parte, muchacho —apostilló el dictador de Roma.

César inspiró aire profundamente, lo exhaló y, por fin, dio cumplida respuesta a lo que se le demandaba. No tenía sentido enfrentarse en todo:

—Lucio Cornelio Sila ve con inquietud mi matrimonio con Cornelia, hija de Cinna, quien, a su vez, tenía pactos con Cayo Mario, mi tío, ambos claros enemigos del senador y ahora dictador de Roma, Sila. Y según ha informado el centurión, Sila desea que me divorcie de mi esposa para desposarme acto seguido con alguna joven patricia de alguna de las familias *optimates* de Roma más proclives a la forma de ver cómo se ha de gobernar la República del sector más conservador del Senado, facción claramente opuesta a lo que mi tío defendió durante años: redistribución de la riqueza, reparto de más tierras entre la población y concesión de la ciudadanía romana a muchos más de los que actualmente la disfrutan. He resumido, pero creo que he sido bastante preciso.

Sila se lo pensó antes de volver a hablar. Se dedicó a masticar un trozo de queso mientras estudiaba con atención la faz siempre desafiante de su joven interlocutor.

Por su parte, Dolabela asistía divertido a aquel duelo, por cierto, francamente desigual. La comicidad de la situación estaba en el hecho evidente para él de que César ignoraba su enorme inferioridad, su absoluta insignificancia frente al todopoderoso e implacable Sila. Quizá el muchacho ni siquiera saliese vivo de aquel atrio. El silencio de Sila no anticipaba nada bueno para el *pater familias* de la estirpe Julia.

—Sí, eso ha sido más preciso —aceptó Sila, siempre frío, distante, pensativo.

Otro silencio.

—No pienso hacerlo —se atrevió a decir César.

—¿El qué? —inquirió Sila con enorme serenidad.

—Divorciarme de mi esposa.

Lucio Cornelio Sila suspiró largamente, con lentitud y, con mucha parsimonia, por fin, levantó su grueso cuerpo del *triclinium*, se aproximó a su interlocutor y, cuando estaba apenas a la distancia de un pie, sin decir palabra alguna, le cruzó la cara con un sonoro bofetón que, pese a la edad del dictador, ya fuera porque llegaba sin esperarlo, o porque el tirano mantenía la fuerza de sus brazos de rudo militar, le partió el labio a César.

Labieno se adelantó e hizo ademán de intervenir, pero vio cómo emergían de entre las sombras de las cuatro esquinas del atrio decenas de legionarios armados desenvainando sus gladios. Labieno se quedó inmóvil. César contuvo también cualquier tipo de reacción violenta.

Muy despacio, Sila volvió a acomodarse en su *triclinium*. Dolabela sonreía abiertamente mientras bebía otra copa de vino.

—Eso es por tu tono impertinente —precisó el dictador—. Puedo entender que te niegues a divorciarte de tu esposa para casarte con una patricia, hija de algún senador de prestigio de mi elección, pero lo que nunca voy a tolerar es que un *adulescens* inexperto y descarado se atreva a mirarme con altivez en mi propia casa. ¿Te ha quedado claro esto, muchacho? ¿O he de pedir que alguno de estos legionarios te aclare el significado de mis palabras con la poderosa capacidad de comprensión que genera la violencia?

César engulló saliva y orgullo con rapidez. No tenía sentido recibir una paliza para nada. Algo había aprendido de su tío: no entres en combate si no puedes ganar.

—He comprendido con claridad, *clarissime vir* —admitió al fin—. Pero me sorprende que quien se considera protector de los usos y costumbres romanas más ancestrales se atreva a abofetear al sacerdote de Júpiter.

Sila sonrió lacónicamente e hizo un gesto de desdén con la mano.

—Ya he visto tu *apex* y que te has hecho acompañar por un *lictor*; no obstante, tu nombramiento como *flamen Dialis*, en tiempos del régimen de Cinna, como todo lo promulgado por éste, es, desde mi punto de vista, cuestionable. Más allá de eso, por ese Júpiter al que tanto invocas, continuemos con lo primordial de esta conversación. Retomemos el asunto en debate: ¿no vas a divorciarte de la hija del miserable Cinna?

César meditó bien su respuesta.

—Con el debido respeto... no, *clarissime vir*.

—Con el debido respeto... —repitió Sila irónicamente, y miró a Dolabela—. ¿Has oído eso? Con el debido respeto... —Lanzó una sonora carcajada que hizo que muchos legionarios rieran también por todo el atrio. Eran veteranos de la guerra contra Mitrídates. Habían acompañado al dictador por medio mundo y se sentían partícipes de sus carcajadas y de sus arrebatos; compartían su risa y eran el brazo ejecutor de su rabia. Según se terciara.

Era una risa humillante para César, pero no dijo nada. Le sorprendía el poco respeto que Sila mostraba hacia su nombramiento como *flamen Dialis*. Eso no había entrado en sus cálculos.

Sila volvió a levantarse.

Dolabela lo miró con atención: aquello era inusual en su mentor. Alzarse una vez del *triclinium* era raro, no solía hacerlo en una audiencia, pero dos veces era una novedad absoluta.

El dictador se acercó despacio a César. El joven romano seguía con el labio partido y unas gotas de sangre fluían de su boca y le cruzaban la barbilla hasta caer, una a una, sobre el suelo de mosaico de la residencia. El veterano líder de los senadores conservadores romanos volvió a situarse en el mismo punto donde había estado hacía unos momentos cuando había abofeteado a César, y otra vez alzó la mano. César cerró los ojos y giró el rostro, pero sin retroceder, dispuesto a recibir un nuevo golpe. La segunda bofetada no llegó. Abrió los ojos y Sila estaba frente a él rascándose la oreja en silencio.

—Me desprecias —dijo el dictador—. Me desprecias porque te crees mejor que yo, que él. —Señaló a Dolabela un instante para volver a encararse con César—. Te crees mejor que todos los senadores *optimates*. Crees que tienes una superioridad moral sobre todos nosotros porque te preocupas de la escoria de Roma, de todos esos harapientos que no son patricios, que son pobres, que han nacido para servirnos, como todos los habitantes de Italia que claman por una ciudadanía que no merecen. Te crees mejor que yo, te consideras más justo, más sabio, mejor romano que yo. Pero ni eres más justo ni más sabio ni mejor romano. Llevas la sangre de tu tío en las venas: el mayor traidor que Roma haya conocido nunca, dispuesto a acabar con el orden natural de las cosas, pero para eso estoy yo, para devolver todo a su estado lógico, donde las familias patricias más antiguas mandamos, dirigimos y conducimos el Estado romano. Para eso estoy yo, para establecer un nuevo orden donde me aseguraré de que el disenso deje de existir, y para ello estoy dispuesto a aplicar tanta fuerza y violencia como sean necesarias. Me desprecias porque me impongo con violencia. Me menosprecias porque te consideras más virtuoso que yo, pero hay algo de ti mismo, muchacho, que ni siquiera tú sabes y que yo sí veo. —Se le acercó hasta que su aliento, bien perfumado, envolvía la faz de César—. Lo que no sabes, lo que no eres capaz de intuir, es que tú eres como yo. Quizá aún no, pero tienes todos los mimbres para ser como yo y, si te dejo crecer, terminarás siendo como yo. —Aquí se alejó un par de pasos y le dio la espalda un instante hasta que retomó su discurso—. Pero yo, a diferencia de ti, no te desprecio. Sé juzgarte en tu auténtica dimensión. Veo lo que hay en ti y lo quiero a mi lado. Nosotros, las grandes familias senatoriales, necesitamos a lo mejor de Roma con nosotros en este nuevo orden, pero para ello has de jurarme sumisión y lealtad absoluta, empezando por divorciarte de la hija de Cinna y desposándote con quien yo designe. Te estoy dando una oportunidad, muchacho, mucho más de lo que seguramente mereces. Piénsalo bien antes de volver a hablar.

Con eso Sila dio por concluido su parlamento y volvió a recostarse en su *triclinium*. Cogió una copa y bebió vino a la espera de las palabras del joven César.

—Yo no soy como tú, *clarissime vir*, y preveo que, bajo tu régimen, nunca seré senador. Y lo siento. Ya entiendo que mi carrera política no llegará ni a iniciarse con lo que digo, pero, aun así, no pienso divorciarme de Cornelia.

—¿Por qué no? —indagó Sila por genuina curiosidad—. ¿Es por desafiarme?

—No me gusta recibir órdenes de nadie, *clarissime vir*, pero hay otro motivo adicional.

—¿Cuál?

—Quiero a mi esposa.

—Fue un matrimonio político organizado por tu tío y por Cinna. —Sila alzó las palmas de las manos y levantó las cejas en clara señal de incomprensión.

—Sea como fuere, *clarissime vir*, amo a mi esposa y le juré lealtad, y yo cumplo lo que juro.

—Yo también cumplo lo que juro —replicó Sila con gélida serenidad—. Y he jurado que este nuevo orden no será amenazado por ningún familiar ni seguidor de Mario. Me queda la cuestión de Sertorio, el veterano lugarteniente de tu tío, atrincherado en Hispania, que resolveré, no lo dudes, y me quedas tú, aquí, en Roma.

César esperó su sentencia.

—Puedes retirarte —apostilló Sila, para su sorpresa.

El joven parpadeó y frunció el ceño. Los legionarios envainaron los gladios y se retiraron a las esquinas del atrio. César miró a Labieno, que lo observaba todo con la misma incredulidad. Ambos echaron a andar con rapidez, el *lictor* también, antes de que el dictador cambiara de parecer y decidiera ejecutarlos a los dos, a los tres quizá, allí mismo en aquel momento.

Sila y Dolabela quedaron solos, más allá de la numerosa escolta militar que vigilaba el patio.

—¿Por qué lo has dejado marchar? —inquirió Dolabela—. Si tanto te preocupa, ¿por qué no matarlo ya?

—Aquí no. En mi casa no. Los populares aún son muchos en Roma. Y aunque yo no reconozca su nombramiento como *flamen Dialis*, sus seguidores y toda la plebe sí lo ven como sacerdote de Júpiter. He de resolver eso primero, destituirlo de ese sacerdocio y, mientras, veamos qué hace. Sólo necesito un motivo para acusarlo de cualquier cosa, juzgarlo en un tribunal controlado por nosotros y entonces ejecutarlo. Legalmente es todo más sereno, más... perfecto.

LVIII

Un pulso mortal

***Domus* de la familia Julia, Roma**
82 a. C.

—¿Por qué has vuelto? —preguntó su madre.

—Quiero demostrarle que no le tengo miedo —respondió César categórico.

—Pues deberías, muchacho, deberías tenerle miedo. Y mucho —apuntó Aurelio Cota.

Labieno, que había acompañado a su amigo en su retorno a casa, no decía nada: se limitaba a mirar cómo César se acercaba a su esposa y la abrazaba. Cornelia lloraba. Estaba aterrada.

—No quiero que te hagan daño por mi causa —dijo la muchacha entre sollozos.

—No se trata sólo de nuestro matrimonio. Aunque no estuviera casado contigo, seguiría odiándome. Es porque soy sobrino de Mario. —César miró a su madre—. Él ya me lo dijo, pero no lo creí: me comentó que nunca me perdonarían ser su sobrino.

Aurelia suspiró. Su hijo debería haberse marchado de Roma, pero era tozudo. O decidido. Valiente o un loco. El tiempo dictaminaría.

Pasaron apenas dos días y al atrio de la *domus* Julia llegó un mensajero del Senado.

César leyó el mensaje rodeado, de nuevo, por su madre, su tío Cota, su joven esposa Cornelia y su fiel amigo Labieno.

—Me informan de que me han despojado del sacerdocio. Ya no soy *flamen Dialis* —anunció—. No se detiene ante nada. Nada le impone respeto. Nada que no sea la fuerza.

—Temía una reacción peor por parte de Sila —comentó Aurelia.

—Esa destitución de tu sacerdocio de Júpiter es sólo el principio —apostilló Cota.

Nadie dijo nada.

El hermano de Aurelia llevaba razón. Pero fue un proceso lento. Ejecutado con meticulosidad, como el médico que lleva a cabo una cirugía extremadamente delicada. Sila buscaba extirpar a Julio César de la vida pública de Roma. Incluso, quizá, extirparlo de la misma vida.

—En cualquier caso, no reconocía mi nombramiento de *flamen Dialis* porque no acepta como legales ninguna de las leyes ni nombramientos de Mario o Cinna. Esto ha sido un formalismo para justificarse ante senadores y plebe a la vez... —Calló unos instantes mientras caminaba por el atrio; de pronto se detuvo y los miró a todos con brillo en los ojos—. De acuerdo, jugaré en su tablero, con sus fichas, con sus leyes, en su nuevo régimen. Me presentaré a las elecciones para sacerdote de los *quindecimuiri sacris faciendis* —propuso César con vehemencia y con la voz de un cónsul que entra en combate—. El cargo está por debajo del *flamen Dialis* en prestigio, pero son elegidos desde los comicios tribunados, no desde el Senado. Sila no los controla. Dependerá de la voluntad del pueblo.

Todos se sorprendieron. La lucha era tan desigual como absurda a ojos de Cota, pero Aurelia veía ese espíritu de no rendirse jamás de su hijo y no podía por menos que admirarlo, aunque, al mismo tiempo, temiera por lo mucho que se exponía al presentarse a esa elección, dado que Sila lo interpretaría como lo que era: un desafío público a su autoridad.

***Domus* de Sila**
Unos días después

—¿Que ha hecho qué? —preguntó Sila con cierto aire de sorpresa.

—Se ha presentado a quindecenviro —reiteró Dolabela—. Sabe que son elegidos desde los comicios del pueblo, lejos de nuestro control senatorial. Es un claro desafío.

—Lo es, sin duda —aceptó Sila—, pero los votantes de esos comicios son igual de corruptibles que nuestros compañeros del Senado. Y, además, por mucho menos dinero: que se compren tantos votos como sean necesarios, pero que no salga elegido. Ah, y da orden de que se le confisquen propiedades. No quiero que tenga dinero para poder entrar en una puja de sobornos con nosotros por los votos. —Sila se quedó pensativo—. Cinna tenía mucho dinero; que se confisque la dote que le entregaría a César por la boda con su hija. Eso lo dejará sin recursos para comprar votos. Eso lo dejará sin fuerza. —Sonrió entre dientes—. Es divertido esto.

—¿El qué, exactamente?

—Aislarlo paso a paso, ir estrechando el cerco en torno a él, despacio. Es como asfixiarlo poco a poco. Es más divertido.

Dolabela asintió y salió del atrio para dar las instrucciones necesarias a varios hombres que lo esperaban en el vestíbulo de la residencia de Sila. Había órdenes que dictar, unas elecciones en marcha y muchos votos que comprar.

***Domus* de la familia Julia**
Quince días después

César miraba al suelo. Estaba sentado en el *triclinium*, ni siquiera se recostaba en él. Su madre, su joven esposa, su tío Cota y Labieno lo escuchaban en silencio.

—Solamente he empeorado las cosas al desafiar a Sila. No sólo ha confiscado propiedades a nuestra familia, sino que ha despojado a Cornelia de su dinero. Y no he conseguido que me eligieran quindecenviro. Ha comprado tantos votos como ha querido. La gente, el pueblo, se corrompe con tanta facilidad como los senadores.

Hablaba concentrado en sus palabras finales, como si a sus dieciocho años hubiera tenido un momento de revelación, o un baño de realidad que lo había dejado helado. Esa misma gente por cuyos derechos quería luchar lo había abandonado por un puñado de sestercios para cada uno de ellos. ¿Tenía entonces sentido esa lucha?

Aurelia lo conocía perfectamente. Sabía lo que estaba pensando.

—El pueblo de Roma merece la pena —habló entonces—. El hecho de que unos pocos de sus representantes puedan ser corrompidos no quiere decir que la amplia mayoría que lo pasa mal, que se muere de hambre en las calles y que es pisoteada por los abusos de unos pocos senadores no merezca ser defendida. Pero éste es un pulso, hijo, que no puedes ganar. Al menos, no ahora. Y no contra Sila en la cúspide de su poder. Hemos de concentrarnos en tu supervivencia. Hemos de retomar el plan de que abandones Roma lo antes posible. Con el dinero que nos queda. Pronto emitirá Sila una orden de arresto contra ti. Primero ha querido dejarte en ridículo en las elecciones públicas, pero ahora irá a por ti personalmente. Toma el poco dinero que nos queda y sal de Roma. El oro de las sacas aún está a tu disposición. Nuestros amigos, como te dije, nos ayudarán a Cornelia y a vuestra hija, a tus hermanas y a mí.

César, encogido con sensación de derrota, asintió, sentado en el borde de su *triclinium*. Su madre añadió unas palabras más:

—No te ha vencido, hijo: no te has divorciado de Cornelia, que era lo que más quería, eso y que te pasaras a su bando, pero va ganando este pulso. Sal de Roma ahora y yo reuniré todos los apoyos que pueda para que te deje retornar. Y si no, hay otra solución, que simplemente requiere paciencia.

—¿Cuál es esa otra solución, madre?

—Sila es mayor. Morirá pronto. Ésa será tu ocasión, pero hasta entonces maniobraré en la ciudad para conseguir que te permita regresar. Ahora sal de Roma, antes de que sea tarde.

LIX

Fugitivo de Roma

Vía Apia, Roma
81 a. C.

Salieron al abrigo de las sombras de la noche. Por la Vía Apia, rumbo al sur. Labieno y él caminaron por aquellas viejas losas de una calzada que llevaba siglos construida, sin dejar de mirar a ambos lados del camino. Tenían miedo a las patrullas nocturnas, pero se habían anticipado por unas horas a la orden de arresto de Julio César emitida por el Senado. Eso les dio ventaja.

—Esta calzada tendrá que repararse antes o después —observó César.

A Labieno le sorprendió aquel comentario. César llevaba razón. Las pocas reparaciones en aquella calzada habían sido ya objeto de debate en el Senado, pero con las disputas entre populares y *optimates* nunca se aprobaba la partida de dinero necesaria para acometer aquellas obras.

—Bueno —comentó Labieno—, centrémonos en que sobrevivas, como diría tu madre. Luego ya te ocuparás de la Vía Apia.

Lo dijo en broma, pero César respondió con seriedad.

—Sí, un día me ocuparé de esto.

Lo dijo mirando las viejas losas desencajadas del suelo.

Labieno andaba perplejo. Eso era muy propio de su amigo: decir cosas inesperadas en momentos en los que uno no contaba con oír según qué comentarios.

Avivaron el paso.

La noche los envolvió por completo.

No había luna y la oscuridad se hizo impenetrable. Caminaban casi a tientas, siguiendo el trazado de aquella vieja calzada.

Anduvieron horas, hasta alejarse lo máximo posible de la ciudad.

—Va a amanecer —dijo Labieno.

Estaban agotados.

—Cierto —corroboró César—. Alejémonos de la calzada para descansar un rato.

Domus de Sila, Roma

—Se ha escapado —anunció Dolabela, en pie frente al dictador de Roma.

Nadie era capaz de encontrar a César en la ciudad del Tíber.

—Hemos estado lentos —comentó Sila—. Tendríamos que haber previsto que tras la derrota electoral decidiría escapar.

Dolabela se atrevió a aventurar una teoría:

—Quizá deberíamos haber actuado antes de las elecciones, que el Senado hubiera emitido la orden de arresto antes de los comicios a decenviro.

Pero Sila negó con la cabeza.

—No, en absoluto. No es lo mismo emitir una orden de arresto contra alguien derrotado en unas elecciones que contra un ganador.

—Las elecciones fueron... amañadas —se atrevió a apostillar Dolabela.

Sila torció el gesto en una mueca de desdén.

—Tantas cosas están amañadas en la vida... Se hablará de eso, claro, pero públicamente es un perdedor y ésa era la idea que nos interesaba. Incluso sus seguidores habrán visto desinflados sus ánimos de ver en él a ese líder que sustituya a Mario o a Cinna en la lucha contra nosotros. Si hubiera sido más inteligente, habría huido nada más entrevistarse conmigo hace unas semanas. No debería haberse presentado a esas elecciones: habría escapado con lo que tenía de reputación intacta ante los suyos. Pero fueran como fueran las elecciones, limpias o amañadas, sus seguidores han visto que no tiene nada que hacer contra mí, contra nosotros, que son muchas ansias y muchas ínfulas, pero poca inteligencia.

Dolabela asintió varias veces. Todo lo que decía Sila, como siempre, tenía perfecto sentido.

—¿Cuántos legionarios tenemos en Italia? —inquirió el dictador.

—Ciento veinte mil —respondió Dolabela. Todo el ejército que habían empleado contra Mitrídates en Oriente y que habían usado luego contra los populares durante la guerra civil, añadiendo las legiones de Ancona, seguía establecido en Italia para asegurar la consolidación del régimen de Sila.

—Bien. Que lo busquen todos. Quiero a César vivo o muerto en mi casa. De rodillas ante mí o su cadáver a mis pies. Que lo cacen. Como se caza a los lobos o a la peor de las alimañas.

Italia
Varias semanas después de la orden de arresto de César

Ser fugitivo es penoso, triste, sufrido. Y cuando tu única esperanza es que quien te persigue muera, teniendo tu perseguidor cincuenta y siete años, la melancolía y la sensación de derrota empiezan a apoderarse de ti.

—Pero Sila come mucho —apuntó una tarde Labieno junto a un pequeño fuego en medio de la montaña—. Está gordo y bebe vino constantemente. Se entrega a orgías interminables. No sería de extrañar que en una de esas fiestas suyas muriese de repente.

Labieno acompañaba a César con intermitencia. Era el único que sabía dónde estaba, y le llevaba comida a los lugares más remotos. A César le preocupaba que éste se expusiera tanto al procurarle aquella ayuda en forma de alimento y compañía, pero en su huida evitaba las villas de cualquier otro amigo o conocido de la familia Julia o de los seguidores de su tío Mario. Todos estaban vigilados. Labieno no iba ya a su casa, sino que el joven se alojaba en diferentes *domus* de conocidos en la Subura, el barrio más atestado de Roma; el suyo y el de César, aunque para Labieno era más fácil ocultarse entre la multitud. La ciudad, sin embargo, era un lugar imposible para el propio César: miles de legionarios patrullaban las calles y controlaban los accesos de todas las entradas a la urbe.

César sabía que su amigo se exponía mucho, pero también creía que sin él ya habría muerto. Tenía una importante cantidad de dinero, la que le había proporcionado su madre, pero acudir a un pueblo o una ciudad para comprar víveres en un mercado público era un riesgo demasiado elevado: había legionarios de Sila por todas partes.

El tiempo pasaba.

Pronto, la presión se hizo insostenible.

—Cada día es más difícil sortear las patrullas legionarias —dijo Labieno una tarde—. Por todos los dioses, ayer casi me rodean al salir de Roma. Han intensificado los controles por las calzadas y están empezando a montar unidades, centurias enteras, que van a adentrarse en las montañas. Sila ha ordenado que no dejen de mirar debajo de cada piedra en toda Italia. Quizá debieras alejarte más. Acudir a Oriente, o... —No estaba seguro si decirlo, pero lo hizo— a Hispania, con Sertorio.

—Lo he pensado; ambas cosas —admitió César mirando hacia el horizonte del atardecer desde la ladera en la que se encontraban—. En Oriente, la presión militar para darme caza sería menor, pero todos los puertos de Italia estarán vigilados. Sería muy arriesgado intentar embarcarme. Lo más probable es que alguien me traicionara y me entregara a los legionarios de Sila antes de que la nave partiera hacia Grecia o Asia. Y en cuanto Hispania, más allá de que tendría el mismo problema para conseguir embarcar, si me uno a Sertorio, Sila lo considerará un acto aún más hostil por mi parte y tomará represalias aún más duras contra mi esposa, mi hija, mi madre, mis hermanas... No puedo hacer eso.

Labieno suspiró. Sabía que lo que decía César era tristemente cierto.

—Pero el cerco sobre ti cada vez es más estrecho —insistió con cierto aire de desesperación.

—Lo sé —confirmó de nuevo César—. He decidido adentrarme en los pantanos.

Se hizo un silencio.

—Eso es muy peligroso —dijo al fin Labieno—. El aire está corrupto allí. Caerás enfermo o morirás.

—Aquí ya estoy muerto. Mira. —Señaló hacia la base de la ladera: una treintena de legionarios ascendía lentamente examinando cada terrón de tierra, revolviendo hasta las piedras, como si siguieran las órdenes de Sila al pie de la letra.

Labieno y César se miraron. Se dieron un abrazo.

—Nos veremos aquí en quince días —dijo César—. Yo me adentraré en dirección opuesta a los legionarios, hacia el norte, hacia los pantanos. Allí no entrarán por miedo a las fiebres de la zona. Pero yo sobreviviré. Tú sal a su encuentro. A ti nada te harán, si no te ven conmigo.

—Cuídate, por Júpiter.

—Sobreviviré —repitió César con una sonrisa, luego cogió todos los víveres que le había traído su amigo y el odre repleto de agua y echó a andar hacia la zona húmeda y pantanosa que se extendía hacia el norte, allí donde nadie en su sano juicio se adentraba, allí donde sólo esperaban la enfermedad y la muerte.

Escondite de César en los pantanos
Dos semanas después

La primera vez que Labieno se encontró con César después de que éste se adentrara en los pantanos, encontró a su amigo algo desmejorado, más débil y delgado. En aquella ocasión lo achacó a las penurias vividas y a la escasez de alimento, pero cuando ya lo dejaba y descendía por la ladera de la montaña, mientras César se encaminaba de regreso a las zonas deshabitadas, húmedas y oscuras, Labieno cayó en la cuenta de que él le había traído suficientes víveres para sobrevivir bien: *buccellati*, galletas típicas de los legionarios, que apenas pesaban y que se conservaban bien incluso en los inhóspitos pantanos; pan, queso y frutos secos, carne seca y siempre uno o dos odres de agua limpia.

Quince días más tarde ya no se trataba de una pequeña debilidad o de que César tuviese ojeras y la mirada triste por los días acumulados en los pantanos. Era que el joven *pater familias* de la *gens* Julia sudaba profusamente y temblaba.

—Estás enfermo —le dijo Labieno—. Has de venir conmigo, a nuestra villa.

—¡No! —se opuso César tajante—. ¡Por Júpiter! Eso pondría en peligro... a toda tu familia...

Hablaba entrecortadamente. Articular cada palabra le suponía un esfuerzo evidente.

Labieno pensó con rapidez. Tenía que pensar por él y por su amigo, que ya no estaba en disposición de discernir con cordura: era cierto que conducirlo a su villa era muy peligroso, pero... ¿había otra alternativa?

—No retornes a los pantanos —le dijo Labieno después de mucho meditar; prácticamente se lo ordenó—. Pasa esta noche aquí. Mañana regresaré con un médico y veremos qué es lo que dice. ¿De acuerdo?

César no respondió; se sentó en el suelo y asintió en silencio mientras se cubría con las mantas limpias que su amigo le había traído.

Tito Labieno no se quedaba tranquilo dejando a César en aquellas condiciones, pero no podía hacerse más por él aquella tarde. Partió de la montaña y, de camino de regreso a su villa, fue a una población cercana en busca de un médico griego que conocía porque había tratado a varios miembros de su familia. Al salir de la ciudad, pasaron frente a una taberna atestada de legionarios. Muchos de ellos sabían quién era aquel joven y quién era aquel hombre mayor que lo acompañaba.

Cornelio Fagites era un centurión veterano y tenía instinto para la caza del hombre. No en vano se había dedicado antaño a la captura de esclavos fugados. Y se le daba muy bien. Pero si no se trataba de algún fugado de renombre, las recompensas eran pequeñas y, por fin, decidió alistarse en el ejército, ya que era un medio de vida más seguro.

Como el resto de los soldados, Cornelio sabía que el joven Labieno era buen amigo de César, el hombre más buscado de toda Italia, de modo que, puestos a montar guardia en algún punto, había concluido que nada como estar próximo a la villa de campo de la familia cuyo hijo mayor era íntimo del fugitivo. Aun así, sus hombres no habían descubierto nada extraño o eso le decían. Cornelio se había hecho mayor, algo viejo para aquel trabajo siempre cansado de perseguir fugitivos, y había aceptado las explicaciones de los suyos, pero aquel día su instinto lo forzó a ponerse en marcha.

—Vamos —dijo el centurión.

Sus hombres lo siguieron a regañadientes. En la taberna estaban mucho mejor, pero era cierto que no patrullaban la zona hacía días.

—Lo hemos seguido otras veces —se justificó uno de los legionarios refiriéndose a Labieno—. Y o regresa a casa o se adentra en la montaña, eso ocasionalmente, para cazar.

—¿En la montaña? —repitió Cornelio mientras seguían desde lejos a Labieno y su acompañante por una transitada calzada cuyo tráfico de carros ayudaba a camuflar un tanto el avance de la patrulla de legionarios.

—Sí, a la montaña, hacia los pantanos.

—¿Y lo habéis seguido en ambos casos? —inquirió Cornelio sin dejar de andar.

—Bueno, hasta su villa sí —se explicó el *optio*, que intuía que algo no habían hecho bien—. Pero cuando se adentraba en la montaña lo seguíamos media jornada. Luego retornábamos y lo esperábamos cerca de su villa: siempre regresaba con alguna pieza de caza. Por eso...

—Por eso concluisteis, sin realmente saberlo, que iba a cazar y sólo a cazar. ¿Llevaba provisiones consigo, agua, comida, cuando se adentraba en la montaña? —preguntó el centurión, cada vez más enfadado con su oficial inferior.

El *optio* parpadeó varias veces antes de responder.

—Sí, en abundancia... Pero pensábamos que eran provisiones para él, para el tiempo que pasaba de caza.

—¿Cuándo retornaba de la caza?

El *optio* tragó saliva.

—Al día siguiente —admitió en voz baja.

—¿Y no pensasteis que llevaba muchas provisiones para una sola noche fuera? —concluyó Cornelio Fagites, indignado por la estupidez de sus hombres. E indignado consigo mismo por su falta de celo en la supervisión de aquella vigilancia.

Entonces ocurrió algo que captó la atención del centurión e hizo que se olvidara, para alivio del *optio*, de la conversación que estaban sosteniendo: Labieno y el médico se desviaban y dejaban la calzada para adentrarse en la montaña.

—¿Ahora es costumbre irse de caza acompañado por un médico? —preguntó retóricamente Cornelio. El centurión no esperaba respuesta alguna de ninguno de sus hombres—. ¡Por Júpiter, qué pandilla de mentecatos me rodea!

Ladera de la montaña, refugio de Julio César al sur de Roma

Labieno y el médico encontraron a César tumbado en el suelo, de lado, encogido, asiendo las mantas que lo abrigaban y temblando. La noche ya estaba sobre ellos.

—¿Hace cuánto tiempo que te sientes así? —preguntó el médico, agachándose junto al joven que temblaba.

—Un par de días... Empezó esta mañana con más... intensidad... Ha ido a peor... —se explicó César, siempre con voz entrecortada.

El médico le examinó el rostro, puso la mano sobre la frente del joven y volvió a preguntar:

—¿Es la primera vez que tienes esta fiebre?

César negó con la cabeza.

—¿La tuviste hará como cuatro días? ¿Y quizá también otros cuatro días antes?

César lo miró boquiabierto.

—Sí... Me ha pasado ya un par de veces más... Pero luego se va...

—Hasta que no se vaya si sigues aquí, muchacho. —El médico miró a Labieno—: Por Asclepio, tiene la fiebre de los pantanos.* Es este mal aire que se desprende del agua estancada. Hemos de sacarle de aquí o cada vez estará peor. Es joven, y si mañana al amanecer lo trasladamos a un sitio seco, es muy posible que se recupere, pero si sigue aquí morirá. El agua y el alimento no son suficientes. Ha de abandonar este lugar.

—Pensaré en algo —dijo Labieno.

—A tu villa no debo ir... Ni con nadie... —se anticipó César a los pensamientos de su amigo—. Quien me ayude será ejecutado.

El médico abrió bien los ojos. De repente comprendió que aquel joven febril era el fugitivo a quien buscaban todos los legionarios de Italia.

* Malaria, frecuente en muchas zonas húmedas y pantanosas de Italia en la época.

—Yo no me quedo aquí esta noche. —Regresar de noche y sin luz era ciertamente peligroso, podía perderse o caer en algún barranco, pero de pronto el médico griego tenía más miedo a las represalias de los hombres de Sila—. Págame lo acordado y no vuelvas a buscarme para ayudar a este fugitivo.

Labieno lo miró airado. La luz de la luna dibujaba el rostro serio del médico mientras extendía el brazo con la mano abierta, palma hacia arriba, para recibir sus monedas.

—Págale... —dijo César—. De mi dinero. —Señaló una de las bolsas donde tenía los denarios y sestercios que su madre le había hecho coger antes de salir de Roma.

Labieno, enfurecido pero controlando sus ansias, extrajo unas monedas de la bolsa de César y las puso en la mano del médico.

—No es nada personal —precisó éste, quizá algo avergonzado de no asistir aquella noche a un enfermo que lo necesitaba—, pero Sila quiere a tu joven amigo vivo o muerto y yo no deseo estar asociado con él de ningún modo. Ésta no es mi guerra. Ponle paños fríos en la frente durante la noche. Eso bajará algo la fiebre. Y llévalo a otro lugar al amanecer. A esas horas la fiebre remite.

Labieno no dijo nada.

El médico envolvió con los dedos las monedas depositadas en su mano y se alejó entre las sombras de la noche.

—Así lo confundan los dioses y termine en un barranco —espetó Labieno con rabia.

—Ese hombre... no tiene la culpa... de tener miedo... —dijo César desde el suelo—. Es Sila.... No te irrites con quien nos ha ayudado...

Labieno se sentó al lado de su amigo y comenzó a mojar un paño con algo del agua fresca del odre.

—Eres demasiado magnánimo con todos, César —le dijo mientras le ponía la tela empapada en la frente—. Esa generosidad tuya para con todos será tu perdición un día.

No hubo más conversación esa noche. César no estaba con energía para debatir, ni Labieno con ganas de hablar más.

Labieno se durmió.

Pero César no.

Quizá fuera por su estado febril, quizá porque estaba al límite de sus fuerzas, pero empezaba a cuestionarse todo: ¿qué sentido tenía aquella rebelión suya, aquel empeño en no doblegarse nunca ante Sila? ¿No habría sido más fácil hacer como Pompeyo y ceder a las presiones del dictador, divorciarse de Cornelia y casarse con quien aquel tirano eligiera? ¿Qué iba a conseguir con su resistencia, con su testarudez, con su enfrentamiento permanente contra Sila? ¿No estarían mejor su esposa Cornelia y su madre y toda su familia si él se hubiera avenido a aceptar, dócilmente, las órdenes del dictador? Cornelia habría sufrido, sin duda, y él, pero ¿no estaría ella mejor divorciada de él que casada con un rebelde, con un fugitivo a quien el propio Sila había proclamado enemigo del Estado romano?

Sudaba.

Y dudaba de todo.

Ya no sabía lo que estaba bien y lo que estaba mal.

Sin embargo, Cornelia no quería divorciarse. Sólo accedía por protegerlo a él. Y su madre lo apoyaba en su rebelión contra el tirano, y Labieno estaba allí, ayudándolo. ¿Por qué todos esos apoyos a un joven que ni siquiera había cumplido los veinte años? ¿Qué veían todos en él?

Se giró y se tumbó de costado. Se encogió y quedó de lado, en posición fetal.

Pero sí sabía lo que todos veían en él y, por encima de todos, el propio Sila: él era el sobrino de Cayo Mario, el más grande de todos los líderes populares, el único al que Sila temió de verdad en toda su vida. Y esto le hizo pensar más todavía: ¿por qué el dictador todopoderoso se ensañaba con semejante furia con él? Y eso, más que ninguna otra cosa, le hizo ver que quizá su destino, tal y como le había dicho su madre, era más grandioso de lo que él mismo imaginaba. Si Sila le temía tanto como para poner a decenas de miles de legionarios a buscarlo por toda Italia, es que quizá él, Julio César, fuera, en efecto, temible.

Y eso lo animó aún más.

Él era el sobrino de Mario y estaría a la altura de lo que todos esperaban de él: su madre, su esposa, sus hermanas, toda su familia y sus amigos. No podía defraudar a todos simplemente capitulando, rindiéndose. No lo hizo cuando Sertorio lo atacó bajó la atenta mirada de su tío en el Campo de Marte. Fue entonces cuando César comprendió lo que Mario quiso averiguar aquel día en Roma, cuando lo sometió a aquella tanda de golpes sin fin propinada por Sertorio: su tío quería ver si él era de los que se rinden, si era de los que imploran clemencia o si, por el contrario, era de los que nunca ceden en batalla y de los que nunca, jamás, pasara lo que pasara, se rendían.

Él descendía de Eneas y de Marte y de Venus.

Se acordó entonces de lo que Sila hizo con las cenizas de su tío profanando su tumba y recordó cómo, en aquel momento, se juró a sí mismo que nunca jamás se doblegaría ante aquel tirano: su destino era luchar contra Sila y contra todos los tiranos que pudieran sustituirlo. Su destino era cambiar Roma.

En medio de sus pensamientos, el sueño de Morfeo lo abrazó y César, por fin, cayó dormido.

Ladera de la montaña
Al alba

Labieno despertó con la primera luz del día y miró a su alrededor casi por intuición.

—¡Por Hércules, vienen! —exclamó al tiempo que sacudía a un dormido y agotado César, a quien la fiebre había dejado exhausto.

—¿Quiénes?

—Legionarios. —Labieno miraba hacia el pie de la montaña—. O me han seguido o el médico nos ha traicionado, o todo junto. No sé, pero vienen. —Se volvió hacia César—: Has de huir. A los pantanos si es preciso.

César negó con la cabeza.

—No... no puedo... Estoy muy débil... y ese médico, traidor o no, parecía saber lo que se decía... Los pantanos no son una opción ahora... No tal y como estoy...

—Pero entonces te arrestarán y te entregarán a Sila y...

César lo interrumpió. La fiebre había remitido bastante, tal y como había vaticinado el médico que ocurriría al amanecer, y esto le permitía pensar con más claridad.

—Coge mi dinero y huye tú. Estás a tiempo.

—No pienso abandonarte. Menos aún ahora que estás débil y solo. ¿Y cómo voy a llevarme tu dinero? ¿Qué sentido tiene eso? Deliras. Debe de ser la fiebre.

—No, ahora estoy bien y lo veo todo claro. —César se puso en pie y miró hacia los legionarios que se iban acercando—. El dinero aquí no me vale. Me lo robarían los soldados en cuanto llegaran. Pero en tus manos, a buen recaudo, es algo con lo que negociar. La mayor parte de la fortuna que saqué de casa de mi madre ya está en tu villa, pero llévate también estas sacas. Márchate, ve a tu villa y pronto tendrás noticias mías. No me entregarán a Sila. Ya verás como no. Si algo me han enseñado las últimas elecciones es cómo de corruptible es el ser humano en cuanto se le ofrece una buena suma de dinero. —Sonrió—. Estoy aprendiendo de mi enemigo. Sila es un miserable, pero un miserable de quien se puede aprender estrategia.

Labieno empezó a entender la idea de su amigo. Era arriesgada, pero tenía sentido. No discutió. Tomó el dinero de César, le puso la mano en el hombro un instante y, sin decir nada, dio media vuelta y partió ocultándose entre los árboles de la montaña para desvanecerse sin que los legionarios que ascendían por la ladera lo viesen.

César, por su parte, se sentó a esperar su arresto.

En poco tiempo se vio rodeado por varios soldados armados.

—¿Quién es el oficial al mando? —preguntó César, no con tono de fugitivo, sino de autoridad.

—Yo soy. —Cornelio Fagites había llegado casi sin resuello a lo alto de la ladera. Definitivamente se hacía viejo para todo aquello.

—Quiero hablar contigo. A solas —propuso César.

—No creo que estés en posición de negociar nada, fugitivo —replicó Cornelio con aire de fastidio por haber tenido que escalar media montaña para hacerse con aquel prófugo de la justicia.

—Yo pienso que sí estoy en posición de negociar, y mucho, pero a solas —insistió César.

El veterano centurión inspiró aire. Miró a sus hombres y éstos, que llevaban meses a su servicio, supieron interpretar el gesto. Todos se alejaron lo suficiente para dar privacidad a la conversación entre su oficial al mando y el fugitivo.

—Te ha costado ascender la colina —comentó César.

—Esto son montañas —protestó el centurión.

César se permitió una sonrisa.

—No, centurión, esto es apenas una colina, pero los años te pasan factura. Ha llegado el momento de que consigas un retiro del ejército, un tiempo de descanso bien merecido... y bien gratificado.

Cornelio no necesitaba muchas aclaraciones.

—¿De cuánto estamos hablando?

A César le pareció oportuno ir directos al grano. Hablaba con un militar. Eso le gustaba. Le recordaba las rudas formas de su tío Mario.

—Suficiente dinero para que te dure el resto de tu vida sin tener que alistarte de nuevo en las legiones.

Cornelio meditaba. Apenas le quedaban unos meses de servicio militar y había pensado en no reengancharse más al ejército, pero necesitaba el dinero. Pese a los últimos años de buena paga, lo de ahorrar no era una de sus habilidades, y el vino y las prostitutas eran entretenimientos caros para un oficial romano.

—He de comprar también el silencio de mis hombres —apuntó.

—¿Cuántos son?

—Una centuria. Ochenta.

César miró a su alrededor: apenas había treinta legionarios con ellos.

—Aquí no hay ni la mitad —comentó.

—Pero el resto preguntará. Hemos de acallarlos a todos en bloque. Eso funcionará. Comprar el silencio de sólo éstos no funcionará.

César asintió.

—De acuerdo. Treinta denarios de plata para cada uno de tus hombres. Y tres mil para ti.

—Con tres mil denarios de plata me ofreces una pobre vida futura, tranquila, pero muy modesta. Quiero cincuenta denarios de plata para cada uno de mis hombres y quince mil para mí.

—Lo de tus hombres de acuerdo. A ti seis mil.

—Doce mil.

—Reajustemos cifras —propuso César, siempre sereno, frío, aunque regateara sobre el precio de su propia vida—: Cuarenta denarios para cada uno de tus hombres y ocho mil para ti.

A Cornelio, lo de los cuarenta para sus legionarios le parecía bien; sus hombres lo aceptarían. Quedaba aumentar su propio soborno.

—Nueve mil para mí.

—Ocho mil quinientos.

—Ocho mil ochocientos —insistió Cornelio.

—Sea —aceptó César—: cuarenta denarios de plata para cada uno de tus hombres y ocho mil ochocientos para ti.

—Dame el dinero.

César no pudo evitar soltar una sonora carcajada.

—¿Y que luego me cortes el cuello aquí mismo? —dijo al remitir su risa—. Llévame a un lugar seco, alejado de estos malditos pantanos, y te diré dónde enviar a uno de tus hombres con un mensaje de mi puño y letra. En tres días tendrás tu dinero y el de los tuyos. —Sabía que al cuarto día volvería la fiebre. Para entonces tenía que estar libre.

Cornelio apretó los labios y frunció el ceño.

—Por Júpiter, sea, pero si al tercer día no hay dinero, te cubro de cadenas y te llevo personalmente ante Sila.

—Tendrás tu dinero —sentenció César categórico.

Tienda de Cornelio Fagites
Tres días más tarde

Labieno entró en la tienda del centurión con el dinero de César en un saco que colgaba de su mano derecha. El mensaje de su amigo contenía instrucciones muy precisas sobre lo que debía hacerse. Labieno dio unos pasos en el interior de la tienda y depositó el saco con doce mil denarios de plata sobre la mesa en la que el centurión tenía una copa con vino.

—¿Está todo? —inquirió.

—¿Ahí? ¿En ese pequeño saco, doce mil denarios? —comentó César—. No, hombre, no. —Y miró a su amigo—. ¿Has traído todo, como te dije?

Labieno asintió y se volvió hacia la puerta de entrada.

—El resto está fuera, en manos de mis esclavos, vigilados por los legionarios de este oficial.

—Salgamos, entonces —dijo el centurión, y apuró la copa de vino con el ansia de la avaricia.

—Yo no abriría los cofres que ha traído mi amigo en presencia de tus hombres —apuntó César—. Quizá a algunos no les parezca adecuado el reparto del dinero.

Cornelio Fagites miró a César y dejó escapar una carcajada.

—¡Por Hércules, llevas razón!

Salió de la tienda y dio instrucciones para que dejaran que los esclavos llevasen los cofres al interior de la misma. Labieno aprovechó ese momento para hablar en privado con César.

—¿Cómo sabes que nos dejará marchar?

—Está harto de todo, del ejército y de la guerra. No tiene nada que ganar entregándonos. La generosidad no es una cualidad de

Sila. Y eso lo saben todos. Nos dejará ir, entregará cuarenta denarios a cada uno de sus soldados y yo volveré a estar en fuga. Arruinado pero libre. Esto merece una copa de vino.

César tomó la jarra de la mesa y un par de vasos sin usar que había junto a ella, sirvió con descaro las copas, como si ya no fuera un reo, sino casi el oficial al mando de aquella centuria.

—El centurión continuará por aquí unos meses hasta que le llegue el momento de dejar el ejército. Hará como que busca y vigila, pero sólo lo fingirá. Unas semanas simulando que trabaja, bebiendo vino, con sus hombres felices por el dinero recibido y luego se retirará cómodamente.

César le acercó la copa de vino a su amigo.

—¿Bebes conmigo? ¿Por mi ruinosa libertad?

Tito Labieno negaba con la cabeza mientras se acercaba para tomar la copa de vino que le ofrecía un sonriente César.

—O la fiebre te ha trastornado o estás loco de atar.

Pero César negó ambas opciones.

—Ni lo uno ni lo otro, amigo mío. Simplemente es que empiezo a conocer cada vez más la naturaleza humana. —Bebió y apuró su copa, la dejó sobre la mesa y miró a Labieno—. Vuelvo a ser un fugitivo.

LX

La primera victoria

La primera victoria de César no fue en el campo de batalla. Fue una victoria silenciosa, entre fiebres y penurias, arrastrándose durante días, semanas, meses por los más inhóspitos rincones de Italia, siempre fugitivo, siempre huyendo... a la espera de la muerte o de un permiso para poder volver a Roma.

***Domus* de Sila, Roma**
81 a. C.

La vestal máxima, el pretor Marco Emilio Lépido, Aurelio Cota y hasta la propia madre de César habían desfilado aquella mañana por la *domus* de Lucio Cornelio Sila para suplicar el perdón para el joven fugitivo. Incluso Craso y Metelo y otros líderes *optimates* habían solicitado que Sila pusiera término a la persecución, no por piedad, sino porque la incapacidad de arrestar a César estaba amplificando la imagen de ese joven que se atrevía a desafiar la autoridad del nuevo régimen. Sila veía esto último con claridad, pero aun así...

El dictador suspiró después de que Aurelia saliera del atrio. Se quedó con Dolabela y Pompeyo, que habían asistido con él a aquella serie de peticiones.

—¿Qué piensas, Dolabela? —preguntó Sila. A Pompeyo lo quería a su lado por su fuerza en el campo militar, pero lo consideraba demasiado joven para solicitar su opinión en asuntos políticos.

—No sé bien qué decir —inició el interpelado—. Que la madre suplique por el perdón de su hijo es lógico, y lo mismo que lo haga su tío Aurelio Cota, que es, con toda seguridad, el más moderado de la familia Julia. Ha sabido vendernos que el perdón relajaría el malestar en las filas de los populares, que se han visto sometidos y purgados tras nuestra toma de control de las instituciones. Pero el hecho de que hayan conseguido que la vestal máxima apoye esta petición de clemencia denota que el asunto de ese joven fugitivo se está transformando en algo grande. Ésa parece ser la visión también de Craso o Metelo. El respaldo de Lépido no lo entiendo.

—Lépido está virando —dijo Sila—. Sabe que no lo aprecio y que le voy a poner límites a su ascenso político. Tiene mucha ambición. Le gusta más mandar que recibir órdenes. Estoy convencido de que está madurando postularse como líder de un partido popular descabezado y desmembrado. ¿Qué mejor forma para erigirse líder de los populares que reclamar mi perdón para el sobrino del que fuera el mayor de sus líderes?

—Es muy posible —aceptó Dolabela—. Aun así, más allá de las oscilaciones políticas de Lépido, hemos acabado con todos los populares aquí en Roma. Nos queda, no obstante, la rebelión militar de Sertorio, el oficial favorito de Mario, en Hispania. Y, por otro lado, en efecto, como han apuntado otros, la habilidad de ese joven César de desvanecerse una y otra vez y no ser arrestado nunca empieza a ser un problema. Es como si estuviera abriendo otro frente popular contra nosotros en Italia. Sin apoyo militar, sólo político, y relativamente escaso, pero quizá sería cuestión de considerar... —Se lo pensó bien antes de decirlo, pero, al final, lo dijo—: Sí, sería quizá oportuno plantearnos su perdón.

Sila suspiró. Se volvió hacia Pompeyo. Por una vez, vería qué tenía que decir en una cuestión política.

—Yo coincido con Dolabela —indicó Pompeyo—. César no es

nadie. Con esta larga e interminable persecución infructuosa sólo engrandecemos su figura, como ya han apuntado Craso y Metelo esta jornada.

Sila negó con la cabeza varias veces en silencio mientras dibujaba una sonrisa cínica en su rostro.

—Por Júpiter Óptimo Máximo, qué simples podéis llegar a ser los dos... y todos los demás... —Al dictador le desesperaba ver que nadie sabía calibrar bien la situación—. Estamos hablando del sobrino de Cayo Mario, el más terrible enemigo que ha tenido la aristocracia romana jamás. Cayo Mario estuvo a punto de destrozarnos, de acabar con el poder de los senadores. Parece que lo olvidáis, cuando no hace ni un año que luchábamos contra sus hombres en Italia. Y, como decís, sus partidarios aún están combatiendo contra nosotros en Hispania al mando de Sertorio.

Sila calló un momento. Necesitaba pensar: para él, el perdón a César era un error, pero no podía ir en contra de todos los que apoyaban el nuevo régimen. Nadie entendía la potencia oculta de aquel joven. Sila recordaba su mirada desafiante ante él. Cuando un joven de apenas dieciocho años se atreve a encararse con un todopoderoso dictador de Roma quiere decir que ese joven no pone límites a su ambición. ¿Tan difícil era para los demás ver eso?

Sila suspiró antes de volver a hablar.

—Sea, concederé el perdón a ese maldito Julio César. Sin embargo, mi único motivo para tomar esta decisión es que no hagamos más el ridículo, pues, y en eso Cneo Dolabela tiene razón, cada día que pasa y que nuestros ciento veinte mil legionarios son incapaces de arrestarlo quedamos en evidencia. No quiero contribuir a engrandecer su figura, a crear una leyenda de alguien que, ciertamente, por el momento, no es nadie. Ni ha intervenido en ninguna causa pública de renombre ni ha participado en acción bélica alguna, eso es verdad, pero ambos os equivocáis. Todos se equivocan con respecto a ese al que todos consideráis insignificante, porque si no muere joven, crecerá y se hará fuerte y entonces todos correremos un gran riesgo. Pero yo soy perro viejo. Seréis vosotros, tú,

Dolabela, o tú, Pompeyo, los que os las tendréis que ver con ese de quien tanto os reís ahora, de ese a quien tanto menospreciáis ahora. Ya no será entonces de mi incumbencia. Mi rabia, mis entrañas, me piden seguir la caza, pero mi razón me dicta que el perdón, a corto y medio plazo, me dará sosiego en los últimos años de mi vida, pues así cortaré de raíz, por un tiempo, la leyenda de que ese César es irreductible. Contra las leyendas es imposible luchar. Hay que actuar siempre para evitar que el enemigo tenga leyendas en las que creer, en las que encontrar esperanza. Sin leyendas no hay esperanza, y sin esperanza, entonces sí, el enemigo está, por fin, completamente derrotado. Por eso perdonaré a César aquí y ahora, pero recordad bien mis palabras: ¿por qué no deberíais despreciar a ese joven Julio César?

Sila calló un instante, que aprovechó para tomar un buen trago de vino. Acto seguido dejó la copa sobre la mesa frente a su *triclinium* y, primero a uno y luego al otro, miró fijamente a los ojos de Dolabela y Pompeyo.

—*Nam Caesari multos Marios inesse.**

* «Porque en César existen muchos Marios», frase de Sila sobre el joven César, según Gaius Suetonius en *De vita Caesarum*, VII, «*Vita divi Iuli*», 1.

El juicio VI

SECUNDA ACTIO

Segunda sesión del juicio

LXI

La declaración de Dolabela

Basílica Sempronia, Roma
77 a. C.

César ordenaba varios papiros con anotaciones que tenía sobre la mesa de los abogados de la acusación. A su derecha, sentía cómo su amigo miraba con atención hacia el público.

—Hay muchísima gente —observó Labieno—. Y no los hemos convocado nosotros.

—¿Preferirías que hubiera menos? —indagó César con aire distraído, repasando sus notas.

Labieno calló.

—Interpreto tu silencio como que sí, que preferirías que hubiera menos público —continuó César con un tono sorprendentemente relajado—. Crees que, después del desastre de la *prima actio*, cuanta menos gente sea testigo de mi nuevo desastre en esta segunda sesión, mejor, ¿no? ¿Me equivoco al interpretar tus pensamientos, amigo mío?

Labieno suspiró antes de responder:

—No, no te equivocas.

César asintió y miró a su alrededor: Dolabela ya estaba sentado en el centro de la sala, preparado para dar testimonio; el tribunal, con Pompeyo a la cabeza, también estaba ya acomodado en sus asientos y, entre el público, su mujer, su madre y sus hermanas miraban hacia él con una mezcla de admiración y preocupación en el rostro. César las saludó con un leve cabeceo y una sonrisa quizá algo forzada: la reconciliación con su madre era plena, pero el dolor de la traición aún latía en su corazón. Entendía que lo que la movió a traicionarlo en la primera sesión era su miedo a que él pudiera, de alguna manera, incomodar al temible Dolabela, pero toda vez que era evidente que el acusado, de un modo u otro, arremetería contra él tras el juicio, su madre asumía que lo mejor era que hiciese ahora todo lo que pudiera por desprestigiarlo. Difícil tarea. Lo de conseguir una condena no estaba en la mente ya de nadie. Pero, pese a todo, César aún alimentaba un rayo de esperanza y, siempre, pasión en las entrañas por el combate, en este caso dialéctico, entre él y el propio Dolabela que tendría lugar aquella mañana.

—Ya se levanta Hortensio —avisó Labieno.

César observaba los movimientos del abogado de la defensa aún sumido en sus reflexiones: la reconciliación con Cornelia, por otro lado, era absoluta. Ella lo había perdonado pese a que él había dudado de ella. Cornelia se había convertido durante el juicio en su mejor apoyo, su mayor bálsamo y el origen de su fuerza.

—Piensas ir a por él, ¿verdad? —le había preguntado su mujer aquel amanecer mientras lo ayudaba a ponerse la toga—. Vas a lanzarte contra Dolabela en el juicio.

—Sí, así es —le había respondido y se había vuelto hacia ella mientras Cornelia terminaba de ajustarle la toga—. ¿Sabes una cosa? Curiosamente, con su traición en la *prima actio*, mi madre me ha brindado una segunda oportunidad en el juicio.

Ella lo miró con la frente arrugada.

—No entiendo cómo —se sinceró la joven esposa.

—Para Dolabela y para los abogados de su defensa, para el tribunal y para el público, hay dos Julio César. Han visto a dos muy diferentes: primero al torpe de la *divinatio*, donde me dejé destrozar por Cicerón para conseguir la designación como *accu-*

sator, pero eso el público no lo sabe; y luego han visto al Julio César brillante de la *reiectio*, donde logré la recusación de Metelo. Todos se preguntaban cuál de los dos Julio César era el real, el que prevalecería durante el juicio, y ahora, tras el desastre de la *prima actio*, donde Hortensio y Cota desarbolaron la credibilidad de todos mis testigos, todos, tribunal, abogados, acusado y público, están convencidos de que sólo soy ese torpe de la *divinatio* y de la *prima actio*.

—¿Y hoy va a volver mi auténtico Julio César, el de la *reiectio*, el hombre valiente y audaz al que amo, el que casi muere por mí al enfrentarse a Sila? —preguntó ella, aunque ya sabía la respuesta.

—Hoy va a volver, como dices, tu auténtico Julio César. El valiente, el audaz, ciertamente, y el hombre al que amas. El que se enfrentó a Sila por ti. Pero hoy me encararé con su perro de presa, con Dolabela.

—Que los dioses te protejan.

Cornelia lo había rodeado con sus pequeños brazos y lo había abrazado con fuerza mientras le hablaba al oído.

Eso había sido aquella misma mañana.

César parpadeaba mientras pensaba.

—Empieza —anunció Labieno.

Durante el tiempo de una clepsidra entera, una a una, Dolabela fue respondiendo a las preguntas de un exultante Hortensio.

César escuchó cada respuesta, cada palabra del *reus* con la atención ya puesta en sus afirmaciones categóricas, en su modo relajado de conducirse ante el abogado, en su forma desafiante de mirar al público.

Dolabela se mostraba cómodo, tranquilo ante las preguntas de Hortensio y satisfecho y seguro con sus razonamientos.

La defensa lo había llamado a declarar como su principal y único testigo.

—La acusación ha alegado que la Vía Egnatia se halla realmente en mal estado en toda la provincia de Macedonia. ¿Es esto así? —preguntó Hortensio.

—Lo es —admitió Dolabela para sorpresa inicial de César y Labieno, que pronto, no obstante, vieron que el acusado lo tenía todo muy bien pensado—. Es cierto que está en malas condiciones, pero no que sea impracticable como se ha sugerido. Era impracticable cuando yo llegué a la provincia. Son, precisamente, las obras y reparaciones que yo he promovido las que han mejorado la vía, aunque, sin duda, quede trabajo por hacer.

—Perfecto —aceptó Hortensio—. Eso aclara este punto. Hemos de entender que los impuestos para la reparación de la calzada se usaron, pues, para este fin.

—Así es —corroboró Dolabela.

—Del mismo modo que los impuestos para traer trigo desde Egipto se usaron para financiar su transporte, ¿correcto?

—Exactamente.

—Bien. Quedan aún por esclarecer dos puntos en los que se sustenta la acusación contra el antiguo gobernador de Macedonia, antiguo cónsul y senador que, en su momento, mereció celebrar hasta un triunfo por las calles de Roma —se recreó Hortensio resumiendo el portentoso *cursus honorum* de su defendido—. Dos puntos quedan, he dicho: uno, el asunto del expolio del templo de Afrodita en Tesalónica; y dos, las mentiras vertidas aquí por una joven macedonia no casada y no virgen, una auténtica desvergonzada, por decirlo en palabras suaves. Pero vayamos primero al asunto del templo: ¿está el templo de Afrodita, tan sagrado para los macedonios de Tesalónica, expoliado?

—Lo está —admitió de nuevo Dolabela—. Pero lo estaba ya cuando llegué a la ciudad. Los macedonios no son gente religiosa que sepa cuidar de sus templos. Cuando arribé a la capital de la provincia, ya lo encontré despojado de estatuas y de todo tesoro de valor.

—Sea —prosiguió Hortensio sin dudar en momento alguno de las aseveraciones de su defendido, dándolas como verdades incuestionables—. Queda, pues, por rebatir o dar crédito a las acusaciones de esa mujer macedonia deshonrada, según ella misma vertió ante este tribunal. ¿Puede el antiguo gobernador de Macedonia iluminarnos sobre lo que realmente ocurrió entre esa mujer y él?

—Sencillo de aclarar: ella me convocó a su presencia —contestó Dolabela—. Me pareció inusual que una joven, por muy aristocrática que fuera, se tomara la libertad de invitarme a su casa, pero por pura cortesía decidí acudir. Cuando llegué, ella estaba sola y con ropa propia de un encuentro íntimo, y nada más entrar se me insinuó en repetidas ocasiones. Soy viudo. Decidí aceptar sus invitaciones sexuales. Si ella deseaba quedar deshonrada era asunto suyo. Supongo que albergaba la esperanza de que yo quisiera luego traérmela a Roma y proporcionarle una lujosa vida a mi lado, pero, ciertamente, prefiero a cualquier mujer romana antes que a una macedonia. —Y se echó a reír. Carcajada en la que se vio acompañado por el propio abogado que lo estaba interrogando, por algunos de los presentes del público y por parte de los jueces del tribunal.

La propia Myrtale, Pérdicas, Aéropo, Arquelao, Orestes y el resto de los macedonios tragaban saliva, engullían silencio y cerraban los puños conteniendo una rabia que las mentiras de Dolabela y la risa del tribunal alimentaban a cada instante, haciéndola crecer hasta convertirla en un mortífero rencor.

—Creo que todo está muy claro —dijo Hortensio cuando se acallaron las risas—. La defensa no tiene más preguntas, ni convoca a más testigos. La defensa no quiere alargar más este teatro ni aburrir más a los jueces de este tribunal.

Pompeyo dio entonces la palabra a la acusación.

César no se levantó. Se quedó sentado mirando fijamente a Dolabela.

No se habían dirigido la palabra el uno al otro nunca antes. Ni siquiera hablaron cuando Sila convocó a César a su casa cinco años atrás, con Dolabela presente. Ni siquiera entonces. Se miraron, se observaron, pero no se hablaron directamente. Sólo Sila habló con él.

César, al fin, se levantó despacio y tomó posición en el centro de la sala.

Miró al público.

Inspiró aire.

Proyectó su voz:

—*Testis unus, testis nullus** —declaró el joven fiscal—. Un único testigo en una causa judicial es como no aportar ninguno. El abogado defensor quiere esconder su incapacidad de encontrar testimonios que apoyen la versión del *reus* en un supuesto intento de no alargar una causa que considera teatro. Esto es interesante: para la defensa todo esto es teatro, quizá una burla, una farsa. ¿Y qué son a sus ojos entonces los jueces partícipes en esta mal llamada «farsa»? Pero no, no seguiré por ahí, pues ya veo que el abogado defensor del *reus* está a punto de levantarse y decir que no ponga en su boca palabras que él no ha dicho. Volvamos, pues, al testigo de la defensa del *reus*, a su único testigo, en otras palabras, al *reus* mismo. —Se volvió hacia Dolabela—. Yo sí tenía testigos, varios, contra el *reus*, tal y como expliqué hace ya días en la *divinatio*, pero mis dos principales testigos, el sacerdote del templo de Afrodita en activo durante el gobierno del *reus* en Macedonia y el ingeniero que el *reus* contrató para, supuestamente, reparar la Vía Egnatia, testigos ambos que habrían declarado sobre cómo el *reus* expolió el templo y cómo el *reus* nunca invirtió un sestercio en la reparación de la calzada romana que cruza Macedonia, murieron... Ambos. Los dos asesinados a manos de desconocidos que clavaron una daga... —y lo repitió, al tiempo que se acercaba a la mesa donde estaba Labieno, en el rincón de la defensa, y, tras levantar un papiro de los muchos acumulados en ella, cogió un puñal, limpio y resplandeciente, lo exhibió ante todos—: Una daga, sí, clavada en las espaldas de ambos testigos, terminó con la vida de uno y otro. Eso es todo lo que los sicarios a sueldo dejaron tras su horrible crimen. Una daga como ésta.

Dolabela permanecía en silencio. De momento, el *accusator*

* «Un único testigo es un testigo nulo». La frase viene recogida en la versión latina de la Biblia, en el libro del Deuteronomio, e incluida en el código de Justiniano, muy posterior a la época de César, pero no quiere esto decir que no se usara ya antes de manera informal.

sólo insinuaba que esas muertes podían deberse a órdenes suyas. Tenía curiosidad por ver si se atrevería a verbalizar esa insinuación de forma directa.

César tragó saliva, dispuesto a forzar la situación. Ya se sabía condenado a muerte por Dolabela, así que... ¿por qué no ir a por todas?

—Y estoy seguro de que estas dagas —seguía exhibiendo aquel *pugio* de hoja afilada y brillante y empuñadura blanca de marfil en alto para que todo el mundo lo viera— las clavaron sicarios a sueldo de Cneo Cornelio Dolabela, *reus* en esta causa.

Hortensio se levantó *ipso facto*.

—Ésa es una acusación gratuita y sin pruebas —contraargumentó—. ¿O es que acaso nuestro defendido va a ser cómplice de todos los asesinatos que se cometen cada día en Roma y en cada una de sus provincias?

César se volvió hacia Hortensio.

—No, supongo que de todos no —dijo, y eso hizo reír a parte del público.

Pompeyo miró a los *praecones*. No quería perder el control de aquella sesión. El más veterano se alzó y demandó silencio en la sala:

—*Fauete linguis!*

Las risas cesaron. César retomó su parlamento antes de que el presidente del tribunal lo llamara al orden.

—No, de todos no, pero estoy muy convencido de que los sicarios que asesinaron a mis testigos y que dejaron clavadas las dagas en las espaldas de ambos hombres inocentes estaban a sueldo del *reus*. —Lo miró fijamente—. ¿No es esto cierto?

Cneo Cornelio Dolabela iluminó su rostro con una sonrisa. La enorme torpeza del joven *accusator* le parecía casi increíble. Sólo tenía que negar semejante información y ya estaba. Era el poderoso testimonio de un reputado senador romano contra el de un desconocido e inexperto joven abogado acusador.

—No, yo no ordené semejantes muertes. Además de que todos en Roma saben que los hombres de mi escolta no llevan dagas con tal empuñadura de marfil, sino puñales afilados con empuñaduras pintadas de rojo y negro. Muy diferentes a la que exhibe el *accusator* en su mano como si ese puñal encontrado en la espalda de alguno de sus testigos fuera de mis hombres.

César se quedó inmóvil en el centro de la sala. Parecía sorprendido, por un momento, derrotado, una vez más. Pero justo antes de que empezaran los murmullos, retomó el uso de la palabra:

—La daga que sostengo en la mano es mía —dijo—. Un regalo de mi esposa. Las dagas que aparecieron clavadas en las espaldas de los testigos de la acusación son otras. Quizá me he expresado de forma que el testigo ha podido entender que la daga que tengo en mi mano era la de los asesinos, pero no. —Se acercó a la mesa donde estaba Labieno, despacio, por un lateral, para situarse de modo que el público y el tribunal pudieran ver las dos dagas con sangre seca en sus filos que estaban debajo de los papiros que apartaba.

César dejó la daga que le había regalado Cornelia, tomó por el filo las dos que había en la mesa de la acusación y las levantó para que sus empuñaduras, rojas y negras, quedaran bien visibles a los ojos de todos.

—Éstas son las dagas con las que mataron a los testigos de la acusación, que el *reus* ha tenido a bien identificar como las que habitualmente llevan los hombres a su sueldo. Y tengo testigos, vivos, que pueden declarar que éstos, en efecto, son los puñales que se encontraron clavados en las espaldas del sacerdote macedonio y del ingeniero asesinados.

Dolabela movía los labios pero sin abrir la boca, sin despegar uno del otro, mientras respiraba con rapidez. Miró a Hortensio y a Cota. Hortensio se levantó.

—Eso no prueba nada. Es circunstancial —argumentó—. No sólo los escoltas de nuestro defendido usan esas dagas. Y ni siquiera podemos estar seguros de que esos puñales sean, en efecto, los que se usaron en esas muertes.

César sonrió antes de responder. Había conseguido que Dolabela, sin casi darse cuenta, declarara contra sí mismo.

—Es quizá circunstancial, pero lo que esto prueba o no prueba no lo decide ni la defensa ni la acusación, lo deciden los cincuenta y dos jueces del tribunal, porque resulta que no estamos en un teatro ni en una farsa ni en un espectáculo del Circo Máximo, sino ante un tribunal de justicia en la basílica Sempronia de Roma. —Se volvió, precisamente, hacia los jueces—. A los testimonios aportados por la acusación en la *prima actio* sumo ahora el testimonio del propio *reus*... contra sí mismo. —De nuevo se giró hacia Hortensio—. ¿O ahora la defensa del *reus* va a argumentar que el propio *reus* es un mentiroso? ¿O que el propio *reus* es un viejo demente que no recuerda ni el color de la empuñadura de las dagas que emplea su escolta personal? Esto sería ciertamente interesante oírlo.

Y una vez más las risas se generalizaron por toda la sala.

Bajo la atenta mirada de Pompeyo, los *praecones* llamaron otra vez al orden y, al fin, el silencio retornó a la basílica Sempronia.

Todos pensaban que César había terminado de interrogar al acusado; de hecho, el propio *accusator* había iniciado su retorno a su esquina, pero de pronto se detuvo en seco, se dio la vuelta y se encaró con Dolabela.

—Una última pregunta: ¿cree el *reus* que los macedonios merecen justicia, nuestra justicia?

El acusado se inclinó hacia atrás en su silla y giró la cabeza, pero siempre mirando de reojo a su interlocutor. Aquélla era una pregunta del todo inesperada y, en apariencia, ajena al caso. Esto es, los macedonios tenían derecho, según las leyes romanas, a llevar a juicio a un antiguo gobernador de su provincia por mediación de otro ciudadano romano, como era César, que accediera a ser acusador en la causa. Eso era así. Pero, de súbito, el joven abogado le pedía una valoración sobre si, a su entender, esa opción era adecuada o no.

Dolabela no supo ver la trampa en aquella pregunta. No veía cómo decir lo que pensaba podría, de una manera u otra, indisponerlo contra el tribunal, ya de por sí muy favorable a exonerarlo del todo; tampoco veía cómo precisar su opinión sobre aquel punto podría perjudicarlo en modo alguno. Enderezó la espalda y respondió alto y claro:

—Sinceramente, creo que ni los macedonios ni ningún otro pueblo no romano merecen ser atendidos por nuestra justicia. Roma es para los romanos, y las leyes romanas deberían ser aplicables sólo entre romanos. Y más aún en el caso de un pueblo derrotado y decadente como los macedonios, que ya no son nadie ni volverán a serlo nunca. Viven del recuerdo de un pasado que quizá fue más o menos relevante, pero olvidan que ahora sólo son sujetos dependientes de nuestra voluntad. Alejandro, su gran Alejandro, hace siglos que está muerto y bien muerto y enterrado en...

Iba a decir «Alejandría», donde estaba la tumba del gran conquistador macedonio, pero un trueno inmenso, que retumbó por todo el interior de la basílica Sempronia, lo hizo enmudecer. Era extraño aquel trueno. Había amanecido sin nubes. Quizá se hubiera nublado durante la mañana. Dolabela no quería considerar otras alternativas. Aun así, dejó de hablar.

Detenidos sus movimientos, la respiración contenida, boca entreabierta, el antiguo gobernador de Macedonia miró al público sin moverse, sólo girando las órbitas de los ojos hasta, de pronto, encontrar la mirada helada de la joven Myrtale fija en él.

La vio dirigirse a uno de sus acompañantes macedonios, pero no pudo oír lo que la muchacha decía. Daba igual: lo intuía.

—Lo ha dicho —dijo Myrtale a Pérdicas, y lo repitió con el corazón palpitando de rabia y sensación de victoria—. Lo ha dicho.

A César, como a todos, también le sorprendió el trueno, pero él no tenía la conciencia atormentada por haber violado a una joven que le hubiera lanzado la maldición de Tesalónica. No tenía grabada a fuego la amenaza a partir de la cual uno nunca debía decir que Alejandro estaba muerto. Así que César retomó el diálogo con el acusado sin prestar más atención a aquel trueno.

—Es interesante saber lo que el *reus* piensa sobre todo este juicio: que no debería ni tener lugar —dijo con una sonrisa cínica en el rostro.

No había más truenos.

Dolabela dejó de mirar a Myrtale, se giró hacia César, sacudió de su mente los pensamientos más lúgubres y extraños sobre aquella particular coincidencia entre mencionar la muerte de Alejandro y aquel sorprendente trueno que anunciaba una lluvia torrencial, y respondió al fiscal:

—Yo acato las leyes y acepto, en consecuencia, este juicio. —No deseaba que quedara en la mente de los jueces que cuestionaba su autoridad. Por supuesto, desdeñaba su criterio y su decisión final, fuera la que fuera, sobre él en aquel momento, pero, más allá de sentir ese desprecio por ellos y de que los hubiera sobornado a todos, comprendía que no era cuestión de hacer tan patentes sus auténticos pensamientos ni de dejar a nadie en ridículo de forma pública: no podía menospreciar al tribunal ante una basílica repleta de ciudadanos—. Sólo me he pronunciado sobre una ley que se está usando para juzgarme acusado por extranjeros, una ley que yo cambiaría, pero la ley existe y aquí estoy, acatándola. Yo cumplo las leyes.

—De eso se trata —ratificó César—, de saber si realmente el *reus* en este juicio cumplió las leyes cuando gobernó Macedonia. —Y antes de conceder espacio a más contrarréplicas del acusado, se volvió de regreso a su esquina pronunciando sus últimas palabras en aquel interrogatorio—: No tengo más preguntas.

LXII

Alegato final de la defensa

Basílica Sempronia, Roma
77 a. C.

Había sido muy efectista el final del interrogatorio de César a Dolabela. Hortensio sabía que debía borrar esa imagen de aparente confesión del propio Dolabela de que había ordenado el asesinato de los primeros testigos de la acusación. Más allá de que el tribunal estuviera predispuesto a exonerarle, Hortensio era consciente de que, al ser un juicio público, con la basílica atestada de gente, con una situación política muy tensa, era clave que Dolabela quedara lo mejor posible ante todos, al tiempo que era importante que César quedara lo más desacreditado posible.

Con el enfrentamiento larvado entre *optimates* y populares, aún latente, como un volcán dormido que puede estallar en cualquier momento, los abogados de la defensa tenían muy claro que no sólo cobraban dinero de Dolabela por conseguir una sentencia favorable, sino por lavar su imagen pública. Para obtener una sentencia exculpatoria, el viejo exgobernador de Macedonia no necesitaba los servicios de los mejores abogados. Para hacer pasar sus desmanes en Macedonia como un gobierno bueno y recto, sí los necesitaba.

Hortensio se alzó para la intervención final de la defensa.

Aurelio Cota, en cambio, había decidido quedar ya en un segundo plano desde el final de la *prima actio*. Realmente, a Cota se le estaba atragantando enfrentarse a su joven sobrino y contribuir, como había hecho, a destrozar su imagen pública. No le gustaba, pero tampoco sentía que fuera su responsabilidad: él ya le advirtió una y mil veces que no aceptara ser acusador de los macedonios contra Dolabela. Ahora ya era tarde para detener la demoledora maquinaria de la justicia romana. Hortensio iba a terminar con lo poco que quedaba de César. El truco de la daga y cómo César había conseguido incomodar a Dolabela habían sido un brillante destello de oratoria y estrategia, pero sólo eso: un fugaz fulgor de inteligencia frente a la tormenta de rayos y truenos que ahora arrojaría Hortensio sobre el *accusator*. Breve pero intensa.

—Bien, jueces del tribunal —empezó Hortensio, siempre caminando y haciendo grandes aspavientos con los brazos mientras pronunciaba su alegato final—: ¿Qué es lo que tenemos aquí? Seré muy preciso y sucinto, no porque considere que esto es una farsa, como ha pretendido dar a entender el *accusator* que pienso yo o el *reus*..., esto es —se corrigió veloz—, el senador y exgobernador Dolabela. —Estaba nervioso; absurdamente nervioso después del ardid de la daga—. Seré sucinto —repitió, buscando en la repetición centrarse en su discurso—, porque entiendo tan evidente la inocencia de mi defendido y tan falta de pruebas la acusación que no veo necesario elucubrar argumentos complejos que nos desvíen del tema en cuestión: los testigos de la acusación son un ingeniero cuyo testimonio ha sido comprado por el propio *accusator*, de un modo sutil, si se desea, pero comprado al fin y al cabo, al financiar el viaje de dicho ingeniero a Macedonia; luego tenemos el relato inconexo de un viejo decrépito y sin memoria que ni ve ni oye bien y, finalmente, las acusaciones de... una mujer.

»Pero una mujer, todos lo sabemos bien, siempre está inclinada a la mentira más grosera, cuando no a la exageración más burda. Por no subrayar su condición de mujer no casada y no doncella. Esto es todo cuanto ha podido reunir la acusación. Eso y nada es lo mismo. Ni un solo testimonio digno de ser tenido en cuenta por un tribunal de Roma. ¿Y qué tenemos en el lado opuesto? A todo un senador, excónsul, triunfador ante los tracios, un gobernador que se ocupó de mejorar las condiciones de su provincia procurando alimento traído desde Egipto para evitar una hambruna, reconstruyendo la maltrecha Vía Egnatia, a quien se le quiere hacer culpable de la inexorable decadencia de una Macedonia que quizá fue gloriosa en el pasado, pero que camina directamente hacia el desastre social y económico por la ignominia de su propia gente, que expolia sus propios templos y sólo piensa en inventarse enemigos romanos inocentes a quienes acusar de sus propias indignidades, debilidades y crímenes. Así pues, concluyo que Cneo Cornelio Dolabela es absolutamente inocente de todo de cuanto se le ha acusado, de manera injusta, durante las diferentes sesiones de este juicio. Un juicio que, no obstante, ha aportado luz sobre un único punto. —Aquí se giró hacia César—. Nos ha dejado claro que la animadversión del sobrino de Cayo Mario hacia los senadores *optimates* es hereditaria y está a la altura de su inabarcable torpeza y mezquindad. Esto no es un juicio por corrupción, sino una persecución política burda, torpe y malintencionada.

Hortensio dio por terminado su discurso y se sentó junto a su colega de la defensa.

Aurelio Cota no lo felicitó de forma efusiva, pero asintió a modo de reconocimiento por un alegato breve y preciso. No brillante, pues había visto a Hortensio más certero en otras ocasiones, pero, por desgracia para su sobrino, a sus ojos un alegato del todo realista e incontestable. Incluso si Dolabela era culpable, su sobrino había sido incapaz de sustentar sus acusaciones con la habilidad suficiente, con la pericia necesaria... No tuvo tiempo de pensar más. Su sobrino estaba ya en pie, en el centro de la sala. Cota tenía genuina curiosidad por ver qué argumentaba para intentar salvar lo insalvable.

LXIII

El discurso final de César

FIRST CITIZEN: Methinks there is much reason in his sayings.
SECOND CITIZEN: If thou consider rightly of the matter, Caesar has had great wrong.

PRIMER CIUDADANO: Creo que tiene mucha razón en lo que dice.
SEGUNDO CIUDADANO: Si consideras bien el asunto, a César se le ha tratado muy injustamente.

SHAKESPEARE, *Julio César*, acto III, escena II

Basílica Sempronia, Roma
77 a. C.

César empezó hablando hacia el tribunal, con la mirada puesta en Pompeyo.

—Yo no seré breve, seré sincero. Yo no seré escueto, seré extenso porque extensa es la lista de crímenes cometidos por el acusado. —Fijó los ojos en el *reus* mientras, uno a uno, decía su *praenomen*, su *nomen* y su *cognomen* como si fueran parte de un desagradable y obsceno insulto—: Cneo... Cornelio... Dolabela. —Volvió a mirar hacia el presidente del tribunal antes de que éste lo advirtiera sobre los límites temporales de su última intervención—. Extenso y sincero, pero dentro del tiempo que me otorgan las clepsidras asignadas para mi discurso final.

Pompeyo le sostuvo la mirada, en silencio.

César inició su discurso.

Ante mentiras, asesinatos y corrupción total, él sólo tenía palabras.

—Yo creo que para entender bien lo que estamos haciendo en estas sesiones aquí, en la basílica Sempronia, en el centro del foro de Roma, deberíamos dar respuesta a una pregunta muy concreta: ¿qué o a quién estamos juzgando en este juicio? ¿Qué es exactamente lo que se dirime en esta causa? ¿Qué es lo que estamos decidiendo estos días? —Hablaba con los brazos en jarras, mirando, alternativamente, al público, al tribunal, a los abogados de la defensa y al propio acusado, girándose despacio, andando muy lento por la sala—. Son tres preguntas, pero en verdad son las tres lo mismo: ¿de qué va este juicio? En apariencia, podríamos decir que esta causa es sobre las acciones presuntamente ilegales del *reus* durante su estancia en Macedonia en calidad de gobernador. Eso es lo que parece y eso, cierto es, está en el centro de todo el debate, pero este juicio es algo mucho más grande, mucho más importante. Eso es la nuez que hay dentro de la gruesa y dura cáscara que, por otro lado, crea el espacio donde se preserva la nuez mientras crece. Y es que esa cáscara que protege la nuez es tan importante como la nuez misma: sin ella no existiría ni el juicio, ni el concepto mismo del crimen o, mejor dicho, crímenes, por los que se juzga aquí hoy al *reus* Cneo Cornelio Dolabela. Esa cáscara es Roma y la justicia de Roma. Y a ambas se las está juzgando también en este juicio. Y fijos en nosotros, en lo que decimos y argumentamos, no sólo están los ojos de los aquí presentes, de los jueces del tribunal, del acusado, de los abogados de la defensa, de mí mismo y del público. No, fijos en nosotros y en lo que decimos aquí están los ojos no ya de todos los habitantes de la provincia de Macedonia, sino que me atrevería a aseverar que de todos los provinciales de cada una de las diferentes regiones del mundo gobernadas por Roma. Y están todos fijos en nosotros y observando atentamente lo que hacemos y decimos porque quieren conocer el fuste de nuestras leyes y el alcance de nuestra justicia.

»Conocen, y lo conocen bien, en las provincias hispanas, en la Galia Cisalpina, en África, en toda Italia, Cerdeña o Sicilia, en gran parte de Grecia y sin duda en Macedonia, el alcance de nuestras armas, de nuestras legiones, y la inteligencia de nuestros *legati* en el campo de batalla. Por esas armas y esas legiones han quedado sujetas todas esas naciones a nuestro gobierno, pero ahora desean saber si somos sólo conquistadores o si somos, además, gobernantes y, de entre los muchos gobernantes posibles, desean saber si somos gobernantes justos o injustos, dignos de aceptar nuestras normas o, quizá, indignos de recibir su vasallaje. Y esto, principalmente, es lo que aquí se está esclareciendo estos días. En concreto, en una visión a pequeña escala, parece que sólo juzgamos los crímenes de un mal gobernador, pero si lo miramos todo con la perspectiva de los que, como romanos, nos consideramos destinados a regir otras naciones, hemos de ser conscientes de que lo que en verdad estamos dirimiendo aquí, hoy, es si nos merecemos, por Júpiter, por Marte, por Venus y por todos los dioses, gobernar de forma real y efectiva sobre todas esas naciones.

Se hizo el silencio absoluto.

—Humo... —susurró Hortensio a su colega de la defensa—. Sólo palabras.

—Sólo palabras —admitió Cota—, aunque bien dichas. Y la gente lo escucha. —Señaló con la mirada hacia el público en un gesto sutil pero claro que hizo que el propio Hortensio se volviera hacia los ciudadanos que se arracimaban en la basílica Sempronia aquella mañana.

En efecto, la amplificación que César acababa de hacer de los objetivos del juicio había cautivado a todos los presentes: en especial a los simpatizantes de la causa popular en Roma, siempre proclives a reclamar cambios y redistribución de la riqueza y que eran mayoría en la sala. Y es que César iba a las entrañas mismas de la naturaleza del gobierno de Roma y los ciudadanos querían ver hasta dónde llegaba a cuestionar el régimen actual levantado por Sila y perpetuado por los *optimates*.

César, por otro lado, también había captado la atención de los macedonios, sin duda, porque a ellos les afectaba directamente el juicio, aunque, adicionalmente, las palabras del *accusator* también habían captado el interés de los jueces y del resto de los ciudadanos conservadores porque deseaban mantener el mundo como estaba, regido y controlado por el pequeño grupo de los *optimates* romanos, y estaban atentos para ver hasta dónde llegaba aquel joven abogado en sus críticas al sistema vigente.

Así, todos habían quedado atrapados por la intensidad del discurso inicial de César.

Pompeyo sabía de los recelos de los *optimates* de modo que, como presidente del tribunal y, a su vez, representante máximo, tras la marcha de Metelo a Hispania, de los senadores más conservadores, estaba dispuesto a permitir hablar a César por una cuestión de guardar las apariencias, pero siempre con límites a lo que podía o no podía decir en público.

César se sabía el centro no sólo de todas las miradas sino también de todos los pensamientos. Para bien o para mal, era su hora.

—El abogado Hortensio ha hecho un muy breve resumen de sus argumentos para exonerar al *reus* de todos los crímenes de los que se le acusa. En la brevedad busca reducir en apariencia su larga retahíla de crímenes en apenas unos descuidos sin importancia, ni siquiera achacables a su acción: si el templo de Afrodita ha sido expoliado, ya lo estaba, según la defensa, antes de la llegada del acusado a Tesalónica. Si supuestamente se trajo trigo desde Egipto, sólo se afirma, pero ninguna prueba se ha expuesto que confirme esto más allá de las palabras de la defensa, que proceden del propio Dolabela. Si asesinaron a mis primeros testigos, esto es casualidad; si traigo otros nuevos, o bien se supone que yo mismo les pago, o bien son viejos locos o una mujer y la defensa los desprecia. El *reus* es, pues, inocente. Ésa es su línea de argumentación, como si los macedonios que se han desplazado desde Tesalónica hasta aquí no tuvieran otra cosa en la que gastar el poco dinero que les queda, después del codicioso paso de Dolabela por su provincia, que en promover un costoso juicio por crímenes inventados, y como si una mujer deshonrada no tuviera otra ilusión en la vida que humillarse en público delante de centenares de desconocidos. Pero ¿en qué cabeza cabe que los macedonios y esa mujer no tengan otra cosa mejor que hacer que perder dinero o humillarse por nada y para nada, sólo por fabulaciones suyas?

César se detuvo. Se pasó la mano izquierda por la boca. Necesitaba agua, aunque no quería ir a por un vaso. Aún no. Se había dejado llevar por su propia rabia, pero controlaba bien su discurso y había conseguido encender los corazones de muchos de los presentes proclives a creerlo a él más que a los abogados defensores de Dolabela. Lo leía en los ojos de los ciudadanos que lo miraban con intensidad. Tenía que seguir en esa línea.

Continuó.

Él también se sentía encendido.

—Así pues, yo no seré breve. —Y miró hacia los ajustadores de clepsidras y, rápido, directamente a los ojos, a Pompeyo—. Ruego al presidente del tribunal que el ajustador de clepsidras tenga a bien alejarse de los relojes de agua que miden el tiempo asignado para mi disertación. Que el abogado defensor no haya usado todo el tiempo del que disponía no quiere decir que yo no pueda usar todo el que me corresponde. Las clepsidras están llenas, las seis. Y me atendré al tiempo que tarden en vaciarse una a una, como es preceptivo, pero, una vez preparadas, no veo qué necesidad hay de que el ajustador permanezca junto a ellas.

Pompeyo miró hacia el *accusator* con semblante tan serio como impasible.

Ciertamente, tal y como había intuido César, Pompeyo había dado instrucciones al ajustador para que las manipulara durante el alegato final del abogado de la acusación si era preciso para acortar su exposición. Nunca pensó que el joven *accusator* fuera a estar atento a ese detalle. No obstante, ante el desafío directo y público de César, Pompeyo, sintiéndose muy observado por todos los congregados en la basílica Sempronia, no vio mejor salida que hacer un gesto de leve asentimiento al ajustador para que éste se levantara y se distanciara varios pasos de los relojes de agua. Aunque Pompeyo se guardó en lo más profundo de su corazón aquel desplante del joven César. Y Pompeyo no era ni de olvidar ni de perdonar un desplante.

César asintió también desde el centro de la sala. Se llevó la mano derecha a los cabellos y se los acarició. Los llevaba largos. Le gustaba sentirlos, aunque empezaba a percibir que los estaba perdiendo a una velocidad acelerada. Eso era algo que lo preocupaba. La incipiente tendencia hacia una calvicie prematura lo irritaba, pero ahora estaba volcado en otras cosas, en otros asuntos. Dejó de mesarse el pelo y prosiguió:

—No, yo no seré breve, pero tampoco extenso en demasía. Seré equilibrado, pero aun así repasaré todo lo que aquí ha acontecido: no se acepta por parte de la defensa ni del acusado que se haya quedado con el dinero de los impuestos recaudados por él mismo para reparar la Vía Egnatia, pero hasta el propio *reus* admite que la calzada en cuestión no está en buenas condiciones. Su justificación es que cuando llegó a Tesalónica estaba aún mucho peor. Por todos los dioses: ¡en dos años de gobierno de una provincia no sólo se puede reparar una vía, sino que se podría haber hecho una nueva entera! Si todos los gobernadores, pretores, cónsules y procónsules hubieran tenido la misma pericia de gestión que Dolabela, Roma estaría incomunicada con el resto del mundo, sin una mala calzada por la que transitar hacia ningún sitio. Un mandato de gobernador da para hacer dos calzadas de Dyrrachium a Bizancio, una de ida y otra de vuelta.

Las carcajadas retornaron a la basílica Sempronia.

Y duraron mucho.

Los *praecones* tuvieron que emplearse a fondo para recuperar el silencio en la sala.

César aprovechó para acercarse a la mesa de la fiscalía y beber el agua que tanto necesitaba. Bebió despacio. No era sólo garganta seca por hablar. Era pura sed por la tensión.

Retornó al centro de la sala.

Todos lo miraban.

—Además de negar la apropiación indebida de fondos públicos por parte del *reus*, mucho se han menospreciado por parte de la fiscalía tanto mis testigos como mis argumentos. «Esperaban más de mí». Eso han dicho. Por desdeñar, han despreciado hasta el relato que una joven mancillada en su honor ha hecho aquí delante de todos. Se han burlado de ella y la han acusado de mentir, para lo cual lo único que ha argumentado la defensa ha sido... que es mujer. Y para sustento de su argumentación, el abogado Hortensio ha hecho una enumeración de ejemplos mitológicos donde se subraya las veces en que la mujer ha intervenido de forma negativa en el devenir de la historia. Una compilación, si se me permite, claramente parcial. Porque de igual forma podríamos hacer otra en donde la mujer saliera no ya bien parada, sino exonerada de culpa en los males que nos aquejan en nuestros tiempos. Más aún: si repasamos a los dioses y los acontecimientos de antaño, podríamos llegar a concluir que la mujer es tan de fiar como el hombre, o aún más, si cabe.

—Eso ha de verse —lo interrumpió Hortensio poniéndose de pie y abriendo los brazos, a la vez que soltaba una carcajada artificial a la que, no obstante, sólo se unieron algunas personas simpatizantes de los *optimates* y su modo de ver el mundo.

César se encaró con él y empezó a argumentar, aceptando el reto que éste acababa de lanzarle:

—Le recuerdo al abogado que estamos en el tiempo de *mis* clepsidras, pero sea, vayamos a ese desafío sobre la honorabilidad, o no, de la mujer: podríamos recordar que el dios del engaño no es una mujer, sino que es Dolos, y éste es masculino. Con frecuencia se tacha a la mujer de inconstante, de cambiante, pero podemos leer en la mismísima *Odisea* que Penélope permaneció constante y fiel a su esposo Ulises durante todo el tiempo que éste estuvo ausente de Ítaca en una dura prueba de fidelidad y lealtad a la que no tengo claro que muchos hombres pudieran enfrentarse con posibilidades de éxito. —César detuvo su discurso para mirar fijamente a los ojos de Pompeyo.

Todos en Roma sabían que el presidente del tribunal se había casado con Antistia, su primera esposa, para manipular a un tribunal donde su suegro ejercía de juez y que luego la abandonó por petición de Sila. Pompeyo no era ejemplo de fidelidad alguna. Él sólo era fiel a su ambición.

Pompeyo no dijo nada. Tan sólo anotaba en su mente aquel nuevo ataque. César jugaba a dejar en mal lugar al acusado y, resultaba evidente, también al presidente del tribunal. Al parecer, la sentencia ya no era lo que más le importaba.

Lanzada su indirecta sobre la inconstancia de Pompeyo, César siguió hablando:

—Penélope fue leal. Hasta el final. Pero hay más: podríamos recordar que Roma fue creada por los descendientes de Eneas, y que Eneas mismo procede no de un dios, sino de una diosa, la mismísima Venus. Roma, en su origen más divino, tiene sangre de una diosa. De igual modo que nuestra divinidad más especial, aquella para quien hemos construido un templo circular aquí mismo, apenas a unos pasos de la basílica en la que nos encontramos, es otra diosa: Vesta. Y que en el templo de esta deidad femenina tenemos lo más sagrado de nuestra historia: el fuego que arde y protege la ciudad y cuya llama, mientras resplandezca, asegura la continuidad de Roma. Y podríamos incluso preguntarnos: ¿a quién hemos encargado la protección de esta llama sagrada de la que tanto depende? Podríamos tenerla custodiada por fornidos legionarios o por veteranos de nuestros poderosos ejércitos. Podríamos tener el templo rodeado por gladiadores o cualquier otro luchador mortífero que protegiera el fuego sagrado de Roma. Pero no, desde tiempos ancestrales se decidió que la llama sagrada de Vesta estaría siempre custodiada y vigilada por seis sacerdotisas vírgenes. A ellas encargamos la protección de lo más sagrado de nuestra ciudad. A seis mujeres: a las vestales.

César se tomó una pausa. Pura retórica. Quería comprobar si Hortensio tenía nuevos comentarios que añadir, pero no: había conseguido hacer callar a la defensa. Era como si todo el juicio estuviera cambiando de orientación.

La primera clepsidra se vació. Empezaba a verterse, gota a gota, el líquido de la segunda.

Cayo Julio César retomó su parlamento, con seguridad, con aplomo:

—Y hasta se argumentó que fue una mujer, Helena, y su infidelidad, la causa de la terrible guerra de Troya. Así es, ciertamente, si seguimos el canto de Homero en la *Ilíada*, pero si hacemos caso a la narración de los mismos hechos por parte de Eurípides, que a su vez sigue la versión de la misma historia que nos presenta Estesícoro, autores cuya lectura me permito recomendar al abogado del *reus*, Helena nada tuvo que ver en aquella conflagración en la que tantos murieron de forma absurda. Y así, podría pasar horas argumentando y exponiendo ejemplos de los autores griegos y romanos del pasado remoto y reciente donde podemos ver que muchas mujeres ni son infieles, ni inconstantes, ni mentirosas. —Miró hacia las clepsidras: le quedaban cuatro de seis, ¿no se había vaciado la segunda muy rápido, como de golpe?—. Pero no quiero ni aburrir al tribunal ni desviarme del asunto central de este juicio. Sólo deseo subrayar que a Myrtale, la joven macedonia mancillada por el *reus*, por la fuerza y con violencia, se la puede creer o no, mas en modo alguno se la puede dejar de creer por el único hecho de ser mujer. —Caminó hacia Hortensio mientras seguía hablando—: Yo también esperaba más de la defensa. Yo al menos, con relación a mis errores o torpezas en esta causa, puedo esgrimir que éste es mi primer juicio, pero los abogados del *reus* no pueden presentar esta excusa, pues, si algo son, es expertos litigadores. Su problema no es la falta de experiencia, ni mucho menos, sino que su defendido no tiene defensa posible ni testigos *vivos* —y recalcó lo de «vivos»— dispuestos a declarar a su favor ni por todo el oro que el acusado haya conseguido atesorar de manera ilegítima expoliando y robando. Porque eso es lo que tenemos ante nosotros: a un ladrón, un extorsionador, un asesino. A un criminal.

Aplausos en toda la sala.

Y gritos. Los primeros gritos de «criminal».

Era evidente que el pueblo no tenía simpatía a Dolabela. Sólo necesitaban que alguien prendiera en ellos la llama del insulto, de la ira, de la venganza. Dolabela representaba la tiranía de Sila, la victoria de los *optimates*, la derrota de los populares, de los Gracos, los Druso, Saturnino y tantos otros que habían luchado por el pueblo. Dolabela simbolizaba la derrota de Mario. Pero ahora hablaba el sobrino de ese mismo Mario. Y hablaba bien.

Pompeyo miró hacia la puerta, donde había un veterano militar de las antiguas legiones de Sila. El oficial retirado asintió con la cabeza y se dirigió hacia alguien que estaba fuera del edificio. Pompeyo preveía que el acusador se dejara llevar por la vía de encender los ánimos de la plebe y tenía preparados recursos de fuerza militar para controlar la situación por la fuerza en caso de necesidad.

César pudo ver cómo varias decenas de hombres vestidos al modo de cualquier ciudadano, pero a buen seguro armados con algo más que dagas, se distribuían por toda la sala. Tenía que medir bien cada una de sus palabras. Era momento de ponerse serio, solemne, grave.

Alzó los brazos.

Los insultos contra Dolabela cesaron. Las voces callaron.

Hortensio se levantó y volvió a interrumpir el turno de César. Lo veía demasiado centrado, controlando demasiado la situación. Era preciso desautorizar sus argumentos, quebrar sus pensamientos, desarmar su retórica:

—Las mujeres no son de fiar —insistió el abogado de Dolabela—. Todas llevan en sus entrañas una Clitemnestra que, recordemos, terminó asesinando a su esposo Agamenón al retornar éste de la guerra de Troya.

César bajo los brazos despacio.

No se mostró ni airado ni sorprendido por esta nueva interrupción de Hortensio. Sabía que el abogado de Dolabela actuaba a la desesperada. Él llevaba ahora la iniciativa. Clitemnestra era un mito de mujer infiel y asesina. Así se había contado su historia una y otra vez, casi siempre de forma incompleta.

César estaba a punto de ir al corazón de su discurso, más político que penal, pero no pensaba dejar sin respuesta aquel ejemplo de mujer infiel y de poco fiar que suponía Clitemnestra en la mente de todos los presentes.

—Clitemnestra, esposa de Agamenón —dijo César andando despacio hacia donde estaba sentado ya de nuevo Hortensio—, mató sin duda a su esposo. No tan claro es que lo asesinara. El debate está abierto sobre si lo asesinó... o si lo ejecutó. Pues la historia de Clitemnestra, que se presenta como opuesta a la fiel Penélope, se narra siempre de modo incompleto: Clitemnestra mató a su esposo Agamenón, pero éste retornó de Troya con una nueva amante, Casandra, y por si eso no fuera motivo suficiente para que una esposa mate a un esposo, todos parecen olvidar que Agamenón dio muerte a su mismísima hija Ifigenia como sacrificio para que los dioses le fueran propicios en la guerra de Troya. Agamenón asesinó a su propia hija, suya y de Clitemnestra. Podríamos debatir durante horas sobre si Clitemnestra hizo lo correcto o no al vengar la muerte de Ifigenia, pero lo que no podemos dudar nunca es que Clitemnestra tenía, al menos, sus razones para matar a Agamenón. De la misma forma que Myrtale, la joven macedonia, tiene sus razones para acusar de violación a Cneo... Cornelio... Dolabela.

Silencio.

Silencio de Hortensio.

Silencio en la sala.

César gravitó de nuevo, despacio, hacia el centro de la basílica.

Alzó otra vez los brazos, y ya no hubo interrupciones.

—Pero al principio de mi discurso —continuó el *accusator*— he dicho que este juicio va mucho más allá de los crímenes perpetrados por Cneo Cornelio Dolabela. He anticipado que este proceso versa sobre nosotros mismos, sobre qué es Roma y qué justicia estamos dispuestos a tener, para nosotros y para todos aquellos sobre los que gobernamos. Y esto es muy importante, porque podemos imponernos por la fuerza de nuestras armas en la conquista, pero sólo podremos preservar en el tiempo lo conquistado si sabemos mantenerlo por la fuerza de nuestra justicia para con todos, no con una justicia que sólo funcione para unos pocos. Recuerdo ahora, y vienen al caso, las palabras que Tucídides pone en boca de Pericles cuando este ilustre gobernante da voz a su famoso discurso en recuerdo a sus compatriotas caídos en la larga guerra del Peloponeso. Aquí, Pericles dice lo siguiente y lo dice bien: Χρώμεθα γὰρ πολιτείαι οὐ ζηλούσῃ τοὺς τῶν πέλας νόμους, παράδειγμα δὲ μᾶλλον αὐτοὶ ὄντες τισὶν ἢ μιμούμενοι ἑτέρους. καὶ ὄνομα μὲν διὰ τὸ μὴ ἐς ὀλίγους ἀλλ᾽ ἐς πλείονας οἰκεῖν δημοκρατία κέκληται· μέτεστι δὲ κατὰ μὲν τοὺς νόμους πρὸς τὰ ἴδια διάφορα πᾶσι τὸ ἴσον (...) Ἀνεπαχθῶς δὲ τὰ ἴδια προσομιλοῦντες τὰ δημόσια διὰ δέος μάλιστα οὐ παρανομοῦμεν, τῶν τε αἰεὶ ἐν ἀρχῇ ὄντων ἀκροάσει καὶ τῶν νόμων, καὶ μάλιστα αὐτῶν ὅσοι τε ἐπ᾽ὠφελίᾳ τῶν ἀδικουμένων κεῖνται.

Pero César no quería hablar sólo para los pocos jueces del tribunal que pudieran entender bien el griego, sino que quería hablar, es más, anhelaba hablar sobre todo para el pueblo de Roma representado en la multitud de ciudadanos congregada entre las cuatro paredes de la basílica Sempronia, de forma que, tras declamar el texto de Tucídides que recogía las palabras de Pericles, lo tradujo para que todos los presentes en la sala pudieran entenderlo bien:

—«Disfrutamos de un régimen político que no imita las leyes de los vecinos; más que imitadores de otros, en efecto, nosotros mismos servimos de modelo político para algunos. En cuanto al nombre, puesto que la administración se ejerce en favor de la mayoría, y no de unos pocos, a este régimen se lo ha llamado democracia; respecto a las leyes, todos gozan de iguales derechos en la defensa de sus intereses particulares (...). Y si bien en los asuntos privados somos indulgentes, en los públicos, en cambio, ante todo por un respetuoso temor, jamás obramos ilegalmente, sino que obedecemos a quienes les toca el turno de mandar, y acatamos las leyes, en particular las dictadas en favor de los agraviados, de los que son víctimas de una injusticia».*

César hizo otra pausa, para que la gente digiriera poco a poco el sentido de aquellas palabras, pero sabía que tenía que guiar esos pensamientos. Prosiguió, hablando lento, despacio, sin prisa aunque el agua de las clepsidras fuera desapareciendo con velocidad.

—Examinemos, consideremos bien el significado de estas palabras. Puede que nosotros no demos el nombre de «democracia» a nuestra forma de gobernarnos y de gobernar a otros, pero bien cierto es que nuestras leyes apuntan en la misma dirección que promulga Pericles: velar por los intereses no de unos pocos, sino de la mayoría. O así las interpreto yo. E igual de importante, y estoy seguro de que en eso habrá consenso general entre todos los que hoy me escucháis: queremos ser modelos para otros y no imitar nosotros a otros. Y este punto es clave.

»Ya hemos comprobado en nuestras carnes, y con dolor y gran sufrimiento para todos en Roma, cómo pasar por alto que gobernamos no sólo ya para nosotros sino para muchos que nos rodean es un muy grave error. Apenas hace unos años que los marsos iniciaron una rebelión a la que se unieron muchos de nuestros *socii*, muchos de nuestros aliados itálicos, porque no se consideraban bien gobernados. Y tras mucha sangre hemos llegado a pactos con ellos porque nuestras leyes les afectan, del mismo modo que hemos de aprender que nuestras leyes afectan también ya no sólo a los itálicos, sino a aquellos que habitan en cualquier provincia regida por Roma a la que enviamos, como representante nuestro y de nuestra forma de gobernar, a un gobernador. Y este representante, este gobernador debe ser en su forma de administrar cada una de

* Tucídides, *Historia de la guerra del Peloponeso*, libro II, XXXVII, 1-3.

esas provincias absolutamente ejemplar en su comportamiento, pues no está allí por sí solo y para sí solo, como el *reus* parece que pensó, sino que está allí, en este caso en Macedonia, como representante público de todos y cada uno de nosotros, ciudadanos de Roma. Los macedonios están aquí porque aceptan estas leyes que nos hemos dado a nosotros mismos y que hemos extendido a otros pueblos y las asumen como suyas. Evitaron recurrir a la fuerza y la violencia en sus reclamaciones contra el *reus*, contra Dolabela, contra el representante corrupto a todas luces que, lamentablemente para todos nosotros y ellos, mandamos a Tesalónica. Por eso es tan importante que hagamos justicia con los agraviados, como el propio Pericles denomina a los que sufren una injusticia. Pero hay más...

Se había acercado a la mesa donde estaba Labieno mientras argumentaba. Su amigo le había rellenado el vaso de agua. César lo cogió y bebió un par de tragos. Lo volvió a dejar sobre la mesa. «Agua», pensó. Miró hacia las clepsidras: quedaban tres. El ajustador se mantenía alejado, pero para César era evidente que, pese a sus reclamaciones, en algún momento las había manipulado. El agua caía demasiado rápido. La segunda en particular, voló en instantes, o eso le había parecido. Se dio la vuelta, entonces, hacia el acusado. Dolabela estaba moviéndose en su asiento, como si no encontrara la posición en la que estuviera cómodo. Eso le gustó a César.

Pompeyo, por su parte, miraba a un lado y a otro: a los hombres que habían entrado convocados por él, para controlar la sala en caso de que alguien quisiera pasar de los gritos a la violencia; a los abogados defensores; al ajustador de clepsidras; al público; al propio Dolabela... y, por fin, a él mismo, a César.

Las miradas de ambos, presidente del tribunal y acusador, se cruzaron.

El joven César volvió al centro de la sala. Y continuó:

—Pero hay más, decía: Pericles también nos habla del temor. ¿Y a qué temor se refiere? A uno muy concreto: miedo a la ley. A incumplirla. Y el temor es muy importante en el gobierno de las voluntades. Es el miedo que infunden nuestras legiones en el campo de batalla el que hace que nuestros enemigos se retiren o se sometan, pero ha de ser el temor al castigo por el incumplimiento de las leyes el que nos mantenga a nosotros mismos alejados de la *corruptio* en la que personas viles como Cneo Cornelio Dolabela parecen solazarse felices como un cerdo en una pocilga.

—¡Criminal! ¡Dolabela, criminal!

—¡Cerdo!

El público volvió a quebrar el parlamento de César con insultos contra el *reus*. Nunca antes se había mostrado el *accusator* tan mordaz y tan directo en sus ataques al acusado y eso inflamaba aún más las ansias de vituperar a Dolabela.

Pompeyo miró hacia la puerta. Entraron más hombres, de seguro tan bien armados como los anteriores, aunque todavía no se exhibiera ni gladio ni daga alguna. Aun así, César podía sentir el peso del metal de combate acumulándose en el interior de la sala central de la basílica Sempronia. Y, no sabía por qué, pero estaba muy persuadido de que Pérdicas, Arquelao, Aéropo y el resto de los macedonios no deambulaban por la ciudad ni estaban allí presentes en el juicio aquella misma mañana sin estar en secreto igual de bien armados que los hombres de Pompeyo.

En aquel intenso océano de miradas cruzadas, a César se le escapó la que Dolabela lanzó a un esclavo suyo que estaba entre las sombras de una de las esquinas del edificio. El sirviente, raudo, se alzó y se acercó a uno de los *praecones*, mientras los otros funcionarios seguían llamando al orden para que en la sala volviera a reinar el silencio.

El funcionario tomó un papiro pequeño doblado que le entregó el esclavo de Dolabela y llevó el documento al presidente del tribunal, sin que nadie reparara en ello, pendientes como estaban todos del tumulto de gritos e insultos que se seguían vertiendo contra el *reus*, de un modo u otro, incitados los ciudadanos por Julio César.

Pompeyo tomó el papiro doblado que le entregaba el funcionario. Lo desplegó y leyó en silencio:

> *Habeo ingratissimum sensum tenendi Caii Marii nouam incarnationem ante me in medio basilicae. Iam scis quod cum iuueni Caesare faciendum erit. Sulla recte dicebat.* *

Aunque el presidente del tribunal no hubiera visto de dónde provenía aquel texto y aunque la nota viniera sin firma, nada más leerla, Pompeyo no dudó en dirigir su mirada hacia Dolabela.

El *reus*, por su parte, como si el asunto no fuera con él, como si nada de lo que estaba pasando allí le afectara lo más mínimo, se estudiaba las uñas. Había tomado ya la decisión de dar muerte a César lo antes posible, nada más terminara aquella farsa, pues eso era para él aquel juicio, y eso había conseguido que, por fin, se pudiera sentar relajado en aquel asiento frente al tribunal de cincuenta y dos jueces que tenían que exonerarlo o condenarlo. No hay nada como tomar una determinación clara para encontrar el sosiego. Y a él, decidir sobre la vida y la muerte de aquellos que osaban enfrentársele lo calmaba. En particular cuando decidía sobre cómo y cuándo sería la muerte de ese enemigo. La nota que había hecho llegar a Pompeyo no era una petición de permiso para ver si se le permitía ejecutar a César en cuanto terminara el juicio. Era sólo una cortesía para con Pompeyo, el emergente joven líder de los *optimates*, por parte del más veterano de los conservadores. Hacía ya mucho, desde la muerte de Sila, que Dolabela no pedía a nadie permiso para nada.

César volvió a acercarse a la mesa donde estaba Labieno para beber algo más de agua. Su amigo le habló en voz baja:

—El ajustador...

César se giró hacia las clepsidras: el ajustador se separaba de

* «Tengo la muy desagradable sensación de tener ante mí, en el centro de la basílica, a la reencarnación de Cayo Mario. Ya sabes lo que tendrá que hacerse con el joven César. Sila llevaba razón».

ellas, pero era evidente que se había aproximado. Tenía claro que las manipulaba aprovechando la confusión de los momentos de tumulto y que a partir de aquel instante en concreto el tiempo correría, si cabe, aún más rápido para él. De hecho, tuvo la sensación de que, a partir de ahí, su vida misma iniciaba una cuenta atrás hacia un final predeterminado. Un final violento. La cuestión era cuánto le daría tiempo a decir antes de que se agotaran las clepsidras restantes. Y cuánto sería capaz de hacer antes de que se le agotara la vida.

César retornó al centro de la sala.

Encaró al tribunal.

El silencio, tras mucho insistir los *praecones*, se había recuperado.

—Sí, jueces, este juicio no va sólo sobre Dolabela, sino sobre la esencia misma de lo que somos; más aún, de lo que queremos ser: ¿conquistadores o libertadores? ¿Queremos ser tiranos o leyendas como Darío I o Alejandro, que no sólo conquistaban, sino que eran generosos en el gobierno de los territorios que se anexionaban hasta el punto de ser queridos y apreciados por todas las provincias de su imperio? Eso es lo que estamos decidiendo en esta causa. Para Aristóteles sólo es un ser político, esto es, un auténtico gobernante, aquel que busca la virtud, el que está dispuesto a actuar por motivos universales. No podemos tomar decisiones o emitir una sentencia de inocencia o culpabilidad en este juicio por motivos personales, sino atendiendo al conjunto de todos los que hay concernidos por lo que se dirime en esta causa: el acusado, por un lado, y, por otro, todos los agraviados por él. No podemos distinguir entre ciudadanos romanos y ciudadanos no romanos, y menos aún cuando estos últimos se han avenido a hacer uso de nuestras propias leyes aceptándolas como suyas.

»Hay quien dice, lo he oído en el foro en más de una ocasión, que deberían redactarse más leyes para contemplar casos como el que nos ocupa u otros parecidos, mas yo os digo que no. Cuantas más leyes, más corrupción. No se trata de legislar sin fin, sino de asegurarse de que se cumplen las leyes que ya tenemos. Pero yo sé, lo sabemos todos —e hizo un gesto lento volviéndose hacia el público con los brazos extendidos, como si incluyera a cada uno de los presentes en su discurso—, que el *reus* exige en secreto, que el *reus* prácticamente compra a los jueces, que incurre en presiones de todo tipo para que lo exoneren de sus crímenes. Lo que sin duda me recuerda las palabras de Plauto: *Iniusta ab iustis impetrari non decet.** Y yo creo, yo pienso, yo necesito creer que los jueces de Roma son justos, del mismo modo que pienso que lo que Dolabela busca es, por decirlo suavemente y por parafrasear al noble Plauto, indecoroso.

Tomó aire. Miró las clepsidras. El tiempo ahora volaba. Le quedaban dos. Podría haber reclamado, pero ya había exaltado mucho los ánimos. Lo prudente era ir terminando. Aunque fuera impulsado por la presión de unos relojes de agua manipulados.

—He aportado testimonios y pruebas de las malas prácticas de Cneo Cornelio Dolabela, pero, por si aún quedan dudas, sólo nos resta observar no ya su comportamiento del pasado, sino su forma de conducirse en el presente: fiestas, banquetes, derroche, lujo sin control, meretrices y todo tipo de excesos es lo que rodea el día a día del *reus*. Y es que, y vuelvo al genial Plauto, *male partum, male disperit.*** Y así es. Si Dolabela hubiera amasado su fortuna mediante el trabajo y el esfuerzo, seguro que usaría su dinero con más comedimiento y mejores costumbres, pero su actual derroche y obsceno exhibicionismo de riqueza no es más que fruto del origen oscuro, taimado y criminal de un dinero hurtado a los macedonios mediante impuestos ilegales y expolio de sus templos. Y si dejamos que el acusado quede exonerado de los crímenes cometidos contra los macedonios allí en Macedonia, por el mero hecho de ser ciudadano romano, hoy, aquí en Roma, estaremos todos amenazados por este mismo criminal. Y, de hecho, el tribunal podría caer en la máxima de *multis minatur qui uni facit iniuria*, pues, *iudices* del tribunal, ciertamente amenaza a muchos quien comete injusticia

* «Pretender obtener de hombres justos una injusticia no es decoroso», en Plauto, *Amphitruo*, Prólogo, 35.

** «Lo que mal se adquiere, se malgasta», en Plauto, *Poenulus*, 844, IV, 2, 22.

con uno solo.* Y si el tribunal exonerara a Dolabela de sus crímenes, cometería una injusticia para con todos nosotros, para con el resto de los ciudadanos de Roma que procuramos cumplir todas las leyes y para con todos los macedonios que deciden aceptar nuestra legislación y costumbres. En ocasiones he leído, y yo lo suscribo: Δεῖ ἐν μέν τοῖς ὅπλοις φοβερούς, ἐν δὲ τοῖς δικαστηρίοις ἐλεήμονας εἶναι. Sí, «hay que ser implacable en el campo de batalla, pero compasivos en un juicio». Pero a esto yo añado, yo pregunto: ¿compasivos con quién? —Aquí César tenía en mente las palabras que meses atrás le dijo Cicerón con relación a que debía ser el defensor y no el acusador—: Y yo os respondo, *iudices*: compasivos con los agraviados, compasivos con los macedonios.

»El abogado defensor no ha escatimado ocasión en denominarme públicamente como *accusator*, pues acusador soy de Dolabela, pero soy, aquí y ahora, algo mucho más grande, mucho más importante: soy abogado defensor de los macedonios, de los que han padecido una terrible injusticia, ¿qué digo una injusticia? Una larga e interminable serie de injusticias por parte del corrupto Dolabela. Y si defiendo a los macedonios es por el bien común de todos nosotros, romanos y no romanos sujetos todos a las leyes de la Roma justa que amamos. Soy no ya el abogado de los macedonios, sino el abogado de la justicia, el abogado de todos los ciudadanos de Roma hartos de ver cómo un senador corrupto busca salir indemne después de haber cometido crímenes sin fin y después de haber enfangado el nombre de Roma allí donde ha gobernado y después, en consecuencia, de haber generado el caldo de cultivo para una rebelión y una guerra, en lugar de haber administrado la paz romana.

Silencio.

En el centro de la sala.

Las miradas de todos clavadas en él.

* Máxima atribuida a Publilio Syrius, si bien es probable que se usara popularmente con anterioridad a él.

Continuó:

—Y precisamente fuimos implacables contra los macedonios en el campo de batalla, pero ahora, en un tribunal de justicia hemos de ser compasivos, sensibles y considerar sus reclamaciones cuando éstas, como es el caso, son justas; atender sus agravios y compensarles sus sufrimientos. Los cincuenta y dos jueces de este tribunal son senadores y, en concreto, de los autodenominados *optimates*, pues los de este grupo senatorial se consideran los mejores de entre los mejores. ¡Por todos los dioses, demostradlo entonces! Pues *corruptio optimi, pessima.** —Bajó el tono de voz, pero mantuvo la firmeza en el timbre de cada una de sus palabras—: Demostrad entonces, *iudices*, que estáis contra esta iniquidad y recordad lo que en la forma de pensar de Demócrito, de algún modo, se concluye: Μοῦνοι θεοφιλέες, ὅσοις ἐχθρόν τὸ ἀδικέειν. Sí, «los dioses aman a los enemigos de la injusticia». Así sea: que los dioses tengan motivos para amaros y nosotros, los ciudadanos de Roma y los macedonios y todos los gobernados desde aquí tengamos motivos para respetaros. Incluso en el mejor cesto de las mejores manzanas puede haber una podrida. Si se extrae ésta, el resto permanecen resplandecientes y sanas, pero si se deja la manzana corrompida en el cesto, al final, en poco tiempo, todas las manzanas estarán podridas.

Miró una vez más las clepsidras: sólo le quedaba una y acabándose...

—Yo sí creo en la justicia. Yo sí creo en Roma. Sé que los abogados de la defensa han jugado a esconder la verdad de los hechos, a ocultar los crímenes del *reus*, a confundirlo todo, pero recuerden los jueces que también se dice que Ἡ Δίκη γάρ καὶ κατά σκότον βλέπει. Sí, recuerden todos los miembros del tribunal que «la justicia ve incluso en la oscuridad». Y como jueces, como representantes de esa justicia, habéis de saber ver en las sombras del

* «La corrupción de los mejores es la peor de todas». Máxima atribuida más adelante a san Jerónimo, probablemente de uso común con anterioridad.

relato ficticio e inventado de la defensa la gran ignominia y el enorme desprecio del acusado por todo lo que es justo y decoroso y honorable. ¡Por eso ruego a los dioses para que iluminen a este tribunal y que así Cneo Cornelio Dolabela sea condenado por todos sus crímenes execrables, para de ese modo arrancar de esta ciudad la manzana más podrida, más ponzoñosa y más rastrera que uno pudiera imaginar! ¡Una manzana putrefacta que sólo nos traerá a Roma no riqueza y prosperidad, sino, una tras otra, guerras y rebeliones de todos aquellos que sufran bajo su corrupto poder!

Se detuvo un instante. Necesitaba recuperar el aliento antes de decirlo todo, antes de decir lo más importante.

Había gritos en el público contra Dolabela, algunos aplausos, pero César levantó un brazo y se hizo el silencio.

Se pasó los dedos por los cabellos, aún largos.

Se volvió hacia el público, buscó con los ojos a Cornelia, y ella lo miró y sintió su amor. Se giró hacia su madre y vio su asentimiento y, por fin, se encaró con Dolabela y leyó su odio.

Julio César inspiró hondo. El tiempo se le acababa. Su voz inundó la basílica:

—En este juicio no se juzga sólo a Dolabela y sus crímenes, como he dicho. En este juicio se juzga mucho más. Y yo no soy sólo el abogado de los macedonios. Soy el abogado de Roma. Los abogados de su defensa han intentado hacernos creer que Dolabela es Roma, pero no es así. En este juicio, Roma no es Dolabela, Roma no sois vosotros, jueces. Roma y el pueblo de Roma están representados por mí. Y es que hoy, aquí y ahora, Roma soy yo.

Alzó los brazos.

La última clepsidra diluía sus gotas finales.

El público inició una cerrada ovación.

Pompeyo estaba muy serio.

Dolabela, en apariencia contenido; en su interior, rabioso.

Cornelia, emocionada.

Aurelia, orgullosa, pero con miedo.

—Has estado impresionante —lo felicitó Labieno en cuanto César se sentó a su lado—. Como en Lesbos.

La ovación continuaba. César miró a Labieno con los ojos encendidos, con el corazón palpitando a toda velocidad, y le respondió de forma categórica:

—Como en Lesbos.

Memoria quinta

LABIENO

Amigo de César
Segundo en el mando durante la conquista de la Galia

LXIV

La tierra de Safo

Mitilene, isla de Lesbos, Mediterráneo oriental*
78 a. C., un año y varios meses antes del juicio contra Dolabela

> Igual a los dioses me parece el hombre dichoso que te abraza
> y te oye en silencio con tu voz de plata y tu sonrisa risueña...
> Cuán cara y hermosa era la vida que vivimos juntas.
> Pues entonces, con guirnaldas de violetas y dulces rosas, cubrías
> junto a mí tus rizos ondeantes.**

César enrolló el papiro y se quedó mirando hacia el mar.

Leer a Safo en aquella isla, de donde la poetisa griega era originaria, le parecía lo más lógico del mundo. Es verdad que estaban a punto de entrar en combate contra las tropas de Mitilene que defendían la fortaleza contra el ataque romano, pero a él aquellos poemas de Safo a su amada le hacían recordar el cálido cuerpo de su esposa, las caricias cómplices de Cornelia en medio de la noche y su sonrisa al alba. Y aquellos recuerdos lo relajaban y recargaban de energía para una jornada que preveía intensa: el *proquaestor* Lucio

* Véanse los mapas de las páginas 732, 733 y 734.
** Traducción de unos versos en griego arcaico encontrados en el siglo XXI, y en 2014 atribuidos por los expertos a un poema de Safo.

Licinio Lúculo, recién llegado a la isla al mando de las tropas romanas en toda la región, los había convocado, a él y a Labieno, en su tienda de campaña. Y César intuía una misión peligrosa.

¿Tenía miedo?

Frunció el ceño mientras dejaba el rollo de papiro con los poemas de Safo a un lado.

Asintió para sí en el silencio profundo de aquel amanecer en el oriente del Mediterráneo.

Sí, lo tenía.

De hecho, tenía no un solo miedo, sino muchos: tenía miedo a fracasar, a no estar a la altura de lo que se esperaba de él, a no ser digno sobrino de Cayo Mario; tenía miedo a que los legionarios no lo obedecieran por causa de su juventud, pues apenas tenía veintiún años, aunque hubiera sido nombrado *tribunus laticlavius* junto con su amigo Tito Labieno; y sí, tenía miedo al combate mismo, a cómo reaccionaría de verdad ante el enemigo y la sangre y la violencia desatada en la lucha de primera línea. Hasta entonces sólo había participado en escaramuzas o en combates de adiestramiento militar, ya fuera en el Campo de Marte o en el campamento de campaña de Lesbos. Pero ahora iba a probarse en lucha directa contra los enemigos de Roma y eso era algo muy distinto. Nada de instructores ni de emboscadas a aguadores de los oponentes u otras patrullas de ojeadores de los que se habían alzado contra Roma en aquellos territorios. Ahora, estaba seguro, iba en serio.

Varias eran las ciudades de Asia y varias las islas del Egeo* y pequeños reinos que se habían rebelado contra el poder de Roma en la región aprovechando que el Estado había tenido que concentrar sus legiones en el Ponto para derrotar al temible Mitrídates. Pero el Senado, en una decisión que para César tenía todo el sentido, había dado orden ahora de castigar a todas aquellas poblaciones que se hubieran rebelado aprovechando un momento de debilidad romana por causa del enfrentamiento civil entre Sila y Mario. La

* Véase el mapa de la página 726.

guerra entre *optimates* y populares había desguarnecido las posiciones romanas en Asia, pero Roma estaba volviendo a recuperar todo el terreno perdido.

La isla de Lesbos era uno de esos territorios que habían traicionado la confianza de Roma. Pero sus habitantes —que si bien podían no ser de fiar, no eran estúpidos y sabían de las acciones romanas de castigo en ciudades próximas y también de la pericia en el mando militar de Lucio Licinio Lúculo, encargado por el propio Sila de mantener el dominio romano en Oriente— se habían atrincherado en la fortaleza de Mitilene, en la bahía más grande de la isla. Habían asegurado la muralla y reforzado las torres defensivas. Se habían pertrechado con abundante trigo y otros víveres y habían excavado pozos bien profundos para asegurarse el suministro de agua dulce en el interior de la fortaleza, de modo que así pudieran resistir un asedio que preveían largo y duro. Sabían que tenían las de perder, pero no necesariamente. Pese a la superioridad de Roma, eran un pequeño enclave y Roma tenía muchos lugares donde enviar tropas. Estaban convencidos de que, si resistían unos meses, quizá reclamaran las cohortes de Lúculo en algún otro lugar de la región más vital para los intereses romanos o bien, quizá, el desgaste en bajas y esfuerzo permitiera abrir una negociación con Roma donde fuera posible el perdón del Senado a cambio de, por ejemplo, consentir el establecimiento de una guarnición permanente de legionarios en Lesbos. Esto podía verse como una derrota, pero sería una derrota superviviendo, evitando el incendio y la destrucción total de sus casas, sus familias y de todo cuanto tenían, y sabría más a victoria que a otra cosa. Sabían que los romanos se vengaban con saña de quienes los traicionaban, pero sabían también que eran pragmáticos y, si el asedio se les hacía largo y penoso, todo era posible.

Por eso llevaban resistiendo varias semanas.

Julio César oyó pasos fuera, a su espalda.

Sabía quién era. Se levantó del suelo donde había estado leyendo a Safo, frente al mar.

César se ajustó bien el gladio a la cintura y se giró.

—Al fin te encuentro —dijo su amigo.

—No me escondo. Sólo leía en un lugar hermoso —respondió César—. Iba ahora a tomar una copa de vino, pero te he esperado para compartirla contigo.

—¡Ja, ja, ja! ¡Por Hércules! Eso está bien —aceptó Labieno.

Labieno, como siempre, lo había acompañado en su periplo a Oriente.

Sila había perdonado a César tras las peticiones de la vestal máxima y de decenas de familiares, amigos y todo tipo de personalidades públicas. A regañadientes lo había redimido, pero, digámoslo así, sugirió al joven César que se marchara de Roma, al menos un tiempo. Sila quería afianzar su control sobre la ciudad del Tíber sin la interferencia de un sobrino de Cayo Mario en los alrededores. César aceptó el perdón de Sila, aunque fuera un perdón con exilio incorporado. No un exilio como castigo público, sino una especie de largo viaje por invitación del dictador.

Se le permitió permanecer unas semanas en casa después de meses fugitivo, pudo recuperarse físicamente de las fiebres de los pantanos, disfrutar de los abrazos de su mujer, de las risas de su pequeña hija Julia, de la compañía de sus hermanas y de los consejos de su madre. Poco tiempo, aunque muy aprovechado por el joven *pater familias* de la *gens* Julia. Pero César, al fin, abrazó a su esposa por última vez, besó a su hija, obtuvo la bendición de su madre, se despidió de sus hermanas y marchó a Oriente.

—¿Dónde estás?

La voz de Labieno sorprendió a César ensimismado en sus pensamientos.

Acababan de entrar en sus tiendas tras concluir un breve paseo desde la playa hasta el campamento militar. Un paseo en el que César no había dicho nada.

—La verdad... estaba en Roma —respondió con sinceridad—, pensando en mi familia.

Labieno asintió, pero planteó una pregunta que evitara a su amigo el dolor de la nostalgia y que hiciera que su mente volviera a su presente y su entorno actuales:

—¿Crees que nos encargarán otra misión diplomática?

César había servido las copas ya en el interior de la tienda mientras su amigo preguntaba. Le entregó un vaso de vino y miró hacia la puerta de la tienda, meditabundo. Nada más llegar a Oriente, Lúculo los había enviado a Bitinia, a reclamar en su nombre un escuadrón de barcos al rey Nicomedes IV, con los que reforzar la flota romana en el Mediterráneo oriental. César cumplió con su misión. Sabía que corrían rumores absurdos sobre que se había acostado con el propio rey para conseguir los barcos reclamados por Lúculo. César estaba seguro de que esos rumores los promovían sus enemigos en Roma para dañar su imagen pública, pero le molestaba que llegasen a oídos de Cornelia y lo que ésta pudiera pensar de él.

—Ella nunca dudará de ti —dijo entonces Labieno como si leyera la mente de su amigo.

La homosexualidad pasiva, entregarse a otro hombre, estaba muy mal considerada en Roma.

—¿Cornelia, quieres decir? —preguntó César.

—Cornelia —ratificó Labieno.

César asintió. Era cierto: ella nunca dudaría de él. Otros sí, pero ella no. Aurelia, su madre, tampoco.

No obstante, era cierto que el rey de Bitinia, famoso por su lujuria, se le había insinuado, incluso le había presionado y llegado a sugerir que, si no se acostaba con él, no le entregaría los barcos, pero César se limitó a responderle al rey que hiciera lo que quisiera, que él, César, regresaría y se presentaría ante el *proquaestor* Lucio Licinio Lúculo y le comunicaría su negativa. Que él, César, perdería prestigio político y sería degradado militarmente, pero que Lúculo armaría varias legiones e iría a Bitinia a recordarle al rey que sus pactos con Roma, como proporcionar barcos cuando éstos le eran requeridos, eran de obligado cumplimiento y que el *proquaestor* no era hombre de aceptar negativas con tranquilidad.

César recordó cómo a Nicomedes IV se le agrió el gesto y cómo lo echó de la sala de audiencias de Nicomedia. Pero recordó también cómo, al día siguiente, le llegó una nota del propio rey con información sobre dónde estarían los barcos bitinios dispuestos para servir a Roma. Y Nicomedes IV cumplió. El rumor sobre que César se había acostado con el rey, sin embargo, se extendió por toda Asia. Lúculo nunca le preguntó cómo había conseguido los barcos. De hecho, al *proquaestor*, hombre pragmático donde los haya, el cómo nunca le importaba demasiado, sólo el qué.

—Primero tu familia y ahora los recuerdos de nuestra misión en Bitinia —volvió a hablar Labieno—. ¿Hay forma de que pienses en el aquí y ahora?

César sonrió.

—¿Crees que nos mandará otra misión diplomática? —repitió Labieno.

Su amigo negó con la cabeza.

—No —dijo al fin—. Lúculo ha venido a terminar con este asedio y tengo la intuición de que nos va a involucrar de manera muy activa en ese objetivo.

—¿Militarmente?

César se limitó a asentir con un gesto.

Labieno comprendió la seriedad de la situación. Los rumores no mataban, pero las espadas, lanzas y flechas de un combate real, sí. Él tampoco había entrado en combate aún. Los dos eran primerizos en aquel empeño. Los dos bebieron en silencio mirando al suelo.

LXV

Las órdenes de Lúculo

Campamento romano frente a Mitilene, isla de Lesbos
Tienda del *proquaestor* de Asia
78 a. C.

Lo lógico habría sido que las decisiones militares de aquel asedio se tomaran en el *praetorium*, allí desde donde se tenía el mando militar efectivo sobre las tropas desplazadas a Lesbos. Lo normal habría sido que Minucio Termo, el propretor encargado de la tarea de terminar con los últimos focos de resistencia contra Roma en la región, hubiera convocado allí a los tribunos y al resto de los mandos militares.

Sí, eso habría sido lo lógico. Lo habitual.

Pero a Mitilene había llegado, en un barco especial de la flota romana en el Egeo, Lucio Licinio Lúculo. Esto es, el inquietante *proquaestor* de la República romana en Oriente y, más importante aún, brazo derecho del todopoderoso dictador Sila en aquella parte del mundo: de hecho, Lúculo había combatido junto a Sila en la guerra social, en la lucha contra el rey Mitrídates del Ponto y en la reciente guerra civil. No hacía falta añadir más. Sila confiaba ciegamente en aquel hombre oscuro y silencioso, de pocas palabras, algo taciturno, rígido y severo.

Pese a tener *de iure* el mando militar, Minucio Termo sudaba, en pie, frente al *proquaestor*, en el centro de la tienda donde se suponía que se administraba el dinero del ejército allí desplazado. Pero para el dictador Sila el dinero era la clave de todo, por eso prefería nombrar a sus más cercanos como *quaestores* o *proquaestores* antes que como pretores, *legati* o tribunos militares. Minucio Termo tenía eso muy claro, como tenía claro que su retraso en rendir la ciudad de Mitilene y así controlar la isla de Lesbos por completo no debía de ser del agrado de Sila, que lo sabía todo, que lo controlaba todo, que lo quería todo, incluso cuando se decía que Sila se había retirado ya de la vida pública. La llegada de Lúculo a Mitilene no auguraba nada bueno para un Minucio Termo que temía que, en el mejor de los casos, su carrera política y militar fuera a quedar manchada para siempre a ojos de Sila, por sus pocos progresos en aquel maldito asedio. O, lo que es lo mismo, frenada *in aeternum*. En el peor, bien pudiera ser que Sila tuviera decidido un castigo por lo que él consideraría como torpeza al no poder dominar aquella isla en poco tiempo.

—Como imaginarás, Minucio —empezó Lúculo sin preámbulo alguno ni saludo—, el Estado romano no está satisfecho con el desarrollo de los acontecimientos en esta pequeña esquina del Egeo.

Minucio Termo sabía que, cuando Lúculo decía «el Estado romano», realmente se refería a Sila.

—La ciudad, *proquaestor*, está mucho más fortificada de lo que puede imaginarse a primera vista. Sus murallas son impenetrables. No diré que inexpugnables, pero, con las fuerzas de las que dispongo en la isla, no veo otra forma para rendir la plaza más que con un largo y lento asedio.

Lúculo, que también estaba en pie, se sentó en una cómoda *cathedra* que había al fondo de la tienda junto con una mesa con copas de vino ya servidas. Dos. Aun así el *proquaestor* no tuvo a bien invitar a su interlocutor a solazarse con él en la degustación del licor de Baco.

Lúculo bebió en silencio.

Un trago largo.

Dejó la copa.

Miró de nuevo al propretor.

—Un largo asedio engrandece la resistencia de Mitilene y transforma la isla de Lesbos en un foco de rebelión en un Oriente que aún admira demasiado a Mitrídates: el rey del Ponto se enfrentó a Roma y fue derrotado y ha pactado con el Estado romano, pero Lesbos, que lo apoyó, permanece aún irreductible. Esto no gusta en el Senado. Tu incapacidad aquí, Minucio, te está señalando a los ojos de... Roma.

El propretor tragó saliva. Ahora estaba seguro de que cuando se decía «ojos de Roma», él debía entender «los ojos de Sila». A Roma, Minucio no le tenía miedo, pero a Sila y sus reacciones vengativas si alguien lo defraudaba les tenía auténtico pavor. No lo pudo evitar y se llevó el dorso de la mano derecha a la frente para intentar secarse el sudor.

Lúculo sonrió. Tenía al propretor exactamente donde quería y como quería.

—Pero yo sé de tu buen hacer, Minucio Termo, y... Roma también. Por eso te vamos a dar una segunda oportunidad para que rindas la ciudad.

—Muchas gracias, *proquaestor*. Estoy a las órdenes de lo que el *proquaestor* considere mejor.

Lúculo, bien acomodado en su butaca, lo miró a los ojos.

—He elaborado un plan para reducir la resistencia de los habitantes de esta isla, pero para su adecuada ejecución necesito un par de jóvenes oficiales... valientes, impulsivos. Había pensado en ese Julio César y su amigo, el que lo acompaña siempre.

—Tito Labieno, *proquaestor*.

—Sí, así se llama. Quiero hablar con ellos.

Minucio Termo iba a salir de la tienda para que convocaran a aquellos jóvenes tribunos, pero Lúculo levantó la mano derecha.

—Me he tomado la libertad de hacerlos llamar yo mismo, en cuanto me instalé aquí. Los espero en cualquier momento.

El propretor asintió sin decir nada.

Lúculo, a su vez, callaba después de haber anunciado la convocatoria de César y Labieno, y se quedó observando la fuente de vidrio repleta de unos frutos rojos que se había traído en el barco desde Cerasus.

—¿Vino? —invitó por fin al propretor.

—Sí, gracias —aceptó Minucio.

El propretor había observado que las copas eran doradas. Al coger una comprendió que la vajilla que Lúculo usaba en sus desplazamientos por Oriente era de oro. Al *proquaestor*, como a todos los *optimates*, le gustaba el lujo.

Bebieron y hablaron del tiempo. Lo cual no era una conversación baladí, pues si llovía o no era relevante para sus planes de ataque a la ciudad que asediaban.

—Están aquí —dijo un centurión asomándose por las cortinas de la entrada.

—Que pasen —ordenó Lúculo.

Por su parte, el propretor estaba muy interesado en ver adónde conducía todo aquello, cuál era el nuevo plan de Lúculo. La elección de César para la ejecución de aquella nueva estrategia lo tenía extrañado, siendo como era el joven Cayo Julio César hombre señalado por el propio Sila como enemigo de Roma, por mucho que luego lo hubiera perdonado. Por otro lado, Sila sabía que en algún momento tenía que detener su represión contra sus enemigos y el líder de los *optimates* parecía haber decidido empezar a mostrar su supuesta magnanimidad con Julio César. Por eso le confundía a Minucio que ahora el enviado de Sila buscara a ese mismo hombre caído en desgracia, pese a aquel perdón forzado, como si éste debiera ser pieza clave en el empeño de rendir una ciudad entera. Definitivamente, se sentía intrigado. No veía el fondo del asunto.

César y Labieno se situaron en la entrada, en pie, firmes.

Lúculo seguía sentado en la *cathedra*. No ofreció vino a los recién llegados. Tampoco éstos lo esperaban.

Julio César, de hecho, no esperaba nada bueno de uno de los

hombres de confianza de Sila, pero sus superiores lo habían convocado a aquella reunión y no tenía margen de maniobra. Sólo podía obedecer. Lúculo ya le encomendó la incómoda misión en Bitinia. No intuía ahora ningún encargo o misión menos complicada, sino más bien algo aún más peligroso.

—Nos volvemos a ver, tribuno —empezó Lúculo.

—Sí, *proquaestor*.

A partir de ese instante, Lúculo continuó hablando, primero mirando al suelo, luego a Minucio y, por último, a César y Labieno, cuando, al desgranar con detalle su estrategia para rendir Mitilene, explicaba la parte que dependía directamente de las acciones de los tribunos convocados a aquella reunión.

Minucio escuchaba muy atento, siempre con la frente arrugada y, de cuando en cuando, bebiendo de su copa, sin decir nada ni interrumpir al *proquaestor*.

César y Labieno escucharon en pie, firmes, en silencio, intercambiando alguna breve mirada de asombro entre ellos, pero también sin interpelar en ningún momento al *proquaestor*.

—¿Alguna pregunta? —inquirió Lúculo al terminar su exposición.

Minucio se limitó a fijar los ojos en el fondo de su copa vacía, y Labieno a negar con la cabeza, pero César sí planteó ciertas... dudas:

—Yo diría que el *proquaestor* nos asigna al tribuno Labieno y a mí la parte más arriesgada del plan.

—También la más importante —apuntó Lúculo con una sonrisa.

—Cierto, *proquaestor* —admitió César—, pero preferiría hacer esto... solo.

Lúculo no se sorprendió por las réplicas del joven tribuno. Si aquel representante de la familia Julia se había encarado con el mismísimo Sila, era evidente que no callaría ante nadie cuando algo no lo veía claro.

—Te estoy dando la opción de una acción heroica, a ambos —contraargumentó Lúculo—. ¿Acaso el tribuno Julio César quiere toda la gloria para sí mismo y no es de compartirla ni siquiera con los que se consideran amigos suyos?

Labieno escuchaba aquel debate inesperado para él sin saber a qué atenerse.

—Digamos, *proquaestor* —continuó César—, que prefiero quedarme con todo el riesgo.

—¿El tribuno Julio César tiene miedo? —indagó entonces Lúculo, volviendo a sonreír cínicamente.

—El *proquaestor* puede pensar de mí lo que quiera. Yo siempre cumplo las órdenes. —Y recordando que se negó a divorciarse de Cornelia cuando Sila se lo pidió, origen de gran parte de sus males, añadió un adjetivo—: Esto es, las órdenes militares.

Se hizo un espeso silencio.

—Yo ejecutaré también el plan según lo indicado por el *proquaestor* —intervino Labieno por primera vez en aquel cónclave—, junto con el tribuno Julio César.

—Por Júpiter. —Lúculo se puso en pie y caminó hacia la mesa para servirse más vino—. Tu compañero de fatigas parece tener más resolución que tú, César.

El interpelado miró a su amigo.

—Ya sé que es arriesgado —se explicó Labieno ante los ojos enfurecidos de César, que no había esperado que Labieno se postulara a participar de aquella locura con tanta determinación—. Pero no pienso dejarte solo. Y lo conseguiremos.

—Más resolución y más arrojo tiene el tribuno Labieno que el tribuno César, ¿no crees, Minucio? —añadió Lúculo tomando asiento en su *cathedra* con la copa nuevamente repleta de vino y un poco de agua para suavizarlo, y continuó hablando—: Es evidente que el plan tiene sus riesgos, pero Sila, a través de mí, está ofreciendo a Cayo Julio César la posibilidad de redimirse, por completo, a sus ojos. Lleva a cabo el plan, rendimos la ciudad de Mitilene y pasaré un informe positivo sobre tus acciones militares que llegará a Roma y a Puteoli mismo, donde reside ahora Sila en su retiro de la vida pública más activa.

Nuevo silencio.

—¿Acaso realmente Cayo Julio César... tiene miedo? —repitió Lúculo.

César se lo pensó un buen rato antes de responder, pero cuando lo hizo fue categórico:

—Sí —dijo—. Pero cumpliré las órdenes.

César y Labieno salieron de la tienda.

Los dos oficiales quedaron a solas en su interior.

—Parece un cobarde —apuntó Minucio Termo.

Lucio Licinio Lúculo se pasaba las yemas de los dedos de la mano izquierda por los labios, hasta que, al cabo de unos instantes de mucho pensar, respondió al comentario del propretor:

—No lo creo. Se ha de ser muy valiente para admitir ante tus superiores que sí tienes miedo de entrar en combate en una misión, a todas luces, muy arriesgada. Ese Julio César es... extraño.

La frente arrugada del *proquaestor* subrayaba sus dudas al respecto de lo que acababa de ordenar a ese joven tribuno. Pero se debía a Sila. Y Sila no era hombre a quien le gustara ver que sus instrucciones no se cumplían al pie de la letra.

Campamento romano frente a Mitilene
De camino a la tienda de los tribunos César y Labieno

—¡Por Hércules! ¿Por qué te has implicado? Soy yo el que necesita redimirse ante Sila, no tú. —César hablaba con rabia—. Deberías haberme seguido la corriente y ahora podrías estar fuera de todo esto y quedarte con el grueso de las tropas cuando la locura se desate.

Pero Labieno le replicó con serenidad y aplomo y con un razonamiento elaborado que sorprendió al propio César:

—Yo también necesito redimirme ante Sila: soy tu amigo; llevo esa mancha y con ella moriré. Sila no sólo te odia a ti, sino también a todos los que de un modo u otro te apoyan o se proclaman amigos tuyos. Para mí ya es tarde. Lo único que puedo hacer es ayudarte a que limpies esa mancha ante Sila, ante Roma, ante el Senado y conseguir que tu nombre brille en la historia de Roma. Tengo claro que sólo así lograré brillar yo también. Tú y yo acabaremos haciendo cosas grandes juntos. Y estoy seguro de que, cuando alguien escriba sobre tus hazañas militares y tenga que apuntar los nombres de algunos de los que estuvieron contigo, me recordarán, y entonces anotarán mi nombre en los anales. Y así seré recordado. Pero ahora vamos a centrarnos en Mitilene y en sobrevivir para que podamos volver a Roma y hacer todo eso que nos aguarda. Piensa en Cornelia; quizá te dé ánimos.

César se detuvo y vio cómo su amigo seguía caminando resuelto: quizá Labieno no calibrara bien los riesgos de la misión, pero sin duda tenía en él un amigo fiel.

Al sentir que César había detenido la marcha, Labieno se giró.

—¿Vamos? Me han entrado ganas de beber al menos otra copa de vino, y el *proquaestor* no ha estado muy hospitalario.

César se echó a reír. Una carcajada limpia que le sirvió para liberar parte de la tensión acumulada en aquella tensa reunión.

—Vamos, amigo mío —dijo—. Por Júpiter, vayamos a beber.

LXVI

La exterminación de César

Campamento romano frente a Mitilene, isla de Lesbos
Tienda de campaña del *proquaestor*
78 a. C.

Licinio Lúculo y Minucio Termo seguían en la tienda del *proquaestor*.

—Es una estrategia interesante —comentó el propretor—, y puede dar resultado para rendir la ciudad de Mitilene, pero...

—¿Pero? —preguntó Lúculo—. Dime, por Júpiter. Si hay algo que detesto son las frases sin terminar.

—Pero ese plan tiene un punto débil —se atrevió, al fin, a decir Minucio.

—¿Qué punto débil?

El propretor comprendió que su interlocutor no se quedaría satisfecho hasta que él lo hubiera expuesto todo.

—Las corrientes y el viento alrededor de la isla son... impetuosos —se aventuró a observar—. Puede no resultar fácil a los barcos maniobrar y retornar con las tropas, según tienes planeado.

—¿De veras? —Lúpulo relajó la espalda en su cómodo asiento de alto respaldo.

La expresión de su rostro y el tono sarcástico con el que había dicho aquellas dos palabras iluminaron la mente de Minucio Termo: Lúculo era un experto navegante que, con toda seguridad, se habría percatado de aquello al aproximarse con sus barcos a Lesbos aquella misma mañana. El *proquaestor* sabía que la corriente del mar y el cambiante viento del alba podrían retrasar las maniobras de la flota romana y, en consecuencia, retrasar su regreso según el plan presentado a los jóvenes tribunos. Fue en ese instante cuando Minucio Termo abrió bien los ojos y se quedó inmóvil, como pasmado, con la boca abierta: acababa de comprender la auténtica dimensión de aquel plan y el objetivo real de aquella estrategia.

—Y si nuestra flota se retrasa por culpa de las corrientes y el viento, el joven tribuno Cayo Julio César se verá rodeado por el enemigo, con tropas insuficientes para defenderse, y será...

—... exterminado —apostilló Lúculo, y añadió una explicación—: Es lo que Sila me ha pedido. A Sila le da igual Lesbos, Mitilene no importa, aunque tendremos que rendir la plaza al final, de un modo u otro; lo esencial es, en efecto, que por fin se cumpla el deseo de Sila de ver muerto a ese jovenzuelo que se atrevió a desafiarlo en Roma.

Minucio Termo lo meditó bien antes de volver a hablar.

—Pero Sila había perdonado a César.

—¿Nunca has cambiado de opinión en tu vida, Minucio?

El propretor suspiró, dejó su copa en la mesa y asintió.

—Sí, alguna vez, por supuesto —admitió—. Pero, entonces, ¿haber mencionado a Sila en la exposición del plan a los tribunos no habrá puesto en guardia al joven César? De hecho, estoy persuadido de que algo intuye. Es joven e inexperto en el combate, pero tiene un fino sentido para orientarse en lo referente a lealtades y... —Buscaba una palabra adecuada pero no se atrevía a pronunciarla.

—Y conjuras —concluyó Lúculo—. A las cosas hay que llamarlas por su nombre, aunque Sila prefiere denominarlo «ejecución». Y sí, pensé en que mencionar el nombre de nuestro gran líder podría ponerlo sobre aviso, pero es petición expresa del propio

Sila. Quiere que cuando César se vea rodeado por el enemigo y se dé cuenta de que ha caído en una trampa como un niño, como un estúpido, peor, como un ingenuo, entre herida mortal y herida mortal, tenga claro en su mente que todo ha sido pergeñado por él, por Lucio Cornelio Sila.

—Y, por todos los dioses, ¿no puede intuir César todo esto antes y negarse a aceptar este plan?

—Interesante reflexión —admitió Lúculo—. Pero Julio César no puede negarse a obedecer: el plan que he planteado es una orden mía, avalada por ti, una orden de sus superiores. Intuye algo, pero no puede comprender todo lo que hemos diseñado porque no nos cree capaces de arriesgar a quinientos legionarios sólo para terminar con su vida. César es noble de corazón, y los nobles de espíritu no entienden que sus enemigos puedan emprender acciones de difícil justificación moral sólo para terminar con él. Pero para Sila, para mí y, por tu bien, espero que para ti, el fin siempre justifica los medios. Yo, sinceramente, no veo que este joven sobrino de Mario pueda ser un enemigo tan formidable en el futuro, pero Sila está obsesionado con él y no seré yo quien se oponga a uno de sus más caros deseos. Quiere a César muerto y muerto estará César mañana. Ahora bebamos algo más de vino y da las órdenes necesarias para que los legionarios levanten el campamento a toda prisa y empiecen a embarcar en las naves de mi flota. Es hora de mandar el mensaje a los defensores de Mitilene de que nosotros, los romanos, mañana al alba abandonamos el asedio. En apariencia.

Minucio Termo bebió para que no quedaran dudas de su lealtad a Sila. Lúculo bebió para digerir la idea de arriesgar a quinientos legionarios para acabar con un solo hombre que incomodaba a Sila. Lúculo bebió bastante aquella noche porque, en su fuero más interno, aún le quedaban escrúpulos y quería ahogarlos en alcohol para cumplir con las malditas órdenes de Sila.

LXVII

Una misión imposible

Mitilene, isla de Lesbos*
78 a. C.

Murallas de la ciudad

Los centinelas miraban hacia el horizonte del amanecer. Todo parecía normal hasta que uno de los más jóvenes, con vista aguda, frunció el ceño en un marcado gesto de incredulidad.

—Se marchan —dijo, al principio en voz baja.

—¿Qué dices? —le preguntó uno de los más veteranos.

—Los romanos... —se explicó ahora en voz alta el soldado joven—. Han embarcado en sus naves y se marchan.

Todos miraron hacia donde señalaba aquel centinela.

—¡Por Deméter! ¡El muchacho lleva razón! —confirmó el oficial al mando de la muralla invocando a la diosa madre tan adorada en aquella tierra.

En la línea del mar se vislumbraban las velas de la flota romana alejándose de la isla y, ante ellos, a unos dos mil pasos de la ciudad, se veía un campamento romano abandonado.

* Véase el mapa de la página 732.

Palacio del sátrapa de Mitilene

Anaxágoras había sido nombrado sátrapa y *strategos*, es decir, gobernante único y máximo, de la isla de Lesbos por el mismísimo Mitrídates VI, rey del Ponto y azote de los romanos en Oriente. El monarca que regía el destino de toda la región, desde el Ponto Euxino hasta Siria, desde las fronteras con Partia hasta las costas de las ciudades griegas, había decidido premiarlo con aquella isla tras su importante contribución en la batalla del monte Escorobas, donde el rey póntico había masacrado los ejércitos romanos y reafirmado así su control absoluto en todo aquel territorio. Un control que se vio desafiado con la campaña de Sila de hacía unos años en la zona, pero que se reafirmó tras la tregua ofrecida por el dirigente romano, que tenía sus propios problemas que resolver con Mario y los populares en Italia. Un control sobre Oriente que Mitrídates mantuvo con mano férrea hasta el nuevo contraataque romano dirigido por Lúculo. Contraataque romano promovido por el propio Sila, una vez resuelto su enfrentamiento civil con sus enemigos políticos. Sila, desde la lejana Italia, quería que Mitrídates entendiera ahora que el pacto de paz que en su momento le propuso no era para que el rey del Ponto se quedara con el control efectivo de Oriente, sino sólo para que él, Sila, tuviera tiempo y recursos para doblegar a sus enemigos del bando popular en Roma. Obtenido el dominio absoluto del Senado romano y del resto de las instituciones del Estado, Sila había vuelto a enviar legiones hacia Oriente.

En cualquier caso, Anaxágoras había disfrutado de un tiempo de sosiego y opulencia en aquella isla, degustando su muy afamado vino y yaciendo con esclavas y no esclavas, comiendo de banquete en banquete, hasta que Roma hizo llegar allí primero al propretor Minucio Termo y, luego, al *proquaestor* Lúculo. Anaxágoras intuía que la fiesta, su fiesta, se había acabado, pero no tenía claro que el final debiera necesariamente ser ejecutado por tropas romanas. Una resistencia prolongada le daba margen. Faltaba ver qué haría Mitrídates, cuántas bajas estaban dispuestos a sufrir los romanos en un largo asedio y si no terminarían éstos retirándose de Lesbos. Por eso, las noticias que llegaban de los centinelas de la muralla captaron toda su atención aquella mañana.

—¿Se marchan? ¿Estáis seguros de lo que decís? —preguntó Anaxágoras, sentado en un cómodo trono repleto de almohadones en el centro de una gran sala de audiencias.

—¡Sí, mi señor protector de la tierra! —confirmaron los centinelas uno tras otro, al tiempo que se arrodillaban ante su líder.

—Yo mismo lo he comprobado, señor protector —confirmó Pítaco, el segundo en el mando de la isla—. He subido a lo alto de la muralla y he alcanzado a ver las velas de la flota romana alejándose de la costa.

Anaxágoras se reclinó en su trono. Le costaba pensar. Tenía resaca de la noche anterior y por la mañana había estado fornicando con una esclava joven. Se pasó la mano por la frente.

—Traedme agua —dijo mientras intentaba ordenar sus pensamientos.

No le gustaba nada Pítaco: un hombre de oscuro pasado guerrero que conoció en Anatolia y que, para supuestamente congraciarse con los súbditos de Lesbos, se había puesto el sobrenombre de un antiguo sabio de aquella ciudad. Pítaco antes se llamaba... Negó con la cabeza. No podía recordarlo. Tampoco importaba.

—¿Tú qué piensas de esto, Teófanes? —preguntó entonces Anaxágoras mirando hacia el otro lado de la sala.

Teófanes era el líder de la aristocracia local. Anaxágoras intuía en él una cierta preferencia a ser gobernado por los romanos que por Mitrídates, pero era un hombre inteligente y valoraba sus consejos, además de que servía de puente entre las tropas enviadas por el rey del Ponto y los ciudadanos de Mitilene. Un hombre, por el momento, de probada utilidad para mantener a los habitantes de Mitilene fieles a su ejército de ocupación, esto es, leales a Mitrídates.

—Yo también ascendí a la muralla y, en efecto, está claro que los romanos han alejado su flota.

A Anaxágoras no se le escapó la precisa respuesta de Teófanes.

—¿Quieres decir que pueden haberlo hecho para que creamos que se marchan y que, sin embargo, tengan todas sus tropas emboscadas en algún lugar que no alcanzamos a ver desde la muralla?

—Ésa es una posibilidad, desde luego..., mi señor —admitió Teófanes, sin usar el tratamiento propio de los sátrapas nombrados por Mitrídates—, pero es verdad que el campamento romano parece abandonado...

—Y no hay tanto espacio para ocultar todas sus tropas —le interrumpió Pítaco.

—Está el pequeño bosque junto al mar —opuso el interpelado.

—Pequeño, tú lo has dicho —insistió Pítaco—. Allí no pueden esconderse más de trescientos o cuatrocientos hombres, nunca una legión como tenían los romanos acampada hasta ayer mismo frente a nuestras murallas.

Anaxágoras suspiró: como era habitual, sus dos máximos consejeros disentían. El agua llegó traída por un esclavo. El sátrapa bebió de un cuenco de bronce revestido de plomo. Sació su sed. Apartó al esclavo con un empujón y se dirigió a sus consejeros.

—Es muy posible que los romanos hayan tenido que retirarse por cansancio, o bien porque se les haya reclamado en alguna otra parte. El rey Mitrídates controla bien el territorio e, igual que los romanos intentan castigar a las ciudades que lo apoyan, el propio Mitrídates está lanzando sus ataques a poblaciones aliadas de Roma. Pero el alejamiento de la flota romana, cierto, también podría ser una estrategia, un ardid, y que los romanos hubieran dispuesto sus tropas durante la noche en algún extremo de la isla para que nos confiemos y atacarnos en otro momento por sorpresa. Sea como sea, por Apolo, hemos de averiguar cuál es la situación real actual. —Hizo una breve pausa antes de anunciar su decisión—. Saldremos con el ejército y averiguaremos qué pasa.

—Podríamos mandar patrullas —sugirió Pítaco.

—Podríamos, pero si realmente están escondidos, podrían aniquilarlas y no tenemos tantos hombres como para perder un guerrero, menos una patrulla entera. Es más seguro que salgamos con el grueso de las tropas y exploremos la isla. Dejaremos algunos arqueros en las murallas, ah, y muy importante: las puertas quedarán abiertas por si hemos de replegarnos con rapidez en el caso de que el ejército romano esté oculto en algún lugar de Lesbos.

Pítaco iba a argumentar algo, pero Anaxágoras alzó la voz:

—¡Por Apolo! ¡Ésa es mi decisión!

Todos en la sala se inclinaron ante el sátrapa.

—Pítaco, organiza la salida y los arqueros de la muralla. Tú te quedarás al mando de la ciudad en mi ausencia. Teófanes, tú vendrás conmigo.

No había más que debatir.

Bosque junto al mar, a dos mil pasos de la muralla de Mitilene

—¿Qué hacemos? —preguntó Tito Labieno mirando con inquietud hacia las puertas de Mitilene—. Están saliendo con todo lo que tienen.

—Ésa era la idea, ¿recuerdas? —replicó César con la vista alternativamente puesta en las tropas enemigas y en el horizonte del mar—. Se han alejado demasiado.

—¿Quién? —indagó Labieno sin dejar de mirar hacia el ejército de Mitilene.

—Nuestros barcos: Lúculo y Termo se han ido demasiado mar adentro.

—Bueno, tenía que parecer que nos marchábamos de verdad.

—Aun así. Hay algo en todo eso que no me gusta —continuó César—. Por ahora nos quedamos aquí, entre los árboles. El primer movimiento del enemigo será ir al campamento abandonado por nuestras tropas, para ver si rapiñan algo.

Tito Labieno percibía la tensión en la faz de su amigo. Miró entonces hacia el mar y, era cierto, no se veía ni una vela de su flota. Ellos habían quedado atrás, con una cohorte de cuatrocientos ochenta hombres, con la idea de importunar al enemigo cuando saliera de la ciudad para evitar que pudieran regresar con rapidez a las murallas en el instante en que las naves romanas retornaran con el grueso de las cohortes legionarias. Pero... si Lúculo y Termo tardaban demasiado, César, él mismo y el resto de los que con ellos estaban serían aniquilados.

Las miradas de Labieno y César se cruzaron un segundo.

—Si no aparecen los barcos, la misión es... imposible. Pero de momento seguimos con el plan de Lúculo —dijo César.

A Labieno no se le escapó aquel «de momento».

LXVIII

Un mensajero

Mitilene, isla de Lesbos
78 a. C.

Trirreme de mando de la flota romana, lejos de la costa

Desde el mar Egeo, a unas millas ya de Lesbos, Lucio Licinio Lúculo vio cómo la línea de tierra de la isla de Lesbos desaparecía en el horizonte. Aun así, no dio la orden de virar.

—Si no vemos la costa, ellos tampoco nos ven —comentó Minucio.

—Están las velas —replicó el *proquaestor* señalando hacia el alto mástil central del barco, con el velamen desplegado para aprovechar el viento a favor que los alejaba de Lesbos—. Y, además, está nuestro plan. No olvides el objetivo principal de todo esto.

—Lo sé, *proquaestor*, pero, si se me permite, al igual que yo pienso que nos hemos alejado bastante, lo pensarán también el resto de los legionarios embarcados. Hemos dejado una cohorte en tierra y todos esperan que regresemos para no dejarlos solos frente al enemigo. Esto es, todos esperan que retornemos... a tiempo.

Lúculo asintió, pero no dio aún su brazo a torcer.

—Yo decidiré cuándo es el momento adecuado y...

—¡Una barca! —gritó uno de los vigías.

El *proquaestor* y el propretor miraron alrededor y pronto vislumbraron un pequeño bote que se acercaba con un par de legionarios a bordo.

—Mensajeros de Roma —dijo Minucio Termo.

—Sin duda —aceptó Lúculo—. Que suban a bordo y que vengan a mi camarote. Entre tanto, mantened el rumbo alejándonos de Lesbos.

Campamento romano abandonado

Anaxágoras caminaba por el campamento romano con aire marcial. Era guerrero experimentado y sabía que ante sus hombres había que dar siempre la imagen de líder alerta y decidido. No le preocupaba la sorprendente partida de los romanos. Eso sólo podía significar que su jefe supremo, el rey Mitrídates, debía de haberlos atacado en algún otro punto y los romanos necesitaban concentrar las tropas que pudieran tener dispersas por Oriente; o, mejor aún, que el todopoderoso rey del Ponto había forzado una nueva retirada completa de los ejércitos romanos de Asia, como consiguió hacía unos años pactando con Sila.

El sátrapa miraba serio a su alrededor. Sea como fuere, ahora estaba volcado en el pillaje. La veloz huida romana había dejado un campamento a medio recoger. Había utensilios desperdigados de todo tipo: herramientas de herreros, objetos para cocinar, algunas espadas y dagas, pero nada de oro o plata. Aquello lo desanimó un poco, aunque, de pronto, unos soldados hallaron varias pilas de sacos con trigo, que sin duda les vendrían muy bien para paliar la carencia de alimentos que empezaba a causar el asedio.

—Han encontrado algo más. —Teófanes señaló hacia un grupo de guerreros, reunido en un extremo del campamento.

Anaxágoras se había hecho acompañar por Teófanes porque sabía de la tendencia a pactar del líder de la aristocracia local con los romanos y temía dejar la ciudad bajo su mando, a expensas de que éste cerrara las puertas dejando las tropas fieles a Mitrídates fuera. Pítaco, pese a su ambición, era hombre fiel al rey del Ponto y se ocuparía mejor de que algo así no pasara nunca, o se las tendría que ver no con su ira, sino con la del propio Mitrídates.

—Vayamos a ver —apostilló Anaxágoras.

Rodeado por su escolta, se encaminó hacia el lugar que había concitado la atención de sus hombres.

Trirreme de mando de la flota romana,
camarote del proquaestor

—Ahora viene el mensajero —comentó Minucio Termo—. Está subiendo al barco.

—Bien —dijo Lúculo, pero enseguida, como si le reconcomiera una duda que pudiera alterar sus planes, le espetó una pregunta al propretor—: ¿Dejaste los *pila* que te ordené bien a la vista en el campamento?

—Sí, más de mil quinientas lanzas dispuestas para su uso —confirmó Termo.

—Bien, esto está bien. —Lúculo se acomodó en un gran asiento con almohadones a la espera de que llegara el mensajero.

Justo en ese instante entró un *optio*.

—Correo de Roma, *proquaestor* —anunció.

—Que pase —ordenó Lúculo y, acto seguido, se dirigió a Minucio Termo—: Déjame a solas con él.

La orden hirió el orgullo de mando del propretor, pero ante uno de los más fieles amigos de Sila, optó por saludar militarmente, llevándose el puño al pecho. Se encaminaba a la puerta, cuando el *proquaestor* le dio una instrucción más:

—Y que la flota vire. Es hora de iniciar el retorno a Lesbos o, como decías, el ejército podría empezar a pensar que hemos abandonado a sus compañeros, y eso es algo que no queremos que piensen.

Termo se volvió hacia el *proquaestor*, asintió y salió del camarote. Al hacerlo se cruzó con el correo. Vio que llevaba un papiro doblado y sellado con cera, pero tenía instrucciones que cumplir y comenzó a subir las escaleras que lo conducían a cubierta.

Bosque en Lesbos, junto al mar

—¿Salimos? —preguntó Labieno.

—Aún no —respondió César—. No hasta que veamos las velas de la flota de regreso hacia Lesbos.

Aquello le pareció sensato a Labieno.

El mar, sin embargo, sólo les mostraba una perfecta línea recta en un horizonte vacío.

Campamento romano abandonado

—¿Lanzas? —fue la incrédula pregunta de Teófanes ante el extraño botín de armamento que habían encontrado los hombres de Anaxágoras.

—Y muchas, mi señor —informó uno de los soldados—. Unas mil, quizá aún más.

—Es extraño —apuntó Teófanes—. ¿Por qué se dejarían tantas lanzas? Algunas espadas perdidas y algunas dagas es un olvido por las prisas, pero un contingente tan numeroso de lanzas abandonadas es peculiar.

—Y son buenas —añadió Anaxágoras esgrimiendo una de ellas en alto como si ponderara su peso y el punto justo por donde asirla para arrojarla contra algún enemigo imaginario—. Son perfectos *pila* romanos.

Teófanes lo miró sin comprender. Lo suyo era la historia y la lectura, no tanto la guerra.

—Lanzas romanas diseñadas para quedar clavadas en los escudos enemigos: o matan o hieren o inutilizan el arma defensiva. Es muy difícil extraerlas del escudo.

A Anaxágoras el hallazgo no le hizo sospechar nada. Había visto muchas cosas raras en la guerra y aquélla para nada era la más peculiar.

—Cogedlas —ordenó a sus hombres.

Trirreme de mando de la flota romana,
camarote del proquaestor

Lucio Licinio Lúculo leyó la carta que había llegado desde Roma.

La leyó dos veces, en silencio.

—¡Por Júpiter! —exclamó entre dientes y, de inmediato, se dirigió al mensajero—: ¿Cuándo?

—Hace un mes, *proquaestor.*

—De acuerdo. No salgas de aquí ni hables con nadie. Ahí tienes agua y algo de comida. ¿Has entendido mis órdenes?

—Sí, *proquaestor.*

El mensajero no parecía sorprendido por la reacción de su superior. Teniendo en cuenta lo que había pasado en Roma —o más bien al sur de Roma—, lo consideró normal.

—Esto lo cambia todo —murmuró Lucio Licinio Lúculo mientras se levantaba despacio y empezaba a caminar hacia la puerta—. Todo —repitió mientras ascendía hacia cubierta.

LXIX

El miedo de César

Mitilene, isla de Lesbos
En el bosque, junto al mar
78 a. C.

—Se ven las primeras velas —dijo Labieno en voz baja. Veía muy concentrado a su amigo.

—Sí —respondió César—. No pueden tardar mucho en llegar, aunque preferiría esperar algo más.

Labieno miró hacia el campamento abandonado.

—Pero los soldados de Mitilene inician su regreso hacia la ciudad —apuntó el amigo de César.

Los dos contemplaron el ejército enemigo. En un cálculo aproximado, eran unos dos mil o dos mil quinientos hombres. Eso significaba luchar en una inferioridad numérica más desfavorable de lo esperado.

—Han salido con prácticamente todo lo que tienen —dijo César poniendo en palabras los pensamientos de ambos tribunos.

—Son precavidos —apuntó Labieno.

—Ese Anaxágoras sabe lo que se hace —continuó César—, y eso no me gusta. Él huele la trampa. Y yo siento los barcos de nuestra flota aún demasiado lejos, pero llevas razón en que, si no salimos ahora, todo el plan diseñado por el *proquaestor* se vendrá abajo. Y nos juzgarán por rebeldía, por no cumplir órdenes.

Conocían el nombre del líder del ejército apostado en Mitilene por las negociaciones emprendidas entre sus superiores y el propio Anaxágoras para una posible rendición de la ciudad que, no obstante, nunca se materializaba, pero poco más sabían del sátrapa de Mitilene. Ahora, César estaba registrando en su mente que se hallaban ante un guerrero hábil y, sobre todo, prudente, como su tío Mario.

—¿Salimos, entonces? —preguntó una vez más Labieno.

Cayo Julio César se pasó el dorso de la mano izquierda por la frente.

Estaba sudando.

¿Tenía miedo?

Lo tenía.

No le ayudaría engañarse sobre sus sensaciones.

Aquello no iba a ser un entrenamiento en el Campo de Marte, como ya había anticipado, ni una jornada de adiestramiento en un campamento de las legiones.

Aquello era la guerra. De verdad. Sin límites.

Era la primera vez que entraría en combate en toda su vida.

Tenía veintiún años.

Labieno ya estaba dando las instrucciones a los seis centuriones de la cohorte, pero él seguía allí, inmóvil, petrificado.

César tragó saliva. Escipión entró en combate por primera vez a los diecisiete años. Y salvó a su propio padre. Y él, sin embargo, estaba allí, atenazado por el miedo.

No, no sería él hombre de muchas hazañas militares.

Lo suyo tendría que ser el foro de Roma, las palabras, los discursos y las basílicas de justicia.

Esto es, si sobrevivía a aquella mañana.

—Los hombres están preparados —anunció Labieno, de nuevo junto a él.

Sin embargo, César permanecía en silencio y sin moverse.

Labieno se dio cuenta.

—Yo también tengo miedo —admitió en voz baja—. También es la primera vez para mí. Lo sabes. Pero hemos de salir, amigo mío. Hemos de luchar. Nos entrenaron para esto. Somos esto. Y más cosas, pero esto también.

Cayo Julio César callaba, sin moverse, presa del pánico.

Tito Labieno no sabía qué decir. Pensó en salir él con las seis centurias y esperar a que la acción militar en marcha arrastrara a su amigo al combate, pero lo correcto era que César diera la voz de ataque. Era el tribuno al mando. Y seguía inmóvil.

En ese momento, a Labieno se le ocurrió una cosa. Se acercó al oído de César y le musitó seis palabras:

—Eres el sobrino de Cayo Mario.

Aun así, ni eso parecía funcionar: el sobrino de Mario continuaba como una estatua, paralizado, y con esa inmovilidad de César la historia del mundo quedó... detenida.

LXX

Los ojos de Roma

Puteoli, Campania, al sur de Roma
78 a. C., un mes antes de la batalla de Mitilene

Cneo Cornelio Dolabela llegó a la villa de Lucio Cornelio Sila en Puteoli, al atardecer. Pese a haber viajado en barco desde Ostia hasta la bahía de aquella ciudad y no por tierra, la navegación se le había hecho tediosa y agotadora. A él, como a su maestro, le gustaba el lujo y la comodidad, pero el desplazamiento se hacía necesario: Sila lo había convocado a su residencia en Puteoli y eso sólo podía ser bueno. Eso sólo podía significar poder. Nominalmente, el Senado tomaba las decisiones, pero todos sabían que los destinos de Roma se regían desde aquella villa donde Sila se había retirado y refugiado, alegando supuestos problemas de salud. En realidad, saltaba a la vista que se trataba de una inteligente estrategia para protegerse de conjuras, tan frecuentes en la superpoblada y siempre difícil de controlar Roma. Formalmente, Sila había entregado todo el poder a un Senado revigorizado tras abolir las leyes populares que habían dado más atribuciones a otras instituciones como la Asamblea del pueblo o los tribunos de la plebe. Con las reformas de Sila, ahora todo el poder se concentraba en el Senado. Y hasta el propio Sila había abdicado de su dictadura, poniendo fin a aquel periodo de excepción. Sin embargo, todos sabían que, incluso sin ser ya el dictador, Sila vigilaba, tutelaba y controlaba todas y cada una de las acciones del Senado.

Puteoli era una mezcla de villa de lujo y de fortín, mucho más fácil de blindar contra conjuras que la siempre atribulada y populosa Roma. La villa de Sila era un bastión custodiado por veteranos de las legiones que el exdictador usó contra Mitrídates, primero, y luego en la guerra civil contra Mario. La pequeña ciudad estaba militarizada y, para llegar desde el puerto hasta la villa, Dolabela tuvo que presentar en cinco ocasiones la carta que el propio Sila le había remitido, en los diferentes puestos de guardia que encontró en su ruta hacia la residencia del hombre más poderoso de la República romana.

Al fin, Dolabela llegó a la gran villa.

Pasó unas puertas de madera inmensas, abiertas en el muro que rodeaba toda la residencia. Medio centenar de cipreses se elevaban hacia el cielo a ambos lados de un camino que serpeaba en permanente ascenso hasta llegar a una especie de gran terraza con vistas a la bahía. Era una visión fastuosa de todo el puerto de Puteoli, las casas, sus templos y un amplio campamento militar donde se apostaba el grueso de las tropas leales a Sila, de modo que acceder a él, si se llevara a cabo una conjura en Roma, iba a resultar muy difícil, por no decir del todo imposible. Además, el exdictador había sido muy astuto al seleccionar un retiro en una población junto al mar, donde tenía una pequeña flota de trirremes siempre preparada por si debía emprender la huida hacia algún punto del Mare Internum en donde hacerse fuerte para retornar y recuperar el poder. De hecho, hacía muy poco había tenido lugar la rebelión de uno de los cónsules, Emilio Lépido, quien se había pasado al bando popular promoviendo leyes contrarias a lo establecido por Sila. Lépido puso en marcha el reparto gratuito de trigo a la plebe, la posibilidad de regresar de los exiliados por Sila, la devolución de las tierras confiscadas y entregadas a los veteranos de las legiones silanas y hasta la devolución de todos los bienes arrebatados a los ciudadanos de la facción popular.

—Un momento —le dijo el esclavo que lo guiaba.

Dolabela se quedó esperando mientras repasaba los recientes acontecimientos y la inteligencia de su mentor: Sila maniobró desde Puteoli y consiguió que, primero el otro cónsul, Lutacio Cátulo, y finalmente Cneo Pompeyo, derrotaran por la fuerza de las armas a las tropas que el propio cónsul rebelde Lépido había logrado reunir en Italia. Lépido huyó a Sicilia y murió, mientras que su segundo en el bando, como tantos otros populares en aquellos años, fue a refugiarse a Hispania, donde Sertorio, segundo de Mario, mantenía todavía una gran parte de aquel territorio en rebelión contra Roma, pese a los intentos de Metelo por derrotarlo.

Dolabela asentía en silencio mientras aguardaba. Sila vivía todas estas tensiones políticas y militares desde la tranquilidad y seguridad de su retiro en Puteoli.

—Por aquí, *clarissime vir* —le dijo el esclavo *atriense* del propietario de aquella gigantesca villa residencial desde la que se gobernaba el mundo romano, tras aparecer en la sala donde esperaba el recién llegado.

Dolabela pasó por varias estancias profusamente decoradas con frescos con todo tipo de motivos campestres, de caza y, por fin, eróticos. Cruzó dos atrios porticados con un amplio *impluvium* en el centro, hasta llegar a una antesala que daba acceso al atrio principal de la villa. Las puertas estaban cerradas.

—El *clarissimus vir* ha de esperar aquí, y el amo saldrá a recibirlo. Ahí tiene mi señor agua y vino.

El senador Dolabela se quedó a solas. Se acercó a la mesa donde estaban las jarras y se sirvió un poco de vino con agua. Pese a que las puertas permanecían cerradas, una vez alejado el esclavo y sin ningún otro ruido ni pisadas que interfirieran en los mensajes del aire, Dolabela oyó chasquidos secos y, a continuación, tras cada chasquido, un grito de dolor. Estaban azotando a alguien. Reconoció enseguida ese sonido, pues él mismo ordenaba con frecuencia que sus esclavos fueran sometidos a largas series de latigazos cuando no cumplían sus quehaceres con el esmero que él consideraba pertinente.

Más chasquidos.

El golpe seco, perfecto, del cuero sobre la piel humana. Y más gritos. Ahora eran diferentes, no los mismos. Estaban azotando a más de un esclavo. Tampoco. Mujeres. Azotaban a esclavas. Varias. Había como una cadencia, un ritmo, una especie de organización en todo aquel concierto de latigazos y aullidos.

De pronto, se abrieron las puertas del atrio y emergió Lucio Cornelio Sila, engalanado con una hermosa túnica púrpura. Las puertas empezaban a cerrarse tras él, pero el exdictador se giró y dirigió unas palabras al interior.

—Esperad a que regrese antes de reemprender los azotes, Valeria —dijo—. No quiero perderme ni un grito de mis esclavas.

—Lo que desees, amor mío —se oyó decir a una mujer con voz sensual y arrastrando las palabras, muy probablemente por efecto del vino. ¿O sería por el opio? Tratándose de Sila, cualquier cosa era posible.

—¡Dolabela! —exclamó a continuación Sila volviéndose hacia su amigo—. Gracias, gracias, gracias por venir hasta aquí. Ya sé que implica una incomodidad enorme, pero esto es mil veces más seguro que Roma. Yo no moriré, como tantos, en una reyerta junto al foro, promovida por conjurados contra mi persona. Eso se lo dejo a otros, a los que cometen el error de fiarse de los senadores. —Y se echó a reír a mandíbula batiente. Pese a sus sesenta años y una gran barriga, se movía aún con energía y parecía cualquier cosa menos alguien dispuesto a aflojar, ni siquiera un poco, su fuerte abrazo al poder absoluto.

—Siempre es grato ver a Sila, aunque para ello tenga uno que navegar por mar o ser detenido en infinidad de controles militares. Traigo cartas de Roma.

Dolabela exhibió un puñado de papiros doblados y sellados.

—¿Alguna de Lúculo, de Oriente? —preguntó Sila genuinamente interesado.

—No, de allí no hay noticia alguna —respondió Dolabela con cierto aire de decepción; no le gustaba defraudar los deseos de su mentor—. Tengo cartas de Cátulo y Pompeyo. Han resuelto lo del levantamiento de Lépido.

—Lo sé, lo sé. Eficaces ambos, en particular Pompeyo —comentó Sila—. Está claro que es el águila en ascenso entre todos nosotros. Él hará que mis leyes se mantengan en vigor durante largo tiempo y que, en consecuencia, nuestros privilegios perduren. Ahora lo único que me interesa es saber de Lúculo en Oriente —replicó el dictador, algo molesto—. Pero ven, deja las cartas en esa mesa, donde las jarras, y atiéndeme bien.

Tomó del brazo a Dolabela, que acababa de dejar el correo sobre la mesa, según le había pedido, y lo condujo hacia una esquina de la sala, buscando sin duda toda la discreción posible para aquella conversación.

—Le pedí a Lúculo una cosa, algo importante, y espero noticias suyas en cualquier momento. Lúculo no me ha fallado nunca. Como tampoco tú. En Oriente nos jugamos mucho ahora. Lo de Mitrídates no está resuelto. La rebelión de Cinna y del resto de los populares y viejos seguidores de Mario me obligó a pactar una paz con aquel maldito rey del Ponto cuando lo que había que hacer era aniquilarlo. Es un tema pendiente que el propio Lúculo o tú o algún otro tendréis que resolver pronto. Por eso quiero tener hombres de mi confianza en todas las provincias de aquella parte del mundo. Quiero que te hagas cargo de Macedonia. ¿Me entiendes? Sé que es un largo viaje, pero es donde te necesito ahora. Resolver Oriente y, luego, solucionar la rebelión de Sertorio y los populares huidos en Hispania, si el viejo Metelo no es capaz de masacrar a esos malditos. Ése es el plan. Ahora tengo los ojos puestos más en Asia, con Lúculo y, por eso, te quiero a ti en Macedonia, en su retaguardia. ¿Qué te parece, amigo mío?

Dolabela sabía que, aunque Sila lo disfrazase de pregunta o propuesta, realmente sólo estaba dando una orden. Con el exdictador había un único camino: obedecer y, de ese modo, enriquecerse. La otra opción, oponerse a sus planes, sólo llevaba a la muerte, más temprano que tarde.

—Yo iré allí donde Sila piense que debo estar.

—Muy bien, muy bien, por Júpiter, amigo mío. Así me gusta —dijo Sila dándole unas palmadas en la espalda—. Bien, ya hemos hablado de lo importante. Ahora toca solazarse un poco. Quiero que entres a mi atrio central y disfrutes conmigo. He descubierto placeres nuevos.

Sila golpeó la puerta tres veces, hizo una pausa y la volvió a golpear tres veces con los nudillos. Las gruesas hojas de madera se separaron y el exdictador, seguido de cerca por su invitado, entró en el atrio central de la villa.

—He descubierto nuevos placeres —insistió Sila. Se volvió hacia Dolabela y lo tomó del brazo para que caminara a su lado—. ¿Has hecho el amor rodeado de gritos de dolor por todas partes? Es extasiante. ¿Existe esa palabra? Si no existe, debería.

A ambos lados del atrio había mujeres jóvenes atadas de espaldas al patio con los brazos en cruz y junto a cada una de ellas había un esclavo recio y musculado con un látigo. Las esclavas estaban todas desnudas, por completo, y la mayoría mostraba las duras marcas de las mordeduras del látigo en sus espaldas, piernas, brazos y nalgas... Algunas sangraban profusamente, otras tenían las heridas marcadas, aún sin sangrar, y unas pocas continuaban intactas.

Dolabela miraba a su alrededor con los ojos muy abiertos y una media sonrisa malévola y admirativa en el rostro.

—Las voy cambiando para que duren más —dijo Sila—. A los cien latigazos las cambio y las dejo descansar un par de días. Algunas mueren. Me van trayendo más. Me gasto una fortuna en esclavas, pero es tan placentero... —Se alejó de Dolabela al ver a una mujer plácidamente recostada en medio de aquella locura, como si todo aquello no fuera con ella—. Valeria, mi amada. Ha venido Dolabela, desde Roma.

La joven esposa del exdictador estaba en el centro del atrio, reclinada en un *triclinium*, con sólo la túnica íntima, un seno descubierto, el otro también pero tapado por la mano de Metrobio, un actor vestido de mujer, ya entrado en años, amigo personal de Sila desde hacía años.

Unos pasos más allá, junto a los *triclinia* de honor de Valeria y Sila, había otro libre, a la derecha justo del exdictador, donde éste le indicaba a Dolabela que se acomodara. Al otro lado, en otra serie de divanes, estaban los actores Roscio y Sórex. Cada uno tenía a una esclava ensangrentada y desnuda a la que manoseaba de todas las formas posibles, mientras ellas, semiinconscientes por los latigazos recibidos, sollozaban.

Sollozos.

Desde cada esquina.

La orden del exdictador al salir a ver a Dolabela había interrumpido el castigo a las treinta esclavas atadas, pero todas lloraban: la mayoría de dolor, y unas pocas, las que acababan de ser amarradas a la pared, de puro pánico, porque veían cómo estaban sus compañeras y sabían que ése era su terrible destino.

Varios esclavos trajeron más comida y bebida para Sila, su esposa y sus amigos actores acompañantes en aquella orgía de sexo y sangre. De éxtasis y muerte. También ofrecieron varias bandejas con sabrosas viandas y una lujosa copa de oro a Dolabela, repleta de licor.

—Bebe, amigo mío, bebe —lo invitó el exdictador—. Y come...

Dolabela tenía hambre, y aquel espectáculo en lugar de quitarle el apetito se lo abrió: allí estaba viendo cómo se sabía disfrutar de la vida y del dinero. Tendría que hacer algo así algún día, pero tantas esclavas... era caro, como decía Sila. Muy costoso. Claro que ahora acababa de nombrarle gobernador de Macedonia: una oportunidad excelente para enriquecerse y para probar experiencias como aquélla. Podría reproducir algo similar en... ¿cuál era la capital de Macedonia? ¿Tesalónica? ¿Dyrrachium? Pero a él lo excitaba más no torturar a esclavas, sino forzar a jóvenes que hubieran nacido libres, incluso que fueran de la aristocracia local. Tenía que madurar esa idea.

Dolabela cogió con la mano un pedazo de... algo, que venía sazonado con una sabrosa salsa, y empezó a comer mientras Sila daba la orden de que se volviera a fustigar a las esclavas amarradas a las paredes. El sabor le pareció bueno, aunque peculiar.

—¿Qué es? —preguntó Dolabela.

—Espárragos en salsa de ostras y langosta —le aclaró Sila—. Un afrodisíaco excelente. Y espera a probar las carnes. Inmejorables.

Hablaban entre los aullidos de dolor de las esclavas. Metrobio se levantó separándose de la esposa del dictador y descubrió su espalda. Caminaba simulando el andar de una mujer, exagerando los gestos femeninos hasta el ridículo. Sórex, el mimo, dejó a las esclavas y se situó detrás de Metrobio y con movimientos muy precisos hizo rápidamente entender a su público aristocrático que estaba simulando azotar a Metrobio. El actor que hacía de mujer se reía y lloraba, gritaba y aullaba.

La breve representación improvisada hizo las delicias del exdictador y de su esposa y ambos se echaron a reír.

Dolabela estaba a gusto allí. Eso era justo lo que deseaba para él. Pensaba hacer de Tesalónica —sí, ahora estaba más seguro de que ésa era la capital de Macedonia— su particular Puteoli. Se juró allí mismo, ante los dioses romanos, que fustigaría y poseería a las más hermosas de las mujeres de Tesalónica en cuanto se hiciera con el control férreo de la provincia. Aunque debería concentrarse más en enriquecerse allí para, más tarde, disfrutar de su dinero en la paz y tranquilidad de su vieja villa a las afueras de Roma.

Pero a Dolabela le surgió una curiosidad.

—¿Y qué es eso que le encargaste a Lúculo en Oriente? —preguntó.

Aun embelesado por el banquete que le ofrecía el amo del mundo romano, no había olvidado aquel interés de Sila por lo que pasaba en aquella región.

—Mmm —masculló el exdictador mientras comía y pensaba.

Dudaba, pero pronto se decidió: tenía a Roma bajo su completo control. Pompeyo, su brazo armado en la capital, había frenado en seco el último intento de revertir su régimen, el levantamiento de Lépido. Ya no hacía falta fingir y, además, en Puteoli, protegido por sus legionarios leales, se sentía completamente seguro. Podía desvelar a Dolabela su plan secreto.

—Le ordené a Lúculo que acabara con Julio César.

—Creía que le habías perdonado la vida —intervino Valeria, atenta a la conversación.

—Eso dije en Roma, en público —admitió Sila—. Eran momentos de negociación, de afianzarme en el poder absoluto, y muchos intercedían por ese maldito sobrino de Mario. Recuerdo lo que pensé: *dum modo scirent eum, quem incolumem tanto opere cuperent, quandoque optimatium partibus, quas secum simul defendissent, exitio futurum; nam Caesari multos Marios inesse.** Eso les dije. Y, en su día, pensé en olvidarme del asunto, pero me niego a abandonar este mundo para luego ver desde el Hades cómo ese joven deshace toda mi obra. Sigue siendo el maldito sobrino de Mario y no, no me apetece irme de este mundo y que él siga vivo. Así que le he dicho a Lúculo que organice lo que sea, pero que César caiga en combate. Creo que estaba destinado con Termo en Lesbos. El asedio a Mitilene debe ser el principio y el fin de la vida militar de Julio César. Lesbos será su tumba.

Y se echó a reír de nuevo.

Una carcajada contagiosa envuelta en el horror de los gritos de las esclavas que seguían siendo azotadas sin misericordia. Sórex había vuelto con su propia esclava y empezaba a cabalgarla. La muchacha, exhausta por la brutal tortura de latigazos recibida, parecía una muñeca de trapo ensangrentada y se dejaba hacer entre sollozos ahogados. Metrobio, pese a estar vestido de mujer, buscaba los senos de Valeria con la boca como un macho en celo y la esposa del exdictador parecía excitarse con el juego, mientras que Sila estaba

* «Regocijaos, mas sabed que llegará un día en que ese, que tan caro os es, destruirá el partido de los nobles, que todos juntos hemos protegido; porque en César existen muchos Marios». Gaius Suetonius Tranquillus, *De vita Caesarum*, VII, «*Vita divi Iuli*», 1.

divertido y exultante en medio de aquel espectáculo de sangre, gritos, sexo y lujuria.

Dolabela se levantó.

—¡Por Hércules! ¡Brindo, pues, por la próxima muerte de Cayo Julio César! ¡Alguien de quien ya nunca tendremos que preocuparnos!

—Brindo por eso, amigo mío —respondió Sila feliz—. Lúculo se encargará de eliminar a ese César impertinente que osó desafiarme y, al tiempo, resolverá el asunto de Oriente. Y pronto enviaré a Pompeyo a Hispania para que extermine a Sertorio y al resto de los populares allí escondidos. El viejo tartamudo es un incapaz. —El licor le hacía decir lo que pensaba de verdad de Metelo—. Ése es el plan, amigo mío. Y tú y yo a relajarnos, yo aquí en Puteoli y tú en Macedonia. Nada puede salir mal. Lo tengo todo atado y bien atado.

Dolabela salió de aquel atrio varias horas después en dirección a una estancia donde descansar. Le iban a traer a alguna de las esclavas azotadas para solazarse. Estaba en éxtasis. Le había quedado claro que el mundo era de quien más podía, de quien más tenía, y a él, como a Sila, nadie se le enfrentaría ya nunca. Nadie se atrevería. Aquel joven César osó no seguir las instrucciones de Sila cuando éste lo instó a divorciarse de su esposa Cornelia en el pasado, y ahora iba a desaparecer de la faz de la tierra. Así era el mundo, así sería siempre. La libertad para los que gobiernan, para los que mandan. El resto son sólo esclavos, siervos.

Estaba borracho.

Le trajeron una de las esclavas, su espalda destrozada. La muchacha temblaba de dolor, de miedo, de puro terror.

Dolabela se quedó dormido.

La esclava se acurrucó en una esquina y siguió llorando durante horas, hasta que el agotamiento pudo más que el miedo, y también se durmió.

Atrio central de la villa de Sila

La orgía continuaba.

Sin fin.

Sórex estaba penetrando ahora a la mismísima Valeria. Ella gemía.

Metrobio, siempre vestido de mujer, bailaba en el centro del atrio.

Los latigazos continuaban implacables.

Las esclavas aullaban de dolor.

Sila se paseaba por entre las mesas repletas de comida y bebida, tambaleándose por el alcohol ingerido, sin dejar de reír y reír. El rostro lo tenía rojo, congestionado. Torpe en sus pasos, pero feliz en medio de su mundo, de su gran victoria sobre todo y sobre todos.

De pronto sintió una arcada.

Se dobló primero por el espasmo, luego se arrodilló, se apoyó en uno de los *triclinium* y empezó a vomitar.

Entre arcada y arcada reía.

En cuanto terminó de expulsar lo ingerido aquel día, se alzó de nuevo y se encaminó hacia las mesas a por más comida. Y bebida. Se acordaba de César, en Oriente, lejos de todos sus amigos de Roma, bajo las órdenes de Lúculo, y le volvía a entrar la risa: el maldito sobrino de Mario era, por fin, hombre muerto.

LXXI

La vida de un amigo

Mitilene, isla de Lesbos*
78 a. C.

En el bosque, junto al mar

Cayo Julio César seguía inmóvil.

«Eres el sobrino de Cayo Mario».

Las palabras de Labieno aún resonaban en su cabeza.

—Llama a los centuriones —dijo César al fin.

Labieno suspiró de alivio. Su amigo empezaba a reaccionar. No dudaba de su valor, pero era el primer combate y nadie sabe nunca cómo va a responder frente a la lucha real cuando ésta llega. Labieno había visto a su amigo entrenándose en el Campo de Marte en Roma y, luego, en los campamentos militares por donde habían estado y donde había concluido su adiestramiento. César era bueno en todo: en la lucha cuerpo a cuerpo, en velocidad, en pericia y en resistencia a la hora de los ejercicios físicos. Si superaba aquel ataque de pánico inicial, Labieno estaba seguro de que César lo haría bien. Y hacía falta, porque la situación era difícil y el plan del *proquaestor*, una

* Véase el mapa de la página 733.

locura, sobre todo para ellos, para las centurias que se habían quedado en la isla a la espera del regreso de la flota romana.

Al instante, Labieno y los seis centuriones de las unidades de la cohorte rodeaban a César.

—Yo saldré al mando de la primera centuria y me situaré justo frente a la puerta de Mitilene, pero lo bastante alejado del alcance de los arqueros que pueda haber en sus murallas. Labieno se situará a mi derecha con la segunda centuria y otra más también a su derecha. Las restantes os pondréis a mi izquierda. Estaremos de cara al ejército de Anaxágoras, que regresa de nuestro campamento abandonado. Los enemigos nos superan en proporción de cinco a uno, pero nuestra misión es sólo resistir e importunarles el acceso a la puerta de la ciudad hasta que retorne nuestra flota con el resto de nuestro ejército. Entonces la superioridad numérica será nuestra y, como las tropas enemigas no estarán atrincheradas tras sus murallas, el *proquaestor* y el propretor las aniquilarán. ¿Alguna pregunta?

Nadie dijo nada. Todos habían intuido algo así cuando el grueso de la legión se retiró y los dejó a ellos allí. Ahora ya estaba todo claro y todo dicho.

—Se ven más cerca las velas. —Labieno señalaba hacia el mar.

Por entre los árboles asomaban algunas velas de los primeros barcos de la flota romana que navegaban ya hacia la costa. Aquel nuevo horizonte resultó un alivio y una inyección de moral para unos centuriones y legionarios que, claramente, estaban atemorizados ante una inferioridad numérica tan evidente. Sin embargo, al ver que la flota acudía, todo se les hacía más llevadero. Sólo era cuestión de resistir un poco, como decía el joven tribuno al mando. Eso podía hacerse. Y así rendirían la ciudad de una vez. Y habría pillaje, dinero, vino y mujeres a las que forzar. Era un buen futuro.

Campamento romano abandonado

—¡Por Deméter, Apolo y todos los dioses! —exclamó Teófanes.

Anaxágoras se giró y fijó la mirada en el mar, allí donde el líder de la aristocracia local de Mitilene miraba asombrado: la flota romana regresaba.

—Mmm —masculló el sátrapa entre dientes.

Él era hombre de guerra. En las batallas había giros inesperados. De algún modo, por extraño que pareciera, aquello no le sorprendió tanto.

Arrugó la frente.

Hizo cálculos.

Las naves romanas aún estaban lejos y la corriente y el viento jugaban en contra de los enemigos. Sólo tenía que retirarse ordenadamente y todo volvería a donde estaba antes de hacer aquella salida. Y aún tenían víveres y pozos de agua en la ciudad como para resistir meses. La ayuda de Mitrídates llegaría más pronto que tarde, de forma efectiva, y los romanos tendrían que irse de verdad. Y la incursión no había estado mal: además de estirar las piernas y disfrutar un poco de la sensación de libertad, habían reunido algunos víveres abandonados por los romanos en su salida al mar y habían confiscado más armamento del enemigo y...

—¡Allí, mi señor protector! —gritó de pronto uno de los oficiales de las tropas de Mitilene.

Anaxágoras se volvió ahora hacia la ciudad y vio las seis centurias que salían del bosque cercano y se situaban interponiéndose en su ruta de repliegue hacia Mitilene.

—Todo ha sido una trampa —dijo Teófanes con cierto aire de desolación.

Anaxágoras continuó pensando, pero esta vez en voz alta:

—Son apenas quinientos hombres los que se interponen en nuestro camino de regreso a la ciudad. Nosotros somos cinco veces más. En poco tiempo podemos abrir una brecha y refugiarnos en la ciudad... Pítaco mantiene las puertas abiertas... —Miró hacia el mar—. Posidón y Eolo van a dar mucho trabajo a los marineros romanos... Tenemos tiempo... y tenemos... —Anaxágoras se giró ahora, muy lentamente, hacia donde sus soldados estaban recogiendo las lanzas que había dejado atrás el grueso del ejército romano—.

Y tenemos muchos *pila*, muchas armas arrojadizas. Sí, Teófanes, esto es una trampa, pero no tengo claro que sea una trampa contra nosotros. —Miró de nuevo hacia las seis centurias que se interponían en su camino de vuelta a Mitilene—. Me pregunto quién será el oficial al mando de esa cohorte romana en misión... suicida.

—¿A esto hemos llegado? —saltó Teófanes como si se lo preguntara a sí mismo, aunque era un claro mensaje para Anaxágoras—. ¿Nos usan para que les resolvamos sus disputas internas? ¿Ahora les hacemos el trabajo sucio a los romanos?

Pero el sátrapa de Mitilene no se sintió incómodo por aquellas palabras.

—Yo no hago nada sucio —argumentó mientras esgrimía de nuevo una de las lanzas romanas—. Esto va a ser una ejecución limpia y rápida: reingresaremos en la ciudad tras haber matado a quinientos legionarios, o a la mayoría de ellos. Mitrídates nos premiará por esta acción en algún momento próximo. Y a mí, las rencillas entre romanos me dan igual. Yo lucho por defender los intereses del rey del Ponto, y tú, Teófanes, deberías limitarte a hacer lo mismo.

No hubo más debate.

—¡Distribuid todos los *pila* entre los hombres! —ordenó Anaxágoras a sus oficiales—. ¡Formad la falange y esperad mi orden de avance!

En lo alto de las murallas de Mitilene

Pítaco observaba los movimientos de las centurias romanas y los de la falange que había formado Anaxágoras. También podía ver cómo la flota romana se acercaba a la isla de Lesbos, pero los barcos romanos avanzaban muy lentamente.

—Tened a los arqueros en posición —fue su mandato a los oficiales de las murallas—. Si esas centurias romanas intentan replegarse hacia las murallas de la ciudad cuando vean el avance de Anaxágoras, masacradlas.

En el mar, junto a las costas de Lesbos

—¡Bogad, bogad! —aullaba el piloto del barco.

La trirreme navegaba con una lentitud que empezaba a resultar exasperante. La costa estaba realmente cerca, pero era como si la distancia se mantuviera fija. El viento soplaba en contra. Habían plegado las velas. Era cuestión de llegar hasta la orilla a fuerza de remos, pero ni con todos los marineros bogando con la máxima energía conseguían un resultado relevante.

La operación estaba retrasándose demasiado.

Minucio Termo percibía el nerviosismo entre los legionarios de a bordo.

—Temen que lleguemos tarde para auxiliar al contingente de tropas que hemos dejado en la isla —comentó el propretor en voz baja a Lúculo.

El *proquaestor* asintió. Antes de haber recibido aquella carta llegada desde Roma habría sonreído. El retraso calculado y previsto al acercarse a la costa era lo que iba a facilitar la aniquilación del joven César, objetivo central de toda aquella misión. Sin embargo, ahora, tras el mensaje de Roma, lo veía todo diferente. Pero la diosa Fortuna era caprichosa y el plan estaba en marcha. El joven tribuno fallecería masacrado en Lesbos, a las puertas de la ciudad de Mitilene, junto con seis centurias romanas. Lúculo lamentaba más la pérdida de esos cuatrocientos ochenta legionarios que acompañaban al tribuno. Aquel sacrificio, que hacía una hora parecía justificado para satisfacer los deseos del todopoderoso Sila, ahora se le antojaba un desperdicio de tropas que, sin duda, hacían falta en Oriente para mantener el pulso ya casi eterno entre Roma y el rey del Ponto.

—Es una lástima —dijo Lúculo al fin—. Estaría bien poder salvar, al menos, parte de esas seis centurias.

La frase dejó confuso a Minucio Termo. Percibió que el *proquaestor* había cambiado de opinión con respecto al plan, pero no entendía por qué... Tuvo un presentimiento:

—¿Puedo saber, *proquaestor*, qué decía la carta que trajo el mensajero de Roma? —inquirió con sagacidad.

Lúculo no respondió. Se limitó a mantener la mirada fija en la costa de la isla de Lesbos.

Cohorte romana frente a Mitilene

—¡Mantened la formación! ¡*Testudo*, a mi orden! —aullaba César mirando a un lado y al otro de su posición.

Podía ver cómo la falange enemiga, con un frente tan amplio como el que las seis centurias presentaban para el combate, avanzaba amenazadoramente hacia ellos. César veía los espacios entre una centuria y otra y sabía que podían ser brechas en el frente que oponían a las tropas de Lesbos, pero si juntaba las seis centurias, pronto se verían rodeados: al estar en una inferioridad numérica tan clara, los desbordarían por las alas de inmediato. De esta otra forma, los enemigos que entraran por los pasillos podían atacarles los flancos de cada centuria, pero quedaban también entre una unidad militar romana y otra, sometidos a un posible doble ataque si él ordenaba a los legionarios que se lanzaran contra ellos.

Aun así, las expectativas no eran buenas.

César miraba hacia el horizonte: en el mar las naves habían plegado las velas. El viento no les favorecía. Tenían que impulsarse a remo y eso ralentizaría su aproximación a tierra. Aquello no era presagio de nada bueno.

Se acordó de Cornelia, de su hija Julia, de su madre, de sus hermanas... Era muy probable que no las volviera a ver nunca.

Pero no tenía tiempo para nostalgias.

César tragaba saliva mientras observaba el avance del enemigo.

La falange que comandaba Anaxágoras estaba a quinientos pasos y avanzando rápidamente. No llevaban las largas *sarisas* típicas de una falange, sino lanzas cortas, prestas para ser arrojadas. Aquello lo puso sobre aviso.

—*Testudo, testudo!* —vociferó a pleno pulmón.

Los escudos se alzaron.

Las centurias se blindaron.

Iba a llover hierro.

Falange de Mitilene

Justo por detrás de la línea de combate, Anaxágoras calculaba el momento preciso para el lanzamiento de los *pila*. Si los romanos no tuvieran esa maldita habilidad de formar esas unidades completamente cerradas y guarecerse bajo sus escudos, estaba convencido de que la andanada que sus hombres iban a arrojar en unos instantes habría sido devastadora y definitiva. No habría ni necesidad de lucha cuerpo a cuerpo. Pero con aquella formación defensiva romana, el enemigo resistiría en parte. Claro que la superioridad numérica de sus tropas haría el resto.

Miró a su espalda, hacia el mar: las naves romanas remaban aún con dificultad y no habían alcanzado la costa. Tenían tiempo más que suficiente para acometer aquella masacre en perfecto orden. Las prisas no eran buenas en la guerra: había que matar bien y despacio. La parsimonia en la ejecución de una maniobra ganadora generaba la desazón absoluta en el enemigo. Le daba tiempo al contrario a intuir su derrota y su muerte y eso, con frecuencia, encendía el ansia de huida. Y en la huida del enemigo, todo resultaba aún más fácil. Por eso Anaxágoras no apresuró el paso de sus hombres. Ni adelantó la orden de lanzamiento.

Se tomó su tiempo.

Esperó con determinación.

Hasta que sintió que el propio Teófanes lo miraba impaciente. Un inútil que no sabía de guerra, sino de escribir y negociar pactos con perdedores. Ése era Teófanes para él. Su impaciencia le transmitía a Anaxágoras aún más seguridad. Él sí sabía cómo manejar aquello.

Contó de diez a uno, entre dientes, para no anticiparse al momento que sabía correcto: Δέκα, ἐννέα, ὀκτώ, ἑπτά, ἕξ, πέντε, τέτταρες, τρεῖς, δύο, εἷς...* Y al finalizar la cuenta atrás fue cuando gritó:

—¡Ahora! ¡Arrojad los *pila*, ahora!

Centurias romanas frente a Mitilene

César vio oscurecerse el cielo. La nube de más de mil lanzas era densa. Aquello iba a causar estragos entre sus hombres.

Los *pila* silbaban en el aire al aproximarse en una caída implacable.

Los chasquidos al chocar y atravesar muchos de los escudos romanos resonaron atronadores en la cabeza del joven tribuno. Oyó los gritos de muchos legionarios al ver atravesados sus brazos, los que sostenían el arma defensiva en alto, por aquella lluvia férrea.

—¡Agggghhh!

Por todas partes.

César tuvo suerte y su escudo quedó intacto. Estaba en primera línea, como hizo su tío en Aquae Sextiae, para dar ejemplo de arrojo, y el enemigo había querido asegurar, de modo que habían arrojado la andanada de lanzas calculando que cayeran en el centro de la formación romana para causar así el mayor número de bajas y heridos. Más heridos que muertos, pero mucho daño en cualquier caso. Esto fue así, pero, por otro lado, cada cuadrado de cada centuria permanecía sólido en sus líneas exteriores, los muertos y malheridos estaban en el centro de cada *testudo*. Bastantes. Demasiados. Un legionario, a su lado, bajó el arma. Una lanza le había destrozado el brazo y no podía sostener el escudo en alto por más tiempo.

—Lo siento, tribuno —se disculpaba el soldado entre lágrimas de dolor.

—Está bien —le respondió César—. Ahora viene el cuerpo a cuerpo. Mantén el escudo... —Iba a decirle que lo sostuviera pega-

* Cuenta atrás del diez al uno en griego.

do al cuerpo, para defender su frente en el choque con el enemigo, aunque se dio cuenta de que la lanza se había partido pero permanecía clavada en la madera y prácticamente inutilizaba el uso del escudo.

A César se le paró el corazón un breve instante.

Fue un momento de revelación.

César tenía clavados los ojos en aquella lanza: aquellas armas arrojadizas eran *pila* romanos. Sólo los *pila* tenían esa forma de partirse, doblándose la parte de madera y quedando el hierro clavado en el escudo para inutilizarlo...

Miró rápidamente a su alrededor y observó que lo que había clavado en todos los escudos de sus hombres eran *pila*, decenas, centenares de ellos. Sus propias armas arrojadizas habían herido o matado a muchos. ¿Cómo se habían hecho con esas armas los hombres de Anaxágoras? ¿En el campamento romano? Pero... ¿cómo habían dejado Lúculo y Termo aquellos *pila* en el campamento y no se los habían llevado a los barcos? ¿Cómo...? Ya no se hizo más preguntas. De súbito, activada su mente por la presión de la batalla, calibrando datos y circunstancias a toda velocidad, todo encajó en su cabeza: Lúculo era el brazo derecho de Sila en Oriente, y Sila siempre lo quiso muerto a él, a Cayo Julio César, que se le enfrentó, que se negó a divorciarse de Cornelia y desposarse con alguna matrona próxima a las filas del propio Sila. Y Sila nunca perdonaba. Aquel perdón público había sido, en el fondo, una pantomima. Aún lo odiaba. Lo temía por ser sobrino de quien era. Recordó las palabras de su tío Mario: «Tus enemigos, que son los míos, te perdonarán cualquier cosa menos una: Sila no te perdonará nunca que seas mi sobrino, y Dolabela, su mano derecha, su perro de presa, aún menos. Lo siento, muchacho, tendrás que vivir con ello. Tendrás que intentar sobrevivir a ello».

César lo vio claro, nítido: todo aquello era sólo un plan para aniquilarlo, aunque para eso se tuvieran que llevar por delante a seis centurias romanas.

Las tropas de Mitilene avanzaban.

Miró desde la formación en *testudo*, abrumado por los gritos de los heridos, hacia el mar. Los barcos aún no habían alcanzado la costa. Iban a retrasarse. Lúculo culparía al viento, a las corrientes marinas, pero el *proquaestor* era un marino experto. No podía cometer un error de esa envergadura, esto es, a no ser que lo hiciera a propósito. Estaba todo bien calculado. El detalle de los *pila*, abandonados para facilitar la masacre que Anaxágoras llevaría a cabo, sin saberlo, para Sila, había sido el toque final.

La falange enemiga seguía su avance.

César pensó veloz. Tenía tres opciones: la primera de ellas era retirarse a toda prisa hacia el bosque. Podría esconderse allí. Sería una acción cobarde y en contra de las órdenes recibidas de importunar el regreso de Anaxágoras a la ciudad. Sería objeto, como mínimo, de una *gradus deiectio*, una degradación, o de una *ignominia missio*, una expulsión del ejército sin honor. O incluso, muy probablemente, Lúculo lo ejecutaría por rebeldía militar, sería decapitado ante todos los legionarios. Eso suponiendo que salvara la vida y que no lo alcanzase alguna lanza enemiga en su huida.

La segunda opción era cumplir las órdenes del *proquaestor* al pie de la letra e intentar mantener la posición lo máximo posible para retrasar el acceso de Anaxágoras a las puertas de la ciudad y dar así tiempo a Lúculo y Termo a llegar con el grueso del ejército romano que, por otro lado, ni siquiera había alcanzado la costa ni iniciado el desembarco. Era una acción suicida para él y para los hombres que seguían con vida. Calculó que aún tenía intactos dos tercios de los cuatrocientos ochenta con los que recibió la mortal andanada de lanzas. Tampoco era buena opción. Morirían todos y, con el retraso de Lúculo, no se conseguiría el objetivo de hacerse con la ciudad. Anaxágoras lograría entrar en Mitilene y cerrar las puertas, habiendo, además, salvado a su ejército.

La falange se aproximaba.

Tenía que hacer algo.

Y tomar una decisión; sobre todo, tomar una decisión.

—*Pila!* ¡En alto! —aulló César.

Sus hombres se prepararon para el lanzamiento de sus propias lanzas.

Los enemigos estaban cerca. Más que cerca.

—¡Ahora! ¡Lanzad! ¡Por Júpiter! —ordenó César.

Vio cómo incluso algunos de los heridos se esforzaban por arrojar sus armas con saña contra el enemigo.

La falange sufrió bajas.

Bastantes.

Pero eran muchos.

César vio cómo Anaxágoras reorganizaba rápidamente las brechas abiertas por los caídos tras la andanada defensiva de los legionarios, y cómo retomaban el avance.

Los barcos de Lúculo navegaban a golpe de remo, pero se diría que estaban parados en el mar.

César tragó saliva y siguió pensando.

Tres opciones tenía. Tres. Ni la huida al bosque ni quedarse allí. Una tercera opción. Pero si no seguía el plan de Lúculo, todos pensarían que era un cobarde, un maldito cobarde...

Recordó, de pronto, más palabras de su tío, un consejo especial que le dio aquel día en una taberna junto al Tíber, cuando les narró a él y a Labieno la batalla de Aquae Sextiae. Las tenía grabadas como cinceladas en piedra, en lo más hondo de su corazón: «Y no importa que te insulten. Puedes fingirte cobarde y no serlo, puedes fingirte torpe y no serlo. Lo único importante es la victoria final. Da igual que te llamen cobarde. No entres en combate hasta que creas que puedes ganar. Luego, pasado el tiempo, sólo se recuerda eso: al ganador. Todo lo que pasó antes queda borrado. Recuérdalo, muchacho, y no vuelvas a pelear si no puedes ganar».

La falange enemiga seguía aproximándose. Los quintuplicaban en número.

—Esto no tiene sentido —masculló César entre dientes.

Los soldados de Anaxágoras iban a aniquilarlos.

Había una tercera opción.

—¡Hacia la ciudad, todos, seguidme! —aulló César señalando, para sorpresa de sus hombres, las murallas de Mitilene.

Falange de las tropas de Mitilene

Anaxágoras vio cómo las seis centurias romanas deshacían su formación e iniciaban un rápido repliegue... pero no hacia el bosque del que habían salido, sino hacia la ciudad. En un primer instante, sonrió: aquélla era la huida que buscaba provocar en el enemigo. Ahora todo sería aún más fácil. Y, sin embargo..., ¿por qué huían hacia la ciudad y sus murallas atestadas de arqueros? Lo lógico habría sido huir de regreso al bosque e intentar buscar refugio hasta que llegara el resto de las tropas romanas. Aunque, según los cálculos de Anaxágoras, las naves romanas iban con tanto retraso en su maniobra de regreso a la isla que tenía tiempo de rodear a esas centurias en el bosque y masacrarlas antes de retornar a la seguridad de la ciudad. En cualquier caso, huir hacia las murallas era, para aquellas centurias, acelerar su muerte.

Observó aquel repliegue enemigo con la frente muy arrugada. Y, de pronto, lo comprendió. Aquello no era una huida. Era un ataque en toda regla. Un ataque con pocas probabilidades de éxito, pero con alguna, mientras que permanecer quietos contra su falange era suicida. De guerrero a guerrero, no pudo por menos que admirar la inteligencia de quien tuviera el mando de aquellas seis centurias.

—Están locos —dijo Teófanes—. Los arqueros los masacrarán. Va a ser todo aún más fácil.

Pero Anaxágoras negó con la cabeza.

—Quien ha ordenado ese repliegue hacia la ciudad no está loco —opuso Anaxágoras—. Tenemos arqueros allí, pero no soldados. Si acceden a las puertas, tenemos un problema, y si Pítaco se ve obligado a cerrarlas, tenemos otro. No, no está loco ese romano que comanda esas centurias, sea quien sea. —Y se dirigió a sus guerreros—: ¡Acelerad el paso!

Anaxágoras sabía que, de repente, ya no tenía tanto tiempo.

*Murallas de Mitilene**

Pítaco asistía serio pero tranquilo a los movimientos de la falange de Anaxágoras y a los de las seis centurias romanas. Veía cómo la flota enemiga llegaba, por fin, a la playa y tenía claro que todo había sido un ardid para hacer salir a las tropas de Mitilene fuera de sus murallas, pero todo estaba bajo control: los romanos no habían dejado suficientes legionarios para impedir el regreso de los guerreros de Anaxágoras a Mitilene. El sátrapa había estado acertado al salir con una fuerza militar capaz de enfrentarse a una emboscada como aquélla. Ahora los arrasaría en su retorno a la ciudad y, una vez dentro, cerrarían las puertas y los romanos no habrían conseguido nada más que perder a unos cuantos centenares de hombres. Una forma estúpida de hacer la guerra. Pero... ¿qué estaban haciendo las centurias? Huían. Era de esperar, tras la brutal lluvia de lanzas que les habían arrojado los hombres de Anaxágoras, aunque corrían en formación, ordenadamente hacia... las puertas abiertas de Mitilene.

—¡Arqueros! ¡Preparaos! ¡Por Apolo, preparaos! —aulló Pítaco a todos los hombres que tenía dispuestos en lo alto de las murallas—. ¡Apuntad a los romanos! ¡Apuntad!

Centurias romanas frente a las murallas de Mitilene

—¡Hacia la ciudad, hacia las puertas! —exclamó con pasión César—. ¡Por Júpiter, seguidme todos! ¡Hacia Mitilene! —En su mente, las palabras de Mario se repetían una y otra vez: «Recuérdalo, muchacho, y no vuelvas a pelear si no puedes ganar».

Tito Labieno recibió las órdenes con sorpresa.

—¡Hacia la ciudad! ¡Hacia la ciudad, por Hércules! —insistía César una y otra vez—. ¡Mantened la *testudo*, pero caminad veloces, hacia la ciudad! ¡A las puertas!

Labieno siempre iba un poco por detrás de su amigo en pensa-

* Véase el mapa de la página 734.

miento, pero empezaba a discernir que aquello podía ser la mejor opción: huir hacia el bosque era incumplir las órdenes recibidas, y enfrentarse a la falange de Anaxágoras era suicida. Sólo quedaba hacerse con el control de las puertas de la ciudad. Era una locura, pero era posible. Difícil, pero al menos tenían una oportunidad.

—¡Hacia la ciudad! ¡En *testudo*! —repitió Labieno y, tras él, todos los centuriones gritaron la misma instrucción.

No obstante, faltaba un detalle muy necesario: al acercarse hacia las murallas ya podían prever todos que habría otra lluvia de hierro, esta vez de flechas, de ahí la necesidad de aproximarse manteniendo la formación en *testudo*. Mas siendo el objetivo la puerta de la ciudad, no podían acceder a la entrada todos a la vez: no había espacio suficiente, se precisaba de un orden en la maniobra.

Y el orden llegó:

—¡Hacia la puerta en orden de batalla! —vociferó César—. ¡En orden de batalla, por Hércules!

La reforma de su tío Mario había dispuesto que todas las centurias de una cohorte fueran legionarios con el mismo armamento; sólo se diferenciaban en experiencia de combate de una cohorte a otra. Las centurias mantenían una organización jerárquica y un orden muy concreto para situaciones de combate que todos, oficiales y soldados, conocían a la perfección. Por eso la centuria III se situó rápidamente por delante de las demás y fue la primera en recibir las flechas de los arqueros de la ciudad, pero, protegida por los escudos, pese a algunos heridos, siguió su avance. Después de la lluvia brutal de *pila*, aquellas flechas no parecían tan temibles. Acto seguido, por detrás se situó la centuria VI; a continuación la II, donde iba Labieno al frente; tras ellos la centuria V, seguidos de cerca por la I, la de César, y, cerrando aquella serpiente de escudos en alto, la centuria IV. Era un viejo orden que recordaba cuando las centurias estaban divididas en legionarios con diferente armamento, pero era el orden que todos conocían y ahora todo tenía que funcionar casi sin pensarlo. El tiempo para pensar había pasado. Y, si acaso, los legionarios presentían que Julio César pensaba por todos ellos.

—¡Por Apolo! ¡Masacradlos, masacradlos! —insistía Pítaco sin descanso, al ver cómo, pese a las flechas, bien protegidos por los escudos, dejados atrás los caídos por la andanada de lanzas, los supervivientes de las centurias romanas estaban a punto de alcanzar la puerta de la ciudad, que permanecía abierta de par en par para facilitar la entrada de un Anaxágoras que aún estaba reaccionando a la sorprendente maniobra de aquella cohorte romana.

Pítaco pensó en cerrar la puerta para dejar fuera al enemigo, pero hacía falta tiempo para mover las pesadas hojas de hierro de la entrada y bloquearlas. Y abrirlas luego, después de que Anaxágoras hubiera aniquilado a las centurias, requeriría otra vez bastante tiempo, y los barcos romanos ya estaban desembarcando el grueso del ejército. Todo estaba complicándose de forma extraña. Todo porque algún mando de las seis centurias había tenido la idea de maniobrar hacia Mitilene. No. Era mejor mantener las puertas abiertas, aunque accediera parte de los legionarios de las centurias a la ciudad, luchar contra ellos en el interior de Mitilene y dejar así la gran puerta franqueable para Anaxágoras. La cerrarían sólo una vez estuvieran todos dentro, dejando fuera de las murallas la legión completa de Lúculo y Termo. Eso era lo esencial. Después sería cuestión de tiempo ir dando muerte por las calles a los romanos de las seis centurias que aún estuvieran vivos. Con la superioridad numérica que proporcionaría el reingreso de las tropas de Anaxágoras todo se resolvería.

—¿Cerramos la gran puerta, mi señor? —le preguntaron a Pítaco.

—No —respondió el aludido a sus oficiales—. Esperaremos a que entre Anaxágoras. Reunid a los hombres que no sean arqueros e intentad contener a las centurias en la entrada.

Tropas de Mitilene fuera de la ciudad

Anaxágoras empezó a reorganizar a sus tropas en una larga formación, como una segunda serpiente que siguiera a la compuesta por las centurias, porque ahora lo prioritario era entrar en la ciudad. Luego ya aniquilarían a los romanos. Observó que Pítaco estaba coordinado con él y mantenía las puertas abiertas.

—Bien. Todo puede resolverse —masculló entre dientes.

Frente a la gran puerta de la ciudad

Los legionarios de las centurias sufrieron más bajas por la lluvia incesante de flechas, pero la III y la VI ya estaban cruzando el umbral. Allí se toparon con un regimiento de unas docenas de guerreros enemigos que intentaban detenerlos, pero Anaxágoras se había llevado a los mejores hombres y, pese a que la cohorte X, la que había dejado Lúculo al mando de César, la formaban legionarios con poca experiencia en combate, estaban bien adiestrados y habían sufrido dos lluvias inmisericordes de armas arrojadizas, habían visto caer a muchos de sus amigos y tenían una rabia desatada. Y, en ese instante, por fin, podían entrar en el cuerpo a cuerpo, que era para lo que estaban entrenados.

Así que los legionarios de primera línea mantenían los escudos por delante e introducían sus gladios por entre las armas defensivas y pinchaban, por un lado, y escudos en alto el resto, para protegerse de los arqueros, que aún les disparaban flechas.

Los legionarios de primera línea pinchaban y pinchaban.

Con saña.

Y empujaban al enemigo con los *umbones* de sus armas defensivas y volvían a pinchar y pinchar con una furia producto casi de la histeria y la adrenalina entremezcladas, porque luchaban por su vida.

Por sobrevivir.

Pinchaban y pinchaban como si no hubiera un mañana.

Las dos primeras centurias se abrieron camino entre los pocos hombres que había podido congregar Pítaco contra ellos. Éste se mantenía en lo alto de la muralla dirigiendo a los arqueros ahora contra los romanos que estaban aún extramuros y también contra los que acababan de acceder. Aniquilados los pocos soldados defensores de Mitilene que se habían opuesto a los romanos en la puerta, Pítaco ordenaba ya que sus arqueros dispararan a discreción.

Por su parte, los romanos seguían protegiéndose con los escudos en alto. Pero... ¿qué tenían que hacer ahora que estaban dentro de la ciudad? ¿Dónde estaban los tribunos? Necesitaban órdenes...

Ocurría que no todo había salido bien en el avance romano hacia la puerta de la ciudad.

Labieno había caído en combate.

Una flecha le había alcanzado en una pierna. No estaba muerto, pero sí tendido en la tierra a más de doscientos pasos de la puerta donde las centurias combatían por controlar el acceso a la ciudad.

César llegó con su propia centuria al umbral de la puerta y vio el desorden que reinaba entre sus hombres. Buscó a Labieno. No lo veía por ningún sitio. Mas lo primero era organizar las centurias.

—¡La III, la VI y la II dentro de la ciudad, por completo! —ordenó—. ¡Y defended el acceso a las cadenas de las puertas de hierro con vuestra vida! ¡Matad a quien se os interponga! ¡Decidme cuándo tenemos el control de las cadenas, por Júpiter!

Aquellos hombres ya tenían una instrucción clara y, dirigidos por los centuriones de la III y la II, actuaron en consecuencia. El centurión de la VI había muerto.

—¡La V, la I y la IV conmigo, en el exterior de la muralla, frente a los hombres de Anaxágoras! —vociferó, y sólo entonces preguntó al centurión de su propia centuria, ahora ya sin gritar—: ¿Dónde está el otro tribuno?

—Herido, allí, entre los que han muerto al aproximarnos a la muralla. —Señaló hacia el punto donde estaba Tito Labieno, caído en el suelo, protegiéndose con su escudo de las flechas que aún le lanzaba alguno de los arqueros.

Los hombres de Anaxágoras estaban próximos a alcanzar a Labieno. César vio cómo, de forma metódica, iban atravesando con las espadas a cada uno de los muertos o heridos romanos que se encontraban en su camino a medida que se acercaban a las puertas de la ciudad. Anaxágoras estaba asegurándose de aniquilar a tantos legionarios y oficiales romanos como pudiera: Labieno era hombre muerto. Se trataba de una cuestión de tiempo, de muy poco tiempo, hasta que uno de los soldados de Anaxágoras rematara con la espada al tribuno herido.

LXXII

Las órdenes de César

Mitilene, isla de Lesbos
78 a. C.

Frente a la gran puerta de la ciudad

César se volvió hacia el centurión de la I unidad de la cohorte. Iba a ser la segunda vez en la que Cayo Julio César dictaría órdenes de combate propias, no diseñadas por nadie. Órdenes sólo pensadas por él. La primera había sido la maniobra para hacerse con el control de la puerta de la ciudad. Esto es, para intentar hacerse con ese control. Si lo conseguían o no aún estaba por decidirse. La cuestión era que tomar decisiones y dar órdenes le empezaba a resultar sencillo, pero no tenía tiempo para reflexionar sobre aquello. Lo urgente ahora era Labieno.

—¡Mantened esta posición! Voy a por el tribuno herido, pero si Anaxágoras nos alcanza, vuestra misión es cerrar las puertas de la ciudad. ¿Está claro? Pase lo que pase, estemos el tribuno Labieno y yo dentro o fuera de la ciudad, tu misión y la del resto de los hombres es cerrar esta puerta antes de que lleguen los soldados de Anaxágoras. ¿Lo has entendido?

El centurión asintió, pero parecía confundido.

—¡Dime que lo has entendido, maldita sea! —le gritó César escupiendo saliva y rabia a la vez.

—¡Lo he entendido, tribuno!

César le puso un instante la mano en el hombro y lo apretó fuerte en señal de reconocimiento. El centurión le doblaba en edad, pero lo miraba entre asombrado y admirado. César dio entonces media vuelta. Inspiró aire profundamente. Lo haría a la carrera. Arrojó su escudo en el suelo, porque pesaba demasiado y ahora la velocidad era primordial. Ya usarían luego el escudo del propio Labieno.

Se lanzó a la carrera, en un zigzag imprevisible, sin patrón. Algunas flechas caían a su alrededor, pero su rapidez y sus cambios constantes de dirección dificultaban a los arqueros enemigos calcular su posición cuando disparaban desde lo alto. Además, Pítaco les ordenó pronto que lanzaran flechas allí donde había más romanos reunidos, al pie de las murallas, en las inmediaciones de la gran puerta. No quería que se desaprovecharan flechas en un blanco móvil difícil de abatir.

César llegó junto a Labieno.

—¿Puedes ponerte en pie? —le preguntó.

—No lo sé... —respondió Labieno—. No lo sé... pero... estás loco: márchate... de aquí —dijo dejando entrever en sus palabras entrecortadas el sufrimiento por la flecha clavada en el gemelo izquierdo.

—¡Cállate y levanta, por todos los dioses! —le ordenó César sin entrar en debates para los que no había tiempo y tirando del brazo de su amigo—. ¡Arribaaa!

Y lo levantó con una energía que sorprendió al propio Labieno.

—¡No podré... andar!

—¡Calla y camina o te mato yo mismo! —le espetó César, con tal autoridad que Labieno dejó de discutir e inició, apoyado en su amigo, un muy torpe y lento caminar.

César cogía con un brazo a su amigo y con el otro mantenía elevado el escudo para protegerse de las flechas que aún caían intermitentemente sobre ellos. No muchas, porque los hombres de Anaxágoras se acercaban, y los arqueros de las murallas, por orden del propio Pítaco, seguían concentrándose en las centurias que estaban tomando el control de las grandes cadenas de hierro que abrían o cerraban las puertas de la ciudad.

El centurión de la centuria I miraba hacia los dos tribunos. Por detrás se acercaban ya los hombres de Anaxágoras.

—No lo van a conseguir —dijo un *optio* tras él.

Y el centurión asintió.

—No, no lo van a conseguir —coincidió con su suboficial antes de maldecir a los dioses, a su suerte, a la diosa Fortuna y a todos los guerreros de Mitilene.

Él era un veterano de la primera guerra contra Mitrídates. Había entrado en combate en varias ocasiones y había tenido que luchar bajo las órdenes de superiores inteligentes y torpes en el mando, unos cobardes, alguno valiente, unos rápidos en la toma de decisiones y otros descorazonadoramente lentos. Había visto muchos patricios metidos a tribunos sólo por el hecho de ser nobles, incapaces de conducir hombres armados en situaciones críticas, rehuyendo el cuerpo a cuerpo y la primera línea de lucha, y, por ello, había visto morir a muchos compañeros. Pero nunca había visto a un tribuno patricio haciendo una exhibición de valentía y coraje como la que Julio César estaba haciendo en aquel momento. Jugándose la vida, literalmente, por intentar salvar a otro oficial.

—¡Maldita sea! —repitió el centurión una y otra vez, y se volvió hacia el *optio* y hacia los centuriones de las unidades V y IV—. ¡En cuanto tengáis el control de las cadenas, empezad a cerrar las puertas! ¡Yo voy con la centuria I a por los tribunos!

Y a los otros oficiales, que entendían la relevancia de cerrar las puertas para que la falange de Anaxágoras tuviera que vérselas con la legión que ascendía desde la costa al mando de Lúculo, aquellas órdenes del centurión de la I les parecieron bien. Por otro lado, todos, oficiales y legionarios a la par, estaban admirados por el coraje de sus altos mandos y les parecía también justo que el centurión de la I fuera a asistirlos para tratar de darles, al menos, una oportunidad.

—¡Vamos allá, maldita sea mi suerte, vamos allá! —exclamó el centurión.

Frente a las murallas de Mitilene
Retaguardia de la falange, posición de Anaxágoras

El sátrapa vio a los dos tribunos medio arrastrándose hacia la puerta. Sería un buen trofeo llevárselos al interior de la ciudad, decapitarlos delante de todos los ciudadanos de Mitilene y luego arrojar sus cabezas desde lo alto de la muralla para desanimar a Lúculo y Termo y el resto de los romanos.

Sonrió pensando en aquel próximo suceso. Valoraba la audacia de aquellos tribunos, pero la guerra era la guerra...

Los tenían cerca, cuando vio que una centuria se separaba de la puerta. Y de pronto, ya no pensó en los tribunos, aunque estaba claro que esa centuria iba a asistirlos, sino en el hecho de que la puerta parecía estar más en manos romanas que en las de los hombres de Pítaco: si los legionarios cerraban la puerta, ellos se quedarían fuera y... Miró a su espalda: las tropas de Lúculo y Termo ascendían ya en formación de combate desde la playa, y eran muchos más que ellos. Y sabrían que acababan de matar a bastantes de sus compañeros. Y si algo había aprendido Anaxágoras en sus pasados encuentros con las legiones romanas es que los legionarios combatían con ferocidad especial cuando vengaban a sus amigos muertos.

Dejó de sonreír.

La guerra, a veces, era la puta guerra.

Frente a las murallas de Mitilene
Posición de César y Labieno

—¡Camina, maldito seas! —gritaba César.

—¡No puedo! ¡Por todos los dioses, déjame...! —respondía Labieno, pero de nada le servían sus quejas, porque Cesar seguía ayudándolo sin caer en ningún instante en desaliento alguno.

Y avanzaban, pero despacio, y los hombres de Anaxágoras estaban a punto de darles alcance... De súbito, la centuria I llegó hasta ellos y se interpuso entre los primeros guerreros del sátrapa y los tribunos.

—¡Pinchad, pinchad! —aullaba el centurión.

César no daba crédito. Era como si todos sus legionarios estuvieran inyectados en una rabia y energía tales que, de pronto, todo era posible. Dos soldados se acercaron a César.

—Nosotros llevaremos al tribuno —le dijeron, y lo reemplazaron en la pesada carga de arrastrar a Labieno hacia la puerta de la ciudad.

César cedió a su amigo herido a aquellos legionarios y se puso junto al centurión y, gladio en ristre, con el escudo del propio Labieno, se unió a la línea de combate de la centuria I, alineada de nuevo formando una pequeña *testudo*, pues la mitad de los hombres de la unidad había muerto, y empezó a pinchar como un legionario más. Con furia, con una violencia demoledora. No le fue difícil. Sólo tuvo que imaginar que aquellos guerreros de Anaxágoras —en realidad, aunque ellos no lo supieran— no eran sino el largo brazo ejecutor del miserable Sila.

Aun así, en medio de aquella locura de sangre, César mantuvo claros los objetivos militares y ordenó un repliegue ordenado hacia la gran puerta, todavía abierta.

—Rápido, centurión, o nos quedaremos fuera de la ciudad —le espetó César.

El oficial asintió.

—¡Retroceded más rápido! —gritó el centurión a los hombres de la centuria I.

Aún caían algunas flechas, pero estaban ya muy cerca de la puerta que, poco a poco, muy lentamente, empezaba a cerrarse. Y es que los otros centuriones estaban obedeciendo las órdenes recibidas y, en cuanto tuvieron el control de las cadenas que hacían girar dos grandes ruedas de madera, iniciaron la operación de cierre de las pesadas hojas de hierro que impedirían el acceso a la ciudad de Mitilene.

En lo alto de las murallas

Pítaco asistía impotente al cierre de las puertas: no tenía soldados, pues todos se los había llevado Anaxágoras, y los arqueros estaban ya escasos de flechas.

Nada podía hacer.

Sólo presenciar el desastre.

Todo estaba perdido.

¿O no?

Miró a un lado y a otro. Tenía con él, aproximadamente, a trescientos arqueros.

Miró hacia abajo: el enemigo había introducido poco más de doscientos hombres en la ciudad; entre la andanada de lanzas de Anaxágoras y las flechas de los propios arqueros, los romanos habían perdido la mitad de sus seis centurias. Era una lucha equilibrada.

Pítaco giró el cuello y lo estiró despacio. Iba a descender. Y con él, sus arqueros, dispuestos a batirse cuerpo a cuerpo, a recuperar el control de las enormes ruedas donde se enrollaban las cadenas que controlaban las puertas y a abrirlas.

Frente a la puerta de Mitilene
Centuria I de la cohorte de César

—¡Arrojad los escudos y corred todos a la puerta, ya, por Júpiter! —gritó César al ver cómo los arqueros enemigos abandonaban lo alto de las murallas.

El empuje de los legionarios de la centuria I había contenido los primeros embates de los guerreros de Anaxágoras, y éstos habían esperado a que se les unieran más hombres para volver a atacarlos. Fue justo ése el momento en el que los romanos aprovecharon para replegarse a toda velocidad hacia unas puertas que se estaban cerrando lenta pero inexorablemente, siguiendo las órdenes del propio César.

Labieno, ayudado por los dos legionarios, franqueó el umbral de la muralla, y tras él empezaron a entrar los supervivientes de la centuria I que había acudido en su rescate, incluido su centurión. Por fin, cuando apenas quedaba espacio para pasar entre las dos gigantescas hojas de hierro que chirriaban al cerrarse con la inmensidad de su peso, se deslizó Cayo Julio César, pero nadie pudo evitar que tras él entraran también tres de los soldados de Anaxágoras de los muchos que se habían lanzado en persecución de los romanos. Un cuarto guerrero mitridático quedó atrapado entre las hojas y se oyó el crujir de los huesos al partirse mientras las puertas, más despacio pero implacables, incontenibles, se cerraban. De hecho, el cuerpo del desafortunado reventó. Fue como si todo su ser estallara y una lluvia de sangre regó todo el entorno de la puerta en la zona interior de la ciudad. Y en medio de esa lluvia roja, César esgrimió su gladio y se arrojó contra los guerreros enemigos que acababan de entrar. A él se le unieron los legionarios supervivientes de la centuria I. En un abrir y cerrar de ojos, los soldados de Anaxágoras fueron ensartados por ambos costados, en pecho y cuello, y cayeron abatidos al instante.

La puerta seguía cerrándose, pero el cráneo del guerrero atrapado entre las dos hojas metálicas parecía interponerse en el cierre completo. César se dirigió a gritos a los hombres que estaban en las ruedas del mecanismo de cierre.

—¡Empujad! ¡Empujad! —ordenó.

Le obedecieron hasta que el cráneo explotó, aplastado entre las dos hojas de hierro, y una nueva lluvia de sangre alcanzó al propio César. Y así se escuchó al fin un sonoro y atronador clang, un estallido metálico bestial que anunció a todos que las puertas de Mitilene se habían cerrado por completo.

Falange de Anaxágoras

Anaxágoras y sus hombres estaban fuera, dos mil quinientos guerreros bien armados, pero, justo por detrás de ellos, viniendo desde el mar, más de ocho mil legionarios en formación de combate se les acercaban: una legión entera y varias *vexillationes* adicionales que había traído consigo la flota del *proquaestor*.

Ejército romano al mando de Lúculo

Lúculo y Termo descendieron de su trirreme.

Más allá de conjuras y maniobras políticas oscuras, ambos eran buenos oficiales en batalla. César y Labieno habían alterado el plan establecido, pero el resultado era aún mejor de lo planificado: habían logrado no sólo obstaculizar el reingreso de las tropas de Anaxágoras a la ciudad, sino impedírselo por completo al hacerse con el control de la puerta de Mitilene y cerrarla, dejando a los guerreros enemigos en campo abierto.

—Si controlan las puertas y consiguen que no se abran de nuevo, los tenemos —dijo Minucio Termo.

—En efecto —confirmó Lucio Licinio Lúculo.

Su voz dejaba traslucir cierta sorpresa y una pizca de admiración ante la gesta de un Julio César que debería estar ya muerto y que, sin embargo, se estaba transformando en héroe militar aquella mañana en la isla de Lesbos. Un lugar tan remoto que se necesitaban semanas antes de que pudieran llegar noticias desde Roma. Semanas. Lúculo frunció el ceño.

Y en semanas todo podía haber cambiado en Roma sin allí saberlo.

—Pero puede que César aún caiga en combate —añadió el propretor, que no terminaba de entender qué es lo que estaba pensando un Lúculo de quien habría esperado más preocupación por el hecho de que el tribuno César se hubiera salido del plan marcado y en lugar de morir estuviera luchando heroicamente—. Nos va a llevar horas acabar con los hombres de Anaxágoras. Horas en las que César tendrá que sobrevivir en el interior de la ciudad con apenas un puñado de hombres.

—Horas —confirmó el *proquaestor* de forma enigmática, sin que Termo pudiera saber si esa tardanza le parecía bien o mal.

Puerta de Mitilene, interior de la ciudad

Labieno quedó apoyado junto al muro. Las puertas estaban cerradas. Podían oír a los hombres de Anaxágoras golpeando desde fuera, maldiciendo en un griego que tanto César como el propio Labieno entendían perfectamente:

—¡Abrid, malditos, abrid!

César y Labieno se miraron.

—Ahora nos toca aguantar —dijo César—. Hay que mantener esta puerta cerrada como sea.

Labieno asintió con el rostro crispado por el dolor. Le seguía sangrando la pierna.

—Átate algo, el cinturón del gladio, lo que sea, alrededor del muslo —le dijo César—. Eso parará la hemorragia. Quiero que los médicos del *valetudinarium* de la legión lo tengan fácil después.

Labieno asintió y se quitó el cinturón para ponerse manos a la obra. Para cuando se reincorporó, después de hacerse el torniquete, su amigo ya estaba entre las centurias organizando la defensa.

—*Testudo!* —gritaba César—. ¡Y pinchad a cualquiera que se acerque!

No era un gran plan, pero era sencillo de seguir.

Pítaco bajó desde lo alto de las murallas. Estaba claro que sólo con flechas no iban a conseguir doblegar a aquellos miserables romanos que se les habían colado dentro. O, por lo menos, no lo iban a conseguir con la rapidez deseada para poder abrir las puertas a tiempo de que Anaxágoras entrase con todas las tropas y se pusiera presto a defender la ciudad contra el grueso del ejército enemigo.

—¡Vamos, todos conmigo! —ordenó Pítaco.

No tenía sentido dejar arqueros en la muralla cuando las tropas que estaban junto a los muros no eran las romanas, sino las de Anaxágoras. Pítaco tenía claro que debía romper la defensa de las centurias romanas que se habían hecho fuertes junto a la puerta y controlaban las grandes poleas que activaban su mecanismo de apertura y cierre.

Él mismo se puso al frente para dar ejemplo.

Los soldados a su mando cargaron con lanzas y espadas, con todo lo que tenían, contra la formación en *testudo* de los hombres de César.

Frente a la muralla de Mitilene

Lúculo vio el largo frente de batalla que Anaxágoras presentaba con su nutrida falange y decidió constituir una formación similar a la *triplex acies* pero con variantes: no disponía de la cohorte X, que era la que César había introducido en Mitilene y con la que había cerrado, por el momento, las puertas de la ciudad. De este modo sólo le quedaban dos cohortes para un primer frente de batalla, insuficientes para enfrentarse a la falange. Por eso ordenó que todas las tropas auxiliares y las *vexillationes* adicionales fueran por delante de la legión y se lanzaran contra la falange enemiga. Por detrás irían las cohortes VII, IX, V, VI y VIII en una única segunda línea y, por fin, en retaguardia la tercera línea típica de la formación en *triplex acies* con la cohorte I doble, la II, la III y la IV.

Los auxiliares y las unidades adicionales se lanzaron en un enfurecido ataque contra la falange de Anaxágoras. Si se servía con valor y eficacia durante un periodo de unos veinticinco años como tropa auxiliar al servicio de Roma, se podía conseguir la ciudadanía y hasta un terreno de cultivo propio. Era un buen aliciente en el largo plazo. En el corto, pillaje, el saqueo de una ciudad que intuían que iban a rendir ese mismo día. Eso también los animaba.

Anaxágoras y Teófanes dirigieron la falange contra los guerreros auxiliares de Roma.

El choque fue brutal. Las largas *sarisas* de la falange helénica causaron estragos entre los auxiliares, pero la formación de ataque romano en primera línea frente a las murallas de Mitilene se mantuvo. Hubo bajas, pero la línea seguía compacta.

Los auxiliares, muchos heridos en cuerpo y orgullo, se retiraban por orden de Lúculo, por entre los pasillos que abrían las cohortes VII, IX, V, VI y VIII, que pasaban a primera línea de combate con legionarios frescos y con ansias de batalla. Terminar con aquel largo asedio, además de asegurarles sus salarios, implicaba ese saqueo que también motivaba a los legionarios regulares. Pero, sobre todo, la toma de la ciudad implicaba la posibilidad de abandonar aquella remota isla de la que ya estaban hartos.

El enfrentamiento fue descarnado y las *sarisas* embestían una y otra vez, pero muchos legionarios se las ingeniaron para quebrarlas con los gladios o dejar que estas largas lanzas pasaran entre ellos sin herirlos, de modo que muchos llegaron intactos, con los escudos protegiéndolos por delante, al cuerpo a cuerpo con el enemigo, y allí empezaron a pinchar con sus gladios con furia.

La falange de Anaxágoras comenzó a quebrarse en varios puntos.

Lúculo veía la batalla e intuía el éxito, pero también preveía muchas bajas entre los suyos: Anaxágoras estaba dispuesto a morir matando, y matando mucho. El *proquaestor* estaba pensando en enviar ya un nuevo reemplazo, pero dudaba en si volver a mandar a los auxiliares a primera línea o hacer intervenir a sus cohortes más experimentadas, que seguían en retaguardia.

Lúculo se pasó la mano por los labios. Valoraba opciones. Llamó a un tribuno:

—Coge un par de centurias de los más veteranos y llévalos a primera línea junto con los auxiliares que volverán al frente —explicó el *proquaestor*—. Que los veteranos se centren en rodear a Anaxágoras. Lo quiero muerto. Lo quiero muerto... ya.

Puerta de Mitilene, interior de la ciudad

César luchaba en primera línea.

Pítaco también.

El tribuno romano identificó al líder de los enemigos y, abriéndose paso entre lanzas y espadas, con los legionarios en formación en *testudo*, llegó a donde Pítaco combatía.

César pinchó y pinchó con furia.

Pítaco aulló de dolor.

Caído su líder, los arqueros se replegaron casi de forma instintiva. Algunos echaron a correr y a esos los siguió el resto. Todos se desperdigaron por las calles de la ciudad en busca de escondites que no les valdrían para salvar la vida.

César, escoltado por varios legionarios, ascendió veloz hacia lo alto de la muralla.

Frente a las murallas de Mitilene

Anaxágoras no lo vio venir. Combatía en primera línea para dar ejemplo y no tuvo perspectiva suficiente para darse cuenta de que los romanos concentraban tropas alrededor de su persona.

Cayó abatido por una decena de gladios legionarios en poco tiempo.

La desbandada de las tropas de la falange podría haber sido total, como acababa de ocurrir en el interior de la ciudad con los arqueros tras la caída de Pítaco, pero Teófanes se hizo con el mando y mantuvo las posiciones: ordenó un repliegue táctico de varias decenas de pasos, separando la falange de la primera línea romana. Acto seguido, él mismo se adelantó al ejército mitridático para parlamentar, acompañado sólo por algunos aristócratas más de Mitilene que Anaxágoras, a modo de rehenes, se había llevado con ellos en aquella mortal salida de la ciudad. Los guerreros del caído Anaxágoras tardaron en comprender lo que pasaba. Cuando quisieron darse cuenta, Teófanes y sus compañeros nobles ya estaban a salvo en la seguridad de la tienda del *proquaestor* de Roma, mientras las cohortes romanas reiniciaban un ataque constante e inclemente que no se detuvo hasta la aniquilación total de la falange enemiga.

Los soldados de Anaxágoras se defendieron con valentía. Sólo se rindieron al final del día, cuando apenas quedaban unos cientos.

—Son hombres fuertes —le dijo Lúculo a Termo en lo alto del montículo desde el que contemplaban la escena—. Serán buenos esclavos.

Termo asintió con la cabeza. La batalla se había resuelto bien, pero quedaba un asunto: Julio César seguía vivo, ahora en lo alto de la muralla, contemplando la aniquilación de la falange enemiga como un espectador en una tribuna de lujo.

Lúculo miró a Termo y comprendió su preocupación, pero continuó sin decir nada al respecto. El *proquaestor*, escoltado por decenas de legionarios, se limitó a descender del montículo, avanzar sobre el campo de cadáveres y acercarse a las murallas de la ciudad hasta quedar apenas a unos pasos de la gran puerta.

Lúculo miró hacia lo alto del muro.

César miraba hacia abajo.

Sus miradas se cruzaron.

—¡Abre las puertas, tribuno! —ordenó Lucio Licinio Lúculo, *proquaestor* de Roma en Oriente nombrado por Sila.

César escuchó la orden, pero seguía inmóvil: aquél era el hombre que Sila había enviado para conducirlo a una trampa y acabar así con su vida en combate. La sangre le hervía en las entrañas, pero él era sólo un tribuno. Y su superior, el hombre con más poder en todo Oriente, le acababa de dar una instrucción muy concreta, delante de todos.

Labieno, apoyado en el muro en el interior de la ciudad, junto a la puerta, herido en la pierna izquierda, miraba hacia César en lo alto de las murallas de la ciudad: de nuevo parecía petrificado, como antes de entrar en combate al principio de aquel largo día. Labieno, como todos los legionarios que controlaban el mecanismo de apertura de la puerta, habían reconocido la imperiosa voz del *proquaestor* de Roma, del enviado de Sila.

César inspiró muy lentamente hasta inflar sus pulmones. No ya de aire, sino de calma. Se giró entonces hacia los legionarios de la centuria I y les dio, alto y claro, la última orden de aquel día, la última orden de César en el asedio de Mitilene:

—¡Abrid la puerta!

LXXIII

La corona cívica

Isla de Lesbos, junto a las murallas de Mitilene
Tienda del *proquaestor*
78 a. C.

César abrió la puerta de la ciudad y los romanos tomaron Mitilene.

Teófanes, ciertamente, había parlamentado con Lúculo: el líder de la aristocracia local se desentendía del ejército de Anaxágoras enviado hasta allí por Mitrídates. Presentó Mitilene como una víctima de las veleidades expansivas y anexionistas de Mitrídates del Ponto. Argumentó que ellos nunca habían querido desertar del bando romano, pero que se vieron invadidos por el ejército de Anaxágoras.

Lúculo aceptó la colaboración de Teófanes, pero no creyó sus excusas. Sabía que los ciudadanos de Mitilene habían estado jugando a dos bandas todo aquel tiempo, así que ordenó saquear la ciudad. Los legionarios necesitaban resarcirse después de tantos meses de asedio y después de tantas bajas como habían sufrido: por un lado, las centurias del joven César que se había hecho con el control de la puerta, y por otro, los caídos en combate contra la falange de Anaxágoras.

Teófanes aceptó el saqueo, pero, a cambio de su colaboración con las tropas de Lúculo, se respetaría la vida de todos los ciudadanos de Mitilene y no se incendiaría la ciudad. Era un castigo muy duro, aunque Teófanes persuadió al resto de los ciudadanos de Mitilene a aceptar el pacto.

—Si negociáramos con Sila en vez de con Lúculo, Mitilene sería pasto de las llamas —les dijo—, como ocurrió con Atenas hace unos años.

Teófanes, en la tienda del *proquaestor*, intentaba concretar las condiciones del saqueo, establecer algunas limitaciones.

—¿Hasta cuándo durará el saqueo? —preguntó.

Pero justo antes de que Lúculo diera respuesta a su pregunta, entró en la tienda César.

—Perdón —se disculpó el joven tribuno—. He sido convocado por el *proquaestor* y nadie me dijo que estuviera reunido. —Hizo ademán de volver a salir para esperar fuera de la tienda hasta que la negociación con el líder de la aristocracia local concluyera.

Teófanes lo miró con desconfianza: aquél era el oficial que había conseguido con su audacia en el combate la toma de la puerta de Mitilene y, en consecuencia, que toda la ciudad estuviera ahora en manos de los romanos.

—Tranquilo, tribuno, no hace falta que salgas. —Lúculo se giró hacia Teófanes y repitió su última pregunta—: ¿Hasta cuándo durará el saqueo?

—Sí —replicó Teófanes con rapidez, ávido de saber hasta dónde llegaría el castigo de Roma por haberse dejado controlar por las tropas de Mitrídates.

Lúculo tomó un sorbo de la copa de vino que tenía en una mesa próxima, miró de reojo a Minucio Termo, que también estaba presente en aquel cónclave y, por fin, respondió con claridad:

—El saqueo durará hasta que empiece el incendio.

Teófanes parpadeó perplejo.

—¿Incendio? ¿Qué incendio? —preguntó desde el asombro y la ingenuidad.

—El incendio de Mitilene, por supuesto —especificó Lúculo

con una sonrisa divertida, al ver que lo que para él era evidente, a su interlocutor le parecía un imposible.

—Pero... pero... eso no es lo pactado —replicó Teófanes empezando a sudar.

César asistía con el ceño fruncido a toda aquella conversación. Se mordía la lengua para no intervenir.

Teófanes seguía contraargumentando en un intento desesperado por evitar la destrucción de su ciudad.

—Pero si yo hubiera alimentado el ánimo de resistencia, ahora aún combatiríais en las calles de Mitilene y habrías sufrido muchas más bajas entre tus hombres. —De pronto, sospechó que aquello podía ser aún peor—. ¿También vas a matarnos a todos?

Se hizo un silencio espeso.

Lúculo dejó la copa en la mesa.

—Si no es necesario, no.

Teófanes miró al suelo; respiraba rápido, buscaba alguna razón de peso con la que impedir la aniquilación de Mitilene. Levantó de nuevo la mirada y con los ojos fijos en el *proquaestor*, lanzó una amenaza:

—Si incendias la ciudad, iré por todo Oriente haciendo saber a todos que Lucio Licinio Lúculo no cumple con la palabra dada. No podrás alcanzar ningún pacto en toda la región. Con nadie.

Lúculo no mostró demasiado temor ante aquella amenaza. Se limitó a responder con enorme sosiego:

—Si te mato, ya no podrás contar nada a nadie, ¿no crees?

—Entonces, lo tienes decidido: vas a faltar a tu palabra, vas a incendiar la ciudad y a matarnos a todos.

—Mi idea no es matar a los ciudadanos de Mitilene, pero si insistes en tu amenaza, tu muerte será inevitable y tu ejecución callará las bocas del resto de los supervivientes. El incendio es necesario. He de mandar un mensaje claro de que Roma no tolera que ninguna ciudad se pase al bando de Mitrídates. El pulso con el rey del Ponto será aún largo, y la firmeza de Roma ha de quedar bien clara. Para todos y...

—Quizá el incendio no sea buena idea, *proquaestor* —le interrumpió César de forma inesperada para todos los presentes.

Todos volvieron sus miradas hacia el tribuno: Teófanes con un destello de esperanza en los ojos; Minucio Termo, con sorpresa; Lúculo, entre molesto e intrigado.

—¿Ah, no? —El *proquaestor* miró hacia Termo—. Ahora resulta que no sólo tenemos un tribuno audaz en el combate, sino que, además, se nos presenta como todo un diplomático.

César comprendió que interrumpir a su superior no había sido buena idea, pero, cometido ya el quebranto, lo mejor era expresar su opinión al completo.

—El incendio de Atenas en Grecia no resolvió nada —dijo y, antes de que Lúculo argumentara algo en contra de esa idea, César continuó explicándose—: Sí, Grecia cayó en manos de Sila, pero en el resto de Oriente se percibió a Roma como cruel e inmisericorde. Eso le ha permitido a Mitrídates presentarse en toda la región no como lo que es, un tirano que sólo piensa en su ambición personal, sino como un libertador, como el único que puede oponerse a ese gigante temible que, a los ojos de muchos en Oriente, es Roma. El *proquaestor* puede incendiar Mitilene o toda Lesbos, y eso sin duda infundirá miedo, pero sólo miedo: no generará ninguna alianza que nos ayude a controlar todo este enorme territorio y garantice una paz duradera.

—Por todos los dioses, ¿hemos de dejar impune la larga rebelión de Mitilene? —preguntó Lúculo—. ¿Es eso lo que propones, tribuno? Puede que hayas abierto las puertas de una ciudad, pero ahora hablas de controlar Oriente y creo, sinceramente, que eso te viene muy grande, muchacho.

César no se arredró y siguió hablando.

Teófanes lo escuchaba impresionado: aquel oficial debatía con el todopoderoso *proquaestor* de Roma en Oriente de tú a tú. Teófanes había oído una historia relacionada con aquel tribuno que corría por todo el campamento, algo sobre que aquel joven oficial se había llegado a enfrentar en un pasado no muy lejano con el mismísimo Sila.

Viéndolo hablar con tanta decisión y soltura ante el *proquaestor*, empezó a pensar que quizá aquella historia fuera cierta.

—No, no hay que dejar una rebelión como la de Mitilene sin castigo —argumentaba César—, pero hay que buscar un punto medio, un equilibrio entre firmeza y crueldad, entre autoridad y tiranía. En Hispania, Aníbal se hizo con el control de aquella región con relativa rapidez combinando la fuerza de sus ejércitos con pactos y acuerdos con los iberos. Incluso llegó a casarse con Imilce, una ibera, para afianzar los vínculos entre él y los iberos a los que iba sometiendo.

Lúculo se echó a reír.

—¿Ahora sugieres que me case con una mujer oriental? No sé si después de dos matrimonios me atrevo con un tercero —apuntó tratando de manera frívola los argumentos de su joven interlocutor. Cortó en seco sus risas, lo miró fijamente y añadió—: Pero termina, ya que has empezado. Dinos todo lo que piensas.

César asintió.

—No, no digo que el *proquaestor* se plantee ningún matrimonio, era sólo un ejemplo de pacto que usó Aníbal para hacerse con un territorio sin verse obligado a usar la fuerza o la crueldad de forma sistemática. La crueldad, al final, genera rencor, y el rencor conduce a las rebeliones de los territorios conquistados. Escipión adoptó una línea de actuación muy similar a la de Aníbal cuando llegó a Hispania: asedió Cartago Nova, la capital cartaginesa en la región, y se hizo con su control, pero aprovechó para liberar a iberos prisioneros de los cartagineses. Escipión sostuvo varios combates feroces con los iberos, pero luego fue magnánimo en su victoria y, en poco tiempo, se hizo con el control de Hispania.

—Lo que prueba que Aníbal, matrimonio con una ibera incluido, no había conseguido alianzas tan duraderas con esa mezcla de fuerza y magnanimidad —protestó Lúculo, encendido, metido de lleno en el debate.

—Pero porque Escipión usó su misma técnica. Mitrídates usa sólo la fuerza; y oponiendo sólo la fuerza, la lucha por Oriente será eterna, como cuando Catón sustituyó a Escipión en Hispania y fue a sangre y fuego por todo aquel territorio. Luego tardamos decenios en volver a controlar Hispania. Aquí es lo mismo: si se incendia Mitilene, Mitrídates se verá reforzado en su imagen de libertador frente a Roma. Si se es generoso con Mitilene en su derrota, otras ciudades de Oriente pueden pasarse a nuestro bando y, así, debilitar la posición del rey del Ponto... reduciendo el número de batallas y el número de legionarios muertos.

Lúculo ladeó la cabeza.

—Es posible lo que dices... —admitió, sin terminar de expresar todos sus pensamientos en voz alta, hasta que dio un giro a la conversación—: Aunque Hispania está en rebelión ahora —apuntó en referencia al levantamiento dirigido por Sertorio y los líderes populares refugiados en aquel territorio.

—No es una rebelión de los iberos —contrapuso César—. Lo que hay en Hispania es... —midió bien sus palabras— una prolongación del conflicto no resuelto entre las peticiones de reformas de los populares y la oposición frontal de los *optimates* a esas reformas. No es una rebelión de los iberos.

Lúculo volvió a asentir.

—Puede que tengas razón —aceptó el *proquaestor*—, pero hay otros asuntos que considerar: mis hombres necesitan oro y mujeres. ¿Cómo piensas resolver eso sin saquear ni incendiar la ciudad, ni apropiarse de sus hijas y esposas y esclavas, muchacho? ¿O sugieres que deje a las legiones sin su preciado botín de guerra, después de tantos meses de asedio? ¿Voy a tener a las ciudades de Oriente de mi parte, y a mi ejército en mi contra?

Aquí César se volvió hacia Teófanes. Éste comprendió y empezó a proponer soluciones:

—Puedo hacer que en Mitilene se reúna una enorme cantidad de oro y plata y entregarlo al *proquaestor* para que lo reparta entre sus soldados y puedo conseguir mujeres para los romanos comprándolas a los piratas cilicios. Sin saqueo. El oro y la plata de inmediato. Las mujeres, en pocos días. Los legionarios estarán satisfechos en todo.

—Sin saqueo ni incendio —dijo Lúculo como si no pudiera creerlo—. Y mandaríamos ese mensaje de magnanimidad a Oriente, que podría debilitar a Mitrídates. —El *proquaestor* hablaba para sí mismo, poniendo en orden sus pensamientos.

Se hizo el silencio.

Lúculo asintió con la cabeza.

—Sea —aceptó, y mirando al líder de la aristocracia local, apuntó su sentencia final—: Mañana quiero mucho oro y plata para repartir entre mis hombres. El dinero los amansará unos días, pero esas mujeres las quiero cuanto antes.

—Todo se hará según estamos conviniendo ahora, *proquaestor* —comentó Teófanes entre incrédulo y exultante: su ciudad había estado al borde del incendio; sus mujeres, a punto de ser violadas; y él, ejecutado. Y de pronto, todo había cambiado. Iban a arruinarse entregando su oro y plata a los romanos y gastando lo poco que les quedara en comprar esclavas a los piratas cilicios, pero de todo eso se podrían rehacer y renacerían. De saqueo, incendio, muerte y violaciones en masa no se recuperarían en generaciones.

Teófanes hizo una reverencia al propretor y al *proquaestor*, se giró, le dedicó una mirada intensa al joven tribuno que había defendido, de forma inesperada, su causa, y salió de la tienda.

César supo que aquel hombre, Teófanes, recordaría su rostro para siempre. Sólo el tiempo diría si para bien o para mal, si es que sus caminos volvían a cruzarse algún día.

Lúculo miró a un esclavo y éste le rellenó la copa de vino.

—He sido convocado, *proquaestor* —dijo César, entonces—, pero entiendo que era por alguna otra causa, no por esta negociación con el líder de los ciudadanos de Mitilene.

—Así es —confirmó Lúculo—, pero, por favor, relájate. La batalla ha terminado y el debate sobre si incendiar o no la ciudad, también —continuó con tono afable, sentado en su cómoda *cathedra*, bebiendo vino.

Cuanto más lo pensaba, más le gustaba el nuevo enfoque que se le había dado a su toma de Mitilene. Pero era cierto que había convocado a aquel joven y audaz tribuno y, por lo que se veía, astuto negociador, por otro asunto. Lúculo entendía ahora mejor que ese muchacho hubiera podido persuadir al rey de Bitinia de aportar barcos a la flota romana incluso eludiendo sus requerimientos sexuales. A la luz de su oratoria, eso le resultaba muy posible.

En la mesa había más copas servidas y un tazón con unos frutos rojos.

—Bebe con nosotros —le invitó Lúculo.

César se lo pensó mucho, pero valoraba más su vida que recibir un castigo.

—Estoy... cansado, *proquaestor* —respondió de forma sorprendente—. Prefiero no beber.

Lúculo se puso serio.

Un superior no invita realmente a nada, sino que ordena.

Termo no daba crédito a la respuesta de aquel joven tribuno. Ahora empezaba a creerse las historias que contaban de él sobre que se hubiera negado a divorciarse de su esposa cuando Sila se lo ordenó y cómo terminó como fugitivo de Roma durante meses hasta enfermar en los pantanos del centro de Italia.

Lúculo juntó entonces las palmas de las manos frente a sus labios unos instantes, las despegó y continuó hablando, ignorando el desprecio que le había hecho el joven tribuno:

—Has luchado con coraje. No has seguido mi plan al pie de la letra. Lo has modificado sin consultar, pero el resultado ha sido notable. Y el objetivo esencial de rendir la ciudad se ha conseguido. Además, has salvado la vida de un oficial, de ese tribuno amigo tuyo..., ¿cómo se llama?

—Labieno, Tito Labieno, *proquaestor* —precisó César.

—Eso es: Labieno —repitió Lúculo—. Todo ello te hace merecedor, sin duda, de una condecoración militar. Lo oportuno, teniendo en cuenta el acto heroico de salvar la vida de otro oficial durante un combate, es la corona cívica. Y ésa es la condecoración que te entregaré.

César se quedó en silencio, muy pensativo. Que el premio llegara de manos de un hombre a quien Sila —estaba seguro— había enviado para provocar su muerte lo confundía. Le había brindado sus opiniones sobre la utilidad de no incendiar Mitilene, pero lo había hecho por el bien general de Roma en la región, no porque confiara en Lúculo.

Termo tampoco entendía nada. No veía el sentido a premiar a quien Sila quería muerto.

—Eres alguien extraño, Cayo Julio César —continuó el *proquaestor*—. No pareces feliz por ser condecorado, desprecias la invitación de un superior para tomar una copa de vino en su compañía, me interrumpes cuando negocio los términos de una rendición y hasta intervienes para modificarlos, argumentando, lo reconozco, con inteligencia y buena oratoria sin temer un castigo por ello, por interrumpirme. Eres, ciertamente..., peculiar. ¿Aceptarás al menos probar estos frutos rojos de la mesa? Los he traído desde Cerasus. Creo que podrían funcionar en los mercados de Roma. Hasta llevo varios árboles en grandes macetas en uno de los barcos para cuando regrese. ¿Por qué no los pruebas y me dices si te gustan? Tu opinión me interesa. Pareces hombre de buenas intuiciones, como cuando decidiste lanzarte contra la puerta de Mitilene en lugar de intentar resistir ante la falange de Anaxágoras. Hombre intuitivo y con buena fortuna.

César miró el cuenco con aquellos frutos rojos, pero no se acercó a él. Permaneció en silencio, inmóvil, tragando saliva. Volverse a negar no era buena idea, pero la insistencia del *proquaestor* en que bebiera o comiera... no le gustaba. Para él, Lúculo seguía siendo el enviado de Sila a Oriente para acabar con su vida. Estaba seguro de que el plan de ataque a Mitilene estaba diseñado para que muriera en el combate. Recordaba los *pila* que los hombres de Lúculo habían abandonado misteriosamente en el campamento. Si el *proquaestor* lo quería muerto, tendría que ejecutarlo o intentarlo de otra forma. No sería él quien se lo pusiera tan fácil comiendo unos frutos envenenados.

De pronto, Lúculo comprendió lo que pasaba y se dio cuenta

de que César había intuido que el plan de ataque había sido diseñado para acabar con él. Sus negativas a beber o comer en aquella tienda cobraron sentido. No eran desprecios a un superior. El joven sólo intentaba mantenerse vivo.

Lúculo se levantó despacio, se acercó a la mesa y cogió uno de los frutos.

—A mí me gustan. Son dulces, jugosos... Tienen un hueso en el centro. Es un fruto carnoso.

Tomo otro más, esta vez sin mirar al cuenco, uno al azar, se lo llevó a la boca, lo comió, echó el hueso al suelo y se sentó.

César comprendió el gesto. Pudiera ser que el *proquaestor* hubiera envenenado unos frutos y otros no, pero había cogido el último mirándolo a él, no al cuenco. Se acercó entonces a la mesa, tomó un fruto, se lo llevó a la boca y lo saboreó hasta tragarlo. Escupió el hueso en la mano y lo dejó en un plato junto al cuenco.

—Están buenos —dijo—. Se venderán bien. Esos árboles parecen una buena inversión.

Lúculo asintió.

—Puedes retirarte. Mañana se te entregará la corona cívica.

César se despidió de sus superiores con un saludo militar y salió de la tienda.

Termo y Lúculo se quedaron a solas.

—No te entiendo —comentó Minucio Termo sin ocultar su más absoluta perplejidad—. Habías venido a Lesbos a aniquilar a César, siguiendo instrucciones de Sila, y ahora lo vas a premiar. Sila te matará. Nos matará a ambos, si no soy capaz de convencerte de que no puedes hacer lo que estás haciendo.

El *proquaestor* no parecía inmutarse ante los comentarios de Termo. Se limitaba a mirar hacia el interior de su copa de vino ya vacía.

—Sila ha muerto —dijo Lúculo, así, de pronto.

Silencio.

Minucio Termo se quedó estupefacto.

—¿Recuerdas el mensajero que llegó en un bote?

Termo seguía en silencio.

—Ésa era la noticia que trajo de Roma —confesó Lúculo.

El propretor miró al suelo y, al cabo de un rato, levantó la cabeza y se dirigió de nuevo a su superior:

—Entonces... ¿vas a condecorarlo?

—Ha salvado a un hombre, a otro oficial, arriesgando su propia vida. Probablemente ha salvado la vida de muchos legionarios al arremeter contra la puerta de la ciudad y, con toda seguridad, su acción es la que nos ha brindado la rendición de Mitilene. Se merece la corona cívica. He de seguir haciéndome con el control de Oriente, es mi misión ante el Senado. ¿Acaso crees que las tropas van a respetarme si no entrego una corona cívica cuando es merecida? ¿Acaso crees que podré mantener la disciplina si yo mismo no cumplo con las tradiciones del ejército? Soy exigente con mis hombres, pero he de premiarlos cuando actúan heroicamente. Y ese joven César ha sido heroico.

Lúculo se sentía agotado. Y más por tener que dar tantas explicaciones sobre algo que a él le parecía obvio.

Minucio Termo dio por bueno el asunto de la condecoración, a la luz del anuncio de la muerte del exdictador. Ahora le preocupaba más el conjunto de la situación.

—Con Sila muerto, ya nada será igual en Roma —observó Termo—. ¿Quién mandará ahora?

Lúculo juntó las puntas de las yemas de ambas manos y se dispuso a hacer un repaso de la situación política.

—Veamos: el viejo Metelo está en Hispania luchando contra el rebelde popular Sertorio. Hay diferentes águilas en ascenso en Roma. Craso es una de ellas, pero para mí, sin duda, Pompeyo es el más fuerte. A medio plazo Pompeyo se hará con el liderazgo de los *optimates*, pero los populares no están acabados: Sertorio se ha hecho fuerte en Hispania, y en Roma, este mismo año, la rebelión de Lépido mostró que los populares siguen ahí. Yo quiero un retiro tranquilo. Matar a César, el sobrino de Mario, me señalaría como enemigo de los populares y no es imposible que éstos se rehagan y busquen venganza. Yo no pretendo destacarme en esta guerra eterna entre unos y otros. Estoy realmente... cansado. Y por otro lado, a fin de cuentas, Sila perdonó en público a César, ¿no es así?

—Así es —admitió Termo.

—Pues perdonado está. Se ha ganado la corona cívica por su arrojo. Lo que pase a partir de aquí con ese joven tribuno no me concierne. Terminaré mi misión en Oriente y luego plantaré en Roma esos árboles, los de los frutos rojos, y cultivaré esa fruta y me dedicaré a venderla en Roma. Mitrídates, guerra social, guerra civil... Estoy cansado de tantas guerras.

Y, levantándose una vez más, cogió otro de esos frutos rojos y se lo llevó a la boca.

—Conseguí los árboles en Cerasus. Llamaré estos frutos... *cerasi.**

Hospital de campaña de la legión

Nada más entrar en el *valetudinarium* del campamento militar, César vio en una de las camas al centurión de la centuria I de la cohorte X, aquel que se había decidido a asistirlo cuando él, a su vez, fue en ayuda de Labieno.

—¿Estás bien, centurión?

El oficial llevaba un brazo y una pierna vendados y no pudo levantarse para saludar.

—Bien, tribuno —respondió, sorprendido de que aquel joven aristócrata se interesara por su salud—. El médico dice que son heridas superficiales. Me recuperaré.

—Eso espero. Roma necesita oficiales como tú. ¿Cuál es tu nombre?

—Cayo Volcacio Tulo, centurión de la I centuria de la cohorte X de la legión...

—Sé en qué legión estás, centurión —lo interrumpió César con una sonrisa—. Quizá volvamos a combatir juntos.

* Cerezas, traídas por Lúculo a Roma en el siglo I a. C.

—Será un honor, tribuno.

César asintió y continuó andando por entre las camas de heridos hasta dar con Labieno.

—¿Cómo estás? —le preguntó a su amigo nada más verlo.

—Sobreviviré. He de hacerlo o no te condecorarán. —Se echó a reír.

César rio con su amigo. Luego, más serio, le confió una duda:

—Pero no termino de entender a Lúculo: primero plantea una estrategia diseñada para que pereciéramos en el combate. Estoy seguro de que Sila lo envió hasta Lesbos con el fin de eliminarme. Y a ti porque te empeñas en seguirme —le recriminó César en tono jocoso, hasta que retomó su duda inicial—. No entiendo lo de la condecoración.

—Hay un rumor por el campamento —le aclaró Labieno.

—¿Un rumor?

—Dicen que Sila ha muerto.

César se sentó, despacio, en un taburete que había junto al lecho de su amigo.

—¿Cómo ha sido? ¿Una conjura?

—No. Una orgía en su villa de Puteoli. Mucha comida, mucha bebida, muchas mujeres. Ha muerto como el cerdo miserable que era.

César asintió pensativo.

—Eso podría explicarlo todo —admitió—. Sí, su muerte da sentido a las acciones de Lúculo.

Compartieron unos momentos de silencio. Unos instantes de calma después de tanta batalla, sangre y muerte.

—¿Qué vas a hacer? —preguntó Labieno.

—Volver a Roma —respondió César decidido—. Echo de menos a Cornelia, a mi hija, a mi madre, a mis hermanas, a todos. Y echo de menos Roma.

—¿Crees que Lúculo te lo permitirá?

—Con Sila muerto, sí. Cumplimos la misión diplomática en Bitinia y hemos cumplido en Lesbos. Si se lo pedimos, nos dejará volver.

Labieno asintió, guardó silencio un rato y, al fin, cambió de asunto:

—¿Cómo es una corona cívica?

—Está hecha de ramas de encina, con sus hojas y bellotas —explicó César que, por pura afición a todo lo militar, contagiada por su tío Mario, conocía bien todas las condecoraciones posibles en el ejército romano—. De oro no es. —Y volvió a reír.

—No es su valor, sino lo que representa —apuntó Labieno, llevándose la mano a la pierna herida y mirando a su amigo con agradecimiento eterno.

—Es lo que representa —certificó César.

El juicio VII

SENTENTIA

Veredicto final

LXXIV

Por unanimidad

Basílica Sempronia, Roma
77 a. C.

Esquina de la acusación

César se sentó junto a Labieno.

—Has estado muy bien —le dijo su amigo, al tiempo que le ponía la mano en el hombro.

La multitud que atestaba la basílica aún seguía aplaudiendo tras el discurso final de Cayo Julio César.

Pero él estaba muy serio. Ordenaba sus notas y al apartar un par de papiros apareció parte de una corona de ramas de encina, ya secas, las hojas marrones.

—La has traído —apuntó Labieno al verla—. La corona cívica.

César sonrió, pero sólo un poco. Enseguida volvió a estar serio.

—Por si nos trae suerte —aclaró—. Aunque no creo que ni la corona nos salve aquí, en la basílica Sempronia, frente a cincuenta y dos jueces comprados.

Los senadores del tribunal se arremolinaron alrededor de Pompeyo.

Dolabela los miraba fijamente. César también.

De pronto, el acusado giró despacio la cabeza y encaró la mirada de César.

Ambos sostuvieron un pulso visual durante unos segundos intensos.

Fue Dolabela quien apartó la vista primero, pero el abogado sabía que no era aquello signo de debilidad alguna por parte del acusado: Dolabela, simplemente, había dejado de mirar a César para volver a clavar los ojos en los senadores, que seguían reunidos alrededor del presidente del tribunal.

Apenas hubo deliberación.

Tanto César como Labieno pudieron ver cómo los jueces no pedían tiempo para pensar y se limitaban a reunirse en ese cónclave alrededor de Pompeyo, murmurar unas pocas frases, observar el asentimiento del presidente del tribunal y asentir también ellos en respuesta. En breve, todos volvieron a tomar asiento.

Cneo Pompeyo fue el único de ellos que se mantuvo en pie, frente a su silla. Sabía que Dolabela estaba mirándolo, sabía que la sentencia era injusta y sabía que en aquel juicio había muchas más cosas en juego que la corrupción de Dolabela. Pompeyo había presenciado cómo César jugaba a transformar aquellas sesiones en un enfrentamiento abierto contra las *optimates*, en un amago de rebelión. Tenía claro que la respuesta debía ser clara, tajante, indiscutible. Dio un par de pasos al frente y encaró a todo el público que acababa de ovacionar a César para pronunciar el inapelable veredicto en voz alta:

—Inocente. —Y añadió—: Por unanimidad.

Inocente según los cincuenta y dos jueces y el presidente del tribunal.

Cneo Cornelio Dolabela era declarado inocente de todos los crímenes de los que se le acusaba: la creación de impuestos falsos para su enriquecimiento personal, el expolio del templo de Afrodita, la violación de la joven Myrtale y, en resumen, inocente de una *corruptio* generalizada que el tribunal consideraba no probada.

Inocente de todo.

Dolabela se relajó en el respaldo de su asiento y sonrió entre dientes.

Pompeyo retrocedió hasta su *cathedra* y se sentó, muy serio.

Los centenares de ciudadanos que habían aplaudido al acusador en su discurso final simplemente enmudecieron. Era como si todos, de golpe, hubieran chocado contra un muro infranqueable. Nada iba a cambiar nunca en Roma.

César, sentado, mirando al suelo, era la imagen viva de la derrota.

Centro de la basílica

Dolabela se levantó exultante de su asiento y pronto lo rodearon los senadores *optimates*, unos que estaban entre el público, algunos incluso de entre los miembros del tribunal, quienes, sin pudor, se acercaban a felicitarlo.

Esquina de la acusación

César seguía sentado.

Era lo esperable, pero la unanimidad lo había dejado bloqueado. No había conseguido que ni uno solo de los jueces se atreviera a disentir del resto.

—Ni uno solo —decía una y otra vez.

Labieno sí se levantó.

—Esto está lleno de hombres armados al mando de los *optimates* —dijo—. Es mejor que nos vayamos de aquí y rápido. He llamado a algunos veteranos de tu tío Mario, que nos escoltarán hasta la Subura. En tu casa estaremos más seguros. No es un barrio en el que les guste entrar a los *optimates* ni a sus sicarios. Ellos son más de apuñalar en el foro. Pero hemos de irnos ya.

César seguía sentado y hundido, perplejo ante la magnitud del desastre.

—Ni uno solo —repitió—. Estoy acabado, como anticipó mi tío Cota.

Entre el público

—Vámonos, muchacha —dijo Aurelia a su nuera.

Cornelia miraba hacia César.

—Está destrozado —advirtió ella—. He de ir con él.

—¡No! —ordenó la madre de César—. ¡Aquí nadie está seguro! —Terminó con un tono más amable—: Lo consolarás en casa.

La muchacha, deprimida también por el resultado, pues la fe ciega de su esposo en un final diferente se le había contagiado, no tenía energía para oponerse a la madre de su marido y obedeció. Ambas mujeres abandonaron la basílica rodeadas por los esclavos de la familia Julia.

En la calle, frente a la basílica

Pérdicas, Aéropo, Arquelao, Myrtale y los otros macedonios que se habían desplazado a Roma para asistir al juicio se encontraban en la calle. El viejo Orestes ya no estaba entre ellos, sino en casa de César, muy débil y enfermo. Su estado de salud no había dejado de deteriorarse desde el día de su declaración en el juicio.

—Ya hemos probado la justicia romana —comentó Pérdicas—. Ahora lo haremos a mi manera.

Arquelao y Aéropo se miraron entre sí y luego se volvieron hacia el resto de los macedonios.

Todos asintieron.

Pérdicas extrajo una daga de debajo de su túnica.

Los demás lo imitaron y exhibieron puñales similares.

—Yo también quiero una —pidió Myrtale para sorpresa de todos.

Pérdicas miró al padre de la muchacha.

—Dádsela —aceptó Aéropo.

El propio Pérdicas le entregó la que aún tenía en la mano.

—Toma, Myrtale —le dijo—. Yo tengo otra.

Dolabela vio acercarse a Pompeyo.

—Dejadme con él a solas. ¡Apartaos, por Hércules! —exclamó el veterano senador recién proclamado inocente.

Pompeyo llegó a su lado.

—No es momento de hacer nada —le dijo el joven presidente del tribunal.

Dolabela sonrió cínicamente al tiempo que le daba réplica:

—Ya imaginaba que no tendrías arrestos. Sila tenía razón. Ya te lo puse por escrito el otro día, pero veo que ni avisado con tiempo reúnes la valentía necesaria para hacer lo que debe hacerse. César, el maldito sobrino de Mario, debe morir y debe morir ahora. Antes de que crezca, antes de que se transforme en un nuevo Mario. No lo vimos en su momento, yo tampoco. Sila sí. Pero que no lo veas ahora me decepciona profundamente. ¿No has visto de lo que ha sido capaz con apenas veintitrés años? Se ha enfrentado a ti, a mí, a todos. Se enfrentó a Sila con sólo dieciocho. Consiguió la corona cívica con veintidós. ¿De veras quieres verlo crecer?

—Te he conseguido que salgas exonerado de todas las acusaciones y por unanimidad —esgrimió Pompeyo como muestra de su lealtad para con Dolabela, en particular, y para con los *optimates* en general.

—Hace falta algo más que una sentencia para detener a ese César.

—Si está vencido, derrotado. Míralo allí. —Pompeyo señaló hacia la puerta a la que un César de hombros encogidos, cabizbajo, arrastrando los pies, encaminaba unos pasos lentos, casi torpes—. Está aturdido y acabado políticamente y él lo sabe. No era nadie y ahora sabe que nunca será nada ni nadie. No es necesario matarlo. Y no es momento. Apenas hace unos meses del levantamiento popular liderado por Lépido. No hay que calentar sin necesidad los ánimos de los populares sometidos.

Dolabela miró hacia donde señalaba Pompeyo, pero negó con la cabeza.

—Se rehará. Pero yo no se lo permitiré —aseguró como si nada de lo que hubiera dicho Pompeyo de calentar los ánimos de los populares hubiera penetrado en su cabeza.

Dolabela se alejó de él y del resto de los senadores para dirigirse a sus esclavos y a los sicarios de los *optimates* que Pompeyo había convocado en la basílica.

—Seguidme —ordenó sin alzar la voz, con ese tono autoritario que unos simplemente tienen y otros no consiguen nunca.

Los sicarios lo siguieron, sin dudarlo.

Dolabela era el senador que más y mejor pagaba por obedecer sus órdenes.

Aquél era un argumento tan inapelable como la sentencia que acababan de escuchar.

LXXV

Otra justicia

Foro de Roma, en las inmediaciones del edificio del Senado
77 a. C.

Los macedonios estaban reunidos en una esquina, cerca de las *tabernae veteres*. Esperaban la salida de Dolabela. El plan era sencillo: seguirlo hasta que se metiera en alguna calle menos transitada y allí rodearlo y darle muerte. Sabían que iría protegido por numerosos sicarios. Ninguno de los macedonios pensaba que fuera a salir vivo de aquella empresa. Ni siquiera estaban seguros de que fueran a conseguir su objetivo. Pero ésa no era la cuestión. Lo único que importaba era intentarlo.

Habían hecho caso al anciano Orestes y acudieron a la justicia romana.

La justicia romana había expresado su veredicto. Y no les había resarcido ni en honor ni en dinero ni de ningún modo.

Era el momento de *su* justicia.

En lo alto, en un cielo nublado, varios relámpagos resplandecieron en breves destellos fulgurantes. Al poco, los truenos resonaron sobre la ciudad de Roma. Empezó a llover.

De hecho, llevaba días lloviendo, desde la *prima actio* del juicio, ya lejana en la memoria de todos. Desde entonces llovía.

—Es Tesalónica, la hermana de Alejandro viene a por él —dijo Myrtale en voz baja, pero audible para el resto de macedonios.

—Aquí no hay mar ni sirena alguna, hija —repuso Aéropo.

—El río baja crecido por las tormentas de los últimos días —insistió ella.

Su confianza en la sirena vengativa de Tesalónica era total, completa. Quizá fuera porque necesitaba aferrarse a algo. Estaba deshonrada y se sabía despreciada incluso por muchos de los macedonios. Hasta Pérdicas, que la había salvado cuando intentó quitarse la vida tras ser violada por Dolabela, se mostraba frío con ella. Desde que se vio que el juicio no restituiría el honor de la joven con una condena a su violador, Pérdicas le hablaba menos. Creer en la maldición de Tesalónica era lo único que la sostenía en pie, que le daba la fuerza necesaria para levantarse cada día y acudir a aquel juicio. Pero el juicio se había mostrado inútil, inservible. Sólo le quedaba Tesalónica. Sólo eso.

—Ella nos ayudará —volvió a decir la joven, y la tormenta empezó a arreciar con más furia aún—. Lo dijo, Dolabela lo dijo alto y claro en la basílica: dijo que Alejandro estaba muerto y bien muerto. —La muchacha miraba al cielo con ojos encendidos—. Y ella lo oyó, Tesalónica lo escuchó. Y viene a por él.

Todos se cubrieron la cabeza con capuchas, mientras seguían vigilando la puerta de la basílica. Vieron salir a la esposa y a la madre del *accusator*. Se hicieron a un lado y las dejaron pasar.

Interior de la basílica Sempronia, junto a la puerta

—Por ahí van mi madre y Cornelia —dijo César.

—No —lo detuvo Labieno—, iremos por otro lado.

—¿Por otro lado? —César seguía confundido, aturdido por el fracaso, recogiendo papiros, notas y la corona cívica que, como imaginaba, nada de suerte le había traído o, al menos, no la suficiente. No estaba centrado en pensar sobre lo inmediato: evitar a los sicarios de Dolabela.

—Mira —dijo Labieno para que su amigo comprendiera, y señaló precisamente hacia Dolabela, que, rodeado por una veintena de sicarios, caminaba directo hacia ellos—. Vienen a por nosotros. A por ti, por encima de todo. Sígueme. Iremos a la Subura, pero por otra ruta. Así al menos alejaremos a esos sicarios de tu familia.

César reaccionó. La idea de preservar a su madre y a su esposa de la acometida de los sicarios de Dolabela parecía un objetivo muy deseable. El resto, su propia vida, ya no importaba. Ya no sería nadie políticamente tras aquel descomunal fracaso en los tribunales. Daba igual que todo estuviera amañado.

—Vamos, vamos —aceptó César, y siguió a su amigo.

En la salida de la basílica se les unieron una decena de veteranos de su tío Mario.

—Lo siento —se excusó uno de ellos—. No han venido más. Todos tienen miedo a los *optimates* en estos tiempos.

—Está bien —dijo Labieno—. Vamos hacia el río. Iremos a casa de César por allí para evitar la ruta del foro.

—Buena idea —le respondió el veterano militar—. En los accesos a la Subura desde el foro ya he visto varios grupos de hombres armados y no son de los nuestros.

En medio de esa conversación vieron a los macedonios.

Pérdicas se les acercó. El resto permaneció por detrás.

Los veteranos de guerra se interpusieron entre César y el joven macedonio.

—Dejadle pasar —dijo César.

Los antiguos legionarios abrieron un pasillo.

Pérdicas llegó junto a César.

—Inocente. De todo. ¿Es ésta vuestra famosa justicia?

César no supo qué responderle. El macedonio tampoco se quedó a escuchar explicación alguna. Tenía otros objetivos más urgentes. Se alejó y regresó con los suyos.

La lluvia arreciaba con fuerza.

—¡Vamos, por Júpiter! —exclamó Labieno—. ¡Los sicarios de Dolabela se nos echan encima!

Y empezaron a andar, veloces, calle abajo, en dirección al Tíber.

Puerta de la basílica, un instante después

Dolabela y sus hombres emergieron de la basílica mirando a un lado y a otro.

—¡Por Hércules! —exclamó el senador al sentir la fuerza de la lluvia en su rostro.

—¡Han ido hacia el río! —dijo uno de los sicarios.

—Vamos tras ellos —ordenó Dolabela.

Ni la lluvia ni la peor de las tormentas lo detendrían. Ahora ya no. Había guardado las formas y soportado los insultos de aquel jovenzuelo durante semanas en aquel teatro de juicio, pero eso se había terminado. Ya habían cumplido de cara a la galería. Ahora resolvería las cuestiones personales a su manera y aquella tormenta que empujaba a todos a refugiarse en sus casas le iba a dejar las calles libres para que él pudiera ejercer su particular justicia. Estaba feliz, encendido, exultante. Se sentía como cuando dieron caza a Saturnino y terminaron lapidándolo en el mismísimo edificio del Senado. Con César no usaría piedras, sino dagas.

Junto a las tabernae veteres

—Allí están —comentó Arquelao sin alzar la voz, al ver a Dolabela y sus hombres salir de la basílica.

—Acabemos con ellos —dijo Pérdicas con decisión.

El grupo de macedonios armados se lanzó a la persecución de Dolabela y sus asesinos a sueldo.

Foro Boario, junto al río Tíber

César y Labieno ya no andaban rápido. Directamente corrían. Los escoltaban los diez veteranos que sirvieran en el pasado entre las filas romanas bajo el mando del tío de César en Aquae Sextiae y otras épicas batallas, pero eran mayores y se estaban quedando descolgados.

—Hemos de ir… más despacio… o nos quedaremos solos… —dijo Labieno.

César detuvo la marcha en seco.

Su amigo iba a decirle que eso tampoco era necesario, cuando vio por qué César se había parado: otro grupo de hombres armados, sin duda también sicarios de Dolabela, les cortaba el paso.

—Los muelles —apuntó Labieno entonces.

El puerto fluvial del mercado central de Roma era la única vía libre, aunque era un camino sin salida.

Y la tormenta arreciaba cada vez con más fuerza. Estaban empapados, pero eso no era relevante en aquel momento.

La cuestión era que no tenían margen de maniobra, de modo que César, Labieno y sus diez veteranos se dirigieron hacia los muelles.

El Tíber bajaba agitado, henchido de aguas turbulentas acumuladas los últimos días de lluvias.

—Está a punto de desbordarse —comentó César.

Llevaban varios días de tormentas torrenciales seguidos. No había dejado de diluviar y el nivel del río no había dejado de crecer en todo ese tiempo.

Dolabela y sus hombres llegaron también a los muelles. Al grupo que había acompañado al senador desde el foro se le unió la unidad de sicarios que había cortado el camino a César y Labieno. El senador disponía de más de cuarenta sicarios armados frente a los diez veteranos de sus oponentes. Cuando Dolabela salía de caza, salía con todo.

César y Labieno caminaban ya por las maderas de uno de los muelles. Llegaron hasta el borde mismo del río. Las aguas embravecidas no invitaban a lanzarse e intentar huir a nado. Ésa, con el Tíber turbulento a punto de desbordarse, no era una opción. El río arrastraba todo tipo de ramas, árboles enteros, y hasta embarcaciones cuyos cabos no habían resistido el empuje violento de las aguas y se veían arrastradas por la fuerza de la corriente descontrolada.

César se volvió, dio varios pasos al frente, se situó por delante de los veteranos y asumió el mando.

—¿Tenéis gladios para nosotros? —preguntó, pero sin girarse hacia los antiguos soldados, encarando a los sicarios de Dolabela que ya avanzaban por el muelle.

—Tenemos —dijeron, y le proporcionaron una espada a él y otra a Labieno que, de inmediato, se situó al lado de César, también por delante de los veteranos de guerra.

—Nos van a matar —mascullò Labieno entre dientes.

—Nos va a matar —confirmó César.

Lo que estaba claro estaba claro.

Se salvaron en Lesbos por poco, pero nada ni nadie podría rescatarlos de aquella ejecución.

Las maderas del muelle temblaban por la turbulencia de las aguas que sacudían los maderos anclados en el lecho del río; apenas podían seguir sosteniendo la estructura.

Los sicarios de los *optimates* abrieron un pasillo y la figura gruesa y pesada y lenta de Cneo Cornelio Dolabela apareció en medio de la tormenta y en medio del fragor del río, andando decidido sobre las maderas del muelle.

—¡Voy a dar término a lo que inició Sila! —aulló a pleno pulmón para hacerse oír por encima del ruido de las aguas embravecidas del Tíber y del viento y la lluvia que lo envolvían todo y a todos—. ¿Acaso creías que podías acusarme durante semanas como has hecho delante de toda Roma y que eso no tendría consecuencias? He callado durante el juicio. Metelo y Pompeyo y los otros aún creen que tenemos que guardar las formas, pero contigo el teatro ha terminado. Contigo, muchacho, ha finalizado la representación. Y no es una comedia de Plauto. Sobreviviste a la trampa de Lesbos; Lúculo es un torpe y un débil, como todos los demás. Pero yo nunca fallo: no saldrás vivo de aquí, del corazón de Roma. —Y se echó a reír divertido al tiempo que se retiraba por el mismo pasillo que le habían abierto sus sicarios y añadía su propia sentencia contra César a la sentencia dictada aquel día por el tribunal de la basílica—: ¡Matadlos! ¡A todos!

Dolabela dejó a sus hombres en el muelle. Abandonó el inestable terreno de las maderas, cada vez más temblorosas por la fuerza de la corriente, y retornó hacia el Foro Boario, donde pensaba esperar, tranquilamente, la ejecución de Cayo Julio César, sobre la seguridad de la tierra firme de la ciudad de Roma. Sólo iba acompañado por dos de sus hombres que, a modo de guardaespaldas, siempre lo seguían a todas partes.

La intensidad de la lluvia era tal que no vieron a los macedonios acercarse hasta que fue demasiado tarde: Arquelao atravesó con su daga a uno de los guardaespaldas y Pérdicas al otro.

De forma insospechada, Dolabela quedó solo, rodeado por los macedonios.

—¡A mí, a mí! —gritó a voz en cuello para que los sicarios del muelle lo asistieran.

Los macedonios dejaron que Myrtale se acercara y clavara ella la primera puñalada en la carne fofa y grasienta de Dolabela: fue en el bajo vientre. Una puñalada dolorosa pero poco profunda. No mortal. La muchacha no tenía fuerza suficiente, pese a la rabia y el odio acumulados, para atravesar toda la grasa de la barriga del exgobernador. Quiso repetir, pero de pronto, ahora para sorpresa de los macedonios, los sicarios de Dolabela retornaron del muelle a toda prisa. Acudían con rapidez a la llamada. El deseo de cobrar lo pactado al final de la jornada los incitó a volar sobre el muelle y atacar a los macedonios que rodeaban a su amo. Si Dolabela moría, ¿quién iba a pagarles?

A Arquelao le atravesaron un hombro, y al viejo Aéropo, el padre de la muchacha, le clavaron dos dagas en la espalda. Hubo más heridos y dos muertos entre los macedonios. El resto, liderados por Pérdicas, se alejó unos pasos y se reagrupó junto con Myrtale a unos metros de donde habían emboscado y herido a Dolabela.

El senador tenía la mano en el vientre para ralentizar la hemorragia.

Llovía y llovía. Era como una tempestad en tierra.

Por detrás de ellos, César y Labieno, junto con sus hombres, aprovecharon la retirada de los sicarios que habían acudido a ayudar a su amo para salir de un muelle que resultaba más inestable a cada momento.

Más relámpagos. Como si los dioses los lanzaran todos allí aquel día.

Y truenos.

Agua y viento.

Agua por todas partes.

Y el nivel del río continuaba subiendo.

César dirigió a sus hombres y a Labieno, rodeando a los sicarios, hasta unirse a los macedonios. Éstos, tácitamente, sin bienvenidas ni muestras de aceptación alguna, pero sin oposición, asumieron aquella suma de fuerzas como un arma para rehacerse y arremeter de nuevo contra los hombres de Dolabela. Los sicarios aún estaban en mayoría, pero sólo de dos a uno, no de cuatro a uno como antes, y eso los incomodaba. No eran veteranos de guerra ni exgladiadores siquiera, sólo asesinos a sueldo acostumbrados a matar apoyados en la clara superioridad numérica y siempre al abrigo de la noche y, a ser posible, por la espalda. Lo de combatir cara a cara con veteranos de guerra o con hombres, y una mujer, decididos a cobrarse una venganza anhelada largo tiempo no era algo a lo que estuvieran habituados.

Así, la arremetida combinada de César, Labieno y sus veteranos junto con Pérdicas y el resto de los macedonios terminó en muchos heridos y varios muertos entre los sicarios de Dolabela y sin apenas bajas entre los atacantes.

El senador veía que sus hombres se replegaban hacia el muelle y a él no le quedó otro camino que, precisamente, ir retrocediendo por aquellas maderas temblorosas, sobre el enfurecido río Tíber. Pronto, tanto él como sus sicarios estaban en el muelle. Aún quedaban treinta asesinos y, en cerrada formación, sobre el muelle eran difíciles de abatir.

Ni César ni Pérdicas sabían qué instrucciones dar. Era estrecho el muelle y no podían rodearlos ni atacarlos por los flancos, pues la construcción se adentraba sobre el río, por lo que no había la menor posibilidad de un ataque que no fuera frontal. Y la sorpresa con la que los sicarios habían recibido el primer embate combinado de fuerzas de los hombres de César y Pérdicas ya había sido digerida. Ahora estaban más resueltos a no dejarse abatir con tanta facilidad. Ahora tenían la sensación de que ya no luchaban por cobrar dinero, sino por sobrevivir, y ahí todos sacan una furia que, bien armada, es siempre peligrosa.

César, Labieno y Pérdicas seguían confundidos sobre qué hacer, cuando Myrtale levantó las manos al cielo, empuñando aún la daga con sangre de Dolabela en su filo y, mirando a las nubes, elevó una oración:

—¡Tesalónica, hermana de Alejandro! ¡Quien camina por el muelle dijo que tu hermano está muerto! ¡Lo dijo alto y claro! ¡Desata sobre él y sus hombres la furia de tu rabia por tu hermano que vive y reina sobre todo y sobre todos! ¡Desata sobre él la rabia de toda Macedonia por sus crímenes e injusticias! ¡Desata sobre él la cólera de todos los dioses! ¡Arrástralo hasta el mismísimo Hades!

El Tíber rugió como si mil gorgonas emergieran de sus aguas, como si Neptuno y todas las sirenas de todos los mares concentraran su furia en aquel río, en aquel punto exacto, en aquel momento. El Tíber se elevó sobre sí mismo y engulló aquel muelle con Dolabela y sus sicarios mientras el viejo senador aullaba palabras que ya nadie escuchaba:

—¡No, no, malditos seáis todos! ¡Nooooo!

Pérdicas sintió que Myrtale lo abrazaba y empezaba a llorar.

Él, a su vez, la abrazó como antes de que Dolabela llegase a Macedonia.

César y Labieno, perplejos ante la fuerza del río, no dejaban de mirar hacia las aguas en las que un Dolabela herido intentaba nadar para salvarse de su destino. Sin embargo, la rabia del Tíber era tal que todos los intentos del viejo senador fueron en vano. Primero, vieron cómo se debatía con ambas manos y con la cabeza aún en la superficie, siempre gritando y maldiciendo a todo y a todos, para, al cabo de unos instantes, sólo ver sus manos, luego sólo una de ellas y, por fin, nada.

Sólo agua y agua y más agua tumultuosa.

Cneo Cornelio Dolabela fue engullido por el Tíber y su cadáver no se encontró jamás.

En las tabernas del puerto fluvial reconstruido después de la tormenta contaban que la sirena Tesalónica se llevó su cuerpo a las profundidades del mar, y allí, en el fondo, en alguna bahía remota, ella danza y ríe delante de él, ante su calavera y esqueleto, postrado a sus pies en eterna tortura. Ni siquiera le permite el sosiego de alcanzar el reino de los muertos.

LXXVI

César, César, César

Domus de la familia Julia, Roma
77 a. C., apenas media hora después del combate en los muelles

César y Labieno irrumpieron en la casa familiar de la *gens* Julia en Roma con las togas empapadas de agua y manchadas de sangre por todas partes.

Cornelia, aterrada, se lanzó sobre César y empezó a palpar todo su cuerpo, buscando con las manos las heridas de donde manaba la sangre de su amado, al tiempo que gritaba sin parar:

—¡Lo han matado! ¡Lo han matado!

Aurelia contemplaba pálida aquella escena.

Cota, invitado por la madre de César en un intento por empezar a restañar diferencias intrafamiliares desde esa misma jornada, también asistía asombrado a aquella tumultuosa llegada de César a su casa. Y, ciertamente, su sobrino parecía malherido.

—Estoy bien, Cornelia —le dijo César a su joven esposa—. Estoy bien. No es mi sangre. Es sangre de los sicarios de Dolabela.

—¿Te han atacado? —preguntó ella lo evidente. Seguía aturdida y aún palpaba con sus pequeñas manos la toga de su esposo, como si desconfiara de sus palabras, como si temiera que él les estuviera ocultando que estaba malherido y no quisiera asustarla.

—Nos persiguieron desde el foro —explicó Labieno antes de beber algo de agua que un esclavo le ofrecía en un vaso; Aurelia estaba dando instrucciones a todos los sirvientes para que atendieran a los recién llegados.

—¿Desde el foro? —repitió Cornelia, apaciguándose un poco al no encontrar herida alguna en su esposo.

—Sí. Terminamos en los muelles del puerto fluvial. Nos acorralaron, pero aparecieron los macedonios y todo cambió. Éstos asesinaron a Dolabela.

César negó con la cabeza.

—No lo asesinaron —corrigió a su amigo—. Los macedonios no han asesinado a Dolabela. Lo han ejecutado.

Labieno y Cota también iban a decir algo, pero Aurelia intervino con autoridad para poner orden.

—Las explicaciones y los debates pueden esperar. Vosotros dos id al dormitorio de Cayo y cambiaos esas togas empapadas y ensangrentadas, poneos ropa limpia y seca y, mientras tanto, dispondremos una comida en el salón interior de la casa, a salvo de esta lluvia que azota la ciudad.

César asintió.

Su madre se le acercó un momento.

—Entonces, ¿no es necesario que avisemos a un médico? —le preguntó.

—Estoy bien, madre, no es necesario. Aún no han podido conmigo.

Aurelia lo vio alejarse en dirección a su dormitorio junto con Labieno y Cornelia. A la madre de César se le quedó una palabra de la respuesta de su hijo como clavada en la cabeza: «Aún».

Foro de Roma, en las inmediaciones del edificio del Senado

Refugiado entre las columnas de la entrada a un templo, Pompeyo veía cómo sicarios de Dolabela patrullaban las calles y hablaban entre ellos en susurros inaudibles con claras muestras de preocupación en sus rostros oscuros.

El que hasta hacía unas horas había sido presidente del tribunal en aquel eterno juicio intuía lo que había pasado, pero, de momento, no reaccionaba. Se limitaba a observar: varios senadores cruzaban el foro en dirección al Senado protegiéndose de la intensa lluvia con capuchas. Al otro lado de la calle, un nutrido grupo de veteranos de las legiones de Sila, que ahora atendían las órdenes del propio Pompeyo, esperaban instrucciones. Eran hombres que habían luchado con él recientemente, cuando tuvo que sofocar el levantamiento de Lépido.

Pompeyo miraba hacia aquel grupo de veteranos armados que aguardaban sus órdenes. Lo hacía sólo para asegurarse de que estaban allí, dispuestos, preparados para lo que se tuviese que hacer aquella tarde. Quizá aquella noche.

Domus de la familia Julia
Al atardecer

Para cuando se sentaron todos a comer, apenas había ya luz en aquel cielo plomizo que a ratos todavía descargaba lluvia y a ratos parecía dar un descanso a una ciudad empapada y embarrada con un río Tíber a punto de desbordarse.

Los allí reunidos, ajenos a las inclemencias del tiempo, repuestos César y Labieno tras el ataque sufrido en los muelles, hablaban sobre lo ocurrido y, más importante aún, sobre lo que podría ocurrir.

—Es justicia —propuso entonces César—. La que los macedonios no han encontrado en nuestra basílica, en nuestro derecho romano, la han buscado en medio de la furia de esta tormenta en las calles de Roma, junto a la ribera de un Tíber enloquecido.

—Esto no es justicia, muchacho. Es venganza —protestó Cota, airado—. ¡Por Júpiter! ¡Esto traerá consecuencias, más asesinatos!

—La injusticia continuada, tío, suele generar reacciones violentas. Y Dolabela y los senadores *optimates* con los que últimamente tan a gusto te encuentras llevan decenios promoviendo una perenne injusticia en el reparto de tierras, riquezas y derechos. Hace unos años los itálicos se rebelaron contra Roma para conseguir la ciudadanía y otras reivindicaciones justas. Ahora los provinciales ejecutan a senadores romanos ignominiosos en nuestras calles, porque nosotros no administramos justicia de verdad. Pero te acepto que esto es malo: la autoridad de Roma se menoscaba. Pronto todo será ingobernable. Hay que hacer cambios, transformaciones profundas, empezando por la erradicación absoluta de la corrupción. De eso iba este juicio, tío. Y no lo veis ni tú ni tus amigos. Roma cabalga hacia una confrontación civil a gran escala si no reorganizamos la distribución de derechos y obligaciones...

—Guarda ya todos tus discursos, muchacho —lo interrumpió su tío con aspereza—. Más allá de que puedas llevar o no razón, tu carrera política ha terminado con el juicio contra Dolabela: era tu primera intervención en el foro y no sólo has perdido clamorosamente, sino que Hortensio te ha destrozado. Si consigues un día llegar a edil, ya será mucho. Te dije que te mantuvieras al margen...

—Jugasteis sucio —le espetó entonces César, mirando a su madre.

Aurelia suspiró y bajó la cabeza.

—Nos comportamos como siempre en los tribunales de Roma. Yo hice todo lo que tenía que hacer para desmontar los testimonios de tus testigos.

—¿Y no hay límites? —preguntó, entonces, Labieno.

—En un juicio en Roma no hay límites, muchacho, no los hay. Te dije una y mil veces que no te metieras en algo que te venía grande, por todos los dioses.

—Eres un traidor a la familia —apostilló César, encendido, fuera de sí.

Cota vio la expresión de tristeza de su hermana.

—Lo siento, Aurelia —continuó Cota—. Se lo advertí, le advertí que se abstuviera de intervenir en este juicio, pero no me hizo caso. Tu hijo nunca escucha a nadie. Bueno, excepto a quien lo aconseja mal y lo anima a la locura. —Y dedicó una mirada rápida a Cornelia.

La joven iba a decir algo, pero César puso su mano firme en el hombro de su esposa y ella se contuvo.

—Este juicio nos ha desbordado a todos —apuntó entonces Aurelia—. Todos hemos actuado como hemos juzgado mejor y todos teníamos nuestras razones, pero es momento ya de olvidarlo e intentar mantener los vínculos de la familia, ahora más que nunca. Intuyo tiempos convulsos de nuevo. Debemos estar todos unidos.

—Se oye algo... Fuera, quiero decir —comentó César.

Ninguno de los presentes parecía oír nada. No se oía ni la lluvia. Hacía un rato que la tormenta había dado lo que ya parecía una larga tregua.

Aurelio Cota estaba convencido de que su sobrino simplemente intentaba evitar aquella conversación que tan desagradable debía de resultarle, sin duda. Pero las verdades debía oírlas. Su sobrino había destrozado su *cursus honorum*, y si seguía por el camino que se había trazado, era cuestión de meses, semanas quizá, que encontrara una muerte violenta. Y más tras el asesinato de Dolabela. Los senadores más radicales buscarían venganza y César podría ser una de las primeras víctimas.

—No se oye nada —dijo Cota.

Julio César hizo caso omiso y se alejó del grupo caminando hacia una de las esquinas de la sala, la que estaba más próxima a la calle. La Subura envolvía aquella residencia como un manto de callejones estrechos y pequeñas viviendas donde se hacinaban miles de ciudadanos pobres, la denostada plebe de Roma.

—Sí que se oye algo —dijo Cornelia, y fue junto a su esposo.

La joven se detuvo a su lado y él, sin decir nada, se limitó a asentir, manteniendo una mano levantada para que ni ella ni nadie hablaran.

Cota suspiró y negó con la cabeza mientras miraba al suelo.

Labieno se limitó a beber de su copa de vino. Un amargo trago en medio de la derrota.

Aurelia salió al atrio y alzó la mirada hacia el cielo cubierto de estrellas. Había despejado. No se veían nubes. Ella también oía algo. Era como si un tumulto de gente gritara algo al unísono. ¡Dioses! ¿No serían sicarios de los senadores, enviados ya para asesinar a su hijo en respuesta a lo que los macedonios acababan de hacer con Dolabela?

—¿Lo oís ahora? —insistió César.

Labieno se giró despacio. Él también lo oía. Dejó la copa en la mesa y se acercó hacia la posición de su amigo y su esposa.

Aurelio Cota torció el gesto. Era cierto que se oía algo. Gente gritando, aproximándose, aullando algo aún incomprensible.

Aurelia se dirigió a los esclavos:

—¡Abrid las ventanas que dan a la calle! —Y añadió con el temor a flor de piel—: ¡Pero mantened la puerta bien cerrada!

Las órdenes de la veterana *domina* de la familia Julia se cumplieron con diligencia. El grito de una multitud de personas que se arracimaban por todas las callejuelas de la Subura se hizo de pronto claro, nítido:

—¡César, César, César!

Julio César se volvió lentamente hacia su madre. Ella parpadeaba. No daba crédito a lo que estaba pasando. Cota, a su lado, tampoco. El rostro de su tío era de perplejidad absoluta.

—¡César, César, César!

Los gritos, las aclamaciones, ¿vítores? se oían cada vez más cerca. La gente, el pueblo de Roma, desasistido, sin líderes, sus tribunos de la plebe asesinados uno tras otro durante los últimos decenios, con el Senado todopoderoso controlándolo todo, con Cayo Mario muerto, Saturnino muerto, los Gracos muertos, Druso, Glaucia, Cinna o Lépido muertos y tantos otros muertos... acababa de encontrar a un sustituto de todos ellos, a alguien joven y enérgico que no había temido enfrentarse al brazo derecho de Sila, al todopoderoso Dolabela, aunque el tribunal estuviera corrompido y sus votos vendidos, aunque el dinero del acusado hubiera conseguido los mejores abogados, aunque los ajustadores manipularan las clepsidras para hurtarle tiempo, aunque todo había estado en su contra. Y sí, había perdido, había sido derrotado. Pero al pueblo de Roma no parecía importarle tanto esa derrota amañada como otras cosas...

—¡César, César, César!

Era el valor individual, la audacia y el desparpajo con el que el joven César se había desenvuelto ante los viejos senadores corruptos lo que los había enardecido, lo que, por fin, les había devuelto la esperanza de que todo podía cambiar.

—¡César, César, César!

—¿Estás seguro, tío, de que realmente he perdido este juicio? —se atrevió a decir con osadía el joven abogado—. La sentencia ha sido en mi contra, pero parece que el pueblo lo ve diferente, ¿no crees?

Aurelio Cota se sirvió, muy despacio, él mismo, una copa abundante de vino. La tomó y la bebió lenta pero continuadamente hasta apurar todo su contenido. Pudo ver con el rabillo del ojo cómo su sobrino se le acercaba exultante. Los vítores no cesaban en la calle.

—¡César, César, César!

Era la primera vez que el pueblo de Roma usaba aquel nombre en forma de aclamación. La primera de una muy larga historia de aclamaciones que habría de durar siglos. Con César, muchas cosas iban a ser la primera vez en la historia.

El joven abogado se detuvo junto a su tío. Esperaba respuesta a su pregunta.

—El pueblo, como dices, muchacho, puede verlo diferente, pero los senadores no. Y ellos son los que mandan.

—Hace un momento has augurado que se acercaba el fin de mi carrera política, que mi *cursus honorum* estaba destrozado —señaló César desafiante—, pero yo creo que este juicio no es el fin de nada: esto es el principio de todo. El principio de algo grande.

—¡Cesar, César Cesar!

Sin girarse, la mirada fija en su tío, Julio César dio una orden a los esclavos:

—¡Abrid las puertas! ¡He de saludar al pueblo de Roma!

Los esclavos dudaron y miraron hacia Aurelia. La matrona no hizo gesto alguno. Ella no era quién para contravenir las órdenes del *pater familias*, y las puertas de la *domus* de la familia Julia se abrieron de par en par.

Cayo Julio César dio media vuelta y se encaminó hacia la salida de su casa.

—De tío a sobrino, por ser familia, por cariño a tu madre, te lo advierto, muchacho: los senadores te buscarán. Sobre tu nombre, más allá de todas las aclamaciones del mundo, pesa ya una sentencia de muerte. Has de ausentarte de Roma, al menos un tiempo. Hasta que todo se calme.

César se volvió hacia su tío para responderle...

Edificio del Senado, foro de Roma
Esa misma noche

Hasta el cónclave senatorial llegaron las noticias de la muerte de Dolabela y de las revueltas en las calles de la Subura y las aclamaciones a César.

—Hay que hacer algo —decían unos y otros, pero nadie se aventuraba a tomar decisiones rápidas.

Su líder absoluto, el veterano Metelo, estaba en Hispania luchando aún contra la rebelión del popular Sertorio. Era como si no hubiera forma de terminar con aquel cáncer de los populares: en el exterior, Sertorio; en Roma, de pronto, emergía otro frente: César.

—¡La Subura entera lo aclama! —exclamó otro senador recién llegado al improvisado cónclave de *optimates* que estaba evaluando la situación tras el juicio y los acontecimientos que se estaban desarrollando.

—No es prudente matarlo... Esta noche no... —decía otro.

En ese momento, Marco Tulio Cicerón dio un paso al frente y se situó en el centro del cónclave, junto a Pompeyo. Cicerón se había mantenido callado durante todo el juicio y, aunque se movía con desenvoltura en el Senado, no estaba claramente adscrito al bando de los *optimates*, pero desde luego no era para nada afín a los populares. Siempre emitía opiniones ponderadas.

Todos los senadores clavaron los ojos en él.

Pompeyo también.

—Matarlo quizá no sea necesario, pero sí deberíamos instarle a que abandone Roma —dijo Cicerón de forma categórica—. No podemos permitir que ese joven Julio César se acostumbre a que puede ganar en las calles de Roma lo que no gane en los tribunales de justicia.

Se hizo un silencio.

Alguien tenía que dar el paso adelante y poner coto a aquel joven César capaz de intimidarlos, cuando apenas tenía veintitrés años.

—Yo iré —anunció Pompeyo con voz serena, levantándose de la grada.

Todos aceptaron. Con Metelo fuera de Roma, Pompeyo empezaba a dibujarse como su auténtico líder en la ciudad.

Domus de la familia Julia

César se volvió hacia su tío para responderle:

—Agradezco tu consejo porque sé que me lo dices de tío a sobrino. Y lo seguiré: me iré de Roma. Sí, lo haré.

Cayo Julio César, acompañado por Cornelia, cruzó el umbral de la *domus* familiar. La plebe de Roma lo recibió aclamando su nombre sin parar. Habían encontrado a alguien que se atrevía a enfrentarse a los todopoderosos senadores que acumulaban toda la riqueza y dejaban al pueblo exhausto, sometido, sin recursos. Era sólo un joven, demasiado inexperto, sin suficientes apoyos. Y sin embargo, era también algo más: era el sobrino de Mario.

—¡César, César, César!

Julio César se detuvo un instante y se volvió hacia su tío Cota y su madre.

—Llevabas razón, madre, en una cosa importante.

—¿En qué? —preguntó ella.

—En que aún no soy lo suficientemente fuerte para enfrentarme a ellos, a los senadores. —La miró con un cariño inmenso—. Pero me haré fuerte, madre. Me haré muy fuerte.

Cota suspiró.

Aurelia miraba orgullosa hacia su hijo. Temía por él, pero el orgullo la henchía por dentro y, en aquel momento, la valentía de su hijo difuminaba el miedo que ella misma sentía.

Las aclamaciones proseguían alrededor de toda la *domus*.

—¡César, César, César!

—Ven, Cornelia, acompáñame, y tú, Labieno, ¿vienes también?

La joven esposa se puso al lado de su marido y Labieno se situó también junto a él. Así, Julio César, flanqueado por su mujer y su mejor amigo, salió a recibir al pueblo de Roma.

Epilogus

Calles de la Subura, Roma
77 a. C.

Pompeyo se hizo acompañar por dos centenares de veteranos fieles a los *optimates* y por un centenar más de sicarios y exgladiadores a sueldo del Senado. Sabía que las calles estarían revueltas y la Subura era un barrio peligroso para los senadores, pero, como esperaba, ante aquel despliegue de fuerza militar, los ciudadanos de Roma abandonaban las calles y se encerraban en sus casas en cuanto veían a Cneo Pompeyo ascender por entre las *insulae*.

***Domus* de la familia Julia**

Cota se acercó a su hermana.

—Sabes que al final los senadores lo matarán, ¿verdad?

—Es posible —admitió Aurelia—, pero tal vez, para cuando lo hagan, si es que lo consiguen, él ya lo habrá cambiado todo. Como bien ha dicho mi hijo: esto es sólo el principio. Él va a cambiar el mundo. Y ni tú ni todos los senadores de Roma llegaréis a tiempo de detenerlo. Mi hijo desciende directamente de Julo, del hijo de Eneas, es sangre de la sangre de Venus y Marte. Y ruego a Venus y a Marte que lo protejan y que lo guíen tanto en la paz como en la guerra. Porque va a vivir guerras, eso lo sé. Ése es su destino.

En el exterior, los vítores continuaban:

—¡César, César, César!

Calles de la Subura, Roma

César, acompañado por Cornelia y Labieno, se vio en medio de aquellas gentes, aclamado una y otra vez, y saludaba con una amplia sonrisa, cuando de pronto, por el extremo sur de la calle, los vítores empezaron a silenciarse y, al poco, todos callaban. Se abrió entonces un gran pasillo, al hacerse todos a un lado y otro de la calle, y por ese paso emergió la figura poderosa y corpulenta de Cneo Pompeyo, escoltado por decenas y decenas de hombres armados que iban alejando aún más a todos cuantos allí se habían congregado para aclamar a César.

—¿Vienen a arrestarte? —preguntó Cornelia con miedo y asiendo a su esposo con fuerza del brazo.

—No, no lo creo —respondió César en voz baja—, no ahora y no aquí, delante de todo el pueblo de Roma. Eso sólo me haría aún más grande a los ojos de todos.

—¿Vienen a matarte, entonces? —preguntó ella aún más aterrorizada.

César miró a su alrededor. Vio que muchos de los que hasta hacía un momento lo aclamaban, en vez de marcharse, cogían piedras o mostraban cuchillos afilados y brillantes bajo la luz de las antorchas que portaban.

—Los senadores no acostumbran a matar si no lo tienen fácil —añadió César—. Vienen a otra cosa.

Pompeyo se acercó despacio hasta quedar apenas a unos pasos de César. El líder de los *optimates*, al igual que el propio César, se había percatado de las piedras y los cuchillos que llevaban los ciudadanos allí reunidos. Sabía que si iniciaba un arresto o un ataque directo contra César en aquel instante, todo derivaría en un enfrentamiento masivo por las calles de Roma. Con gran parte del ejército en Hispania, luchando aún contra el rebelde popular Sertorio, no era cuestión de forzar un levantamiento general del pueblo de Roma. Pompeyo optó por ser firme pero cauteloso.

—He venido para avisarte —dijo.

—¿Para avisarme de qué? —preguntó César sin retroceder un solo paso.

Tenía a Cornelia abrazada a él, mirando la joven al suelo, casi temblando, pero arropada por la audacia y el valor de su esposo, y a Labieno junto a ellos, también desafiante como el propio César, dispuesto a dar la batalla por su amigo una vez más, hasta la muerte si era necesario.

—Para avisarte de que es mejor que abandones Roma —precisó Pompeyo.

Hubo unos segundos de silencio y un cruce de miradas entre César y Pompeyo tan intenso como potente. Era un choque de dos titanes emergentes, un anticipo de lo que podía devenir en un enfrentamiento de dimensiones aún no bien calibradas por nadie de los reunidos en aquella calle de la Subura en el centro de Roma. Todo había empezado con un juicio a un senador corrupto, pero César había conseguido que terminara en algo mucho más grande. Pero todo podía descontrolarse...

No era ni el momento ni el lugar para el combate. De Mario había aprendido bien aquello: luchar sólo en el lugar indicado, en el momento preciso.

—De acuerdo —respondió César—. Me marcharé de Roma.

Pompeyo suspiró aliviado.

Los veteranos y los sicarios parecieron relajarse un punto, y los ciudadanos que atestaban las calles bajaron un poco las manos en las que sostenían piedras y cuchillos, salpicados por el desánimo. Otro líder que los abandonaba.

—Me marcharé... —repitió Julio César—, pero volveré.

Y nada más pronunciar aquellas palabras se dio la vuelta y,

acompañado por Cornelia y Labieno, emprendió el camino de regreso a su casa.

«Pero volveré» había oído el pueblo de Roma.

Los vítores se reiniciaron, si cabe con más fuerza aún que antes:

—¡César, César, César...!

Pompeyo giró sobre sus talones y, escoltado por sus hombres, se retiró de forma ordenada por el mismo pasillo que había abierto la multitud, a sabiendas de que aquello no había terminado. Tuvo que avanzar acompañado por los incesantes vítores que seguían aclamando al perdedor del juicio contra Dolabela.

—¡César, César, César...!

La derrota y la victoria es, en ocasiones, una cuestión de perspectiva.

Un barco en alta mar, Mare Internum
Dos días después del combate en los muelles de Roma

Pérdicas llevaba los brazos vendados, pero sus heridas no eran graves. Aéropo había muerto. Arquelao estaba débil, pero se recuperaba y dormía en la bodega del barco. El viejo Orestes se había quedado en Roma; no tenía energía para un nuevo viaje.

Myrtale se acercó por la espalda y abrazó a su amado.

—¿Qué será de ese noble anciano?

Habían estado hablando de Orestes mientras ascendían a cubierta.

—Ese romano dijo que cuidaría de él —respondió Pérdicas.

—¿Julio César?

—Sí.

—¿Lo hará?

—Nunca ha faltado a su palabra. Su justicia nos falló, pero parece que también le falló a él. En lo que él se comprometió con nosotros, cumplió: nos representó en un juicio romano contra Dolabela. Y lo hizo hasta el final. Y luego nos ha ayudado a embarcar y escapar de Roma. Cuidará del viejo Orestes. Estoy seguro de ello.

Se detuvieron en la proa del barco.

Ella abrazaba a Pérdicas con fuerza.

—Cuando lleguemos a Tesalónica... nos casaremos —anunció él—. Y olvidaremos todo esto.

Ella no dijo nada. Se limitó a hundir el rostro en el hombro de Pérdicas.

Podían sentir la brisa del mar a su alrededor.

—Tendremos buena navegación —dijo él—. Lo presiento.

—Tesalónica y las demás sirenas nos protegen —añadió ella.

Compartieron el viento del mar y el ruido de la quilla del barco partiendo el agua mientras avanzaban sobre las olas.

—¿Crees que algún día sabremos algo más de ese hombre? —preguntó entonces Myrtale—. De César, quiero decir.

Pérdicas asintió despacio con la cabeza y, sin dejar de mirar al horizonte, respondió de forma categórica:

—Estoy convencido de que pronto volveremos a saber de él.

Apéndices

I

Nota histórica

No leer antes de terminar la novela. Esta nota histórica desvela parte de la trama.

La infancia y la juventud de Julio César es lo que podríamos denominar un periodo oscuro de su biografía. A medida que se va haciendo más y más célebre, se acumulan más datos precisos sobre su vida pública y privada. Pero de los primeros veintitrés años, en los que se centra esta novela, apenas hay información.

Aun así, tenemos cumplido conocimiento de la celebración de este juicio contra el senador corrupto Dolabela. Y sabemos también quiénes fueron sus abogados defensores, la fecha del juicio, las leyes bajo las que se celebró, y quién fue el joven acusador o fiscal, esto es, Cayo Julio César. Conocemos asimismo el desenlace del juicio y que la sentencia fue de inocente para el acusado, de modo que Dolabela terminó siendo exonerado. Pero el juicio en sí, con sus diferentes discursos, está perdido. Lo cual tiene sentido desde el punto de vista de la época. Los patricios romanos que ejercían de abogados, como Cicerón o el propio César, sólo publicaban el contenido de aquellos juicios que ganaban. ¿Qué sentido tiene dar publicidad a una derrota? Incluso si ésta había tenido lugar en condiciones manipuladas y corruptas. Una derrota en Roma era una derrota. Sólo el tiempo haría ver a César y al resto de sus coetáneos que este juicio contra Dolabela, aunque lo perdiera, sirvió para que el pueblo de Roma viera en César a un nuevo líder popular, con arrojo, inteligencia y audacia, un perfecto sustituto de su tío Mario. Y eso es lo que se muestra en la novela.

Me sorprende, no obstante, lo poco novelada que ha estado la vida de César cuando ejercía de abogado, una etapa clave para muchos jóvenes aristócratas romanos que buscaban darse a conocer precisamente en los juicios de las basílicas de Roma. Sin duda alguna, Julio César fue quien mejor supo aprovechar esta herramienta de publicidad personal.

Pero hay que subrayar una cuestión moral especial: muchos aristócratas buscaban darse a conocer en juicios donde presintieran una victoria fácil. César se atrevió con un juicio donde lo tenía todo en contra y donde se puso del bando de la lucha contra la corrupción y la injusticia. A buen seguro usó el juicio en beneficio personal, pero se alineó con los macedonios, que eran los agraviados, los débiles de esta contienda jurídica. Pudo haberse puesto de parte de Dolabela, como hizo su tío Cota. Eso habría sido lo fácil, pero él se decantó por una opción más justa aunque fuese más arriesgada, más peligrosa y dirigida hacia una derrota segura. Los acontecimientos posteriores mostraron que tal derrota, como se dice en la novela, no fue una derrota real, sino un punto de inflexión en la vida de César y en la historia de Roma.

Da igual que formalmente perdiera. Moralmente ganó, y desde el punto de vista de darse a conocer, este juicio marcó un antes y un después en su vida política.

Al no existir los textos de los discursos del juicio, he tenido que reconstruirlos en colaboración con el catedrático de derecho romano de la Universidad de Valencia, Alejandro Valiño. De este modo he recreado las secciones propias de un juicio de esa época bajo la normativa de las leyes promovidas por Sila, que eran las que estaban en vigor en el 77 a. C. Tal y como digo en los agradecimientos, cualquier error en esta recreación sólo es atribuible a mi persona.

He recurrido también a lo que podemos llamar «textos paralelos», es decir, juicios publicados y que se han preservado contra acusados de corrupción en fechas similares, como el juicio contra Verres promovido por Cicerón. Estos textos paralelos me han inspirado a la hora de recrear los discursos e interpelaciones de los abogados y testigos en el caso del juicio contra Dolabela promovido por Julio César.

Me he atenido a las fechas históricas de los diferentes acontecimientos, pero es una época tumultuosa donde la datación de alguna rebelión, asedio, batalla o reyerta urbana puede variar en meses o incluso en algunos años según la fuente. En concreto, he hecho coincidir el asedio de Mitilene, en la isla de Lesbos, con la muerte de Sila, cuando —según la fuente que se consulte— bien podría haber entre un suceso y otro una distancia de meses o hasta de un año. En cualquier caso, los acontecimientos ocurrieron más o menos en el mismo tiempo.

Asimismo, todos los eventos históricos narrados en las diferentes analepsis o *flashbacks* con relación a Aurelia, Mario, Cornelia, Sila o Labieno tuvieron lugar, aunque en el caso de los orígenes de las relaciones personales entre Cornelia y César y entre Labieno y César hay, de nuevo, un amplio vacío de datos que he completado para forjar una trama. Lo que no es cuestionable es que Aurelia, la madre de César, fue tremendamente importante en la vida de su hijo, que Mario fue uno de los mayores líderes romanos de todos los tiempos y que influyó de manera notable en su sobrino César. Las fuentes también refieren con frecuencia que el matrimonio con Cornelia fue feliz y apasionado, al igual que el enfrentamiento contra Sila fue duro y muy peligroso para César. Y, por último, nos consta que Labieno devino uno de los grandes amigos de César, aunque no está claro el origen específico de esta amistad. Sabemos más de la relación posterior de César y Labieno y de esto hablaré en próximas novelas.

Con respecto a los dos episodios bélicos más importantes narrados en *Roma soy yo*, existe abundante documentación sobre cómo fue la batalla de Aquae Sextiae en la que Mario derrotó a los ambrones y teutones, y la he narrado a partir de los datos existentes. Sin embargo, poco se sabe de cómo se desarrolló el asedio a Mitilene. De este episodio se conoce que fue el primer combate relevante en el que participa César y que debió de realizar alguna acción muy sobresaliente, pues, en efecto, se le concedió la corona cívica. Se sabe también que los máximos líderes romanos eran Lúculo y Minucio Termo, y parece que las tropas romanas fingieron alejarse de la isla para provocar una salida de las tropas de Mitilene. Pero del nombre de los líderes de Lesbos y del desarrollo detallado de la parte final del asedio y toma de la ciudad, nada se sabe con certeza.

La novela concluye situando a Pompeyo como un emergente líder de la facción conservadora en Roma; a Sertorio, segundo en el mando bajo Mario, como líder de la rebelión popular en Hispania; y a César, con la necesidad de poner tierra de por medio con una Roma controlada por los *optimates* que le es hostil. Todo esto tiene que resolverse en una nueva narración. Concretamente, el enfrentamiento entre Pompeyo y César se va intuyendo. Y será real y brutal, pero cómo ascienden los dos en el poder y cómo se alían y se enemistan sin posibilidad de reconciliación es, sin duda, otra gran historia que contar. Pronto.

II

Glosario de términos latinos

***accusator*:** Se corresponde con el fiscal en un juicio actual. Ejercía la acusación. Había un fiscal principal en cada juicio que se decidía en la sesión denominada *divinatio*: sesión de un juicio romano en la que el tribunal decidía a quién encomendaba dirigir la acusación principal en la causa judicial que se ponía en marcha para enjuiciar a un acusado. En esta sesión, diferentes abogados podían presentarse y defender su candidatura como acusadores más adecuados.

as: Moneda de curso legal a finales del siglo III en el Mediterráneo occidental. El *as grave* se empleaba para pagar a las legiones romanas, y equivalía a doce onzas y era de forma redonda según las monedas de la Magna Grecia. Durante la segunda guerra púnica comenzó a acuñarse en oro además de en bronce.

***atriense*:** El esclavo de mayor rango y confianza en una *domus* romana. Actuaba como capataz supervisando las actividades del resto de los esclavos y gozaba de gran autonomía en su trabajo.

basílica Sempronia: Una de las cuatro basílicas de la época republicana de Roma, construida en el 169 a. C. por Tiberio Sempronio Graco, casado con Cornelia, la hija de Escipión el Africano, padre de los dos Gracos que fueron tribunos de la plebe por la facción popular. Gran parte de la novela transcurre en este edificio, donde se impartía justicia. Las basílicas en Roma se empleaban como tribunales. No eran edificios religiosos. Serían, siglos después, los cristianos, al reunirse en las basílicas, quienes les darían un sentido eclesiástico. La basílica Sempronia parece haberse levantado en el centro del foro en terrenos ocupados pretéritamente por el propio Escipión el Africano y que Tiberio Sempronio Graco o bien heredó al casarse con Cornelia, hija del Africano, o que bien adquirió en una compra. En el año 54 a. C., Julio César levantará su propia basílica Julia sobre las ruinas de una basílica Sempronia, que al parecer fue destruida en un incendio ese mismo año o pocos antes.

***buccellati*:** Galletas probablemente elaboradas con harina, sal, mantequilla y agua que formaban parte habitual de la comida de los legionarios en campaña. Pesaban poco, no ocupaban mucho espacio, se conservaban largo tiempo comestibles y proporcionaban muchas de las calorías que un legionario romano necesitaba.

***buccinator*:** Trompetero de las legiones.

***bulla*:** Amuleto que comúnmente llevaban los niños pequeños en Roma. Tenía la función de alejar a los malos espíritus.

***calon*:** Esclavo de un legionario. Normalmente no intervenían en las acciones de guerra.

***carcere*:** Compartimento situado en el extremo izquierdo del Circo Máximo, desde la perspectiva de la colina del Palatino, desde donde salía una cuadriga. Había doce *carceres*, uno por cada una de las cuadrigas que solían competir en una carrera en el gran hipódromo de Roma.

Caronte: Dios de los infiernos que transportaba las almas de los recién fallecidos navegando por el río Aqueronte. Cobraba en monedas por ese último trayecto, de ahí la costumbre romana de poner una moneda en la boca de los muertos.

Cástor: Junto con su hermano Pólux, uno de los Dioscuros griegos asimilados por la religión romana. Su templo, el de los Cástores, o de Cástor y Pólux, servía de archivo a la orden de los *equites* o caballeros romanos. El nombre de ambos dioses se empleaba con frecuencia a modo de interjección en la época.

***cathedra*:** Silla sin reposabrazos con respaldo ligeramente curvo. Al principio sólo la usaban las mujeres, por considerarla demasiado lujosa, pero pronto su uso se extendió también a los hombres. Más adelante la usaron los jueces para impartir justicia o los profesores de retórica clásica. De ahí la expresión «hablar *ex cathedra*».

***clarissime vir*:** Fórmula de respeto con la que alguien se dirigía a un senador de Roma.

***cognomen*:** Tercer elemento de un nombre romano que indicaba la familia específica a la que una persona pertenecía. Así, por ejemplo, el protagonista de *Roma soy yo*, de *nomen* Cayo, pertenecía a la *gens* o tribu *Julia* y, dentro de las diferentes ramas o familias de esta tribu, pertenecía a la rama de los Césares. Se considera que con frecuencia los *cognomen* deben su origen a alguna característica o anécdota de algún familiar destacado.

***comissatio*:** Larga sobremesa que solía tener lugar tras un gran banquete romano. Podía durar toda la noche.

***Comitium*:** Tulio Hostilio cerró un amplio espacio al norte del foro donde poder reunir al pueblo. Al norte de dicho espacio se edificó la Curia Hostilia, donde debería reunirse el Senado. En general, en el *Comitium* se congregaban los senadores antes de cada sesión.

corona cívica: Una de las mayores condecoraciones militares que un legionario u oficial romano podía recibir. Se otorgaba en reconocimiento de una acción heroica en combate a quien hubiera salvado, al menos, la vida de otro legionario u oficial.

***corruptio*:** Término genérico equivalente a «corrupción» en español, que se utilizaba para referirse a una serie de crímenes que podían ir desde la malversación de fondos públicos hasta una corrupción de tipo moral.

cuatrirreme: Navío militar de cuatro hileras de remos. Variante de la trirreme.

***cubiculum, cubicula*:** Singular y plural de las habitaciones o dormitorios que en una casa romana se distribuían, normalmente, alrededor del atrio central.

***cum manu*:** Matrimonio romano en el que la mujer pasaba de la tutela de su padre a ser tutelada por completo por su marido.

Curia: Apócope de Curia Hostilia.

Curia Hostilia: Es el palacio del Senado, construido en el *Comitium* por orden de Tulio Hostilio, de donde deriva su nombre. En el año 52 a. C. fue destruida por un incendio y reemplazada por una edificación mayor. Aunque el Senado podía reunirse en otros lugares, este edificio era su punto habitual para celebrar sus sesiones. Tras su incendio se edificó la Curia Julia, en honor a César, que perduró todo el imperio hasta que un nuevo incendio la arrasó durante el reinado de Carino. Diocleciano la reconstruyó y engrandeció.

***cursus honorum*:** Nombre que recibía la carrera política en Roma. Un ciudadano podía ir ascendiendo en su posición política a diferentes cargos de género político y militar, desde una edilidad en la ciudad de Roma, hasta los cargos de *quaestor*, pretor, censor, procónsul, cónsul o, en momentos excepcionales, dictador. Estos cargos eran electos, aunque el grado de transparencia de las elecciones fue evolucionando dependiendo de las turbulencias sociales a las que se vio sometida la República romana.

***de iure*:** Literalmente «de derecho», esto es, «según la ley».

***deductio*:** Desfile realizado en diferentes actos de la vida civil romana. Podía llevarse a cabo para honrar a un muerto, siendo entonces de carácter funerario, o bien para festejar a una joven pareja de recién casados, siendo en esta ocasión de carácter festivo.

***devotio*:** Sacrificio supremo en el que un general, un oficial o un soldado entrega su propia vida en el campo de batalla para salvar el honor del ejército.

***dies fasti*:** Aquellos días en los que se podían llevar a cabo bodas, celebraciones de diferente tipo o emprender proyectos o viajes porque, según el calendario romano, eran días adecuados o con buen augurio.

***dies nefasti*:** Días en los que, según el complejo calendario romano, por razones religiosas o de mal augurio no era recomendable ni casarse, ni celebrar eventos familiares o públicos ni emprender viajes u otros proyectos.

***divinatio*:** En el contexto de un juicio, cuando se presentaban más de un abogado como acusadores contra otro ciudadano, se celebraba una sesión ante el tribunal de la *quaestio perpetua* para dirimir qué abogado actuaría como acusador principal.

***domus*:** Típica vivienda romana de la clase más acomodada, normalmente compuesta de un vestíbulo de entrada a un gran atrio en cuyo centro se encontraba el *impluvium*. Alrededor del atrio se distribuían las estancias principales y al fondo se encontraba el *tablinum*. En el atrio había un pequeño altar para ofrecer sacrificios a los dioses *lares* y *penates*, que velaban por el hogar. Las casas más ostentosas añadían un segundo atrio posterior, generalmente porticado y ajardinado, denominado peristilo.

Eolo: Dios del viento.

***fasces*:** Un haz o manojo de varas atadas de las que pende un hacha que portaban los *lictores* o guardias que acompañaban a diversos magistrados romanos como los cónsules o pretores, entre otros. Este haz de varas con el hacha podía ser utilizado para decapitar a criminales, de modo que era símbolo de poder sobre la vida y la muerte, algo que tenían los magistrados de Roma y, hasta cierto punto, las vestales, que también eran escoltadas por *lictores* que portaban *fasces*. Excepcionalmente, como se narra en *Roma soy yo*, algunos sacerdotes, en particular el *flamen Dialis*, podían ser acompañados por un *lictor* portador de *fasces*. Este símbolo se transformó en una insignia adoptada por Mussolini en el siglo XX como representativo del poder del régimen en Italia y de ahí deriva la palabra «fascismo».

***fauete linguis*:** Expresión latina que significa «contened vuestras lenguas». La usaban los *praecones* o funcionarios judiciales para reclamar silencio durante las intervenciones de los abogados. También en el momento clave de un sacrificio, justo antes de matar al animal seleccionado; el silencio era preciso para evitar que la bestia se pusiera nerviosa.

***februa*:** Pequeñas tiras de cuero que los *luperci* utilizaban para tocar con ellas a las jóvenes romanas en la creencia de que dicho rito propiciaba la fertilidad.

***flamen Dialis*:** El sacerdote de Júpiter, uno de los más importantes. A César se le nombró *flamen Dialis* cuando los populares controlaban Roma, y Sila lo destituyó de dicho cargo. Al parecer, este sacerdocio quedó vacante durante años, debido a las duras restricciones que implicaba en la vida privada para la persona que ostentara este *flaminado*.

Foro Boario: El mercado del ganado, situado junto al Tíber, al final del *Clivus Victoriae*.

Fossa Mariana: Canal que hizo excavar Cayo Mario en la desembocadura del Ródano para asegurar el abastecimiento de suministros por vía marítima a su campamento en el sur de la Galia, donde adiestraba a sus tropas a la espera de enfrentarse con los teutones y otros bárbaros que amenazaban con invadir Italia.

***gens*:** El *nomen* de la familia o tribu de un clan romano.

gladio: Espada de doble filo de origen ibérico que las legiones romanas adoptaron en el periodo de la segunda guerra púnica.

***glans plumbea*:** Proyectil de pequeño tamaño lanzado por los honderos, de forma ovalada o como una pequeña bola, normalmente de plomo, que causaba estragos entre el enemigo por la enorme velocidad con la que impactaba al caer.

***gradus deiectio*:** Pérdida del rango de oficial.

Hades: El reino de los muertos.

Hércules: Es el equivalente al Heracles griego, hijo ilegítimo de Zeus, concebido en su relación, bajo engaños, con la reina Alcmena. Por asimilación, Hércules era el hijo de Júpiter y Alcmena. Su nombre se usaba como una interjección.

***homo novus*:** Es la forma en la que se denominaba en la antigua

Roma a un hombre que era el primero en alcanzar la magistratura de cónsul en su familia. A veces, se extendía esta expresión al hombre que era el primero en su familia en acceder al Senado.

Hymenaeus: El dios romano de los enlaces matrimoniales. Su nombre se usaba como exclamación de felicitación a los novios que acababan de contraer matrimonio.

***ignominia missio*:** Expulsión del ejército romano de forma vergonzante por causa de cobardía o por haber desobedecido órdenes de un superior durante el combate.

***imperator*:** General romano con mando efectivo sobre una, dos o más legiones. Normalmente un cónsul era *imperator* de un ejército consular de dos legiones.

***imperium*:** En sus orígenes era la plasmación de la proyección del poder divino de Júpiter en aquellos que, investidos como cónsules, de hecho ejercían el poder político y militar de la República durante su mandato. El *imperium* conllevaba el mando de un ejército consular compuesto de dos legiones completas más sus tropas auxiliares.

***impluvium*:** Pequeña piscina o estanque que, en el centro del atrio, recogía el agua de la lluvia, que después podía ser utilizada con fines domésticos.

***in aeternum*:** Para toda la eternidad, que perdurará siempre.

***in extremis*:** Expresión latina que significa «en el último momento». En algunos contextos puede equivaler a *in articulo mortis*, aunque no en esta novela.

***inquisitio*:** En el contexto de un juicio en la antigua Roma, éste era el periodo que el tribunal concedía a la defensa y la acusación para reunir pruebas y testigos para la causa en la que actuaban. Sin duda, de este término latino y de su sentido literal de «investigación», deriva el vocablo «inquisición» que, no obstante, presenta unas connotaciones negativas que no tiene en el caso del derecho romano.

***insulae*:** Edificios de apartamentos. En tiempo imperial alcanzaron los seis o siete pisos de altura. Su edificación, con frecuencia sin control alguno, daba lugar a construcciones de poca calidad que podían o bien derrumbarse o incendiarse con facilidad, con los consiguientes grandes desastres urbanos.

***ipso facto*:** Expresión latina que significa «en el mismo momento», «inmediatamente».

***iudices*:** Jueces de un tribunal de justicia romano. El número de *iudices* fue variando según las épocas y las leyes. Es difícil precisarlo, pero, muy posiblemente, en el año 77 a.C. los jueces que componían un tribunal de justicia eran cincuenta y dos. Según el periodo, el origen de los jueces fue variando también, siendo éste un asunto de continua confrontación política, pues los senadores más conservadores intervinieron la justicia romana al decidir que los tribunales sólo estarían compuestos por *iudices*, que, a su vez, fueran senadores. De este modo la independencia judicial desaparecía por completo.

Júpiter Óptimo Máximo: El dios supremo, asimilado al dios griego Zeus. Su *flamen*, el *Dialis*, era el sacerdote más importante del colegio. En su origen Júpiter era latino antes que romano, pero, tras su incorporación a Roma, protegía la ciudad y garantizaba el *imperium*, por ello el triunfo era siempre en su honor.

***lares*:** Los dioses que velan por el hogar familiar.

***laudes Herculis*:** Poema escrito por César, probablemente en su juventud, y que Augusto consideró que no tenía la calidad necesaria como para ser un texto que permaneciera de su tío abuelo, en particular, no de suficiente mérito para alguien a quien deseaba divinizar. Se trataba de un texto de alabanza a las hazañas de Hércules.

***lectus genialis*:** El lecho designado y preparado como lecho nupcial, aderezado de la forma que se detalla en la novela.

***legati*:** Legados, representantes o embajadores, con diferentes niveles de autoridad a lo largo de la dilatada historia de Roma. En el ámbito militar, un legado estaba al mando de una legión y él, a su vez, dependía de un cónsul o procónsul durante la época republicana. En época imperial, los *legati* militares dependían directamente del emperador.

***lemures*:** Espíritus de aquellos que no han sido enterrados según los sagrados ritos romanos o almas en pena por motivos diversos que había que aplacar y tranquilizar para que no atacaran o importunaran a los vivos.

***lictor*:** Legionario que servía en el ejército consular romano prestando el servicio especial de escolta del jefe supremo de la legión: el cónsul. Un cónsul tenía derecho a estar escoltado por doce *lictores*, y un dictador, por veinticuatro. También podían llevar *lictores* otros magistrados dependiendo de su rango e importancia, como era el caso del *flamen Dialis*, cuya presencia siempre iba precedida de un *lictor*.

***ludus latrunculorum*:** Literalmente «juego de los ladrones». Era un juego de mesa que se disputaba con fichas sobre un tablero como el de las damas o el del ajedrez. Los romanos distribuían sus cohortes en combate como las fichas en un tablero de damas. De este modo, disponían varias líneas de combate que podían ir turnándose en primera línea, al tiempo que no dejaban margen a ningún hueco donde el enemigo pudiera quebrar el frente romano de ataque.

***Lupercalia*:** Festividades con el doble objetivo de proteger el territorio y promover la fecundidad. Los *luperci* recorrían las calles con sus *februa* para «azotar» con ellas a las jóvenes romanas en la creencia de que con ese rito se favorecería la fertilidad.

lupercos: Personas pertenecientes a una cofradía religiosa encargada de una serie de rituales encaminados a promover la fertilidad en la antigua Roma.

***magnis itineribus*:** Marchas forzadas, esto es, cuando las legiones eran obligadas a avanzar lo más rápido posible, por ejemplo, si debían interceptar a enemigos con la mayor premura.

Marte: Dios de la guerra y los sembrados. A él se consagraban las legiones en marzo, cuando se preparaban para una nueva campaña. Normalmente se le sacrificaba un carnero.

***medicus*:** Médico, figura profesional que se hace común en Roma a partir del siglo III a. C. Algunos romanos como Catón el Viejo veían con recelo una profesión de origen griego que se incorporaba a una Roma que se quería sin influencias extranjeras. Para él, el *pater familias* era quien debía velar por la salud de quienes estaban a su cargo. Pero, primero médicos de origen griego y luego otros formados en la misma Roma, terminaron siendo las figuras de referencia en todo lo relacionado con la salud. Las legiones romanas incorporaron médicos a sus tropas para el *valetudinarium* u hospital militar de campaña.

milla: Los romanos medían las distancias en millas. Una milla romana equivalía a mil pasos y cada paso a 1,4 o 1,5 metros aproximadamente, de modo que una milla equivalía a entre 1.400 y 1.500 metros actuales, aunque hay controversia sobre el valor exacto de estas unidades de medida romanas.

muralla serviana: Fortificación amurallada levantada por los romanos en los inicios de la República para protegerse de los ataques de las ciudades latinas con las que competía por conseguir la hegemonía en Lacio. Estas murallas protegieron durante siglos la ciudad hasta que, decenas de generaciones después, en el Imperio, se levantó la gran muralla aureliana. Un resto de la muralla serviana es aún visible junto a la estación de ferrocarril Termini en Roma.

***nefasti*:** Días que no eran propicios para actos públicos o celebraciones.

Neptuno: En sus orígenes, dios del agua dulce. Luego, por asimilación con el dios griego Posidón, será también el dios de las aguas saladas del mar.

***nomen*:** También conocido como *nomen gentile* o *nomen gentilicium*, indica la *gens* o tribu a la que una persona estaba adscrita. El protagonista de esta novela pertenecía a la tribu Julia, de ahí que su *nomen* sea Julio.

***oppugnatio repentina*:** Ataque sobre la marcha, sin detenerse. En estos casos, las legiones se lanzan sobre el enemigo, sobre su campamento o contra su ciudad sin detenerse, sin frenar su avance. Se intentaba así aprovechar el factor sorpresa, pues era más habitual que, cuando dos ejércitos enemigos se encontraban frente a frente, pasaran unos días antes del gran combate.

***optimas, optimates*:** Singular y plural; literalmente quiere decir «los mejores de los mejores», pero esto era sólo una forma petulante de autodenominarse la facción más conservadora del Senado romano. Conservadores en el sentido de preservar los privilegios de la clase senatorial con relación al pueblo y el resto de las clases sociales de Roma y también con relación a los *socii*, o pueblos aliados, y a los provinciales. Durante los últimos tiempos de la República romana, los *optimates* protagonizaron un enfrentamiento mortal contra el bando opositor, los populares, más proclives a ampliar derechos de otras clases sociales diferentes a los patricios senatoriales. Como refleja la novela, este enfrentamiento culminaba en violencia, e incluso en guerra civil en más de una ocasión.

***optio, optiones*:** Singular y plural del suboficial que estaba justo por debajo del centurión en la jerarquía del ejército romano. Tenía el nivel de *duplicatus*, es decir, que cobraba doble salario y estaba exento de realizar algunas tareas particularmente penosas en el campamento.

***palla*:** Manto que las mujeres romanas solían llevar por encima de la túnica cuando salían fuera de sus casas.

***pater familias*:** El cabeza de familia tanto en las celebraciones religiosas como a todos los efectos jurídicos.

***patres conscripti*:** Los padres de la patria; forma habitual de referirse a los senadores. Este término deriva del antiguo *patres et conscripti*. Los *patres* eran, originariamente, de las familias patricias, y los *conscripti*, elegidos entre otras clases romanas como los plebeyos o la clase ecuestre.

***peculatus*:** Crimen que implicaba que alguien se había apropiado indebidamente de dinero público.

***petitio*:** En el contexto de un juicio, éste es el momento en el que un ciudadano pide a otro que lo represente en una causa legal como abogado. En el caso que nos ocupa, los macedonios debían encontrar a un ciudadano romano que estuviera dispuesto a enjuiciar a Dolabela, otro ciudadano romano, ya que ellos, en tanto que no romanos, no podían ejercer la acusación directamente.

***pilum, pila*:** Singular y plural del arma propia de los *hastati* y *principes*. Se componía de una larga asta de madera de hasta metro y medio que culminaba en un hierro de similar longitud. En tiempos del historiador Polibio y, probablemente, en la época de esta novela, el hierro estaba incrustado en la madera hasta la mitad de su longitud mediante fuertes remaches. Más adelante, evolucionaría para terminar sustituyendo uno de los remaches por una clavija que se partía cuando el arma se clavaba en el escudo enemigo, dejando que el mango de madera quedara colgando del hierro ensartado en el escudo trabando al enemigo que, con frecuencia, se veía obligado a desprenderse de su arma defensiva. En la época de César, el mismo efecto se conseguía de forma distinta mediante una punta de hierro que resultaba imposible de extraer del escudo. El peso del *pilum* oscilaba entre 0,7 y 1,2 kilos y los legionarios podían lanzarlos a una media de 25 metros de distancia, aunque los más expertos llegaban hasta 40 metros. En su caída, podía atravesar hasta tres centímetros de madera o, incluso, una placa de metal.

pitia: Sacerdotisa del santuario de Delfos en Grecia que, supuestamente, podía adivinar el futuro. En la novela se explica el posible origen del término. En un principio, la pitia debía ser virgen, pero, al aparecer, tras la violación de una sacerdotisa, se decidió que fueran mujeres de cierta edad quienes, no obstante, debían seguir vistiéndose como vírgenes aunque ya no lo fueran. En la época de apogeo hubo hasta tres pitias a la vez para poder atender todas las peticiones de oráculo llegadas desde toda Grecia y desde más allá del territorio griego, pues la fama de sus predicciones fue inmensa en el mundo antiguo

Pólux: Junto con su hermano Cástor, uno de los Dioscuros griegos asimilados por la religión romana. Su templo, el de los Cástores, o de Cástor y Pólux, servía de archivo a la orden de los *equites* o caballeros romanos. El nombre de ambos dioses se usaba con frecuencia a modo de interjección en la época de la novela.

***pomerium*:** Literalmente significa «pasado el muro» o «más allá del muro». En la Roma clásica hacía referencia al corazón sagrado de la ciudad, donde, entre otras cosas, estaba prohibido portar armas, costumbre que en no pocas ocasiones fue incumplida durante los tumultos de la Roma republicana e imperial. El *pomerium* lo estableció el rey Servio Tulio y permanecería inalterable hasta que Sila lo amplió en su dictadura. Parece ser que una línea de mojones que recorría el interior de la ciudad marcaba el límite de este corazón sagrado.

populares: La facción senatorial y de otros representantes o magistrados, como los tribunos de la plebe, que defendía una redistribución de derechos de modo que el pueblo de Roma, y también en parte sus aliados fuera de Roma, tuvieran acceso a beneficios como una redistribución de las tierras, controladas por la oligarquía senatorial de los *optimates*, una extensión del derecho de voto o incluso de ciudadanía romana y otros beneficios. Se pueden rastrear los orígenes de las reclamaciones populares hasta finales de la segunda guerra púnica con las peticiones de los Gracos, nietos de Escipión el Africano y tribunos de la plebe. Diferentes tribunos de la plebe y otros líderes continuaron con estas reclamaciones hasta que Cayo Mario, tío de Julio César, y luego Cinna, se erigieron en líderes supremos de esta facción política.

***Porta Collina*:** Una de las antiguas puertas de Roma en la muralla serviana, donde aconteció una cruenta batalla entre las tropas de Sila y los samnitas, que se encontraban en rebelión contra Roma.

***praecones*:** Funcionarios que asistían a magistrados o jueces en diferentes procesos, desde la convocatoria de elecciones, escrutinios hasta el desarrollo de un juicio. En la novela, los *praecones* asisten al presidente del tribunal en el juicio contra Dolabela.

***praenomen*:** Nombre particular de una persona, que luego se completaba con su *nomen* o denominación de su tribu y su *cognomen* o nombre de su familia. En el caso del protagonista de *Roma soy yo* el *praenomen* es Cayo. A la vista de la gran variedad de nombres de los que hoy día disponemos, es sorprendente la escasa variedad que el sistema romano proporcionaba: sólo había un pequeño grupo de *praenomen* entre los que elegir. A la escasez, hay que sumar que cada *gens* o tribu solía recurrir a pequeños grupos de nombres. Así pues, era muy frecuente que miembros de una misma familia compartieran el mismo *praenomen*, *nomen* y *cognomen*, generando así, en ocasiones, confusiones a historiadores o lectores de obras como esta novela. He intentado mitigar este problema incluyendo un árbol genealógico de la familia de Julio César y haciendo referencia a sus protagonistas como César padre o César hijo cuando lo he considerado oportuno en aras de la claridad. Los *praenomina* más habituales en la familia Julia eran Julio, Sexto o Lucio.

***praetorium*:** Tienda del general en jefe de un ejército romano. Se levantaba en el centro del campamento, entre el *quaestorium* y el foro.

***prima actio*:** En un juicio romano, cuando el número de pruebas y testigos era elevado, el tribunal podía partir el juicio en más de una sesión. Ésta sería la primera sesión del juicio.

***primus pilus*:** El primer centurión de una legión, generalmente un veterano que gozaba de gran confianza entre los tribunos y el cónsul o procónsul al mando de las legiones.

***privatus*:** Literalmente «privado». Se usaba en la República romana en contraposición a «público». Como sustantivo implica que se es un ciudadano «privado» sin cargo público civil o militar por elección regular, como los cargos de pretor o cónsul, entre otros. En caso de crisis militar, excepcionalmente, alguien que no fuera cónsul o procónsul podía recibir *imperium*, esto es, mando militar efectivo sobre una o varias legiones, aunque sólo fuera un simple ciudadano, un *privatus*, en ese momento. O bien el Senado o bien la Asamblea podían designar a un *privatus* con *imperium* militar, aunque, por lo excepcional de este nombramiento, estaba siempre sujeto a controversia y conflicto político, como se ilustra en la novela.

***proquaestor*:** Como el *quaestor*, estaba encargado de los suministros, provisiones y logística de un ejército, pero durante un periodo variable en función de lo que hubiera dictaminado el Senado.

***pugio*:** Puñal o daga romana de unos 24 centímetros de largo por unos 6 centímetros de ancho en su base. Al estar dotado de un nervio central que lo hacía más grueso en esa zona, el arma resultaba muy resistente, capaz de atravesar una cota de malla.

***quaestio perpetua*:** Tribunal específico dedicado a dirimir cuestiones judiciales sobre un ámbito en concreto, por ejemplo, en el caso de la novela, la malversación de fondos y otros asuntos relacionados con la corrupción. Estos tribunales específicos o *quaestiones perpetuae* tienen su origen en evitar el *iudicium populi*, es decir, un juicio dictado por el pueblo que, durante el proceso, se congregaba con frecuencia en el *Comitium* ante los *rostra*, las tribunas. Eran procesos confusos donde la sentencia final dictada por el pueblo dependía sustancialmente de la popularidad del encausado. De hecho, si el acusado era un ciudadano de gran popularidad, lo habitual era que exigiese su derecho a un *iudicium populi*, algo que reclamaba en la seguridad de saberse absuelto por un pueblo que lo admiraba y que no estaba dispuesto a dar crédito a las acusaciones, incluso si éstas estaban bien fundamentadas. Por ello, cada vez con mayor frecuencia, se recurría a causas extraordinarias donde tribunales alternativos compuestos por otros senadores se encargaban de juzgar a aquellos senadores muy populares. Esto, a su vez, dio lugar a abusos claros, ahora en perjuicio de los acusados que debían enfrentarse contra tribunales creados *ex profeso* para juzgarlos y, con frecuencia, claramente predispuestos en su contra. De este modo, en el año 149 a. C., el tribuno de la plebe aprobó una ley por la que los casos de malversación de fondos o de abuso de poder de gobernadores en diferentes provincias los trataría una comisión permanente de senadores y miembros de la clase ecuestre o *equites* en un intento de constituir un tribunal más objetivo. Sila reformó las leyes para que todos los tribunales estuvieran controlados sólo por senadores, asegurándose así, *de facto*, la inmunidad para la clase senatorial, pues por puro corporativismo de clase unos senadores nunca emitían sentencia en contra de otro senador acusado por un tribuno de la plebe, el pueblo en general o, como en esta novela, por extranjeros.

***quaestor*:** En las legiones de la época republicana, era el encargado de velar por los suministros y provisiones de las tropas, por el control de los gastos y de otras diversas tareas administrativas.

***quindecimuiri sacris faciendis*:** También «quindecenviro» en la novela. Se trata de sacerdotes elegidos, generalmente, de por vida, entre cuyas funciones destaca la de consultar los libros sibilinos en busca de información para interpretar acontecimientos del presente o intuir cómo podía ser el futuro. Estas consultas a los libros sibilinos por parte de estos sacerdotes se realizaban normalmente a petición del Senado.

***reiectio*:** En el contexto de un juicio en la antigua Roma, los abogados, ya fueran de la acusación o de la defensa, tenían el derecho a recusar a uno o varios jueces del tribunal. En una sesión específica, debían argumentar los motivos en los que basaban dichas recusaciones. Esto podía ser porque alguno de los jueces pudiera tener relaciones personales, familiares o comerciales con el acusado que cuestionaran su imparcialidad. No está claro el número de recusaciones que un abogado podía plantear en una *reiectio*.

***repetundis*:** Corrupción. Se establecieron tribunales específicos para juzgar delitos de esta categoría con el fin de reducir la corrupción en las diferentes instituciones del Estado romano.

***reus*:** Acusado en un juicio de la antigua Roma. No implicaba que estuviera preso, sino sólo acusado y sometido a un proceso judicial.

***sacrilegium*:** Un terrible crimen consistente en el expolio o destrucción de un templo sagrado.

***salarium*:** La paga que regularmente recibían los legionarios y que, inicialmente, se abonaba en parte o en su totalidad con sal. De ahí su nombre. La sal era muy importante en la antigüedad no sólo como sazonador, sino también como conservante de alimentos. Poco a poco, el *salarium* se abonaría sólo en monedas.

***sarisa*:** Lanza larga de dimensiones variables, entre 4 y 7 metros de longitud, que utilizaba la infantería de los ejércitos helenísticos. La introdujo Filipo II de Macedonia, padre de Alejandro Magno y luego la usaron los ejércitos del propio Alejandro y de sus generales tras su prematura muerte. Y se mantendría como arma de diferentes reinos helenísticos durante largo tiempo.

***scortum*:** Puta, prostituta.

***secunda actio*:** En un juicio romano, cuando el número de pruebas y testigos eran elevados, el tribunal podía partir el juicio en más de una sesión. Ésta sería la segunda sesión del juicio.

***sella*:** El más sencillo de los asientos romanos. Equivale a un simple taburete.

***sella curulis*:** Como la *sella*, carece de respaldo, pero es un asiento de gran lujo, con patas cruzadas y curvas de marfil que se podían plegar para facilitar el transporte, pues se trataba del asiento que acompañaba al cónsul en sus desplazamientos civiles o militares.

***senatus consultum ultimum*:** Edicto aprobado por el Senado mediante el cual se daba poder a uno de los cónsules, o a ambos, para que llevaran a término una acción concreta, como, por ejemplo, arrestar y, si era preciso, ejecutar a alguien a quien el Senado considerase enemigo del Estado.

***sine manu*:** Se trata de una forma de matrimonio romano más libre que la de *cum manu*. En este caso la esposa no se desvinculaba por completo de su familia de origen y mantenía ciertos lazos de unión con ella.

***socii*:** Socios o aliados de Roma, pueblos, itálicos en un principio, que habían establecido pactos de colaboración con Roma. Con el transcurso del tiempo, en Roma se tomaban decisiones sobre asignaciones de tierras a colonos y otros asuntos que afectaban a estos pueblos aliados pero a quienes no se les consultaba. Los *socii* terminarían por exigir la ciudadanía romana para tener voz y voto en todas las cuestiones que les afectaban encontrando el rechazo total de los *optimates* e, incluso, de gran parte del pueblo romano. Algunos senadores populares y otros líderes de esa facción favorecían atender, al menos en parte, las demandas de los *socii*. El conflicto llegó a su punto culminante con la guerra social iniciada por uno de estos pueblos aliados, los marsos. De ahí que, para los romanos de la época de César, ésta fuera la «guerra contra los marsos». El calificativo de «guerra social» es de épocas posteriores.

***socors*:** Si bien como sustantivo equivale a nuestro «socorro» o «ayuda» y, como verbo, a «socorrer», en calidad de adjetivo, que es como se usa en la novela, se refiere a alguien inactivo, que no actúa, falto de energía o vitalidad y que, en el contexto particular de *Roma soy yo*, sería lo mismo que llamar a alguien «cobarde».

***solium*:** Asiento de madera con respaldo recto, sobrio y austero.

***spatha*:** Espada ligeramente más larga que un *gladio* que, normalmente, portaban los oficiales de las legiones o los jinetes de las unidades de caballería romana.

***spintriae*:** O bien monedas o bien fichas donde se podía ver a hombres y mujeres realizando diferentes actos sexuales. Pudiera ser que los legionarios las usaran en los burdeles de su inmenso imperio para hacerse entender con las meretrices, es decir, mostrarían una moneda indicando el tipo de acto sexual que deseaban.

***sponsalia*:** El término se corresponde con los «esponsales», es decir, con el pacto o promesa de matrimonio. En Roma se llevaba a cabo una celebración y durante la misma se establecían las condiciones exactas del matrimonio que se estaba pactando, en particular, en todo lo relacionado con la futura esposa: su dote y si ésta sería entregada por el *pater familias* en un matrimonio *cum manu* o *sine manu*.

***statu quo*:** Expresión latina que significa «en el estado o situación actual».

***strategos*:** En su origen, el término se refería a un magistrado de la antigua Atenas. El término evolucionó hasta hacer referencia a un general o comandante del ejército en la Grecia antigua. En los reinos helenísticos también se aplicó para señalar a un gobernador militar y en la actualidad, en la Grecia moderna, aún se usa para referirse al comandante en jefe de los ejércitos.

Subura: Barrio de la antigua Roma donde se hacinaban las clases más populares de la ciudad en un entramado de calles muy diferente al de los barrios más nobles. Curiosamente, la familia Julia vivía en este barrio, algo, no obstante, que la conectaba y la acercaba a la plebe, en consonancia con su tendencia política popular. En la actualidad se corresponde con el barrio Monti de Roma, donde aún podemos encontrar una *piazza de la Subura*.

***tabernae veteres*:** Tiendas en el sur del foro, ocupadas principalmente, pero no sólo, por cambistas de moneda.

***tablinum*:** Habitación que da al atrio, situada en el lado opuesto a la entrada principal de la *domus*. Esta estancia estaba destinada al *pater familias*, y hacía las veces de despacho particular del dueño de la casa.

templo de Afrodita: Era el gran templo de la Tesalónica macedónica, considerado por muchos como el Partenón de esta ciudad. Fue redescubierto en el año 2000 y generó mucha controversia, ya que durante un tiempo su espacio fue un auténtico vertedero. Hoy se pueden contemplar algunas columnas, estatuas y otras piezas del templo en el Museo Arqueológico de la moderna Tesalónica.

***terra sigillata*:** Cerámica de gran calidad en la que se servía sólo a los mejores invitados. Normalmente, estaba decorada.

***testudo*:** Típica formación de las legiones romanas donde cada unidad militar forma con los escudos en alto, por delante, detrás y a los costados, de modo que todos los legionarios quedan a cubierto de posibles armas arrojadizas durante su avance en un combate.

toga viril: La *toga virilis* sustituía a la *toga praetexta* de la infancia. Esta nueva toga se le entregaba al joven durante las *Liberalia*, festividad que se aprovechaba para introducir a los nuevos adolescentes en el mundo adulto y que culminaba con la *deductio in forum*.

***tonsor*:** Barbero.

***tribunus laticlavius*:** Cargo militar otorgado a jóvenes ciudadanos romanos, normalmente de rango senatorial, para que bajo el mando de un *legatus* adquirieran experiencia militar.

***triclinium*, *triclinia*:** Singular y plural de los divanes sobre los que los romanos se recostaban para comer, especialmente durante la cena. Lo frecuente es que hubiera tres, pero podían añadirse más de ser necesario ante la presencia de invitados.

***triplex acies*:** Formación habitual de combate de las legiones romanas en donde se disponían las cohortes en tres líneas de lucha, de modo que se pudieran ir turnando en primera línea y así evitar el agotamiento de las tropas durante una batalla.

trirreme: Barco de uso militar del tipo galera. Su nombre romano *triremis* hace referencia a las tres hileras de remos que, a cada lado del buque, impulsaban la nave. Este tipo de navío se usaba desde el siglo VII a. C. en la guerra naval del mundo antiguo. Hay quien considera que las inventaron los egipcios, aunque los historiadores ven en las trieras corintias su antecesor más probable. De forma específica, Tucídides atribuye su invención a Aminocles. Los ejércitos de la antigüedad se dotaron de estos navíos como base de sus flotas, aunque les añadieron barcos de mayor tamaño sumando más hileras de remos, apareciendo así las cuatrirremes, de cuatro hileras, o las quinquerremes, de cinco. Se llegaron a construir naves de seis hileras de remos o de diez, como las que actuaron de buques insignia en la batalla naval de Accio entre Octavio y Marco Antonio. Calígeno nos describe un auténtico monstruo marino de cuarenta hileras construido bajo el reinado de Ptolomeo IV Filopátor (221-203 a. C.) aunque, caso de ser cierta la existencia de semejante buque, éste sería más un juguete real que un navío práctico para desenvolverse en una batalla naval. Tanto quinquerreme como trirreme se pueden encontrar en la literatura sobre historia clásica en masculino o femenino, si bien el diccionario de la Real Academia recomienda el masculino.

***triumviri nocturni*:** Legionarios que hacían las veces de policía en Roma o ciudades conquistadas. Con frecuencia patrullaban por las noches y velaban por el mantenimiento del orden público.

triunfo: Desfile de gran boato y parafernalia que un general victorioso realizaba por las calles de Roma. Para ser merecedor de tal honor, la victoria por la que se solicita este premio ha de haberse conseguido durante el mandato como cónsul o procónsul de un ejército consular o proconsular.

Tullianum: Prisión subterránea de la antigua Roma excavada en el foro, próxima al edificio del Senado. Era particularmente oscura y tenebrosa y las condiciones de los prisioneros allí encarcelados era horrible.

túnica íntima: Una túnica o camisa ligera que las romanas llevaban por debajo de la *stola*.

***turma, turmae*:** Singular y plural del término que describe un pequeño destacamento de caballería compuesto por tres decurias de diez jinetes cada una.

***ubi tu Gaius, ego Gaia*:** Expresión empleada durante la celebración de una boda romana. Significa «donde tú Gayo, yo Gaya», locución originada a partir de los nombres prototípicos romanos de Gaius y Gaia, que se adoptaban como representativos de cualquier persona.

***umbones*:** Grandes broches metálicos normalmente situados en el centro de los escudos de los soldados romanos y que los legionarios usaban para arremeter contra las tropas enemigas.

***valetudinarium*:** Hospital de las legiones romanas. Los ejércitos romanos siempre tenían un espacio donde atender a los heridos en combate o a aquellos que caían enfermos por los rigores de una campaña militar. De este término deriva la palabra «valetudinario», en español, que significa persona enfermiza o de salud delicada.

***vallum*:** Empalizada de madera que los legionarios levantaban para proteger el recinto de un campamento. En ocasiones el *vallum* podía ser de piedra o una empalizada completada por otras protecciones como fosos o terraplenes con trampas contra los enemigos que se aproximaran a atacar un campamento. Estos fosos, con frecuencia, estaban repletos de *lilia* y *sudes*, esto es, estacas y lanzas de diferentes tipos que se clavaban en los cuerpos de aquellos que caían en el interior de las zanjas.

***venatio*:** Cacería de animales salvajes que tenía lugar para entretenimiento del pueblo romano en anfiteatros o circos. Las *venationes* del anfiteatro Flavio, hoy conocido como Coliseo, fueron particularmente espectaculares, donde no sólo se soltaban animales salvajes, sino que se recreaba, de forma a veces poco rigurosa, los supuestos hábitats de los animales. Pero en época de César estas cacerías en lugares cerrados y con público ya eran parte del entretenimiento romano en los juegos que, periódicamente, se organizaban en la ciudad de Roma.

Venus: Diosa romana del amor, la fertilidad y la belleza. Hasta cierto punto se identifica con la diosa Afrodita en la mitología griega. La familia de Julio César se decía descendiente de esta diosa.

vestal: Sacerdotisa perteneciente al colegio de las vestales dedicadas al culto de la diosa Vesta. En un principio sólo había cuatro, aunque posteriormente se amplió el número de vestales a seis y, finalmente, a siete. Se las escogía cuando tenían seis y diez años de familias cuyos padres estuvieran vivos. El período de sacerdocio era de treinta años. Al finalizar las vestales eran libres para contraer matrimonio si así lo deseaban. Sin embargo, durante su sacerdocio debían permanecer castas y velar por el fuego sagrado de la ciudad. Si faltaban a sus votos, eran condenadas sin remisión a ser enterradas vivas. Si, por el contrario, mantenían sus votos, gozaban de gran prestigio social hasta el punto de que podían salvar a cualquier persona que, una vez condenada, fuera llevada para su ejecución. Vivían en una gran mansión próxima al templo de Vesta. También estaban encargadas de elaborar la *mola salsa*, ungüento sagrado utilizado en muchos sacrificios.

***vexillationes*:** Unidades militares que, de forma temporal, se reclutaban o se trasladaban de un lugar a otro como refuerzos para una acción o una campaña en concreto.

Vía Apia: Calzada romana que parte desde la puerta Capena de Roma hacia el sur de Italia.

Vía Egnatia: Gran calzada romana que conectaba el Adriático con Bizancio atravesando las provincias romanas de Iliria, Macedonia y Tracia, en un recorrido que atraviesa las actuales Albania, Macedonia del norte, Grecia y Turquía. Era una ruta de gran importancia comercial y militar.

Vía Sacra: Una de las avenidas más importantes de la antigua Roma. Va de este a oeste desde la colina Capitolina hasta el actual Coliseo. Al tener esta orientación y cruzar todo el foro es muy posible que se correspondiera con el antiguo decúmano, una de las dos calles, junto con el cardo, que suponían el origen de cualquier ciudad romana. La Vía Sacra era por donde desfilaba el cónsul victorioso tras una campaña militar durante la celebración de un triunfo.

***violatio*:** Violación sexual de una mujer o un hombre.

***viri potens*:** Término que categorizaba a una adolescente como, literalmente, «capaz de soportar varón», o lo que es lo mismo, que se la consideraba apta para tener relaciones sexuales y quedarse embarazada, de modo que ya podía ser dada en matrimonio.

III

Árbol genealógico de la familia de Julio César

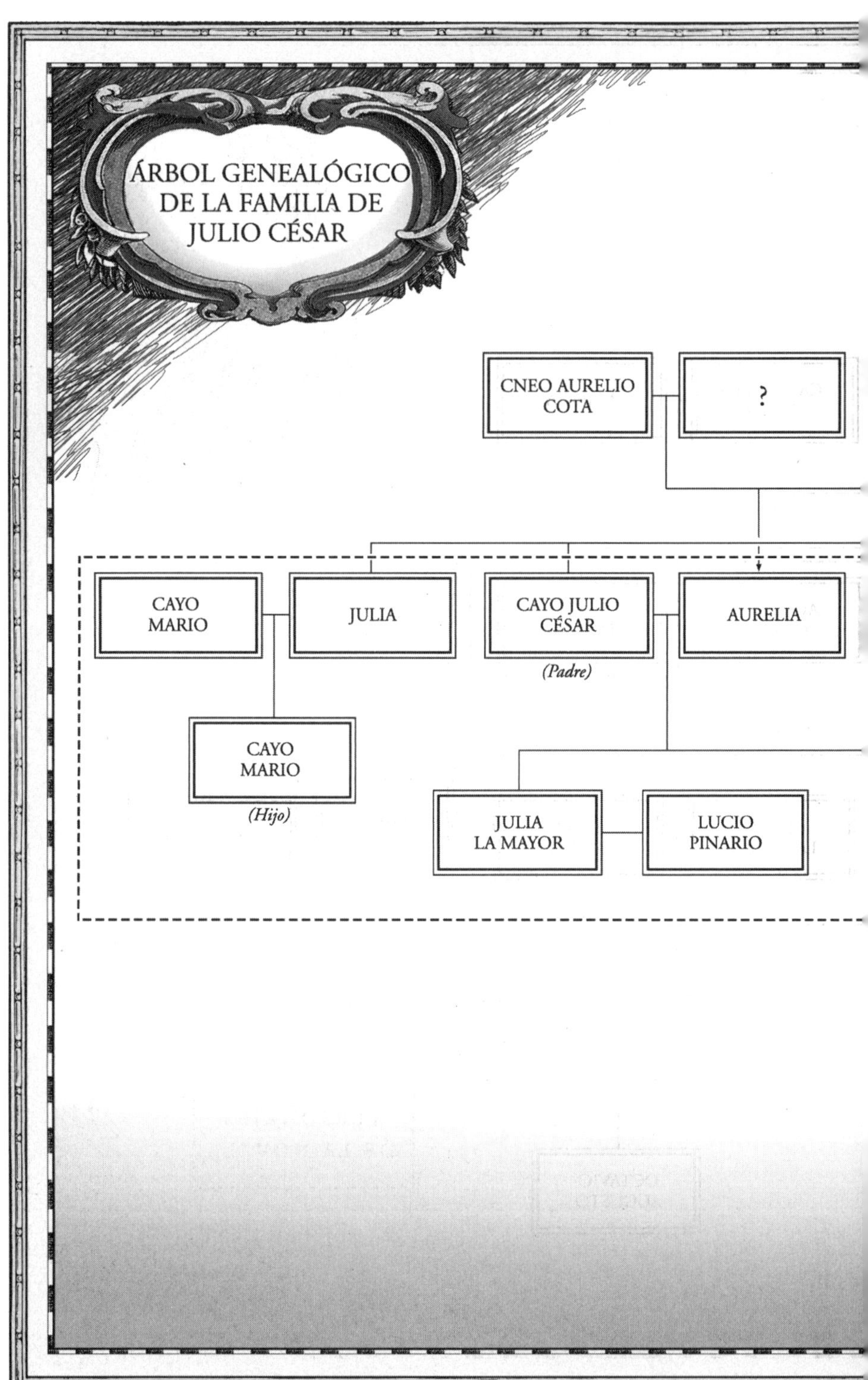
ÁRBOL GENEALÓGICO
DE LA FAMILIA DE
JULIO CÉSAR
CNEO AURELIO
COTA
?
CAYO
MARIO
JULIA
CAYO JULIO
CÉSAR
(Padre)
AURELIA
CAYO
MARIO
(Hijo)
JULIA
LA MAYOR
LUCIO
PINARIO

CAYO JULIO CÉSAR
MARCIA
AURELIO COTA*
SEXTO JULIO CÉSAR
LUCIO CORNELIO CINNA
ANNIA
JULIA LA MENOR
ACIO BALBO
CAYO JULIO CÉSAR
CORNELIA
JULIA
ACIA
CAYO OCTAVIO
OCTAVIO AUGUSTO
PERSONAJES DE LA NOVELA

IV

Mapas históricos

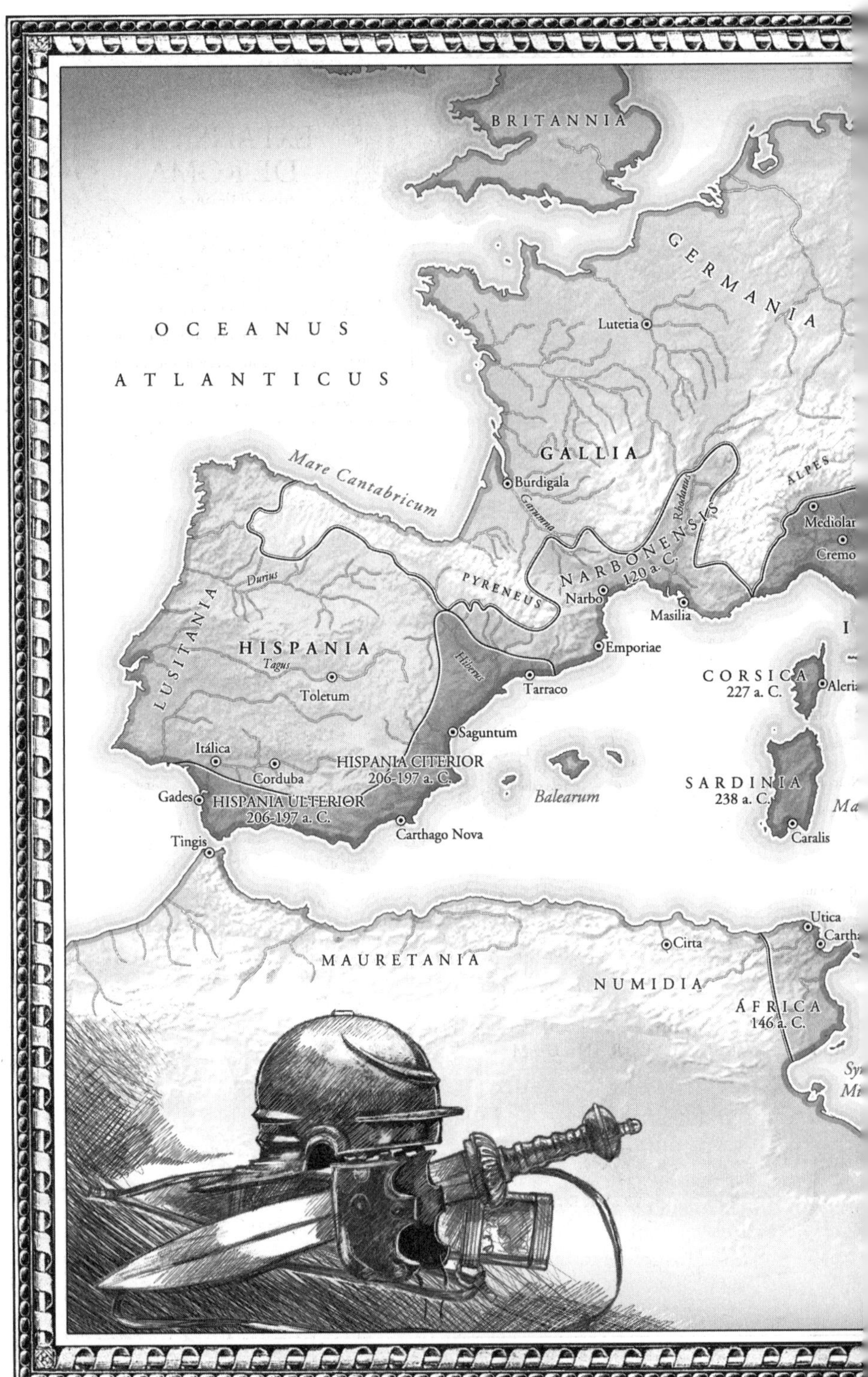

BRITANNIA
GERMANIA
OCEANUS
ATLANTICUS
Lutetia
GALLIA
Mare Cantabricum
Burdigala
Garumna
Rhodanus
ALPES
Mediolan
Cremo
NARBONENSIS
120 a. C.
PYRENEUS
Narbo
Masilia
Durius
LUSITANIA
HISPANIA
Tagus
Toletum
Hiberus
Emporiae
Tarraco
CORSICA
227 a. C.
Aleria
Saguntum
Itálica
Corduba
HISPANIA CITERIOR
206-197 a. C.
Gades
HISPANIA ULTERIOR
206-197 a. C.
Balearum
SARDINIA
238 a. C.
Caralis
Carthago Nova
Tingis
Utica
Cirta
MAURETANIA
NUMIDIA
ÁFRICA
146 a. C.

EXPANSIÓN DE ROMA
Años 200-100 a.C.
Bajo control romano en el año 200 a. C.
Bajo control romano en el año 100 a. C.
MACEDONIA 146 a.C.
Provincia romana y año de anexión
0
500 km
ORICUM
SARMATIA
Olbia
Aquileia
DACIA
ILIRIA
DALMATIA
Tomis
Pontus Euxinus
Salonae
Naissus
Mare Superum
Philippopolis
ROMA
TRACIA
Byzantium
BITHYNIA
Dyrrachium
MACEDONIA 146 a. C.
Thessalonica
Nicaea
Ancyra
Neapolis
Tarentum
yrrenum
Mare Aegeum
GALATIA
EPIRUS
ACHAIA
Lesbos
ASIA 133 a. C.
Delphi
Panormus
Ephesus
ICILIA 241 a. C.
Mare Ionium
Corinthus
Athenae
Miletus
CILICIA
Syracusae
Rodhes
Creta
CYPRUS
ARE INTERNUM
Cyrene
CYRENAICA
Alexandria
AEGYPTUS
Menphis

ROMA CONTRA MITRÍDATES
200-100 a.C.
Provincias romanas
Protectorados romanos
Reino de Mitrídates VI
Aliados de Mitrídates
0
500 km
SARMATIA
MOESIA
Pontus Euxinus
ILIRIA
DALMATIA
PAPHLAGONIA
Heraclea
Dyrrachium
MACEDONIA
TRACIA
Propontis
Nicomedia
Pella
BITINIA
Brundisium
Thessaloniki
Helesponto
Tarentum
Apollonia
Abydos
GALATI
Pessinus
EPIRUS
Lesbos
Pergamum
ASIA
Crotona
Pharsalus
Mare
Elea
Magnesia
Thermopylae
Amphisa
Aegeum
Smyrna
LICAON
Delphi
PISIDIA
Athenae
Mare Ionium
Corinthus
Ephesus
PAMPHYLIA
TRACHE
ACHAIA
LICIA
Coracesium
Sparta
Rhodes
Xanthus
Rhodes
Creta
Cnossos
Paphos
MARE INTERNUM
PTOLOMEORUM REGNUM
Alexandria
CIRENAICA
AEGYPTU

Caspium Mare
nticapea
REGNUM
BOSPORI
Dioscuriade
COLCHIDA
IBERIA
ALBANIA
Armavir
Artaxata
Araxes
ope
Amisus
PONTO
Amaseia
ARMENIA MAIOR
ATROPATENE
ARMENIA
MINOR
azaca
REGNUM
PARTHORUM
Tigris
Tigranocerta
APADOCIA
Ecbatana
Euphrates
Antiochia
Seleucia
MESOPOTAMIA
Apamea
Ctesifonte
REGNUM SELEUCIDE
YPRUS
SYRIA
Biblos
Sidon
Tiro
MAGN
PRO COS

ISLA DE LESBOS
en el contexto de
Asia Menor
0
50
100 Km
TRACIA
Samotracia
Cardias
Lampsacus
Egospótamos
Abido
Imbros
Imbros
Retio
Ofrinio
Escepsis
Sigeo
Ilión
Gergita
Aquileo
Gentino
Celebrene
Ténedos
Mitilene
Cocilio
Tebas Hipoplacia
Alejandría Tróade
Neandria
Antandro
Colonas
Lamponia
Adramitio
Larisa
Gárgara
MISIA
Lemnos
Hamaxito
Cistene
Crisa
Aso
Heraclea
Perperene
Metimna
Pérgamo
Gambrio
ASIA
Antisa
Atarneo
Halisarna
Pirra
Mitilene
Teutrania
Heraclea
Elea
Ereso
Pitane
Grinio
Egas
LIDIA
Lesbos
Mirina
Tisna
Cime
Temno
Neontico
Magnesia del Sípilo
Neotitico
Melampago
Esmirna
Psyra
Eritrea
Quíos
Teos
MAR EGEO
Notio
Éfeso
Magnesia
Samos
Samos
Heraclea
Mileto
Andros
Icaria
Mar Icario
CARIA
Tenos
Miconos
Leros
Halicarnaso
Delos
Naxos
Paros
Cos
Cnido
Symi
Nísiros
Telos
Rodas
Chalce
Islas Cícladas

Vía Egnatia
Vía Apia
Rutas secundarias
Ruta Marina
0
150
300 km
VÍA
EGNATIA
MOESIA
ILIRIA
DALMATIA
Pontus Euxinus
MACEDONIA
TRACIA
Claudiana
Masio Scampa
Lychnidos
Heracleia Lyncestis
Dyrrachium
Philippi
Adrianople
Caenophrurium
Traianoupolis
Melantias
Kypsela
Byzantium
Rhegion
Edessa
Neapolis
Aenus
Aproi
Perinthus
Amphipolis
Brundisium
Apollonia
Florina
Pella
Thessaloniki
Pydna
Abydos
EPIRUS
Lesbos
ASIA
Pharsalus
Pergamum
Elea
Crotona
Thermopylae
Mare
Magnesia
Smyrna
Mare
Amphisa
Delphi
Aegeum
Ionium
Athenae
Ephesus
ACHAIA
Corinthus
Sparta
Xanthus
Rhodes
Rhodes
Cnossos
Creta
MARE INTERNUM
CIRENAICA

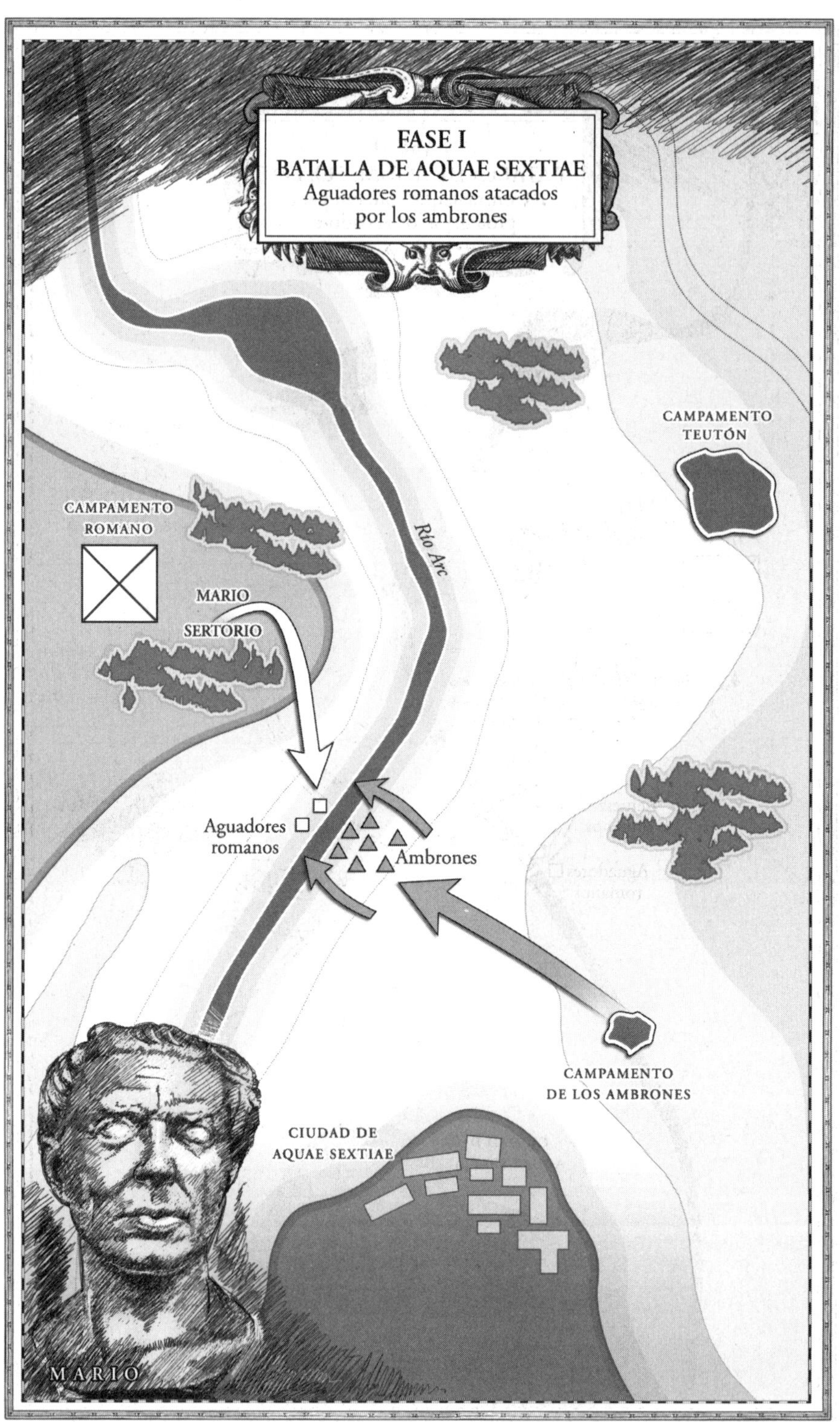
FASE I
BATALLA DE AQUAE SEXTIAE
Aguadores romanos atacados
por los ambrones
CAMPAMENTO
TEUTÓN
CAMPAMENTO
ROMANO
Río Arc
MARIO
SERTORIO
Aguadores
romanos
Ambrones
CAMPAMENTO
DE LOS AMBRONES
CIUDAD DE
AQUAE SEXTIAE
MARIO

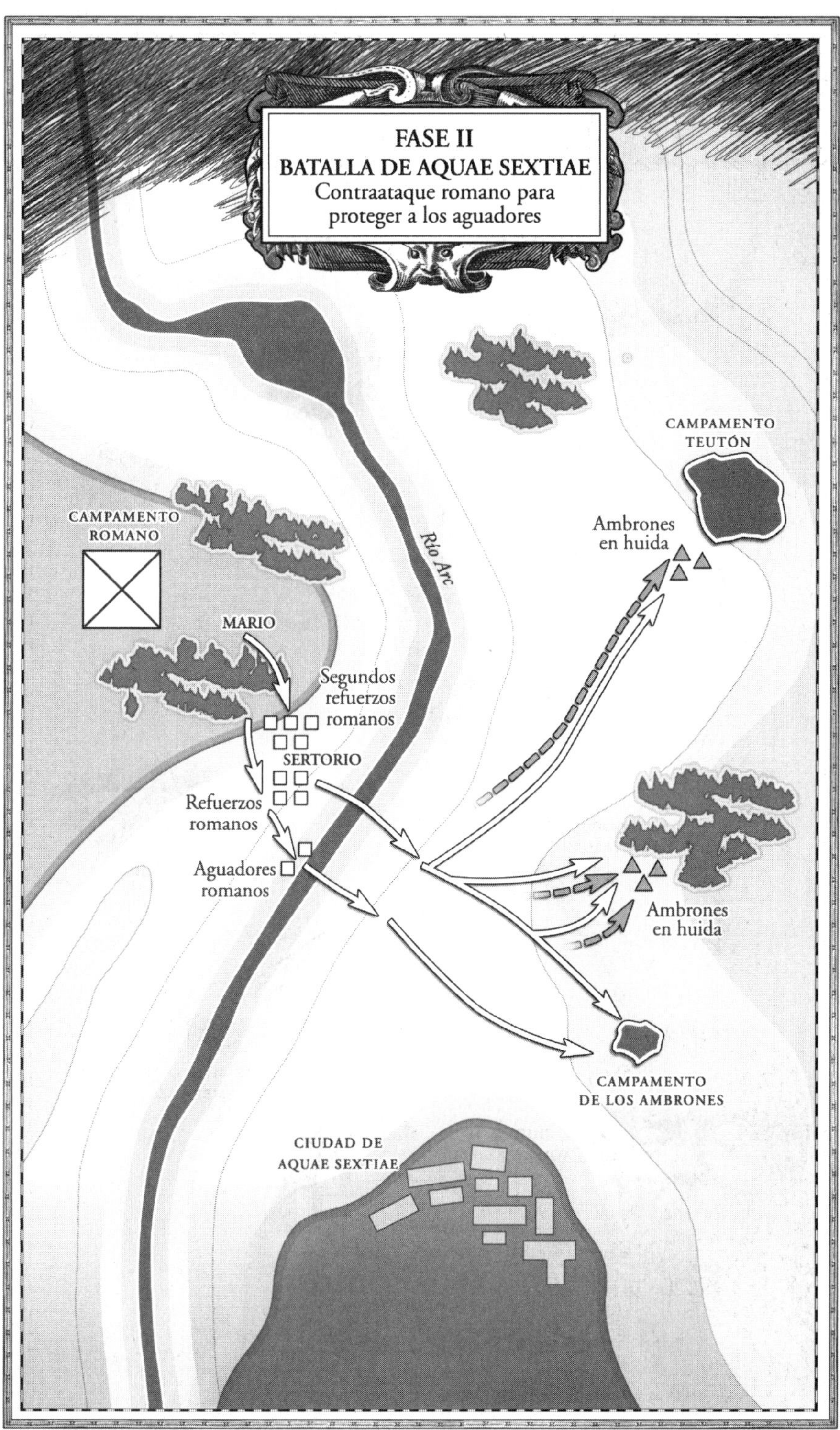
FASE II
BATALLA DE AQUAE SEXTIAE
Contraataque romano para
proteger a los aguadores
CAMPAMENTO
TEUTÓN
CAMPAMENTO
ROMANO
Río Arc
Ambrones
en huida
MARIO
Segundos
refuerzos
romanos
SERTORIO
Refuerzos
romanos
Aguadores
romanos
Ambrones
en huida
CAMPAMENTO
DE LOS AMBRONES
CIUDAD DE
AQUAE SEXTIAE

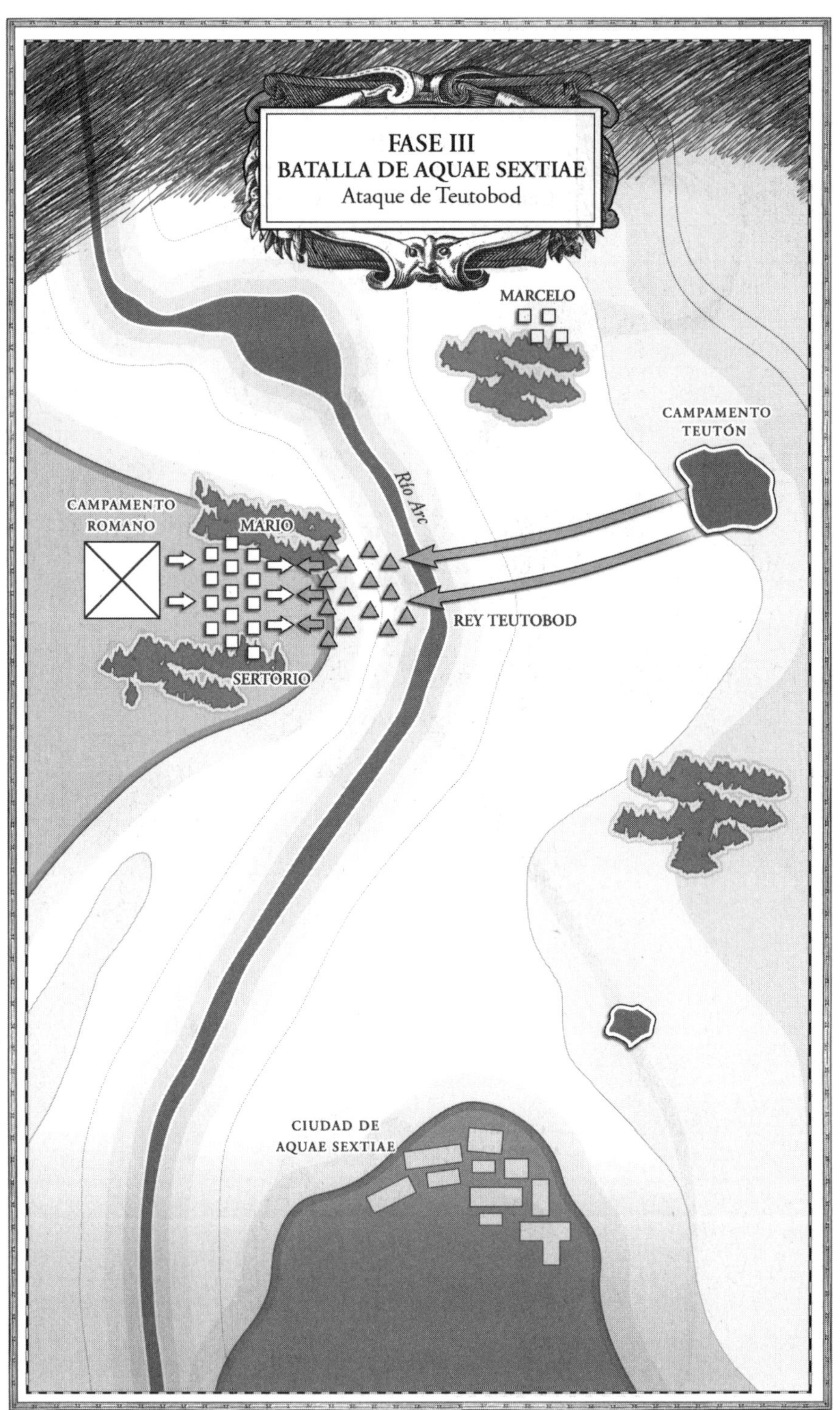
FASE III
BATALLA DE AQUAE SEXTIAE
Ataque de Teutobod
MARCELO
CAMPAMENTO
TEUTÓN
Río Arc
CAMPAMENTO
ROMANO
MARIO
REY TEUTOBOD
SERTORIO
CIUDAD DE
AQUAE SEXTIAE

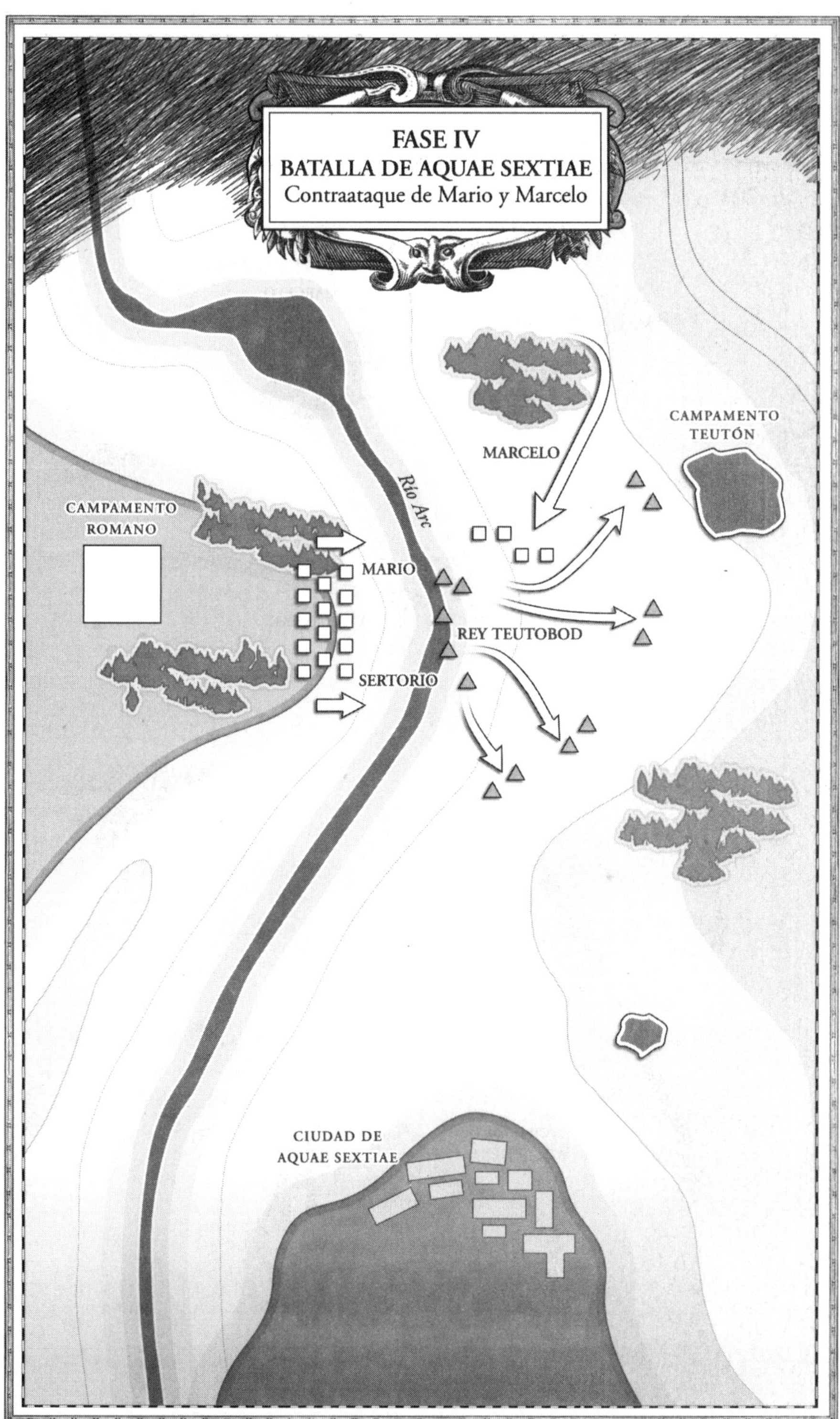
FASE IV
BATALLA DE AQUAE SEXTIAE
Contraataque de Mario y Marcelo
CAMPAMENTO TEUTÓN
MARCELO
Río Arc
CAMPAMENTO ROMANO
MARIO
REY TEUTOBOD
SERTORIO
CIUDAD DE AQUAE SEXTIAE

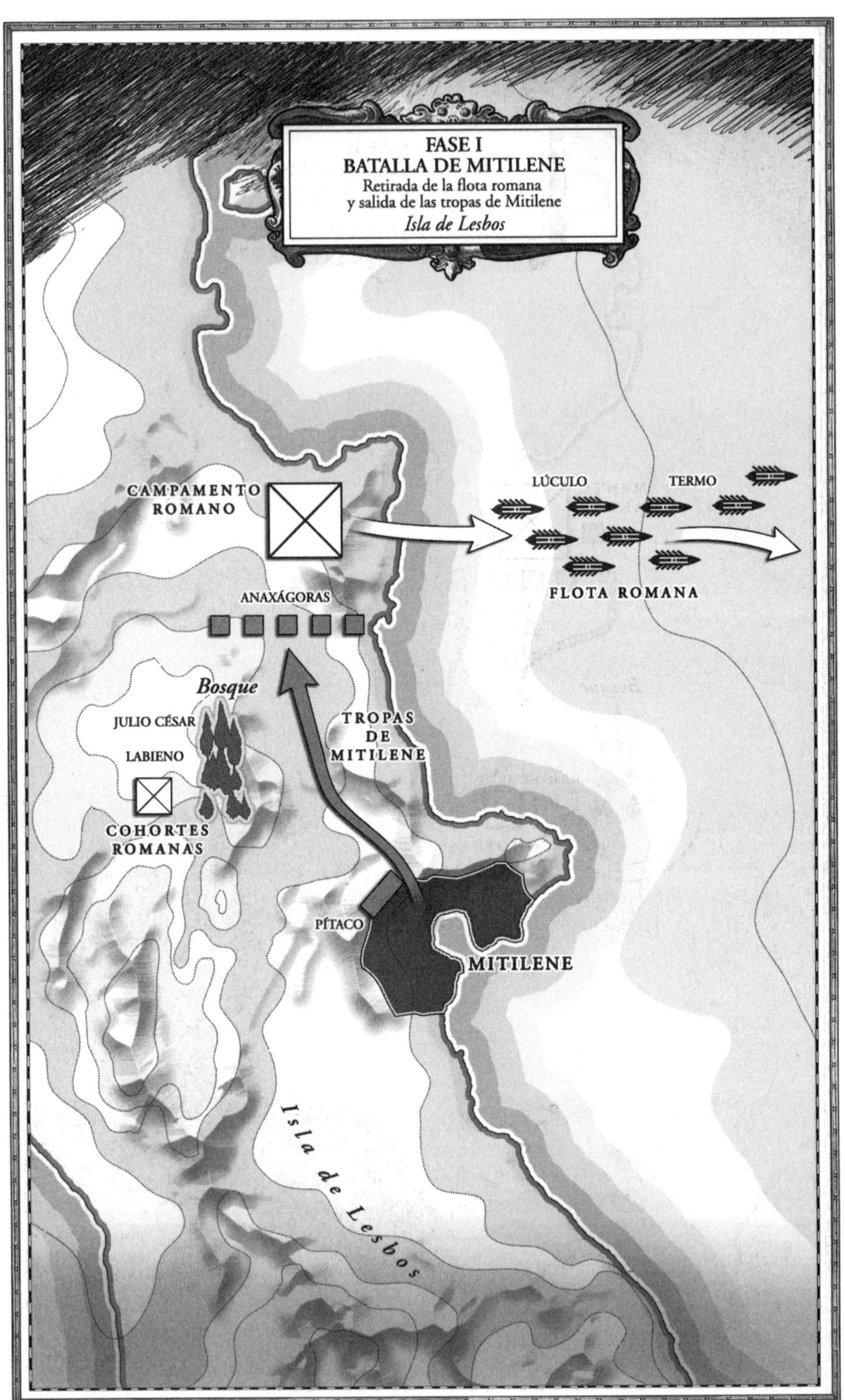
FASE I
BATALLA DE MITILENE
Retirada de la flota romana
y salida de las tropas de Mitilene
Isla de Lesbos
CAMPAMENTO
ROMANO
LÚCULO
TERMO
FLOTA ROMANA
ANAXÁGORAS
Bosque
JULIO CÉSAR
LABIENO
COHORTES
ROMANAS
TROPAS
DE
MITILENE
PÍTACO
MITILENE
Isla de Lesbos

FASE II
BATALLA DE MITILENE
Ataque sorpresa de Julio César
a la retaguardia de las tropas de Mitilene
Isla de Lesbos
CAMPAMENTO
ROMANO
FLOTA ROMANA
Bosque
ANAXÁGORAS
JULIO CÉSAR
LABIENO
COHORTES
ROMANAS
PÍTACO
MITILENE
Isla de Lesbos

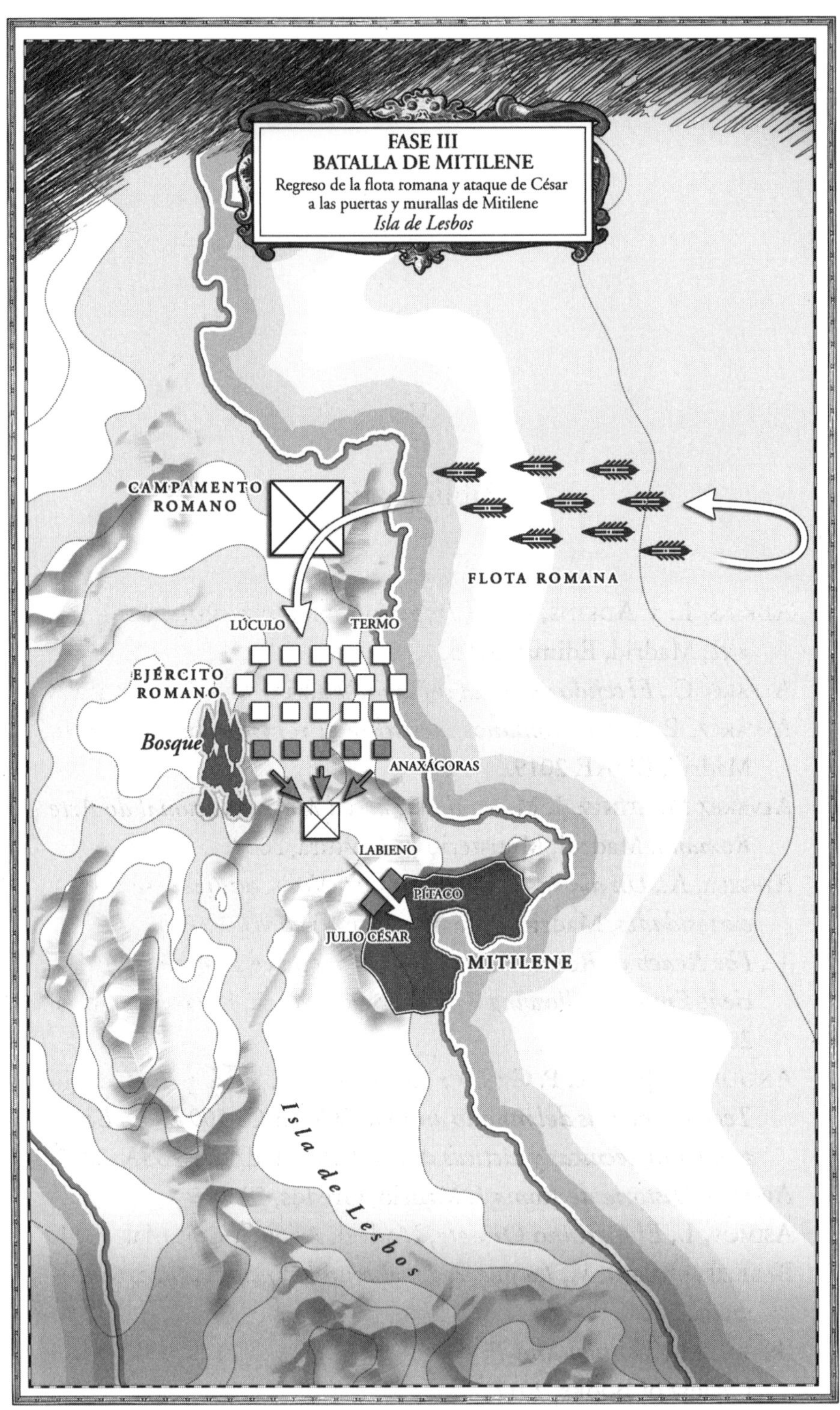
FASE III
BATALLA DE MITILENE
Regreso de la flota romana y ataque de César
a las puertas y murallas de Mitilene
Isla de Lesbos
CAMPAMENTO
ROMANO
FLOTA ROMANA
LÚCULO
TERMO
EJÉRCITO
ROMANO
Bosque
ANAXÁGORAS
LABIENO
PÍTACO
JULIO CÉSAR
MITILENE
Isla de Lesbos

V

Bibliografía

ADKINS, L. y ADKINS, R., *El Imperio romano: historia, cultura y arte*, Madrid, Edimat, 2005.

ALFARO, C., *El tejido en época romana*, Madrid, Arco Libros, 1997.

ÁLVAREZ, P., *Somos romanos: descubre el romano que hay en ti*, Madrid, EDAF, 2019.

ÁLVAREZ MARTÍNEZ, J. M., *et al.*, *Guía del Museo Nacional de Arte Romano*, Madrid, Ministerio de Cultura, 2008.

ANGELA, A., *Un día en la antigua Roma. Vida cotidiana, secretos y curiosidades*, Madrid, La Esfera de los Libros, 2009.

—, *The Reach of Rome: A Journey Through the Lands of the Ancient Empire Following a Coin*, Nueva York, Rizzoli ex libris, 2013.

ANGLIM, S.; JESTICE, P. G.; RICE, R. S.; RUSCH, S. M. y SERRATI, J., *Técnicas bélicas del mundo antiguo (3000 a.C.-500 d.C.). Equipamiento, técnicas y tácticas de combate*, Madrid, LIBSA, 2007.

APIANO, *Historia de Roma I*, Madrid, Gredos, 1980.

ASIMOV, I., *El Cercano Oriente*, Madrid, Alianza Editorial, 2011.

BARREIRO RUBÍN, V., *La guerra en el mundo antiguo*, Madrid, Almena, 2004.

BEARD, M., *Women and Power: A Manifesto*, Londres, London Review of Books, 2017.

—, *SPQR: una historia de la antigua Roma*, Barcelona, Crítica, 2016.

BIESTY, S., *Roma vista por dentro*, Barcelona, RBA, 2005.

BOARDMAN, J.; GRIFFIN, J. y MURRIA, O., *The Oxford History of The Roman World*, Oxford, Oxford University Press, 2001.

BRAVO, G., *Historia de la Roma antigua*, Madrid, Alianza Editorial, 2001.

BUSSAGLI, M., *Rome: Art and Architecture*, China, Ullmann Publishing, 2007.

CABRERO, J. y CORDENTE, F., *Roma, el imperio que generó por igual genios y locos*, Madrid, Edimat, 2008.

CANFORA, L., *Julio César. Un dictador democrático*, Barcelona, Ariel, 2007.

CANTORA, P. A., *Shakespeare's Rome*, Chicago, University of Chicago Press, 2017.

CARRERAS MONFORT, C., «Aprovisionamiento del soldado romano en campaña: la figura del *praefectus vehiculorum*», en *Habis*, n.º 35, 2004.

CASSON, L., *Las bibliotecas del mundo antiguo*, Barcelona, Edicions Bellaterra, 2001.

CASTELLÓ, G., *Archienemigos de Roma*, Madrid, Book Sapiens, 2015.

CASTILLO, E., «Ostia, el principal puerto de Roma», en *Historia-National Geographic*, n.º 107, 2012.

CHIC GARCÍA, G., *El comercio y el Mediterráneo en la Antigüedad*, Madrid, Akal, 2009.

CHRYSTAL, P., *Women in Ancient Rome*, The Hill Stroud, Amberley, 2014.

CICERÓN, M. T., *Discursos I. Verrinas, Discurso contra Q. Cecilio, primera sesión, segunda sesión* (discursos I y II), Madrid, Biblioteca Básica Gredos, 2000.

—, *Discursos II. Verrinas. Segunda sesión* (discursos III y IV), Madrid, Biblioteca Básica Gredos, 2000.

CILLIERS, L. y RETIEF, F. P., *Poison, Poisoning and the Drug Trade in Ancient Rome*, <http://akroterion.journals.ac.za/pub/article/view/166>.

CLARKE, J. R., *Sexo en Roma. 100 a. C. - 250 d. C.*, Barcelona, Océano, 2003.

CODOÑER, C. (ed.), *Historia de la literatura latina*, Madrid, Cátedra, 1997.

—, y FERNÁNDEZ CORTE, C., *Roma y su imperio*, Madrid, Anaya, 2004.

COMOTTI, G., *La música en la cultura griega y romana*, Madrid, Ediciones Turner, 1986.

CONNOLLY, P., *Tiberius Claudius Maximus: The Cavalry Man*, Oxford, Oxford University Press, 1988.

—, *Tiberius Claudius Maximus: The Legionary*, Oxford, Oxford University Press, 1988.

—, *Ancient Rome*, Oxford, Oxford University Press, 2001.

CRAWFORD, M., *The Roman Republic*, Cambridge, Massachusetts, Harvard University Press, 1993.

CRUSE, A., *Roman Medicine*, Stroud, The History Press, 2006.

DANDO-COLLINS, S., *Legiones de Roma: La historia definitiva de todas las legiones imperiales romanas*, Madrid, La Esfera de los Libros, 2012.

DE DAMASCO, N., *Vida de Augusto*, Madrid, Signifer Libros, 2006.

DUPUY, R. E. y DUPUY, T. N., *The Harper Encyclopedia of Military History from 3500 B. C. to the Present*, Nueva York, Harper Collins Publishing, 1933.

ELIADE, M. y COULIANO, I. P., *Diccionario de las religiones*, Barcelona, Paidós, 2007.

ENRIQUE, C. y SEGARRA, M., *La civilización romana. Cuadernos de Estudio, 10. Serie Historia Universal*, Madrid, Editorial Cincel y Editorial Kapelusz, 1979.

ESCARPA, A., *Historia de la ciencia y de la técnica: tecnología romana*, Madrid, Akal, 2000.

Espinós, J.; Masià, P.; Sánchez, D. y Vilar, M., *Así vivían los romanos*, Madrid, Anaya, 2003.

Espluga, X. y Miró i Vinaixa, M., *Vida religiosa en la antigua Roma*, Barcelona, Editorial UOC, 2003.

Fernández Algaba, M., *Vivir en Emérita Augusta*, Madrid, La Esfera de los Libros, 2009.

Fernández Vega, P. A., *La casa romana*, Madrid, Akal, 2003.

Fox, R. L., *El mundo clásico: La epopeya de Grecia y Roma*, Barcelona, Crítica, 2007.

Freisenbruch, A., *The First Ladies of Rome: The Women Behind the Caesars*, Londres, Vintage Books, 2011.

García Campa, F., *Cayo Mario, el tercer fundador de Roma*, Granada, HRM ediciones, 2017.

García Gual, C., *Historia, novela y tragedia*, Madrid, Alianza Editorial, 2006.

García Sánchez, J., *Viajes por el antiguo imperio romano*, Madrid, Nowtilus, 2016.

Gardner, J. F., *El pasado legendario. Mitos romanos*, Madrid, Akal, 2000.

Gargantilla, P., *Breve historia de la medicina: Del chamán a la gripe A*, Madrid, Nowtilus, 2011.

Garlan, Y., *La guerra en la antigüedad*, Madrid, Aldebarán, 2003.

Gasset, C. (dir.), *El arte de comer en Roma: alimentos de hombres, manjares de dioses*, Mérida, Fundación de Estudios Romanos, 2004.

Giavotto, C. (coord.), *Roma*, Barcelona, Electa Mondadori, 2006.

Goldsworthy, A., *Grandes generales del ejército romano*, Barcelona, Ariel, 2003.

—, *César, la biografía definitiva*. Madrid, La Esfera de los Libros, 2007.

Golvin, J. C., *Ciudades del mundo antiguo*, Madrid, Despertaferro Ediciones, 2017.

Gómez Pantoja, J., *Historia Antigua (Grecia y Roma)*, Barcelona, Ariel, 2003.

González Serrano, P., *Roma, la ciudad del Tíber*, Madrid, Ediciones Evohé, 2015.

González Tascón, I. (dir.), *Artifex: ingeniería romana en España*, Madrid, Ministerio de Cultura, 2002.

Goodman, M., *The Roman World: 44 B. C. - A. D. 180*, Bristol, Routledge, 2009.

Grant, M., *Atlas Akal de Historia Clásica del 1700 a. C. al 565 d. C.*, Madrid, Akal, 2009.

Grimal, P., *La vida en la Roma antigua*, Barcelona, Paidós, 1993.

—, *La civilización romana. Vida, costumbres, leyes, artes*, Barcelona, Paidós, 1999.

Guillén, J., *Urbs Roma. Vida y costumbres de los romanos. I. La vida privada*, Salamanca, Ediciones Sígueme, 1994.

—, *Urbs Roma. Vida y costumbres de los romanos. II. La vida pública*, Salamanca, Ediciones Sígueme, 1994.

—, *Urbs Roma. Vida y costumbres de los romanos. III. Religión y ejército*, Salamanca, Ediciones Sígueme, 1994.

Hacquard, G., *Guía de la Roma antigua*, Madrid, Centro de Lingüística Aplicada ATENEA, 2003.

Hamey, L. A. y Hamey, J. A., *Los ingenieros romanos*, Madrid, Akal, 2002.

Hemelrijk, E. A., *Matrona Docta: Educated Women in the Roman élite from Cornelia to Julia Domna*, Londres, Routledge, 1999.

Herrero Llorente, V. J., *Diccionario de expresiones y frases latinas*, Madrid, Gredos, 1992.

Holland, T., *Rubicon: The Triumph and Tragedy of The Roman Republic*, Londres, Abacus, 2003.

Hubbard, B., *Venenos: la historia de las pociones, polvos y asesinos que los utilizaron*, Madrid, Librero, 2020.

James, S., *Roma Antigua*, Madrid, Pearson Alhambra, 2004.

Johnston, H. W., *The Private Life of the Romans*, <http://www.forumromanum.org/life/johnston.html>.

Jones, P., *Veni, vidi, vici: hechos, personajes y curiosidades de la Antigua Roma*, Barcelona, Crítica, 2013.

Knapp, R. C., *Invisible Romans: Prostitutes, Outlaws, Slaves, Gladiators: Ordinary Men and Women... the Romans that History Forgot*, Londres, Profile Books, 2011.

Künzl, E., *Ancient Rome*, Berlín, Tessloff Publishing, 1998.

Lacey, M. y Davidson, S., *Gladiators*, Londres, Usborne, 2006.

Laes, C., *Children in the Roman Empire: Outsiders within*, Cambridge, Cambridge University Press, 2011.

Lago, J. I., *Las campañas de Julio César: el triunfo de las Águilas*, Madrid, Almena Ediciones, 2014.

Le Bohec, Y., *El ejército romano*, Barcelona, Ariel, 2004.

Lewis, J. E. (ed.), *The Mammoth Book of Eyewitness. Ancient Rome: The History of the Rise and Fall of the Roman Empire in the words of Those Who Were There*, Nueva York, Carroll and Graf, 2006.

Livio, T., *Historia de Roma desde su fundación*, Madrid, Gredos, 1993.

Macaulay, D., *City: A Story of Roman Planning and Construction*, Boston, Houghton Mifflin Company, 1974.

Macdonald, F., *100 Things You Should Know about Ancient Rome*, Thaxted, Miles Kelly Publishing, 2004.

Maier, J., *The Eternal City: A History of Rome in Maps*, Chicago, The University of Chicago Press, 2020.

Malissard, A., *Los romanos y el agua: La cultura del agua en la Roma antigua*, Barcelona, Herder, 2001.

—, *Historia del mundo antiguo n.º 55. Roma: artesanado y comercio durante el Alto Imperio*, Madrid, Akal, 1990.

—, *Historia Universal. Edad Antigua, Roma*, Barcelona, Vicens Vives, 2004.

Manix, D. P., *Breve historia de los gladiadores*, Madrid, Nowtilus, 2004.

Marco Simón, F., Pina Polo, F. y Remesal Rodríguez, J. (eds.), *Viajeros, peregrinos y aventureros en el mundo antiguo*, Barcelona, Publicacions i Edicions de la Universitat de Barcelona, 2010.

MARQUÉS, N. F., *Un año en la antigua Roma*, Barcelona, Espasa, 2018.

MARTÍN, R. F., *Los doce césares: Del mito a la realidad*, Madrid, Aldebarán, 1998.

MATTESINI, S., *Gladiators*, Nuoro, Italia, Archeos, 2009.

MATYSZAK, P., *Los enemigos de Roma*, Madrid, OBERON Grupo Anaya, 2005.

—, *Legionario: El manual del legionario romano (no oficial)*, Madrid, Akal, 2010.

—, *La antigua Roma por cinco denarios al día*, Madrid, Akal, 2012.

—, *24 hours in Acient Rome: A Day in the Life of the People Who Lived There*, Londres, Michael O'Mara Books Limited, 2017.

MCKEOWN, J. C., *Gabinete de curiosidades romanas*, Barcelona, Crítica, 2011.

MELANI, Ch.; FONTANELLA, F. y CECCONI, G. A., *Atlas ilustrado de la Antigua Roma: De los orígenes a la caída del Imperio*, Madrid, Susaeta, 2005.

MENA SEGARRA, C. E., *La civilización romana*, Madrid, Cincel Kapelusz, 1982.

MONTANELLI, I., *Historia de Roma*, Barcelona, De Bolsillo, 2002.

NAVARRO, F. (ed.), *Historia Universal. Atlas Histórico*, Madrid, Salvat-El País, 2005.

NEIRA, L. (ed.), *Representaciones de mujeres en los mosaicos romanos y su impacto en el imaginario de estereotipos femeninos*, Madrid, Creaciones Vincent Gabrielle, 2011.

NIETO, J., *Historia de Roma: Día a día en la Roma antigua*, Madrid, Libsa, 2006.

NOGALES BASARRATE, T., *Espectáculos en Augusta Emérita*, Badajoz, Ministerio de Educación, Cultura y Deporte, Museo Romano de Mérida, 2000.

NOSSOV, K., *Gladiadores: El espectáculo más sanguinario de Roma*, Madrid, Libsa, 2011.

NOVILLO LÓPEZ, M. A., *Breve historia de Julio César*, Madrid, Nowtilus, 2011.

PAYNE, R., *Ancient Rome*, Nueva York, Horizon, 2005.

PÉREZ MÍNGUEZ, R., *Los trabajos y los días de un ciudadano romano*, Valencia, Diputación Provincial, 2008.

PISA SÁNCHEZ, J., *Breve historia de Hispania*, Madrid, Nowtilus, 2009.

POLIBIO, *The Rise of the Roman Empire*, Londres, Penguin, 1979.

POMEROY, S., *Diosas, rameras, esposas y esclavas: Mujeres en la antigüedad clásica*, Madrid, Akal, 1999.

POTTER, D., *Emperors of Rome: The Story of Imperial Rome from Julius Caesar to the Last Emperor*, Londres, Quercus, 2011.

PLUTARCO, L. M., *Vidas paralelas: Sertorio, Eumenes, Foción, Catón el Menor*, Buenos Aires, Espasa, Colección Austral, 1950.

QUESADA SANZ, F., *Armas de Grecia y Roma*, Madrid, La Esfera de los Libros, 2008.

RAMOS, J., *Eso no estaba en mi libro de historia de Roma*, Córdoba, Almuzara, 2017.

RIBAS, J. M. y SERRANO-VICENTE, M., *El derecho en Roma* (2.ª ed., corregida y aumentada), Granada, Comares historia, 2012.

ROSTOVTZEFF, M., *Historia social y económica del mundo helenístico*, vol. I, Madrid, Espasa Calpe, 1967.

—, *Historia social y económica del mundo helenístico*, vol. II, Madrid, Espasa Calpe, 1967.

SAMPSON, G. C., *Rome's Great Eastern War: Lucullus, Pompey and the Conquest of the East, 74-62 B. C.*, Barnsley, Pen and Sword Books, 2021.

SANTOS YANGUAS, N., *Textos para la historia antigua de Roma*, Madrid, Cátedra, 1980.

SCARRE, C., *The Penguin Historical Atlas of Ancient Rome*, Londres, Penguin, 1995.

SEGURA MURGUÍA, S., *El teatro en Grecia y Roma*, Bilbao, Zidor Consulting, 2001.

SMITH, W., *A Dictionary of Greek and Roman Antiquities*, Londres, John Murray, 1875.

SUETONIO, *La vida de los doce Césares*, Madrid, Austral, 2007.
SYME, R., *La revolución romana*, Barcelona, Crítica, 2017.
TONER, J., *Sesenta millones de romanos*, Barcelona, Crítica, 2012.
VALENTÍ FIOL, E., *Sintaxis latina*, Barcelona, Bosch, 1984.
VEYNE, P., *Sexo y poder en Roma*, Barcelona, Paidós Orígenes, 2010.
VV. AA., «Historia de la prostitución» en Correas, S. (dir.), *Memoria. La Historia de cerca*, IX, 2006.
VV. AA., *Historia Augusta*, Madrid, Akal, 1989.
VV. AA., *Historia año por año: La guía visual definitiva de los hechos históricos que han conformado el mundo*, Madrid, Akal, 2012.
VV. AA., *Historia de los grandes imperios: El desarrollo de las civilizaciones de la antigüedad*, Madrid, Libsa, 2012.
VV.AA., *La legión Romana* (I), Madrid, Despertaferro ediciones, 2013.
WATTS, E. J., *República mortal*, Barcelona, Galaxia Gutenberg, 2019.
WILKES, J., *El ejército romano*, Madrid, Akal, 2000.
WISDOM, S. y MCBRIDE, A., *Los gladiadores*, Madrid, RBA/Osprey Publishing, 2009.

Agradecimientos

Roma soy yo ha sido posible gracias a la ayuda y el apoyo de varias personas claves en el desarrollo de esta novela.

En primer lugar, quiero agradecer a Alejandro Valiño, catedrático de derecho romano de la Universidad de Valencia, su meticuloso asesoramiento a la hora de recrear un juicio en la Roma del siglo I a. C., en concreto en el año 77 a. C., bajo la legislación promovida por Sila. La colaboración del profesor Valiño ha sido valiosísima para poder ir recreando cada una de las múltiples fases de un juicio en este contexto histórico y en ese momento preciso de la antigua República romana.

Estoy muy agradecido también a Carlos García Gual, catedrático emérito de filología griega de la Universidad Complutense de Madrid y miembro de la Real Academia Española de la lengua, por revisar alguno de los capítulos de esta novela.

Gracias también a Julita Juan Grau, catedrática de griego del IES Luis Vives de Valencia y al profesor Rubén Montañés, del área de griego de la Universidad Jaume I de Castellón, por sus consejos en todo lo relacionado con las diferentes citas de latín y griego que aparecen en la narración.

Gracias a mi hermano Javier y a mi cuñada Pilar por hacer de primeros lectores de *Roma soy yo* y transmitirme sus sensaciones para poder mejorar el texto.

Gracias a mis editoras Carmen Romero y Lucía Luengo por estar conmigo desde el principio de mi carrera profesional como escritor y gracias a Nuria Cabutí y Juan Díaz y a todo el equipo directivo, red comercial y departamentos de comunicación y diseño gráfico y edición de Penguin Random House por confiar en mí para éste que, sin duda, es mi mayor desafío literario: narrar la vida completa de un personaje que cambió el curso de la historia en una nueva serie de novelas.

Gracias a mi agente Ramon Conesa y a la agencia literaria Carmen Balcells por guiarme en el complejo mundo editorial del siglo XXI y darme su constante apoyo y consejo.

Gracias a mi hija Elsa, por estar ahí, por crecer a mi lado en medio de tantas historias de romanos y quererme, pese a todo, por lo que soy para ella: su padre.

Y gracias a Alba, por aparecer en mi vida e iluminarme.

Índice

Memoria secunda
CAYO MARIO

EL JUICIO III
INQUISITIO

Memoria tertia
CORNELIA

Memoria quarta

SILA

EL JUICIO VI

SECUNDA ACTIO

Memoria quinta

LABIENO

El juicio VII
SENTENTIA

Apéndices